KB058560

The Fifth Witness

MICHAEL CONNELLY

Vol. 04

MICKEY
HALLER
SERIES

The Fifth Witness

다섯 번째 증인

마이클 코넬리 지음 | 한정아 옮김

RHK
알에이치코리아

Media Review

"생생한 법정 드라마. 훌륭한 책사 코넬리가 그려내는 흥미진진한 법정 드라마에는 항상 지독히도 심각한 주제가 자리하고 있다." _뉴욕 타임스

"코넬리의 이야기 열차는 수많은 모퉁이를 돌아 어두운 골짜기 속으로 칙칙폭폭 달려간다. 최종 목적지를 향해 점점 더 속도를 높여간다. 모든 멋진 미스터리 소설이 그러하듯 결과는 항상 예측 불허. 코넬리는 초점을 바꿀 때를 잘 안다. 언제 속도를 높이고 언제 줄여야 하는지를 잘 안다. 코넬리가 이야기 열차에 당신을 태우고 출발하면 당신은 결코 내리고 싶지 않을 것이다." _보스턴 글로브

"코넬리는 진지하게 생각을 하게 만드는 작가다." _피플

"눈을 뗄 수 없는 강렬한 작품. 코넬리는 형사소송법과 재판에 관한 전문지식이 풍부하다. 작품의 플롯을 보면 최고의 이야기꾼이라는 찬사가 아깝지 않다." _퍼블리셔스 위클리

"코넬리는 법정 스릴러에 수사 과정을 결합하는 능력이 뛰어나다. 그는 자신이 살아 있는 범죄소설 작가들 중 최고의 자리를 고수해온 이유를 작품을 통해 보여준다. 《다섯 번째 증인》이 또 하나의 증거다." _사우스 플로리다 선 센티널

"현실감 있는 법정 소설. 코넬리가 작품 곳곳에서 언뜻언뜻 내비치긴 했지만 그럼에도 불구하고 결말은 충격적이고 만족스럽다. '코넬리의 다음 작품이 나오기까지 또 얼마나 기다려야 하지?'라는 생각이 든다고 해도 놀라지 마시라." _시카고 선 타임스

"할러가 흥미진진한 새 이야기를 풀어놓았다. 코넬리의 인물 관찰 능력과 군더더기 없이 깔끔하고 흡인력 있는 이야기 전개 능력이 어우러져 만들어낸 명품 법정 드라마. 법정 이야기를 긴장감 있게 풀어내는 데에는 코넬리가 존 그리샴을 가뿐히 능가할 정도다. 이렇게 수준급 소설을 꾸준히 내놓는 코넬리가 참으로 대단하다." _로스앤젤레스 타임스

"오늘 자 신문에서 인용한 듯한 담보대출 위기에 관한 정보와 전형을 거부하는 독특한 인물들을 가지고 마치 실제상황인 것 같은 이야기를 만들어낸 코넬리는 과거의 성공을 복제하는 작가가 아니라는 사실을 다시 한 번 입증하고 있다." _북리스트

"코넬리는 법정 안팎으로 온갖 위험이 도사리고 있는 미국 사법부의 현실을 생생하게 그려내고 있다. 이 법정 소설에서는 관계 당사자들이 반전에 반전을 거듭하면서 기지의, 그리고 미지의 위험에 맞서 싸운다."_월스트리트 저널

"모든 법정 스릴러를 평정하는 법정 스릴러.《다섯 번째 증인》만큼 반전에 반전을 거듭하는 충격적인 이야기를, 그래서 내려놓고 잠들기가 어려웠던 책은 본 적이 없다. 나는 이 소설이 끝나는 걸 원치 않았다. 이것이 성공한 소설의 증거 아닐까."_데들리 플레저스 미스터리 매거진

"대가의 반열에 오른 작가."_시카고 트리뷴

"우위를 점하기 위해 서로를 찌르고 피하고 덤벼드는 법정 장면들은 가장 까다로운 법정 소설 전문가들조차도 이해하기가 결코 녹록지 않다."_커커스 리뷰

"단언컨대 코넬리는 최고 중의 최고다."_필라델피아 인콰이어러

"타락하고 더러운 법정 싸움 이야기를 좋아하는 독자들은 이 훌륭한 소설에 매료될 것이다."_토론토 글로브 앤드 메일

"미키 할러는 똑똑하고 냉소적이고 유머가 넘치며 비장의 카드 하나쯤은 항상 숨겨놓고 있는 너무나 매력적인 주인공이다. 경찰 출입 기자 출신인 코넬리는 이야기를 풀어내는 방법을 알고 있고 우리가 사랑하고 증오하는 등장인물들을 만들어내는 방법을 알고 있다."_샬럿 옵서버

"이쯤 되면 '코넬리는 진리다'라는 생각이 들기 시작한다. 그의 최신작《다섯 번째 증인》은 뻔뻔하게도 이전 작품들 못지않게 흥미진진하며, 기존의 능숙한 이야기 구성은 더욱더 정교해지기까지 했다. 이 소설은 우리가 사는 세상에 대한 통렬한 자기비판이자, 범죄 소설 분야에서는 코넬리가 단연코 최고 수준의 작가라는 사실을 보여주는 증거이다."_데일리 익스프레스(영국)

"세계 최고의 미스터리 작가."_GQ

Contents

1부 마법의 말

01 민사소송 변호사 **011** / 02 진상 고객 **021** / 03 밴나이스 경찰서 **031** / 04 신경전 **046** / 05 미키 할러 법률사무소 **057** / 06 후원자 **070** / 07 수요일 밤의 의식 **088** / 08 검사와의 거래 **101** / 09 합리적 의심의 씨앗 **114** / 10 이해관계의 충돌 **125**

2부 결백의 가설

11 한밤의 습격 **133** / 12 우연한 범죄 **143** / 13 합법적인 거래 **156** / 14 부재중 전화 **168** / 15 유죄인정 합의 **177** / 16 프리먼의 비밀 **186** / 17 깜짝 파티 **191**

3부 셰에라자드

18 새로운 증거 **197** / 19 음모 이론 **218** / 20 살인 무기 **229** / 21 모두진술 **243** / 22 증인신문 **253** / 23 탄약은 많을수록 좋다 **269** / 24 검찰 측 증인 **273** / 25 낮은 가지의 열매부터 **284** / 26 컬렌의 동영상 **295** / 27 모순된 진술 **308** / 28 연방 수사 대상 통지서 **321** / 29 합동수사반 **330** / 30 잃어버린 것을 찾아서 **340** / 31 그

녀와의 춤 351 / 32 지금 알고 있는 것을 그때 알았더라면 359 / 33 결백의 가설 371 / 34 압수수색 385 / 35 게임의 규칙 396 / 36 거래 402 / 37 치명적인 충격 412 / 38 피해자의 혈흔 428

4부 다섯 번째 증인

39 뜻밖의 암초 439 / 40 단조로운 일상 453 / 41 증거가 스스로 말하게 하라 459 / 42 페이스북 페이지 471 / 43 마네킹 이야기 479 / 44 합법적인 소환장 491 / 45 신출내기 변호사 501 / 46 함정 512 / 47 드리스콜 대참사 526 / 48 제삼자 범인설 534 / 49 재판부 협의 549 / 50 묵비권 증인 559 / 51 윙 넛츠 택배 564 / 52 최종변론 570

5부 결백의 위선

53 뜻밖의 행운 583 / 54 새로운 운명 593

감사의 말 598

고마운 마음을 담아
이 책을 데니스 뵈치에호프스키에게
바칩니다.

1부

마법의 말

01 민사소송 변호사

페냐 부인이 옆에서 나를 향해 돌아앉아 간청하듯 두 손을 맞잡았다. 그러고는 강한 억양의 영어로 내게 직접 마지막 애원을 했다.

"제발, 나를 도와주세요, 미키 씨."

나는 운전석에서 뒤를 돌아보는 로하스를 쳐다봤지만 통역이 필요한 건 아니었다. 나는 페냐 부인의 어깨너머로 자동차 창문 밖을, 그녀가 필사적으로 붙들고 싶어 하는 집을 바라보았다. 그 집은 방 두 개짜리 주택으로, 외벽은 빛바랜 분홍색이었고 마당에는 흙먼지가 풀풀 날렸으며 철조망 울타리에 둘러싸여 있었다. 현관으로 올라가는 콘크리트 계단에는 스프레이로 휘갈겨 쓴 낙서가 있었는데, 13이라는 숫자를 제외하고는 무슨 말인지 도통 알 수가 없었다. 그 숫자는 번지수가 아니었다. 충성 맹세의 상징이었다.

내 시선이 마침내 페냐 부인에게로 돌아왔다. 그녀는 마흔네 살이었고 지쳐 보이긴 했지만 매력적인 외모였다. 혼자서 10대 아들 셋을 키우고 있었고, 9개월 전부터 대출금을 연체하고 있었다. 결국 얼마 전 은행이 담보권을 행사하여 그 집을 경매에 부치기로 결정했다.

경매는 사흘 후에 열릴 예정이었다. 그 집이 자산가치가 그리 크지 않다거나 조직폭력배들이 득실거리는 LA 남부 동네에 있다는 사실은 별문제가 되지 않았다. 그 집을 사겠다고 나서는 사람이 분명히 있을 것이고, 페나 부인은 집주인에서 세입자로 전락할 것이다. 새 주인이 쫓아내지 않는다면 말이지만. 페나 부인은 수십 년간 '플로렌시아 13'이라는 범죄조직의 보호를 받으면서 살아왔다. 그러나 시대가 달라졌다. 조직에 충성을 맹세해도 도움을 받을 수 없게 되었다. 그녀에게는 변호사가 필요했다. 내가 필요했다.

"최선을 다하겠다고 말해줘." 내가 말했다. "경매를 막고 담보권 행사의 타당성에 이의를 제기할 수 있을 것으로 확신한다는 말도 해주고. 그렇게 하면 적어도 압류 집행 속도를 늦출 수는 있을 거야. 장기 계획을 마련할 시간을 벌 수 있을 거고. 그러면서 부인이 다시 자립할 수도 있겠고."

나는 고개를 끄덕이고는 로하스의 통역을 잠자코 들었다. 스페인어 라디오 방송에 광고를 시작한 이후로 로하스를 운전사 겸 통역사로 쓰고 있었다.

바지 주머니 속에서 휴대전화가 진동했다. 위쪽 넓적다리에 느껴지는 떨림으로 볼 때 문자메시지가 온 거였다. 전화가 올 땐 진동이 더 길게 지속되었다. 어느 쪽이든 그냥 무시했다. 로하스의 통역이 끝난 후, 페나 부인이 대답하기 전에 내가 먼저 말했다.

"이게 궁극적인 해결책은 아니라고 말해줘. 담보권 행사 속도를 늦추고 은행과 협상을 할 수는 있지만, 집을 뺏기지 않게 해주겠다고는 약속 못한다고. 사실 이미 뺏긴 거나 다름없지. 그리고 집을 되찾아 오더라도 여전히 은행을 상대해야 할 거라고 해."

로하스는 내가 하지도 않은 손짓까지 해가며 통역을 했다. 사실 페나 부인은 결국에는 집을 넘겨주고 떠나야 할 것이다. 내가 시간을 얼마나 끌어주기를 원하느냐 하는 문제만 남아 있었다. 개인파산법은 담보권 행사에 대한 방어 기간을 앞으로 1년은 더 허용해줄 것이다. 그러므로 페나 부인이 그 문제를 지금 바로 결정할 필요는 없었다.

"그리고 수임료를 내야 한다고 말해. 결제 일정을 알려주라고. 선금으로 1천 달러를 내고 다달이 얼마씩 지불하는 걸로."

"매달 얼마씩 얼마 동안이요?"

나는 다시 창밖의 집을 바라보았다. 페나 부인이 집 안에서 얘기하자고 했지만 나는 차 안에서 상담하는 것을 선호했다. 이곳은 차를 타고 지나가며 총질하는 일이 빈번히 일어나는 지역이었고 나는 링컨 타운카 안에 앉아 있었다. 살해된 시나로아 카르텔 간부의 부인에게서 산 중고차로 강철판과 3중 방탄유리로 된 방탄차였다. 그러나 페나 부인의 분홍색 집 창문은 방탄유리가 아니었다. 피치 못할 경우가 아니라면 절대로 차 밖으로 나가지 않는다는 게 내가 시나로아 간부에게서 얻은 교훈이었다.

페나 부인은 아까 9개월 전부터 연체한 대출금이 한 달에 7백 달러라고 했었다. 내가 소송을 진행하는 동안 그녀는 은행에 대출금을 상환하지 않을 것이다. 내가 은행을 막아주고 있는 동안 무임승차를 즐길 것이므로 내게 줄 돈이 있을 것이다.

"한 달에 250달러. 싸게 해주는 거니까 결제일을 넘기면 절대로 안 된다고 하고. 혹시 아직도 사용 가능한 신용카드가 있으면 카드 결제도 된다고 해. 유효기간이 적어도 2012년까지는 만료되지 않는 카드여야 한다고 하고."

로하스가 나보다 더 많이 말을 하고 더 많이 손짓을 해가며 통역하는 동안 나는 전화기를 꺼냈다. 문자는 로나 테일러에게서 왔다. **문자 보면 바로 전화해줘.**

이 의뢰인과의 상담이 끝난 후에 전화할 생각이었다. 로나는 보통의 법률사무소에서는 사무장으로 불릴 사람이었다. 그러나 내가 사무실이 따로 없고 링컨 차 뒷좌석에서 업무를 보았기 때문에, 그녀는 내 수석 수사관과 같이 사는 웨스트 할리우드의 콘도형 아파트에서 전화를 받고 사무를 보았다.

나는 어머니가 멕시코 태생이라 어머니의 모국어를 생각보다 더 잘 알아들었다. 페나 부인의 대답도 적어도 요점은 다 알아들었다. 그러나 모르는 척하고 로하스가 통역해주는 것을 들었다. 페나 부인은 집 안으로 들어가서 선금 1천 달러를 갖고 오겠다고 했고, 매달 꼬박꼬박 돈을 내겠다고 했다. 은행이 아니라 내게. 그녀가 그 집에 사는 기간을 1년까지 연장할 수 있다면 나는 총 4천 달러를 벌어들이게 되는 것이다. 거기에 수반하는 업무에 비하면 그리 나쁘지 않았다. 내가 페나 부인을 다시 보게 되는 일은 아마도 없을 것이다. 심지어 법정에 출두할 필요도 없을 것이다. 법정에서 발품 파는 일은 신참이 맡아서 해줄 테니까. 페나 부인은 만족할 것이고 나도 만족할 것이다. 그러나 결국에는 판결이 내려지고 파국의 순간이 올 것이다. 늘 그렇듯이.

페나 부인이 특별히 동정이 가는 의뢰인은 아니지만 그래도 해볼 만한 사건을 맡았다는 생각이 들었다. 내 의뢰인들 대다수는 실직을 하거나 건강상의 대재앙을 만난 후에 대출금을 연체하기 시작한다. 페나 부인은 세 아들이 마약 밀매 혐의로 감옥에 가는 바람에 매주 받아오던 급료가 갑자기 끊어지자 대출금 상환을 중단했다. 뭐 그렇게 가슴 아픈 사연은 아니었다. 하지만 은행이 취한 조치에 문제가 있었다. 나는 노트북 컴퓨터로 페나 부인에 관한 자료를 찾아보았다. 그녀에게 체납금 상환을 독촉하는 통지서와 담보권 행사를 알리는 통지서가 여러 차례 발송되었다는 기록이 있었다. 문제는 페나 부인이 그런 통지서를 한 번도 받아보지 못했다고 주장한다는 것이다. 나는 그녀의 말을 믿었다. 그녀가 사는 동네는 문서를 송달하는 집행관이 자유롭게 나다닐 수 있는 동네가 아니었다. 나는 집행관이 통지서를 쓰레기통에 쑤셔 박고 가서 제대로 송달했다고 거짓말했을 거라고 추측했다. 그 사실을 입증할 수만 있다면 은행이 페나 부인에게 달려들지 못하게 막을 수 있을 것이다.

내 변론의 핵심은 이러했다. 이 불쌍한 여자는 자신이 처한 위험에 대해 통지를 제대로 받지 못했다. 은행이 그녀를 이용했고 체납금을 납부할 기회도 주지 않은 채 집을 압류했으니, 그런 짓을 저지른 데 대해 재판부로부터 질책을 받아 마땅하다는 것이다.

"오케이, 콜." 내가 말했다. "부인한테 집에 가서 돈 갖고 나오라고 해. 난 계약서와 영수증을 인쇄할 테니까. 오늘부터 바로 소송 준비 들어간다고 말해주고."

나는 웃으면서 페나 부인에게 고개를 끄덕여 보였다. 로하스는 내 말을 통역한 뒤 재빨리 차에서 내리더니 차를 돌아가 그녀 쪽 차 문을 열어주었다.

페나 부인이 차에서 내리자마자 나는 노트북에 있는 스페인어 계약서 견본 파일을 열어 필요한 이름과 숫자 들을 입력했다. 그 계약서를 조수석에 놓여 있는 프린터로 전송했다. 그리고 나서 수임료 신탁계좌로 입금될 수임료에 대한 영수증을 작성했다. 모든 것이 항상 투명하게 이루어졌다. 그것이 캘리포니아 변호사협회의 성가신 간섭을 받지 않는 최선의 방법이었다. 방탄차를 갖고 있긴 하지만 어깨너머를 흘끔흘끔 돌아보며 가장 많이 경계하는 대상이 바로 그 변호사협회였다.

작년은 마이클 할러 법률사무소에는 대단히 힘겨운 한 해였다. 경기침체로 형사소송 분야가 사실상 씨가 말랐다. 물론 범죄가 줄어든 건 아니었다. 로스앤젤레스에서는 경제 상황이 어떻든 범죄는 꾸준히 발생했다. 그러나 수임료를 지불하는 의뢰인이 사라졌다. 변호사에게 수임료를 지불할 여건이 되는 사람이 별로 없는 것 같았다. 결과적으로 국선변호인 사무실은 각종 사건과 의뢰인 들로 터져나가는 반면 나 같은 변호사들은 굶주림에 허덕이고 있었다.

내겐 여기저기 돈 나갈 데가 많았고, 사립학교에 다니는 열네 살짜리 딸은 대학 이야기만 나오면 USC(남부 캘리포니아 대학교-옮긴이)를 들먹거렸다. 그런 상황이라 잠자코 앉아 있을 수만은 없어서 예전 같으면 상상도 못 했을 일을 했다. 민사소송 변호를 시작했다. 법률서비스 시장에서 유일한 성장 분야가 주택 압류 관련 소송 변호였다. 나는 변호사협회에서 주최하는 세미나에 몇 차례 참석해서 최신 정보를 수집한 후 2개 국어로 광고를 내기 시작했다. 웹사이트를 몇 군데 개설했고 카운티 법원 기록 관리센터에서 압류자산 기록을 구입하기 시작했다. 그렇게 해서 페나 부인을 의뢰인으로 만나게 되었다. 내가 그녀에게 우편물을 보냈다. 압류자산 기록에 올라 있는 그녀의 이름과 주소를 보고 민사소송 변호 서비스를 제안하는 편지를 스페인어로 써서 보냈다. 그녀는 내 편지를 읽고 자기 집이 압류된 상태라는 사실을 처음 알았다고 말했다.

시작이 반이라는 말이 사실이었다. 수임 의뢰가 내 능력 이상으로 많이 들어와서—오늘만 해도 페나 부인 이후에 상담 약속이 여섯 건이나 더 있었다—마이클 할러 법률사무소 사상 처음으로 변호사를 한 명 고용했다. 전국에 불어닥친 주택 압류 열풍은 그 확산 속도가 약간 주춤하긴 했지만 기세는 조금도 꺾이지 않았다. 로스앤젤레스 카운티에서는 앞으로 몇 년간은 그 분야에서 먹고살 수 있을 것 같았다.

수임료는 건당 4천 내지 5천 달러에 불과했지만 지금은 질보다 양을 추구해야 하는 시기였다. 현재 내가 맡은 사건 일람표에 올라 있는 주택 압류 관련 소송 의뢰인이 90명도 넘었다. 지금 같은 추세라면 딸을 USC에 보내고도 남았다. 대학원에 가겠다고 해도 오케이할 수 있을 것 같았다.

몇몇 사람들은 나도 문제라고, 빚을 떼먹으려는 사람들이 시스템을 악용하는 것을 도움으로써 경기회복을 더디게 하고 있다고 비난했다. '빚을 떼먹으려는 사람들'이라는 표현은 몇몇 의뢰인들에게는 분명히 맞는 표현이었다. 하지만 대다수의 의뢰인들은 반복적인 피해자라고 할 수 있었다. 그들은 처음에는 내 집을 가질 수 있다는 아메리칸 드림에 현혹되어 자격 조건도 안 되면서 담보대출을 받아 집을 샀다. 그러다가 경제의 거품이 빠지고 부도덕한 채권은행들이 가차 없이 담보권을 행사함에 따라 다시 한 번 피해를 보게 되었다. 한때는 자긍심이 넘쳤던 대다수의 주택 보유자들이 간소화된 캘리포니아의 압류 규정하에서 회생의 기회를 거의 얻지 못했다. 은행이 누군가의 집을 빼앗는 데에 판사의 승인조차 필요하지 않았다. 위대한 경제학자들은 이것이 경제가 나아가야 할 올바른 방향이라고, 계속 그 방향으로 나아가야 한다고 주장했다. 부동산 위기가 극에 달해 경기가 바닥을 치면 그때부터 서서히 회복되기 시작할 거라고 주장했다. 페냐 부인이 들으면 기가 막힐 이야기였다.

시중의 대형 은행들이 재산법을 약화시키고 사법 체계를 파괴하며 영원히 돌고 도는 주택 압류 관련 산업을 창조해내어, 담보대출과 주택 압류라는 스펙트럼의 양쪽에서 계속 이윤을 취하기 위해 공모한 거라는 음모 이론이 있었다. 나는 그 이론에 동의하지 않았다. 그러나 이 민사소송 분야에서 일한 짧은 기간 동안 소위 합법적인 기업가들이 저지르는 비도덕적인 약탈행위를 얼마나 많이 목격했던지 벌써부터 그 구닥다리 형사소송법이 그리워질 지경이었다.

로하스는 차 밖에서 페냐 부인이 돈을 갖고 나오기를 기다리고 있었다. 손목시계를 보니 다음 약속 시각을 맞추기가 빠듯할 것 같았다. 곧이어서 컴프턴에서 상가 압류 건에 관한 상담이 예정되어 있었다. 나는 시간과 휘발유와 주행거리를 아끼기 위해 잠재적 고객들과의 상담을 지역별로 묶어서 진행했다. 오늘은 남부 동네를 돌고 있었고 내일은 동부를 돌아다닐 것이다. 일주일에 이틀은 이렇게 차를 타고 돌아다니며 상담을 하고 계약을 맺었다. 나머지 닷새는 소송 관련 업무를 보았다.

"빨리 좀 나와요, 페나 부인." 나는 혼잣말을 했다. "바빠 죽겠는데."

나는 막간을 이용해서 로나에게 전화를 걸기로 했다. 석 달 전부터 내 휴대전화로 거는 전화에 대해 발신자 표시 제한 서비스를 사용하고 있었다. 형사소송 변호를 할 때는 그러지 않았는데 민사소송 변호라는 멋진 신세계에서는 사람들이 내 직통전화번호를 알게 되는 것이 꺼림칙했다. 거기에는 내 의뢰인들뿐만 아니라 대출기관 쪽 변호사들도 포함되었다.

"마이클 할러 법률사무소입니다." 로나가 전화를 받았다. "무엇을 도……."

"나야. 무슨 일이야?"

"미키, 빨리 밴나이스 경찰서에 가봐."

매우 다급한 목소리였다. 밴나이스 경찰서는 로스앤젤레스 북부에 있는 제멋대로 뻗어 나간 샌페르난도 밸리의 경찰 업무를 총괄하는 곳으로, LA 경찰국 종합상황실과 같은 곳이었다.

"오늘은 남부를 도는 날이잖아. 무슨 일인데 그래?"

"리사 트래멀이 잡혀갔대. 리사한테서 전화가 왔어."

리사 트래멀은 의뢰인이었다. 실은 내가 민사로 전환하고 나서 맡은 최초의 의뢰인이었다. 나는 그녀가 8개월째 자기 집에서 살게 해주고 있었고, 우리가 파산이라는 폭탄을 터뜨릴 때까지 적어도 1년은 더 시간을 끌어줄 수 있을 것으로 자신하고 있었다. 그러나 그녀는 자기에게 일어난 불만스러운 일들과 불공평한 일들에 분노하고 있어서 진정시킬 수도, 통제할 수도 없었다. 그녀는 은행의 사기 행각과 비정한 조치를 비난하는 플래카드를 들고 은행 앞에서 1인 시위를 벌였다. 시위가 계속되자 은행은 그녀에 대해 한시적인 접근금지 명령을 받아냈다.

"접근금지 명령을 어겼나? 그래서 잡혀간 거야?"

"살인 혐의래."

전혀 예상치 못했던 이야기였다.

"살인? 누구를?"

"미첼 본듀란트 살해 혐의라고 한대."

나는 깜짝 놀라서 말문이 막혔다. 창밖을 내다보니 페나 부인이 현관문을 열고 나오고 있었다. 손에는 돈뭉치가 들려 있었다.

"알았어. 전화기 들고 오늘 나머지 일정 좀 조정해줘. 그리고 시스코한테 밴나이스로 오라고 말해주고. 거기서 만나자고."

"알았어. 오후 약속 불락스한테 가라고 할까?"

우리는 최근에 고용한 사우스웨스턴 법대 출신의 풋내기 변호사 제니퍼 애런슨을 불락스라는 별명으로 불렀다. 그녀가 졸업한 사우스웨스턴 법대 건물이 예전에는 불락스 백화점 건물이었기 때문이다.

"아니, 사건을 물어오는 일은 시키고 싶지 않아. 일정 조정만 해줘. 그리고 트래멀 사건 소송 자료는 나한테 있는데, 비상연락망은 당신이 갖고 있을 거야. 리사의 언니를 찾아봐. 리사한테 아들이 있거든. 지금 학교에 있을 텐데 리사가 못 가면 누가 가서 데려와야지."

공판기일 통지나 수임료 결제 요청을 위해 의뢰인에게 연락할 때 연락이 닿지 않는 경우가 종종 있어서 모든 의뢰인에게서 광범위한 비상연락망을 받아놓았다.

"그 일부터 시작할게." 로나가 말했다. "행운을 빌어, 미키."

"당신도."

나는 전화기를 덮고 리사 트래멀에 대해 생각했다. 어찌 된 일인지 그녀가 자기 집을 빼앗으려고 했던 남자를 살해한 혐의로 체포되었다는 사실이 전혀 놀랍지 않았다. 이런 일이 있으리라고 예상했다는 뜻이 아니었다. 꿈에도 생각 못 했었다. 그러나 마음속 깊은 곳에서는 어떤 놀라운 일이 벌어지리라고 예감하고 있었던 것 같다.

02 진상 고객

나는 재빨리 페나 부인으로부터 현금을 받고 영수증을 건넸다. 우린 변호사 선임계약서에 서명했고, 그녀는 보관용으로 계약서 사본을 받았다. 그녀는 신용카드 번호를 알려주면서 내가 그녀를 위해 일하는 동안에는 매달 통장에 최소 250달러는 꼭 들어 있게 하겠다고 약속했다. 나는 고맙다고 말하면서 그녀와 악수를 한 뒤 로하스에게 그녀를 현관문까지 바래다주라고 지시했다.

로하스가 페나 부인을 바래다주는 동안 나는 트렁크 버튼을 누른 후 차에서 내렸다. 링컨 차의 트렁크는 모든 사무용품뿐만 아니라 파일이 가득 든 판지 상자가 세 개나 들어가고도 남을 만큼 널찍했다. 나는 세 번째 상자에서 트래멀 사건 소송 자료를 찾아내 꺼냈다. 경찰서를 방문할 때 들고 다니는 고급 서류가방도 꺼냈다. 트렁크 문을 닫았을 때 검은색 뚜껑 위에 은색 스프레이 페인트로 멋들어지게 쓴 '13'이라는 숫자가 눈에 들어왔다.

"빌어먹을."

주위를 둘러보았다. 앞마당 세 개 넘어 흙길에서 아이 둘이 놀고 있었는데 낙서 예술가가 되기에는 너무 어렸다. 그 아이들을 제외하고는 거리엔 아무도 없었다. 당황스러웠다. 차 안에 앉아 의뢰인과 상담하는 동안 일어났을 내 차에 대한 공격행위를 듣지도 보지도 못했을 뿐만 아니라, 이제 겨우 오후 1시가 지났을 뿐이었다. 비행 청소년들은 대체로 오후 늦게야 겨우 일어나 하루를 시작하는 야행성 동물이었다.

트래멀 사건 소송 자료를 가지고 열려 있는 차 문 쪽으로 돌아오면서 보니까 로하스가 작은 현관 앞에 서서 페나 부인과 대화하고 있었다. 나는 휘파람을 불면서 빨리 오라고 신호를 보냈다. 갈 길이 바빴다.

나는 차에 탔다. 내 뜻을 알아차리고 로하스가 서둘러 돌아와 운전석에 앉았다.

"컴프턴이요?" 로하스가 물었다.

"아니, 계획이 바뀌었어. 밴나이스로 가자. 빨리."

"알겠습니다, 대표님."

링컨 차가 출발했고 곧 110번 고속도로로 들어갔다. 밴나이스까지 직행노선이 없었다. 110번 도로를 타고 시내로 들어가서 북쪽 방향 101번 고속도로로 갈아타야 했다. 시내에서 이보다 더 안 좋은 위치에서 출발할 수는 없었다.

"현관에서 페나 부인이 뭐래?" 내가 로하스에게 물었다.

"변호사님에 대해서 묻던데요."

"무슨 말이야?"

"변호사님은 통역사가 필요 없는 것 같습니다."

나는 고개를 끄덕였다. 그런 얘기 많이 들었다. 어머니의 유전자 덕분에 나는 국경선 북쪽보다는 남쪽 사람으로 보였다.

"그리고 변호사님이 결혼했는지도 물었어요. 했다고 말해줬죠. 하지만 돌아가서 두드리면 열릴 겁니다. 대신 수임료를 깎아달라고 할 걸요."

"고마워, 로하스." 내가 덤덤하게 말했다. "이미 깎아쳤지만, 어쨌든 기억하고 있을게."

트래멀 사건 소송 자료를 열어보기 전에 나는 휴대전화기에 있는 주소록을 훑어보았다. 밴나이스 형사과에서 정보를 공유할 만한 사람을 찾아보았다. 그러나 주소록에는 아무도 없었다. 아무것도 모른 채 살인 사건 속으로 걸어 들어가야 할 판이었다. 좋은 출발은 아니었다.

나는 전화기를 덮고 충전기에 꽂은 후 자료를 폈다. 리사 트래멀은 압류 중인 모든 주택의 보유자들에게 내가 보낸 소송 변호 서비스 소개 편지를 받고 연락해와서 내 고객이 되었다. 로스앤젤레스에서 광고 편지를 보낸 변호사가 나 하나만은 아니었을 텐데 무슨 이유에선지 리사는 다른 변호사들의 편지가 아니라 내 편지에 응답했다.

개업 변호사는 대개의 경우 의뢰인을 스스로 선택한다. 그런데 잘못된 선택을 할 때가 가끔 있다. 내게는 리사가 바로 그 가끔의 경우였다. 나는 새로운 분야의 일을 시작하고 싶어 안달이 나 있었다. 어려운 상황에 처했거나 이용당한 의뢰인을 찾고 있었다. 너무나 순진해서 자기 권리나 선택안을 모르는 사람들을 찾고 있었다. 사회적 약자들을 찾고 있었고, 리사가 그중 한 명이라고 생각했다. 그런 자격조건에 의심의 여지 없이 딱 들어맞았다. 그녀는 도미노 효과처럼 여러 가지 악재가 겹쳐 통제 불능이 되어버리면서 집을 잃게 되었다. 대출은행이 그녀의 담보대출 건을 추심회사에 넘겼고, 추심회사는 원칙과 절차를 무시했을 뿐만 아니라 규정을 위반하기까지 했다. 나는 리사와 계약을 맺고 신용카드를 이용한 수임료 결제계획을 세운 후 그녀 대신 싸움에 나섰다. 승소 가능성이 높은 사건이어서 흥분되었다. 그러나 얼마 지나지 않아 리사 트래멀은 이른바 진상 고객이 되었다.

리사 트래멀은 서른다섯 살이었다. 타일러라는 아홉 살짜리 아들이 있는 유부녀였고 우드랜드힐스 멜바에 집이 있었다. 2005년 그 집을 살 당시, 리사는 그랜트 고등학교 사회 교사였고, 남편 제프리는 칼라바사스에 있는 BMW 대리점의 영업직원이었다.

그들의 방 세 개짜리 주택은 감정평가액이 90만 달러였는데, 그중 담보대출금이 75만 달러에 달했다. 그 당시엔 부동산 시장이 호황이었고 담보대출이 풍족하고 간편했다. 그들은 개인 담보대출 중개인을 통해 대출을 받았는데, 중개인은 그들의 자료를 가지고 여러 은행에 대출을 타진한 후 5년 후 대출금을 전액 상환토록 하는 저금리대출을 받아주었다. 그 후 그 대출은 이자가 더 낮은 담보대출로 두 번 조정된 뒤 결국에는 웨스트랜드 파이낸셜로 양도되었다. 웨스트랜드 파이낸셜은 로스앤젤레스 셔먼 오크스에 본부를 둔 웨스트랜드 내셔널 은행의 자회사였다.

제프 트래멀이 남편이자 아버지 역할을 그만하기로 결심할 때까지는 이 3인 가족의 형편이 그리 나쁘지 않았다. 대출금 75만 달러 전액 상환일을 두세 달 앞둔 어느 날, 제프 트래멀은 시범 주행 중이던 BMW M3을 유니언 역 주차장에 세워놓고 리사에게 대출금 상환이라는 폭탄을 쥐여준 채 홀연히 사라졌다.

리사는 그제야 현실을 직시하게 되었다. 1인 소득으로 줄고 아이도 돌봐야 하는 상황임을 깨닫고 선택을 했다. 그즈음엔 충분한 대기 속도를 내지 못한 채 느릿느릿 날아가는 대형 여객기처럼 경기가 둔화된 상태였다. 그녀의 교사 연봉을 보고 대출금을 차환해줄 기관은 하나도 없었다. 그녀는 대출 이자를 연체하기 시작했고 은행으로부터의 모든 연락을 무시했다. 대출금 상환일이 지나자 주택이 압류되었고 그 시점에 내가 무대에 등장했다. 제프의 가출 사실을 알지 못한 채 제프와 리사에게 편지를 보낸 것이다.

리사가 연락을 해왔다.

나는 의뢰인과 대리인의 관계를 분명하게, 때로는 반복해서 설명해줬는데도, 관계의 경계선을 구분하지 못하는 의뢰인을 진상 고객이라고 부른다. 리사는 1차 주택 압류 통지서를 받아들고 나를 찾아왔다. 내가 사건을 맡았고 알아서 처리할 테니까 뒤로 물러나 있으라고 말했다. 그러나 그녀는 뒤로 물러나 있지를 못했다. 기다리질 못했다. 매일 전화를 했다. 주택 압류의 부당함을 주장하며 소송을 낸 후에는, 통상적인 모든 소송절차가 진행될 때마다 법원에 나타났다. 그녀는 어디나 빠짐없이 참석해야 했고, 내가 취한 모든 조치를 알아야 했고, 내가 보낸 모든 편지를 읽어야 했으며, 내가 받은 모든 전화에 대해 설명을 들어야 했다. 내가 자기 사건에 온전히 집중하는 것 같지 않으면 전화를 걸어 고래고래 소리를 지르는 일도 다반사였다. 나는 그녀의 남편이 왜 그렇게 홀연히 사라졌는지 이해가 되기 시작했다. 그녀에게서 도망쳐야 했을 것이다.

리사의 정신건강이 걱정되기 시작했고 조울증이 아닌가 하는 의심이 들었다. 쉴 새 없이 전화하고 쫓아다니는 것에도 주기가 있었다. 몇 주는 아무 소식도 없다가 그다음 몇 주는 날이면 날마다 내가 전화를 받을 때까지 끈질기게 전화를 걸곤 했다.

내가 사건을 맡은 지 석 달이 지났을 때 리사는 잦은 무단결근으로 인해 LA 카운티 학구에서 해직되었다고 했다. 그리고 자기 집을 압류한 은행에 손해배상을 청구해야겠다는 이야기를 그때 처음 꺼냈다. 자격과 권리가 담론에 끼어들어왔다. 그녀는 가정파탄과 실직, 주택 압류 등 자신이 겪은 모든 불행의 책임이 은행에 있다고 굳게 믿었다.

일부 소송 정보와 전략을 리사에게 노출한 것이 실수였다. 그녀를 달래서 전화를 빨리 끊고 싶어서 알려준 거였다. 대출 기록을 살펴보니 담보대출이 여러 차례에 걸쳐 다양한 자산회사들로 재양도되는 과정에서 문제점들이 나타났다. 자산회사들이 사기를 친 정황도 감지되어서, 해결방

안을 협상할 때 리사의 편에서 써먹을 수 있을 것 같았다.

그러나 그러한 정보는 자신이 은행의 손에 놀아났다는 리사의 믿음을 더욱 굳건하게 만들었을 뿐이었다. 그녀는 담보대출 신청서류에 서명했으니 대출금을 갚을 의무가 있다고는 생각도 말도 하지 않았다. 은행을 자기가 겪는 모든 고통의 원인으로만 보았다.

리사는 먼저 웹사이트에 등록을 했다. www.californiaforeclosure-fighters.com이라는 웹사이트에서 '탐욕에 맞서는 자산압류 소송당사자들'(Foreclosure Litigants Against Greed)이라는 단체를 만들었다. 그 단체는 FLAG라는 머리글자로 더 많이 알려졌고, 리사는 시위에 나설 때마다 성조기를 사용했다. 그럼으로써 주택 압류에 맞서 싸우는 것이 애플파이만큼이나 미국적인 일이라는 메시지를 전할 수 있었다.

그런 다음 리사는 벤투라 대로에 있는 웨스트랜드 본사 앞에서 시위를 벌였다. 때로는 1인 시위를 했고 때로는 어린 아들을 데리고 나오기도 했으며 웹사이트를 통해 모집한, 뜻을 같이하는 사람들과 함께 시위를 벌일 때도 있었다. 그녀는 은행이 불법적인 담보권 행사를 통해서 시민들의 집을 빼앗고 가족들을 길바닥에 나앉게 하고 있다고 맹비난하는 피켓을 들고 다녔다.

리사는 자신의 활동을 신속히 매스컴에 알렸다. TV에 자주 출연했고, 흔한 돈 떼어먹는 사람이 아니라 주택 압류 열풍의 피해자 대표로 짧은 코멘트를 할 준비가 항상 되어 있었다. 5번 채널에서는 주택 압류 문제나 통계에 관한 뉴스가 나올 때 항상 그녀가 배경화면에 등장했다. 캘리포니아는 주택 압류와 관련된 문제가 전국에서 세 번째로 많이 발생하는 주였고, 그중에서도 특히 로스앤젤레스가 온상이었다. 이런 사실들이 보도되는 동안 화면에는 '내 집을 빼앗지 마라! 불법적인 주택 압류 당장 중단하라!'고 적힌 피켓을 들고 시위하는 리사와 FLAG 회원들의 모습이 비치곤

했다.

웨스트랜드 파이낸셜은 리사 트래멀의 시위가 교통 혼잡을 초래하고 보행자를 위험에 빠뜨리는 불법 시위라고 주장하면서 법원으로부터 접근 금지 명령을 받아냈다. 이에 따라 리사는 모든 은행 시설과 은행 직원들에게 100미터 이내로 접근할 수 없게 되었다. 그러나 그녀는 기죽지 않고 추종자들과 함께 피켓을 들고 주택 압류와 관련한 재판이 날마다 열리는 카운티 법정으로 몰려갔다.

미첼 본듀란트는 웨스트랜드의 부행장이자 담보대출 부문 총책임자였다. 리사 트래멀의 주택담보대출 신청서류에 그의 이름이 적혀 있었다. 따라서 내 소송서류에도 그의 이름이 곳곳에 적혀 있었다. 내가 그에게 편지도 보냈었다. 편지에서 나는 웨스트랜드로부터 대출금 연체고객의 주택과 다른 자산을 압류하는 궂은일을 위임받은 추심회사가 벌인 사기 행각들을 간략히 설명했다.

리사는 본인이 제기한 소송에서 발생하는 모든 서류를 살펴볼 권리가 있었다. 그래서 나는 그 편지를 비롯해 모든 서류를 복사해주었다. 본듀란트는 그녀의 집을 빼앗으려는 노력의 인간 주체였음에도 불구하고 은행 법무팀 뒤에 숨어서 모든 논란에서 벗어나 있었다. 그는 내 편지에 반응을 보이지 않았고 나와 만난 적도 없었다. 나는 리사가 그를 만난 적이 있는지 혹은 그와 대화한 적이 있는지도 알지 못했다. 그러나 지금은 그가 죽었고 경찰이 리사를 체포해 구금하고 있었다.

우리는 밴나이스 대로에서 101번 고속도로를 빠져나와 북쪽으로 달려갔다. 관청가 중앙에 광장이 있고 그 주위를 두 개의 법원과 도서관, 북부 시청, LA 경찰국 밸리 지국 청사가 둘러싸고 있었다. 밴나이스 경찰서는 밸리 지국 청사 건물에 들어 있었다. 이 주요 건물들 사이사이로 여러 정부 관청과 건물이 들어서 있었다. 주차가 항상 문제였지만 그게 내 걱정거리는 아니었다. 나는 휴대전화기를 꺼내 내 수사관 데니스 뵈치에호프스키에게 전화를 걸었다.

"시스코, 나야. 다 왔어?"

뵈치에호프스키가 젊었을 땐 로드 세인츠(오토바이 폭주족 조직. 마리화나를 재배 판매하고 폭력범죄를 일으키는 등 범죄를 저지르기도 했음-옮긴이)와 어울려 다녔는데 데니스라는 이름을 가진 조직원이 이미 있었다. 다들 뵈치에호프스키라는 성을 발음하기 어려워해서 그를 시스코 키드(1940~1950년대 TV 드라마의 주인공. 부자들을 골려주고 가난한 사람들을 돕는 로빈 후드 같은 인물-옮긴이)라고 불렀다. 구릿빛 피부에 콧수염이 있어서 붙여진 별명이었다. 이젠 콧수염은 사라졌지만 이름은 남았다.

"벌써 와 있어. 경찰서 앞 계단 옆에 있는 벤치로 와."

"5분 내로 갈게. 누구랑 얘기 좀 해봤어? 난 아는 게 전혀 없는데."

"응. 당신 친구 컬렌이 수사 지휘를 맡았어. 피해자 미첼 본듀란트는 오늘 아침 9시쯤 벤투라에 있는 웨스트랜드 본사 주차장에서 발견됐어. 차두 대 사이 바닥에 쓰러져 있었대. 쓰러진 지 얼마나 됐는지는 분명하지 않지만 발견 당시 이미 사망한 상태였고."

"사인은 밝혀졌어?"

"그게 좀 이상해. 처음에는 총에 맞았다고 발표했거든. 주차장 다른 층에 있던 직원이 뭔가가 펑 터지는 소리를 두 번 들었는데 총소리 같았다고 출동한 경찰한테 말했대. 그런데 현장에서 시신을 살펴보니까 무언가에 맞아 죽은 것 같다는 거야."

"리사 트래멀은 현장에서 체포됐어?"

"아니, 우드랜드힐스에 있는 자택에서 체포됐다는 것 같던데. 지금까지 알아낸 게 그 정도야. 몇 군데 더 전화해봐야겠어. 미안해, 믹."

"괜찮아. 곧 모든 걸 알게 될 텐데 뭘. 컬렌은 현장에 있어? 아니면 피의자와 함께 있나?"

"컬렌과 그 파트너가 트래멀을 자택에서 체포해서 경찰서로 연행했다고 들었어. 파트너는 신시아 롱스트레치라는 여잔데 형사 1급이라더라구. 난 처음 들어보는 이름이야."

나도 처음 들어보는 이름이었다. 형사 1급이라면 강력반 신참일 것이고, 현장 경험이 많은 형사에게서 배울 수 있도록 형사 3급인 베테랑 형사 컬렌과 한 조로 짝지어졌을 것이다. 창밖을 내다보았다. 마침 BMW 대리점 앞을 지나가고 있었다. 그 대리점을 보니까 비머스를 팔다가 어느 날 갑자기 가정을 버리고 떠난 리사 트래멀의 남편이 떠올랐다. 아내가 살인 혐의로 체포됐으니 제프 트래멀이 나타날지 궁금했다. 나타나서 버리고 간 아들을 맡을까?

"발렌수엘라를 데려올까?" 시스코가 물었다. "여기서 한 블록만 가면 되는데."

페르난도 발렌수엘라는 내가 밸리 지역 소송을 맡을 때 이용하는 보석 보증인(보석으로 풀려난 피고인이 공판기일에 나타나지 않을 경우 이를 책임질 것을 법원에 보증해주는 사람. 피고인은 이 보증인에게 보석금의 10퍼센트를 수수료로 준다. 보증인은 피고인이 나타나지 않을 경우 보석금 전액을 물어야 하는 위험부담을 감수한다—옮긴이)이었다. 그러나 이번에는 그가 필요 없을 것임을 나는 알고 있었다.

"좀 기다려보자. 살인죄를 붙여놨으니 보석이 허용 안 될 거야."

"그러고 보니 그러네."

"검사가 정해졌어?"

나는 밴나이스에 있는 LA 지방검찰청에서 일하는 전처를 떠올렸다. 그녀가 검찰 쪽 정보를 전해 들을 수 있는 비밀 창구가 될 수 있었다. 그녀가 사건을 맡지 않는다면 말이지만. 사건을 맡으면 이해관계의 충돌 문제가 생길 것이다. 전에도 그런 일이 있었다. 매기 맥퍼슨은 그런 일이 또 생기는 것을 원치 않을 것이다.

"그쪽 얘긴 전혀 못 들었어."

나는 우리가 알고 있는 얼마 안 되는 정보를 곱씹어보고 어떤 조치를 취하는 것이 최선일지 생각해보았다. 추측건대 경찰은 이 살인 사건이 현대 금융계의 대재앙 중 하나에 폭넓은 관심을 불러일으킬 사건이라는 의의를 파악하자마자 신속하게 입단속을 실시해서 모든 정보원을 차단할 것이다. 그렇다면 바로 지금 발 빠르게 움직여야 했다.

"시스코, 마음이 바뀌었어. 나 기다리지 말고 지금 당장 현장으로 달려가서 상황 좀 파악해봐. 함구령이 내려지기 전에 사람들을 만나 이야기도 들어보고."

"진짜?"

"응. 경찰은 내가 맡을게. 필요하면 전화할게."

"알았어. 행운을 빌어."

"자네도."

나는 전화기를 덮고 운전사의 뒤통수를 바라보았다.

"로하스, 델라노에서 우회전해서 실마로 가줘."

"알겠습니다."

"얼마나 걸릴지 모르겠어. 그러니까 나를 내려주고 밴나이스 대로로 돌아가서 자동차 정비소를 찾아봐. 차 트렁크에서 페인트 좀 벗겨달라고 해."

로하스가 백미러로 나를 쳐다보았다.

"무슨 페인트요?"

03 밴나이스 경찰서

LA 경찰국 밸리 지국 건물은 다용도로 쓰이는 4층짜리 건물이었다. LA 북부 지역을 총괄하는 밸리 지국 상황실과 대형 구치소가 있었고 밴나이스 경찰서도 있었다. 나는 의뢰인 접견을 위해 전에도 여러 번 여기를 들락날락했기 때문에 LA에 있는 크고 작은 대다수의 경찰서가 그렇듯이 여기에도 의뢰인과 나를 가로막는 장애물이 여러 개 있다는 걸 알고 있었다.

나는 교활한 상관들이 일을 흐리멍덩하게 하고 허위 정보를 흘리는 기술이 출중한 사람들을 뽑아서 경찰서 접수계에 앉혀놓은 게 아닐까 의심해왔다. 설마 그럴까 싶으면, 시내의 어느 경찰서에라도 들어가서 접수 경찰관에게 경찰에 대한 불만 민원을 접수하러 왔다고 말해보라. 그가 적절한 서식을 찾아내기까지 시간이 얼마나 오래 걸리는지 보라. 접수 경찰관들은 보통 젊고 멍청하고 의도치 않게 무지하거나, 늙고 완고하고 모든 행동을 의도적으로 하거나, 둘 중 하나이다.

밴나이스 경찰서 접수창구에서는 크리민스라는 이름이 적힌 빳빳한 경찰복을 입은 경관이 나를 맞아주었다. 그는 백발의 베테랑이었고, 그러므로 무표정한 눈으로 상대방을 바라보는 능력이 뛰어났다. 내가 변호사이고 의뢰인을 만나러 왔다고 말했을 때 그가 그 능력을 발휘했다. 입을 꽉 다물더니 일렬로 놓여 있는 플라스틱 의자들을 가리켰다. 위층으로 올라가라고 자기가 부를 때까지 조용히 앉아서 기다리라는 뜻이었다.

크리민스 같은 사람들은 겁을 내며 쭈뼛거리는 군중에 익숙하다. 너무 겁이 나서 다른 행동은 해볼 엄두도 못 내고 고분고분 지시에 따르는 사람들에게 익숙하다. 그러나 나는 그런 사람이 아니었다.

"아니, 그렇게 하면 안 되죠." 내가 말했다.

크리민스가 눈을 가늘게 뜨고 나를 쳐다보았다. 그는 하루 종일 어느 누구한테서도 도전을 받아보지 못했을 것이다. 그런데 **범죄자**를 변호하는 변호사 따위가 감히. 그의 첫 조치는 빈정거리듯이 받아치는 거였다.

"그래요?"

"네, 그럼요. 그러니까 전화기를 들고 강력반 컬런 형사한테 전화해서, 미키 할러가 지금 올라가는데 앞으로 10분 안에 의뢰인을 만나지 못하면 광장을 가로질러 법원으로 가서 밀즈 판사를 만나겠다고 전해줘요."

나는 잠깐 말을 멈추고 크리민스가 그 이름을 인지할 수 있도록 시간을 주었다.

"로저 밀즈 판사가 어떤 사람인지 알죠? 나한테는 너무 다행이죠. 판사로 선출되기 전에 형사소송 변호사였거든요. 그 당시에도 경찰의 방해로 시간을 허비하는 것을 좋아하지 않았는데 그건 지금도 마찬가지라고 하더라구요. 경관님과 컬런 형사를 법정에 불러다 놓고 시민이 변호인을 만나 자문을 구하는, 헌법에 보장된 권리를 행사하지 못하게 막는 이런 진부한 장난을 친 이유가 무엇인지 설명하라고 할 걸요. 지난번엔 대답이 마음에 안 든다고 지금 경관님 자리에 앉아 있던 경관에게 벌금 5백 달러를 물렸다고 하던데."

크리민스는 내 말을 따라잡는 데 애를 먹고 있었다. 간단한 문장에만 익숙했지, 말을 길게 하지도 이해하지도 못하는 사람인 것 같았다. 그는 눈을 두 번 깜박거리더니 전화기를 향해 손을 뻗었다. 그러고는 컬렌과 직접 통화했다. 잠시 후 전화를 끊었다.

"가는 길은 알죠, 똑똑한 양반?"

"알죠, 물론. 도와주셔서 감사합니다. 크리민스 경관님."

"다음에 또 봅시다."

그는 총을 겨누듯 손가락으로 나를 가리키더니 방아쇠를 당기는 시늉을 했다. 그 변호사 개자식을 그렇게라도 처리했다고 스스로를 위로하려는 것 같았다. 나는 접수 책상 앞을 떠나 이미 알고 있는, 근처의 엘리베이터 타는 곳으로 걸어갔다.

3층에서는 하워드 컬렌 형사가 웃는 얼굴로 나를 맞았다. 친절한 미소가 아니었다. 마치 카나리아를 잡아먹은 고양이 같았다.

"아래층에서는 즐거우셨나, 변호사님?"

"아, 그럼요."

"근데 한발 늦었는데 어쩌지."

"왜요? 벌써 입건했어요?"

컬렌은 '웅, 미안하게 됐어'라고 말하는 것처럼 두 손을 펴서 들어 보였다.

"그게 참. 파트너가 데리고 나간 후에 바로 1층에서 전화가 오더라구."

"우와, 뭐 그런 우연이 다 있대요. 그래도 만나보고 싶은데 어쩌죠."

"구치소로 가봐, 그럼."

그렇게 되면 한 시간을 더 기다려야 한다는 뜻이었다. 컬렌이 웃고 있었던 이유가 바로 그거였다.

"파트너에게 데리고 돌아오라고 해줄 수는 없어요? 오래 걸리진 않을 건데."

나는 못 먹는 감 찔러나 보자는 심정으로 말했다. 그런데 놀랍게도 컬렌이 허리띠에 꽂힌 휴대전화기를 빼내 들더니 단축번호를 눌렀다. 고도의 작전이거나 진짜로 내 부탁을 들어주고 있는 것이다. 컬렌과 나 사이엔 유쾌하지 않은 역사가 있었다. 우리는 예전에 몇 건의 재판에서 치열하게 싸웠다. 나는 증인석에 앉은 그의 신임도를 무너뜨리려고 애썼다. 그러한 시도가 그리 큰 성공을 거두지는 못했지만, 그런 일로 인해 아직도 둘 사이가 서먹서먹했다. 그런데 지금 그가 내게 호의를 베풀고 있는 것이다. 나는 그 이유가 궁금했다.

"나야." 컬렌이 전화기에 대고 말했다. "여자를 데리고 다시 들어와."

그러고 나서 잠깐 동안 상대방의 말을 들었다.

"내가 그렇게 하라고 지시했으니까. 지금 당장 데리고 들어와."

컬렌은 그 말을 끝으로 전화기를 덮은 후 나를 쳐다보았다.

"나한테 빚진 거야, 할러. 두 시간은 족히 못 만나게 할 수 있었는데. 옛날 같으면 그랬을 거고."

"알아요. 고마워요."

컬렌이 돌아서서 형사실로 향하면서 내게 따라오라고 손짓했다. 그러고는 걸어가면서 태연하게 말했다.

"그 여자가 당신한테 전화해달라면서 그러던데, 당신이 주택 압류를 막는 소송을 맡았다면서."

"네."

"이혼한 여동생이 하나 있는데 지금 그런 상황이야."

그거였다. 받는 게 있으면 주는 것도 있어야 하는 법이다.

"내가 만나볼까요?"

"아니, 그냥 이런 일에는 맞서 싸우는 게 좋을지 아니면 받아들이고 툭툭 털고 가는 게 좋을지만 알려줘."

형사실은 시간 왜곡(공상과학 소설 등에서 묘사되는 현상으로 과거나 미래의 일이 현재에 뒤섞여 나타나는 것 – 옮긴이)이 일어나는 공간 같았다. 마치 1970년대의 형사실을 보는 듯했다. 바닥에는 리놀륨 장판이 깔려 있고 벽은 두 종류의 노란색 페인트가 칠해져 있었으며 정부가 지급한 회색 책상이 놓여 있었는데 책상 가장자리의 고무는 거의 다 벗겨져 나가고 없었다. 컬렌은 파트너가 내 의뢰인을 데리고 돌아오기를 기다리며 서 있었다.

나는 주머니에서 명함 한 장을 꺼내 컬렌에게 건넸다.

"형사님은 지금 투사와 이야기하고 있는 거예요. 그러니까 내 대답은 싸우라는 거죠. 근데 난 형사님 여동생 소송은 못 맡아요. 이해관계의 충돌이 생기니까. 우리 사무실로 전화하라고 해요. 좋은 변호사 소개시켜줄 테니까. 전화할 때 꼭 형사님 이름 말하라고 하고요."

컬렌이 고개를 끄덕이더니 책상에서 DVD 케이스를 집어 들어 내게 건네주었다.

"이거 지금 주는 게 낫겠군."

나는 케이스를 바라보았다.

"이게 뭔데요?"

"당신 의뢰인과의 면담 녹화한 거. 틀어보면 그 여자가 변호사를 원한다는 마법의 말을 하자마자 조사를 멈췄다는 걸 알게 될 거야."

"가서 확인해볼게요. 근데 왜 내 의뢰인을 용의자로 보고 있는지 물어봐도 될까요?"

"물론. 그 여자가 살인을 저질렀고, 변호사를 불러달라고 요청하기 전에 그 사실을 인정했기 때문에 살인 피의자로 전환한 거야. 당신한텐 유감스럽게 됐지만, 우린 원칙대로 행동했어."

나는 DVD 디스크를 들어 보이며 마치 그것이 내 의뢰인인 것처럼 말했다.

"이 여자가 본듀란트를 살해했다고 인정했다고요?"

"그렇게 많은 말로 표현하진 않았고. 하지만 분명히 인정했고 또 나중에는 모순되는 말도 했어. 지금은 그 정도만 말해둘게."

"혹시 왜 그랬는지는 그렇게 많은 말로 표현하던가요?"

"그럴 필요가 없었지. 피살자가 그 여자의 집을 빼앗으려고 했으니까. 범행 동기는 그것만으로도 충분하지 않을까 싶은데. 동기만큼은 확실하잖아."

그의 말이 틀렸다고, 내가 그 주택 압류를 막고 있는 중이었다고 말해줄 수도 있었다. 하지만 입 다물고 아무 말 하지 않았다. 여기서 내가 할 일은 정보를 수집하는 것이지 제공하는 것이 아니었다.

"또 뭘 알아냈어요, 컬렌?"

"현재로서는 당신과 공유하고 싶은 정보는 그게 전부야. 나머지는 당신 스스로 잘 찾아봐."

"그러죠. 검사는 정해졌어요?"

"그런 얘기는 못 들었는데."

컬렌이 형사실 뒤쪽을 향해 고갯짓해서 돌아보니 리사 트래멀이 다른 형사의 부축을 받으며 조사실 문을 향해 걸어가고 있었다. 리사는 헤드라이트 불빛에 드러난 사슴 같은 눈빛을 하고 있었다.

"15분 줄게." 컬렌이 말했다. "이게 다 내가 친절을 베푸는 거야. 굳이 전쟁을 시작할 필요가 없을 것 같아서."

아직까진 필요 없단 뜻이겠지. 나는 조사실 문을 향해 걸어가면서 생각했다.

"이봐, 잠깐만." 컬렌이 내 등에 대고 외쳤다. "그 서류가방 좀 보자구. 규정이 그래서."

컬렌은 내가 들고 있는 알루미늄 몸체에 가죽 테가 둘러져 있는 서류가방을 가리키고 있었다. 나는 가방 검사가 변호인과 의뢰인 간의 기밀유지 권리를 침해한다고 주장할 수도 있었지만, 어서 빨리 의뢰인을 만나고 싶었다. 그에게로 돌아가서 팔을 크게 빙 둘러 서류가방을 카운터 위에 올려놓고 열었다. 가방 속에 들어 있는 것은 리사 트래멀 사건 소송 자료와 새 리걸패드, 차를 타고 오면서 인쇄한 새 계약서와 위임장이 전부였다. 내 변호 분야가 민사에서 형사로 넘어가고 있었기 때문에 계약서와 위임장을 다시 쓰고 리사의 서명을 받아놓을 필요가 있었다.

컬렌은 재빨리 한번 훑어본 후 가방을 닫으라고 손짓했다.

"이야, 수작업으로 만든 이탈리아 가죽 가방이군." 그가 말했다. "멋 좀 부리는 마약밀매상의 가방 같은데. 설마 나쁜 놈들과 어울려 다니는 건 아니겠지, 할러?"

컬렌은 그 카나리아를 잡아먹은 고양이 같은 미소를 다시 지었다. 세상에서 제일 독특한 게 경찰관의 유머였다.

"실은 운반책이 들고 다니던 거였어요." 내가 말했다. "의뢰인이었죠. 하지만 그가 가는 곳에는 이게 필요가 없어서 수임료 대신 현물로 받은 거예요. 비밀 칸을 보여줄까요? 여는 게 좀 까다롭긴 하지만."

"보기는 뭘. 됐어. 당신 참 노련하군."

나는 가방을 덮고 다시 조사실로 걸어갔다.

"그리고 이건 콜롬비아산 가죽이에요." 내가 말했다.

컬렌의 파트너가 조사실 문 앞에서 기다리고 있었다. 처음 보는 여자였지만 굳이 내 소개를 하진 않았다. 어차피 우리는 절대로 친해지지 못할 것이고, 그녀는 컬렌에게 잘 보이려고 내 손을 부러뜨릴 것처럼 힘주어 악수를 할 것 같았다.

그녀가 문을 연 채로 잡고 있었고 나는 문지방 앞에서 멈춰 섰다.

"이 방의 영상녹화 녹음 장비는 다 꺼져 있는 거죠?"

"그럼요."

"혹시 녹화나 녹음을 하면 그건 내 의뢰인의……."

"무슨 말씀이신지 압니다."

"좋아요. 하지만 편리하게도 잊어버리는 경우가 종종 있어서, 안 그래요?"

"이제 14분 남았는데, 피의자를 만나시겠습니까, 아니면 계속 저랑 노닥거리실래요?"

"그러네, 정말."

내가 안으로 들어가자 뒤에서 문이 닫혔다. 조사실은 5평방미터가 될까 말까 한 작은 방이었다. 나는 리사를 쳐다보며 손가락을 입술에 갖다 댔다.

"네?" 그녀가 물었다.

"한 마디도 하지 말라는 뜻이에요, 리사, 내가 말하라고 하기 전에는."

리사는 갑자기 감정이 복받쳐 눈물을 폭포수처럼 쏟아내며 통곡했다. 오랫동안 큰 소리로 울다가 차츰 울음이 잦아들면서 뭐라고 한 마디 했지만 울음에 섞여 무슨 말인지 하나도 알아들을 수가 없었다. 그녀는 정사각형의 탁자 앞에 앉아 있었고 그 맞은편에 빈 의자가 놓여 있었다. 나는 재빨리 그 의자에 앉아 서류가방을 탁자 위에 올려놓았다. 리사가 그 방의 숨겨진 카메라를 향하도록 앉혀졌을 거라고 생각했지만, 카메라를 찾아보려고 두리번거리지는 않았다. 서류가방을 열고, 내 등이 카메라를 가려주기를 바라면서 가방을 내 앞으로 끌어당겼다. 컬렌과 그의 파트너가 우리의 대화를 듣고 보고 있다고 추정해야 했다. 그것이 그가 '친절'을 베푼 또 하나의 이유였다.

나는 오른손으로 리걸패드와 서류들을 하나하나 꺼내면서 왼손으로 서류가방의 비밀 칸을 열었다. 비밀 칸 안에 있는 파킨 2000 음향전파방해기의 작동 버튼을 눌렀다. 그것은 저주파 RF 신호를 내보내 전자 허위 정보로 7미터 이내에 있는 모든 도청장치의 작동을 방해하는 장치였다. 컬렌과 파트너가 불법 도청을 하고 있다면 지금 백색 소음을 듣고 있을 것이다.

서류가방과 비밀 장치는 생산된 지 거의 10년이 다 되어가고 있었고, 이 가방의 원 주인은 아직도 연방 교도소에 있는 것으로 알고 있었다. 적어도 7년 전쯤 마약 관련 소송이 내 주 소득원이었을 때 수임료 대신 받은 거였다. 나는 경찰이 항상 더 좋은 쥐덫을 놓으려고 노력하고 있고, 10년이면 전자도청장치 분야에서 혁명이 적어도 두 번은 있었을 거라고 추측했다. 그래서 완전히 안심할 수가 없었다. 말을 조심해서 가려 할 필요가 있었고 의뢰인도 그렇게 해주기를 바랐다.

"리사, 여기서 이야기를 다 하지는 않을 겁니다. 누가 듣고 있는지도 모르니까. 알겠어요?"

"네. 그런데 무슨 일이에요? 무슨 일이 벌어지고 있는지 알 수가 **없다구요!**"

리사의 목소리가 점점 더 높아져서 마지막에는 거의 절규를 했다. 내가 주택 압류에 관한 민사소송을 맡고 있을 때에도 통화하면서 몇 번이나 이렇게 감정적으로 말했었다. 이젠 더 심각한 사건을 맡게 될 것 같은데 분명히 선을 긋고 넘어가야 한다는 생각이 들었다.

"그렇게 말하지 말아요, 리사." 내가 단호하게 말했다. "나한테 소리치지 말라고요. 알겠어요? 내가 당신을 변호해주기를 바란다면 나한테 소리치는 것부터 고쳐요."

"알았어요, 미안해요. 근데 형사들이 내가 하지도 않은 일을 했다고 하잖아요."

"알아요. 맞서 싸울 거고. 하지만 소리치지는 말아요."

입건 절차가 시작되기 전에 다시 데려왔기 때문에 리사는 아직도 사복을 입고 있었다. 그녀는 앞면에 꽃무늬가 하나 있는 흰 티셔츠를 입고 있었다. 티셔츠에도 다른 어디에도 핏자국은 보이지 않았다. 얼굴에는 눈물 자국이 있었고 갈색 곱슬머리는 헝클어져 있었다. 작은 여자였는데 조사실의 강한 불빛 아래에서 보니까 훨씬 더 작아 보였다.

"몇 가지 물어봅시다." 내가 말했다. "경찰이 당신을 발견했을 때 당신은 어디 있었어요?"

"집에 있었어요. **형사들이 나한테 왜 이러는 거예요?**"

"리사, 내 말 잘 들어요. 진정하고 내가 묻는 말에 대답해줘요. 매우 중요한 일이니까."

"그러니까 무슨 일인데요? 아무도 말을 안 해줘요. 미첼 본듀란트 살해 혐의로 나를 체포하겠대요. 언제요? 어떻게요? 그 사람 옆에 가지도 않았는데. 접근금지 명령을 어기지 않았다고요."

나는 리사를 만나기 전에 컬렌의 DVD를 먼저 볼 걸 잘못했다고 생각했다. 하지만 보통은 이렇게 불리한 입장에서 시작하기 마련이었다.

"리사, 미첼 본듀란트 살인 혐의로 체포된 거 맞아요. 컬렌 형사 말로는, 나이가 많은 형사 말예요, 당신이 인정했다던데……."

리사가 비명을 지르면서 두 손을 들어 얼굴을 덮었다. 두 손목에 수갑이 채워져 있었다. 그녀가 또 오열을 하기 시작했다.

"인정하긴 뭘 인정해요! **아무것도 인정하지 않았어요!**"

"진정해요, 리사. 그래서 내가 여기 있는 거 아닙니까. 당신을 변호하기 위해서. 하지만 지금은 시간이 별로 없어요. 10분을 줬는데 그 후에는 입건할 거니까. 우선……."

"감옥에 간다고요?"

나는 마지못해 고개를 끄덕였다.

"보석은요?"

"살인 혐의에 대해서는 보석을 얻어내기가 아주 힘들어요. 설사 얻어낸다고 해도, 당신한테 그만한……."

날카로운 울음소리가 작은 방 안을 가득 채웠다. 나는 인내심을 잃었다.

"리사! 그만 좀 해요! 잘 들어요, 당신은 지금 인생 최대의 위기를 맞고 있어요, 알겠어요? 진정하고 내 말 잘 들어요. 내가 당신 변호인이고 당신을 여기서 빼내기 위해 최선을 다할 겁니다. 하지만 시간이 좀 걸릴 거예요. 그러니 지금은 내 질문을 잘 듣고 대답해줘요. 그렇게 호……."

"내 아들은요? 타일러는 어떡해요?"

"우리 사무실 직원이 당신 언니하고 연락하고 있어요. 당신을 빼낼 수 있을 때까지 아이가 이모와 함께 지내게 할게요."

나는 석방이 힘들 거라는 뜻은 내비치지 않으려고 아주 신중하게 말했다. 당신을 빼낼 수 있을 때까지. 그때까지 여러 날이 걸릴 수도 있고, 몇 주가, 심지어 몇 년이 걸릴 수도 있었다. 그런 날이 아예 오지 않을 수도 있었다. 하지만 구체적으로 표현할 필요는 없었다.

리사는 아들이 자기 언니와 함께 지낼 거란 말에 안심이 되는지 고개를 끄덕였다.

"당신 남편은 어떡하죠? 전화번호 있어요?"

"아뇨, 어디 있는지도 모르는데요. 그리고 연락 안 했으면 좋겠어요."

"아들을 위해서라도 해야 하지 않을까요?"

"아들을 위해서 하지 말라는 거예요. 언니가 잘 돌봐줄 거예요."

나는 고개를 끄덕이고 그 문제는 그냥 넘어갔다. 지금은 실패한 결혼 생활에 대해 물어볼 때가 아니었다.

"좋아요. 지금부턴 오늘 아침 일에 대해서 침착하게 얘기해봅시다. 형사들한테서 신문을 녹화한 DVD를 받았지만 직접 물어보고 싶군요. 컬렌 형사와 파트너가 도착했을 때 당신은 집에 있었다고 했는데, 뭐 하고 있었어요?"

"난…… 난 컴퓨터를 하고 있었어요. 이메일을 보내고 있었어요."

"좋아요. 누구한테?"

"친구들한테요. FLAG 사람들한테. 내일 아침 10시에 법원 앞에서 만나
자고, 플래카드를 챙겨오라고 말하고 있었어요."

"좋아요. 형사들이 나타나서 정확히 뭐라고 하던가요?"

"말은 그 남자 혼자 다 했어요. 그 형사가……."

"컬렌 형사요."

"네. 형사들이 집 안으로 들어왔고, 그 형사가 몇 가지 물었어요. 그러더
니 물어볼 게 몇 가지 더 있는데 서까지 같이 가겠냐는 거예요. 무슨 일이
냐고 물었더니 미치 본듀란트에 관한 일이라고 하더라고요. 그가 죽었다
거나 살해됐다는 말은 한 마디도 없었어요. 그래서 가겠다고 한 거예요.
난 경찰이 드디어 그를 조사하는 줄 알았어요. 나를 조사하고 있다고는
꿈에도 생각 못 했죠."

"형사가 자기 말에 대답하지 않을 권리가 있고 변호사를 부를 권리가
있다는 말을 하던가요?"

"네, TV에 나오는 것처럼요. 내 권리를 말해줬어요."

"정확히 언제요?"

"여기 도착하고 나서요, 나를 체포한다고 말하면서."

"여기까지 컬렌 형사와 같이 타고 왔어요?"

"네."

"그럼 차 안에서 당신이 말한 적 있어요?"

"아뇨. 그 형사가 계속 통화를 했거든요. '연행했습니다'라고 말하는 걸
들었어요."

"수갑을 차고 있었어요?"

"차 안에서요? 아뇨."

용의주도한 컬렌. 그는 리사의 의심을 사지 않고 그녀의 이야기를 들어 보기 위해 수갑을 차지 않은 살인 용의자와 한 차에 타는 위험을 감수했다. 이보다 더 훌륭한 덫을 놓을 수는 없었을 것이다. 또 이렇게 함으로써 검찰은 리사가 아직 체포되지 않았고 자발적으로 진술했다고 주장할 수 있게 되었다.

"그래서 여기로 연행되어 왔고 조사에 응했다는 거죠?"

"네. 난 그 형사들이 나를 체포할 거라고는 생각도 못 했어요. 내가 수사를 돕고 있다고 생각했죠."

"하지만 컬렌은 무슨 사건인지 말하지 않았고."

"네, 전혀 안 했어요. 나를 체포한다고, 변호사와 연락할 수 있다고 말할 때까지는 전혀요. 그때 가서야 무슨 사건인지 말해줬고 수갑을 채웠어요."

컬렌은 책에 나오는 가장 오래된 수법을 썼지만 그 수법들은 효과가 있기 때문에 아직까지 책에 나오는 것이다. 리사가 무엇을 인정했는지 정확히 알려면 DVD를 봐야 했다. 이렇게 흥분해 있는 그녀에게 무엇을 인정했느냐고 묻는 것은 한정된 시간을 활용하는 최선의 방법이 아니었다. 내 생각이 옳다고 맞장구라도 치듯 갑자기 문을 날카롭게 두드리는 소리가 들리더니 2분 남았다고 말하는 목소리가 문에 막혀 작게 들려왔다.

"좋아요. 나가서 어떻게 된 일인지 알아봐야겠군요. 그전에 먼저 두 가지 서류에 서명해줘요. 첫 번째 것은 형사사건 변호사 선임계약서."

나는 한 장짜리 서류를 리사에게로 밀었고 펜을 그 위에 올려놓았다. 그녀가 계약서를 훑어보기 시작했다.

"재판 한 번 하는 데 수임료가 15만 달러라고요?" 그녀가 말했다. "이렇게는 못 줘요. 돈이 없어서."

"그건 표준가격이고 재판으로 갔을 때 말이죠. 당신이 낼 돈에 관해서는 여기 다른 서류들이 있어요. 이건 이 사건과 관련한 출판권과 영화 판권 등 파생상품 판권 거래를 내가 진행할 수 있도록 대리권을 내게 주는 위임장이에요. 이런 일을 함께하는 에이전트가 있으니까 거래가 성사되면 그 사람이 맡아서 할 거예요. 마지막 서류는 그런 거래를 통해 들어오는 수익금에서 변호사 수임료를 우선 지급한다는 내용의 계약서고."

나는 이 사건이 대중의 관심을 끌 거라고 생각했다. 주택 압류 열풍이 현재 이 나라가 겪고 있는 최악의 경제 재앙이었다. 이에 관한 책이 나올 수 있고 심지어 영화도 나올 수 있을 것 같았다. 그러면 나는 수임료를 챙길 수 있을 것이다.

리사 트래멀은 펜을 들고 더 읽어보지도 않고 서류에 서명했다. 나는 서류들을 받아서 가방에 집어넣었다.

"좋아요, 리사, 지금부터 내가 하는 말은 세상에서 가장 중요한 충고니까 잘 듣고 알았다고 말해주기 바라요."

"네."

"이 사건에 대해서 내가 아닌 다른 사람과는 절대로 이야기하지 말 것. 형사, 교도관, 수감자, 언니, 아들, 그 누구하고라도 이 사건에 대해서는 말하지 말아요. 누가 물어보면, 분명히 많이들 물어볼 텐데, 이 사건에 대해서는 말할 수 없다고만 해요."

"하지만 난 아무 잘못도 없는데요. 결백하다고요! 죄가 있는 사람들이 말하지 않는 거잖아요."

나는 그녀를 손가락질하며 나무랐다.

"아니, 그건 당신 생각이 틀렸어요. 내 말을 진지하게 받아들이지 않는 것 같군요, 리사."

"아뇨, 진지하게 받아들이고 있어요, 진짜로."

"그럼 내가 하라는 대로 해요. 아무하고도 말하지 말아요. 감옥에서 전화 통화를 할 때도 안 돼요. 모든 통화 내용은 녹음되니까. 통화할 때 당신 사건에 대해서는 말하지 말아요, 심지어 나와 통화할 때라도."

"알았어요, 알았어. 알아들었다고요."

"무슨 말이라도 꼭 해야겠으면, 모든 질문에 '나는 내가 받은 혐의에 대해 결백하지만 변호인의 충고를 받아들여 이 사건에 대해서는 아무 말도 하지 않을 겁니다'라고 말할 수는 있어요. 어때요?"

"좋아요."

문이 열렸고 컬렌이 거기 서 있었다. 눈을 가늘게 뜨고 의심스러운 듯 나를 쳐다보는 걸 보니, 파킨 음향전파방해기를 잘 가져왔다는 생각이 들었다. 나는 리사를 돌아보았다.

"좋아요, 리사, 나쁜 일이 있으면 좋은 일도 있는 법입니다. 꿋꿋하게 견디고 황금률을 기억해요. 아무에게도 말하지 말아요."

내가 일어섰다.

"다음번엔 첫 법정 출두 때 보게 될 겁니다. 그때 얘기합시다. 자, 이젠 컬렌 형사를 따라가요."

04 신경전

다음 날 아침, 리사 트래멀은 1급 살인 혐의 피고인으로 로스앤젤레스 고등법원에 처음 출두했다. 지방검찰청이 잠복했다가 공격했다고 주장하며 특정범죄 가중처벌에 관한 법률 위반 혐의를 추가해서, 그녀는 가석방 없는 무기징역형이나 심지어 사형까지도 받을 수 있게 되었다. 그것은 검찰의 협상 카드였다. 검찰은 피고인에게 동정여론이 쏠리기 전에 유죄인정 합의를 통해 사건을 해결하고 싶은 거였다. 그와 같은 결과를 얻기 위해서 가석방 없는 무기징역형이나 사형을 피고인에게 구형하는 것보다 더 좋은 방법이 있을까?

법정 방청석은 FLAG 회원들과 지지자들뿐만 아니라 언론사 기자들로 꽉 찼고 서 있을 자리만 조금 남아 있었다. 주택 압류가 한 은행가의 살인을 초래했을지 모른다는 경찰과 검찰의 이론이 밤사이에 입소문을 타고 걷잡을 수 없이 퍼져 나갔다. 이 사건은 전국적인 재정 위기에 끔찍한 반전을 가져왔고, 결과적으로 법정이 이렇게 북적이게 만들었다.

리사는 구치소에서 24시간 가까이 보내고 난 후 상당히 진정되어 있었다. 그녀는 대기실에서 2분간의 심리를 기다리는 동안 좀비처럼 서 있었다. 나는 우선 아들은 이모 품에서 안전하게 지내고 있다고 말해 그녀를 안심시켰고, 마이클 할러 법률사무소는 최선을 다해 최상의 변호 서비스를 제공하겠다고 약속했다. 그녀는 아들을 돌보고 자신의 법무팀을 도와야 하니 자기를 어서 빨리 구치소에서 빼내달라고 재촉했다.

첫 심리는 주로 혐의를 공식적으로 공표하고 재판 과정의 시작을 알리는 절차였지만, 보석을 신청하고 요구할 기회도 있었다. 나는 어느 돌 하나 뒤집어보지 않은 것이 없게 하고 어떤 문제도 이의를 제기하지 않은 것이 없게 한다는 인생 철학을 갖고 있었기 때문에 보석을 신청할 계획이었다. 그러나 그 결과에 대해서는 회의적이었다. 법에 따라 보석금이 책정될 것이다. 그러나 현실적으로 볼 때 살인 혐의 피고인의 보석금은 보통 수백만 달러로 책정되었고, 따라서 보통 사람은 보석금을 내고 풀려나는 것이 불가능했다. 게다가 내 의뢰인은 압류된 집에 살고 있는 실직 상태의 싱글맘이었다. 수백만 달러의 보석금은 결국 리사가 구치소에서 풀려나지 못할 거라는 뜻이었다.

스티븐 플루하티 판사는 언론에 협조하기 위해 리사 트래멀 사건을 사건일람표 첫 칸에 놓았다. 이 사건에 배정된 안드레아 프리먼 검사가 혐의를 읽었고, 판사는 다음 주에 있을 기소인부 절차 일정을 정했다. 리사 트래멀은 그때까진 혐의에 대해 어떤 답변도 하지 않을 것이다. 이런 통상적인 절차들은 일사천리로 진행되었다. 기자들이 장비를 싸 들고 단체로 법정을 나갈 수 있도록 플루하티 판사가 잠깐 휴정을 선언하려는 순간, 내가 나서서 내 의뢰인의 보석허가청구서를 제출했다. 이렇게 보석을 청구한 또 하나의 이유는 검찰의 반응을 보기 위해서였다. 가끔 운이 좋으면 검찰이 보석금을 높이 책정해야 한다고 주장하면서 증거와 전략을 드러내기도 했다.

그러나 프리먼은 대단히 용의주도한 검사여서 그런 말실수를 하지 않

왔다. 그녀는 리사 트래멀이 지역사회에 위협이 되는 인물이므로 재판절
차가 더 진행될 때까지 보석 없이 사회로부터 격리되어야 한다고 주장했
다. 피살자는 사적으로 리사의 자택을 압류하려고 했던 것이 아니라 사슬
의 한 연결고리에 불과했다고 말했다. 그런데 트래멀이 풀려난다면 그 사
슬에 있는 다른 연결고리들이, 다른 사람들과 기관들이 위험해질 수 있다
고 했다.

검찰 측 중요한 전략이나 주장의 노출은 전혀 없었다. 검찰이 주택 압
류를 미첼 본듀란트를 살해한 동기로 몰아갈 거라는 게 처음부터 분명해
보였다. 프리먼은 보석에 반대한다는 의견을 설득력 있게 피력했지만, 살
인 사건에 관한 검찰 측 주장은 거의 드러내지 않았다. 능력 있는 검사였
다. 전에도 몇 건의 재판에서 맞선 적이 있었는데 내 기억으로는 매번 내
가 졌다.

내 차례가 됐을 때, 나는 트래멀이 지역사회에 위협이 된다거나 도주의
위험이 있다는 증거는 물론이고 그런 조짐조차 없다고 주장했다. 그런 증
거가 없다면 판사는 피고인의 보석을 거부할 수 없을 터였다.

플루하티 판사는 양측에 공평한 결정을 내렸다. 보석을 허가함으로써
변호인 측의 손을 들어준 한편, 보석금을 2백만 달러로 정함으로써 검찰
측에 승리를 안겨주었다. 결국 리사는 어디에도 가지 못하게 되었다. 보석
으로 풀려나자면 담보로 2백만 달러를 법원에 맡기거나 보석 보증인을 찾
아가야 했다. 10퍼센트의 보석 보증금이면 현금으로 20만 달러인데 그만
한 돈이 그녀에게 있을 리 없었다. 그녀는 구치소에서 지내게 될 것이다.

마침내 판사가 휴정을 선언했고 덕분에 나는 리사가 법정 경위들에 이
끌려 법정을 떠나기 전에 몇 분 더 이야기를 나눌 기회를 얻었다. 기자들
이 줄지어 법정을 나가는 동안 나는 재빨리 리사에게 계속 입 다물고 있
으라고 주의를 주었다.

"지금은 언론의 관심이 쏠리고 있어서 말조심하는 게 훨씬 더 중요해요, 리사. 기자들이 구치소에 있는 당신한테 접근할지 몰라요. 직접 접근할 수도 있겠고 다른 수감자나 당신이 신뢰하는 면회객을 통해서 접근할 수도 있을 거고. 그러니까 누구하고도……."

"말하지 마라. 알아들었어요."

"좋아요. 오늘 오후에 우리 사무소 직원들이 모두 모여서 사건의 개요를 파악하고 전략을 수립하기 위해 회의를 할 건데, 혹시 그 자리에서 논의하고 싶은 게 있어요? 어떤 거라도."

"딱 하나 변호사님한테 물어보고 싶은 게 있어요."

"뭐죠?"

"내가 그랬는지 왜 안 물어보죠?"

나는 법정 경위 한 명이 대기실로 들어와 리사를 데리고 가려고 그녀 뒤로 다가오는 것을 보았다.

"물어볼 필요가 없으니까." 내가 말했다. "내 일을 하는 데 그 대답이 필요치 않으니까."

"그렇다면 우리나라 사법제도는 한심하기 짝이 없군요. 나를 믿어주지 않는 변호사가 나를 변호하게 해도 되는지 확신이 안 서네요."

"뭐 그건 당신이 알아서 선택할 일이고. 지금이라도 저 법정 문을 열고 나가면 이 사건을 맡고 싶어 안달 난 변호사들이 줄을 섰을 거요. 하지만 이 사건의 정황이나 압류 건에 대해서 나만큼 잘 아는 사람은 없을 텐데. 그리고 누가 당신을 믿는다고 말한다고 해도 진짜로 믿는 건 아닐 수도 있어요. 난 그런 쓸데없는 소리 하지 않아요, 리사. 난 묻지도 말고 말하지도 말자는 주의니까. 그건 쌍방에 다 해당되는 말이고. 그러니 내가 당신을 믿는지 묻지 말아요. 물어도 말 안 해줄 거지만."

나는 잠깐 말을 멈추고 그녀가 대꾸하고 싶어 하는지 살폈다. 그런 기색은 없었다.

"그럼 우리 계속 가는 건가요? 당신을 믿어주는 변호사를 찾아서 일을 맡길 거라면 내가 여기서 시간 낭비할 필요는 없으니까."

"계속 가죠 뭐."

"좋아요, 그럼 내일 구치소로 들를게요. 사건에 대해서 그리고 우리가 어느 방향으로 갈 건가에 대해서 논의하러. 그전에 검찰이 어떤 증거를 확보했는지 내 수사관이 어느 정도라도 알아낼 수 있으면 좋을 텐데. 그는……."

"뭐 하나 물어봐도 돼요, 미키?"

"물론."

"보석금 좀 빌려줄래요?"

나는 놀라지 않았다. 보석금을 빌려달라고 한 의뢰인이 몇 명이나 되는지 이젠 기억도 가물가물했다. 그중에서 이번이 아마 최고 금액일 것이다. 나는 이런 질문을 받는 것이 이번이 마지막은 아닐 거라고 생각했다.

"그럴 수가 없어요, 리사. 첫째, 내 수중에 그만한 돈이 없고. 둘째, 변호사가 의뢰인의 보석금을 제공하는 것은 불법이니까. 그래서 도와줄 수가 없어요. 난 당신이 적어도 재판이 진행되는 동안에는 투옥되어 있을 거라는 사실을 편하게 받아들이면 좋겠어요. 보석금이 2백만 달러로 책정됐는데 그 말은 보석 보증인의 보증을 받는 데만도 적어도 20만 달러가 필요하다는 뜻이거든요. 상당한 액수죠. 당신에게 그만한 돈이 있다면 그중 절반을 변호사 수임료로 쓰면 좋겠는데. 그러니 이러나저러나 당신이 있을 곳은 감옥밖에 없을 것 같군요."

나는 웃었지만 리사는 내 말이 조금도 우습지 않은 것 같았다.

"그렇게 보증금을 걸어놓으면 재판이 끝나고 도로 받나요?" 그녀가 물었다.

"아뇨, 그 돈은 위험부담을 짊어진 대가로 보석 보증인에게 돌아가요. 당신이 도주하면 보석 보증인이 2백만 달러라는 보석금 덤터기를 써야 하니까."

리사는 격분한 표정이었다.

"난 도망 안 가요! 여기 그대로 살면서 끝까지 싸울 거예요. 다만 아들과 함께 있고 싶어서 그래요. 그 아이에겐 엄마가 필요하잖아요."

"리사, 구체적으로 당신 이야기를 한 게 아니라, 보석과 보증 제도가 어떤 식으로 운용되는지를 얘기한 것뿐이에요. 어쨌든, 당신 뒤에 서 있는 경위가 대단한 인내심을 발휘하고 있는데, 경위와 함께 가요. 나도 돌아가서 당신 변호를 위해 일할 테니까. 내일 얘기합시다."

내가 법정 경위에게 고개를 끄덕여 보이자 그가 다가와서 리사를 데리고 법원 구치감으로 돌아갔다. 법정 유치장 옆쪽에 있는 강철 문으로 나가면서 리사가 겁에 질린 눈으로 나를 돌아보았다. 앞으로 어떤 일이 벌어질지 알 수 없어 막막할 것이다. 그녀의 인생에서 가장 끔찍한 시련이 이제 겨우 시작되었을 뿐이다.

안드레아 프리먼이 걸음을 멈추고 동료 검사와 이야기를 나누느라 잠깐 지체했기 때문에 나는 법정을 나가는 그녀를 따라잡을 수 있었다.

"커피 한잔 하면서 얘기 좀 할까요?" 내가 검사를 뒤따라가면서 물었다.

"변호사님 팬들하고 얘기해야 하지 않아요?"

"내 팬들?"

"카메라 기자들이요. 문밖에 몰려와 있을 텐데."

"당신과 얘기하는 게 낫겠는데. 당신이 원한다면 언론대응지침을 논의해도 좋겠고."

"몇 분 시간을 낼 수 있을 것 같네요. 지하로 내려갈까요, 아니면 내 사무실로 가서 검사실 커피 한번 마셔볼래요?"

"지하로 갑시다. 당신 사무실에서는 자꾸 뒤를 돌아볼 것 같으니까."

"전처 때문에요?"

"전처와 다른 사람들 때문에. 그래도 요즘엔 사이 좋아요, 우리."

"다행이군요."

"매기를 알아요?"

밴나이스에서 일하는 검사들이 적어도 80명은 되었다.

"오다가다 마주치면 인사나 하는 정도예요."

법정을 나간 우리는 모여 있는 기자들 앞에 나란히 서서 재판이 아직 초기 단계이므로 논평하지 않겠다고 선언했다. 엘리베이터를 향해 걸어 가는데, 적어도 여섯 명의 기자가 내 손에 명함을 쥐어주었다. 거의가 전 국 언론매체 기자들이었다. 〈뉴욕타임스〉, CNN, 〈데이트라인〉, 살롱(미국 최초의 인터넷 언론사 – 옮긴이), 놀랍게도 〈60분〉도 있었다. 하루 전만 해도 LA 남부에서 주택 압류에 관한 민사소송을 대리해주고 한 달에 250달러 를 버는 별 볼 일 없는 변호사였던 내가 24시간도 채 지나지 않아 미국 금융계를 들썩거리게 하는 사건의 수석 변호인이 된 것이다.

그 사실이 마음에 들었다.

"다들 갔으니까 어색하게 웃는 거 그만해도 돼요." 엘리베이터에 타자 마자 프리먼이 말했다.

나는 그녀를 바라보며 진짜로 웃었다.

"그렇게 티가 나요?"

"그럼요. 즐길 수 있을 때 즐기라고 말해주고 싶네요."

그녀의 말을 들으니 이 재판에서 내가 처한 상황이 실감되었다. 프리먼 은 LA 지방검찰청에서 장래가 촉망되는 검사였고, 언젠가는 지방검찰청 장에 입후보할 거라는 소문도 있었다. 그녀가 검찰에서 출세하고 명성을 누리는 것은 그녀의 피부색과 검찰청 내부의 정치적 이해관계 덕분이라는 게 일반적인 통념이었다. 거기에는 그녀가 좋은 사건들을 맡은 것은 소수자인 검찰청장의 후배이면서 그녀 자신이 소수자이기 때문이라는 은근한 암시가 깔려 있었다. 그러나 나는 그런 생각은 엄청난 착각이라는 것을 알고 있었다. 안드레아 프리먼은 검사로서의 업무 능력이 매우 우수했고, 내가 그녀에 맞서 싸워서 이긴 적이 한 번도 없다는 사실이 그 증거였다. 전날 밤 그녀가 트래멀 사건을 맡았다는 소식을 들었을 때 나는 날카로운 칼에 가슴을 찔린 듯한 격통을 느꼈다. 그러나 어쩔 도리가 없었다.

지하 카페에서 우리는 주전자에 있는 커피를 컵에 따라서 한적한 구석 테이블로 갔다. 프리먼은 입구가 마주 보이는 자리에 앉았다. 순경부터 형사, 검사에 이르기까지 법 집행기관의 공무원들은 대개가 이런 자리를 선호한다. 공격이 들어올 수 있는 곳에 등을 돌리고 있지 않는다는 원칙 때문일 것이다.

"그래서……, 우리가 이렇게 마주 앉게 됐군요." 내가 말했다. "당신은 미국의 영웅이 될 여자를 기소해야 하는 입장이 됐고."

프리먼은 별 미친 소리를 다 들어본다는 듯 깔깔깔 웃었다.

"영웅은 무슨. 살인범이 어떻게 영웅이 돼요."

나는 LA에서 기소된 유명인의 사건을 예로 들어 반박해볼까 생각했지만 잠자코 넘어갔다.

"내가 좀 과장했나. 그냥 이번 사건에서는 시민들이 피고인을 많이 동정하게 될 거라고 생각한다는 정도로 해두죠. 언론을 부추기면 동정여론이 더 거세질 거고."

"당분간은 그렇겠죠. 하지만 증거가 나오고 자세한 내용이 알려지면, 동정여론은 크게 문제 안 될 거예요. 적어도 내 관점에서는 그래요. 그건 그렇고, 하고 싶은 얘기가 뭐예요, 미키? 재판이 시작된 지 하루도 안 됐는데, 벌써 유죄인정 합의 얘기를 하고 싶은 건 아니겠죠?"

나는 고개를 가로저었다.

"아니, 전혀. 그런 얘기는 하고 싶지 않아요. 내 의뢰인은 결백을 주장하거든. 동정여론 얘기를 꺼낸 건 이 사건이 벌써부터 언론의 주목을 많이 받고 있기 때문이에요. 조금 전에 명함을 하나 받아서 보니까 〈60분〉의 피디인 거 있죠. 그래서 난 우리가 언론대응지침을 세워서 그대로 따르면 좋겠는데. 조금 전 당신이 증거가 나오고 자세한 내용이 알려진다는 얘기를 했는데, 난 그 증거가 법원에 제출되기를 바라요. 〈LA 타임스〉나 다른 언론매체의 기자에게 선별적으로 제공되는 게 아니라."

"아, 그러니까 일종의 비행금지구역을 만들자는 거군요. 좋아요. 양쪽 다 어떤 상황에서도 언론에 아무것도 흘리지 않기."

나는 얼굴을 찌푸렸다.

"그렇게까지 나갈 준비는 아직 안 됐는데."

프리먼은 이해한다는 듯 고개를 끄덕였다.

"그럴 줄 알았어요. 그럼 지금으로서는 조심하자는 말밖에 할 말이 없네요. 우리 둘 다. 난 당신이 배심원 후보 집단을 오염시키려 한다는 생각이 들면 주저 없이 판사를 찾아갈 거예요."

"나도 마찬가집니다."

"좋아요. 그럼 그 문제는 해결됐고. 또 다른 건요?"

"개시된 증거자료를 언제부터 볼 수 있을까요?"

프리먼은 커피를 천천히 오랫동안 마시고 나서 대답했다.

"이전 재판에서 내가 어떻게 했는지 아실 텐데. 난 '네 걸 보여주면 내 것도 보여줄게'라는 말 믿지 않아요. 항상 일방통행이니까. 피고인 측은 아무것도 안 보여주잖아요. 그래서 나도 잘 모셔두고 안 보여주려고요."

"서로 합의하는 게 좋지 않겠어요?"

"판사가 정해지면 판사한테 말해봐요. 난 살인범한테는 친절을 베풀지 않거든요. 그 변호인이 누구든 말이죠. 그리고 말이 나와서 하는 말인데, 당신 친구 컬렌 형사가 어제 DVD를 당신한테 줬다고 해서 내가 한소리 했어요. 그게 말이 되냐고요. 수사에서 제외시키지 않은 것만도 감지덕지죠. 그 DVD를 검찰의 선물이라고 생각하세요. 그게 유일한 선물이 될 겁니다, 변호사님."

예상했던 대로였다. 프리먼은 유능한 검사였지만 공정한 검사는 아니었다. 재판은 사실과 증거자료의 열띤 경합의 장이 될 것이다. 검찰과 변호인 양측 모두 법에 있어 동등한 입지에서 공정한 게임의 규칙에 따라 경합을 벌여야 마땅하지만, 프리먼은 규칙을 이용하여 사실과 증거자료를 숨기거나 넘겨주지 않는 일을 아무렇지도 않게 했다. 그녀는 기울어진 게임을 좋아했다. 그녀는 빛을 지니고 있지 않았다. 심지어 빛을 보지도 못했다.

"그러지 말고, 안드레아. 경찰이 내 의뢰인의 컴퓨터와 서류 일체를 가져갔어요. 그녀의 물건인데 그게 있어야 변론 계획을 세우든지 말든지 할 거 아닙니까. 그걸 증거개시절차에 따라야 하는 증거물로 취급하면 안되지."

프리먼이 입을 일그러뜨리며 마치 타협안을 고민하는 것 같은 표정을 지었다. 그게 연기인 걸 알았어야 했는데 그땐 몰랐었다.

"이렇게 하죠." 그녀가 말했다. "판사가 정해지면 당신이 들어가서 물어봐요. 판사가 넘기라고 하면 넘길게요. 아니면, 내 거니까 안 줄 거예요."

"정말 고맙군요."

그녀가 미소 지었다.

"별말씀을요."

협조해달라는 내 요구에 대한 그녀의 반응과 미소를 지으면서 말하는 모습을 보니 그녀가 사건을 맡았다는 소식을 들은 이후로 내 마음 한구석에서 자라고 있던 생각이 더욱 굳건해졌다. 프리먼이 빛을 보게 만들 방법을 찾아야 했다.

05 미키 할러 법률사무소

마이클 할러 법률사무소는 그날 오후 웨스트할리우드에 있는 로나 테일러의 아파트 거실에서 전 직원회의를 열었다. 참석자는 물론 로나와 수사관 시스코 뵈치에호프스키—이곳은 그의 거실이기도 했다—, 그리고 고용 변호사 제니퍼 애런슨이었다. 나는 제니퍼가 주위 환경에 불편해한다는 것을 알아차렸다. 사실 일반적인 법률사무소의 환경이 아닌 것은 분명했다. 그전 해 내가 제이슨 제섭 사건을 맡았을 땐 임시로 사무실을 임대했는데 편하고 좋았다. 이번 트래멀 사건 때에도 직원의 거실보다는 실제 사무실을 빌리는 것이 가장 좋다는 걸 알고 있었다. 문제는 이 사건에 관한 영화 판권과 출판권을 팔아 수익을 거둬들이기 전까진 내 주머니에서 돈이 나가야 한다는 사실이었다. 그리고 판권과 출판권을 팔 수 있으리라는 확실한 보장도 없었다. 그런 이유로 결단 내리기를 주저하고 있었는데, 제니퍼의 실망한 표정을 보니까 결심이 섰다.

"자, 그럼 시작합시다." 로나가 모두에게 탄산수나 아이스티를 대접하고 난 후 내가 말했다. "지금 이 환경이 법률사무소의 이상적인 환경은 아니라는 것 나도 잘 알아. 그러니까 가능한 한 빨리 사무실을 구해봅시다.

그리고…….'

"정말?" 로나가 깜짝 놀란 표정을 지었다.

"응, 그러기로 결심했어."

"흥, 내 집을 그렇게나 좋아해줘서 나도 기뻐."

"그런 게 아니고, 로나. 요즘 많이 생각해봤는데, 불락스도 들어오고 했으니 진짜 법률사무소답게 적당한 주소를 가져야 하지 않을까 싶어. 우리가 의뢰인을 찾아가는 대신 의뢰인이 우릴 찾아올 수 있게 말이야."

"난 찬성. 내가 아침 10시까지 출근해서 문을 열어야 하는 게 아니라면. 그리고 침실 슬리퍼를 신고 일할 수 있다면. 그렇게 일하는 데 익숙해졌거든."

로나가 내 말에 모욕감을 느꼈다는 것을 알 수 있었다. 우린 예전에 잠깐 부부였기 때문에 나는 그녀의 말과 표정만 보아도 어떤 기분인지 알 수 있었다. 하지만 그 문제는 나중에 해결해야 할 것 같았다. 지금은 리사 트래멀 변호에 집중해야 할 때였다.

"자, 그건 그렇고, 리사 트래멀에 대해서 얘기해봅시다. 오늘 오전에 첫 심리가 끝나고 나서 검사와 처음 대면하는 자리를 가졌는데 그다지 화기애애하지 못했어. 전에 안드레아 프리먼과 일해봐서 아는데 아주 가차 없는 검사야. 뭔가 다툴 거리가 있으면 다툴 사람이야. 증거개시절차에 따라 공유해야 할 증거물이지만 깔고 앉아 있을 수 있다면 판사가 공유하라고 명령할 때까지 깔고 앉아 있을 사람이지. 어떤 면에서는 그녀를 존경하지만, 같은 사건을 맡았을 땐 아니야. 요점은 그녀에게서 증거물을 받아오기란 이를 빼는 것만큼 힘들 거라는 거야."

"재판까지 가기는 할까?" 로나가 물었다.

"갈 거라고 봐야지." 내가 대답했다. "의뢰인과 잠깐 얘기를 나눠봤는데 맞서 싸우고 싶대. 자기가 죽이지 않았대. 그러니까 지금으로선 유죄인정 합의는 없는 거야. 재판 준비를 하면서 다른 가능성도 열어놓고 있어야겠어."

"잠깐만요." 애런슨이 말했다. "어젯밤에 이메일로 조사 과정을 찍은 비디오를 살펴보라고 하셨잖아요. 그거 개시된 증거잖아요. 검사 쪽에서 온 거 아니에요?"

애런슨은 스물다섯 살의 자그마한 아가씨로 짧은 머리를 유행에 맞게 조심스럽게 헝클어뜨리고 있었고 초롱초롱한 녹색 눈을 반쯤 가리는 복고풍 안경을 끼고 있었다. 유수한 로펌들은 거들떠도 안 보는 법대 출신이었지만 나는 그녀를 면담하면서 부정적인 동기에 의해 자극받는 추진력이 있다는 것을 느꼈다. 그녀는 그 유수한 로펌들이 자기를 안 뽑은 것이 실수라는 것을 증명해 보이고 싶어 했다. 나는 그녀를 즉석에서 채용했다.

"그 DVD는 담당 형사한테서 받은 건데 검사가 그걸 넘겨줬다고 열을 내더라고. 그러니까 다른 건 기대하지 마. 뭔가 원하는 게 있으면 판사를 찾아가거나 나가서 우리가 직접 찾아야 할 거야. 그런 점에서 시스코 이야기를 안 들어볼 수 없겠군. 지금까지 뭐 얻은 거 있어, 덩치 씨?"

모두의 눈이 화분이 가득 놓인 벽난로 옆 가죽 회전의자에 앉아 있는 수사관에게 쏠렸다. 오늘은 옷을 신경 써서 차려입고 있었는데, 그 말은 소매가 있는 티셔츠를 입고 있다는 뜻이었다. 그래도 티셔츠가 문신과 이두박근을 가리기에는 역부족이었다. 곧 터질 것 같은 이두박근을 보면 노련한 수사관이라기보다는 스트립클럽의 기도처럼 보였다.

나 대신 이 떡대가 로나와 산다는 사실에 익숙해지기까지 오랜 시간이 걸렸다. 그러나 결국에는 받아들였고, 게다가 그보다 더 유능한 변호인 수사관을 알지 못했다. 그가 로드 세인츠와 어울려 다니던 젊은 시절에, 경찰이 마약 단속을 하면서 두 번이나 그에게 덫을 놓으려 했다. 그 일 때문에 그의 마음속에는 경찰에 대한 영구적인 불신감이 생겼다. 대개의 사람들은 경찰의 말을 믿어주었다. 그러나 시스코는 아니었고, 그로 인해 그는 자기가 하는 일에 매우 유능해질 수 있었다.

"좀 있지. 크게 두 가지로 나누어서 얘기할게." 시스코가 말했다. "범죄현장과 의뢰인의 집. 경찰이 어제 대여섯 시간에 걸쳐서 리사 트래멀의 집을 압수수색했어. 우선 범죄현장부터."

시스코는 메모 한 장 없이, 웨스트랜드 내셔널 본사에서 알아낸 내용을 자세히 이야기했다. 살인범은 미첼 본듀란트가 출근하기 위해 차에서 내리기를 기다리고 있었다. 본듀란트는 미지의 물건으로 머리를 적어도 두 번 강하게 가격당했다. 십중팔구는 뒤에서 공격당했다. 손이나 팔에 방어흔이 전혀 없다는 사실은 공격당하자마자 무력화되었다는 뜻이었다. 시신 옆 땅바닥에 조스조 커피 컵이 쓰러져 있고 커피가 쏟아져 있었다. 차뒤 타이어 옆에서는 서류가방이 열린 채로 발견되었다.

"그럼 누군가가 들었다는 총성은 어떻게 된 거야?" 내가 물었다.

시스코는 어깨를 으쓱거렸다.

"자동차 역화로 보고 있는 것 같아."

"역화가 두 번이나 있었다고?"

"그럴 수도 있겠지. 총이 사용된 흔적은 전혀 없어."

시스코는 다시 본론으로 돌아갔다. 부검 보고서는 아직 나오지 않았지만 시스코는 둔기에 의한 외상이 사망원인일 거라고 추측하고 있었다. 한편 사망시각은 8시 30분부터 8시 50분 사이로 상당히 넓게 잡혀 있었다. 사건 현장에서 네 블록 떨어진 조스조 커피숍의 영수증이 본듀란트의 주머니에서 나왔다. 영수증에 8시 21분으로 시간이 찍혀 있었고 수사관들은 커피숍에서 은행 주차장까지 최대한 빨리 오면 9분 만에 올 수 있을 거라고 추측했다. 시신을 발견한 은행직원이 911에 전화를 건 시각은 8시

52분으로 기록되어 있었다.

따라서 사망추정시각은 대략 20분의 간격이 있었다. 그리 긴 시간은 아니었지만, 알리바이를 확인할 목적으로 피고인의 행적을 기록한다는 측면에서 보면 영원과도 같은 시간이었다.

경찰은 은행 내 본듀란트의 부서 직원 전원과 같은 층에 주차한 사람들 모두를 조사했다. 참고인 조사 초기부터 리사 트래멀이라는 이름이 자주 언급되었다. 본듀란트를 협박한 인물로 언급되었다. 본듀란트의 부서는 협박에 관한 평가 자료를 작성해서 관리하고 있었는데 리사 트래멀이 협박범 명단에 첫 번째로 올라 있었다. 모두가 알다시피 그녀는 접근금지 명령을 받아 은행에 접근할 수 없는 상태였다.

은행 직원 한 명이 살인 사건이 일어나고 몇 분 지나지 않은 시각에 리사 트래멀이 은행에서 멀어지는 방향으로 벤투라 대로를 걷고 있는 것을 봤다고 신고했다. 경찰이 노다지를 캔 것이다.

"누군데, 이 목격자는?" 나는 시스코의 보고에서 우리에게 가장 불리한 부분에 집중했다.

"이름은 마고 섀퍼, 창구 직원이야. 내 소식통에 따르면 트래멀과 직접 접촉한 적은 없대. 대출 담당 부서가 아니라서. 하지만 은행이 접근금지 명령을 받아내고 나서 트래멀의 사진이 전 부서에 돌았대. 잘 봐뒀다가 그녀를 보면 신고하라고 했다더라고. 그래서 알아본 거래."

"그럼 봤다는 곳이 은행 땅이었어?"

"아니, 반 블록 떨어진 인도였어. 벤투라에서 동쪽으로 걷고 있었나 봐, 은행에서 멀어지는 쪽으로."

"이 마고 섀퍼라는 여자에 대해서는 뭐 아는 게 있나?"

"지금으로서는 아무것도 없지만 곧 알게 될 거야. 내가 알아볼게."

나는 고개를 끄덕였다. 언제나 그렇듯이 시스코에게 무엇을 조사하라고 지시할 필요가 없었다. 그는 보고의 두 번째 부분, 리사 트래멀의 집에 대한 압수수색으로 넘어갔다. 이번에는 파일에서 서류를 꺼내 보면서 이야기했다.

"살인 사건이 발생하고 두 시간쯤 후에 리사 트래멀이 자발적으로, 이건 형사들 표현이야, 형사들을 따라 밴나이스 경찰서로 갔대. 형사들은 서에서 조사가 끝날 때까진 그녀가 체포된 상태가 아니었다고 주장하고 있어. 그 조사 때 나온 진술하고 마고 섀퍼의 목격자 진술을 토대로 해서, 트래멀의 자택에 대한 압수수색 영장을 받아냈다더라고. 그러고는 여섯 시간 동안 그 집을 뒤져서 본듀란트 살해 계획을 담은 디지털 자료와 출력자료, 살인 무기 등 증거물을 찾아냈다는 거야."

압수수색 영장은 수색을 진행해야 하는 구체적인 기간을 정해준다. 수색한 후에는 경찰이 압수물 목록을 포함한 압수수색 영장 집행 보고서를 작성해서 정해진 기간 내에 법원에 제출해야 한다. 그리고 나면 판사가 압수물 목록을 검토하면서 경찰이 영장이 지정해준 범위 내에서 행동했는지를 판단해야 한다. 시스코는 컬렌과 롱스트레치 형사가 그날 오전에 수색 영장 보고서를 제출했고 자신이 법원 서기관실을 통해서 사본을 입수했다고 말했다. 경찰과 검찰이 피고인 측과 정보를 공유하지 않고 있었기 때문에 현재로서는 이것이 변론 준비에 중요한 역할을 했다. 안드레아 프리먼은 정보를 차단했다. 그러나 수색 영장 청구서와 보고서는 공공기록물이었다. 공공기록물의 열람을 프리먼이 막을 수는 없었다. 그리고 그 기록물을 보면 검찰이 이 재판을 어떤 식으로 몰아갈 것인가를 가늠해볼 수 있었다.

"중요한 것들만 말해줘." 내가 말했다. "나중에 사본은 한 장 주고."

"여기 복사해왔어." 시스코가 말했다. "그리고……."

"저도 한 장 주실래요?" 애런슨이 물었다.

시스코가 허락을 구하듯 나를 쳐다보았다. 어색한 순간이었다. 시스코는 애런슨이 단순히 전신이 백화점이었던 법대에서 데려온 의뢰인 상담역이 아니라 우리 팀의 진정한 일원인지를 조용히 묻고 있었다.

"물론." 내가 말했다.

"알았어." 시스코가 말했다. "자 그럼 요점만 먼저. 무기는, 차고에 들어가서 작업대에 있는 소형 공구는 다 가져간 것 같아."

"그럼 범행도구가 뭔지 아직 모르는 거네." 내가 말했다.

"아직 부검을 안 했으니까." 시스코가 말했다. "상처를 비교해야 할 거야. 시간이 좀 걸릴 것 같지만 법의관실에 손을 써놨어. 결과가 나오면, 나한테도 연락이 올 거야."

"잘했어. 또 다른 건?"

"노트북, 출시된 지 3년 된 맥북 프로. 그것과 주택 압류에 관한 잡다한 문서들을 가져갔어. 이 부분에서 판사가 열 좀 받을 것 같아. 구체적인 문서 목록을 만들지 않았거든. 너무 많아서 그랬을 거야. 그냥 세 개의 파일로 나눠서 파일명만 써놨더라고. FLAG, 압류 1, 압류 2, 이렇게."

리사가 집에 보관하고 있었던 압류 관련 서류들은 전부 내가 건네준 서류들일 것이었다. 컴퓨터뿐만 아니라 FLAG 파일에는 그 단체 회원 명단이 들어 있을 것이고, 그렇다면 경찰이 공범을 찾고 있을 가능성이 컸다.

"좋아. 또 다른 건?"

"휴대전화와 차고에서 찾은 신발 한 켤레도 가져갔어. 그리고 좀 심각한 건, 일기장도 가져갔더라고. 일기장 안에 어떤 내용이 들어 있는지는 아무런 설명이 없고 그냥 압수물 목록에만 들어 있어. 하지만 거기에다 은행이나 피해자에 관한 불평과 원망을 적어놓았다면, 끝장나는 거지."

"내일 접견할 때 물어볼게." 내가 말했다. "잠깐만 다시 앞으로 가서. 휴대전화 말이야. 휴대전화가 압수수색 영장 청구서에 구체적으로 명시되어 있었어? 공범이 있다고 생각하는 건가?"

"아니, 공범에 대한 언급은 없었고, 영장 청구서에 본듀란트가 살해되기 며칠 전부터 익명의 협박 전화를 몇 통 받았다는 사실은 언급되어 있어. 아마도 리사가 그 협박 전화와 관련이 있는지 알아보려는 것 같아."

나는 고개를 끄덕였다. 형사들이 내 의뢰인에 대해 취하고 있는 조치들이 우리에게도 매우 도움이 된다는 생각이 들었다.

"이동통신 사업자한테 통화내역을 요구하는 압수수색 영장도 별도로 청구했을 거야." 내가 말했다.

"알아볼게." 시스코가 말했다.

"그래. 영장과 관련해서는 더 없어?"

"신발. 영장 집행 보고서에는 차고에서 신발 한 켤레를 압수했다고만 나와 있지 이유는 적혀 있지 않아. 정원 일을 할 때 신는 플라스틱 신발이래. 여성용이고."

"다른 신발은 안 가져갔고?"

"응, 다른 신발을 가져갔다는 말은 없어. 이것만."

"사건 현장에서 족적이 발견됐다는 얘기는 없었지?"

"응, 못 들었어."

"알았어."

그 신발을 압수한 이유는 곧 알게 될 것이다. 압수수색 영장에서 경찰은 법원이 허용하는 범위 내에서 최대한 넓게 그물을 던진다. 뭘 남겨두는 것보다는 가능한 한 많이 압수해 가는 게 낫다. 그래서 때로는 사건과 전혀 관계없는 것들을 압수하기도 한다.

"그건 그렇고 시간 있을 때 수색 영장 청구서 한번 읽어봐. 재밌을 거야. 오자와 문법적인 오류들을 눈감아줄 아량이 있으면. 리사를 조사한 내용을 광범위하게 인용해놓았어. 우린 이미 컬렌한테서 받은 DVD로 다

보긴 했지만."

"그래, 다 봤지. 범행을 인정했다고 했지만 다 과장된 얘기였잖아."

나는 일어서서 거실 가운데를 서성거리기 시작했다. 로나도 일어서서 시스코에게서 수색 영장을 받아 들었다. 그러고는 복사기를 비롯한 사무 기기를 놓아둔 방으로 복사하러 들어갔다.

나는 로나가 돌아와 애런슨에게 사본을 건네줄 때까지 기다렸다가 입을 열었다.

"좋아, 이렇게 하자. 우선 사무실을 알아보는 거야. 밴나이스 법원 가까이로. 거기다 지휘본부를 차릴 수 있게."

"그 일 내가 맡을까, 믹?" 로나가 물었다.

"응."

"주차장이 있고 근처에 맛집이 있는 곳으로 알아볼게."

"법원까지 걸어갈 수 있는 거리면 좋겠어."

"알았어. 단기 임대?"

망설여졌다. 나는 링컨 차 뒷좌석에 앉아서 일하는 걸 좋아했다. 거기선 자유를 느낄 수 있었고 머리가 더 잘 돌아가는 것 같았다.

"1년으로. 그리고 나서 또 보자고."

나는 옆에 앉은 애런슨을 쳐다보았다. 그녀는 고개를 숙이고 리걸패드에 메모를 하고 있었다.

"불락스, 우리가 맡고 있는 의뢰인들 관리와 문의전화 상담 좀 맡아줘. 라디오 광고가 이달 말까지 계속 나오니까 전화도 꾸준히 올 거야. 그리고 트래멀 사건 재판 준비도 좀 도와주고."

애런슨이 고개를 들어 나를 쳐다보았고 법조계에 발을 담근 지 1년도 채 안 되어 살인 사건 재판에 참여하게 됐다는 사실에 흥분이 되는지 눈이 반짝였다.

"너무 흥분하지 마." 내가 말했다. "지금 당장 차석 시킬 건 아니니까. 따분한 일 많이 하게 될 거야. 그 백화점 학교에서 '상당한 이유' 부문의 성적은 어땠어?"

"수강생들 중에서 제가 최고였어요."

"물론 그랬겠지. 지금 들고 있는 서류, 그 수색 영장 청구서를 찬찬히 읽으면서 갈기갈기 찢고 조각조각 씹어 먹어봐. 빠진 부분, 잘못된 표현 등등 증거물 채택 금지 신청서에 써먹을 수 있는 건 다 찾아보는 거야. 리사 트래멀의 집에서 가져간 증거자료 전부를 재판에서 사용 못 하게 하는 게 우리 목적이야."

애런슨이 눈에 보이게 침을 꿀꺽 삼켰다. 방금 내가 부여한 과제는 단순히 따분한 일 정도가 아니었다. 일을 죽도록 해도 유의미한 결과가 나올 가능성이 거의 없는 무리한 요구였다. 증거물이 재판에서 대량으로 폐기 처리되는 경우는 드물었다. 그래도 나는 만반의 준비를 하고 있었고 애런슨을 그중 한 부분에 투입한 것이다. 그녀는 똑똑해서 그런 내 뜻을 금방 알아차렸고 내가 그녀를 고용한 것도 바로 이런 영민함 때문이었다.

"기억해, 자넨 지금 살인 사건 재판 준비를 맡아서 하는 거야." 내가 말했다. "동기들 중에 그런 경험이 있는 친구들이 얼마나 돼?"

"아마 한 명도 없을걸요."

"분명히 그럴 거야. 그래서 그다음에는 리사가 경찰 조사를 받는 장면을 찍은 디스크를 가져가서 똑같이 분석해주면 좋겠어. 경찰이 취한 잘못된 조치를 찾아봐. 증거자료로 사용하지 못하게 할 수 있는 어떠한 꼬투리라도 좋아. 작년에 나온 대법원 판결에서 써먹을 게 있을 것 같은데. 그 판결 알아?"

"어…… 이게 제가 맡은 첫 형사소송이라서요."

"가서 찾아봐. 컬렌 형사는 리사가 자발적으로 조사에 응한 것처럼 보이게 하려고 무지 애를 썼어. 하지만 그가 수갑을 채웠든 안 채웠든 리사를 통제하고 억압했다는 것을 입증해 보일 수만 있다면, 그녀가 처음부터 체포된 상태였다고 주장할 수 있을 거야. 그게 받아들여지면 미란다 원칙 고지 이전에 그녀가 한 말은 전부 빠이빠이지."

"네, 알겠습니다."

애런슨은 고개를 숙이고 메모를 하느라고 바빴다.

"맡은 임무 다 이해했어?"

"네."

"좋아, 그럼 열심히 해봐. 하지만 다른 의뢰인들도 잊지 말고. 지금 수임료를 내서 우리를 먹여 살리는 건 그 사람들이니까. 당분간은."

나는 로나를 돌아보았다.

"돈 이야기를 하니까 생각나는데, 로나, IPG의 조엘한테 연락해서 이 이야기 판권 좀 팔아보라고 해. 유죄인정 합의가 있으면 다 물 건너갈지 모르니까, 미리 팔아버리는 게 좋겠어. 계약금을 현금으로 많이 받고 나중에 잔금은 적게 받고 싶다고 해. 재판을 하려면 돈이 있어야 되니까."

조엘 고틀러는 할리우드에서 나를 대표하는 에이전트였다. 할리우드에서 연락이 올 때마다 나는 그를 내세워 일을 처리했다. 이번에는 우리가 먼저 할리우드에 연락해서 거래를 성사시키기 위해 애써볼 생각이었다.

"말을 잘 해봐." 내가 로나에게 말했다. "차에 〈60분〉 피디 명함 있거든. 이 사건이 얼마나 주목받고 있는지 말해주는 증거라고 얘기해줘."

"알았어, 전화할게." 로나가 말했다. "무슨 말을 해야 할지 알겠어."

나는 서성거리기를 멈추고 서서 무엇이 더 남았는지 그리고 앞으로 내가 어떤 역할을 해야 하는지 생각해보았다. 나는 시스코를 바라보았다.

"그 목격자에 대해 알아볼까?" 시스코가 물었다.

"응. 그리고 피살자에 대해서도. 그 두 사람에 대해서 전반적으로 다 알아봐."

내 지시가 끝나기가 무섭게 부엌문 옆 벽에 붙은 인터컴 스피커에서 날카로운 호출음이 울렸다.

"미안, 아파트 출입문에서 누른 거야." 로나가 말했다.

그녀는 인터컴을 확인할 생각도 하지 않고 가만히 앉아 있었다.

"대답 안 해?" 내가 물었다.

"응. 올 사람도 없고 택배원들은 비밀번호를 알고 있어. 방문 판매원일 거야. 좀비들처럼 동네를 돌아다니거든."

"그렇군." 내가 말했다. "자, 그럼 다음으로 넘어가서. 리사를 대체할 살인범에 대해서 생각해봐야 돼."

그 말에 모두의 관심이 내게로 쏠렸다.

"대체할 사람이 필요하지 않겠어?" 내가 말했다. "이 사건을 재판까지 끌고 간다면, 검찰의 주장에 대응하는 것만으로는 충분치 않을 거야. 공격적인 변론을 펼칠 필요가 있어. 배심원단이 리사가 아닌 다른 쪽을 바라보게 해야 돼. 그러기 위해서는 대체이론이 필요하고."

다시 방 안을 서성거리던 나는 애런슨이 쳐다보는 눈길을 느꼈다. 내가 법대 교수가 된 것 같은 기분이 들었다.

"우리에게 필요한 건 무죄의 가설이야. 그것만 제대로 세울 수 있다면, 우리가 이기는 거야."

대문에서 초인종이 다시 울렸다. 이번에는 짧게 한 번 울린 후 길게 두 번 더 이어졌다.

"뭐야?" 로나가 말했다.

그녀는 짜증이 난 표정으로 일어서서 인터컴 앞으로 가더니 통화 버튼을 눌렀다.

"네, 누구세요?"

"미키 할러 법률사무소인가요?"

여자 목소리였고 친숙하게 들렸지만 누군지 즉시 생각이 나진 않았다. 스피커에서 지직거리는 소리가 났고 볼륨이 낮게 설정되어 있었다. 로나가 우리를 돌아보며 도무지 누군지 모르겠다는 표정으로 고개를 가로저었다. 이 집 주소는 우리가 내는 광고 어디에도 나와 있지 않았다. 여기를 어떻게 알고 찾아왔을까?

"네, 맞아요. 그런데 미리 약속을 하고 오셔야 됩니다." 로나가 대답했다. "전화번호를 알려드릴 테니까 할러 변호사님과 상담하고 싶으시면 연락 주세요."

"제발요! 지금 당장 만나야 해요. 나 리사 트래멀이에요. 의뢰인이라고요. 가능한 한 빨리 할러 변호사를 만나야 해요."

나는 인터컴 스피커가 지금 이 시각 리사가 있을 밴나이스 여자 구치소와 직통으로 연결되어 있기라도 한 것처럼 인터컴을 노려보았다. 그러다가 로나를 쳐다보았다.

"문 열어줘."

06 후원자

리사 트래멀은 혼자가 아니었다. 로나가 현관문을 열어주자 내 의뢰인이 한 남자와 함께 들어왔다. 리사의 첫 법정 출두 때 법정에서 본 적이 있는 남자였다. 방청석 맨 앞줄에 앉아 있었는데 변호사나 기자 같지 않아서 눈에 띄었다. 할리우드 인사 같아 보였다. 화려하고 자신감이 넘치는 할리우드 명사가 아니라 돈을 노리는 협잡꾼 같았다. 부분가발을 썼거나 집에서 혼자 염색을 한 듯 어색한 머리색이었고 턱수염도 마찬가지였다. 목살이 늘어져 있는 것이, 40세로 보이려고 무진 애를 썼지만 성공하지 못한 60세 같아 보였다. 밤색 터틀넥 티셔츠에 검은색 가죽 재킷을 입고 있었고 평화의 상징 펜던트가 달린 금 사슬 목걸이가 가슴까지 늘어져 있었다. 누군지는 모르겠지만 리사가 풀려난 게 이 남자 덕분일 거라는 생각이 들었다.

"밴나이스 구치소에서 탈옥을 했거나 보석금을 마련했군요." 내가 말했다. "내 생각엔 아무래도 후자 같은데."

"진짜 똑똑하다니까." 리사가 말했다. "여러분, 내 친구이자 후원자인 허버트 달 씨를 소개합니다."

"달의 철자는 D-A-H-L입니다." 후원자가 웃으면서 말했다.

"후원자?" 내가 물었다. "당신이 리사의 보석금을 냈단 말입니까?"

"엄밀히 말하자면 보증금이죠." 달이 말했다. "책정된 보석금의 10퍼센트를 현금으로 보증인한테 갖다 줬으니까."

"보석 보증인 제도를 나한테 설명할 필요는 없고요. 어느 보증인한테 갔죠?"

"발렌수엘라라는 친구요. 사무실이 구치소 바로 옆이라서 아주 편리하던데. 그리고 당신을 잘 안다고 하던데요."

"잘 알죠."

내가 잠깐 말을 멈추고 이 일을 어떻게 처리할까 궁리하고 있는데 리사가 끼어들었다.

"허브는 나를 그 끔찍한 곳에서 구출해준 진짜 영웅이에요." 리사가 말했다. "이제 구속에서 벗어나 자유로워졌으니 우리 팀이 이 가짜 혐의들에 맞서 싸워 승리할 수 있도록 최선을 다해 도울게요."

리사가 애런슨은 만난 적이 있지만 로나나 시스코와는 초면이었다. 리사가 그들에게 다가가 자기소개를 하면서 악수를 청했다. 마치 이 모든 것이 평범한 하루 일상이고 이제 본격적으로 일을 시작할 때가 되었다고 말하는 것 같았다. 시스코가 나를 흘끗 쳐다보면서 '이게 도대체 무슨 일이야?'라고 표정으로 묻고 있었다. 나는 어깨를 으쓱거림으로써 나도 모른다는 대답을 대신했다.

리사는 친애하는 친구이자 보석금으로 20만 달러를 쾌척한 '후원자'인 허브 달에 대해서 내게 얘기한 적이 한 번도 없었다. 이 사실과, 그의 '후원금'을 수임료 결제에 쓰지 않았다는 사실이 나는 별로 놀랍지 않았다. 그녀가 갑자기 당당하게 끼어들어 이 팀의 일원으로 활동할 준비가 되었다고 선언한 것도 놀랍지 않았다. 나는 리사가 자기 성격상의 문제를 낮선 사람들에게는 아주 능숙하게 숨길 수 있다고 믿었다. 허브 달에게도 호랑이의 발톱을 잘 숨기고 있었을 것이다. 허브 달이 자기가 무엇에 접근한 것인지 알고 있을지 궁금했다. 나는 달도 나름대로 꿍꿍이를 가지고 그녀에게 접근했지만 자기도 그녀에게 이용당하고 있다는 사실은 모르고 있을 거라고 생각했다.

"리사, 잠깐만 로나의 사무실로 가서 따로 얘기를 좀 할까요?" 내가 말했다.

"변호사님이 하는 말을 허브도 전부 들어야 해요. 이 사건을 기록할 거거든요."

"우리의 대화를 기록하는 건 안 돼요. 의뢰인과 변호인과의 대화는 비공개가 원칙이고 비밀이 보장되어야 하는 거니까. 나중에 자기가 듣거나 본 것에 대해서 법정에서 증언하게 될 수도 있어요."

"아, 그러면……, 허브를 이 법무팀의 일원으로 임명하거나 하는 방법은 없을까요?"

"리사, 잠깐만 이리 와요."

내가 사무실을 가리키자 리사가 마침내 그 방향으로 움직였다.

"로나, 달 씨에게 마실 것 좀 드리지그래?"

나는 리사를 따라 사무실로 들어가서 문을 닫았다. 책상이 두 개 있었다. 하나는 로나, 하나는 시스코의 책상이었다. 나는 팔걸이가 없는 작은 의자를 로나의 책상 앞으로 끌어다 놓고 리사에게 앉으라고 말했다. 그러고는 로나의 책상 뒤로 가서 리사를 마주 보며 앉았다.

"법률사무소가 뭐 이래요." 리사가 말했다. "가정집 같네."

"임시 사무실이에요. 저 밖에 있는 당신의 영웅에 대해서 얘기해봅시다. 서로 알게 된 지 얼마나 됐죠?"

"두 달쯤이요."

"어떻게 만나게 됐어요?"

"법원 계단에서 만났어요. FLAG 시위에 왔더라고요. 영화제작자의 관점에서 우리에게 관심이 있다고 말했어요."

"그래요? 그럼 영화제작자란 말인데, 카메라는 어디 있죠?"

"지금 준비 중이래요. 허브는 굉장히 성공한 사업가예요. 출판권과 영화 판권 계약 등 전반에 걸쳐 관심이 있대요. 전부 다 허브가 맡아서 하기로 했어요. 이 사건은 지대한 관심을 끌 거예요, 미키. 구치소에서 교도관들이 그랬어요, 나에게 면회 신청을 한 기자가 36명이나 된다고. 물론 교도관들이 허락하지 않았죠, 허브만 빼고."

"구치소까지 찾아왔더란 말이죠? 사람이 아주 끈질기네."

"이야기를 발견하면 어떤 것에도 절대로 멈춰 서지 않는대요. 아버지와 어린 여자아이가 함께 차 타고 가다가 사고가 나서 아버지는 즉사하고 아이는 산 옆 도로에서 일주일을 버티다가 구조됐다는 이야기 기억나요? 그 아이를 소재로 TV 영화를 만들었대요."

"대단하네."

"그러게요. 굉장히 성공한 사업가예요."

"그렇다고 아까도 말해놓고. 그래서 그와 무슨 합의라도 했어요?"

"네. 모든 판권 관련 거래를 허브가 맡아서 성사시키고 수익은 비용을 제하고서 50 대 50으로 나누기로 했어요. 보석 보증금도 갚기로 했고요. 공평한 것 같아요. 근데 허브가 말하는 금액이 엄청난 거액이에요. 내 집을 지킬 수 있을 것 같아요, 미키!"

"서명했어요? 계약서나 합의서 같은 것에?"

"물론이죠. 합법적으로 계약을 맺었고 따라서 법적인 구속력이 있는 거예요. 그는 내 몫을 내게 줘야 해요."

"계약서를 변호사한테 보여줘서 아는 거예요?"

"어…… 아뇨, 하지만 허브 말로는 표준 문안이랬어요. 어려운 법률 용어로 주저리주저리 써놓은 거요. 하지만 내가 읽어는 봤어요."

그랬을 것이다. 나와의 계약서에 서명할 때처럼.

"그 계약서 좀 봅시다."

"허브가 보관하고 있는데. 허브한테 보여달라고 하세요."

"그러죠. 근데 그에게 우리의 계약에 대해서는 말해줬어요?"

"우리의 계약이요?"

"그래요, 어제 경찰서에서 서명한 계약서, 기억나요? 하나는 형사소송 변호사 선임계약서고, 다른 건 변호비용을 마련하기 위해 이 사건에 관한 파생상품 판권 판매를 내게 위임한다는 위임장이고. 그리고 수임료 우선 지급 계약서에도 서명했는데, 기억 안 나요?"

리사는 대답하지 않았다.

"저 밖에 있는 세 사람 봤어요, 리사? 우리 사무소 직원 모두 당신 사건에 매달리고 있어요. 하지만 당신은 지금까지 땡전 한 푼 지불하지 않았죠. 그 말은 결국 내가 저들의 급료와 업무추진비를 마련해야 한다는 뜻이죠. 매주. 바로 그런 이유 때문에 어제 출판권과 영화 판권 거래를 내가 맡아서 하게 한다는 위임장에 당신이 서명한 거잖아요."

"아…… 그 부분은 안 읽었어요."

"한 가지만 물어봅시다. 당신은 뭐가 더 중요합니까? 최상의 방어를 해서 모두의 예상을 깨고 이 재판에서 승리하는 것? 아니면 출판권과 영화 판권 계약을 따내는 것?"

리사가 언짢은 표정을 짓더니 재빨리 화제를 바꿨다.

"당신은 이해를 못 하고 있어요. 난 결백해요. 난 절대로……."

"아니, 이해를 못 하는 건 당신이에요. 당신이 결백한지 아닌지는 이 상황과 아무런 관련이 없어요. 우리가 법정에서 증명할 수 있느냐 없느냐가 중요한 거죠. 그리고 '우리'라고 말했지만 실은 나를 가리키는 거고. 나, 미키 할러. 내가 당신의 영웅이라고요. 가죽 재킷을 입고 저 밖에 서서 자기 몫 챙기기에 급급한 허브 달이 아니라."

리사는 한동안 침묵하다가 입을 열었다.

"안 돼요, 미키. 허브가 날 빼내줬어요. 그러려고 20만 달러나 썼다고요. 그 돈을 되찾게는 해줘야죠."

"변호인팀은 굶어죽든가 말든가 상관없고."

"아뇨, 수임료 지급할 거예요, 미키, 약속해요. 수익의 절반은 내가 받는다니까요. 꼭 지불할게요."

"허브 달이 20만 달러와 비용을 받고 나서 말이겠죠. 비용은 아무거나 다 비용이 될 수 있어요."

"마이클 잭슨의 의사들 중 한 명에게 50만 달러를 벌어줬다고 했어요. 그것도 타블로이드 신문 기사 하나의 대가로. 우린 영화를 만들지도 몰라요!"

나는 금방이라도 분노가 폭발할 것 같았다. 로나의 책상 위에 꽉 쥐어서 스트레스를 푸는 장난감이 놓여 있었다. 작은 판사 봉이었는데 대량 구매를 고려하고 있는 광고용 증정품 샘플이었다. 법률사무소의 상호와 전화번호를 판사 봉 옆면에 인쇄할 수 있었다. 나는 판사 봉 손잡이를 잡고 허브 달의 멱살이라고 생각하면서 꽉 쥐었다. 잠깐 그러고 있으니까 신기하게도 화가 좀 가라앉았다. 실제로 효과가 있었다. 나는 로나에게 구매하라고 얘기해야겠다고 생각했다. 보석 보증인들 사무실에 돌리고 거리 축제 때 나눠주면 좋을 것 같았다.

"알았어요." 내가 말했다. "이 이야긴 나중에 합시다. 이제 거실로 돌아갈 겁니다. 당신 사건에 대해서 의논할 거니까 그리고 우리는 기밀유지의무로 묶여 있지 않은 사람들 앞에서는 의논하지 않으니까 나가서 허브를 집으로 돌려보내요. 나중에 그에게 전화해서 내 허락 없이는 어떤 거래도 조치도 취해서는 안 된다고 얘기하고. 알겠어요, 리사?"

"네."

그녀는 꾸지람을 들은 아이처럼 온순하게 대답했다.

"내가 나서서 가라고 할까요, 아니면 당신이 할래요?" 내가 물었다.

"당신이 해주겠어요, 미키?"

"그러죠. 자, 나갑시다."

우리가 거실로 돌아갔을 때 달이 이야기를 막 끝내는 중이었다.

"……그게 그가 〈타이태닉〉을 만들기 전이었다니까요!"

허브 달은 그 뜻밖의 결말이 우스운지 유쾌하게 웃었지만 다른 사람들은 할리우드 유머를 따라잡지 못하고 있었다.

"자, 허브, 우린 다시 재판에 관해 논의해야 하고, 리사는 우리와 얘기를 좀 해야 하니까 먼저 가시죠." 내가 말했다. "바깥까지 모셔다드릴게요."

"그럼 리사는 집에 어떻게 가죠?"

"나한테 운전사가 있으니까 그런 걱정은 안 하셔도 되고."

허브 달은 머뭇거리면서 도움을 요청하는 것처럼 리사를 쳐다보았다.

"괜찮아요, 허브." 그녀가 말했다. "사건 이야기를 해야 해서요. 집에 도착하자마자 전화할게요."

"약속해요?"

"약속해요."

"믹, 내가 바래다드릴게." 로나가 제의했다.

"아냐, 괜찮아. 어차피 차에 잠깐 가야 돼."

다들 평화를 상징하는 수신호로 허브 달과 작별인사를 했고 달과 나는 콘도를 나왔다. 건물 안 가구마다 비상구가 있었다. 우리는 킹스 거리로 난 콘도 출입문을 향해 진입로를 걸어갔다. 우편함 밑에 전화번호부를 담은 상자가 여러 개 배달되어 있는 것을 보고, 다시 들어갈 수 있도록 상자 하나로 대문을 연 채로 받쳐놓았다.

우리는 앞쪽 빨간색 보도 연석에 바짝 붙어 서 있는 내 차를 향해 걸어 갔다. 로하스가 앞 범퍼에 기대서서 담배를 피우고 있었다. 내가 그를 불렀다.

"로하스, 트렁크."

로하스는 차 안으로 몸을 숙이고 트렁크 버튼을 눌렀다. 내가 달에게 주고 싶은 게 있다고 하니까 달이 나를 따라왔다.

"나를 이 안에 처넣으려는 건 아니죠?"

"그럴 리가요, 허브. 그냥 뭐 하나 주고 싶은 게 있어서."

우린 차 뒤로 갔고 내가 트렁크 뚜껑을 완전히 밀어 올려 열었다.

"이런, 여기다 한 살림 차리셨구먼." 허브 달이 파일 상자들을 보면서 말했다.

나는 대꾸하지 않았다. 계약서 파일을 집어 들고 전날 리사가 서명한 계약서들을 꺼냈다. 그러고는 차를 돌아 조수석으로 가서 프린터 복사기 에서 복사했다. 사본은 달에게 건넸고 원본은 들고 있었다.

"자 여기, 시간 있으면 한번 읽어봐요."

"뭐죠?"

"리사하고 맺은 형사소송 변호사 선임계약서요. 표준 문안이죠. 그리고 위임장과 그녀의 사건에서 파생되는 모든 소득에 관한 수임료 우선 지급 계약서도 있어요. 잘 보면 리사가 어제 날짜로 서명한 것을 볼 수 있을 겁니다. 그 말은 이 계약서들이 당신의 계약서를 대신한다는 뜻이죠. 작은 글씨들도 확인해봐요. 이 사건과 관계된 저작물, TV, 영화 등 모든 파생상품의 판권 거래 권한이 나한테 있다고 나와 있을 겁니다."

나는 허브 달의 표정이 굳어지는 것을 보았다.

"잠깐만……."

"아뇨, 허브, 당신이 잠깐 기다려요. 당신이 보석 보증금으로 20만 달러나 쏟아부었다는 거 알아요. 게다가 구치소에 있는 리사에게 접근하기 위해 또 돈깨나 썼겠죠. 이 일에 엄청나게 투자했다는 거 잘 아는데, 그 돈 돌려받게 해줄게요. 나중에. 하지만 당신은 우선권이 없어요, 친구. 그걸 인정하고 뒤로 물러나 있어요. 내 허락 없이는 어떤 조치도 어떤 거래도 할 수 없으니까."

나는 허브 달이 노려보고 있는 계약서를 톡톡 쳤다.

"내 말 안 들으면 변호사가 필요하게 될 겁니다. 그것도 유능한 변호사가. 당신을 2년간 꽁꽁 묶어놓을 거고, 그 20만 달러는 한 푼도 돌려받지 못하게 되는 거죠."

나는 그 점을 강조하기 위해 차 문을 쾅 닫았다.

"그럼, 이만."

나는 허브 달을 그곳에 내버려두고 트렁크로 돌아가 계약서 원본을 파일에 도로 집어넣었다. 트렁크 뚜껑을 닫으면서 보니까 아직도 낙서의 흔적이 남아 있었다. 스프레이 페인트는 지워졌지만 차 도장 색의 광택에 영구적인 손상을 입힌 것이다. 플로렌시아 13이 아직도 나에게 영향력을 행사하고 있었다. 나는 범퍼에 있는 차 번호판을 내려다보았다.

IWALKEM('내가 그들을 걷게 한다, 풀어준다'라는 뜻. 변호사의 사명을 표현한 것 – 옮긴이)

말이 쉽지. 나는 아직도 인도에 서서 계약서를 보고 있는 허브 달 옆을 지나갔다. 콘도 대문으로 돌아와서 대문을 받쳐놓았던 전화번호부 상자에서 한 권을 집어 들었다. 엄지손가락으로 페이지 한 귀퉁이를 들춰 아무 페이지나 펼쳤다. 내 광고가 거기 있었다. 내 웃는 얼굴이 광고 한 귀퉁이에 나와 있었다.

다른 페이지도 몇 장 들춰보며 계약한 대로 모든 페이지에 이 광고가 실려 있는 것을 확인한 후 들고 있던 전화번호부를 더미 위로 떨어뜨렸다. 요즘 세상에 아직도 전화번호부를 이용하는 사람이 있을까 싶었지만 혹시 몰라 광고를 실은 거였다.

콘도로 돌아가 보니 다들 조용히 나를 기다리고 있었다. 리사가 후원자와 함께 나타나는 바람에 분위기가 어색해졌다. 나는 팀의 단결력을 높이는 방향으로 회의를 다시 이끌어가려고 노력했다.

"좋아. 다들 인사는 이미 나눴고. 리사, 우린 재판 준비를 어떻게 진행할 것인가, 그러기 위해서는 무엇을 알아야 하나 하는 문제를 놓고 토론 중이었어요. 솔직히 마지막에 무죄 평결을 받아낼 때까지 당신이 구치소에서 나오지 못할 거라고 거의 확신했기 때문에 당신 없이 어떻게 해보려고 애쓰던 중이었죠. 하지만 이렇게 나왔으니까 논의에 당신을 참여시키고 싶은데. 우리한테 뭐 하고 싶은 말이라도 있습니까?"

나는 집단 상담을 주도하고 있는 것 같은 기분이 들었다. 리사는 발언 기회가 생기자 얼굴이 환해졌다.

"네, 우선 나를 위해 모두들 이렇게 애써주셔서 대단히 감사하다는 말씀부터 드리고 싶어요. 법에서는 죄가 있느냐 없느냐 하는 것은 사실 그리 중요하지 않다는 거 알아요. 중요한 것은 여러분이 그것을 증명하느냐 못하느냐, 라는 것을 알고 있고요. 하지만 이 자리를 빌려 여러분께 꼭 말씀드리고 싶은 게 있어요. 나는 내가 받은 모든 혐의에 대해 결백합니다. 나는 본듀란트 씨를 죽이지 않았어요. 여러분이 내 말을 믿고 재판에서 내 결백을 입증해주시기를 간곡히 부탁드립니다. 내게는 어린 아들이 있어요, 엄마의 손길이 절실히 필요한 어린 아들이요."

대꾸하는 사람은 없었지만 모두 엄숙한 표정으로 고개를 끄덕였다.

"좋아요." 내가 말했다. "당신이 오기 전에 우린 업무 분담을 하고 있었어요. 누가 무엇을 책임지고, 누가 무엇을 하느냐 나누고 있었죠. 당신에게도 과제를 주고 싶은데."

"내가 할 수 있는 일이라면 뭐든지요."

리사는 허리를 꼿꼿이 세우고 의자 끝에 걸터앉아 있었다.

"당신이 구속되고 나서 경찰이 당신 집에서 몇 시간을 있었어요. 압수수색 영장을 발부받아 집을 샅샅이 뒤졌죠. 그러고는 증거자료가 될 가능성이 있는 물건들을 여러 개 가져갔어요. 여기 압수물 목록이 있는데 한 번 봐줘요. 노트북 컴퓨터와 FLAG, 압류 1, 압류 2라는 파일 세 개도 들어 있던데. 그 부분을 도와줘요. 법정과 판사가 정해지는 대로 컴퓨터와 파일을 즉시 살펴볼 수 있게 해달라고 요청하겠지만, 그때까지는 당신이 그 파일과 컴퓨터에 뭐가 들어 있는지 최대한 자세하게 목록을 작성해줘야겠어요. 경찰이 압수해갈 만한 어떤 내용이 들어 있는지 생각해보란 말입니다. 알겠어요?"

"물론이죠. 할 수 있어요. 당장 오늘 밤부터 시작할게요."

"고마워요. 그리고 하나 더 물어보고 싶은 것이 있는데. 이 사건이 재판으로 가면, 내가 모르는 찜찜하고 석연찮은 부분이 있으면 안 돼요. 누가 난데없이 나타나거나 하면 곤란하다는 얘기예요. 그리고……."

"가정으로 말하는 이유가 뭐죠?"

"네?"

"가정으로 말했잖아요. 이 사건이 재판으로 가면. 가정은 없어요. 반드시 가야 해요."

"미안합니다. 말실수였어요. 하지만 말이 나왔으니까 말인데, 검찰의 제안에 항상 귀를 기울이는 변호인이 좋은 변호인입니다. 이런 협상을 통해서 검찰 측 주장과 논리를 파악할 수 있는 경우가 많으니까. 혹시라도 나중에 내가 검사와 어떤 거래에 대해 논의하고 있다고 말하면, 내게 거래가 아닌 다른 목적이 있다는 걸 기억해줘요. 알겠어요?"

"네. 하지만 지금 분명히 말할게요. 나는 내가 하지 않은 일에 대해서 했다고 유죄를 인정하지는 않을 거예요. 저들이 무고한 나를 이렇게 괴롭히는 동안 진범은 거리를 활보하고 있어요. 어젯밤에 난 그 끔찍한 곳에서 한숨도 못 잤어요. 아들 걱정 때문에……. 죄가 없는 어떤 일에 대해 죄가 있다고 인정하면 아들 얼굴을 어떻게 보겠어요. 그럴 순 없어요."

리사가 이제 곧 수도꼭지를 틀 거라고 생각했는데 웬일로 자제했다.

"알겠어요." 내가 부드럽게 말했다. "그리고 리사, 또 하나 얘기할 건 당신 남편 문젠데."

"왜요?"

리사는 즉시 경계하는 표정을 지었다. 내가 껄끄러운 문제를 건드린 것이다.

"남편이 찜찜한 부분이에요. 남편한테서 마지막으로 연락이 온 게 언제였죠? 갑자기 나타나서 무슨 문제를 일으키진 않을까요? 과거에 당신이 누구를 응징했다거나 복수했다는 식으로 증언할 가능성은? 어떤 가능성이 있는지 알아야 해요, 리사. 그것이 실현되는지 안 되는지는 중요하지 않아요. 위협이 있다면 그 위협에 대해 미리 알고 있어야 돼요."

"배우자끼리는 불리한 증언을 할 수 없는 거 아닌가요?"

"그런 특전 조항이 있기는 한데 그게 좀 애매한 부분이라서. 특히 당신들처럼 같이 살지 않는 경우에는요. 그래서 찜찜한 부분을 명확히 짚고 넘어가고 싶은 거예요. 남편이 지금 어디 사는지 알아요?"

관련 법 조항에 대해 정확히 알고 있는 것은 아니었지만, 그들의 결혼 생활의 파경 과정을 잘 이해하고 그 결혼 생활이 재판에 영향을 미칠지 어떨지를 판단하기 위해서는 남편을 만나볼 필요가 있었다. 별거 중인 배우자들은 예측하기 힘든 요인이다. 그들이 의뢰인에 대해 불리한 증언을 하지 못하게 막을 수 있을지는 몰라도 그것이 그들이 법정 밖에서 검찰 측에 협조하는 것을 막을 수 있다는 뜻은 아니다.

"아뇨, 전혀 몰라요." 리사가 대답했다. "하지만 조만간 나타나겠죠."

"왜요?"

리사는 너무나 뻔한 거 아니냐고 말하듯 두 손을 펴서 손바닥이 위로 가게 해서 들어 보였다.

"돈이 생기잖아요. TV나 신문을 통해 무슨 일이 벌어지고 있는지 알게 되면 분명히 나타날 거예요. 두고 보세요."

그 대답은 과거에도 그녀의 남편이 돈을 쫓아다닌 일이 있었다는 것처럼 들렸다. 이상했다. 내가 알기로는 그가 어디 사는지는 몰라도 돈을 거의 안 쓰고 있었는데.

"남편이 멕시코에서 당신 신용카드를 최대한도까지 썼다고 얘기했던 것 같은데."

"맞아요. 로사리토 해변에서. 비자카드로 4천4백 달러를 긁어서 한도를 초과했더라고요. 그래서 카드를 해지해야 했죠. 우리 가족에게 남은 유일한 카드였는데. 근데 카드 해지와 동시에 행방을 추적할 수 없게 됐다는 사실을 그땐 깨닫지 못했어요. 그래서 내 대답은 '지금은 어디 있는지 모른다'예요."

시스코가 목소리를 가다듬더니 질의응답에 끼어들었다.

"연락도 안 왔어요? 전화나 이메일이나 문자도?"

"처음에는 이메일이 몇 번 왔어요. 그 후에는 감감무소식이다가 아들 생일날 전화를 했더라고요. 6주 전에."

"아들이 아빠 어디냐고 물어보지 않았어요?"

리사는 잠깐 머뭇거리다가 안 물어봤다고 말했다. 거짓말을 잘 못했다. 뭔가 사연이 더 있다는 것을 느낄 수 있었다.

"뭐예요, 리사?" 내가 물었다.

그녀는 잠깐 머뭇거리다가 결국에는 사실대로 털어놓았다.

"다들 날 못된 엄마라고 생각하겠지만, 타일러를 바꿔주지 않았어요. 전화로 싸우다가 내가 그냥…… 끊어버렸어요. 나중엔 후회가 됐지만 발신자 표시가 제한된 번호였기 때문에 전화를 걸 수가 없었어요."

"어쨌든 남편이 휴대전화를 갖고 있다는 거네요?" 내가 물었다.

"아뇨. 예전엔 있었는데 얼마 전에 서비스가 중지됐더라고요. 예전 전화로 전화한 게 아니에요. 전화를 빌렸거나 새 번호를 개통했겠죠. 나한테 번호를 알려주진 않았어요."

"일회용 전화였을 거야." 시스코가 말했다. "편의점에 다 팔거든."

나는 고개를 끄덕였다. 가정파탄의 사연에 모두들 침울해져 있었다. 마침내 내가 입을 열었다.

"리사, 남편한테서 다시 연락이 오면, 바로 내게 알려줘야 해요."

"그럴게요."

나는 수사관을 돌아보았다. 눈길이 마주치자, 나는 리사의 방황하는 남편에 대해서 가능한 한 많은 것을 알아내라고 눈으로 말했다. 재판 중간에 남편이 짠 하고 나타나는 것을 원하지 않았다.

시스코가 고개를 끄덕였다. 그렇게 하겠다는 뜻이었다.

"두 가지만 더 물을게요, 리사. 그러고 나면 얼추 시작은 할 수 있을 것 같은데."

"물어보세요."

"어제 경찰이 당신 집을 수색하면서 우리가 지금까지 얘기한 것 말고 다른 물건들도 몇 개 가져갔어요. 하나는 일기장이라는데, 그게 뭔지 알아요?"

"네. 책을 쓰고 있었어요. 내 여행에 관해서."

"당신의 여행?"

"네, 이 대의를 위해 활동하면서, 사람들이 자기 집을 지키기 위해 싸우는 걸 도우면서, 나를 찾아가는 여행이요."

"그렇군요, 그러니까 시위 일지 같은 거네요?"

"맞아요."

"그 일기에 미첼 본듀란트라는 이름을 쓴 적이 있어요?"

리사는 고개를 숙이고 기억을 더듬었다.

"기억은 잘 안 나지만 언급했을 거예요. 이 모든 일의 배후 인물로."

"그를 해치겠다든가 하는 내용은 없었어요?"

"네, 그런 건 전혀 없었어요. 그리고 해치지 않았다니까요! 내가 죽이지 않았다고요!"

"그걸 묻는 게 아니에요, 리사. 저들이 당신에 대해 어떤 증거를 확보했는지 알아내려고 하는 거지. 그러니까 이 일기가 우리에게 문제가 되진 않을 거라는 말이군요, 맞아요?"

"맞아요. 아무 문제 없을 거예요. 나쁜 내용은 전혀 없으니까."

"좋아요, 다행이군요."

나는 다른 직원들을 바라보았다. 리사와 질의응답을 한참 하다 보니 다음에 해야 할 질문을 잊어버렸다. 시스코가 힌트를 주었다.

"목격자?"

"맞다. 리사, 어제 아침 살인 사건이 발생했던 시각에 셔먼오크스에 있는 웨스트랜드 내셔널 건물 근처에 있었어요?"

그녀가 즉시 대답하지 않는 것을 보면서 나는 문제가 있구나 생각했다.

"리사?"

"아들이 셔먼오크스에 있는 학교에 다녀요. 아침에 아들을 차에 태워 등교시키면서 그 건물 앞을 지나가요."

"그렇구나. 그러니까 어제도 차를 타고 지나갔군요. 그때가 몇 시쯤이었죠?"

"음, 7시 45분쯤 됐을 거예요."

"학교로 데려다줄 때가요?"

"네."

"데려다주고 나서는? 같은 길로 돌아와요?"

"네, 대개는요."

"어제는요? 중요한 건 어제니까. 어제도 차를 타고 지나갔습니까?"

"그런 것 같아요, 네."

"기억이 안 나요?"

"아뇨, 기억나요. 벤투라를 지나 밴나이스로 가서 고속도로를 탔어요."

"그러니까 타일러를 내려주고 나서 바로 돌아갔습니까, 아니면 뭔가 다른 일을 했나요?"

"커피숍에 들러서 커피를 사가지고 집에 갔어요. 그 은행 건물은 차를 타고 지나갔고요."

"몇 시쯤?"

"잘 모르겠어요. 시계를 보지 않았거든요. 8시 30분쯤 됐을 거예요."

"웨스트랜드 내셔널 근처에서 차에서 내린 적이 있어요?"

"아뇨, 없어요."

"확실해요?"

"물론 확실하죠. 내렸으면 기억을 하겠죠, 안 그래요?"

"좋아요. 어느 커피숍에 들렀어요?"

"벤투라 대로 우드맨 옆에 있는 조스조 커피숍이요. 항상 거기에 가요."

나는 말을 멈췄다. 시스코를 바라보다가 고개를 돌려 애런슨을 바라보았다. 아까 시스코는 미첼 본듀란트가 공격당할 때 조스조 커피 컵을 들고 있었다고 말했다. 나는 리사가 커피숍에서 본듀란트를 보았거나 대화를 나누었는지 그 분명한 질문은 아직 하지 않기로 결정했다. 나는 리사의 변호인으로서 내가 아는 내용에 제약을 받게 될 것이다. 위증을 도울 수는 없을 것이다. 리사가 본듀란트를 봤다고, 심지어 몇 마디 대화를 나누기까지 했다고 말하면, 그녀가 법정에서 증언할 경우 다른 이야기를 지어내게 할 수는 없을 것이다.

이렇게 초기 단계부터 나를 제약할 정보를 모아들이지 않도록 신중을 기해야 했다. 모순적인 상황이라는 것은 알았다. 내 임무는 가능한 한 많은 진실을 알아내는 것이지만 당분간은 알고 싶지 않은 진실도 있었다. 때로는 아는 것이 우리를 제약한다. 모르는 것이 변론을 만들어내는 데 더 많은 자유를 준다.

애런슨이 나를 노려보는 것을 보니 내가 왜 다음 질문을 하지 않는지 궁금해하고 있는 것이 틀림없었다. 나는 그녀를 보며 재빨리 고개를 한 번 가로저었다. 그 이유는 나중에 설명해줄 작정이었다. 그러면 그녀는 법대에서 배우지 못한 교훈을 얻게 될 것이다.

내가 일어섰다.

"리사, 오늘은 이 정도로 합시다. 당신이 정보를 많이 주었으니까 그걸 토대로 재판 준비를 계속할게요. 오늘은 내 운전기사가 모셔다드릴 겁니다."

07 수요일 밤의 의식

내 딸은 열네 살인데도 아직도 저녁으로 팬케이크 먹는 걸 좋아했다. 딸과 나는 스튜디오시티에 있는 두파스 레스토랑의 칸막이 테이블에 앉아 있었다. 우리의 수요일 밤 의식이었다. 매기의 집에서 딸을 태우고 나와 내 집으로 가는 길에 이곳에 들러 팬케이크를 먹었다. 딸은 숙제를, 나는 재판 준비를 했다. 내가 가장 소중히 여기는 일상이었다.

양육에 관한 공식적인 합의에 따라 나는 매주 수요일 밤과 2주에 한 번씩 주말마다 헤일리와 함께 지낼 수 있었다. 크리스마스와 추수감사절은 번갈아가며 함께 지냈고, 여름에는 2주 동안 함께 지냈다. 그러나 이것은 공식적인 합의 내용일 뿐이었다. 작년에는 서로 사이가 좋아서 셋이서 함께 어울리는 경우도 많았다. 크리스마스에는 온 가족이 함께 식사를 했다. 팬케이크 먹는 자리에 전처가 함께할 때도 있었다. 그리고 그 순간도 매우 소중히 여길 만한 가치가 있었다.

그러나 이날 밤엔 헤일리와 나 둘뿐이었다. 나는 미첼 본듀란트 부검 보고서를 검토해야 했다. 보고서에는 주차장에서 발견된 사체를 찍은 사진뿐만 아니라 부검 과정에서 찍은 사진도 첨부되어 있었다. 그래서 나는 칸막이 좌석에 등을 기대고 헤일리나 다른 사람들이 그 끔찍한 사진을 보지 못하게 하려고 신경 썼다. 그런 끔찍한 모습은 팬케이크와는 잘 어울리지 않을 게 분명했다.

한편, 헤일리는 과학 숙제를 하면서 물질의 변화와 연소의 원리를 공부하고 있었다.

시스코의 추측이 맞았다. 부검의는 본듀란트가 둔기에 의한 다발성 두부 손상에 따른 뇌출혈로 사망했다고 결론지었다.

정확히는 세 군데였다. 부검 보고서에 나온 사진에는 피해자의 정수리에 하나의 선이 그려져 있었다. 정수리에 가격 지점이 세 군데 있었는데 세 개 모두가 찻잔에 덮일 만큼 매우 촘촘히 붙어 있었다.

이 그림을 보자 흥분되었다. 나는 부검대상 시신의 신체 치수를 설명해 놓은 맨 앞 페이지로 돌아갔다. 미첼 본듀란트는 키 185센티미터에 몸무게는 81킬로그램이었다. 리사 트래멀의 신체 치수를 알 수 없어서 나는 그날 오전에 시스코가 리사에게 마련해준 휴대전화기의 전화번호로 전화를 걸었다. 그녀의 휴대전화는 경찰에 압수되어 그녀가 갖고 있지 않았다. 언제라도 의뢰인과 연락이 닿을 수 있게 하는 것이 우선적으로 해야할 일이었다.

"리사, 미키 할럽니다. 빨리 하나만 묻겠는데 키가 몇이죠?"

"네? 미키, 나 지금 식사 중인데⋯⋯."

"키가 몇인지만 말해주고 먹어요. 거짓말하지 말아요. 운전면허증에 뭐라고 나와 있죠?"

"160이요."

"정확해요?"

"네. 근데 무슨⋯⋯."

"좋아요, 이제 됐어요. 식사 계속 하세요. 잘 주무시고."

"무슨……."

나는 전화를 끊고 리사 트래멀의 신장을 테이블 위에 놓인 리걸패드에 적었다. 그 옆에는 본듀란트의 신장을 적었다. 흥분되는 사실은 피살자 본듀란트는 살인 피의자보다 키가 25센티미터나 더 컸는데 정수리를 가격당해 두개골 골절로 죽음에 이르렀다는 것이다. 이 사실은 이른바 물리학의 문제를 제기했다. 이런 것은 배심원단이 곰곰이 생각하고 스스로 결론을 내릴 문제였다. 유능한 변호인이라면 큰 반향을 일으킬 수 있는 종류의 문제였다. 장갑이 안 맞으면 무죄라는 식의 논리이기도 했다. 여기서 문제는 키가 작은 리사 트래멀이 키가 185센티미터인 미첼 본듀란트의 정수리를 어떻게 가격했을까 하는 점이었다.

물론 그 대답은 피해자의 자세와 무기의 크기 같은 것들에 달려 있었다. 공격당할 당시 피해자가 앉아 있었거나 땅에 쓰러져 있었다면 이런 것들은 아무 문제도 되지 않을 것이다. 그러나 현재로서는 붙들고 있어야 할 문제였다. 나는 재빨리 테이블 위에 있는 파일로 손을 뻗어 압수수색 영장 집행 보고서를 꺼냈다.

"누구랑 전화했어, 아빠?" 헤일리가 물었다.

"의뢰인. 키가 몇인지 궁금해서."

"왜?"

"그 의뢰인이 했다고 경찰이 주장하는 일을 그녀가 진짜로 할 수 있었는지 알아보려면 필요해서."

나는 압수품 목록을 살펴보았다. 목록에 올라 있는 신발은 딱 한 켤레였고 원예용 신발로 차고에서 압수했다고 적혀 있었다. 하이힐이나 샌들 같은 다른 신발은 없었다. 물론 형사들은 부검 전에, 다시 말해 부검 결과를 알기 전에 수색을 실시했다. 나는 이 모든 것을 고려해보았고 원예용 신발은 뒷굽이 거의 없을 거라고 결론지었다. 리사가 살인을 저지를 때 그 신발을 신었다고 검찰이 주장한다면, 본듀란트는 내 의뢰인보다 25센티미터는 더 컸다. 공격당할 당시 그가 서 있었다고 가정한다면.

이거 괜찮았다. 나는 리걸패드에 적어놓은 신장 메모 밑에 밑줄을 세 번 그었다. 그러나 곧 딱 한 켤레만을 압수한 이유가 궁금해졌다. 영장 집행 보고서에는 원예용 신발을 압수한 이유가 적혀 있지 않았다. 그러나 수색 영장을 가진 경찰은 범행 당시 사용됐을 수 있는 물건이면 어느 것이라도 압수할 수 있었다. 그런 권한을 가진 경찰이 오로지 원예용 신발에만 주목했는데, 그 이유를 알 수가 없었다.

"엄마가 그러던데, 아빠가 이번에 진짜 큰 사건을 맡았다고."

딸을 바라보았다. 헤일리는 내 일에 대해서는 거의 말을 하지 않았다. 어린 나이여서 아직도 세상을 회색지대가 없는 흑백으로만 보기 때문일 것이다. 헤일리의 눈으로 보면 사람들은 착하거나 악한데 자기 아빠는 악한 자들을 대리하며 생계를 유지했다. 그러므로 이야기할 게 아무것도 없는 것이다.

"그랬어? 맞아, 관심을 갖고 보는 사람들이 많아지고 있어."

"어떤 여자가 자기 집을 뺏으려는 남자를 살해한 사건이지? 지금 아빠가 통화한 사람이 그 여자야?"

"그 남자를 살해했다는 혐의를 받고 있는 거야. 어떤 혐의에 대해서도 아직 유죄 평결이 내려진 게 아니고. 어쨌든, 맞아, 그 여자였어."

"근데 키가 몇인지 왜 알아야 돼?"

"궁금해?"

"응."

"그 여자가 자기보다 훨씬 더 키가 큰 남자의 정수리를 무슨 도구 같은 걸로 때려서 죽였다는 거야. 그래서 정말 그 일을 저지를 수 있을 만큼 키가 큰지 궁금했어."

"그럼 앤디는 그 여자가 그럴 수 있었다는 걸 증명해야겠네, 맞지?"

"앤디?"

"엄마 친구. 아빠가 맡은 그 사건의 검사래. 엄마가 그랬어."

"안드레아 프리먼 말이야? 키 큰 흑인 여자? 머리가 굉장히 짧은?"

"응."

안드레아 프리먼이 '앤디'였다니. 내 전처와는 오다가다 마주치면 인사나 하는 정도라더니.

"앤디와 엄마가 친해? 그건 몰랐네."

"요가 같이 하고 가끔은 앤디가 우리 집에 놀러 와. 지나가 와 있으면 엄마랑 외출하고. 앤디도 셔먼오크스에 살아."

지나는 헤일리의 베이비시터였다. 내가 바빠서 헤일리를 맡지 못할 때나, 전처가 자기 사교생활을 내게 알리기 싫을 때, 혹은 우리 둘이 외출할 때 종종 지나를 불러서 헤일리와 있게 했다.

"부탁 하나만 들어줘, 헤일리. 우리가 나눈 이야기나 내가 통화한 내용을 아무에게도 말하지 말아줘. 중요한 비밀이거든. 이 얘기가 앤디의 귀에 들어가면 안 돼. 네 앞에서 전화를 거는 게 아니었는데."

"알았어, 안 할게."

"고마워, 예쁜이."

나는 딸이 그 사건에 대해 무슨 말을 더 할까 싶어 기다렸지만 헤일리는 자기 앞에 놓인 과학 숙제로 돌아갔다.

나도 부검 보고서로 돌아가 본듀란트의 머리에 난 치명적인 상처들을 찍은 사진에 주목했다. 부검의는 피살자의 머리에서 상처와 그 주위의 머리카락을 싹 밀어버렸다. 사진에는 치수를 잴 수 있도록 자가 놓여 있다. 흉기에 가격당한 지점은 분홍색이었고 둥근 모양이었다. 피부가 찢어져 있었지만 혈흔은 상처를 보여주기 위해 씻어내고 없었다. 가격당한 지점 두 개는 겹쳐져 있었고 세 번째 지점은 2.5센티 정도 떨어져 있었다.

무기의 타격 면이 둥근 모양이라는 사실을 알게 되자 본듀란트가 망치로 공격당했다는 생각이 들었다. 나는 집에서 뭘 뚱땅거리고 고치는 사람이 아니었지만 공구 상자에 대해서는 잘 알았고 타격 면이 둥근 모양인 망치가 많고 타원형인 것도 있다는 사실을 알고 있었다. 법의관실의 무기 흔적 전문가가 확인해줄 일이었지만 한발 앞서서 결과를 예상해보는 것은 언제나 유익했다. 가격당한 상처마다 작은 V자 표시가 찍혀 있었는데 그게 무얼 뜻하는지는 알 수가 없었다.

압수수색 영장 집행 보고서를 다시 확인해보니 경찰이 리사 트래멀의 차고에서 압수해간 공구목록에서 망치가 보이지 않았다. 다른, 덜 일반적인 공구들은 다 쓸어갔으면서 망치를 빠뜨렸다는 것이 흥미로웠다. 역시 부검 결과가 나오기 전에 수색을 했기 때문에 그런 일이 가능했을 것이다. 경찰은 구체적인 공구 하나가 아니라 전부를 가져갔다. 그래도 의문은 남았다.

망치는 어디 있지?

망치가 있긴 있었나?

물론 이것은 사건 최초로 맞닥뜨린 양날의 검이었다. 검찰은 공구가 완벽하게 구비된 작업대에 망치가 없다는 것이 바로 피고인의 범행 사실을 입증하는 증거라고 주장할 것이다. 피고인이 망치로 피해자를 공격해 살해하고 나서 범행을 숨기기 위해 망치를 버린 거라고 주장할 것이다.

반면, 사라진 망치는 무죄를 증명한다는 것이 피고인 측의 논거다. 살인 무기가 없다면 그 무기와 피고인과의 관련성을 주장할 수 없으며 따라서 피고인은 무죄라는 것이다.

이론상으로 보면 이쪽이나 저쪽이나 다 그럴듯했다. 그러나 현실은 달랐다. 배심원들은 이런 문제에 관해서는 보통 검찰 쪽으로 기울었다. 흠

그라운드 이점이라고 할 수 있겠다. 홈팀은 항상 검찰이다.

나는 시스코에게 사라진 망치를 추적해보라고 지시해야겠다고 생각했다. 리사 트래멀에게 망치에 대해서 물어보고, 그녀의 남편을 찾아내 망치에 대해서 알고 있는지 망치가 어떻게 됐는지 물어보아야 했다.

부검 보고서에 나온 그다음 사진들은 두피를 벗긴 후에 드러난 골절된 두개골을 찍은 사진이었다. 손상이 광범위했고 세 번의 가격에 의해 구멍이 나 있었으며 그 구멍을 중심으로 사방으로 파도처럼 실금이 가 있었다. 생존 불가능한 상처라는 소견이 적혀 있었고 사진이 이러한 결론을 충분히 뒷받침해주었다.

부검 소견에는 그 밖에도 이 세 개가 부러진 것과 몇 개의 열상과 찰과상, 심지어 신체 한 부분의 골절도 관찰된다고 적혀 있었지만, 부검의는 이 모든 손상이 본듀란트가 공격을 받아 얼굴부터 땅에 박으며 쓰러지면서 생긴 거라고 해석했다. 본듀란트는 주차장 바닥에 닿기 전에 이미 사망하지 않았다면 적어도 의식을 잃었다. 그래서 방어흔이 하나도 관찰되지 않은 것이다.

부검 보고서에는 사건 현장 사진의 컬러 복사본이 들어 있었는데 LA 경찰국이 부검의에게 제공한 거였다. 현장 사진 전부가 아니라 시신이 제자리에 있을 때의 모습, 즉 시신이 발견됐을 당시의 모습 그대로를 찍은 사진을 여섯 장 추린 거였다. 컬러 복사본이 아니라 사진 원본을 전부 갖고 싶었지만 앤디 프리먼이 취한 증거개시 금수조치를 판사가 풀어줄 때까지는 구할 수가 없을 것이다.

범죄현장 사진들은 주차장 안 자동차 두 대 사이에 쓰러져 있는 본듀란트의 시신을 다각도에서 보여주었다. 렉서스 SUV의 운전석 문이 열려 있었다. 주차장 바닥에 조조조 커피 컵이 떨어져 있었고 쏟아진 커피가 웅덩이를 이루고 있었다. 그 옆에는 서류가방이 열린 채로 놓여 있었다.

본듀란트는 얼굴을 땅에 대고 있었고 정수리와 뒤통수는 피범벅이었다. 눈을 뜨고 콘크리트를 노려보고 있는 것 같았다.

사진에서는 콘크리트에 있는 핏방울들 옆에 증거 표시가 되어 있었다. 이것이 공격 당시 피해자의 머리에서 튀겨나간 핏방울인지 살인 무기에서 떨어진 핏방울인지를 분석한 내용은 없었다.

나는 서류가방이 흥미롭다고 생각했다. 왜 열려 있을까? 사라진 것이 있나? 범인이 본듀란트를 살해하고 나서 여유롭게 가방을 뒤졌다고? 그랬다면, 냉혹하고 계산된 행동이다. 그때 출근하는 은행 직원들이 주차장으로 속속 들어오고 있었다. 피해자의 시신 옆에서 시간을 내어 서류가방을 뒤지는 것은 지극히 위험한 일이었고, 원한과 복수심에 자극받은 범인의 행동으로는 보이지 않았다. 그것은 아마추어의 행동이 아니었다.

나는 이런 의문들에 관해 몇 가지 더 메모를 했고 또 생각나는 것이 있어서 그것도 적었다. 시스코에게 그 주차장에 지정된 주차공간이 있는지 알아보라고 할 작정이었다. 주차 칸 앞 벽에 본듀란트의 이름이 적혀 있었나? 살인 혐의에 잠복해서 기다렸다는 꼬리표가 붙은 걸로 보아 검찰은 본듀란트가 언제 어디로 올지 트래멀이 알고 있었다고 믿는 것이 분명했다. 그렇다면 그들이 그것을 재판에서 증명해보여야 할 것이다.

나는 트래멀 사건기록을 덮은 후 리걸패드와 함께 고무밴드를 감았다.

"잘하고 있어?" 내가 헤일리에게 물었다.

"응."

"다 끝나가니?"

"식사 아니면 숙제?"

"둘 다."

"식사는 다 했지만 숙제는 아직 사회와 국어가 남았어. 그래도 아빠가 가자고 하면 갈 수 있어."

"봐야 될 파일이 두세 개 더 있어. 내일 법원에 들어가거든."

"그 살인 사건 때문에?"

"아니, 다른 사건들."

"사람들이 자기 집에서 계속 살 수 있게 도와주는 거?"

"응."

"왜 그런 사건이 그렇게 많아?"

아기 말투였다.

"욕심 때문이야, 헤일리. 결국에는 사람들의 욕심 때문이지."

나는 헤일리를 바라보며 그 정도로 충분한지 살폈지만, 딸은 숙제로 돌아가지 않았다. 뭔가를 더 기대하면서 나를 쳐다보았다. 대다수의 사람들이 관심 없어 하는 일에 열네 살짜리가 관심을 보이고 있었다.

"대개의 경우 주택이나 아파트를 사는 데는 돈이 많이 들어. 그래서 집을 사는 대신 세 들어 사는 사람들이 많은 거야. 집을 사는 사람은 큰 목돈을 내야 되는데 그만큼 큰돈이 없는 경우가 대부분이거든. 그래서 은행에 가서 돈을 빌리는 거야. 은행은 그 사람에게 충분한 돈이 있는지, 빌린 돈을 갚을 만큼 돈을 충분히 벌 수 있는지 판단하고 돈을 빌려주지. 그런 걸 담보대출이라고 해. 이렇게 모든 상황이 잘 맞으면 원하는 집을 사고 여러 해에 걸쳐서 다달이 얼마씩 은행에 대출금을 갚아 나가는 거야. 이해가 되니?"

"집세를 은행에 내는 것 같은데."

"비슷해. 근데 세 들어 살면 그 집에 대한 소유권은 나한테 없어. 하지만 대출을 받아 집을 사면 소유권이 나한테 있지. 그게 내 집이 되는 거야. 그리고 내 집 마련이 모든 미국인의 꿈이라고들 하지."

"아빠는 아빠 집 있어?"

"응. 엄마도 엄마 집 있고."

헤일리가 고개를 끄덕였지만 열네 살짜리가 이해할 수 있는 수준에서 이야기하고 있는 건지 확신이 안 섰다. 각자 대출을 받아 각자 집을 사서 따로 살고 있는 부모를 보면서 아메리칸 드림을 이해할 수는 없을 것 같았다.

"그래서 얼마 전부터는 내 집 마련을 좀 더 쉽게 할 수 있게 만들었어. 누구라도 은행이나 대출 브로커를 찾아가서 쉽게 대출을 받아 집을 살 수 있게 됐지. 그러니까 사기와 부정부패 사건이 많이 일어났고, 대출을 받아서는 안 될 사람들이 많이 대출을 받았어. 어떤 사람들은 거짓말을 해서 대출을 받았고 또 대부업체가 사기를 치는 경우도 많았지. 우린 지금 수백만 건의 대출을 얘기하고 있는 거야, 헤일리. 이렇게 대출이 많이 진행되면 그걸 전부 통제할 만큼 사람도 충분치 않고 규칙도 충분치가 않게 된단다."

"빌려간 돈을 갚게 할 수가 없었다는 거야?"

"그런 것도 있지만 대개는 사람들이 갚을 수 있는 능력 이상으로 많은 돈을 빌려간다는 게 문제였어. 그리고 이런 대출은 이자율이 상황에 따라 달라졌거든. 이런 변동 금리에 따라 주택 보유자가 매달 은행에 갚아야 하는 액수가 달라졌고, 금리가 한꺼번에 많이 오른 경우도 있었어. 또 어떤 은행은 5년 만기 때 빌린 돈을 한꺼번에 갚도록 하는 만기 전액 상환 제도라는 것을 실시하기도 했고. 어려운 이야기지만 간단하게 정리하자면 이런 거야. 우리나라 경기가 침체되면서 주택 가치도 덩달아 내려갔어. 그러니까 위기가 몰아닥친 거야. 수백만 명이 자기가 산 집의 대출금을 갚을 수 없게 됐고, 집값이 살 때보다 떨어졌기 때문에 팔 수도 없게 된 거지. 하지만 담보대출을 해준 은행들과 대부업체들과 투자차관단들은 개인의 위기에 대해서는 신경 쓰지 않았어. 빌려준 돈을 돌려받는 것에만 관심이 있었지. 그래서 사람들이 대출금을 갚지 못하니까 집을 빼앗기 시작한 거야."

"그래서 사람들이 아빠를 고용했고."

"몇 명이 고용했지. 하지만 지금 수백만 건의 주택 압류가 진행 중에 있어. 돈을 빌려준 은행들과 대부업체들은 자기네 돈을 돌려받고 싶어서 스스로 나쁜 짓을 하기도 하고 다른 사람들을 고용해서 나쁜 짓을 대신 하게 시키기도 해. 거짓말하고 속여서 사람들 집을 빼앗는 거지. 공정하게 법에 따라서 하는 게 아니라. 아빠는 그걸 못 하게 막는 거야."

나는 딸을 바라보았다. 무슨 말인지 이해가 안 되기 시작한 지 꽤 된 것 같은 표정이었다. 나는 테이블 위에 있는 두 번째 파일 더미를 끌어당겨 맨 위에 있는 파일을 펼쳤다. 그리고 그 안의 서류를 훑어보면서 말했다.

"자, 이것도 그런 사건이야. 이 가족은 6년 전에 집을 샀고 매달 9백 달러씩을 은행에 갚았어. 2년 후에 집값이 똥값이……."

"아빠!"

"미안. 2년 후 나라 경제가 안 좋아지기 시작하니까 금리가 올라가면서 그들이 매달 갚아야 할 돈도 늘어났어. 게다가 학교 버스 운전사였던 남편은 사고가 나서 직장을 잃었고. 그래서 부부가 은행을 찾아가서 말했지. '저기요, 우리에게 문제가 생겼거든요. 우리가 주택 대출금을 계속 갚을 수 있도록 대출금 상환 계획을 바꾸거나 다시 짜줄래요?' 이런 걸 융자 조정이라고 하는데 효과는 별로 없어. 이 부부가 은행을 찾아가서 그렇게 말한 것은 옳은 일을 한 거야. 은행은 가만히 듣고 있다가 알았다고, 협조하겠다고 했어. 잘 처리해볼 테니까 할 수 있는 대로 계속 갚으라는 거였지. 그래서 그 부부는 최선을 다해 대출금을 갚아나갔지만 역부족이었어. 그들은 계속 기다렸지만 은행에서는 아무 소식도 없었지. 그러다가 집을 압류한다는 통지서가 날아온 거야. 이런 건 잘못된 거야, 헤일리. 아빠는 이런 잘못된 일을 고쳐보려고 애쓰는 거고. 이건 다윗과 골리앗의 싸움

같은 거야. 거대한 금융기관이 채무자들을 함부로 대하고 있는데 그 사람들 곁엔 나처럼 맞서 싸워줄 사람이 별로 없어."

딸에게 내가 하는 일에 대해 설명하다가 내가 왜 이 특정 법무 분야에 끌렸는가를 문득 깨달았다. 내 의뢰인들 일부는 시스템을 이용하고 있었다. 그들이 맞서 싸우고 있는 은행들 못지않은 사기꾼들이었다. 그러나 다른 의뢰인들은 짓밟힌 사람들, 가난한 사람들이었다. 이 사회의 진정한 약자였다. 나는 그들을 위해 나서주고 싶었고 자기 집에서 가능한 한 오래오래 살 수 있게 해주고 싶었다.

헤일리가 연필을 들고 있는 것을 보니 내가 놔주는 대로 빨리 숙제를 계속하고 싶은 것 같았다. 헤일리는 이렇게 남을 배려할 줄 알았고 그런 건 자기 엄마를 닮은 것이 틀림없었다.

"그 얘기는 이 정도로 하자. 숙제 마저 해. 뭐 더 마실래 아니면 디저트 하나 먹을까?"

"아빠, 팬케이크가 디저트야."

헤일리는 치아 교정기를 끼고 있었고 라임색이 약간 섞인 초록색 고무 밴드를 끼고 있었다. 그래서 헤일리가 무슨 말을 할 때마다 자꾸만 이에 눈길이 갔다.

"아, 참, 그렇지. 그럼 마실 건 어때? 우유 더 마실래?"

"아냐, 됐어."

"알았어."

나도 다시 내 일을 하기 시작했고 앞에 놓인 압류 관련 파일들을 세 무더기로 분류했다. 라디오 광고 덕분에 일이 쏟아져 들어오고 있어서 우리는 한꺼번에 몇 건씩 묶어서 법정 출두 일정을 짜고 있었다. 내가 맡은 모든 사건들의 심리와 법정 출두를 판사별로 묶어서 일정을 짜고 있었다. 오전에는 시내의 카운티 법원에서 알프레드 번 판사의 심리가 세 건 예정되어 있었다. 세 건 모두 대부업체나 대부업체가 고용한 추심업체 직원이 부당하게 담보권을 행사했고 사기를 쳤다는 주장을 바탕으로 변론을 할 계획이었다.

나는 법원에 담보권 행사 중단을 요구하는 소송을 제기해서 세 건 모두 압류를 저지해오고 있었다. 내 의뢰인들은 자기 집에서 살고 있었고 은행에 다달이 대출금을 상환하지 않아도 되었다. 피고 측에서는 이것도 주택 압류 열풍에 못지않은 신용 사기로 보았다. 피고 측 대리인들은 내가 신용 사기를 끝도 없이 연장하고 있고 불가피한 결과를 미루고 있다고 경멸했다.

그런 건 괜찮았다. 형사사건 변호를 오래 한 경험 덕분에 멸시당하는 것에는 충분히 익숙해져 있었다.

"팬케이크 다 먹었나 봐? 내가 너무 늦었나?"

고개를 들어보니 전처가 칸막이 안으로 미끄러지듯 들어와 딸 옆에 앉았다. 그러고는 헤일리가 방어태세를 취하기 전에 사춘기 딸의 뺨에 입 맞추는 데 성공했다. 나는 매기가 내 옆으로 와서 앉아 내 뺨에 입을 맞추지 않아 서운했다. 하지만 기다릴 수 있었다.

나는 매기를 보고 웃으면서 공간을 만들기 위해 테이블에서 파일을 전부 끌어내리기 시작했다.

"팬케이크는 언제라도 먹을 수 있잖아." 내가 말했다.

08 검사와의 거래

그다음 화요일 리사 트래멀은 밴나이스 법정에서 공식적인 기소인부 절차에 부쳐졌다. 피고인의 답변을 기록하고 검찰의 신속한 재판 요구에 따라 재판 일정을 짜는 것이 주목적인 통상적인 심리 절차였다. 그러나 내 의뢰인은 보석으로 풀려나 있었기 때문에, 우리는 신속한 재판의 권리를 포기할 계획이었다. 그녀가 신선한 바깥 공기를 마시고 있는데 서두를 이유가 없었다. 여름날의 폭풍우처럼 천천히 그 기세를 키우다가 우리가 완벽히 준비됐을 때 재판을 시작하면 되었다.

그러나 기소인부 절차는 리사의 직선적이고 단호한 '무죄' 주장을 언론 매체의 카메라뿐만 아니라 법원 기록에도 잘 남겨놓는다는 목적을 달성했다. 전국적인 언론매체는 지루한 재판절차가 진행되는 동안에는 뒤로 물러서 있는 경향이 있기 때문에 기자들의 출석률은 첫 번째 법정 출두 때보다 낮았지만, 지역 기자들은 대거 출석해서 15분간의 절차를 잘 기록했다.

미첼 본듀란트 살인 사건의 기소인부 절차와 예심은 다리오 모랄레스 고등법원 판사에게 배정되었다. 예심은 혐의에 대한 형식적인 확인 절차였다. 리사가 분명히 답변해야 했다. 그런 다음 주요 행사인 공판은 다른 판사에게 배정될 것이었다.

리사가 체포된 이후로 나는 거의 날마다 그녀와 통화했지만, 벌써 일주일이 넘게 만나지 못했다. 그녀는 만나자는 제안을 거절했고, 나는 그 이유를 이제야 알 것 같았다. 법정에 나타난 리사는 완전히 딴사람이 되어 있었다. 머리는 짧게 잘라 세련되게 웨이브를 넣었고, 얼굴색은 과도하게 붉고 피부는 부드러워 보였다. 방청객들은 리사가 외모로 점수를 따기 위해서 보톡스를 맞았다고 수군거렸다.

나는 리사가 입고 있는 세련된 새 정장을 비롯한 모든 외형적인 변화가 허브 달의 작품이라고 믿었다. 그 둘은 이제 떼려야 뗄 수 없는 사이가 된 것 같았고, 달의 개입이 점점 더 문제가 되고 있었다. 그는 피디와 시나리오 작가들에게 내 사무실 전화번호를 알려주고 있었다. 덕분에 로나는 리사 트래멀 사건에 관해 작은 정보 하나라도 주워 모으려는 그들을 단념시키기에 바빴다. 인터넷으로 영화 데이터베이스를 검색해봤더니 허브 달이 보낸 사람들은 할리우드의 저급한 글쟁이들이거나 밑바닥 인생들이었다. 물론 내게 대규모로 유입되는 할리우드 자금으로 급속도로 불어나는 우리의 비용을 충당하고 싶은 마음이 전혀 없는 것은 아니었다. 하지만 이들은 지금은 거래만 트고 결제는 나중에 하겠다는 부류였고, 그런 계약은 우리에게 아무짝에도 쓸모가 없었다. 게다가 내 에이전트가 백방으로 뛰어다니면서 우리 직원들 급료와 사무실 임대료를 충당하고, 보석 보증금을 돌려주고 달을 쫓아버리기에 충분한 계약금을 보장하는 계약을 따내려고 애쓰고 있었다.

어떤 법원 심리 때이건, 가장 중요한 정보와 조치는 기록에 남지 않는 경우가 많다. 리사의 기소인부 절차 때도 그랬다. 그녀의 답변이 기록되고 모랄레스 판사가 2주 후로 다음 심리 일정을 잡은 후, 나는 판사에게 재판부에 다수의 신청서를 제출하고 싶다고 말했다. 판사는 환영했고 나는 앞으로 나가서 다섯 건의 신청서를 서기에게 전달했다. 안드레아 프리먼 검사에게도 사본을 주었다.

처음 세 개의 신청서는 애런슨이 LA 경찰국의 압수수색 영장 신청서와 컬렌 형사가 리사 트래멀을 조사하는 모습을 담은 동영상을 보면서 미란다 원칙 고지와 리사가 체포된 시점에 대한 의문들에 대해 면밀하게 검토한 후에 작성한 거였다. 그녀는 모순되는 점들과 절차상의 문제와 과장된 사실들을 찾아냈다. 그녀가 작성한 증거물 채택 금지 신청서는 조사 모습을 담은 동영상이 재판에서 증거물로 채택되지 말아야 하고, 피고인의 집을 수색하면서 압수한 모든 증거물도 재판에서 배제되어야 한다고 주장했다.

그 다섯 개의 신청서는 철저한 사고를 거쳐 설득력 있게 쓰여졌다. 나는 애런슨이 자랑스러웠고 그녀의 이력서가 내 책상에 올라왔을 때 러프(골프장에서 풀이 길고 공을 치기가 힘든 부분—옮긴이) 속의 다이아몬드와 같은 그녀를 알아본 나 자신이 자랑스러웠다. 그러나 나는 그녀가 작성한 신청서가 받아들여질 가능성은 크지 않다는 것을 알고 있었다. 재판관으로 선출된 어떤 판사도 살인 사건의 증거물을 내던져버리는 일은 하지 않을 것이다. 다음에도 유권자의 선택을 받기를 바라는 판사라면 절대로 그렇게 하지 않을 것이다. 그래서 그는 현상을 유지하고 증거물에 대한 결정을 배심원단에게 맡길 방법을 모색할 것이다.

그럼에도 불구하고, 애런슨의 신청서는 변호 전략에 중요한 역할을 했다. 그 세 건의 신청서 외에 다른 두 건의 신청서가 더 있기 때문이었다. 그 두 건 중 하나는 웨스트랜드 파이낸셜이 보유하고 있는 리사 트래멀과 미첼 본듀란트에 관한 모든 기록과 내부 문건을 변호인이 열람할 수 있게 요청함으로써 증거개시 절차의 시작을 요구하는 거였다. 또 다른 하나는 리사 트래멀의 집을 압수수색할 때 가져간 그녀의 노트북 컴퓨터와 휴대전화기과 모든 개인 기록을 변호인이 검토할 수 있도록 검찰이 허가해줄 것을 촉구하는 신청서였다.

모랄레스 판사는 변호인 측과 검찰 측을 공평하게 대하고 싶어 할 것이기 때문에, 판사가 솔로몬과 같은 판결을 하도록, 아기를 반으로 갈라 나눠 가지라는 판결을 하도록 몰아가는 것이 내 전략이었다. 증거물 채택 금지 신청서는 기각시키지만 다른 두 신청서에서 요구하는 증거물에 대한 접근은 허용하게 하려는 것이다.

물론 모랄레스 판사와 프리먼 검사는 이런 경험이 몇 번 있어서 내가 이런 전략으로 나올 것을 알고 있겠지만, 내가 어떻게 나올 것을 알고 있다고 해서 그것을 막을 수 있는 것은 아니었다. 게다가 아직 제출하지 않은 여섯 번째 신청서가 내 주머니에 있었고, 그것이야말로 내 비장의 무기가 될 것이었다.

모랄레스 판사는 프리먼에게 열흘 안에 신청서에 대한 의견을 제시하라고 주문한 후 심리를 끝내고 재빨리 다음 사건으로 넘어갔다. 유능한 판사는 항상 유연하게 다음 사건으로 넘어간다. 나는 리사를 돌아보며 검사와 잠깐 할 이야기가 있으니까 복도에서 기다리라고 말했다. 허브 달이 법정 문 앞에 서서 그녀를 기다리고 있는 것이 보였다. 그가 기꺼이 그녀를 호위해 나갈 것이다. 나는 허브 달과의 문제를 나중에 해결하기로 하고 검사석으로 걸어갔다. 프리먼은 고개를 숙이고 리걸패드에 메모를 하고 있었다.

"안녕, 앤디?"

프리먼이 고개를 들어 나를 쳐다보았다. 자기를 앤디라고 불러서 친구인 줄 알고 웃으면서 올려다보다가 나를 보자 미소가 순식간에 사라졌다. 나는 여섯 번째 신청서를 그녀 앞에 내려놓았다.

"시간 날 때 한번 봐요. 내일 아침에 제출할 거니까. 오늘 법정에 종이 폭탄을 퍼붓고 싶지가 않아서 하나 남겨둔 거거든. 내일 아침에 내면 괜찮을 것 같은데, 검사님과 관련된 거니까 미리 한번 보시라고."

"나요? 무슨 말을 하는 거예요?"

나는 대답하지 않고 그녀 곁을 떠나 문을 향해 걸어가 법정을 나갔다. 양쪽으로 여닫는 문을 열고 나가면서 보니까 내 의뢰인과 허브 달이 벌써 반원형으로 겹겹이 에워싼 기자와 카메라 앞에서 논평하고 있었다. 나는 재빨리 리사 뒤로 걸어가 말하고 있는 그녀의 한 팔을 잡아끌었다.

"이—이—이—이상입니다!" 나는 최선을 다해 포키 피그(워너 브러더스의 만화영화에 나오는 낙천가인 돼지 – 옮긴이)를 흉내 냈다.

리사가 내 손을 뿌리치려고 애썼지만 나는 그녀를 무리에서 떼어내 팔을 끌고 복도를 걸어가기 시작했다.

"뭐 하는 거예요?" 리사가 저항했다. "창피하게!"

"내가 당신을 창피하게 만든다고? 리사, 저 인간하고 어울려 다니면서 자신을 창피하게 만들고 있는 건 바로 당신이야. 저 인간 떨쳐내라고 했어요 안 했어요. 원 세상에, 거울 좀 봐요. 자기가 무슨 영화배우인 줄 아나. 이건 재판이에요, 리사. 〈엔터테인먼트 투나이트〉가 아니라."

"기자들에게 내 이야기를 해주고 있었어요."

나는 사람들이 엿들을 수 없을 만큼 멀리 떨어진 곳에 이르러 걸음을 멈췄다.

"리사, 기자들 앞에서 그렇게 다 드러내놓고 얘기하면 안 돼요. 그게 나중에 당신 발목을 잡을 수 있으니까."

"무슨 말을 하는 거예요? 내 입장을 밝힐 절호의 기회였다고요. 검찰이 이렇게 나를 몰아붙이고 있으니 지금이라도 확실히 밝혀야죠. 말했죠, 죄가 있는 사람들이나 말하지 않는다고."

"문제는 검찰에 언론전담반이 있어서 당신에 대한 기사나 방송은 모두 복사하고 녹화를 떠놓는다는 거요. 당신이 한 모든 말에 대해 사본을 갖고 있다니까. 그런데 이번에 말할 때하고 다음에 말할 때 내용이 조금이라도 다르면 문제가 생기는 거죠. 검찰이 배심원단 앞에서 당신을 호되게 비판할 거예요. 내 말인즉슨 그런 위험을 감수할 필요가 뭐 있냐는 거예요. 말하는 건 내게 맡겨요. 도저히 그렇게는 못 하겠고 당신 입장을 스스로 밝혀야겠으면 미리 준비하고 연습한 다음에 기자들을 불러놓고 연습한 대로 하면 될 거고."

"근데 그건 허브가……."

"다시 한 번 설명할게요, 리사. 허브 달은 당신의 대리인이 아니고 당신의 이익이 그의 우선순위가 아니에요. 허브 달에게는 허브 달의 이익이 최우선이지. 알겠어요? 내 말을 도통 이해 못 하는 것 같네. 허브 달하고의 관계를 끊어요. 그는……."

"아뇨! 그럴 수 없어요! 안 그럴 거예요! 진정으로 나를 걱정해주는 사람은 허브밖에 없어요."

"아, 정말 가슴이 미어지는군. 그가 당신을 걱정해주는 유일한 사람이라면 아직도 기자들과 이야기를 나누고 있는 건 어떻게 해석하죠?"

나는 기자들과 카메라 기자들 무리를 가리켰다. 과연 허브 달은 아직도 장황하게 말하면서 기자들이 필요로 하는 것을 제공하고 있었다.

"기자들한테 지금 무슨 말을 하고 있는 거죠, 리사? 알아요? 난 정말 모르겠는데. 그리고 웃기지 않아요? 피고인은 당신이고 변호인은 난데. 자기가 뭐라고 저러는 거죠?"

"허브가 나를 대변할 수 있어요." 리사가 말했다.

허브 달이 다음 질문을 할 기자를 손으로 가리키는 것을 보고 있는데 방금 우리가 나온 법정의 문이 활짝 열리는 것이 보였다. 안드레아 프리먼이 내가 준 여섯 번째 신청서를 쥐고 성큼성큼 걸어 나와 복도를 훑어 보았다. 처음에는 기자들 무리를 주목했지만 그 가운데에 서 있는 사람이 내가 아니라는 것을 알아차렸다. 레이더가 나를 포착하자, 그녀는 방향을 바꿔 나를 향해 곧장 걸어왔다. 기자들 두세 명이 그녀를 불렀지만 그녀는 내가 준 신청서를 내저으며 그들을 떨쳐냈다.

"리사, 저기 벤치에 앉아서 기다려요. 그리고 기자들하고는 말하지 말고."

"무슨……."

"그냥 그렇게 해요."

리사가 자리를 뜨자 프리먼이 다가왔다. 화가 나 있었고 눈 속에 이글 거리는 불길이 보였다.

"이 쓰레기는 뭐죠, 할러 변호사?"

프리먼이 서류를 들어 보였다. 그녀가 내 사적 공간을 침범해 들어오는데도 나는 침착함을 유지했다.

"그게 뭔지 잘 알 것 같은데." 내가 말했다. "프리먼 검사는 이해관계의 충돌이 있으니까 이 사건에서 손 떼게 해달라는 신청서죠."

"이해관계의 충돌이 있다고요? 내가? 무슨 이해관계의 충돌이요?"

"이봐요, 앤디. 앤디라고 불러도 되죠? 내 딸이 그렇게 부르니까 나도 그렇게 불러도 될 것 같은데, 안 그래요?"

"헛소리 집어치우고요, 할러."

"어우, 네, 그러죠. 내가 반대하는 이해관계의 충돌은 당신이 이 사건에 대해서 내 전처와 논의해왔고……."

"당신 전처는 우연히도 나와 같은 사무실에서 근무하는 검사예요."

"그렇긴 하지만 이런 논의가 오로지 사무실에서만 있었던 건 아니지 않나. 요가 클럽에서도 있었고 내 딸 앞에서도 있었고 아마도 밸리 전역에서 있었던 것 같은데요, 내가 알기로는."

"아우, 진짜. 이 무슨 말도 안 되는 소리예요."

"진짜요? 그렇다면 왜 내게 거짓말을 했죠?"

"언제 거짓말을 했다고 그래요. 도대체 무슨……."

"내 전처를 아느냐고 물었을 때 오다가다 만나면 인사나 하는 정도라고 했잖아요. 그건 사실이 아니지 않나?"

"그런 걸로 당신과 입씨름하고 싶지 않았어요."

"그래서 거짓말을 했구먼. 신청서에 그 얘기는 안 썼는데 내기 전에 덧붙여야겠군. 그게 중요한지 어떤지는 판사가 결정해줄 거고."

프리먼은 짜증나지만 포기한다는 듯이 숨을 거칠게 내쉬었다.

"원하는 게 뭐예요?"

나는 주위를 둘러보았다. 우리 가까이에는 아무도 없었다.

"원하는 게 뭐냐고? 나도 당신이 하는 식으로 일 처리를 할 수 있다는 걸 보여주고 싶어서 그래. 당신이 나한테 쫀쫀하게 굴면, 나도 당신한테 쫀쫀하게 굴 수 있다는 걸 보여주고 싶어서."

"글쎄, 그게 무슨 뜻이냐니까요, 할러? 대가로 바라는 게 뭐죠?"

나는 고개를 끄덕였다. 힘든 고비는 넘긴 것이다.

"내일 내가 이걸 내면 당신은 빠이빠이라는 걸 알 거요. 판사가 내 편을 들어줄 거거든. 자기 뒤통수를 칠 가능성이 있는 일은 무슨 수를 써서라도 피하려고 할 테니까. 게다가 검찰청엔 유능한 검사가 3백 명이 더 있다는 걸 알고 있고. 누구라도 다시 보내줄 거라는 것도."

나는 로비에 모여 있는 시끌벅적한 기자들 무리를 가리켰다. 대다수가 아직도 허브 달을 에워싸고 있었다.

"저기 저 많은 기자들이 주목하고 있는 거 보이죠? 저게 다 물 건너가는 거예요. 아마도 당신 경력에서 가장 큰 사건이 사라질 거란 말이지. 기자회견도, 헤드라인도, 스포트라이트도 다 당신 대신 들어오는 검사에게 가겠죠."

"내가 그냥 물러날 거라 생각하면 큰 오산이에요. 그리고 모랄레스 판사가 당신의 그 말 같지 않은 이야기에 넘어갈 거란 보장도 없고요. 당신이 지금 무슨 짓거리를 하고 있는지 판사에게 정확히 말해줄 거예요. 검사 쇼핑을 하려고 한다고. 자기가 두려워하는 검사를 제거하려 한다고."

"마음대로 해요. 하지만 내 열네 살짜리 딸이 지난주에 나와 저녁을 먹으면서 이 사건의 사실들을 나에게 말해주게 된 경위가 무엇인지 판사한테 설명해야 할 거요. 그것도 공개법정에서."

"그 무슨 말도 안 되는 소리를. 어떻게 자기 딸을 이런 데……."

"그러니까 지금 내가 거짓말한다는 겁니까? 아니면 내 딸이 거짓말한다는 거요? 그 아이를 법정에 불러다 놓고 시비를 가려볼까요? 그렇게 되면 그 떠들썩한 장면을 당신 상관들이 좋아할지 모르겠군. 헤드라인 기사들을. 이를테면 이런 거. 검찰이 14세 소녀를 거짓말쟁이라고 몰아세우다. 너무 저급하지 않나?"

프리먼은 돌아서서 한 걸음 내딛다가 멈춰 섰다. 내가 이겼다는 것을 알 수 있었다. 그녀는 사건에서 손 떼고 물러서야 하지만 그럴 수가 없을 것이다. 그 사건을 그리고 그 사건이 자신에게 가져다줄 모든 것을 원하고 있었으니까.

프리먼이 나를 향해 돌아섰다. 그러고는 마치 투명인간을 대하듯, 죽은 사람을 대하듯, 나를 쳐다보았다.

"다시 묻는데, 원하는 게 뭐예요?"

"내일 이걸 안 낼게요. 내 의뢰인의 재산을 돌려받고 웨스트랜드 문서들을 볼 수 있게 해달라고 제출한 신청서 두 건은 철회하고. 대신 내가 원하는 건 협조요. 개시된 증거물을 사이좋게 주고받는 것. 지금부터 그렇게 오고가길 바라요, 나중이 아니라. 내가 볼 수 있는 권리가 있는 어떤 것을 보고 싶을 때마다 판사를 찾아가고 싶지는 않거든."

"변호사협회에 당신에 대해 항의할 수 있어요."

"좋죠, 서로 항의하면 되겠네. 그럼 우리 둘 다를 조사할 것이고, 당신이 변호인의 전처와 그 딸과 함께 사건에 대해 논의하는 부적절한 행동을 했다는 결론만을 얻게 되겠죠."

"당신 딸하고는 얘기 안 했어요. 그 자리에 함께 있었을 뿐이지."

"그 문제는 변호사협회에서 가려낼 거요."

나는 프리먼이 고민하게 잠깐 내버려두었다. 이제 그녀가 결단을 내릴 차례였지만 마지막으로 한 번 더 밀어줘야 할 것 같았다.

"아, 그리고 내일 신청서를 제출하면 〈LA 타임스〉에도 알리려고 하는데. 법원 출입 기자가 누구더라? 솔터스인가? 흥미로운 번외 기사라고 생각할 것 같은데, 안 그래요? 훌륭한 단독기사고."

프리먼은 자신이 어떤 곤경에 처하게 됐는지 잘 알게 됐다는 듯 고개를 끄덕였다.

"신청서 철회해요." 그녀가 말했다. "당신이 요구했던 거 금요일 오후까지 건네줄 테니까."

"내일까지."

"시간이 충분치 않아요. 전부 다 모아서 복사도 해야 되는데. 복사 집이 항상 붐비거든요."

"그럼 목요일 정오까지. 아니면 신청서 제출합니다."

"알았다, 이 개자식아."

"좋아요. 일단 전부 다 살펴보고 나서 유죄인정 합의에 대해 얘기해보든가 합시다. 고마워요, 앤디."

"입 닥쳐요, 할러. 유죄인정 합의는 꿈도 꾸지 말아요. 유죄라는 걸 꼭 입증해서, 평결이 내려질 때 당신이 어떤 얼굴인지 꼭 볼 거예요."

프리먼이 홱 돌아서서 몇 걸음 걸어가더니 다시 멈추고 돌아서서 나를 똑바로 쳐다보았다.

"그리고 앤디라고 부르지 말아요. 그럴 자격 없으니까."

그러고는 다시 성큼성큼 걸어 엘리베이터가 있는 로비로 향했고, 뒤를 따라가면서 코멘트를 따려는 기자를 철저히 무시했다.

유죄인정 합의가 없을 거라는 건 나도 알고 있었다. 내 의뢰인이 허락하지 않을 것이다. 하지만 프리먼에게 한 대 때리라고 뺨을 돌려 대준 것이다. 나는 그녀가 화가 나길 바랐지만 지나치게 화가 나기를 바라지는 않았다. 자기도 뭔가 건진 게 있다고 생각하기를 바랐다. 그래야 그녀를 다루기가 더 쉬워질 것이다.

주위를 돌아보니 내가 아까 가리켰던 벤치에서 시킨 대로 기다리고 있는 리사가 보였다. 나는 그녀에게 일어서라고 손짓했다.

"좋아요, 리사, 갑시다."

"하지만 허브는요? 같이 타고 왔는데."

"당신 차로, 아니면 저 친구 차로?"

"그의 차로요."

"그럼 괜찮아요. 내 운전사가 당신을 집까지 데려다줄 거니까."

우리는 엘리베이터 타는 곳으로 걸어갔다. 다행히도 안드레아 프리먼은 벌써 엘리베이터를 타고 2층 검사실로 내려가고 없었다. 버튼을 눌렀지만 엘리베이터가 금방 올라오지 않았다. 그 사이에 허브 달이 다가왔다.

"뭐야, 나를 놔두고 떠날 생각이었나?"

나는 그의 질문에는 대꾸하지 않고 재빨리 공손함과 예의라는 가면을 벗어 던지고서 덤벼들었다.

"기자들한테 함부로 지껄여서 나를 완전히 물 먹여놓고 뭐? 당신은 대의를 위해 일한다고 생각할지 모르지만 그거 아니거든. 그 대의가 허버트 달의 이익이라면 모를까."

"우와, 되게 세게 나오시네. 여기 법원이야."

"여기가 어디든 상관없어. 내 의뢰인을 대변해서 말하지 마. 알아듣겠어? 한 번만 더 그러면 기자회견을 열 테니까. 그때 내가 당신에 대해 무슨 말을 할 건지 알고 싶지도 않을걸."

"아하, 그거였군. 지난번 기자회견. 근데 궁금한 게 하나 있는데. 내가 당신한테 보낸 그 사람들한텐 도대체 어떻게 한 거야? 몇 명은 내게 전화해서 당신 직원이 막 대하더라던데."

"그러니까 계속 보내, 계속 그렇게 대해줄 테니까."

"이봐, 할리우드는 내가 잘 아는데, 그 사람들 꽤 잘 나가는 친구들이야."

"〈그라인드 사이드〉."

달이 어리둥절한 표정으로 리사를 쳐다봤다가 다시 나를 쳐다보았다.

"그게 무슨 말이야?"

"〈그라인드 사이드〉. 어허, 왜 이러시나, 〈그라인드 사이드〉를 모르는 사람처럼."

"〈블라인드 사이드〉 말하는 거야? 영화? 미식축구 선수를 입양한 여자 이야기?"

"아니, 〈그라인드 사이드〉. 당신이 보낸 피디들 중 한 명이 만든 영화. 미식축구 선수를 입양해서 하루에도 서너 번씩 그와 섹스하는 여자 이야기. 그러다가 싫증 나니까 미식축구팀 전원을 초대해서 난리를 치던데. 〈블라인드 사이드〉만큼은 수익을 못 거뒀을 것 같던데."

리사는 얼떨떨한 표정을 지었다. 허브 달의 할리우드 인맥에 대해서 내가 말하는 것하고 달 본인이 지난 몇 주간 그녀의 귀에 속삭였던 내용하고 많이 다른 모양이었다.

"그래요, 이 작자가 당신한테 그런 짓을 하고 있어요, 리사. 당신에게 붙여주고 싶어 하는 사람들이 그런 사람들이란 말이에요."

"이봐, 할리우드에선 뭔가를 시작한다는 게 얼마나 어려운지 알기나 해?" 달이 말했다. "프로젝트? 시작할 수 있는 사람들이 있고 시작도 못하는 사람들이 있어. 난 그 친구가 지금 뭔가를 시작할 수 있다면 과거에 뭘 만들었는지는 신경 안 써. 알겠어? 그 친구들 다들 잘 나가는 사람들이야. 그리고 내가 여기에 쏟아부은 돈이 얼만데, 할러."

마침내 엘리베이터가 도착했다. 나는 리사에겐 타라고 지시했지만 달은 가슴을 손으로 막고 천천히 밀어냈다.

"뒤로 물러나, 달. 당신 돈 돌려주고 거기에 좀 더 얹어줄 테니까. 그냥 손 떼."

나는 엘리베이터에 탄 후 돌아서서 달이 마지막 순간에 올라타려고 하지 않는지 지켜보았다. 달은 그러진 않았지만 움직이지도 않았다. 나는 문이 닫힐 때까지 증오심에 불타는 그의 눈을 마주 노려보고 있었다.

09 합리적 의심의 씨앗

　토요일 오전 우리는 새 사무실로 이사했다. 빅토리 대로와 밴나이스 대로의 교차로에 있는 건물의 방 세 개짜리 스위트룸이었다. 건물 이름도 빅토리 빌딩이어서 마음에 들었다. 게다가 가구가 전부 비치되어 있었고 리사 트래멀이 재판을 받게 될 법원에서 겨우 두 블록 떨어진 곳에 있었다.

　전 직원이 나와서 이사를 거들었다. 심지어 로하스도 티셔츠에 헐렁한 바지를 입고 두 팔과 두 다리를 완전히 덮고 있는 문신을 드러낸 채로 짐을 날랐다. 문신을 보는 것하고 운전할 때 항상 입는 정장이 아닌 다른 옷을 입고 있는 로하스를 보는 것하고, 어느 쪽이 더 충격적인지 결정하기가 어려웠다.

　새 공간에서는 내가 혼자 사무실을 쓰고 시스코와 애런슨이 그것보다 좀 더 큰 사무실을 함께 쓰며 로나가 중간의 거실을 접수공간으로 쓰는 것으로 정했다. 링컨 차 뒷좌석에서 천장이 3미터나 되고 책상과 낮잠용 소파가 있는 사무실로 옮긴 것은 엄청난 변화였다. 사무실 정리가 끝나자마자 나는 반짝이는 사무실 마룻바닥에 안드레아 프리먼 검사에게서 받은 8백 페이지에 달하는 증거물 서류를 펼쳐놓았다.

서류 대부분은 웨스트랜드 문건이었는데 그중 상당 부분이 분량을 부풀리기 위해 집어넣은 것들이었다. 프리먼이 변호인 측에 끌려다닌 것에 대한 분풀이를 이렇게 수동 공격적으로 하고 있는 거였다. 문건에는 내겐 필요 없는, 은행 정책과 절차에 관한 서류가 수십 장이나 들어 있었다. 이 모든 것이 한 더미로 묶여 있었다. 또 은행이 리사 트래멀에게 보낸 모든 안내문 사본이 있었는데, 대부분은 나도 이미 갖고 있는 익숙한 것들이었다. 이 사본들이 두 번째 더미로 묶여 있었다. 그리고 마지막으로 은행 내부 통신문 사본과, 미첼 본듀란트와 웨스트랜드가 담보권 행사를 대신해달라고 위임한 외부 추심업체와의 통신문도 한 더미로 묶여 있었다.

이 추심업체는 ALOFT라는 회사였는데, 내가 맡은 주택 압류 관련 소송의 적어도 3분의 1은 이 회사를 상대로 했기 때문에 익숙한 회사였다. ALOFT는 번거로운 압류 절차에 필요한 모든 문서를 대신 작성, 발송, 추적하는 일종의 압류 대행회사, 압류 공장이었다. 은행과 다른 대부업체들을 대신하여 담보로 잡혀 있는 채무자들의 집을 빼앗는 궂은일을 맡아서 해주는 하청업자였다. 은행이 고객에게 자산을 압류한다는 통지서 한 장 보내지 않고 가만히 있어도 ALOFT 같은 회사들이 다 알아서 처리해주었다.

내가 가장 관심이 있었던 서류가 바로 이런 문건들이었고, 이 문건들 속에서 재판의 방향을 바꿀 서류를 발견했다.

나는 책상 뒤로 가서 의자에 앉아 전화기를 관찰했다. 예전에 사용했던 전화기보다 버튼이 더 많았다. 마침내 옆의 사무실과 연결된 인터컴 버튼을 발견하고 눌렀다.

"여보세요?"

아무 소리도 나지 않았다. 그 버튼을 다시 눌렀다.

"시스코? 불락스? 내 말 들려?"

아무 소리도 나지 않았다. 나는 벌떡 일어서서 역시 직원들과 옛날 방식으로 소통하는 것이 편하다고 생각하면서 문을 향해 걸어갔다. 그때 전화기 스피커에서 목소리가 들렸다.

"미키, 당신이야?"

시스코의 목소리였다. 나는 서둘러 책상으로 돌아가서 버튼을 눌렀다.

"응, 나야. 잠깐 이리로 좀 올래? 불락스 데리고 와."

"알았다, 오버."

몇 분 뒤 수사관과 차석변호사가 들어왔다.

"저기요, 대표님?" 바닥에 흩어져 있는 서류들을 보면서 시스코가 말했다. "물건을 서랍과 캐비닛과 선반에 놓아 정리하라고 사무실이 있는 거아닐까?"

"고려해볼게." 내가 말했다. "문 닫고 와서 앉아."

모두 자리에 앉자 나는 임대한 커다란 책상 너머로 그들을 바라보며 웃음을 터뜨렸다.

"어째 어색하다." 내가 말했다.

"난 곧 익숙해질 것 같은데, 사무실을 갖는 거." 시스코가 말했다. "하지만 불락스는 이게 무슨 말인지도 모를 거야."

"왜 몰라요." 애런슨이 항변했다. "지난여름에 샨들러, 매시, 오티즈 변호사 사무소에서 인턴을 했는데, 그땐 제 개인 사무실이 있었거든요."

"그래, 다음번엔 자네도 따로 방 하나 마련해줄게." 내가 말했다. "그러니까 지금은 본론으로 들어가자. 시스코, 노트북 컴퓨터를 친구한테 갖다줬어?"

"응, 어제 오전에 갖다 줬어. 급한 거라고 했고."

리사의 노트북 컴퓨터는 그녀의 휴대전화기와 서류 네 상자와 함께 검사에게서 돌려받은 거였다.

"그럼 그 친구는 검사가 무엇을 보고 있었는지 찾아낼 수 있단 말이지?"

"검찰에서 열어본 파일의 목록과 열어본 시간을 알려줄 수 있다고 했어. 그걸 가지고 그들이 무엇에 주목했는지 알아낼 수 있을 거야. 하지만 너무 기대는 하지 마."

"왜?"

"프리먼이 너무 쉽게 넘겨줬으니까. 컴퓨터가 중요한 증거물이라면 넘겨주지 않았겠지."

"그럴지도."

내가 프리먼과 한 거래, 혹은 나의 꼼수에 관해서는 시스코와 애런슨이 아무것도 모르고 있었다. 나는 애런슨에게 관심을 돌렸다. 그녀가 주초에 증거물 채택 금지 신청서를 작성한 후에, 나는 또 그녀에게 피살자의 배경조사를 지시했었다. 시스코가 초동수사를 통해서 미첼 본듀란트의 사생활이 그다지 평탄하지 못했다는 사실을 알아냈기 때문에 좀 더 자세한 조사가 필요했다.

"불락스, 피살자에 대해서는 뭐 알아낸 거 있어?"

"네, 아직도 확인할 게 많이 있지만, 나락으로 떨어지고 있었던 것은 확실합니다. 재정적으로 말이죠."

"어째서 그렇다는 거야?"

"매매가 활발하고 자금 확보가 순조로웠을 땐 본듀란트가 부동산 시장에서 큰손으로 활약했어요. 2002년부터 2007년까지 총 스물한 채의 부동산을 샀다가 되팔았죠. 주로 주거용 부동산이었고요. 그러면서 큰 시세차익을 보았고 더 큰 거래에 그 돈을 다시 투자했어요. 그러던 중에 경기가 침체되면서 그로 인한 손실을 뒤집어쓰게 된 거죠."

"쪽박 찬 거야?"

"네. 사망할 당시 다섯 개의 대형 부동산을 소유하고 있었는데 그 가치가 매입가 아래로 갑자기 확 떨어져 있는 상태였어요. 그 부동산을 처분하려고 1년 넘게 애쓴 모양인데 산다는 사람이 한 명도 안 나섰나 봐요. 그중 세 건의 부동산은 올해가 만기라서 대출금을 전액 상환해야 하는 거고요. 상환할 금액이 전부 합해 2백만 달러가 넘어가더라고요."

나는 일어서서 책상을 돌아갔다. 그러고는 방 안을 서성이기 시작했다. 애런슨의 보고를 들으니 흥분이 되었다. 그 내용이 이 사건에 정확히 어떻게 들어맞는지는 모르겠지만 들어맞게 할 수 있다는 자신이 있었다. 더 철저히 논의해봐야 했다.

"그러니까 웨스트랜드의 담보대출 부문 총괄 부행장 미첼 본듀란트가 자기가 자산을 압류한 수많은 사람들과 같은 상황에 처하게 됐다는 뜻이로군. 자금이 넘쳐났을 땐 5년 만기 전액상환 담보대출을 받았다는 거잖아. 다른 모든 사람들과 마찬가지로 시세차익을 남기고 자산을 되팔거나 5년 만기가 되기 전에 융자를 재조정할 수 있을 거라고 생각하고."

"경제가 바닥을 치기 전까진 그게 가능할 수도 있었겠죠." 애런슨이 말했다. "이젠 매입가보다 더 떨어졌기 때문에 되팔 수도 없고 담보대출을 재조정할 수도 없어요. 어떤 은행도 거들떠보지 않을걸요, 심지어 본듀란트의 자산이라고 해도."

애런슨은 침울한 표정이었다.

"수고했어, 제니퍼. 근데 표정이 왜 그래?"

"그냥, 이 모든 게 그 살인 사건과 무슨 상관인가 싶어서요."

"아무 상관 없을 수도 있고, 굉장히 밀접한 관계가 있을 수도 있고."

나는 책상 뒤로 돌아가서 의자에 앉았다. 검찰이 제공한 서류 더미에서 발견한 세 페이지짜리 서류를 애런슨에게 건넸다. 애런슨이 서류를 받아서 옆으로 들고 시스코와 함께 보았다.

"이게 뭐예요?" 애런슨이 물었다.

"우리 쪽에 유리한 결정적인 증거."

"안경을 우리 방에 놓고 왔는데." 시스코가 말했다.

"제니퍼, 자네가 읽어줘."

"본듀란트가 A. 루이스 오파리지오 파이낸셜 테크놀로지스, 줄여서 ALOFT라고 부르는 회사의 루이스 오파리지오 대표에게 보낸 등기우편 사본이네요. 내용을 읽어볼게요. '친애하는 루이스, 귀하의 회사가 웨스트랜드를 대신하여 집행하고 있는 주택 압류 건들 중 한 건의 주택 보유자의 법률대리인인 마이클 할러 변호사에게서 온 편지를 여기에 첨부합니다.' 그러고는 리사의 이름과 대출 승인 번호, 집 주소가 적혀 있네요. 그 다음엔 이렇게 이어져요. '편지에서 할러 변호사는 의뢰인의 주택 압류에 관한 서류를 모아서 조사해보니 사기 행각이 넘쳐난다고 주장하고 있습니다. 구체적인 예를 많이 들고 있는데, 읽어보니 전부 ALOFT에서 집행한 것들이군요. 귀하가 알고 있고 우리가 이미 논의한 바와 같이, 그 외에 다른 민원도 많이 접수되었습니다. ALOFT에 대한 할러 변호사의 이 새로운 주장이 만일 사실이라면 웨스트랜드는 매우 곤란한 상황에 처하게 됩니다. 특히 정부가 담보대출 분야에 비상한 관심을 보이고 있는 요즘과 같은 상황에서는 더욱 그렇습니다. 이 문제에 관해 우리가 합의와 이해에 도달하지 못한다면, 나는 웨스트랜드가 정당한 사유로 귀사와의 계약을 해지하고 진행 중인 모든 거래를 중단해야 한다고 이사회에 건의할 것입니다. 그렇게 되면 은행은 관계 기관에 SAR을 제출할 수밖에 없게 될 거고요. 이런 문제들에 관해 좀 더 의논할 수 있도록 빠른 시일 내로 연락주시기 바랍니다.' 그게 끝이에요. 변호사님의 편지 사본과 우체국의 수령증 사본이 첨부되어 있네요. 이 편지는 나탈리라는 여자가 서명하고 수령했는데 성은 못 읽겠어요. L로 시작하는데.”

나는 가죽으로 된 중역 의자에 등을 기대고 앉아 마법사처럼 종이 클립을 손가락 위에 놓고 굴리면서 미소 띤 얼굴로 그들을 바라보았다. 애런슨이 점수를 따고 싶었는지 먼저 뛰어들었다.

“그러니까 본듀란트가 발뺌을 하는 거네요. ALOFT가 무슨 짓을 하는지 몰랐을 리가 없잖아요. 은행들은 이런 압류 공장들하고 누이 좋고 매부 좋은 관계를 맺고 있어요. 어떻게 일하는지는 관심 없고 일만 처리되면 만사 오케이고요. 하지만 이 편지를 보냄으로써 ALOFT와 그 불법적인 관행들과 거리를 두려고 하는 것 같은데요.”

나는 ‘그럴지도 모르지’라고 말하는 것처럼 어깨를 으쓱거렸다.

“‘합의와 이해.’” 내가 말했다.

시스코와 애런슨이 멍한 얼굴로 나를 쳐다보았다.

“편지에 그렇게 썼잖아. ‘이 문제에 관해 우리가 합의와 이해에 도달하지 못한다면.’”

“근데요, 그게 왜요?” 애런슨이 물었다.

“행간을 읽어봐. 나는 본듀란트가 거리를 두고 있는 거라고 생각 안 해. 이건 협박편지야. ALOFT의 행동을 원했던 거지. 그래, 이 편지를 보냄으로써 발뺌을 하고 있는 것도 맞아. 하지만 또 다른 메시지가 있어. ALOFT가 행동하지 않으면 오파리지오에게서 뭔가를 뺏을 거라는 거지. 심지어 SAR을 제출하겠다는 위협까지 하고 있잖아.”

“근데 SAR이 도대체 뭐예요?” 애런슨이 물었다.

“의심스러운 활동 보고서(Suspicious Activity Report).” 시스코가 말했다. “통상적인 서식이야. 은행들은 어떤 거에 대해서라도 그걸 작성해서 보고할 수가 있어.”

“그걸 어디에 내는데요?”

"연방통상위원회, FBI, 비밀경호국 등등, 어디에라도."

나는 두 사람 다 아직 내 말을 이해하지 못했다는 것을 알 수 있었다.

"ALOFT가 돈을 얼마나 많이 긁어모으고 있는지 알아?" 내가 물었다. "우리가 맡은 사건의 3분의 1은 ALOFT와 관련이 있을 거야. 비과학적이긴 하지만, 그걸 전체로 확대해서 생각해보면, LA 카운티에서 일어나는 압류 사건들 중 3분의 1이 ALOFT와 관련이 있다는 뜻이 돼. 그 말은 LA 카운티에서만도 수백만 달러의 수수료를 챙겨간다는 뜻이고. 앞으로 2~3년 후 주택 압류 문제가 일단락될 때까지 캘리포니아 주 한 군데에서만도 1천만 건의 압류 사건이 발생할 거라고들 하지. 게다가 기업 매각 문제도 있고."

"기업 매각이라뇨?" 애런슨이 되물었다.

"신문 좀 읽지그래. 오파리지오는 ALOFT 매각을 추진 중이야. 르무어라는 대형 투자기금에 팔아치우려고. 르무어는 상장 기업이고 기업인수와 관련해 잡음이 들리면 주가뿐만 아니라 거래 자체에도 영향을 미칠 수 있어. 그러니까 본듀란트가 작정을 하면 평지풍파를 일으킬 수도 있다는 얘기지. 자기가 생각했던 것보다 훨씬 더 큰 물의를 일으킬 수도 있었을 거야."

시스코가 이제야 내 이론이 어렴풋이 이해가 가는지 고개를 끄덕였다.

"그러니까 본듀란트는 개인적인 재정 파탄에 직면해 있었어." 시스코가 말했다. "올해에 만기가 되어 터질 폭탄이 세 개나 있었고. 그래서 주위를 둘러보다가 오파리지오와 르무어와의 거래에 끼어들어 중간에서 떡고물이라도 먹어보려고 했다는 거잖아. 그것 때문에 죽임을 당했다는 거야?"

"바로 그거야."

시스코는 내 말에 넘어갔다. 이제 나는 의자를 돌려 애런슨을 정면으로 바라보았다.

"모르겠어요." 그녀가 말했다. "비약이 심한 것 같은데요. 입증하기도 힘들 것 같고."

"입증해야 한다고 누가 그래? 우린 그냥 그걸 배심원단 앞에 펼쳐놓을 방법만 고민하면 돼."

사실 우리가 무엇을 증명할 필요는 전혀 없었다. 문제 제기만 하고 나머지는 배심원단이 알아서 하도록 내버려두면 되었다. 합리적인 의심의 씨앗을 심기만 하면 되었다. 결백의 가설을 세우기만 하면 되었다. 나는 커다란 나무 책상 위로 몸을 약간 숙이고 내 팀을 바라보았다.

"이게 우리 변호인단의 가설이야. 오파리지오가 우리의 희생양이지. 그를 유죄로 몰아갈 거야. 배심원단이 오파리지오를 범인으로 지목하면 우리의 의뢰인은 걸어 나오는 거지."

두 사람의 얼굴을 바라보았지만 둘 다 아무런 반응이 없었다. 나는 말을 이었다.

"시스코, 루이스 오파리지오와 그의 회사에 대해서 조사해줘. 알아낼 수 있는 것은 다 알아내. 기업의 역사, 직원들, 기타 등등 모든 것에 대해서. 기업 매각에 관한 자세한 내용도. 그 거래와 오파리지오라는 인물에 대해서 그 자신보다 더 많이 알고 싶어. 다음 주말쯤 ALOFT의 기록을 소환하고 싶어. 한사코 저항하겠지만 분란을 일으키고 주위를 환기하는 효과는 있을 거야."

애런슨이 고개를 가로저었다.

"잠깐만요." 그녀가 말했다. "지금 이 모든 게 다 헛소리라는 말이에요? 우위를 점하려는 방어 전략일 뿐이고, 오파리지오라는 사람이 진짜 범인은 아니라는 말이에요? 오파리지오에 대한 우리의 추측이 맞고 리사 트래멀에 대한 검찰의 추측이 틀렸다면요? 트래멀이 결백하다면요?"

애런슨이 순진한 희망이 가득 찬 눈으로 나를 바라보았다. 나는 빙그레 웃으면서 시스코를 쳐다보았다.

"설명해줘."

수사관이 고개를 돌려 젊은 동료를 바라보았다.

"친구, 신참이니까 이번 한 번만 봐줄게. 우린 그런 질문 절대로 안 해. 의뢰인이 유죄인지 무죄인지는 중요하지 않거든. 받는 돈도 똑같고."

"네, 하지만……."

"토 달지 마." 내가 말했다. "우린 지금 변호 전략을 짜고 있는 거야. 의뢰인에게 최상의 변호를 제공하는 방법에 대해서. 유죄든 무죄든 상관없이 따라야 할 전략들에 대해서. 형사사건 변호를 하고 싶으면, 이걸 알아야 돼. 의뢰인에게 범인인지 아닌지 절대로 물어보지 않는다. 그렇다든 아니다든 대답을 들으면 정신이 산란해지기만 하거든. 그러니까 알 필요 없다는 거야."

애런슨이 입술을 꽉 다물자 얇은 직선이 생겼다.

"알프레드 테니슨 경의 시 알아?" 내가 물었다. "〈경비병단의 돌격〉?"

"그게 무슨……."

"'이유를 물어본 병사도 없었다. 모든 병사들은 그저 돌격하거나 죽어갔을 뿐.' 우리는 경비병단이야, 불락스. 인력과 무기와 다른 모든 것이 우리보다 더 많은 군대에 맞서고 있는 거야. 대개의 경우 그런 싸움은 자살 행위나 마찬가지야. 생존 가능성이 전혀 없거든. 승리할 가능성이 전혀 없고. 하지만 시도를 하면 어렴풋이 길이 보일 때도 있어. 그리 크지 않은 가능성이라도 분명히 가능성이 있긴 있거든. 그래서 그걸 잡아보는 거야. 돌격하는 거지……. 이유 같은 건 물어보지 않고."

"'돌격하거나 죽어'간 게 아니라 '돌격해 죽어'간 거 아니에요? 그게 그 시의 요점인데요. 그들에게는 돌격하거나 죽거나 선택할 권리가 없었죠. 그저 돌격해서 죽어가야 했을 뿐이죠."

"그러니까 자넨 자네의 테니슨 경을 아는 거로군. 난 '돌격하거나 죽어'간 게 더 좋은데. 요점은 그거지? 리사 트래멀이 미첼 본듀란트를 죽였는가? 난 잘 모르겠어. 리사는 죽이지 않았다고 말하는데, 난 그것으로 충분해. 자네는 그것으로 충분하지 않으면, 이 일에서 빼줄 테니까 주택 압류 소송들만 맡아서 해줘."

"아니에요." 애런슨이 재빨리 말했다. "여기 남고 싶어요. 저도 계속하겠습니다."

"좋아. 법대 졸업한 지 10개월 된 변호사들 중에서 살인 사건 재판의 차석변호인이 된 친구는 그리 많지 않을 거야."

애런슨이 눈이 휘둥그레져서 나를 쳐다보았다.

"차석이요?"

내가 고개를 끄덕였다.

"그럴 만해서 앉히는 거야. 맡은 일을 굉장히 잘해주었어."

그러나 환해지던 애런슨의 표정이 금방 시무룩해졌다.

"왜, 제니퍼?"

"왜 두 가지를 다 가지면 안 되는지 모르겠어요. 하는 일에 양심적으로 임하면서 변호에도 최선을 다하면 되잖아요. 그래서 최선의 결과를 얻기 위해 노력하면 되잖아요."

"누구를 위한 최선의 결과? 의뢰인? 사회? 아니면 자기 자신을 위해? 변호사는 의뢰인과 법에 대해 책임이 있는 거야, 제니퍼."

나는 애런슨을 오래도록 물끄러미 바라보다가 말을 이었다.

"양심을 키우지 마." 내가 말했다. "나도 다 해봤어. 양심은 자넬 어떤 좋은 곳으로도 이끌어주지 않아."

10 이해관계의 충돌

하루를 사무실 정리로 다 보내고 나서 저녁 8시가 되어서야 퇴근했다. 앞 베란다로 이어지는 계단에 전처가 앉아 있었다. 딸은 보이지 않았다. 작년에 헤일리 없이 우리 둘만 만난 적이 몇 번 있었는데 이번에도 그런 만남인가 싶어 흥분되었다. 하루의 육체적, 정신적 노동으로 피곤하기 짝이 없었지만 매기 맥피어스(McFierce, fierce는 '맹렬한, 열성적인'이라는 뜻. '맹렬 여성'이라는 의미로 붙여진 별명 — 옮긴이)를 위해서라면 기꺼이 힘을 낼 수 있었다.

"여어, 매기. 열쇠는 잊어버리고 안 갖고 왔어?"

매기가 일어섰다. 뻣뻣한 자세와 청바지 엉덩이 부분을 툭툭 쳐서 먼지를 떨어내는 모습을 보니 무슨 일이 있다는 생각이 들었다. 맨 위 계단으로 올라가 뺨에 입을 맞추려고 다가갔다. 그러자 그녀가 고개를 홱 돌려 피했고, 이젠 의심이 확신으로 바뀌었다.

"아니, 이건 헤일리가 잘하는 건데." 내가 말했다. "내가 뽀뽀할 때 고개 돌리고 피하는 거."

"그런 얘기 하려고 온 거 아니야, 할러. 당신 집 안에 검사가 있는 걸 보면 이해관계의 충돌이라고 생각할까 봐 내 열쇠를 사용하지 않았어."

이제야 이해가 됐다.

"오늘 요가 했어? 안드레아 프리먼 만났구나?"

"응."

갑자기 힘이 쭉 빠지는 것 같았다. 나는 독극물 주사가 기다리는 방으로 제 발로 걸어 들어가야 하는 죄수처럼 문을 열었다.

"들어와. 사정 이야기해줄게."

매기가 재빨리 집 안으로 걸어 들어왔다. 내 마지막 말이 활활 타오르는 분노의 불길에 장작을 하나 더 보탠 것처럼 그녀가 쏘아붙였다.

"어떻게 그렇게 야비한 짓을 할 수가 있어! 자기 딸을 그런 뒷거래에 이용하다니."

내가 매기를 향해 돌아섰다.

"딸을 이용했다고? 그런 짓 한 적 없는데. 우리 딸이 이런 일에 말려들었고, 난 그 사실을 우연히 알게 된 것뿐이야."

"됐어, 그만해. 진짜 역겨운 인간이야, 당신."

"무슨 말이 그래. 난 피고인 측 변호인이야. 근데 당신의 절친 앤디가 내 딸 앞에서 나와 내 사건에 대해 내 전처와 논의를 했어. 그러고는 나한테 시치미를 딱 떼고 거짓말을 했지."

"그건 또 무슨 말이야? 그 아이는 거짓말은 안 해."

"헤일리가 아니라 앤디. 그 여자가 사건을 맡은 첫날 내가 물어봤어, 당신을 아느냐고. 그랬더니 오다가다 마주치면 인사나 하는 사이라고 하더라고. 그건 사실이 아니라는 데 우리 둘 다 동의할 것 같은데. 그리고 모르면 몰라도 판사 열 명에게 이 상황을 설명하면 아마 열 명 다 이해관계의 충돌이 있다고 생각할걸."

"당신이나 사건에 대해서 논의를 한 게 아니야. 점심 먹다가 우연히 이야기가 나왔어. 그때 헤일리도 옆에 있었고. 그럼 어떻게 해야 돼? 당신 때문에 친구들하고도 안 만나고 살아야 돼? 그런 거 아니잖아."

"그렇게 별거 아니었다면, 왜 나한테 거짓말을 했을까?"

"거짓말이라고 할 것까진 없지. 우리가 그렇게 절친한 친구는 아니니까. 그리고 당신이 이런 식으로 물고 늘어질까 봐 그랬을 수도 있고."

"그러니까 거짓말도 급이 있다는 얘기로군. 거짓말이라고 할 것까진 없는 별거 아닌 거짓말도 있다 이거지. 그런 거에 예민하게 굴지 말라는 거잖아."

"할러, 왜 이래, 쪼쪼하게."

"뭐 좀 마실래?"

"됐어. 당신이 나와 딸뿐만 아니라 당신 자신마저도 부끄럽게 만들었다는 얘길 해주려고 왔어. 저급한 일이었어, 할러. 자기 딸의 입에서 나온 순수한 이야기를 이용해서 사익을 취했잖아. 참으로 저급한 일이었어."

나는 그때까지 들고 있던 서류가방을 식탁 위에 올려놓았다. 그러고는 식탁 의자 등받이에 두 손을 올려놓고 허리를 굽히고 서서 어떻게 되받아칠까 궁리했다.

"자, 어서 말해봐." 매기가 나를 부추겼다. "당신은 어떤 말에도 항상 재빨리 되받아칠 수 있잖아. 위대한 방어자잖아. 이번에는 무슨 말을 하나 한번 들어보자."

나는 웃으면서 고개를 가로저었다. 화를 내는 그녀가 너무 아름다웠다. 무장을 해제시키는 매력이 있었다. 불행히도 그녀는 그 사실을 알고 있었다.

"이게 그렇게 재밌어? 다른 사람이 직장생활을 못 하게 하겠다고 협박하고는 그렇게 웃고 치우는 거야?"

"직장생활을 못 하게 하겠다고 협박한 적 없는데. 이 사건을 맡지 못하게 하겠다고 협박한 적은 있지만. 그리고 이런 일 나도 재미없어. 이건 그냥……."

"뭔데, 할러? 이건 그냥 뭐냐고. 두 시간 동안이나 저 밖에 앉아서 당신이 오기를 기다렸어. 어떻게 이런 짓을 할 수 있는지 물어보려고."

나는 식탁에서 물러서서 공세를 취하기 시작했다. 매기를 향해 걸어가면서 입을 열었다. 그녀가 뒷걸음질을 치게 했고 한구석으로 몰았다. 손가락을 그녀의 가슴 바로 앞에 대고 손가락질을 하면서 말했다.

"그래, 내가 그렇게 했어. 그건 내가 최선을 다해 의뢰인을 변호하겠다고 맹세한 변호사이기 때문이야. 그래, 맞아, 내게 도움이 되겠다고 생각했어. 당신 친구 앤디와 당신이 넘어서는 안 될 선을 넘은 게 확실했거든. 물론, 내가 아는 한 피해는 전혀 없었어. 하지만 그렇다고 선을 넘지 않은 것은 아니잖아. '무단침입 금지'라는 팻말이 있는 울타리를 뛰어넘었다면, 다시 넘어서 나온다고 해도 침입을 한 거는 한 거잖아. 난 이런 침입행위를 알게 되었고 의뢰인을 변호하는 데 필요한 무언가를 얻기 위해서 그것을 내게 이로운 방향으로 이용했어. 당연히 내게 주어졌어야 하지만 당신 친구가 쥐고 있을 수 있다는 이유만으로 붙잡고 있었던 것을 얻기 위해서."

내가 숨을 고른 후 말을 이었다.

"프리먼이 규칙을 어긴 건 아니지 않느냐고? 물론 그렇지. 그러면 그게 공정한 일이었을까? 그건 아니지. 당신이 그렇게 화를 내고 신경 쓰는 이유도 그게 공정하지 않다는 것과 내가 올바른 조치를 취했다는 걸 당신이 알고 있기 때문이 아닐까? 당신이 내 입장이었다면 당신도 똑같이 했을 거야."

"그런 일은 절대로 안 했을걸. 절대로 그렇게 저급하게 행동하진 않을 거야."

"그럴까?"

나는 매기에게서 돌아섰다. 그녀는 모퉁이에 그대로 서 있었다.

"당신은 여기서 뭐 하는 거야, 매기?"

"무슨 뜻이야? 찾아온 이유는 아까 말했잖아."

"그래, 하지만 전화를 하거나 이메일을 보낼 수 있었잖아. 왜 직접 여기까지 온 거지?"

"설명하면서 당신이 어떤 표정을 짓는지 보고 싶었어."

다시 그녀를 향해 돌아섰다. 이 모든 것은 핑계에 불과했다. 나는 그녀에게 다가가 한 손으로 그녀의 머리 옆 벽을 짚었다.

"우리의 결혼 생활을 망친 게 바로 이런 쓸데없는 언쟁이었어." 내가 말했다.

"알아."

"벌써 8년이나 된 거 알아? 이혼하고 나서 결혼해서 산 햇수만큼 세월이 흘렀어."

8년이나 지났는데 나는 아직도 그녀를 떠나보낼 수가 없었다.

"8년이나 지났는데 우린 여기 이렇게 있네."

"그래, 여기 이렇게."

"당신은 무단침입자야, 할러. 모두의 울타리를 넘어 다니는. 자기가 원할 때면 언제나 우리의 삶을 자유롭게 넘나들고 있고. 그리고 우리는 그걸 허용하고 있고."

나는 그녀의 숨결을 느낄 수 있을 때까지 천천히 그녀에게로 몸을 기울였다. 그러고는 가볍게 키스했고 그녀가 무슨 말인가 하려고 해서 더 거칠게 밀고 들어갔다. 더 이상 아무 말도 듣고 싶지 않았다. 말은 이미 다 했다.

2부

결백의 가설

11 한밤의 습격

늦은 밤 나는 사무실 문을 잠가놓고 책상 앞에 앉아 예심을 준비하고 있었다. 3월 초의 화요일이었다. 창문을 열고 선선한 저녁 바람을 맞고 싶은데 그럴 수가 없었다. 사무실은 열리지 않는 수직 창으로 완전히 밀폐되어 있었다. 로나는 사무실을 둘러보고 계약서를 쓰면서도 그 사실을 알아차리지 못했던 거다. 답답한 공간에 앉아 있으니 언제라도 창문을 내리고 선들바람을 느낄 수 있었던 링컨 차 뒷자리에서 일하던 때가 그리웠다.

예심까지는 일주일이 남아 있었다. 예심을 준비한다는 말은 내 적수인 안드레아 프리먼 검사가 판사 앞에서 논고를 하면서 어떤 사실들을 기꺼이 내놓으려 할지 예상해보는 것을 뜻한다.

예심은 재판으로 가는 통상적인 절차이고 전적으로 검사의 독무대이다. 검찰이 사건의 개요를 설명하고 증거를 제시하면 판사는 배심원 재판으로 끌고 갈 만큼 충분한 증거가 있는지 판단한다. 이것은 합리적인 의심이 등장하는 단계가 아니다. 거기까지 가려면 아직도 멀었다. 예심 단계에서는 혐의를 뒷받침할 증거가 충분히 있는지를 판사가 판단만 해주면 된다. 만일 그렇다고 판단하면, 그다음 단계부터는 진짜 재판으로 가는 거다.

검찰의 전술은 증거의 창고를 활짝 열어 보여주지 않고 재판으로 가기에 충분하다고 판단될 만큼의 증거만을 제시하는 것이다. 프리먼도 그런 전술을 쓸 것이다. 그녀가 제시하는 증거가 무엇이든 내가 검증에 들어갈 것임을 알고 있기 때문이다.

단언컨대 검찰의 부담은 부담이라고 할 것도 없다. 예심은 사법부 시스템을 점검하고 정부가 개인을 함부로 다루지 않는지 확인한다는 데 의의가 있는 절차이긴 하지만, 이미 다 정해진 게임이다. 캘리포니아 주 의회가 그렇게 만들었다.

형사사건 소송이 사법부 절차에 따라 도무지 끝이 없을 것처럼 한없이 느리게 진행되자, 이에 불만을 느낀 새크라멘토의 정치인들(캘리포니아 주 의회 의원들을 가리킴. 새크라멘토는 캘리포니아의 주도 – 옮긴이)이 행동에 나섰다. 그들 사이에는 재판절차를 지연시키는 것은 재판을 거부하는 것과 마찬가지라는 생각이 우세했고, 이런 정서가 강력하고 활발한 방어권을 보장해야 한다는 변론주의의 근본 원칙과 충돌한다는 사실에는 별로 신경을 쓰지 않았다. 주 의회는 그런 사소한 불편은 모른 척 넘어가고 변화에 표를 던져 재판 절차를 간소화하는 법안을 마련했다. 덕분에 예심은 검찰이 모은 모든 증거의 발표회장에서 숨바꼭질의 놀이터로 변질됐다. 검찰은 수석 수사관을 제외하고는 증인을 부를 필요가 없었고, 소문도 증거로 인정이 되었으며, 증거를 절반도 보여주지 않아도 되었다. 다음 단계로 넘어갈 수 있을 정도만 제시하면 되었다.

그 결과, 증거를 충분히 제시하지 못해 다음 단계로 넘어가지 못하는 사건은 매우 드물어졌고, 예심은 재판으로 가기 위해 혐의를 나열하는 통상적인 요식행위에 지나지 않게 되었다.

그러나 변호인에게 유리한 점도 있었다. 앞으로 어떤 증거와 주장이 나올지 엿볼 수 있었고, 검찰이 어떤 증인들을 부르고 증거들을 제출할 것인지 질문할 기회도 있었다. 그러므로 준비를 해야 했다. 프리먼이 어떤 카드를 보여줄지 예측하고, 나는 그 카드에 어떻게 대항할 것인지 결정해야 했다.

유죄인정 합의의 가능성은 물 건너갔다고 봐도 무방했다. 프리먼은 아직도 그런 제안을 할 생각이 없는 것 같았고, 의뢰인은 아직도 그런 제안을 받아들일 생각이 없는 것 같았다. 그렇다면 결국 4월이나 5월 중의 재판으로 곧장 가는 수밖에 없었고 나는 그 가능성에 불만이 없었다. 해볼 만한 싸움이었고, 의뢰인이 싸우고 싶어 한다면 나도 맞서 싸울 준비를 할 생각이었다.

최근 몇 주 동안 증거물과 관련해서는 나쁜 소식뿐만 아니라 좋은 소식도 있었다. 예상했던 대로, 모랄레스 판사는 경찰이 리사 트래멀을 조사하는 동영상과 리사의 자택을 압수수색해서 얻은 증거물에 대해 우리가 제출한 증거물 채택 금지 신청서를 기각했다. 이로써 검찰은 동기와 가능성, 유일한 목격자의 진술을 토대로 논고를 펼칠 수 있게 되었다. 검찰에는 주택담보대출 관련 분쟁이라는 동기가 있었다. 은행에 맞서 시위를 벌인 리사의 전력이 있었다. 조사 중에 범행을 인정한 진술이 있었다. 그리고 무엇보다도 살인 사건이 발생하고 몇 분 지나지 않아 은행에서 한 블록 떨어진 곳에서 리사를 봤다고 주장하는 마고 섀퍼라는 목격자가 있었다.

그러나 우리는 이런 증거들을 공격하고 무죄를 증명하는 증거들을 제시하는 전략을 계획하고 있었다.

범행도구가 무엇이었는지 아직까지 밝혀지지도 발견되지도 않았다. 더군다나 검찰은 리사의 차고 안 작업대에서 가져간 파이프렌치에서 혈흔을 발견하고 흥분해서 서둘러 혈흔 분석 검사를 의뢰했지만 미첼 본듀란트의 혈흔이 아니라는 결과가 나와 멈칫하고 있었다. 물론 검찰은 예심이

나 공판에서 이런 얘기를 꺼내지 않겠지만 나는 꺼낼 수 있었고 꺼낼 생각이었다. 수사 중에 검경이 저지른 실수를 찾아내 끝까지 물고 늘어져서 검찰이 시인하게 만드는 것이 변호인이 할 일이었다. 나는 망설이지 않고 그렇게 할 생각이었다.

게다가, 내 수사관이 검찰 측 주요 증인의 진술에 의문을 제기할 수 있는 정보를 수집해놓은 상태였다. 물론 그 정보를 공판 때까지는 꺼내놓지 않을 생각이었다. 그리고 또 우리에게는 무죄의 가설이 있었다. 대체이론이 착착 세워지고 있었다. 우리는 변호 전략의 핵심에 있는 루이스 오파리지오와 그의 압류 공장인 ALOFT에 대해 소환장을 이미 송달했다.

나는 변호 전술이나 증거물은 그 어느 것도 예심에서 내놓지 않기로 결심했다. 프리먼 검사는 컬렌 형사를 증언대에 세울 것이고 컬렌은 위험한 증거물은 조심스레 피해가면서 판사를 재판으로 인도할 것이다. 프리먼이 법의관과 과학수사 전문가를 증인으로 부를 수도 있었다.

유일한 문제는 목격자 마고 섀퍼였다. 우선은 프리먼이 섀퍼를 증인으로 부르지 않을 거라는 생각이 들었다. 예심에는 컬렌 형사를 내세워 섀퍼를 조사한 내용을 말하게 하고, 섀퍼는 나중에 있을 공판을 위해 아껴둘 것 같았다. 예심에서는 그 정도로도 충분하니까. 그러나 한편으로는 내가 무엇을 가지고 있는지 알아보기 위해 프리먼이 섀퍼를 예심 증언대에 세울 수 있겠다는 생각도 들었다. 반대신문에서 내가 그 증인을 어떻게 다룰 계획인지 드러낸다면 검사가 앞으로 있을 공판을 준비하는 데 도움이 될 것이니까.

예심은 전적으로 전략과 전술을 짜고 구사하는 게임이었고, 나는 이 부분이 재판에서 제일 멋진 부분이라고 생각했다. 언제나 법정 밖에서의 움직임이 법정 안에서의 움직임보다 더 중요했다. 법정 안에서의 움직임은 다 미리 기획되고 준비된 거였다. 나는 그런 움직임보다는 법정 밖에서의 즉흥적인 움직임을 선호했다.

리걸패드에 적힌 섀퍼라는 이름에 밑줄을 긋고 있는데 접수실에 놓인 전화기에서 전화벨이 울렸다. 내 방 전화기로 받을 수도 있었지만 굳이 그러지 않았다. 법률사무소 영업시간은 한참 지나 있었고, 전화번호부 광고에 나온 전화번호가 새 사무실 번호로 연결되어 있었다. 이렇게 늦은 시각에 전화를 건 사람은 주택 압류와 관련한 상담을 원하는 사람일 것이다. 메시지를 남기겠지.

나는 책상 가운데에 있는 혈흔 분석 결과 파일을 끌어당겼다. 그 파일에는 리사의 작업대에 있던 파이프렌치의 손잡이 틈에서 추출한 혈흔에 대해 실시한 DNA 대조 분석 검사 결과 보고서가 들어 있었다. 검찰은 지역 과학수사대 실험실에서 차례를 기다리지 않고 서둘러서 외부에 고가의 혈흔 유전자 분석 실험을 의뢰했었다. 그런데 예상과 달리 미첼 본듀란트의 혈흔이 아니라는 결과가 나와 프리먼이 얼마나 실망했을지 상상이 갔다. 그 결과는 검찰에 약간의 차질을 빚는 정도가 아니었다. 일치 반응이 나왔다면 리사의 무죄 평결 가능성이 완전히 사라졌을 것이고, 그녀로 하여금 유죄인정 합의를 하도록 이끌었을 것이다. 그러나 이젠 내가 그 검사 결과 보고서를 배심원단 앞에서 흔들어 보이면서, '보이십니까, 저들의 주장은 이렇게 잘못된 판단과 잘못된 증거로 가득 차 있습니다'라고 주장할 것임을 프리먼은 알고 있었다.

살인 사건 발생 시각 전후로 은행 건물과 주차장 입구에 설치된 CCTV 카메라에 리사 트래멀의 모습이 잡히지 않았다는 사실도 피고인 측에 유리한 증거였다. 카메라가 시설 전체를 다 찍은 것은 아니지만 그건 중요치 않았다. 리사가 찍히지 않았다는 사실은 무죄를 증명하는 증거였다.

이젠 내 휴대전화가 진동하기 시작했다. 전화기를 꺼내 발신자를 확인했다. 에이전트 조엘 고틀러였다. 받을까 말까 잠시 망설이다가 전화를 받았다.

"늦게까지 근무하네." 내가 인사말을 대신해서 말했다.

"응, 근데 이메일은 확인 안 해?" 고틀러가 말했다. "보내놓고 연락이 이제나 오나 저제나 오나 하고 기다렸는데."

"미안, 컴퓨터가 바로 앞에 있긴 한데 바빠서. 무슨 일인데?"

"큰 문제가 생겼어. '데드라인 할리우드' 읽어?"

"아니, 그게 뭔데?"

"블로그. 컴퓨터로 찾아봐."

"지금?"

"응, 지금. 빨리."

나는 혈흔 유전자 검사 결과 보고서 파일을 덮고 옆으로 밀었다. 그러고는 노트북 컴퓨터를 끌고 와서 전원을 켰다. 인터넷에 접속해서 데드라인 할리우드 사이트를 찾아 들어갔다. 스크롤을 하면서 보니까 할리우드의 계약과 흥행 예측과 스튜디오의 흥망에 관한 짤막한 뉴스를 올리는 사이트인 것 같았다. 누가 무엇을 사고팔았고, 누가 어떤 에이전시를 떠났고, 누가 쫄딱 망했고, 누가 뜨고 있다는 등등의 내용을 담고 있었다.

"들어갔어. 여기서 뭘 봐야 돼?"

"오늘 오후 3시 45분에 작성된 글을 찾아 들어가 봐."

블로그의 포스트에는 글을 올린 시각이 찍혀 있었다. 나는 고틀러가 시키는 대로 늦은 오후에 올라온 포스트를 찾아 들어갔다. 제목만 봐도 가슴이 철렁했다.

아치웨이, 의문의 실제 살인 사건 영화화 결정

달/맥레이놀즈 제작

아치웨이 영화사가 주택 압류에 대한 복수극으로 추정되는 실제 살인 사건의 영화 판권을 수백만 달러에 샀고, 그중 수십만 달러를 선금으로 이미 지불했다고 다수의 소식통이 전하고 있다. 현재 여기 라라랜드(꿈의 나라. 비현실적인 세계. 특히 TV 영화산업과 연관 지어 로스앤젤레스, 할리우드, 남부 캘리포니아를 가리킴-옮긴이)에서 이 사건에 대한 재판이 곧 시작될 전망이다. 피고인 리사 트래멀은 허브 달을 대리인으로 내세워 판권 계약을 맺었으며, 달이 아치웨이의 클레그 맥레이놀즈와 함께 영화 제작에 나선다고 한다. 이 다중 거래에는 TV와 다큐멘터리 판권까지 포함된다. 그러나 트래멀이 자기 집을 압류하려 했던 은행가를 살해한 혐의로 곧 재판을 받을 예정이므로 그 사건의 결말은 재판이 끝나봐야 알 수 있을 것이다. 맥레이놀즈는 보도자료를 내고 트래멀의 이야기는 최근 몇 년 동안 온 나라를 들썩이게 한 주택 압류 열풍의 폐해에 대해 진지하게 들여다볼 계기가 될 거라고 말했다. 트래멀은 두 달 안에 본격적인 재판을 받을 것으로 예상되고 있다.

"아, 이 개자식이." 내가 으르렁거렸다.

"내 말이." 고틀러가 말했다. "도대체 일이 어떻게 되어가는 거야? 난 이걸 팔아보겠다고 백방으로 뛰어다니면서 레이크쇼어와 계약을 맺기 일보 직전까지 갔는데, 그때 이걸 본 거야! 지금 나 엿 먹이는 거야, 할러? 어떻게 이렇게 내 등에 칼을 꽂을 수가 있어?"

"이봐, 일이 어떻게 되어 가는지 나도 잘 모르겠어. 하지만 내가 분명히 리사 트래멀과 계약을 맺었고……."

"달이라는 작자 알아? 내가 잘 아는데 아주 지저분한 사기꾼이야."

"알아, 알아. 그 자식이 알짱거려서 내가 걷어차 버렸거든. 리사를 꼬셔서 무슨 계약서에 서명을 하게 했다는데……."

"아, 빌어먹을, 그 여자가 이 작자하고 계약을 했대?"

"아니. 아니, 맞아, 그랬대, 하지만 나와 계약을 한 후에 또 한 거야. 나한테 계약서가 있어. 내가 먼저……."

나는 갑자기 말을 멈췄다. 계약서. 리사와 맺은 계약서의 사본을 허브 달에게 줬던 것이 기억났다. 그리고 나서 원본은 링컨 차 트렁크 안 파일 상자 속에 다시 넣어뒀었다. 달이 그 과정을 전부 지켜보고 있었고.

"개새끼!"

"왜? 뭔데 그래?"

나는 책상 한구석에 차곡차곡 쌓여 있는 파일을 바라보았다. 전부 리사 트래멀 사건 관련 자료였다. 그러나 게을러서 아직까지 링컨 차 트렁크에서 꺼내오지 않은 파일도 있었다. 오래된 계약서들과 예전에 맡았던 소송 관련 서류들이었는데, 어쩌면 벽돌과 시멘트로 지은 사무실에서 내가 얼마나 오래 버틸지 자신이 없었던 것인지도 모른다. 계약서 파일은 아직도 트렁크에 있었다.

"조엘, 금방 다시 전화할게."

"이봐, 무슨……."

나는 전화기를 덮고 문으로 향했다. 빅토리 빌딩엔 2층짜리 주차장이 있었는데 건물에 붙어 있지 않고 건물 옆에 따로 떨어져 있었다. 나는 건물을 나가 옆에 있는 주차장으로 걸어갔다. 내 차가 있는 2층을 향해 경사진 진입로를 걸어 올라가면서 리모컨으로 트렁크를 열었다. 2층에 주차된 차는 내 링컨 차밖에 없었다. 나는 계약서 파일을 꺼내 트렁크 뚜껑 밑에 있는 불빛 속으로 몸을 숙이고 리사 트래멀이 서명한 계약서를 찾아보았다.

그 계약서는 거기 없었다.

얼마나 화가 나는지 이루 다 표현할 수 없을 정도였다. 파일을 원래 자리로 밀어 넣고 트렁크 뚜껑을 탁 소리가 나게 닫았다. 그러고는 진입로로 돌아가면서 휴대전화기를 꺼내 리사에게 전화를 걸었다. 전화는 곧장 음성사서함으로 넘어갔다.

"리사, 당신 변호인이에요. 내가 전화하면 받는 걸로 합의를 한 것 같은데. 언제든, 무엇을 하고 있든 말이죠. 근데 지금 내가 전화를 하는데도 안 받는군요. 전화해줘요. 당신 친구 허브가 한 짓거리에 대해서 얘길 좀 해야겠으니까. 무슨 일인지 당신도 분명히 알고 있을 거요. 하지만 이건 모를 거 같은데, 이런 짓거리를 한 그 개자식을 고소할 거요. 아주 생매장시켜버릴 거니까 각오하라 그래요. 그러니까 전화해요! 지금 당장!"

나는 진입로를 걸어 내려가면서 전화기를 덮고 꽉 쥐었다. 맞은편에서 남자 두 명이 걸어오고 있었는데 그중 한 명이 내게 말을 걸 때까지는 그들이 오고 있다는 것도 알아차리지 못했다.

"우와, 그 사람이다, 맞지?"

나는 무슨 말인가 싶어 걸음을 멈췄다. 그러는 중에도 머릿속은 온통 허브 달과 리사 트래멀 생각뿐이었다.

"뭐?"

"변호사. TV에 나온 그 유명한 변호사 맞잖아."

두 청년이 내게로 걸어왔다. 항공 점퍼를 입은 청년들이 두 손을 주머니에 찔러 넣고 있었다. 나는 괜히 모르는 사람들과 시시덕거리고 싶지 않았다.

"어, 아니. 사람 잘못 본 것 같은데."

"아냐, 당신 맞는데 뭘. TV에서 봤다고."

나는 포기했다.

"그래, 맞아. 소송을 맡았거든. 그것 때문에 TV에 나왔나 보군."

"그래, 맞아, 맞아……, 근데 당신 이름이 뭐였더라?"

"미키 할러."

내가 이름을 말하자 말없이 있던 청년이 항공 점퍼 주머니에서 두 손을 빼고 어깨를 딱 펴고 섰다. 청년은 검은색 손가락 없는 장갑을 끼고 있었다. 장갑을 낄 정도로 춥진 않았는데. 그 순간 나는 2층에는 다른 차가 한 대도 없기 때문에 그들이 2층으로 올라가고 있었던 게 아니라는 사실을 깨달았다. 그들은 나를 찾고 있었던 것이다.

"이게 도대체……."

말 없던 청년이 내 복부를 향해 있는 힘껏 왼 주먹을 날렸다. 나는 왼쪽 갈비뼈 세 대가 부러지는 고통을 느끼면서 몸을 구부렸다. 그 순간 전화기를 떨어뜨린 것은 기억났지만 다른 것은 거의 기억나지 않았다. 도망가려고 했지만, 말하던 청년이 내 앞을 가로막고 내 두 팔꿈치를 잡아서 나를 돌려세웠다.

그도 검은색 장갑을 끼고 있었다.

12 우연한 범죄

 놈들이 얼굴은 건드리지 않았다. 내가 홀리 크로스 병원 응급실에서 깨어났을 때 멍이 들거나 부러지지 않은 부분은 얼굴밖에 없는 것 같았다. 나중에 들어보니 두피를 서른여덟 바늘이나 꿰맸고, 갈비뼈가 아홉 대, 손가락이 네 개 부러졌으며, 신장 타박상이 두 군데 들었고, 고환 하나가 뒤틀려서 원래 자리에서 180도 돌아가 있었다. 몸통은 포도 맛 아이스바 색깔이었고 소변은 코카콜라 색깔이었다.

 지난번에 입원했을 땐, 옥시코돈이라는 마약성 진통제에 중독되어 딸도 못 보고 직장도 잃을 뻔했었다. 그래서 이번에는 그 약물의 도움을 받지 않고 견뎌보겠다고 의료진에게 말했다. 물론 이것은 고통스러운 실수였다. 두 시간을 버티고 나서는 간호사건 잡역부건 눈에 보이는 사람마다 붙잡고 옥시코돈 좀 놓아달라고 애걸복걸했다. 옥시코돈을 맞자 마침내 통증은 잡혔지만 내 몸이 천장에 닿을 정도로 붕붕 떠 있는 느낌이었다. 이틀 정도가 지나서야 의료진은 통증과 의식의 완벽한 균형을 찾아냈다. 그때부터는 면회객을 받기 시작했다.

 맨 처음 찾아온 방문객은 밴나이스 경찰서 대민범죄 전담반 소속의 형사 두 명이었다. 이름이 스틸웰과 에이먼이었다. 그들은 조서를 꾸미기 위해 기본적인 것들을 물었다. 그들은 폭행범을 찾는 일에 대해서 점심을 거르고 일하는 것에 보이는 관심만큼의 관심을 보였다. 그들에게 나는 자기네 동료들이 체포한 살인 피의자의 변호인일 뿐이었다. 이 폭행 사건을 열정적으로 수사하지 않을 거라는 건 불을 보듯 뻔했다.

스틸웰이 수첩을 덮는 것을 보면서 나는 조사가 이걸로 끝났다는 것을 알아차렸다. 스틸웰은 뭔가 상황 변화가 생기면 다시 연락하겠다고 말했다.

"잊은 게 있지 않아요?" 내가 말했다.

턱을 움직이면 흉곽에 강한 통증이 와서 턱을 움직이지 않은 채로 말했다.

"뭘요?" 스틸웰이 물었다.

"범인들의 인상착의를 물어보지 않았잖아요. 그자들의 피부색조차 물어보지 않았고."

"그건 다음에 와서 물어보겠습니다. 의사 말로는 푹 쉬어야 한다던데."

"그럼 다음엔 언제 올지 약속 정하고 갈래요?"

형사들은 대답하지 않았다. 다시 올 생각이 없는 거였다.

"그럴 줄 알았다니까." 내가 말했다. "안녕히 가십시오, 형사님들. 대민 범죄 전담반이 이 사건을 맡아서 얼마나 다행인지 몰라. 아주 든든하구먼."

"이봐요, 변호사님." 스틸웰이 말했다. "이건 우연한 범죄인 것 같아요. 쉬운 표적을 찾아 공격한 강도 사건이요. 우리가……."

"내가 누군지 놈들이 알고 있었다니까."

"놈들이 당신을 TV와 신문에서 봐서 알아봤다면서요."

"난 그렇게 말 안 했는데. 놈들이 나를 알아봤고 TV나 신문에서 봐서 아는 것처럼 보이려고 말했다고 했지. 정말로 이 사건에 관심이 있다면 그 둘의 차이는 구분할 수 있었을 텐데요."

"지금 이 동네에서 우연히 일어난 폭력사건에 대해 관심을 보이지 않는다고 우리를 비난하는 겁니까?"

"그래요, 맞아요. 그리고 이게 우연한 사건이라고 누가 그래요?"

"범인들이 누군지 모르고 낯익은 얼굴도 아니라면서요. 그 생각을 바꾸지 않는 한, 이 사건이 우연한 강도 사건이 아닌 다른 어떤 거라는 증거는 없어요. 기껏해야 변호사 증오범죄쯤 될까. 당신이 살인자들과 여러 쓰레기 같은 인간들을 변호하는 것을 못마땅해하고 있었는데, 당신을 실제로 보니까 불만을 표출한 것 아닐까요? 아니면 다르게 생각해볼 여지도 많이 있고요."

그들의 무관심에 흥분해선지 몸 전체가 울리는 것처럼 아팠다. 그리고 피곤하기도 해서 그들이 가주기를 바랐다.

"신경 쓰지 말아요, 형사님들." 내가 말했다. "대민범죄 전담반으로 돌아가서 조서나 작성해요. 이 사건은 잊어도 됩니다. 내가 알아서 할 테니까."

나는 눈을 감았다. 그땐 그 일밖에 할 수 있는 게 없었다.

다시 눈을 떴을 때 시스코가 병실 한구석에 놓인 의자에 앉아서 나를 물끄러미 바라보고 있었다.

"안녕하십니까, 대표님." 시스코가 부드럽게 말했다. 평소처럼 우렁찬 목소리로 말을 했다가는 나를 다치게 할까 봐 겁이 나는 것 같았다. "좀 어떠신가요?"

완전히 정신이 들면서 기침을 하기 시작하자 고환이 터질 듯이 아팠다. "불알이 왼쪽으로 180도 돌아갔대."

시스코는 내가 의식이 혼미해서 헛소리를 한다고 생각했는지 빙그레 웃었다. 하지만 나는 정신이 아주 또렷해서 이번이 그의 두 번째 병문안이라는 것과 그가 처음 왔을 때 내가 그에게 조사를 부탁했다는 것을 기억하고 있었다.

"지금 몇 시야? 하루 종일 잠만 자니까 시간이 어떻게 가는지 모르겠어."

"10시 10분."

"목요일?"

"아니, 금요일 오전이야, 믹."

생각했던 것보다 더 많이 잔 것이다. 일어나 앉으려고 하자 몸 왼쪽이 타들어가는 것처럼 아팠다.

"빌어먹을!"

"괜찮아, 대표님?"

"뭘 알아냈어, 시스코?"

시스코가 일어나서 침대 가로 다가왔다.

"많진 않지만 지금도 열심히 알아보고 있어. 근데 경찰 조서 봤어. 별것 없지만, 밤 9시쯤 야간 근무를 위해 건물로 들어오던 청소원들이 당신을 발견했다고 적혀 있었어. 주차장 진입로에 쓰러져 있는 걸 발견하고 신고했대."

"9시면 얼마 안 됐을 땐데. 다른 건 못 봤대?"

"응, 아무것도. 조서에 따르면 그래. 오늘 밤에 그리로 가서 직접 만나보려고."

"좋아. 사무실은 어때?"

"로나와 함께 열심히 살펴봤는데 누가 침입한 흔적은 없어. 잃어버린 것도 없고, 우리가 아는 한은. 그리고 밤새도록 문이 잠기지 않은 상태로 있었어. 당신이 표적이었던 것 같아, 믹. 사무실이 아니라."

내가 만난 적도 없는 누군가가 결정하고 다른 방에 있는 컴퓨터가 보낸 자극에 따라 규칙적으로 떨어지고 있는 링거 수액이 달콤한 위안의 주스처럼 내 몸 곳곳으로 흘러 들어가고 있었다. 그 순간에는 그 컴퓨터를 조작하는 직원이 내 영웅이었다. 활력을 불러일으키는 차가운 수액 방울들이 내 팔을 통해 가슴으로 달려가는 것을 느꼈다. 나는 절규하는 신경종 말들이 차분해지기를 조용히 기다렸다.

"어떻게 생각해, 믹?"

"아무 생각 없이. 처음 보는 놈들이라고 했잖아."

"그놈들 얘기가 아니라, 그놈들을 보낸 사람이 누구냐고. 직감적으로 떠오르는 사람 없어? 오파리지오?"

"그래, 한 명만 말하라면 오파리지오를 대겠어. 우리가 자기를 쫓고 있다는 걸 알잖아. 오파리지오가 아니면 누구겠어?"

"허브 달은 어때?"

나는 고개를 가로저었다.

"뭐 하러? 이미 내 계약서를 훔쳤고 거래를 성사시켰는데. 그러고 나서 나를 두들겨 팰 이유가 있을까?"

"당신이 달려가는 속도를 느리게 하기 위해서. 그리고 이 사건에 흥미를 배가시키기 위해서. 이 일로 인해 이야기가 풍부해지잖아. 리사 트래멀 사건의 곁다리로서."

"너무 확대해석하는 거 아니야? 난 오파리지오 쪽이 더 당기는데."

"그렇다면 오파리지오는 왜 그랬을까?"

"마찬가지 이유겠지. 내가 달려가는 속도를 늦추기 위해서. 나한테 경고하기 위해서. 자긴 증인이 되고 싶지 않고 내가 끄는 대로 끌려다니고 싶지 않다는 얘길 하는 거겠지."

시스코는 어깨를 으쓱거렸다.

"글쎄, 난 잘 모르겠다."

"사실 누가 그랬든 상관없어. 이 일로 인해 내 걸음이 느려지는 않을 거니까."

"달은 어떻게 할 거야? 계약서를 훔쳤는데."

"생각 중이야. 그 개새끼를 어떻게 할 건지 퇴원하기 전에 계획을 세워야지."

"퇴원이 언젠데?"

"내 왼쪽 불알을 잘라낼지 말지 결정하고 나서 정해지지 않을까?"

내가 자기 왼쪽 불알 이야기를 하는 것처럼 시스코가 움찔했다.

"그래, 나도 되도록 생각하지 않으려고 애쓰고 있어." 내가 말했다.

"좋아, 그럼 다음 얘기. 그 두 놈들 말이야. 둘 다 백인이고, 30대 초반이고, 가죽 항공 점퍼를 입고 장갑을 꼈다고 했지. 또 다른 거 기억나는 거 있어?"

"아니."

"지방 사투리라든가 외국어 억양 같은 건?"

"내 기억으로는 없어."

"흉터나 절뚝거리는 걸음걸이나 문신 같은 건?"

"본 기억이 없어. 거의 순식간에 벌어진 일이라서."

"그렇군. 식스팩에서 골라낼 수 있겠어?"

식스팩은 여섯 장의 머그샷을 모아놓은 것을 뜻했다.

"두 놈 중 한 명은 골라낼 수 있어. 말을 했던 놈. 다른 놈은 거의 안 쳐다봤거든. 한 대 맞고부터는 아무것도 안 보였고."

"그렇군. 알았어, 용의자 건은 계속 더 알아볼게."

"또 다른 건, 시스코? 자꾸 피곤해지네."

나는 내 뜻을 강조하기 위해 눈을 감았다.

"당신이 눈을 뜨자마자 매기한테 전화해서 알려주기로 했어. 자꾸 타이밍이 어긋났다더라고. 매기가 헤일리와 함께 올 때마다 당신이 자고 있었대."

"전화해. 내가 자고 있으면 깨우라고 해. 헤일리 보고 싶으니까."

"알았어. 학교 끝나면 데리고 오라고 할게. 그리고 불락스가 오늘 연기 신청서를 제출하기 전에 당신 승인과 서명을 받기 위해 신청서 갖고 온다고 했어."

나는 눈을 떴다. 시스코가 침대의 다른 편으로 옮겨와 있었다.

"뭘 연기해?"

"예심. 당신이 입원했으니까 예심을 몇 주 연기해달라고 판사한테 요청할 거래."

"안 돼."

"믹, 오늘이 벌써 금요일이야. 예심은 다음 주 화요일이고. 그때까지 여길 나간다고 해도 몸 상태가……."

"자기가 맡아서 하면 되잖아."

"누가, 불락스가?"

"응, 제니퍼. 능력 되는데 뭘. 잘할 거야."

"유능하지만 초짜잖아. 법대를 갓 졸업한 친구가 살인 사건 재판의 예심을 맡아 하길 바라는 거야? 진짜로?"

"예심인데 뭐. 내가 거기 있든 없든 트래멀은 재판 때까지 보석으로 풀려나 있을 거고. 예심에선 검찰의 재판 전략을 알아낼 수 있으면 되는 건데, 제니퍼가 잘 알아내서 보고할 거야."

"판사가 허락할 것 같아? 유죄 평결이 나올 게 확실하니까 변호인이 무능한 대타 하나 세워놓고 빠지려는 전략으로 볼 수도 있지 않을까?"

"리사가 허락하면 괜찮을 거야. 전화해서 우리 재판 전략의 일부라고 설명할게. 주말에 제니퍼를 여기로 불러서 준비시킬 거고."

"근데 우리 재판 전략은 뭔데, 믹? 완전히 회복될 때까지 기다리는 게 어때?"

"저들이 목적을 달성했다고 생각하기를 바라서 이러는 거야."

"누가?"

"오파리지오. 날 이렇게 만든 자가. 내가 거동도 못 하게 됐거나 겁을 잔뜩 집어먹고 숨어버렸다고 생각하게 만들자는 거지. 제니퍼가 예심을 맡아서 하고 그런 다음에 내가 다시 나서서 재판으로 가겠다는 거야."

시스코가 고개를 끄덕였다.

"알았어."

"좋아. 이제 가고 매기한테 전화해줘. 간호사가 뭐라고 하든, 나를 깨우라고 해. 특히 헤일리와 함께 오면."

"그럴게, 대표님. 근데 한 가지 더 있어."

"뭔데?"

"로하스가 대기실에 앉아 있어. 당신을 보러 왔는데 내가 거기서 기다리라고 했어. 어제도 왔었는데, 당신이 자고 있었대."

나는 고개를 끄덕였다. 로하스.

"차 트렁크 확인했어?"

"응. 강제로 딴 흔적은 없었어. 텀블러에 긁힌 자국도 없고."

"알았어. 나가면서 들여보내줘."

"혼자 만나게?"

"응. 혼자."

"알았어."

시스코가 나가자 나는 침대 리모컨을 집어 들었다. 다음 면회객을 맞이하기 위해 침대를 45도 가까이 세우고 비스듬히 앉았다. 이렇게 자세를 조정하자 8월의 산불처럼 내 흉곽을 태웠던 타는 듯한 아픔이 다시 찾아왔다.

로하스가 나를 향해 손을 흔들고 목례를 하면서 어색하게 병실로 들어왔다.

"안녕하십니까, 할러 변호사님, 좀 어떠세요?"

"차츰 나아지고 있어, 로하스. 자넨 어떻게 지내?"

"좋아요, 그럼요, 좋고말고요. 그냥 인사차 들렀습니다."

로하스는 도둑고양이처럼 예민해 보였다. 그리고 나는 그 이유를 알 것 같았다.

"와줘서 고마워. 저기 저 의자에 좀 앉지그래."

"네."

로하스는 구석에 있는 의자에 앉았다. 그래서 그의 전신을 볼 수 있었다. 나는 그의 움직임에 주목하면서 그의 마음을 읽으려고 노력했다. 그는 나와 눈을 마주치는 것을 피하고 웃을 대목도 아닌데 어색하게 웃고 쉴 새 없이 손을 움직이는 등 위선자의 전형적인 모습을 보여주고 있었다.

"얼마나 입원해야 한대요?" 로하스가 물었다.

"이삼일 더. 적어도 피오줌을 멈출 때까진."

"어이구, 어떡하나! 범인을 잡을 수 있겠죠, 경찰이?"

"잡으려고 애쓰는 것 같지는 않던데."

로하스는 고개를 끄덕였다. 나는 더 이상 말하지 않았다. 침묵이 신문에 매우 유용한 도구가 될 때가 종종 있다. 내 운전사는 두 손바닥을 허벅지에 대고 몇 번 비비더니 일어섰다.

"변호사님을 방해하고 싶지 않았어요. 좀 더 주무시든가 하십시오."

"아니, 금방 깼는데 뭐. 너무 아파서 잠도 잘 못 자. 더 있다 가. 뭘 그렇게 서둘러? 다른 사람 차를 몰고 있는 건 아니지?"

"아, 아뇨, 아뇨, 그런 건 아니고요."

로하스는 마지못해 다시 자리에 앉았다. 그는 내 운전기사로 일하기 전에 내 의뢰인이었다. 장물인 쇠고기를 갖고 있다가 체포되었는데 그전에도 똑같은 전과가 있었다. 검찰은 징역형을 구형했지만 내가 그를 보호관찰로 빼내주었다. 로하스가 내게 지불해야 할 수임료가 3천 달러였는데, 그의 고용주가 그 절도사건의 피해자이기도 해서 그는 해고되었고 따라서 수임료를 지불할 길이 없었다. 그래서 운전사 겸 통역사로 일하면서 수임료를 갚아나가라고 내가 제안했고 그는 내 제안을 받아들였다. 나는 그에게 주급 총 750달러 중 250달러씩을 수임료의 일부로 제하고 5백 달러를 지급하기 시작했다. 그렇게 석 달이 지나자 수임료 정산은 끝났지만 그는 계속 남았고 이젠 750달러를 모두 받아갔다. 나는 그가 이렇게 바르게 사는 것에 만족한다고 생각했는데 한 번 도둑은 영원한 도둑인 모양이었다.

"할러 변호사님, 퇴원하시면 언제든 모실 준비를 하고 대기하고 있을 테니까 전화만 주십시오. 어디도 직접 운전하셔서는 안 됩니다. 언덕을 내려가 스타벅스에 가실 때라도 제가 모셔다드릴게요."

"고마워, 로하스. 그렇게라도 해야 마음이 좀 낫겠지?"

"어……."

로하스는 어리둥절한 표정이었지만 무슨 뜻인지 금방 알아차리는 것 같았다. 이 대화가 어디로 갈지 그는 알고 있었다. 나는 단도직입적으로 말하기로 결심했다.

"얼마나 받았어?"

로하스는 앉은 자리에서 안절부절못하고 있었다.

"누구한테요? 뭣 때문에요?"

"왜 이래, 로하스. 이러지 마. 이러면 서로 피곤하잖아."

"무슨 말씀을 하시는지 진짜로 모르겠는데요. 그만 가보겠습니다."

로하스가 일어섰다.

"우리가 무슨 합의를 한 것도 아니고, 계약서를 쓴 것도 아니고, 구두로 약속한 것도 아니고, 안 그래, 로하스? 자네가 이 방을 나가면 난 자넬 해고할 거고 그걸로 끝이야. 그런 일이 일어나기를 바라는 거야?"

"합의를 했든 안 했든 그건 중요하지 않죠. 아무 이유 없이 해고할 수는 없지 않나요?"

"근데 이유가 있거든, 로하스. 허브 달이 다 털어놨어. 도둑들 사이에서 의리란 건 없다는 걸 알아야 해. 달이 그러더군, 자네가 전화해서 원하는 건 뭐든지 가져다주겠다고 했다고."

속임수가 통했다. 로하스의 눈에서 분노가 폭발했다. 나는 만일의 경우에 대비해 리모컨의 간호사 호출 버튼에 손가락을 올려놓고 있었다.

"그 느끼한 변태 새끼가!"

나는 고개를 끄덕였다.

"좋은 표현이야. 어떻게……."

"내가 그 새끼한테 전화한 게 아니에요. 그 새끼가 찾아왔더라고요. 15초만 트렁크 좀 살펴보자고 그러더라고요. 그 일이 이렇게 문제가 될 줄은 몰랐죠."

"그러니까, 똑똑한 줄 알았더니 왜 그랬어, 로하스. 얼마나 받았어?"

"네 장이요."

"주급도 안 되는 돈 받았다가 이젠 주급이 끊어지게 생겼군."

로하스가 침대 가로 다가왔다. 나는 호출 버튼에 계속 손가락을 대고 있었다. 그가 공격을 하거나 거래를 제안할 거라고 추측했다.

"할러 변호사님…… 전…… 이 일이 필요합니다. 애들이……."

"이번 일도 지난번 일하고 똑같은 거야, 로하스. 고용주 물건을 훔치면 어떻게 되는지 교훈을 못 얻었어?"

"네, 변호사님, 물론 얻었죠. 근데 달이 뭘 잠깐 보기만 하면 된다는 거예요. 그래서 열어줬더니 그걸 꺼내가더라고요. 내가 막으려고 하니까 그럼 변호사님한테 다 일러바치겠다고 해서요. 그래서 막을 수가 없었습니다."

"그 4백 달러 아직도 갖고 있어?"

"네, 한 푼도 안 썼어요. 백 달러짜리 네 장이요. 위조는 아닌 것 같더라고요."

나는 로하스에게 의자를 가리켜 보였다. 그가 이렇게 가까이 있는 것이 부담스러웠다.

"좋아, 이젠 선택을 할 시간이야, 로하스. 그 4백 달러를 가지고 저 문을 걸어 나가고 나와는 영원히 안녕 할 것이냐, 아니면 내가 다시 한 번 기회를……"

"다시 한 번 기회를 주십시오. 제발요. 죄송합니다."

"기회는 자네 스스로 얻어야 할 거야. 자네가 한 일을 내가 바로잡는 걸 도와줘야겠어. 그 문서를 훔쳐간 혐의로 달을 고소할 거거든. 그럼 자네가 증인으로 나서서 일이 정확히 어떻게 된 건지 설명해줘야겠어."

"하기야 하겠지마는 제 말을 믿어줄 사람이 있을까요?"

"그때 그 4백 달러가 등장해야지. 집이든 어디든 그 돈을 놔둔 곳에 가서……"

"지금 갖고 있어요. 제 지갑이요."

그가 벌떡 일어서더니 지갑을 꺼냈다.

"이렇게 꺼내."

나는 엄지손가락과 집게손가락 끝을 맞잡아 보였다.

"돈에서 지문을 얻을 수 있을까요?"

"그럼. 지폐에서 달의 지문이 나오기만 하면 그자가 무슨 말을 하든 상관없어."

나는 침대 옆에 있는 작은 탁자의 서랍을 열었다. 그 속에는 내 지갑과 열쇠와 잔돈과 지폐가 든 지퍼백이 들어 있었다. 빅토리 빌딩 주차장에 출동한 응급구조대원들이 내 소지품을 거기에 담아둔 것이다. 나는 그 내용물을 서랍에 쏟고 나서 지퍼백을 로하스에게 건넸다.

"그 돈을 여기 넣고 잘 닫아."

로하스가 시키는 대로 했고 나는 봉투를 달라고 손을 내밀었다. 백 달러짜리 지폐들은 빳빳한 새 돈 같아 보였다. 전에 여러 손을 거치지 않았다면 달의 지문을 얻어낼 가능성이 더 커질 것이다.

"이건 시스코 시켜서 지문을 채취할 거야. 돌아와서 이걸 가져가라고 전화해야겠군. 중간에 자네 지문이 필요하게 될 거야."

"네……."

로하스가 지퍼백 속에 든 돈을 물끄러미 쳐다보았다.

"왜?"

"나중에 그 돈을 돌려받을 수 있을까요?"

나는 지퍼백을 서랍 속에 넣고 서랍을 쾅 소리 나게 닫았다.

"이런 세상에, 로하스, 마음이 바뀌어서 해고하기 전에 어서 꺼져."

"알았어요, 알았어요. 죄송합니다, 변호사님. 제 마음 아시죠?"

"다 들통나니까 죄송하다는 거잖아. 빨리 가! 자네한테 다시 한 번 기회를 주다니 믿어지지가 않는군. 내가 병신 새끼지."

로하스는 다리 사이에 꼬리를 감춘 개처럼 물러갔다. 그가 가고 나서 나는 침대를 천천히 내리고 누워서 아무 생각도 하지 않으려고 애썼다. 로하스의 배신에 대해서도, 검은 장갑을 낀 폭력배를 보내 나를 폭행하게 사주한 사람에 대해서도, 재판과 관련하여 해야 할 다른 어떤 일에 대해서도. 나는 머리 위에 걸려 있는 맑은 수액 주머니를 올려다보며 그 축복의 물방울이 떨어져서 통증을 조금이라도 없애주기를 기다렸다.

13 합법적인 거래

예상했던 대로 밴나이스 고등법원에서 하루 종일 열린 예심이 끝날 무렵, 다리오 모랄레스 판사는 리사 트래멀이 살인 혐의로 재판을 받아야 한다고 결정했다. 안드레아 프리먼 검사는 하워드 컬렌 형사를 증인으로 내세워 정황증거의 촘촘한 그물망을 능숙하게 펼쳐서 재빨리 리사를 포획했다. 프리먼은 1백 미터 육상 선수처럼 쏜살같이 달려가 증거의 우세 문턱(형사소송에서 사건이 재판으로 갈 만큼 증거가 충분히 확보되었는지를 가늠하는 기준선 – 옮긴이)을 가뿐하게 뛰어넘었고, 판사도 마찬가지로 신속하게 판결했다.

예심 때 내 의뢰인은 피고인석에 앉아 있었지만 나는 참석하지 못했다. 검찰에게 유리한 일방적인 게임에서 제니퍼 애런슨은 최선을 다해 검찰 측에 맞섰다. 판사는 리사에게 다각도로 질문해서 그녀가 모든 상황을 잘 알고 있는 상태에서 나 없이 재판 절차를 진행하기로 자발적이고도 전략적으로 결정을 내렸다는 사실을 확인하고 나서야 심리 진행을 허락했다. 리사는 공개 법정에서 애런슨의 재판 경험이 부족한 것을 알고 있다고 인정했고, 판사의 궁극적인 판단에 대한 항소 이유로 무능한 변호를 받았다는 주장을 펼 수 있는 권리를 포기했다.

나는 퇴원해 회복 중이던 집에서 예심의 대부분을 지켜보았다. KTLA 5번 방송이 오전에 정규 지역방송 대신 예심 실황을 생방송으로 내보냈고, 오후에는 지루한 정규 토크쇼로 돌아갔다. 이 말은 내가 예심에서 놓친 부분이 딱 두 시간밖에 없다는 뜻이었다. 그러나 막바지로 가면서 심리가 어느 방향으로 가고 있는지 알 수 있었기 때문에 크게 문제가 되지는 않았다. 놀라운 결과는 없었고, 단 하나 실망스러운 게 있다면 검찰이 재판에서 어떤 식으로 깃발을 펼쳐 들지 새로운 단서를 얻어내지 못한 것뿐이었다.

홀리 크로스 병원 병실에서 머리를 맞대고 준비하면서 결정한 대로, 애런슨은 증인을 부르지도, 적극적인 변론을 펼치지도 않았다. 무죄의 가설을 주장하는 것은 본격적인 공판 때로 미루기로 했다. 그때가 되면 합리적인 의심을 넘어서는 유죄라는 문턱이 검찰과 변호인단과의 이 게임을 막상막하의 경기로 만들어줄 터였다. 애런슨은 검찰 측 증인들에 대한 반대신문도 거의 하지 않았다. 검찰 측 증인은 컬렌 형사와 과학수사 전문가, 법의관 같은 법정 증언 경험이 많은 베테랑들이었다. 프리먼은 마고 섀퍼를 증언대에 세우지 않았고, 대신 살인현장에서 한 블록 떨어진 곳에서 리사 트래멀을 봤다고 주장하는 목격자에 대해 참고인 조사를 한 내용을 컬렌 형사가 설명하도록 했다. 검찰 측 증인 명단에서 얻을 것이 별로 없어서, 우린 지켜보는 전략을 택했다. 지켜보며 때를 기다리기로 했다. 재판에서 우리에게 가장 유리한 때를 틈타 그들을 공략할 생각이었다.

예심에서 리사의 본 재판은 법원 6층 콜맨 페리 판사 법정에 배정되었다. 페리 판사도 내가 법정에서 만나본 적이 없는 사람이었다. 하지만 그의 법정이 내 의뢰인이 갈 만한 법정 네 곳 중 하나였기 때문에 나는 동료 변호사들에게 그에 대해 미리 알아보았다. 전반적으로 페리 판사는 성격이 급하고 고지식한 사람이라는 평판을 얻고 있었다. 평소에는 공평하지만 자기 말을 거스르면 괘씸죄를 적용해서 재판이 끝날 때까지 괴롭힌다고 했다. 이 사건이 사법절차의 최종단계인 재판으로 넘어가고 있었으므로 이런 것은 매우 유용한 정보였다.

이틀 후 마침내 나는 전쟁터로 돌아갈 준비를 마쳤다. 부러진 손가락에는 단단하게 깁스를 했고 윗몸에 시퍼렇게 들었던 멍은 점점 더 엷어져 누런색이 되어 있었다. 두피에 꿰맨 실밥은 제거했고 면도한 상처 부위 위로 머리카락을 조심스레 빗어 넘겨 상처를 숨길 수 있었다. 제일 다행인 것은 180도로 돌아갔던 고환이, 의료진이 제거 수술을 하지 않기로 결정하고 한동안 지켜본 결과 천천히 제자리를 찾아 돌아오고 있다는 사실이었다. 마지막으로 의사가 촉진을 해보니 현재 원위치에서 30도 정도 돌아가 있었고 날로 좋아지고 있다고 했다. 하지만 그 고환이 정상적인 활동을 재개하고 정상 기능을 되찾을지 아니면 따지 않은 로마 토마토처럼 열매를 맺지 못하고 시들어 죽고 말지는 더 두고 보아야 했다.

병실에서 약속했던 대로, 로하스는 11시 정각이 되자 우리 집 현관 계단 밑에 링컨 차를 대고 대기하고 있었다. 나는 지팡이를 짚고 천천히 계단을 내려갔다. 그러고는 로하스의 부축을 받아 차 뒷좌석에 탔다. 우리는 조심스럽게 움직였고, 나는 늘 앉던 자리를 찾아 앉았다. 로하스가 운전석에 탔고 곧 차가 덜컹하고 앞으로 쏠리면서 출발해 언덕을 내려갔다.

"살살해, 로하스. 아파서 아직까진 안전벨트 못 매. 그러니까 나를 앞 좌석으로 불러들이지 말라고."

"죄송합니다, 대표님. 더 조심할게요. 오늘은 어디 가죠? 사무실이요?"

로하스는 시스코를 따라서 대표님 운운했다. 나는 대표가 맞긴 했지만 대표님이라고 불리는 건 싫었다.

"사무실엔 나중에. 우선 멜로즈에 있는 아치웨이 영화사부터 가자."

"알겠습니다."

아치웨이는 멜로즈의 거대 기업인 파라마운트 영화사에서 파생된 2급 스튜디오였다. 아치웨이는 넘쳐나는 사운드 스테이지(촬영과 녹음이 동시에 이루어질 수 있도록 설계된 스튜디오, 방음시설을 갖춘 격납고 비슷한 건물-옮긴이)와 장비 수요를 맞추기 위한 영화촬영소로 시작해서 고(故) 월터 엘리엇의 지도 아래 자활이 가능한 스튜디오로 성장했다. 지금은 매년 자체적으로 영화를 만들어 배급하고 있고 자체 수요만으로도 잠시 빌 틈이 없었다. 우연히도, 엘리엇은 한때 내 의뢰인이었었다.

로하스는 로럴캐니언에 있는 내 집에서 아치웨이 스튜디오까지 20분 만에 달려갔다. 그는 스튜디오 입구의 거대한 아치 조형물에 있는 경비초소 옆에 차를 세웠다. 나는 창문을 내리고 초소에서 나온 경비에게 클레그 맥레이놀즈를 만나러 왔다고 말했다. 경비가 내 이름과 신분증을 요구해서 운전면허증을 건네주었다. 그는 초소로 돌아가서 컴퓨터로 조회를 해보더니 얼굴을 찌푸렸다.

"죄송하지만, 선생님, 방문객 명단에 나와 있지 않은데요. 미리 약속을 하고 오셨습니까?"

"약속은 안 했지만 날 만나고 싶어 할 거예요."

맥레이놀즈에게 미리 준비할 시간을 주고 싶지 않았다.

"약속이 되어 있지 않으면 들여보낼 수가 없습니다."

"전화해서 내가 왔다고 말해보지그래요? 날 만나고 싶어 할 텐데. 맥레이놀즈가 누군지는 알죠?"

내 말뜻은 분명했다. 이건 당신이 함부로 나서서 망치면 큰코다칠 일이라는 뜻이었다.

경비는 초소 문을 밀어 닫고 맥레이놀즈에게 전화했다. 나는 유리창 너머로 그가 통화하는 모습을 지켜보았다. 그는 전화기에 대고 상황을 설명하고 있었다. 잠시 후 그가 문을 다시 열더니 전화기를 내게 건넸다. 줄이 긴 유선 전화기였다. 나는 그 전화기를 받은 후 경비 앞에서 창문을 올렸다. 눈에는 눈, 이에는 이다.

"맥레이놀즈 씨? 미키 할러입니다."

"아뇨, 전 맥레이놀즈 씨의 비서인데요. 무슨 일이시죠, 할러 씨? 여기 일정표에는 약속된 게 없는데. 그리고 솔직히 말해서 선생님이 누구신지도 모르겠고요."

젊고 자신감이 넘치는 여자 목소리였다.

"당신이 상관을 안 바꿔주면 그 상관의 인생을 불행의 구렁텅이로 몰아넣을 사람이에요."

잠깐 침묵이 흐른 후 여자가 대꾸했다.

"그 위협적인 태도 마음에 안 드네요. 맥레이놀즈 씨는 현재 세트장에 계시고……."

"위협이라니. 나는 협박 같은 거 하지 않는데. 진실만을 말하지. 세트장이 어디죠?"

"그건 말씀 못 드립니다. 무슨 일 때문에 이러시는지 제가 알기 전에는 클레그 옆에 못 가세요."

나는 그녀가 상관을 이름으로 부르는 것을 알아차렸다. 뒤에서 경적이 울렸다. 우리 차 뒤로 차들이 늘어서 있었다. 경비가 손가락 관절 마디로 내 차 창문을 똑똑 두드리더니 허리를 굽히고 까만 유리창 안을 들여다보려고 애썼다. 나는 그를 무시했다. 뒤에서 또 경적이 울렸다.

"이건 당신 상관이 크나큰 슬픔을 겪지 않도록 당신이 도와줄 수 있는 일이에요. 지난주에 당신 상관이 발표한 계약 건에 대해 잘 알아요? 자기 집을 압류하려는 은행가를 살해한 혐의로 기소된 여자에 관한 것?"

"네."

"당신 상관이 그에 관한 파생상품 판권을 불법적으로 획득했어요. 나는 당신 상관이 그 불법성을 알지도 못했고 따라서 그의 책임이 아니라고 보는데. 내 추측이 맞다면 당신 상관도 사기 사건의 피해자인 거죠. 오늘 내가 여기 온 것은 그 문제를 바로잡아주기 위해서예요. 기회는 이번 한 번밖에 없어요. 이후에는, 클레그 맥레이놀즈는 헤어 나올 수 없는 늪으로 빠져들어 가고 말 겁니다."

마침 그때 바로 뒤에 있는 차가 경적을 길게 울려댔고 경비가 창문을 날카롭게 두드리는 소리도 들려서 내 마지막 협박이 강조되었다.

"경비한테 말해요." 내가 말했다. "들여보낼 건지 말 건지."

나는 창문을 내리고 화가 난 경비에게 전화기를 건넸다. 경비가 전화기를 귀에 갖다 댔다.

"어떻게 할까요? 차들이 멜로즈까지 죽 늘어서 있는데요."

그는 잠자코 듣더니 경비 초소로 들어가 전화를 끊었다. 그러고는 나를 노려보며 버튼을 눌러 차단기를 올렸다.

"9번 스테이지 찾아가세요." 경비가 말했다. "쭉 가다가 끝에서 좌회전 하시고. 그럼 바로 보일 겁니다."

나는 '거봐, 내가 그럴 거라고 했잖아'라고 말하는 것처럼 웃으면서 창문을 올렸고 로하스는 링컨 차를 몰고 올라간 차단기 밑을 통과했다.

스테이지 9는 항공모함이 들어갈 만큼 거대한 사운드 스테이지였다. 촬영장비 트럭들과, 배우 승합차들과, 식당차들로 둘러싸여 있었다. 차체를 길게 늘인 고급 리무진 네 대가 한쪽에 일렬로 정차해 있었고, 운전기사들은 시동을 켠 채로 촬영이 끝나고 높으신 배우님들이 나오시기를 기다리고 있었다.

무슨 영화를 찍는 것 같았는데, 들여다볼 기회는 없을 것이다. 9번 건물과 10번 건물 사이의 진입로 한가운데를 걷고 있는 중년 남자와 젊은 여자가 보였다. 여자가 헤드셋을 쓰고 있는 것으로 보아 개인비서인 것 같았다. 그녀가 다가오는 우리 차를 가리켰다.

"자, 여기서 내려줘."

로하스가 차를 세웠고 내가 차 문을 여는데 전화벨이 울렸다. 나는 다시 문을 닫고 액정화면을 보았다.

발신자 표시 제한

마약 거래를 업으로 하는 의뢰인들한테서 오는 전화에 이런 표시가 뜨곤 했었다. 그들은 도청과 통화내역 조사를 피하기 위해 일회용 전화기를 사용했다. 나는 전화벨을 무시하고 전화기를 좌석에 놓았다. 내가 전화 받기를 원하면, 네가 누군지를 밝혀야지.

나는 지팡이를 차에 두고 천천히 내렸다. 약점을 광고할 이유가 뭐란 말인가. 위대한 변호사였던 내 아버지가 항상 그렇게 말씀하셨다. 나는 제작자와 비서를 향해 천천히 걸어갔다.

"당신이 할러요?" 남자가 큰 소리로 물었다.

"그렇습니다."

"미리 말해두고 싶은 게 있는데, 이 영화는 시간당 25만 달러의 제작비가 들어가고 있어요. 근데 당신이 나를 불러내는 바람에 제작이 전면 중단됐어요. 내가 당신을 만나러 나오는 바람에 말이죠."

"시간 내주서서 고맙습니다. 빨리 얘기하죠."

"좋아요. 내가 사기를 당했다니 그건 또 무슨 헛소리죠? 감히 누가 나한테 사기를 친다고!"

나는 아무 말도 하지 않고 그를 쳐다보고만 있었다. 그렇게 5초가 더 지나자 맥레이놀즈가 또 버럭 화를 냈다.

"말을 할 거요, 말 거요? 하루 종일 이러고 있을 순 없어요."

나는 비서를 쳐다보다가 고개를 돌려 그를 바라보았다. 그는 내 뜻을 알아차렸다.

"안 돼요, 여기서 오가는 모든 말을 함께 들을 증인이 필요하니까. 비서도 같이 들을 거요."

나는 어깨를 으쓱거리고는 주머니에서 소형 녹음기를 꺼내 켰다. 그러고는 빨간 불이 반짝이는 녹음기를 들어 보였다.

"그럼 나도 기록을 남기겠습니다."

녹음기를 내려다보는 맥레이놀즈의 눈에 근심이 어려 있었다. 목소리가, 그가 하는 말이 테이프에 담겨진다니. 할리우드 같은 곳에서는 위험할 수 있었다. 멜 깁슨(2010년 옛 동거녀를 폭행한 사실을 인정한 통화 녹취내용이 인터넷에 공개되어 할리우드에서 퇴출되다시피 함-옮긴이)의 모습이 눈앞에 어른거렸다.

"알았어요. *그거 끄고* 제니도 가는 걸로 합시다."

"클레그!" 제니가 저항했다.

맥레이놀즈가 손을 뻗어 그녀의 엉덩이를 찰싹 때렸다.

"가라고 했는데."

젊은 여자는 수치심을 느끼는 여학생처럼 서둘러서 사라졌다.

"가끔은 이런 식으로 다뤄야 해요." 맥레이놀즈가 설명했다.

"교훈을 확실히 얻겠는데요."

맥레이놀즈는 내 목소리에서 비아냥거림을 감지하지 못하고 고개를 끄덕이며 내 말에 동의했다.

"자, 그럼 다시, 할러, 도대체 무슨 일이죠?"

"간단히 말하면, 당신이 리사 트래멀 거래의 파트너인 허브 달의 손에 놀아난 겁니다."

맥레이놀즈가 단호히 고개를 가로저었다.

"그럴 리가 없어요. 완전히 합법적으로 계약을 맺은 건데. 아주 깔끔하게. 심지어 트래멀이라는 그 여자도 서명을 했어요. 영화에서 그 여자를 흑인 성기를 좋아하는 뚱땡이 창녀로 묘사해도 나한테 뭐라고 말 못 할 거요. 계약은 완벽했단 말이오."

"아, 뭐 그랬는지는 몰라도, 그 완벽한 계약에서 놓친 게 있었던 거죠. 그 둘에겐 그 이야기를 당신에게 팔 권리가 애초에 없었다는 사실이요. 그 권리는 여기 있는 내가 갖고 있거든요. 트래멀은 그 권한을 모두 내게 위임했고, 그런 다음에 달이 나타나서 뒷북을 친 거죠. 달은 내 파일에서 내 계약서 원본을 훔쳐갔고 그걸로 문제가 해결됐다고 생각한 것 같은데, 천만의 말씀이죠. 그 절도사건의 목격자를 확보했고 달의 지문도 확보해 놨거든요. 달은 이제 사기와 절도죄로 망할 거고, 당신은 이제 그 작자와 같이 망할 거냐 말 거냐를 결정하면 됩니다, 클레그."

"지금 나를 협박하는 거요? 돈푼이라도 뜯어내려고? 어림 반 푼어치도 없지."

"아뇨, 돈을 뜯어내다니요. 난 그냥 내 걸 찾고 싶을 뿐입니다. 그러니까 당신은 달을 계속 파트너로 생각하고 함께 망하거나, 아니면 나와 거래를 하거나 선택하면 되는 거예요. 거래조건은 똑같고요."

"너무 늦었소. 벌써 서명했거든. 우리 모두 서명을 했단 말이오. 거래 다 끝났다고."

그가 돌아서서 걷기 시작했다.

"계약금을 지불했습니까?"

그가 나를 향해 돌아섰다.

"미쳤소? 여긴 할리우드요."

"그럼 그냥 약식 계약서에 서명했단 말이네요?"

"그렇지. 정식 계약은 4주 후에 맺기로 했고."

"그럼 계약은 발표만 됐고 성사는 아직 안 된 거네요. 할리우드에선 그렇게들 하니까. 하지만 바꾸고 싶으면 바꿀 수 있잖아요. 바꿀 핑계야 찾으려고 하면 충분히 찾을 수 있고."

"그러고 싶지 않은데. 그 프로젝트 마음에 들거든. 달이 물고 온 거요. 그래서 그와 계약을 맺었고."

나는 맥레이놀즈의 난처한 사정을 이해한다는 듯 고개를 끄덕였다.

"좋을 대로 하시죠. 어쨌든 난 내일 아침에 경찰에 신고하고 오후에는 소송을 제기할 겁니다. 당신은 피고로 이름을 올리게 될 거고요. 사기 공모자로 말이죠."

"공모는 누가 공모를 했다고 그래요! 이 얘기도 당신한테 처음 들었는데."

"맞아요. 근데 지금 내가 당신한테 얘기해줬는데도 아무 일도 하지 않는다면, 당신은 사실을 알고 있으면서도 도둑과 손을 잡기로 선택한 거죠. 그게 공모라는 거예요. 그러니 소송에 피고로 이름을 올릴 수밖에."

나는 주머니에 손을 집어넣어 녹음기를 꺼냈다. 그리고 빨간 불이 아직도 반짝이는 것을 그가 볼 수 있게 녹음기를 들어 보였다.

"지금 만들고 있다는 그 영화는 이 상태로 오래도록 묶여 있겠군요. 그럼 당신한테 엉덩이를 얻어맞은 그 여자가 이곳을 운영하게 되겠죠."

이번에는 내가 돌아서서 걷기 시작했고 그가 나를 불러세웠다.

"잠깐만, 할러."

내가 돌아섰다. 클레그 맥레이놀즈는 저 멀리 북쪽을, 산 위 높은 곳에 매달린 할리우드 입간판이 있는 쪽을 바라보았다. 저 입간판이 수많은 사람들을 이곳으로 부르고 있었다.

"내가 뭘 어떻게 해야 하죠?" 그가 물었다.

"다시 나와 계약을 맺으면 됩니다. 똑같은 계약조건으로요. 달은 내가 알아서 할게요. 응분의 대가를 치르게 해야죠."

"법무팀에 넘겨줄 전화번호 하나 줘요."

나는 명함을 꺼내 그에게 주었다.

"오늘 안에 확답을 주시죠."

"그러지."

"근데 거래 액수가 얼마나 되죠?"

"총 1백만 달러에, 선금 25만. 제작비로도 25만."

나는 고개를 끄덕였다. 선금으로 25만 달러를 받으면 리사 트래멀 재판 준비 비용을 충당할 수 있을 것이다. 심지어 허브 달에게 조금 떼어줄 돈도 있을 것 같다. 그 문제는 내가 이 문제를 어떻게 처리하고 싶어 하는가에 달렸다. 도둑을 얼마나 공평하게 대하고 싶은가에 달렸다. 생각 같아서는 한 푼도 안 주고 쪽박 차게 만들고 싶지만, 어쨌든 이 프로젝트에 합법적인 집을 찾아준 공이 있었다.

"이 도시에서 이런 말 할 사람은 나밖에 없을 것 같은데, 난 제작엔 관심 없습니다. 그 부분은 달과 거래를 하세요. 그쪽은 달의 전문 분야니까."

"감옥에 가지 않으면 뭐."

"계약서에 단서 조항을 넣으시죠."

"이 동네에선 그런 전례가 없어서. 법무팀이 알아서 처리하게 할게요."

"만나서 반가웠습니다, 클레그."

나는 다시 돌아서서 내 차를 향해 걸어갔다. 이번에는 클레그가 따라와서 내 옆에서 함께 걸었다.

"연락할게요. 기술고문으로 당신이 필요할 거요. 특히 시나리오와 관련해서."

"명함 드렸으니 필요하면 연락 주시고요."

링컨 차 앞에 다다르니 로하스가 나를 위해 문을 열어놓고 있었다. 나는 조심스럽게 차에 탄 후 고환에 충격이 가지 않게 살며시 앉아서 맥레이놀즈를 돌아보았다.

"하나 더." 제작자가 말했다. "당신 역할을 매튜 맥커너히에게 맡기려고 하는데. 아주 잘할 거요. 달리 생각하는 사람 있어요? 당신 역할을 잘할 사람?"

나는 웃으면서 차 손잡이를 향해 손을 뻗었다.

"지금 보고 있잖아요, 클레그."

나는 문을 잡아당겨 닫았고 선팅이 된 유리창을 통해 그의 얼굴에 어리둥절한 표정이 나타나는 것을 바라보았다.

나는 로하스에게 밴나이스로 가자고 말했다.

14 부재중 전화

내가 맥레이놀즈를 만나는 동안 전화벨이 계속 울렸다고 로하스가 말했다. 전화기를 확인해봤지만 남겨진 문자메시지는 하나도 없었다. 통화기록을 열었더니 내가 차를 떠나 있었던 10분 동안 발신자 표시 제한 번호로부터 네 통의 부재중 전화가 걸려왔다. 시간 간격이 너무나 제멋대로여서 자동 반복 다이얼 장치에서 잘못 건 팩스 통화라고 볼 수는 없었다. 누군가가 내게 연락을 시도했지만 메시지를 남길 만큼 다급한 용건은 아니었던 것이 분명했다.

나는 로나에게 전화를 걸어 사무실로 들어가는 중이라고 말했다. 맥레이놀즈와 맺은 계약에 관해 얘기해줬고, 오늘 안으로 아치웨이 법무팀에서 전화가 올 테니 준비하고 있으라고 말했다. 로나는 돈이 나가기만 하더니 이제 들어오기도 하는 거냐며 뛸 듯이 기뻐했다.

"다른 소식은 뭐 없어?"

"안드레아 프리먼한테서 두 번 전화가 왔어."

나는 내 휴대전화에 남겨져 있는 네 통의 부재중 전화 기록을 떠올렸다.

"내 휴대전화 번호 알려줬어?"

"응."

"못 받았는데, 메시지를 남기지 않았어. 무슨 일이 있나 보군."

로나는 안드레아가 남긴 전화번호를 내게 알려주었다.

"지금 바로 전화하면 통화가 될 거야. 이 전화 빨리 끊고."

"응, 근데 다른 친구들은 어디 있어?"

"제니퍼는 자기 방에 있고, 방금 시스코한테서 전화가 왔는데 현장 조사 끝내고 들어오고 있대."

"무슨 현장 조사?"

"말 안 하던데."

"알았어. 들어가서 다들 한번 봤으면 좋겠어."

나는 전화를 끊고 프리먼의 전화번호로 전화를 걸었다. 내가 검은 장갑을 낀 놈들한테 폭행당한 이후로 프리먼한테서는 한 번도 연락이 없었다. 심지어 컬렌 형사도 잠깐 병문안을 왔다 갔는데 나의 친애하는 적장한테서는 쾌유를 비는 카드 한 장이 없었다. 그러다가 오늘 오전에는 전화를 여섯 통씩이나 걸었으면서 메시지는 남기지 않았다. 무슨 일인지 매우 궁금했다.

전화벨이 한 번 울린 후 프리먼이 전화를 받았고 곧바로 본론으로 들어갔다.

"언제 올래요?" 그녀가 말했다. "출발하기 전에 뭘 좀 던져보고 싶은데."

프리먼은 본격적인 재판이 시작되기 전에 유죄인정 합의로 이 사건을 끝낼 가능성을 논의할 생각이 있다고 말하는 거였다.

"당신 입으로 제안 같은 건 안 한다고 하지 않았나?"

"이성이 승리했다고 해두죠. 이 사건과 관련해서 당신이 취한 조치들을 생각하면 괘씸하기 짝이 없지만, 당신의 행동 때문에 당신 의뢰인이 피해를 볼 이유는 없다고 생각해요."

무슨 일이 있는 것이다. 그걸 느낄 수 있었다. 검찰 측에 무슨 문제가 생긴 것이다. 증거를 잃어버렸거나 증인이 말을 바꿨거나. 마고 섀퍼가 떠올랐다. 어쩌면 그 목격자에게 문제가 있는 건지도 모른다. 예심 때 프리먼이 그녀를 증인으로 부르지도 않지 않았던가.

"검찰청에는 안 들어가고 싶은데. 당신이 내 사무실로 오거나 중립지대에서 만납시다."

"난 적진으로 들어가는 거 하나도 안 무서운데. 사무실이 어디죠?"

프리먼에게 주소를 알려주었고 한 시간 후에 만나기로 합의했다. 전화를 끊고 나서 지금 이 시점에 검찰 측에 무슨 문제가 생겼을까 골똘히 생각해보았다. 생각이 또 마고 섀퍼에게로 돌아갔다. 섀퍼가 문제인 게 틀림없었다.

손에 쥐고 있던 휴대전화기가 진동을 해서 액정화면을 내려다보았다.

발신자 표시 제한

프리먼이 이 모든 게 장난이었다고, 검사의 심리전 매뉴얼에 나온 대로 한번 해본 거라고 말하면서 만남을 취소하려고 다시 전화를 걸었을 것 같았다. 나는 통화 버튼을 누르고 전화를 받았다.

"네?"

침묵.

"여보세요?"

"미키 할러 변호사님인가요?"

처음 듣는 남자 목소리였다.

"그런데요. 누구시죠?"

"제프 트래멀입니다."

무슨 이유에선지 그 이름을 인지하기까지 잠깐 시간이 걸렸고, 누군지 알아차리고는 깜짝 놀랐다. 그 낭비벽이 있는 남편.

"아, 제프 트래멀 씨, 네, 안녕하십니까?"

"네, 잘 지내요."

"이 번호는 어떻게 알았어요?"

"오늘 아침에 리사와 통화했습니다. 궁금해서 전화해봤죠. 리사가 변호사님한테 전화하라고 하더군요."

"전화해줘서 고맙습니다. 당신 아내가 처한 상황을 알고 있습니까?"

"네, 리사한테 들었어요."

"뉴스는 안 봤고요?"

"여긴 TV 같은 거 없거든요. 스페인어를 읽을 줄도 모르니까 신문도 못 보구요."

"지금 있는 곳이 정확히 어디예요, 제프?"

"그건 말씀 못 드리겠는데요. 제가 말씀드리면 변호사님이 리사한테 말할 텐데, 지금은 제가 있는 곳을 리사에게 알리고 싶지 않거든요."

"재판 시작되면 돌아올 건가요?"

"모르겠어요. 돈이 한 푼도 없어서."

"여행 경비는 우리가 보내줄 수 있어요. 이렇게 힘든 시기에는 돌아와서 아내와 아들 곁에 있어주지 그래요. 그리고 증언도 해주고요, 제프. 당신들 집과 은행과 그 모든 압박에 대해서."

"음…… 아뇨, 싫습니다. 나 자신을 그렇게 내보이고 싶지 않습니다, 변호사님. 실패한 모습을 내보이고 싶지 않다고요. 내키지 않네요."

"아내를 구하기 위해서인데도 안 되겠어요?"

"아내가 아니라 전처죠. 법적으로 완전히 정리가 된 건 아니지만."

"제프, 뭘 원해요? 돈을 원해요?"

제프는 오래도록 말이 없었다. 이제 본론으로 들어갈 모양이었다. 그런데 그의 입에서 뜻밖의 말이 튀어나왔다.

"원하는 거 아무것도 없습니다, 할러 변호사님."

"정말로요?"

"그 일에 끼어들고 싶지 않습니다. 이젠 내 삶이 아니니까요."

"지금 어디 있어요, 제프? 지금 당신의 삶은 어디 있죠?"

"말씀 못 드린다니까요."

나는 좌절하며 고개를 가로저었다. 흔적이라고는 전혀 없는 곳에서 흔적을 찾으려고 애쓰는 경찰관처럼 계속 그를 붙들고 통화하고 싶었다.

"이봐요, 제프, 이런 얘기 안 하고 싶지만 모든 것을 고려하는 것이 내 일이니까 이런 말 하는 거 이해해주길 바라요. 우리가 이 재판에서 지고 리사가 유죄 평결을 받으면 형을 선고받을 겁니다. 그럼 사랑하는 가족들과 친구들이 법정에 서서 리사의 좋은 점에 대해 이야기할 기회가 생길 거예요. 이른바 경감 사유라는 것을 제기할 수 있을 거거든요. 예를 들어 집을 지키기 위해 애썼다든가 하는 뭐 그런 것. 그럴 때 당신이 나와서 증언을 해주면 좋을 것 같은데."

"그럼 재판에서 질 거라고 생각하는 거네요?"

"아뇨, 난 우리가 이길 가능성이 매우 높다고 생각해요. 진짜로. 전적으로 정황증거에만 의존한 사건이라서요. 목격자가 있긴 하지만 손쉽게 쓰러뜨릴 수 있을 거고요. 하지만 그 반대 결과가 나올 경우도 대비해야 하거든요. 지금 어디 있는지 정말로 안 알려줄 겁니까? 비밀로 할게요. 당신한테 돈을 보내려면 주소를 알아야 할 거 아니오."

"그만 끊겠습니다."

"돈은 어떡할까요, 제프?"

"다시 전화 드릴게요."

"제프?"

그는 전화를 끊었다.

"다 잡았다가 놓쳤네, 로하스."

"그러게요, 대표님."

나는 전화기를 팔걸이에 내려놓고 창밖을 내다보며 우리가 어디쯤 가고 있는지 살폈다. 101번 도로를 타고 카후엥가 고갯길을 넘고 있었다. 아직 20분 정도 더 가야 했다.

내가 마지막으로 돈을 언급했을 땐 제프 트래멀이 딱 잘라 거절하지 않았다.

나는 의뢰인에게 전화를 걸었다. 리사가 전화를 받았을 때 TV 소음이 배경으로 들렸다.

"리사, 미키요. 얘기 좀 해야겠는데."

"말씀하세요."

"TV 좀 꺼줄래요?"

"아, 네, 그럼요. 죄송해요."

조금 기다리자 전화기 저편이 조용해졌다.

"껐어요."

"우선, 조금 전 당신 남편한테서 전화를 받았어요. 당신이 내 번호를 줬어요?"

"네, 변호사님이 그러라고 했잖아요, 기억 안 나요?"

"나죠, 물론. 잘했어요. 그냥 한번 물어본 거예요. 이야기는 잘 안 됐어요. 나서고 싶지 않은 것 같더군요."

"나한테도 그렇게 말했어요."

"지금 어디 있는지 말했어요? 주소를 알면 시스코를 보내서 도와달라고 설득해보려고 하는데."

"나한테도 말 안 해주더라고요."

"아직도 멕시코에 있을 가능성이 있어요. 돈이 한 푼도 없다고 하는 걸 보면."

"나한테도 그렇게 말했어요. 영화 판권 수익 중 일부를 자기한테 보내 달라고 하더라고요."

"판권 얘기를 했어요?"

"영화가 나올 거잖아요, 미키. 그 사람도 알아야죠."

리사는 자랑을 해서 남편이 가정을 버린 것을 후회하게 하고 싶은 건지도 몰랐다.

"돈을 어디로 보내래요?"

"웨스턴 유니언에 입금해놓으면 다른 지점에서 찾아갈 수 있다고 말했어요."

나는 티화나(멕시코 북부, 미국과의 국경에 있는 도시 - 옮긴이)와 그 남쪽의 여러 곳에 웨스턴 유니언 지점이 많이 있다는 것을 알고 있었다. 예전에 그곳에 있는 의뢰인들에게 돈을 보내본 경험이 있었다. 돈을 보내고 제프 트래멀이 인출해가는 지점을 확인해서 그의 행방을 알아볼 수 있을 것이다. 그러나 머리가 좀 돌아간다면 자기가 사는 곳에서 가장 가까운 지점에 들어가진 않을 것이고 그러면 우리의 계획은 말짱 도루묵이 되는 것이다.

"좋아요." 내가 말했다. "제프에 대해서는 나중에 더 생각하기로 하고. 그나저나 허브 달이 아치웨이와 맺은 계약이 바뀌었다는 거 알아둬요."

"어떻게 그렇게 됐죠?"

"계약 당사자가 허브 달에서 나, 미키 할러로 바뀌었어요. 허브는 아치웨이가 영화화한다면 제작은 할 수 있어요. 그리고 감옥에 안 가도 되고. 그러니 그에게 이득이 되는 거죠. 당신에게도 이득인 것이, 당신의 변호

174

팀이 수임료를 지급받을 거고 나머지는 당신이 챙기게 될 거거든. 그런데 당신이 챙길 돈이 당신이 허브에게서 받았을 액수보다 훨씬 더 크니까 확실히 이득이죠."

"미키, 그러면 안 돼요! 허브가 그 계약을 성사시켰잖아요!"

"그 계약을 내가 바꿨어요, 리사. 클레그 맥레이놀즈는 내가 허브에게 던지려는 법의 그물망에 같이 끌려들어 갈 생각이 전혀 없더군요. 당신이 허브에게 전해주던가, 나한테서 직접 듣게 하고 싶으면 나한테 전화하라고 해요."

리사는 아무 말이 없었다.

"하나 더 있는데, 중요한 거요. 듣고 있어요?"

"네, 듣고 있어요."

"지금 사무실로 들어가는 중인데, 사무실에서 검사와 만나기로 했어요. 검사가 만나자고 해서. 무슨 일이 있는 것 같아요. 검찰 측에 무슨 문제가 생긴 것 같단 말이지. 거래 얘기를 해보자고 하더군요. 자기가 절박하지 않으면 절대로 내 사무실로 찾아오겠다고 하지 않았을 건데. 당신이 알고 있어야 할 것 같아서요. 만나고 나서 전화할게요."

"거래는 없어요, 미키. 검사가 법원 계단에 서서 CNN과 폭스를 비롯한 여러 언론매체 기자들에게 내가 무죄라고 선언할 생각이 아니라면."

나는 차가 갑자기 방향을 획 트는 것을 느끼고 창밖을 내다보았다. 차량정체 때문에 로하스가 고속도로에서 일찍 내려가고 있었다.

"그런 제안을 하려고 오는 건 아닐 것 같지만, 어쨌든 당신이 선택할 수 있는 길에 대해서 당신에게 계속 알리는 것이 내 의무라고 생각해요. 난 당신이 그…… 대의명분을 위한 순교자가 되는 것을 원치 않아요. 모든 제안에 귀를 기울여요, 리사."

"그래도 난 유죄를 인정하지 않을 겁니다. 이상 끝. 더 하고 싶은 말씀 있어요?"

"지금은 이 정도로 합시다. 나중에 전화할게요."

나는 팔걸이에 휴대전화기를 내려놓았다. 말을 너무 많이 한 것 같았다. 잠깐 눈을 감고 휴식을 취했다. 깁스한 손가락을 꿈틀꿈틀 움직이자 아팠지만 움직일 수는 있었다. 엑스레이 사진을 살펴본 의사는 내가 쓰러지고 의식을 잃은 후에 누군가가 내 손을 짓밟아서 손가락이 부러진 것으로 보인다고 말했다. 다행이다 싶었다. 의사는 손가락이 완전히 회복될 수 있을 것으로 내다봤다.

눈꺼풀 뒤 어두운 세계에서 검은 장갑을 낀 남자들이 나를 향해 다가오는 것이 보였다. 자꾸만 그 장면이 떠올랐다. 다가오는 남자들은 무심한 표정이었다. 이 일이 그들에게는 업무에 불과한 것이다. 다른 의미는 없었다. 그러나 내게는 40년간 지켜온 자존심과 자긍심이 산산조각 나서 작은 뼛조각들처럼 흩어져 버린 사건이었다.

잠시 후 운전석에서 로하스가 말했다.

"대표님, 다 왔는데요."

15 유죄인정 합의

접수실로 들어섰을 때 로나가 책상 뒤에서 경고의 뜻으로 손을 흔들었다. 그러고는 내 사무실을 가리켰다. 안드레아 프리먼이 벌써 와서 기다리고 있다는 뜻이었다. 나는 재빨리 방향을 틀어 다른 사무실 앞으로 가서 한 번 노크를 한 후 문을 열었다. 시스코와 불락스가 각자의 책상 뒤에 앉아 있었다. 나는 시스코의 책상 앞으로 가서 내 휴대전화기를 그의 앞에 내려놓았다.

"리사 남편이 전화했어. 실은 몇 번이나 전화를 걸었더라고. 발신자 표시 제한으로. 어떻게 해볼 수 없을까?"

시스코는 한 손가락으로 입을 비비면서 내 요구에 대해 생각했다.

"우리 통신사엔 협박 전화 추적 서비스가 있어. 전화가 걸려온 정확한 시각을 알려주면 통신사가 알아봐 주는 거지. 이삼일 걸리는데 전화번호를 확인해주는 정도지, 발신지를 알아내지는 못해. 그 친구가 있는 곳을 알아내려면 경찰이 나서야 돼."

"전화번호만 알면 돼. 다음에는 내가 전화를 하고 싶거든, 걸려오는 전화를 받는 게 아니라."

"알았어."

나는 방을 나가려고 돌아서다가 애런슨을 쳐다보았다.

"불락스, 같이 가서 검사가 무슨 얘길 하는지 들어보겠어?"

"좋죠."

우리는 접수실로 나가 내 사무실로 들어갔다. 프리먼은 내 책상 앞 의자에 앉아서 휴대전화기로 이메일을 읽고 있었다. 법원 출입용 복장이 아니었다. 청바지에 풀오버 스웨터를 입고 있었다. 오늘은 줄곧 사무실에서 일을 했었나 보았다. 내가 문을 닫자 그녀가 고개를 들었다.

"안드레아, 뭐 마실 것 좀 줄까요?"

"아뇨, 괜찮아요."

"그리고 제니퍼 알죠? 예심에서 봤으니."

"물론이죠, 꿀 먹은 벙어리 제니퍼. 예심에서 입도 뻥긋 안 하던데요."

책상을 돌아가면서 애런슨을 살피니 부끄러움으로 얼굴과 목이 빨개지기 시작하는 것이 보였다. 내가 구원의 동아줄을 던졌다.

"아, 제니퍼는 입을 열고 싶어 했지만 내가 입도 뻥긋하지 말라고 했거든요. 재판 전략이죠. 제니퍼, 그 의자 끌어다가 앉아."

애런슨은 팔걸이가 없는 의자를 책상 쪽으로 끌어다가 앉았다.

"자, 다 모였군요." 내가 말했다. "어쩐 일로 검사님이 이렇게 누추한 곳까지 오셨습니까?"

"공판 기일이 다가오니까 생각이 많아졌어요. 변호사님은 카운티 전역에서 일하니까 페리 판사에 대해 나만큼은 잘 알지 못할 것 같은데요."

"잘 알지 못하는 게 아니라 아예 모르죠. 그분 앞에 서본 적이 한 번도 없는데."

"그분은 사건일람표를 간결하게 유지하는 걸 좋아해요. 신문지상에 오르내리는 떠들썩한 사건은 질색하고요. 이 문제를 재판까지 끌고 가지 않고 양측의 합의를 통해서 슬기롭게 마무리하려고 최선을 다했느냐고 물어볼 거예요. 그래서 본격적인 재판으로 가기 전에 다시 한 번 생각하고 얘기해보면 좋겠다 싶었어요."

"다시 한 번? 언제 또 얘기한 적이 있었나? 내 기억엔 없는데."

"얘기할 거예요, 말 거예요?"

나는 의자에 등을 기대고 돌아앉아서 그 질문에 대해 생각해보는 척했다. 이것은 수 싸움이었고 우리 둘 다 그 사실을 알고 있었다. 프리먼이 페리 판사를 기쁘게 하려고 이러는 게 아니었다. 눈에 보이지 않는 무언가가 있었다. 무슨 문제가 생긴 거였고, 그건 변호인 측에는 기회였다. 나는 깁스한 손가락을 꼼지락거리면서 손바닥이 가려운 걸 해소시켜보려고 애썼다.

"흠……. 당신이 무슨 생각을 하고 있는지는 모르겠지만, 내가 의뢰인에게 유죄인정 합의 이야기를 꺼낼 때마다 의뢰인은 콧방귀도 안 뀌어요. 재판을 원한답니다. 물론 난 이런 일 전에도 많이 봤어요. 거래는 없다고 계속 버티다가 나중에 가서는 못 이기는 척 거래하는 거."

"그러니까요."

"하지만 지금으로서는 내가 뭐 할 수 있는 게 없어요, 안드레아. 의뢰인이 나보고 검찰에 거래를 제안하는 짓 따윈 하지 말라고 두 번이나 엄명을 내렸거든요. 내가 뭔가를 시작하는 걸 허락하지 않을 거요. 근데 지금은 당신이 날 찾아왔으니까 그건 괜찮겠지. 하지만 당신이 협상을 시작해야 해요. 조건을 제시해봐요."

프리먼은 고개를 끄덕였다.

"좋아요. 내가 먼저 제안을 했으니까. 이건 비공개라는 거 동의하는 거죠? 어떤 합의가 이루어지지 않으면 이 방에서 어떤 말도 새어 나가서는 안 돼요."

"물론이죠."

애런슨도 나와 함께 고개를 끄덕였다.

"그렇다면 좋아요. 우리가 생각하는 건 이거예요. 그리고 이미 위에서 허락도 받았고요. 살인에 중간 수준 징역형 어때요?"

나는 좋은 제안이라는 듯 아랫입술을 비죽 내밀며 고개를 끄덕였다. 하지만 검사가 살인에 중간 정도의 징역형 제안으로 시작한다면, 조건이 계속 더 좋아질 수 있다는 걸 알고 있었다. 그리고 내 직감이 맞았다는 것도 알 수 있었다. 검찰 측 재판 준비에 뭔가 심각한 문제가 생기지 않은 이상 검사가 이런 제의를 할 이유가 없었다. 내 판단으로는 검찰이 내 의뢰인에게 수갑을 채운 순간부터 논거가 미약했다. 그러나 이젠 뭔가가 크게 어긋난 것이다. 그게 뭔지 알아내야 했다.

"좋은 제안이군요." 내가 말했다.

"그렇고말고요. 잠복했다가 저지른 계획적 살인을 버리는 건데."

"고의적인 살인으로 가자는 거죠?"

"변호사님도 과실치사를 주장하기는 힘들 거예요. 피고인이 우연히 그 주차장에 있게 되었다고 하긴 어렵지 않을까요? 피고인이 이 제안을 받아들일 것 같아요?"

"모르겠어요. 처음부터 거래는 안 한다고 했으니까. 재판을 원해요, 한결같이. 얘기는 해보겠는데. 그건 그렇고……."

"그건 그렇고 뭐요?"

"궁금해서 그러는데, 이렇게 좋은 제안을 하는 이유가 뭐죠? 왜 이렇게까지 하는 거죠? 무슨 문제가 생겼기에 이렇게 황급히 손 털고 도망가고 싶어졌어요?"

"손 털고 도망가는 거 아닌데요. 피고인은 여전히 감옥에 갈 거고 첫값을 치르게 될 거니까요. 우리 재판 준비에는 아무런 문제가 없지만 재판을 하자면 비용이 많이 들고 시간이 너무 오래 걸리잖아요. 그래서 검찰은 일반적으로 재판보다는 처분에 중점을 두고 있어요. 물론 충분히 합당한 처분을 추구하죠. 지금이 그런 때에요. 변호사님이 원하지 않는다면 재판으로 갈 준비가 되어 있어요."

나는 항복의 표시로 두 손을 들어 보였다. 프리먼이 깁스를 한 내 왼손에 주목하는 것을 느낄 수 있었다.

"이건 내가 원하느냐 아니냐의 문제가 아니에요. 내 의뢰인이 선택할 문제지. 나는 가능한 한 모든 정보를 의뢰인에게 제공할 뿐이고. 전에도 이런 적이 있어서 잘 아는데, 보통 이 정도로 좋은 거래는 조건이 너무 좋아서 사실이 아닌 경우가 많죠. 제안을 받아들이고 나서 나중에 알고 보면 검찰 측 주요 증인이 떨어져 나갈 상황이었거나, 피고인의 무죄를 입증하는 확실한 증거를 확보해서 그런 제안을 했던 거더라고요. 조금만 더 버텼으면 증거개시 절차를 통해 알 수 있었을 그런 증거요."

"네, 근데 이번에는 아니에요. 말한 그대로지 다른 꿍꿍이는 없어요. 24시간 줄게요. 그다음에는 없었던 걸로 합니다."

"낮은 정도의 징역형은 어때요?"

"뭐라고요?"

검사의 반문은 절규에 가까웠다.

"에이, 처음부터 가장 좋은 제안을 던진 건 아니잖아요. 그런 식으로 일하는 사람이 어디 있다고. 고의적인 살인에 낮은 정도의 징역형. 5년에서 최대 7년. 어때요? 그 정도면 설득해볼 수 있을 것 같은데."

"어유, 정말 왜 이래요. 기자들이 나를 산 채로 잡아먹으려고 들겠네."

"그럴지도 모르죠. 하지만 당신 상관이 제안 하나 달랑 들려서 보내진 않았을 것 아니오, 안드레아."

프리먼은 의자에 등을 기대고 앉아 애런슨을 쳐다보더니 곧 방 안을 둘러보았다. 사무실에 원래부터 있었던 책장에 꽂힌 책들을 천천히 훑어보았다.

나는 기다리면서 애런슨을 쳐다보며 눈을 찡긋했다. 프리먼에게서 어떤 반응이 나올지 알고 있었다.

"손이 그렇게 돼서 어떡해요." 프리먼이 말했다. "아팠겠다."

"사실 놈들이 손을 이렇게 했을 땐 이미 의식을 잃은 후라서 아무것도 못 느꼈어요."

내가 다시 손을 들어 손가락을 꿈틀거리자 깁스한 가장자리에서 손가락 끝이 움직였다.

"벌써 이만큼 움직여지네."

"좋아요, 낮은 정도로 하죠. 그래도 24시간 안에 연락 주셔야 돼요. 그리고 이 모든 건 비공개고요. 합의가 불발되면 이 내용이 이 방 밖에서 공개되면 안 돼요, 의뢰인은 물론 제외하고."

"그건 이미 합의했잖아요."

"좋아요, 그럼 그렇게 하는 걸로 하고. 이만 가볼게요."

프리먼이 일어서자 애런슨과 나도 따라 일어섰다. 매우 중요한 회의가 끝난 다음 흔히들 그러듯이 약간의 잡담을 했다.

"그래서 다음 검찰청장은 누가 될 것 같아요?" 내가 물었다.

"그걸 누가 알겠어요." 프리먼이 말했다. "선두 주자가 없는 건 확실해요."

전 검찰청장이 법무부 장관으로 임명되어 워싱턴 D.C.로 가고 나서 현재는 권한대행이 검찰청장의 업무를 보고 있었다. 새 검찰청장을 뽑기 위해 가을에 보궐선거가 실시될 예정이었지만 아직까지는 눈에 띄는 후보가 거의 없었다.

프리먼은 우리와 사교적인 인사말을 몇 마디 더 나누고 악수를 한 후 떠났다. 나는 다시 자리에 앉아 애런슨을 쳐다보았다.

"그래서 어떻게 생각해?"

"변호사님 추측이 맞는 것 같아요. 제안 내용이 너무 좋았는데 심지어 더 좋게 바꿔줬잖아요. 검찰 측에 무슨 문제가 생긴 게 분명합니다."

"그래, 근데 그게 뭐냐고. 그게 뭔지 모르면 잘 활용할 수가 없잖아."

나는 전화기 앞으로 몸을 숙여 인터컴 버튼을 눌렀다. 그러고는 시스코에게 내 방으로 오라고 말했다. 그러고 나서 회전의자를 빙빙 돌리면서 기다렸다. 시스코가 들어와 내 휴대전화기를 책상에 내려놓은 뒤 프리먼이 앉았던 자리에 앉았다.

"제프 트래멀의 행방 추적 건은 부탁해놨어. 적어도 사흘은 걸릴 것 같아. 그보다 빨리는 안 된대."

"수고했어."

"검사는 어쩐 일이래?"

"검사가 겁을 먹고 내빼려고 하는데 그 이유를 모르겠어. 검사가 준 자료들을 자네가 모두 살펴봤고 증인들도 확인한 거 아는데, 다시 한 번 살펴봐 주면 좋겠어. 뭔가 바뀌었어. 검찰이 확실히 쥐고 있다고 생각했던 걸 잃어버린 게 분명해. 그게 뭔지 알아야 돼."

"마고 섀퍼겠지, 십중팔구는."

"왜?"

시스코가 어깨를 으쓱거렸다.

"경험상으로 볼 때 그렇다는 거야. 목격자들은 믿을 수가 없거든. 섀퍼는 주로 정황증거에 의존하는 이번 사건에서 굉장히 큰 부분을 차지하는 증인이잖아. 그 여자가 증언을 안 하겠다고 나온다거나, 진술이 믿을 만하지 못하면, 검찰한테는 그야말로 큰 문제지. 그 여자가 봤다고 주장하는 것을 배심원단에게 설득시키기가 쉽지 않을 거라는 건 우리도 이미 예상하고 있었잖아."

"하지만 우린 아직 그 여자를 만나보지도 않았는데?"

"섀퍼가 조사를 거부했어. 사실 조사에 응할 의무도 없고."

나는 책상 가운데 서랍을 열어 연필을 꺼냈다. 연필의 뾰족한 끝을 석고붕대 끝의 틈으로 밀어 넣어 두 손가락 사이로 살살 밀고 내려가 가려운 손바닥을 살살 긁었다.

"뭐 하는 거야?" 시스코가 물었다.

"뭐 하긴 뭐 해. 손바닥 긁고 있지. 검사하고 얘기하는 동안 가려워서 죽을 뻔했어."

"가려운 손바닥에 대해서 사람들이 뭐라고 하는지 아시죠?" 애런슨이 말했다.

나는 성적인 비유가 들어간 농담을 하는 건가 생각하며 그녀를 쳐다보았다.

"아니. 뭐라는데?"

"오른손이 가려우면 돈이 들어올 거래요. 왼손이 가려우면 돈이 나갈 거고요. 가려운 손바닥을 긁으면, 그런 일이 일어나지 않게 막는 거고요."

"요즘엔 법대에서 그런 것도 가르쳐, 불락스?"

"아뇨, 어머니가 항상 그러셨어요. 미신을 믿으셨거든요. 사실이라고 믿으셨죠."

"그게 사실이라면, 지금 내가 돈을 많이 절약한 거로군."

나는 연필을 석고붕대에서 빼내 서랍에 도로 넣었다.

"시스코, 섀퍼에 대해서 다시 한 번 조사해봐. 방심하고 있을 때 그 앞에 나타나 봐. 그 여자가 전혀 예상하지 못할 곳에 나타나 봐. 그리고 반응을 보는 거야. 진술을 하는지 보라고."

"알았어."

"진술을 거부하면, 그 여자 배경을 다시 한 번 조사해보고. 우리가 모르는 어떤 관련이 있을지도 몰라."

"그런 게 있다면 내가 찾아낼게."

"그래, 부탁해. 그쪽이 자구 의심이 가거든."

16 프리먼의 비밀

내가 예상했던 대로, 리사 트래멀은 최대 7년간 자신을 감옥에서 썩게 만들 유죄인정 합의를 거부했다. 재판에서 유죄 평결을 받으면 징역을 그보다 네 배는 더 살 가능성이 있다고 말해줬지만 그래도 싫다고 했다. 그녀는 무죄 평결을 받기 위해 최선을 다하겠다고 했고 나는 그런 그녀를 비난할 수 없었다. 검찰이 왜 마음을 바꿨는지는 알 수 없었지만 변호인 측에 유리한 처분을 제안한 것으로 보아 검찰이 겁을 집어먹고 손을 털려고 하고 있고, 그렇다면 우리에게 승산이 있다는 뜻이라는 생각이 들었다. 내 의뢰인이 모험을 선택한다면 나도 당연히 따라야 했다. 위험에 처한 것은 나의 자유가 아니라 그녀의 자유였으니까.

다음 날 퇴근 후 집으로 가는 차 안에서 안드레아 프리먼에게 소식을 전하기 위해 전화를 걸었다. 그날 낮에 그녀가 메시지를 여러 번 남겼지만 나는 그녀의 애를 태우기 위해 일부러 전화를 걸지 않았다. 알고 보니 그녀는 애를 태우지 않았다. 의뢰인이 제안을 정중히 거절한다고 말했다고 전하자 그녀가 유쾌하게 웃었다.

"하하하, 할러 변호사님, 메시지에 좀 더 일찍 답을 주시지 그랬어요. 오전에 몇 번이나 전화했는데. 그 제안은 오늘 오전 10시에 전격 취소됐습니다. 어젯밤에 제안을 받아들였다면 수감 기간을 10년 정도는 줄일 수 있었을 텐데 안타깝네요."

"누가 제안을 취소했죠? 상관이?"

"내가요. 마음이 바뀌었거든요."

나는 24시간도 채 지나지 않아 그렇게 극적인 변화를 가져오게 한 원인이 무엇인지 도무지 알 수가 없었다. 내가 알기로 그날 오전 중에 사건과 관련하여 있었던 유일한 일은 루이스 오파리지오의 변호사가 우리가 발부받은 소환장에 대한 철회 신청서를 법원에 제출한 것뿐이었다. 그러나 나는 그 일이 유죄인정 합의에 대한 프리먼의 갑작스러운 입장 변화와 관계가 있다고는 생각하지 않았다.

내가 아무 반응이 없자 프리먼이 전화를 끊으려고 인사말을 했다.

"그러니까 변호사님, 법정에서 만나요."

"그러죠. 그리고 알아둬요, 내가 꼭 찾아낼 거요, 안드레아."

"뭘 찾아낸단 말이죠?"

"당신이 숨기고 있는 것, 그게 무엇이든. 어제 잘못됐던 그 일, 내게 그런 제안을 하게 만든 그 일 말이오. 지금 그 문제가 모두 해결됐다고 생각하든 말든 상관없어요. 내가 꼭 찾아낼 거니까. 그래서 재판에 가면, 그 일을 언제든 꺼내 들 수 있게 내 호주머니에 숨겨두고 있을 거요."

프리먼이 전화기에 대고 어찌나 유쾌하게 웃어젖히는지 내가 그녀에게 말하면서 가졌던 자신감이 뚝 떨어졌다.

"법정에서 만나요." 프리먼이 말했다.

"그럽시다, 법정에서 봅시다." 내가 말했다.

나는 전화기를 팔걸이에 내려놓고 무슨 일이 벌어지고 있는지를 직관하려고 애썼다. 그때 이미 프리먼의 비밀을 내 뒷주머니에 갖고 있는 건지도 모른다는 생각이 퍼뜩 들었다.

본듀란트가 오파리지오에게 보낸 편지가 프리먼이 넘겨준 서류 더미속에 숨어 있었다. 프리먼은 최근에야 그 사실을 깨달았고, 내가 그것을 가지고 어떻게 나올 것인지, 어떤 변호 전략을 짤 것인지 깨달았는지도 모른다. 그런 일은 종종 일어난다. 검사가 압도적인 증거처럼 보이는 것을 입수하게 되면 자만심이 찾아든다. 그 증거를 가지고 재판에 임하다보면 늦게까지 다른 잠재적인 증거를 보지 못하게 되는 것이다. 때로는 너무 늦어버릴 때까지.

생각할수록 확신이 들었다. 그 편지밖에 없었다. 하루 전에는 프리먼이 편지 때문에 혼비백산하더니 이젠 자신감에 넘쳤다. 왜? 어제와 오늘의 차이점이라면 오파리지오 소환장 철회 신청서뿐이었다. 갑자기 그녀의 전략이 이해되었다. 검찰은 소환장 철회를 지지할 것이다. 오파리지오가 증언하지 않는다면 내가 그 편지를 배심원단 앞에 내놓을 수 없게 될 수도 있으니까.

내 추측이 맞다면, 그 오파리지오 소환장 철회 신청에 대한 심리 때 변호인 측에 심각한 차질이 생길 수 있었다. 이젠 내 변호 전략 전체가 그 심리에 달려 있는 것처럼 싸울 준비를 해야 한다는 생각이 들었다. 진짜로 그럴 수 있으니까.

나는 전화기를 주머니에 집어넣기로 했다. 더 이상 전화 올 데도 걸 데도 없었다. 금요일 저녁이었다. 소송 준비는 잠시 제쳐뒀다가 내일 아침에 다시 생각하기로 했다. 그때까진 좀 쉴 생각이었다.

"로하스, 음악 좀 틀어봐. 주말이잖아, 친구!"

로하스는 대시보드에 있는 버튼을 눌러 CD를 틀었다. 그 안에 뭘 넣어놓았는지 잊고 있었는데 흘러나오는 노래가 라이 쿠더의 히트곡집에 들어 있는 1960년대의 명곡 〈눈물방울이 떨어질 거야(Teardrops Will Fall)〉

라는 것을 금방 알아차렸다. 아름다운 노래였고 가사는 옳은 말 같았다. 사랑을 잃고 혼자 남겨진 것에 대한 노래.

재판 시작까지 3주도 남지 않았다. 프리먼이 무엇을 숨기고 있는지 우리가 알아냈는가의 여부와는 상관없이, 변호인단은 무기를 장전하고 싸움터에 나갈 준비가 되어 있었다. 송달할 소환장이 아직 몇 장 더 남아 있었지만, 그것만 제외하고는 전투 준비를 마쳤고 날이 갈수록 자신감이 더욱 커지고 있었다.

다음 주 월요일부터 나는 사무실에 틀어박혀 변호 전략을 구상하기 시작할 것이다. 증거와 증인을 차근차근 내밀어서 무죄의 가설이 조심스럽게 드러나게 해 결국에는 그 모든 것이 합쳐져 합리적 의혹이라는 치명적인 물결을 이루게 할 것이다.

그러나 그전에 주말이 있었고 나는 가능하면 리사 트래멀을 비롯한 모든 것으로부터 최대한 떨어져 있고 싶었다. 쿠더는 이제 〈가난한 이의 낙원(Poor Man's Shangri-La)〉을 부르고 있었다. UFO와 샤베즈 래빈에 있는 바토스라는 공간에 대한 노래였다. 나중에 그곳은 다저 스타디움이 되었다.

저 소리는 뭐지? 저 빛은 뭘까?
밤하늘에서 쏟아져 내리는 저 빛

나는 로하스에게 볼륨을 높여달라고 부탁했다. 그러고는 뒤쪽 창문을 내리고 바람과 음악이 한데 어우러져 내 머리카락 사이로, 내 귀로 불어 들어 오도록 했다.

UFO에 무전기가 있네

어린 줄리언이 부드럽고 낮은 목소리로 노래하네

저 아래로는 로스앤젤레스가 보이고

DJ가 말하네, 우린 가야 해요

엘몬티로, 엘몬티로, 엘몬티로

나나나나나

가난한 이의 낙원에 살고 있네

나는 눈을 감았고 링컨 차는 계속 달려갔다.

17 깜짝 파티

로하스는 계단 앞에서 나를 내려주었고 내가 천천히 계단을 올라가는 동안 링컨 차를 차고에 넣었다. 그의 차는 거리에 주차되어 있었다. 그는 그 차를 몰고 퇴근했다가 월요일에 돌아올 것이다.

현관문을 열기 전에 나는 베란다 끝으로 걸어가서 시내를 내려다보았다. 해가 앞으로도 한두 시간 더 떠 있다가 지면서 한 주를 마감할 것이다. 여기 이렇게 높은 곳에서 내려다보면 로스앤젤레스라는 도시는 기적 소리 같은 특유의 소리를 갖고 있었다. 수백만 개의 꿈이 경쟁하듯 속삭이는 소리.

"괜찮으세요?"

내가 돌아섰다. 로하스가 계단 맨 위까지 올라와 있었다.

"응, 좋아. 무슨 일이야?"

"아니 그냥, 여기 서 계신 걸 보고 무슨 일이 있나 싶어서요. 문이 잠겼다거나 뭐 그런."

"아냐, 그냥 도시를 보고 있었어."

나는 집 열쇠를 꺼내면서 현관문으로 걸어갔다.

"주말 잘 지내, 로하스."

"주말 잘 보내십시오, 대표님."

"대표님이라고 부르는 거 그만 좀 하지."

"알겠습니다, 대표님."

"맘대로 해."

나는 자물쇠를 돌리고 문을 밀어 열었다. 그 순간 "서프라이즈!"라는 여러 개의 유쾌한 목소리가 나를 맞았다.

예전에 나는 이 문을 열었다가 배에 총을 맞은 적이 있었다. 그때보다는 지금 겪은 놀라운 일이 훨씬 더 좋았다. 헤일리가 달려와 나를 끌어안았고 나도 딸을 끌어안았다. 그러고는 거실 안을 둘러보았다. 시스코, 로나, 불락스. 이복형 해리 보슈와 그의 딸 매디. 그리고 매기까지 와 있었다. 매기가 헤일리 곁으로 다가와 내 뺨에 입을 맞췄다.

"저기, 나쁜 소식이 있어." 내가 말했다. "오늘은 내 생일이 아니야. 다들 케이크를 먹고 싶은 누군가의 꾐에 빠진 것 같은데."

매기가 내 어깨를 툭 쳤다.

"당신 생일은 월요일이잖아. 깜짝 파티를 하기에는 좋은 요일이 아니라서."

"응, 그게 내가 계획했던 바인데."

"무슨 소리. 빨리 문에서 비켜, 로하스 들어오게. 다들 오래 있지는 못해. 생일 축하해주려고 잠깐 들른 거야."

나는 몸을 숙이고 매기의 뺨에 입을 맞추면서 그녀의 귀에 대고 속삭였다.

"당신은? 당신도 금방 갈 거야?"

"그건 두고 보자고."

내가 매기의 안내를 받으며 걸어가자 사람들이 나에게 악수를 청했고 뺨에 입을 맞췄으며 등을 토닥여주었다. 전혀 예상하지 못했던 기분 좋은 일이었다. 나는 주인공 의자로 안내되어 앉았고 레모네이드를 받았다.

파티는 그 후로도 한 시간가량 지속되었고, 나는 손님들 모두와 잠깐씩 담소를 나눌 수 있었다. 해리 보슈와는 몇 달 만에 처음 보는 거였다. 내가 입원해 있을 때 병문안을 왔었다는 얘긴 들었는데 자고 있어서 보지 못했다. 우린 1년 전에 내가 특별검사로 참여한 사건에서 함께 일한 적이 있었다. 나는 그와 같은 편인 것이 좋았고, 그 일을 계기로 계속 가까이 지낼 수 있을 거라고 생각했었다. 그러나 기대대로 되지 않았다. 보슈는 여전히 나와 거리를 두고 있었고, 나는 그런 그에게 서운함을 느꼈다.

시내가 잘 내다보이는 창가에 보슈가 서 있는 것을 보고 내가 다가가 나란히 섰다.

"여기서 보면 이 도시를 사랑하지 않는 것이 너무 어렵지 않아?" 보슈가 물었다.

나는 고개를 돌려 그를 잠시 바라보다가 다시 도시를 바라보았다. 그도 레모네이드를 마시고 있었다. 10대의 딸이 함께 살게 되면서 술을 끊었다고 했었다.

"그러게 말이에요." 내가 말했다.

보슈는 잔을 비운 후 파티에 초대해줘서 고맙다고 말했다. 나는 매디가 헤일리와 더 놀고 싶다고 하면 놔두고 가도 된다고 했지만 그는 내일 아침에 매디를 사격연습장에 데리고 갈 계획을 이미 세워놓았다고 했다.

"사격연습장이요? 딸을 사격연습장에 데리고 가요?"

"집에 총이 있거든. 매디도 사용법을 알고 있어야지."

나는 어깨를 으쓱거렸다. 나름 말이 된다고 생각했다.

보슈 부녀가 가장 먼저 떠났고, 그러고 나서 금방 파티가 끝났다. 매기와 헤일리 빼고 모두 갔다. 매기와 헤일리는 하룻밤 자고 가기로 했다.

나는 하루, 일주일, 한 달을 살아온 피로감이 갑자기 확 몰려드는 것을 느끼며 오랫동안 샤워를 하고 일찍 잠자리에 들었다. 곧 매기도 헤일리를 자기 방에서 일찍 잠자리에 들게 하고 나서 침실로 들어왔다. 그녀가 문을 닫았고, 나는 그 순간부터 진짜 생일선물의 포장이 풀려지고 있다는 것을 알고 있었다.

매기는 잠옷을 가져오지 않았다. 나는 똑바로 누워서 그녀가 옷을 벗고 이불 속 내 옆으로 기어들어 오는 것을 바라보았다.

"당신 진짜 대단한 사람이야, 할러." 그녀가 말했다.

"이번에는 내가 뭘 했는데?"

"사방을 무단침범하고 돌아다녔잖아."

매기가 몸을 밀착시키더니 곧 내 위로 올라탔다. 그러고는 몸을 굽히자 그녀의 머리칼이 내 얼굴 위에 텐트를 쳤다. 그녀가 키스를 하며 엉덩이를 천천히 움직이기 시작했고 그녀의 입술이 내 귀에 닿았다.

"그래서 정상적으로 기능하고 활동할 수 있다고 했다는 거지, 의사가?" 매기가 물었다.

"그렇게 말했어."

"확인해보자."

3부

셰에라자드

18 새로운 증거

루이스 오파리지오는 소환장을 원하지 않는 사람이었다. 변호사인 그는 자신이 리사 트래멀 사건에 휘말릴 수 있는 유일한 길은 증인출석 소환장을 송달받는 거라는 걸 알고 있었다. 소환장을 받지 않으면 증언을 피할 수 있었다. 변호인단의 전략에 대해 누구한테 귀띔을 받았는지 아니면 매우 똑똑해서 스스로 그 사실을 알아차렸는지는 모르겠지만, 그는 우리가 그를 찾기 시작하던 시점에 홀연히 사라졌다. 행방이 묘연했고 그를 찾아내 법정으로 끌고 나오려는 모든 통상적인 술수들은 실패했다. 우리는 오파리지오가 로스앤젤레스는 차치하고 이 나라 안에 있는지조차 알지 못했다.

오파리지오는 잠적하는 데 대단히 유용한 무기를 갖고 있었다. 돈. 돈만 많으면 이 세상 누구한테서도 숨을 수 있고 오파리지오는 그 사실을 잘 알고 있었다. 그는 여러 주에 여러 채의 집과 여러 대의 승용차를 갖고 있었고, 심지어 여러 곳에 있는 자신의 아지트로 빠르게 데려다줄 수 있는 개인 제트기까지 소유하고 있었다. 주에서 주로 움직이든 베벌리힐스의 자택에서 같은 베벌리힐스의 사무실로 움직이든 그가 움직일 때 항상 경호원이 여러 명 따라붙었다.

오파리지오가 잠적하는 데 대단히 불리한 요소도 있었다. 그것도 돈이었다. 여러 은행과 대부업체 들의 위탁을 받아 일을 해주면서 축적한 거대 부가 그에게 초특급 부자의 고급스러운 취향과 욕망이라는 아킬레스건이 되었다.

그리고 우리는 그 아킬레스건을 이용해서 결국 그를 찾아냈다.

시스코 뵈치에호프스키는 오파리지오의 행방을 추적하면서 오파리지오라는 인물에 대해 막대한 정보를 수집했다. 그 정보를 토대로 덫을 신중하게 계획하고 완벽하게 놓았다. 우리는 알도 틴토의 그림 한 점에 대한 비공개 경매를 알리는 고급 안내 책자를 만들어 베벌리힐스에 있는 오파리지오의 사무실로 발송했다. 그 안내 책자에는 관심 있는 응찰자들을 위해 샌타모니카의 베르가못 역에 있는 스튜디오 Z에서 이 달 첫 번째 목요일 저녁 7시부터 두 시간 동안 그 작품을 전시한다고 적혀 있었다. 그런 다음에는 자정까지 입찰을 받겠다고도 적혀 있었다.

안내 책자는 전문적이고 합법적인 것으로 보였다. 그림에 대한 묘사는 개인소장품을 전시하는 인터넷 미술작품 카탈로그에서 베낀 거였다. 우리는 2년 전의 법조인 잡지에 실린 오파리지오에 대한 인물 기사에서 그가 중견 화가들의 작품을 수집하고 있고, 특히 이탈리아의 거장인 고(故) 알도 핀토의 작품을 광적으로 좋아한다는 사실을 알아냈다. 한 남자가 안내 책자에 나온 전화번호로 전화를 걸어 자신은 루이스 오파리지오의 대리인이라면서 그 그림에 대한 비공개 경매에 참여하고 싶다고 말했을 때, 우리는 계획이 성공했음을 알았다.

오파리지오 수행단은 약속한 시각 정각에 옛 기차역을 개조해서 만든 화랑으로 걸어 들어왔다. 선글라스를 낀 경호원 세 명이 쫙 퍼져서 서고, 다른 두 명의 경호원이 갤러리 Z를 둘러보고 안전함을 확인하고 나서 신호를 보냈다. 그제야 오파리지오가 차체를 늘인 고급 메르세데스 리무진에서 내려 모습을 드러냈다.

오파리지오가 화랑 안으로 들어가자 두 여성이 환하게 웃으면서 미술과 그가 곧 보게 될 작품에 대한 열정 어린 태도로 그를 맞았다. 한 여자가 그에게 환영의 샴페인 잔을 건넸다. 다른 여자는 그 그림의 소유주 계보와 전시의 역사를 담은 문서를 반으로 접은 두툼한 서류뭉치를 건넸다. 오파리지오는 한 손에 샴페인을 들고 있었기 때문에 서류를 펼쳐볼 수가 없었다. 여자들은 그에게 다음 예약 손님이 오기 전에 그림부터 봐야 하니까 안내서는 나중에 읽으라고 말했다. 그러고는 그를 전시실로 안내했고, 그곳에는 그 그림이 화려한 이젤에 놓여 공단 휘장에 가려져 있었다. 스포트라이트 하나가 방 한가운데를 비추고 있었다. 여자들은 그에게 휘장을 직접 걷으라고 했고 한 여자가 샴페인 잔을 받아 들었다. 그녀는 긴 장갑을 끼고 있었다.

오파리지오는 기대감에 가득 차서 한 손을 들면서 이젤 앞으로 걸어갔다. 그러고는 조심스럽게 휘장을 걷었다. 이젤 판에 소환장이 핀에 꽂혀 있었다. 오파리지오는 어리둥절한 표정으로, 아직도 그것이 이탈리아 거장의 작품이라고 생각하면서 몸을 숙이고 그것을 들여다보았다.

"방금 증인출석 소환장을 송달받으셨습니다, 오파리지오 씨." 제니퍼 애런슨이 말했다. "지금 손에 들고 계신 것이 원본이고요."

"무슨 말인지 모르겠군." 오파리지오가 말했다. 하지만 그는 알고 있었다.

"그리고 당신이 이 방으로 들어오는 순간부터 전 과정이 녹화되어 있습니다." 로나가 말했다.

로나가 벽으로 걸어가 스위치를 켜자 방 전체에 불이 환하게 들어왔다. 그녀는 천장에 달린 두 대의 카메라를 가리켰다. 제니퍼가 샴페인 잔을 들어 건배하는 시늉을 했다.

"그리고 필요할 경우를 대비해 선생님 지문도 확보했고요."

제니퍼가 돌아서서 카메라를 향해 잔을 들어 보였다.

"말도 안 돼." 오파리지오가 말했다.

"말이 되지, 왜 안 돼요." 로나가 말했다.

"법정에서 뵙겠습니다." 제니퍼가 말했다.

여자들은 화랑의 옆문으로 걸어갔다. 그 문밖에서는 시스코가 운전하는 링컨 차가 대기하고 있었다. 임무 완료.

나는 콜맨 페리 판사의 법정에 앉아서 오파리지오 소환장 송달의 타당성과 변론의 핵심을 설명할 준비를 하고 있었다. 차석변호사인 제니퍼 애런슨이 내 옆에 앉아 있었고 제니퍼 옆에는 의뢰인 리사 트래멀이 앉아 있었다. 반대쪽에는 루이스 오파리지오와 변호인단 마틴 짐머와 랜던 크로스가 앉아 있었다. 안드레아 프리먼은 그 뒷줄 난간 가까이에 있는 좌석에 앉아 있었다. 그녀는 이 심리의 발단이 된 형사사건의 검사이므로 관계 당사자이긴 했지만 그 때문에 와 있는 것은 아니었다. 그 외에도 컬런 형사가 방청석 세 번째 줄에 앉아 있었다. 그가 이 심리에 참석한 이유는 알 수 없었다.

이 심리는 오파리지오의 변호인단이 요구한 것이었다. 오파리지오와 그의 변호인단은 소환 명령을 무효화하고 재판에 참여하지 않기 위해 이 자리에 나와 있었다. 그들은 혹시 안 되면 본 재판에서 검찰이 오파리지오를 배심원단 앞에 세우지 않는 것이 유리하다고 판단하게 하기 위해 프리먼에게 심리에 대해 귀띔을 해주었다. 프리먼은 구경이나 하려고 참석했지만 원하면 언제라도 그 싸움에 뛰어들 수 있었고, 뛰어들든 뛰어들지 않든 심리를 지켜보면 변호인 측의 재판 전략에 대해 전반적으로 감을 잡을 수 있을 거라고 생각했다.

내가 오파리지오를 직접 본 것은 이번이 처음이었다. 그는 키가 큰 만큼 옆으로도 퍼져 있는 정사각형 같은 모습의 뚱뚱한 남자였다. 얼굴에는 메스를 댔는지 아니면 수년간 분노의 세월을 겪었는지 피부가 바짝 당겨져 있었다. 헤어스타일과 옷차림이 엄청난 부호임을 보여주고 있었다. 그리고 그는 사람을 죽일 수 있는 사람처럼, 적어도 살인교사를 할 수 있는 사람처럼 보였기 때문에 내게는 완벽한 희생양으로 보였다.

오파리지오의 변호인들은 판사에게 심리에서 밝혀지는 자세한 사실들이 언론에 알려져 그다음 날 모이기로 되어 있는 배심원 후보자 집단에 영향을 미치는 일이 없도록 심리를 판사실에서 비공개로 열어달라고 요구했다. 그러나 이 법정에 있는 사람들은 누구나 그 변호사들이 이타적인 마음에서 그런 요구를 하는 것이 아님을 알고 있었다. 비공개 심리는 오파리지오에 대한 자세한 정보가 언론에 유출되어 배심원 후보자 집단보다 훨씬 더 큰 집단인 전 국민들의 여론에 영향을 미치는 것을 막아줄 수 있다고 판단하고 요구하는 거였다.

나는 심리를 비공개로 열자는 오파리지오 측의 요구에 강하게 반대했다. 그와 같은 조처는 그 뒤에 이어지는 재판에 대해서 국민들의 의혹을 살 것이고, 이것이 배심원 후보자 집단에 선입견을 심어주는 것보다 훨씬 더 중대한 문제라고 경고했다. 선출직 판사인 페리는 항상 여론에 신경을 썼다. 그는 내 의견에 동의했고 심리를 공개로 진행하겠다고 선언했다. 내가 크게 점수를 획득한 것이다. 재판에서 피고인 측을 구한 것은 바로 이 한 번의 승리였다.

기자들이 많이 오지는 않았지만 필요한 만큼은 왔다. 〈다운타운 비즈니스 저널〉과 〈로스앤젤레스 타임스〉의 기자들이 방청석 맨 앞줄에 앉아 있었다. 동영상을 촬영해 언론매체에 판매하는 프리랜서 카메라 기자가 카메라를 들고 빈 배심원석에 앉아 있었다. 그에게 심리가 있다는 사실을 알리고 법원으로 오라고 초대한 사람은 바로 나였다. 인쇄 매체 기자들과 한 대 있는 TV 카메라 앞에서 오파리지오는 심한 부담감을 느끼고 내가 원하는 것을 내놓을 수밖에 없을 터였다.

판사는 비공개 심리 요청을 물리친 후 곧바로 심리를 시작했다.

"짐머 변호사, 캘리포니아 대 트래멀 사건과 관련한 루이스 오파리지오 씨의 증인소환 명령에 대해 철회 신청을 냈는데, 그 이유를 설명해주겠습니까?"

짐머는 재판 경험이 많고 적들을 짐 싸서 집으로 돌려보내는 변호사 같아 보였다. 그가 일어서서 재판장의 질문에 대답했다.

"네, 기꺼이 설명해드리겠습니다, 재판장님. 우선 소환장 송달과 관련한 문제점들에 대해 말씀드리고, 그런 다음에는 제 동료 크로스 변호사가 철회되길 원하는 다른 문제에 대해서 말씀드리겠습니다."

짐머는 내 법률사무소가 우편 사기를 쳐서 덫을 놓았고 오파리지오가 그 덫에 걸려 소환장을 송달받게 되었다고 주장했다. 자기 의뢰인을 꾄 고급스러운 카탈로그는 사기의 도구이고 그것을 미국 우편국을 통해 보낸 것은 중범죄에 해당하므로 소환장 송달과 같은 그다음에 일어난 행동들은 모두 무효가 되는 거라고 말했다. 더 나아가 그는 오파리지오에 대한 소환장을 앞으로 또 신청해도 허락하지 않음으로써 변호인단을 벌주어야 한다고 주장했다.

내가 반박하기 위해 일어설 필요도 없었다. 다행이었다. 아직은 일어섰다 앉았다 하기만 해도 가슴에 격렬한 통증이 느껴졌다. 판사는 내 쪽으로 손을 들어 가만히 있으라는 신호를 보낸 뒤 짐머의 주장은 참신하지만 터무니없고 가치가 없는 주장이라고 일축해버렸다.

"이런 이런, 짐머 변호사, 이건 메이저 리그예요." 페리 판사가 말했다. "뼈에 살이라도 좀 붙은 거 뭐 없습니까?"

짐머는 판사의 말에 주눅이 들었는지 동료에게 바통을 넘기고 자리에 앉았다. 랜던 크로스가 일어서서 판사를 향해 섰다.

"재판장님, 루이스 오파리지오 씨는 이 지역 사회에서 존경받는 재력가입니다. 오파리지오 씨는 이 범죄나 재판과는 아무 관계가 없으며, 따라서 그가 이 일에 관련됨으로써 그의 이름과 명예가 더럽혀지는 것에 반대합니다. 다시 한 번 분명히 말씀드리지만, 오파리지오 씨는 이 범죄와는 아무런 관계가 없고, 용의자가 아니며, 아무것도 알지 못합니다. 재판부에 제공할, 증거가 될 수 있는 어떤 정보도 갖고 있지 않습니다. 오파리지오 씨는 피고인 측이 낚시를 하기 위해 자신을 증인석에 앉히는 일에 반대하고, 코앞으로 다가온 재판에서 잠시 주의를 딴 데로 돌리기 위해 자신을 이용하는 것에도 반대합니다. 할러 변호사가 낚시를 하고 싶다면 다른 연못으로 가게 해주시기 바랍니다."

크로스가 돌아서서 난간 가까이에 앉아 있는 안드레아 프리먼을 가리켰다.

"재판장님, 여기 앉아 계신 검사님도 제가 말씀드린 바로 그런 이유로 소환장을 철회해야 한다는 데 뜻을 같이하고 있음을 알려드립니다."

판사가 의자를 돌려서 나를 쳐다보았다.

"할러 변호사, 대응하겠습니까?"

내가 천천히 일어섰다. 내 사무실 책상에서 갖고 온 발포 고무 판사 봉을 쥐고 깁스를 푼 지 얼마 안 되어 아직도 뻣뻣한 손가락으로 꾹꾹 누르고 있었다.

"네, 재판장님. 우선 크로스 변호사가 낚시에 대해 좋은 지적을 했다는 말씀부터 드리고 싶습니다. 재판에서 오파리지오 씨의 증언이 허용된다면 그 증언은 상당 부분 낚시질을 포함할 것입니다. 물론 전부 다는 아니고요. 하지만 저는 분명히 호숫물에 낚싯줄을 던져보고 싶습니다. 그것은 피고인 측이 미첼 본듀란트 살인 사건에 대해 철저히 조사하는 것을 오파리지오 씨와 그의 대리인들이 거의 불가능하게 만들었기 때문입니다. 오파리지오 씨와 그의 심복들이……."

짐머가 벌떡 일어서면서 이의가 있다고 외쳤다.

"재판장님, 이게 무슨 말입니까, 심복들이라니요! 변호인은 신성한 법정에서 오파리지오 씨를 희생 제물로 삼아 언론에 갖다 바치고 있습니다. 이 심리를 판사실에서 비공개로 진행해주시기를 다시 한 번 간곡히 부탁드립니다."

"여기 그대로 있을 겁니다." 페리가 말했다. "하지만 할러 변호사, 당신이 배심원단 앞에서 멋있게 서 있기 위해 이 증인을 부르는 것은 허용하지 않을 겁니다. 오파리지오 씨가 이 사건과 무슨 관계가 있죠? 그가 무엇을 쥐고 있습니까?"

나는 확실한 대답을 갖고 있는 것처럼 고개를 끄덕였다.

"오파리지오 씨는 주택 압류 과정의 중개인 역할을 하는 업체를 설립해 운영하고 있습니다. 피해자 본듀란트 씨는 피고인의 주택을 압류하기로 결정하고 오파리지오 씨에게 집행을 요청했고요. 이로써 오파리지오 씨는 이 사건의 중심에 서게 되었으므로, 그리고 주택 압류가 이 살인 사건의 동기라고 검찰이 언론에 흘리기 시작했기 때문에, 이 문제에 관해 오파리지오 씨에게 묻고자 하는 것입니다."

판사가 대답하기도 전에 짐머가 먼저 뛰어들었다.

"정말 얼토당토않은 주장입니다! 오파리지오 씨의 회사는 직원이 185명이나 됩니다. 3층짜리 건물 전체를 사무실로 쓰고 있고요. 그런……."

"우와, 주택 압류가 굉장한 호황산업이군요." 내가 말참견을 했다.

"변호인." 판사가 경고했다.

"피고인의 주택이 올 한 해만 해도 10만 건 가까이 압류 건을 처리하고 있는 오파리지오 씨의 회사에 의해서 압류가 진행되었다는 사실을 제외하고는 오파리지오 씨는 피고인의 주택 압류와는 아무런 관계가 없습니다." 짐머가 말했다.

"10만 건이라고요, 짐머 변호사?" 판사가 되물었다.

"그렇습니다, 재판장님. 오파리지오 씨의 회사는 지난 2년여 동안 한 주에 평균 2천 건에 달하는 압류 건을 처리해오고 있습니다. 피고인의 압류 건도 여기에 포함되겠지요. 오파리지오 씨가 피고인의 압류 건에 대해 구체적으로 알고 있는 것이 아무것도 없습니다. 그 수많은 압류 건들 중의 하나였을 뿐 전혀 그의 주목을 받지 못했죠."

판사는 깊은 생각에 빠졌고 양측의 주장을 들을 만큼 들은 것 같았다. 나는 숨겨놓은 으뜸 패를 내보여야 하는 일이 없기를 바랐다. 특히 검사 앞에서는. 그러나 본듀란트가 오파리지오에게 보낸 편지와 그 편지의 가치에 대해서 프리먼이 이미 알고 있다고 추정해야 했다.

나는 테이블 위에 놓인 파일로 손을 뻗어 파일을 펼쳤다. 그 편지와 사본 4장이 출격 준비를 끝내고 거기 있었다.

"할러 변호사, 나는……."

"재판장님, 오파리지오 씨에게 개인 비서의 이름을 물어보는 것을 부디 허락해주시기 바랍니다."

내 말을 듣고 페리 판사는 다시 생각에 빠졌고 혼란스러운지 입을 일그러뜨렸다.

"비서가 누군지 알고 싶다는 말인가요?"

"네, 그렇습니다."

"그게 왜 알고 싶은 거죠?"

"아량을 베풀어주시기 바랍니다."

"좋습니다. 오파리지오 씨? 할러 변호사가 당신 개인 비서의 이름을 알고 싶어 하는군요."

오파리지오는 몸을 앞으로 기울이고 마치 허락을 구하듯 짐머를 바라보았다. 짐머는 그에게 대답하라고 신호를 보냈다.

"네, 판사님, 사실 비서가 둘 있습니다. 한 명은 카르멘 에스포지토, 다른 한 명은 나탈리 라자라입니다."

그러고는 뒤로 기대앉았다. 판사가 나를 쳐다보았다. 으뜸 패를 꺼낼 때가 되었다.

"판사님, 여기 등기우편 편지 사본이 있습니다. 발신인은 피살자인 미첼 본듀란트, 수신인은 오파리지오 씨고요. 그의 개인 비서 나탈리 라자라가 이 편지를 수령하고 서명을 했습니다. 이 편지는 증거개시절차를 통해 검찰로부터 넘겨받은 겁니다. 제가 이 편지에 대해 물어볼 수 있도록 오파리지오 씨가 법정에서 증언을 해주시면 좋겠습니다."

"한번 봅시다." 페리 판사가 말했다.

나는 걸어 나와 편지 사본을 판사와 짐머에게 전달했다. 내 자리로 돌아가는 길에 프리먼에게도 들러 사본을 건넸다.

"아뇨, 됐어요, 이미 갖고 있으니까."

나는 고개를 끄덕이고는 내 자리로 돌아갔지만 앉지 않고 그대로 서 있었다.

"재판장님, 잠깐 휴정을 하고 이것을 검토해보는 것이 어떻겠습니까? 처음 보는 문서라서 그렇습니다만." 짐머가 말했다.

"15분 휴정하겠습니다." 페리가 말했다.

판사는 판사석에서 내려와 판사실로 갔다. 나는 오파리지오 변호인단이 그 사본을 들고 복도로 나가는지 지켜보았다. 그들이 움직이지 않아서 나도 움직이지 않았다. 내가 자기네 이야기를 엿들을지도 모른다고 그들이 걱정하기를 바랐다.

나는 애런슨과 트래멀과 모여서 조용히 이야기를 나누었다.

"저 사람들 뭐 하는 거예요?" 애런슨이 속삭였다. "그 편지에 대해서는 이미 알고 있었을 텐데요."

"검찰이 사본을 미리 쳤을 거야." 내가 말했다. "오파리지오가 자기가 이 법정에서 제일 똑똑한 사람처럼 행동하고 있는데, 진짜로 제일 똑똑한 사람인지 어떤지는 곧 알게 되겠지."

"그게 무슨 말씀이시죠?"

"우리가 오파리지오를 진퇴양난에 빠뜨렸거든. 그는 내가 그 편지에 대해 물어본다면 자기는 묵비권을 행사할 거니까 소환해도 소용없다고, 소환장을 철회해달라고 판사에게 말해야 한다는 걸 알고 있지. 근데 기자들 앞에서 묵비권을 행사하면 그것도 문제거든. 물에 피를 타는 격이니까."

"그래서 그가 어떻게 할 것 같아요?" 트래멀이 물었다.

"제일 똑똑한 사람처럼 행동하겠죠."

나는 의자를 뒤로 민 다음 일어섰다. 그러고는 태연히 테이블 뒤를 서성거리기 시작했다. 짐머가 어깨너머로 나를 돌아보더니 자기 의뢰인에게로 몸을 더 숙였다. 나는 아직도 그대로 앉아 있는 프리먼에게 다가갔다.

"언제 달려들 거요?"

"그럴 필요가 없을 것 같은데요."

"저 사람들 그 편지 이미 갖고 있었죠? 당신이 쳤을 테니까."

프리먼은 어깨를 으쓱거리기만 했지 대답하지 않았다. 나는 그녀 너머로 세 줄 뒤에 앉아 있는 컬렌 형사를 바라보았다.

"컬렌은 여기 웬일이죠?"

"아…… 혹시 필요할지 몰라서요."

아주 만반의 준비가 되어 있었다.

"지난주에 당신이 그런 제안을 했던 건 그 편지를 발견했기 때문이죠,

맞죠? 당신네 주장에 문제가 생겼다고 생각해서."

프리먼은 나를 올려다보며 싱긋 웃을 뿐 아무 대답도 하지 않았다.

"뭐가 바뀐 거죠? 그 제안을 왜 철회했어요?"

이번에도 그녀는 대답하지 않았다.

"오파리지오가 묵비권을 행사할 거라고 생각하죠?"

이번에는 어깨를 으쓱거렸다.

"나라면 그럴 것 같은데." 내가 말했다. "하지만 그는……?"

"곧 알게 되겠죠." 프리먼이 무시하듯 말했다.

나는 우리 자리로 돌아와 앉았다. 리사 트래멀이 일이 어떻게 되어가고 있는 건지 아직도 잘 모르겠다고 내게 속삭였다.

"우린 오파리지오가 재판에서 증언하기를 바라지만 그는 증언을 원하지 않아요. 근데 판사가 소환 명령을 철회하게 할 유일한 길은 오파리지오가 자기에게 불리한 주장에 관해 묵비권을 행사하겠다고 말하는 거죠. 그가 정말로 그렇게 하면, 우린 끝이에요. 그가 우리의 희생양이니까. 우린 그를 증언석에 세워야 해요."

"그가 묵비권을 행사할 거라고 생각해요?"

"아뇨. 이렇게 기자들이 보고 있는 상황에서는 잃을 게 많으니까. 대규모의 합병을 앞두고 최종 준비를 하고 있는 상황에서 자기가 묵비권을 행사하면 언론이 떠들어댈 걸 알 거예요. 자기가 아주 똑똑해서 증인석에 앉아 증언을 통해 위기에서 벗어날 수 있다고 생각할 거고. 거기에 기대를 걸고 있어요. 자기가 누구보다도 똑똑하다고 생각하는 것에."

"만약에……."

그때 판사가 돌아와 리사의 말이 끊어졌다. 판사는 곧바로 개정을 선언했고 짐머가 발언을 신청했다.

"존경하는 재판장님, 제 의뢰인이 변호인단의 충고에도 불구하고 소환장 철회 신청의 철회를 지시했음을 알려드리는 바입니다."

판사가 고개를 끄덕이며 입을 오므리더니 오파리지오를 바라보았다.

"그래서 당신의 의뢰인이 배심원단 앞에서 증언을 하겠다는 겁니까?" 판사가 물었다.

"네, 그렇습니다, 재판장님." 짐머가 말했다. "의뢰인이 그렇게 결정했습니다."

"확실한 겁니까, 오파리지오 씨? 증인석에 앉아본 경험이 많을 텐데."

"네, 그렇습니다, 재판장님." 오파리지오가 말했다. "확실합니다."

"그렇다면 소환장 철회 신청을 철회합니다. 내일 아침 배심원단 선정을 시작하기 전에 이 법정에서 다뤄야 할 또 다른 문제가 있습니까?"

페리 판사는 대리인들의 테이블 너머로 프리먼을 바라보았다. 신호였다. 그는 처리해야 할 문제가 더 있다는 것을 알고 있었다. 프리먼이 파일을 쥐고 일어섰다.

"네, 재판장님. 제가 가까이 가도 되겠습니까?"

"그렇게 하세요, 프리먼 검사."

프리먼이 앞으로 걸어왔지만 오파리지오 팀이 짐을 싸서 검사석을 떠날 때까지 기다렸다. 판사도 참을성 있게 기다렸다. 마침내 프리먼은 자기 자리를 찾았고, 그대로 서 있었다.

"무슨 문젠지 내가 맞혀볼까요?" 페리 판사가 말했다. "할러 변호사의 수정된 증인 명단에 대해 이야기하고 싶은 거 같은데, 맞죠?"

"네, 판사님, 맞습니다. 그리고 증거 관련 문제도 얘기할 게 있고요. 어느 것부터 듣고 싶으세요?"

증거 관련 문제라. 컬렌이 법정에 있는 이유를 알 것 같았다.

"증인 명단 얘기부터 합시다." 판사가 말했다. "그 얘기가 나올 걸 알고 있었거든."

"네, 재판장님. 할러 변호사가 동료 변호사를 증인 명단에 올렸는데요, 우선 저는 할러 변호사가 애런슨 변호사를 차석변호사로 쓸 것인지 증인으로 쓸 것인지 선택할 필요가 있다고 생각합니다. 그리고 더 중요한 문제는, 애런슨 변호사가 이미 변호인 측 대표로 예심에 참여했고 다른 일들도 맡아서 했기 때문에, 검찰은 애런슨 변호사를 증인으로 부르려는 이 갑작스러운 조치에 반대를 표하는 바입니다."

프리먼이 자리에 앉았고 판사가 나를 바라보았다.

"게임을 하기에는 늦은 감이 없지 않나요, 할러 변호사?"

내가 일어섰다.

"재판장님, 사실 이것은 게임이 아니고 제 의뢰인의 자유가 달린 매우 중대한 일입니다. 이 문제와 관련하여 변호인단은 판사님께서 넓은 아량을 베풀어주시길 바랍니다. 애런슨 변호사가 제 의뢰인의 주택 압류에 관한 소송에 깊숙이 관여하였기 때문에, 저는 애런슨 변호사가 증언대에 서서 배심원들에게 사건의 배경을 설명하고 본듀란트 씨가 살해될 당시 어떤 일이 벌어지고 있었는지를 설명할 필요가 있겠다고 결론짓게 되었습니다."

"그럼 애런슨 변호사에게 증인과 변호인, 두 가지 역할을 다 하게 할 계획입니까? 내 법정에서는 그런 일은 일어나지 않을 겁니다, 할러 변호사."

"재판장님, 저는 애런슨 변호사의 이름을 최종 증인 명단에 올리면서, 이 문제를 놓고 프리먼 검사와 부딪치게 되리라고 예상하고 있었습니다. 재판부의 결정에 따르겠습니다."

페리 판사가 프리먼을 바라보며 더 할 말이 있는지 살폈다. 프리먼은 잠자코 있었다.

"아주 좋습니다." 페리가 말했다. "당신은 방금 차석변호사를 잃었어요, 할러 변호사. 애런슨 양이 증인 명단에 남아 있는 것을 허락합니다. 그러나 내일 배심원단 선정을 시작할 때부터, 당신은 혼자서 참여해야 합니다, 할러 변호사. 애런슨 양은 증인석에 앉는 날까지 내 법정에는 들어올 수 없으니까."

"감사합니다, 재판장님." 내가 말했다. "증인 진술이 끝나고 난 후에는 애런슨 양이 차석변호사로 참여할 수 있겠습니까?"

"그건 문제가 안 될 것 같군요." 페리가 말했다. "프리먼 검사, 또 다른 문제가 있습니까?"

프리먼이 다시 일어섰다. 나는 자리에 앉아서 펜을 들고 몸을 앞으로 기울이며 메모할 준비를 했다. 그러자 윗몸에 끔찍한 통증이 느껴져서 신음소리를 낼 뻔했다.

"재판장님, 검찰은 변호인 측에서 나올 것이 분명한 이의 제기와 항의를 막고 싶습니다. 우리는 사건 당일 피고인의 집과 차고를 수색하면서 발견해 압수한 피고인의 신발에서 아주 작은 혈흔을 발견해서 분석을 의뢰했었는데요, 그 DNA 분석결과를 어제 오후 늦게 받아보았습니다."

나는 보이지 않는 주먹으로 배를 얻어맞은 느낌이 들었고 그 느낌이 어찌나 강한지 갈비뼈의 통증이 순식간에 사라진 것 같았다. 이것이 게임의 판도를 뒤집는 강력한 요인이 될 것임을 직감했다.

"분석 결과, 신발에서 발견된 혈흔은 피살자인 미첼 본듀란트의 것으로 밝혀졌습니다. 변호인이 이의를 제기하기 전에, 실험실 업무가 산적해 있고 작업할 혈흔 샘플이 극소량이어서 혈흔 분석이 늦어졌다는 사실을 말씀드리고 싶군요. 더군다나 변호인 측을 위해 혈액 샘플을 약간 떼어놓아야 했기 때문에 분석의 어려움이 더욱 컸습니다."

나는 펜을 공중으로 툭 던졌다. 펜이 테이블에 맞고 튀어서 탁 하고 바닥으로 떨어졌다. 내가 일어섰다.

"재판장님, 정말 기가 막히네요. 배심원단 선정 하루 전날에요? 이런 걸 이제 내민다고요? 오 세상에, 변호인단을 위해 혈흔 샘플을 남겨뒀다니 감사해서 눈물이 날 지경입니다. 지금이라도 당장 뛰어나가 내일 배심원단 선정이 시작되기 전까지 분석해서 돌아와야겠군요. 재판장님, 이건 정말……."

"변호인 측의 생각은 충분히 잘 알겠어요, 할러 변호사." 판사가 중간에 끼어들었다. "사실 나도 기분이 좋지 않군요. 프리먼 검사, 사건 초기부터 이 증거를 갖고 있지 않았습니까? 그런데 어떻게 그런 증거를 편리하게도 배심원단 선정 하루 전에 내놓을 수가 있죠?"

"존경하는 재판장님, 이 일로 변호인 측과 재판부가 느끼는 부담을 충분히 이해합니다." 프리먼이 말했다. "하지만 있는 그대로 말씀드린 거예요. 저도 오늘 아침 8시에 실험실로부터 보고서를 받으면서 그 결과를 알게 되었습니다. 그러고 나서 그 결과를 알려드리려고 부리나케 달려온 거고요. 그 결과가 이제야 나온 데엔 몇 가지 이유가 있습니다. 캘리포니아주 과학수사대 연구실에 DNA 분석 요청이 얼마나 많이 밀려 있는지는 판사님도 잘 알고 계실 겁니다. 밀려 있는 요청이 수천 건이 된다고 하더라고요. 물론 살인 사건 수사에 우선순위가 매겨지기는 하지만 그렇다고 다른 모든 사건을 제쳐두고 하는 것은 아니죠. 그럴 때 결과를 더 빨리 알려줄 수 있는 민간 실험실로 달려가지 않은 것은 혈흔 샘플의 크기가 너무 작았기 때문입니다. 외부 실험실에서 뭔가 잘못되면 혈흔을 분석할 기회를 완전히 잃게 될 것이고 변호인 측을 위해 소량을 남겨둘 수도 없게 될 거라는 걸 고려해야 했습니다."

나는 발언 기회를 기다리면서 좌절감에 고개를 가로저었다. 과연 이것은 판세를 뒤집는 강력한 증거였다. 이것이 나오기 전까지는 전적으로 정황증거에 의존한 사건이었다. 그러나 이제는 피고인과 범죄를 연결시키는 직접 증거가 있는 사건이 되었다.

"할러 변호사?" 판사가 말했다. "반박하겠습니까?"

"네, 물론입니다, 판사님. 저는 이것이 변호인 측에 대한 무차별 공격행위라고 생각하고, 검사가 이것을 지금 내놓은 것이 우연한 일이라고 생각하지 않습니다. 그러므로 이것을 이제 와서 증거로 제시하기에는 너무 늦었다고 판사님께서 검사에게 말씀해주시기를 요청합니다. 더불어 이 이른바 증거라는 것이 재판에서 제외되게 해주시기를 요청합니다."

"재판을 연기하는 건 어떻겠습니까?" 판사가 물었다. "변호인 측이 분석을 실시할 시간을 갖고 그런 다음에 재판에 속도를 내면 어떨까요?"

"속도를 낸다고요? 재판장님, 이건 우리가 분석할 시간을 벌 수 있느냐의 문제가 아닙니다. 이건 변호 전략 전체를 바꿔야 할 문제지요. 검찰은 재판을 불과 하루 앞두고 이 사건을 정황증거에 의한 사건에서 과학에 기초한 사건으로 성격 자체를 바꾸려고 하고 있습니다. DNA를 분석할 시간만 필요한 게 아닙니다. 지난 두 달 동안 전력을 다해 변호 전략을 수립했는데, 이제 전략 전부를 새로 구상할 수밖에 없게 되었습니다. 우리에겐 말 그대로 재난이 아닐 수 없습니다, 재판장님. 그러므로 페어플레이 정신에 입각해서 이 DNA 분석 결과는 증거로 채택되지 말아야 한다고 주장하는 바입니다."

프리먼이 재빨리 응수하고 싶어 했지만 판사가 허락하지 않았다. 이것은 좋은 징조로 보였다. 판사가 서기석 뒷벽에 걸린 달력을 보는 모습을 볼 때까지는. 달력을 확인하는 것을 보니 판사는 공판일정 조정을 통해 상황을 개선하고 싶어 하는 게 분명했다. DNA 결과를 증거로 허용하고 내겐 대비할 추가 시간을 줄 생각인 것이다.

나는 항복하고 자리에 앉았다. 리사 트래멀이 내 쪽으로 몸을 기울이고 절박하게 속삭였다.

"미키, 그럴 리가 없다고요. 이건 모함이에요. 그 사람 피가 그 신발에 묻어 있을 리가 없어요. 내 말 믿어줘요."

나는 손을 들어 리사의 말을 막았다. 그녀의 입에서 나오는 말을 한 마디도 믿을 필요가 없었고, 이게 문제의 핵심도 아니었다. 중요한 건 사건의 성격이 변하고 있다는 사실이었다. 프리먼이 자신감을 되찾은 것도 놀랍지 않았다.

갑자기 무언가 떠오르는 것이 있었다. 그래서 벌떡 일어섰다. 행동이 너무 급작스러웠나 보았다. 칼로 찌르는 듯한 통증이 윗몸에서 사타구니까지 순식간에 전해졌다. 나는 변호인석 테이블 위로 몸을 굽혔다.

"재…… 판장님?"

"괜찮아요, 할러 변호사?"

나는 천천히 허리를 펴고 섰다.

"네, 재판장님. 그런데 허락해주신다면 한 가지 더 기록에 보태야 할 것이 있습니다."

"말씀하세요."

"재판장님, 본 변호인은 이 DNA 결과를 오늘 아침에야 알게 됐다는 검사의 주장의 진실성을 의심하지 않을 수 없습니다. 3주 전 프리먼 검사는 제 의뢰인에게 매우 매력적인 처분을 제안했고 24시간의 시간을 줄 테니 생각해보라고 했습니다. 그러더니……."

"재판장님?" 프리먼이 말했다.

"끼어들지 마세요." 판사가 명령했다. "계속하세요, 할러 변호사."

나는 그 처분에 관한 협상을 비밀로 하기로 했던 프리먼과의 약속을 어기면서도 아무런 거리낌이 없었다. 지금은 싸워야 할 때였다.

"감사합니다, 재판장님. 그래서 목요일 밤에 그런 제안을 받는데 바로 그다음 날인 금요일 오전에 프리먼 검사가 아무런 설명도 없이 그 제안을 일방적으로 취소했습니다. 그 이유를 이제야 알게 되었다고 생각합니다, 판사님. 프리먼 검사는 그때, 3주 전에 이미 그 DNA 증거에 대해서 알고 있었던 겁니다. 그러나 재판 하루 전날 내밀어서 변호인 측을 놀라게 하기 위해 깔고 앉아 있었던 거죠. 그래서 저는……."

"알겠습니다, 할러 변호사. 이에 대해 할 말 있습니까, 프리먼 검사?"

판사의 눈 주위 피부가 팽팽하게 당겨져 있는 것이 보였다. 판사가 화난 것이다. 지금 내가 밝힌 내용에서 진정성이 느껴졌던 것이다.

"존경하는 재판장님, 지금 변호인이 한 말은 전혀 사실이 아닙니다." 프리먼이 분개하며 말했다. "필요하다면 여기 방청석에 앉아 있는 컬렌 형사가 기꺼이 증언해줄 것입니다. DNA 분석 결과 보고서가 지난 주말에 경찰서로 배달되었고 오늘 아침 7시 30분경 컬렌 형사가 출근한 직후에 열어보았다고 말입니다. 그러고 나서 컬렌 형사가 제게 전화를 했고 제가 그것을 들고 법정으로 달려온 겁니다. 우리 검찰은 그 어떤 증거물에 대해서도 공개하지 않고 숨긴 적이 없으며, 따라서 변호인이 제게 행한 비방에 대해 심한 유감을 표명하는 바입니다."

판사가 방청석을 흘끗 둘러보다가 컬렌을 발견하고 잠깐 쳐다보더니 다시 프리먼에게로 눈길을 돌렸다.

"제안을 하고 하루 만에 철회한 이유가 뭐죠?" 판사가 물었다.

백만 불짜리 질문이었다. 프리먼은 판사가 집요하게 파고들까 봐 걱정인 표정이었다.

"판사님, 그 결정은 검찰 내부의 문제와 관련이 있기 때문에 법정에서 공개적으로 밝히지 않는 것이 좋겠다고 생각합니다."

"어떻게 된 일인지 알아야겠어요, 검사. DNA 분석 결과가 증거로 채택되기를 바란다면, 내 궁금증을 해소시켜주는 게 좋을 겁니다. 그것이 검찰 내부의 문제와 관련이 있든 없든 말이지요."

프리먼이 고개를 끄덕였다.

"네, 알겠습니다, 재판장님. 아시다시피, 로스앤젤레스 지방검찰청은 윌리엄스 전 청장님이 연방 법무부로 전보 발령되어 워싱턴으로 가신 이후로 검찰청장 권한대행이 지휘하고 있는데요. 이로 인해 검찰청 내부에서 의사소통과 지시체계에 약간의 혼란이 생기는 경우가 종종 있습니다. 3주 전 목요일에도 저는 상관의 승인을 먼저 받고 그 제안을 하러 변호사에게 했습니다. 그런데 금요일 아침에는 검찰 내부에서 그 제안에 대한 최종 승인이 나지 않았다는 이야기를 더 높은 직급의 상관으로부터 전해 듣고 급히 철회한 것입니다."

정말 말도 안 되는 얘기였지만 너무나 설득력 있게 말했기 때문에 반박할 수가 없었다. 그러나 나는 3주 전 그 금요일에 제안은 물 건너갔다고 말하던 프리먼의 어조에서 뭔가 새로운 상황이 발생했고 그녀의 결정은 검찰 내부의 의사소통과 지시체계의 문제와는 아무런 관련이 없다는 것을 직감했었다.

판사가 판결을 내렸다.

"배심원단 선정을 공판일 10일 후로 연기하겠습니다. 이로써 변호인 측은 원한다면 증거물에 대한 DNA 분석을 자체적으로 실시해볼 시간이 생길 겁니다. 또한 이 정보에 따라 전략을 수정할 시간도 충분히 있을 것이고요. 검찰은 이 문제와 관련하여 변호인 측에 전적으로 협조하고 생물학적 자료를 지체 없이 넘겨주어야 할 책임이 있습니다. 양측은 오늘로부터 2주 후에 시작될 배심원단 선정을 위해 최선의 준비를 해주시기 바랍니다. 이만 휴정을 선언합니다."

판사가 재빨리 판사석을 떠났다. 나는 아무것도 적혀 있지 않은 리걸패드를 내려다보았다. 영혼까지 탈탈 털린 느낌이었다.

나는 천천히 서류가방을 싸기 시작했다.

"이제 어떡하죠?" 애런슨이 물었다.

"아직은 모르겠어." 내가 말했다.

"혈흔 분석 실험을 해야죠." 리사 트래멀이 다급하게 말했다. "뭔가 잘못됐어요. 그 사람 피가 내 신발에 묻었을 리가 없어요. 그럴 리가 없어요."

나는 리사를 바라보았다. 그녀의 갈색 눈은 강렬한 눈빛을 뿜어내고 있었고 진실해 보였다.

"걱정하지 말아요. 해결 방법을 찾아낼 테니까."

애써 긍정적으로 말했지만 입맛은 썼다. 나는 프리먼이 있는 쪽을 흘끗 쳐다보았다. 그녀는 서류가방 속으로 손을 넣어 파일을 뒤적이고 있었다. 내가 그녀를 향해 천천히 걸어가자 그녀는 경멸하는 표정으로 나를 흘끗 쳐다보더니 다시 파일을 뒤적였다. 내 고민을 들어줄 생각이 전혀 없는 거였다.

"우리 검사님은 모든 일이 바라는 대로 착착 진행되어가는 것 같은 표정이네." 내가 말했다.

프리먼은 아무 대꾸도 하지 않았다. 서류가방을 닫더니 법정 문을 향해 걸어갔다. 문을 나가기 전에 그녀가 나를 돌아보았다.

"세게 치고 나가고 싶으시죠, 할러 변호사님?" 그녀가 말했다. "그렇다면 센 공을 받아칠 준비를 해야 할 거예요."

19 음모 이론

그다음 2주는 빨리 지나갔지만 소득이 전혀 없었던 것은 아니었다. 우리는 변호 전략을 새로 짜고 전술을 재정비했다. 4천 달러라는 급행비를 써가며 사설 연구소에 의뢰해 검찰에서 넘겨받은 DNA 샘플을 분석했고 검찰의 결과와 일치한다는 답변을 들었다. 그러고 나서 우리는 이 재앙과도 같은 증거를 반영하여 변호 전략을 짰다. 과학적 증거를 인정하고 받아들이면서 동시에 내 의뢰인이 결백할 가능성이 있다는 것을 보여주기로 했다. 모함을 주장하는 고전적인 전략이었다. 오파리지오를 희생양으로 삼는 전략에 음모 이론을 덧붙일 작정이었다. 나는 이런 전략이 통할 수 있다고 믿게 되었고 다시 자신감이 생겼다. 연기되었던 배심원단 선정이 드디어 시작될 즈음에는, 되찾은 자신감에 탄력을 받아서 내가 펼쳐 보일 새로운 시나리오를 믿어줄 만한 배심원들을 적극적으로 찾아보았다.

프리먼이 던진 또 하나의 패스트볼이 내 머리를 향해 날아온 것은 배심원단 선정이 시작된 지 나흘째 되던 날이었다. 선정 작업이 막바지에 이르렀고, 검찰과 변호인 양측 모두 각기 다른 이유로 배심원단의 구성에 만족스러워하고 있던 보기 드문 한때였다. 배심원단은 주로 남녀 근로자들로 구성되어 있었다. 맞벌이가정의 주택 보유자들도 몇 명 있었다. 대학 졸업자도 몇 명 있었지만 석·박사 학위 소지자는 한 명도 없었다. 진짜로 세상의 소금과도 같은 사람들이었고 내게는 완벽한 구성이었다. 나는 주머니 사정이 어려운 사람들, 항상 주택 압류의 위협에 시달리며 사는 사람들, 그래서 은행의 고위 간부를 불쌍한 피해자로 보기 힘들어할 사람들을 골랐다.

반면에 검찰은 배심원 후보자들에게 가정 형편에 대해 자세히 물었고, 담보대출금을 연체하는 사람을 피해자로 보지 않을 근면 성실한 근로자들을 택했다. 그 결과 나흘째 되는 날 아침까지는, 검찰과 변호인 어느 쪽도 반대하지 않고, 각자 잘 다듬어 자기네를 위한 정의의 군대로 만들 수 있겠다고 생각하는 사람들로 배심원단이 구성되었다.

패스트볼은 페리 판사가 오전 휴정을 선언했을 때 날아왔다. 프리먼이 벌떡 일어서서 휴정하는 동안 양측 대리인들과 판사가 판사실에 모여서 조금 전에 나타난 증거물에 관해 논의하는 게 어떻겠느냐고 판사에게 물었다. 컬렌 형사가 그 회의에 참가해도 되겠느냐고도 물었다. 페리 판사는 그 요구를 들어주었고 휴정 시간을 두 배로 늘려 30분으로 정했다. 법원 서기와 판사가 먼저 판사실로 들어갔고 그 뒤를 프리먼 검사가, 검사 뒤를 내가 뒤따라 들어갔다. 컬렌이 마지막으로 들어왔는데 빨간색 증거물 테이프가 붙은 커다란 마닐라 봉투를 들고 있었다. 부피가 컸고 뭔가 무거운 게 들어 있는 것 같았다. 진짜 중요한 증거물은 보통 종이봉투에 들어 있었다. 생물학적인 증거물은 항상 종이로 싸여 있었다. 비닐로 된 증거물 봉투에는 공기와 습기가 차서 생물학적 증거물이 훼손될 수 있었다. 그래서 나는 그 증거물 봉투를 보고 프리먼이 내게 또 하나의 DNA 폭탄을 던질 거라는 걸 알아차렸다.

"또 시작이군." 판사실로 들어가면서 내가 나지막이 중얼거렸다.

판사가 책상 뒤로 돌아가 의자에 앉았다. 그가 등지고 있는 창문 밖으로 도시의 남쪽이, 셔먼오크스의 언덕들이 내다보였다. 프리먼과 나는 책상 맞은편에 놓인 두 개의 의자에 나란히 앉았다. 컬렌은 근처에 있는 테이블에서 의자를 끌어와서 앉았고 법원 서기는 판사의 오른쪽에 있는 걸상에 걸터앉았다. 속기 타자기가 서기 앞에 놓인 삼각대에 놓여 있었다.

"회의는 기록으로 남깁니다." 판사가 말했다. "프리먼 검사?"

"판사님, 가능한 한 빨리 판사님과 변호인을 만나 의논하고 싶었어요. 제가 말하는 걸 듣고 보여주는 것을 보고 나면 할러 변호사가 이번에도 분노해서 울부짖을 것이 뻔하기 때문에요."

"그럼 빨리 봅시다." 페리 판사가 말했다.

프리먼이 컬렌에게 고개를 끄덕여 보이자 컬렌이 증거물 봉투에 붙은 테이프를 떼기 시작했다. 나는 아무 말도 하지 않았다. 컬렌이 오른손에 라텍스 장갑을 끼고 있는 것이 눈에 띄었다.

"검찰이 살인 무기를 입수했습니다." 프리먼이 사무적으로 말했다. "그래서 그것을 변호인이 살펴볼 수 있도록 보여주고 나서 증거물로 제출하려고요."

컬렌이 봉투를 열고 손을 넣어 망치를 꺼냈다. 브러시드 스틸로 된 머리에 타격 면이 둥근 장도리였다. 윤을 낸 삼나무 손잡이였고 끝에는 검은색 고무가 둘러져 있었다. 타격 면의 12시 방향에 V자 표시가 있었는데 부검에서 표시된 두개골의 눌린 자국과 일치하는 것 같았다.

나는 화가 나서 벌떡 일어서서 책상 앞에서 벗어났다.

"아, 나, 정말." 내가 씩씩거리며 말했다. "지금 장난하는 겁니까?"

나는 두 엉덩이에 손을 대고 서서 맞은편 책장에 꽂힌 페리의 법전들을 바라보다가 책상을 향해 돌아섰다.

"판사님, 말이 거칠어서 죄송합니다만, 이건 정말 개소리라고 할 수밖에 없어요. 검사가 또 이래도 되는 겁니까? 배심원단 선정 나흘째에, 모두 진술 하루 전에 또 이렇게 새로운 걸 꺼내 들 수가 있는 거냐고요? 배심원이 거의 다 선정되었고 아마도 내일부터는 본격적으로 공판이 시작될 텐데 살인 무기라는 것을 이렇게 갑자기 꺼내 들어도 되는 거냐고요."

판사는 컬렌이 들고 있는 망치와 거리를 두려는 듯 몸을 뒤로 젖혀 의자에 등을 기댔다.

"설득력 있는 설명이 필요할 것 같군요, 프리먼 검사." 판사가 말했다.

"설명해드리겠습니다, 판사님. 오늘 아침까지만 해도 이것을 보여드릴 수 없었는데 어떻게 이렇게 갑자기 말씀드리게 된 건지 기꺼이……."

"판사님이 문제예요!" 내가 갑자기 끼어들어 판사를 향해 손가락질을 하며 소리쳤다.

"잠깐만요, 할러 변호사, 감히 나한테 손가락질을 한 겁니까?" 판사가 애써 자제하며 말했다.

"죄송합니다만 판사님, 이게 모두 판사님 탓입니다. 그 말 같잖은 DNA 이야기를 그냥 넘어가 주시니까 또 이런……."

"잠깐만요, 할러 변호사, 말조심하는 게 좋을 것 같군요. 그렇게 5초만 더 얘기하면 내 유치장의 내부를 구경하게 될 것 같은데. 그리고 손가락질도 하지 않는 게 좋을 거요. 계속하면 상급법원 판사 앞에서 진술하게 될 테니까. 내 말 알아듣겠습니까?"

나는 법전들을 향해 돌아서서 깊이 심호흡을 했다. 여기서 뭔가 얻어내야 했다. 판사가 내게 뭔가를 빚지게 만들어놓고 이 방에서 나가야 했다.

"알겠습니다." 마침내 내가 말했다.

"좋아요." 페리가 말했다. "그럼 여기로 와서 앉아요. 프리먼 검사와 컬렌 형사가 하는 말을 들어봅시다. 설득력 있는 이야기여야 할 텐데."

나는 꾸중을 들은 아이처럼 마지못해 내 자리로 돌아와서 풀썩 주저

앉았다.

"프리먼 검사, 어디 한번 들어봅시다."

"네, 재판장님. 무기는 월요일 오후 늦게 우리에게 인계되었습니……."

"거봐요!" 내가 말했다. "내 그럴 줄 알았다니까. 그러고 나서 배심원 선정 나흘째까지 기다렸다가 이제 와서……."

"할러 변호사!" 판사가 호통을 쳤다. "당신에 대한 인내심이 바닥났어요. 더 이상 끼어들지 말아요. 계속하세요, 프리먼 검사."

"네, 재판장님. 말씀드렸다시피, 우리는 월요일 오후 늦게 LA 경찰국 밴나이스 경찰서에서 이 무기를 인계받았습니다. 이 무기가 어떤 경로를 거쳐 우리에게 들어오게 되었는지에 대해서는 컬렌 형사가 설명하는 것이 좋을 것 같군요."

페리 판사가 형사를 바라보며 설명하라고 손짓했다.

"실은 이렇게 된 겁니다. 케스터 거리 근처에 있는 디킨스 거리의 어느 집 마당에서 일하던 정원사가 그날 아침 그 집 앞 생울타리 속에 처박혀 있는 망치를 발견한 겁니다. 이 집은 웨스트랜드 내셔널 뒷길에 있습니다. 은행 뒤쪽과는 두 블록 떨어져 있죠. 망치를 발견한 정원사는 본듀란트 살인 사건에 관해서는 전혀 모르고 있었습니다. 그래서 그 망치가 정원 손질을 맡긴 그 집 주인의 것일 거라고 생각하고 베란다에 놔두었죠. 집주인은 도널드 마이어스라는 남잔데 그날 오후 5시쯤 퇴근하고 와서 그 망치를 보게 되었습니다. 자기 것이 아니었기 때문에 이게 웬 건가 싶었죠. 하지만 본듀란트 살인 사건에 관한 기사를 읽었던 게 기억났고, 그 중 적어도 한 기사에는 살인 무기가 망치일 가능성이 있고 아직 발견되지 않았다고 적혀 있었던 게 기억이 났죠. 그래서 정원사에게 전화를 걸어 자초지종을 전해 듣고는 경찰에 신고를 한 겁니다."

"망치를 입수한 경위는 잘 알겠는데, 그래서 그 소식을 사흘이나 지난 후에 밝히는 이유가 뭐죠?" 페리 판사가 물었다.

프리먼이 고개를 끄덕였다. 자기가 대답하겠다는 뜻이었다. 그녀가 곧바로 바통을 이어받았다.

"판사님, 우린 우리가 입수한 것이 무엇인지 확인해야 했고 증거물 관리의 연속성도 확인해야 했습니다. 그래서 그 망치를 즉시 과학수사대에 넘겨 분석을 의뢰했고 그 결과를 법정이 휴정하고 난 후인 어제저녁 때에야 받았습니다."

"그래서 그 보고서는 어떻게 결론짓고 있던가요?"

"무기에 유일하게 남아 있던 지문들은……."

"잠깐만요." 내가 또다시 판사의 분노를 살 위험을 무릅쓰고 끼어들었다. "그걸 그냥 망치라고 부르면 안 될까요? 그걸 '무기'라고 불러 기록에 남기는 것은 현시점에서는 조금 앞서가는 일인 것 같습니다."

"좋습니다." 판사가 대답하기 전에 프리먼이 먼저 말했다. "망치라고 부르죠. 그 망치에 있던 지문은 마이어스 씨와 정원사 안토니오 라데라의 것이었습니다. 그러나 그 망치를 이 사건과 연결시켜주는 결정적인 요소가 두 가지 있었습니다. 망치의 목 부분에서 작은 혈흔이 발견되어 유전자 검사를 해봤더니 미첼 본듀란트의 혈흔인 것으로 결론이 났습니다. 지난번 유전자 검사 때 신중하게 조치한 것을 놓고 변호인이 항의를 해서 이번에는 외부 연구소에 급히 검사를 의뢰했습니다. 또 망치를 법의관실로 보내 피살자의 두개골에 난 상처와 비교해봤고요. 이번에도 일치한다는 결과가 나왔습니다. 할러 변호사님, 변호사님은 그걸 망치든 도구든 다른 무슨 말로든 부를 수 있겠지만, 나는 그걸 살인 무기라고 부를 거예요. 그리고 이번에는 변호사님 드리려고 검사 보고서 사본도 갖고 왔고요."

프리먼이 마닐라 봉투에 손을 넣어 클립으로 고정된 서류 두 묶음을 꺼내 만족스러운 미소를 지으면서 내게 건넸다.

"어이구, 친절도 하셔라." 내가 빈정거렸다. "대단히 감사합니다."

"아, 그리고 이것도요."

그녀가 다시 봉투 속으로 손을 넣어 200mm×250mm 크기의 사진 두 장을 꺼내 한 장은 판사에게, 다른 한 장은 내게 건네주었다. 작업대가 놓여 있고 그 뒷벽에 걸린 나무못을 꽂는 판에 공구들이 걸려 있는 모습을 찍은 사진이었다. 나는 그것이 리사 트래멀의 차고에 있는 작업대를 찍은 사진임을 알아보았다. 거기 들어가 본 적이 있었다.

"리사 트래멀의 차고에서 찍은 건데요. 사건 당일 법원에서 압수수색 영장을 발부받아 수색하던 중에 찍은 거죠. 거기 공구판 고리에 공구 하나가 비어 있는 것이 보일 겁니다. 빈자리에 생긴 모양을 보면 장도리의 모양과 크기와 일치한다는 것을 알 수 있고요."

"기가 막히는구먼."

"과학수사대는 발견된 망치가 시어스 사가 제조한 크래프츠맨 모델이라는 것을 밝혀냈어요. 이 특정 망치는 따로 판매되지 않습니다. 239개의 목수용 공구 세트 속에 들어가 있어 세트로만 판매되죠. 이 사진에서 보면 그 세트에 속한 공구들이 100개가 넘게 걸려 있잖아요. 그런데 망치만 없군요. 망치만 거기 없는 것은 리사 트래멀이 범죄현장을 떠나면서 관목 속으로 던져버렸기 때문입니다."

심장이 쿵쾅거렸다. 피고인이 계략에 빠졌다는 이론을 바탕으로 변호를 한다고 해도 수확 체감의 법칙이라는 것이 있다. 신발에 떨어진 혈흔은 뭐 어떻게든 해명을 한다고 치자. 살인 무기를 의뢰인이 소유하고 있었다는 사실은 그렇게 쉽게 해명하고 넘어갈 일이 아니었다. 증거물이 하나씩 발견될 때마다 음모 이론의 성공 가능성은 급격히 떨어졌다. 변호인 측은 3주 만에 두 번째로 엄청난 타격을 입었고 나는 거의 할 말을 잃었다. 판사가 내게 관심을 돌렸다. 내가 대꾸할 때였는데 재빨리 받아칠 말이 떠오르지 않았다.

"대단히 흥미로운 증거로군요, 할러 변호사." 판사가 부추겼다. "할 말 없습니까?"

나는 할 말이 아무것도 없었지만 판사가 열을 세기 전에 자리에서 일어섰다.

"재판장님, 마치 기다렸다는 듯이 때맞춰서 하늘에서 툭 떨어진 이른바 이 증거라는 것을 검찰은 입수한 순간 즉시 재판부와 변호인 측에 공지했어야 했습니다. 사흘 후가 아니라, 단 하루라도 지나서가 아니라, 즉시 말입니다. 변호인 측이 증거물을 제대로 살펴보고 자체 검사를 실시하고 검찰의 분석 결과를 점검하게 하려고 했다면 말이죠. 그리고 그 증거물이 발견되지 않고 관목 속에 숨겨져 있었다는 겁니까? 지금까지 무려 석 달이나요? 그러다가 짠 하고 나타났고 거기에 묻어 있는 혈흔을 분석한 결과 피살자의 혈흔과 일치한다고요? 이 모든 상황에서 음모의 냄새가 짙게 납니다. 그리고 너무 늦었습니다, 재판장님. 기차는 이미 역을 떠나지 않았습니까. 모두진술이 내일로 예정되어 있는데요. 검찰은 한 주 내내 그 망치를 모두진술에 어떻게 집어넣을까 고민할 수 있었겠지만, 이 시점에서 저는 어쩌란 말씀입니까."

"모두진술을 초반에 하려고 했어요, 아니면 본격적인 변론 때까지 유보하려고 했어요?" 판사가 물었다.

"내일 하려고 준비 중이었죠." 나는 거짓말을 했다. "벌써 문서로 다 작성해놓았고요. 배심원단이 선정되기 전에 이 정보를 알고 있었더라면 참고할 수 있었을 겁니다. 판사님, 이 모든 것이……, 제가 알기로 5주 전에는 검사가 대단히 절박했습니다. 제 사무실까지 찾아와서 제 의뢰인에게 거래를 제안했을 정도니까요. 자신이 인정하든 인정하지 않든, 검사는 겁을 집어먹고 손을 떼려고 했고 제가 요구하는 모든 것을 주겠다고 약속했습니다. 그러다가 갑자기 신발에서 DNA 증거가 나옵니다. 그리고 이젠 오호라, 망치가 짠 하고 나타났군요. 이제 처분 이야기는 쑥 들어가 버렸고요. 이 모든 것이 우연히 일어났다는 사실이 의혹을 더 키우고 있습니다. 이 모든 것들을 검사가 홀로 처리한 방식이 부적절하고 불법성이 있는 만큼 판사님께서는 이것들을 증거로 채택하기를 거부하셔야 한다고 생각합니다."

"재판장님." 내 말이 끝나자마자 프리먼이 말했다. "부적절성, 불법성 운운하는 할러 변호사의 주장에 관해 제가 한 말씀 드려도……."

"아뇨, 그럴 필요 없어요, 프리먼 검사. 이미 말했다시피, 이건 매우 흥미로운 증거입니다. 시기적으로 적절치 못할 때에 나왔지만 배심원단이 고려해야 할 증거임에는 틀림이 없어요. 증거로 채택하겠습니다. 하지만 이번에도 변호인 측이 준비할 시간을 추가로 주겠습니다. 우린 지금 법정으로 돌아가서 배심원단 선정을 마무리할 겁니다. 그런 다음에는 배심원단에게 긴 주말의 휴식시간을 주고 월요일에 다시 불러 모두진술과 함께 공판을 시작할 거고요. 그럼 당신에겐 모두진술을 준비할 시간이 사흘 더 생기는 거예요, 할러 변호사. 그 정도면 충분할 거 같은데. 그리고 당신이 고용한 내 모교 출신의 젊고 야심 찬 변호사를 포함해서 당신의 직원들이 망치 분석에 필요한 전문가와 다른 모든 것들을 준비해줄 수 있을 거예요."

나는 고개를 가로저었다. 그 정도로는 충분하지 않았다. 내가 쌓은 공든 탑이 와르르 무너지고 있었다.

"재판장님, 이 문제에 관해 항소를 하려고 하니 그동안 재판을 중단해주시기를 요청합니다."

"항소하세요, 할러 변호사. 그건 당신의 권리니까. 그러나 그로 인해 재판이 중단되는 일은 없을 겁니다. 월요일에 시작합니다."

판사가 나를 향해 고개를 약간 끄덕여 보였고 나는 그것을 협박으로 받아들였다. 그는 내가 자기 면전에서 항소 운운한 것을 재판이 끝날 때까지 잊지 않을 것이다.

"더 논의할 사안이 있습니까?" 페리가 물었다.

"저는 없습니다." 프리먼이 말했다.

"할러 변호사?"

감정이 통제되지 않고 목소리에 묻어나올까 봐 나는 고개를 가로저었다.

"그럼 법정으로 돌아가서 배심원단 선정을 마무리합시다."

리사 트래멀이 피고인석에서 수심 어린 표정으로 나를 기다리고 있었다.

"무슨 일이에요?" 그녀가 다급하게 속삭여 물었다.

"이번에도 또 신나게 깨졌죠 뭐. 이번에는 완전히 게임 끝났어요."

"그게 무슨 말이에요?"

"그게 무슨 말이냐 하면 당신이 미첼 본듀란트를 살해하고 관목 속에 던져버린 빌어먹을 망치를 저들이 발견했다는 뜻이에요."

"말도 안 돼요. 나는……."

"아니, 말도 안 되는 건 당신이야. 저들은 그 망치를 본듀란트와 직접 연결시킬 수 있고 당신과도 연결시킬 수 있어요. 망치가 당신 집의 그 빌어먹을 작업대에서 나왔더구먼. 당신이 어떻게 그렇게 어리석을 수 있었는지 모르겠지만 지금은 그게 중요한 게 아니에요. 그에 비하면 피 묻은 신발을 갖고 있었던 건 오히려 현명한 처사로 보인다니까. 이젠 프리먼한테서 거래를 이끌어낼 방법을 찾아야 해요. 검사는 거래할 필요가 전혀 없는 상황인데. 슬램덩크 같은 사건을 맡았는데 뭐하러 거래하겠어요?"

리사가 한 손을 뻗어 내 재킷의 왼쪽 깃을 잡더니 나를 확 끌어당겼다.

그러고는 이를 악물고 낮은 목소리로 말했다.

"내 말 잘 들어요. 내가 어떻게 그렇게 어리석을 수 있었냐고요? 그게 질문이면 내 대답은 이거예요. 나는 어리석지 않았어요. 나는 결코 어리석지 않아요. 내가 첫날부터 말했죠, 이거 다 모함이라고. 저들이 나를 제거하고 싶어서 그런 거라고. 내가 그런 게 아니라고. 당신도 처음부터 알고 있었잖아요. 루이스 오파리지오. 그 사람이 미첼 본듀란트를 제거할 필요가 있었고 그래서 나를 희생양으로 삼은 거예요. 본듀란트가 오파리지오에게 당신이 쓴 편지를 보냈어요. 그것 때문에 이 모든 일이 시작된 거죠. 나는 절대로……."

리사는 눈물이 복받쳐서 말을 잇지 못했다. 나는 그녀를 진정시키려는 것처럼 내 옷깃을 잡고 있는 그녀의 손을 가만히 잡고 옷깃에서 떼어냈다. 배심원단이 배심원석으로 들어오고 있었는데 그들에게 의뢰인과 대리인 간의 불화를 보여주고 싶지 않았다.

"나는 그를 죽이지 않았어요." 리사가 말했다. "내 말 듣고 있어요? 나는 어떤 거래도 원하지 않아요. 내가 하지 않은 일을 했다고 말하지 않을 거예요. 이게 당신이 할 수 있는 최선이라면 변호사를 바꿔야겠어요."

나는 리사에게서 눈길을 돌려 판사석을 바라보았다. 페리 판사가 우리를 지켜보고 있었다.

"진행할 준비 됐습니까, 할러 변호사?"

나는 의뢰인을 보았다가 다시 판사를 돌아보았다.

"네, 재판장님. 준비됐습니다."

20 살인 무기

나는 지고 있는 팀의 라커룸에 있는 기분이었지만 경기를 끝까지 뛰어야 했다. 일요일 오후, 배심원단 앞에서 모두진술이 시작되기 18시간 전이었다. 나는 직원들과 둘러앉아 있었는데 벌써부터 패배를 인정하는 분위기였다. 공판이 시작되기도 전에 맛보는 쓸쓸한 결말이었다.

"이해가 안 가네요." 애런슨이 내 사무실을 덮고 있는 침묵에 대고 말했다. "우리에겐 무죄의 가설이 필요하다고 변호사님이 말씀하셨잖아요. 대체이론이요. 그래서 오파리지오를 내세운 거고요. 그를 의심할 만한 정황증거도 많이 있고. 근데 뭐가 문제죠?"

나는 시스코 뵈치에호프스키를 쳐다보았다. 내 방 안에는 우리 세 사람밖에 없었다. 나는 반바지에 티셔츠를 입고 있었다. 시스코는 오토바이탈 때 입는 검은 청바지에 국방색 민소매 티셔츠를 입고 있었다. 그리고 애런슨은 법정에 출두할 때처럼 옷을 차려입고 있었다. 오늘이 일요일이라는 걸 깜박한 모양이었다.

"문제는 오파리지오를 증인으로 부르지 못할 거라는 거야." 내가 말했다.

"소환장 철회 신청을 철회했잖아요." 애런슨이 항변했다.

"그건 중요하지 않아. 재판은 국가의 증거 대 트래멀 사건이거든. 다른 누가 그 범죄를 저질렀을지도 모른다, 그게 누구냐를 다투는 문제가 아니라고. 다른 가능성은 중요하지 않아. 물론 오파리지오를 트래멀의 주택 압류와 전국을 휩쓰는 압류 열풍에 관한 전문가로 증인석에 앉힐 수는 있어. 하지만 트래멀을 대체하는 용의자로 그에게 접근할 수는 없을 거야. 관련성을 입증하지 못하면 판사가 허락하지 않을 거거든. 그를 붙들고 이만큼 달려왔는데 아직도 관련성조차 입증을 못 하고 있는 거야, 우리가. 오파리지오를 이 재판으로 끌어들일 관련성 하나 찾지 못한 거라고."

애런슨은 포기하지 않기로 결심한 것 같았다.

"수정헌법 14조는 트래멀에게 '완벽한 방어를 할 의미 있는 기회'를 보장하고 있잖습니까. 대체이론이 완벽한 방어의 일부가 아닐까요?"

그러니까 애런슨은 헌법을 인용할 수 있었다. 독서를 통한 지식은 많아도 경험이 부족했다.

"캘리포니아 대 홀 사건, 1986년. 찾아봐."

나는 내 책상 한구석에 펼쳐진 채 놓여 있는 그녀의 노트북 컴퓨터를 가리켰다. 애런슨이 몸을 숙이고 검색어를 입력하기 시작했다.

"색인번호 아세요?"

"41번일 거야."

애런슨이 색인번호를 입력하자 판결이 컴퓨터 화면에 떴다. 그녀는 판결을 읽어 내려가기 시작했다. 시스코를 쳐다보니, 내가 뭘 하는지 몰라 어리둥절한 표정이었다.

"큰 소리로 읽어봐." 내가 말했다. "관련 있는 부분만."

"어…… '제삼자가 논란이 되고 있는 범죄를 저지를 동기나 기회가 있었다거나, 제삼자가 피해자나 범죄현장에 미약하게나마 관련이 있었다는 사실을 보여주는 증거는 합리적인 의혹을 제기하기에는 충분치 아니하다…… 제삼자의 범죄 증거는 그 제삼자가 실제로 범죄를 저질렀음을 보여줄 때에만 관련성이 있고 인정할 수 있는 것으로 간주된다…….' 네, 맞네요, 우린 망했네요."

나는 고개를 끄덕였다.

"오파리지오나 그의 밑에 있는 깡패들 중 하나를 그 주차장에 갖다 놓을 수 없다면, 우린 진짜로 망한 거야."

"그 편지 갖고 안 될까?" 시스코가 물었다.

"안 돼." 내가 말했다. "방법이 없어. 그 편지가 진범이 따로 있을 가능성을 보여준다고 말하면 프리먼이 나를 뻥 차버리고 말걸. 그게 오파리지오에게 동기를 제공했을 수는 있어. 하지만 그를 범죄에 직접 연결시키지는 못하잖아."

"빌어먹을."

"그러게 말이야. 지금으로서는 직접적인 연결고리가 없어. 그러니까 변호 전략을 세울 수가 없지. DNA와 망치…… 모두 친절하게 검찰의 손을 들어주고 있고."

"우리 실험실 유전자 분석 결과 보고서에는 그 망치를 리사와 연결시켜주는 생물학적 증거가 전혀 없다고 적혀 있어요." 애런슨이 말했다. "또 제가 만나본 크래프트맨 전문가는 증거물로 제시된 망치가 리사 트래멀의 공구 세트에서 나왔다고 단정 지을 수는 없다고 말했고 증언도 해주겠다고 했어요. 게다가 다들 알다시피 차고 문이 잠겨 있지 않았잖아요. 그 망치가 리사의 것이 맞다고 해도, 누구나 들어와서 가져갈 수 있었을 거예요. 누구라도 들어와서 리사의 신발에 혈흔을 묻혀놓았을 수도 있고요."

"그래, 그래, 나도 알지. 근데 무슨 일이 일어났을 거라고 말하는 것만으로는 충분치가 않다는 게 문제야. 일이 이렇게 된 거다, 라고 확실히 말하고 증거를 들이밀어야 한단 말이지. 그렇게 못 하면, 명함도 못 내밀어. 오파리지오가 열쇠야. 프리먼이 사사건건 달려들어 그게 무슨 상관이냐고 악을 쓰지 못하게 해놓고 그자를 공략할 수 있어야 돼."

애런슨은 아직도 포기하려 하지 않았다.

"뭔가 방법이 있을 거예요." 그녀가 말했다.

"뭔가 방법은 항상 있어. 아직도 그것을 찾아내지 못했다는 게 문제지."

나는 회전의자를 돌려 시스코를 정면으로 바라보았다. 그가 얼굴을 찌푸리며 고개를 끄덕였다. 그는 내 입에서 무슨 말이 나올지 알고 있었다.

"자네한테 달렸어, 시스코." 내가 말했다. "그 뭔가를 자네가 찾아줘야겠어. 프리먼이 논고를 할 때까지 일주일 정도 시간이 있을 거야. 그 일주일이 자네한테 주어진 시간이야. 하지만 내가 내일 당장 일어서서 주사위를 던진다면, 범인이 따로 있다는 걸 증명해 보이겠다고 말한다면, 지금 당장 보여줘야 돼."

"처음부터 다시 시작할게." 시스코가 말했다. "그 뭔가를 찾아 갖고 올게. 당신은 내일 당신이 해야 할 일을 해."

나는 시스코가 임무를 완수하리라는 믿음에서라기보다는 고마움에서 고개를 끄덕였다. 뭔가 찾아낼 것이 있으리라고는 사실 믿지 않았다. 내 의뢰인은 유죄 평결을 받고 죗값을 치를 것이다. 그걸로 이야기는 끝난 거다.

나는 책상을 내려다보았다. 책상 위에 범죄현장을 찍은 사진들과 보고서들이 펼쳐져 있었다. 나는 주차장 콘크리트 바닥에 열린 채 놓여 있는 피살자의 서류가방을 찍은 200mm×250mm 사진을 집어 들었다. 처음부터 계속 마음에 걸렸고, 어쩌면 내 의뢰인이 범인이 아닐 수도 있다는 희망을 갖게 해준 것이 바로 이 서류가방이었다. 최근에 판사가 두 건의 증거물과 관련하여 판결을 내릴 때까지는 그런 희망을 갖고 있었다.

"그래서 아직까지도 서류가방의 내용물에 대해서는 알아낸 게 아무것도 없는 거야? 뭐가 사라졌는지도 모르고?" 내가 물었다.

"네, 아직까진 별다른 게 없었어요." 애런슨이 말했다.

나는 그녀에게 증거개시절차를 통해 들어오는 자료들을 먼저 살펴보라고 지시했었다.

"그러면 피살자의 서류가방이 활짝 열린 채 놓여 있었는데 경찰은 사라진 게 없는지 살펴보려고도 하지 않았단 말이야?"

"경찰이 내용물 목록을 작성했고 그건 우리도 갖고 있는데요. 근데 그 안에 있었다가 사라졌을 수 있는 물건에 관한 보고서는 만들지 않은 것 같아요. 컬렌 형사는 굉장히 비밀스러운 사람인가 봐요. 우리에게 틈을 보일 만한 일은 아예 하지 않던데요."

"흥, 엿 먹으라고 해. 증인석에 앉으면 내가 아주 잘근잘근 씹어줄 테니까."

애런슨이 얼굴을 붉혔다. 나는 손가락으로 수사관을 가리켰다.

"시스코, 서류가방. 내용물 목록은 우리가 갖고 있으니까 본듀란트의 비서하고 얘기해봐. 뭐 없어진 게 있는지 알아봐."

"벌써 시도해봤어. 근데 나하고는 말도 안 하려고 해."

"다시 시도해봐. 팔뚝 굵은 거 좀 보여줘. 호감을 사라고."

시스코가 팔뚝을 구부렸다. 애런슨은 계속 얼굴을 붉혔다. 나는 자리에서 일어섰다.

"집에 가서 모두진술 생각 좀 해야겠어."

"정말 내일 하실 거예요?" 애런슨이 물었다. "변론 단계까지 미루면 시스코 수사관님이 뭔가를 발견할 수도 있을 텐데요."

나는 고개를 가로저었다.

"판사한테 공판 시작하면서 바로 하고 싶다고 말했기 때문에 주말 동안 시간을 번 거야. 지금 와서 그 말을 번복하면 금요일 하루를 허비했다고 길길이 날뛸걸. 게다가 내가 판사실에서 인내심을 잃고 폭발한 적이 있기 때문에 벌써부터 나에 대한 감정이 안 좋기도 하고."

나는 책상 뒤에서 돌아 나와서 서류가방을 찍은 사진을 시스코에게 건넸다.

"문단속 잘하고 가."

일요일에는 로하스가 출근하지 않아서 내가 링컨 차를 손수 몰고 귀가했다. 교통량이 많지 않아서 빨리 돌아왔고, 심지어 로럴캐니언 아래쪽 시장에 있는 작은 이탈리아 식당에 들러 피자도 한 판 사 왔다. 집에 도착해서는 그 큰 링컨 차를 굳이 차고에 있는 쌍둥이 차 옆에 들여다 놓지 않고 계단 밑에 차를 세우고 잠근 후 계단을 올라갔다. 베란다에 올라가서야 누가 나를 기다리고 있는 것을 보았다.

불행히도 매기 맥피어스가 아니었다. 낯선 남자가 베란다 끝에 놓인 감독 의자에 앉아 있었다. 체구가 자그마하고 머리는 헝클어져 있었으며 면도를 일주일은 안 했는지 턱수염이 덥수룩하게 자라 있었다. 두 눈을 감고 고개를 옆으로 기울인 것이 자고 있는 것 같았다.

내 안전이 걱정되진 않았다. 남자는 혼자였고 검은 장갑을 끼고 있지도 않았다. 그래도 나는 열쇠를 현관 자물쇠에 꽂은 후 조용히 문을 열었다. 안으로 들어가 소리를 내지 않고 문을 닫은 뒤 피자를 부엌 조리대에 내려놓았다. 그러고는 침실로 가서 붙박이장으로 걸어 들어갔다. 딸의 손이 닿지 않게 맨 위 선반에 놓아둔 나무 상자를 내렸다. 그 상자 속에는 아버지에게서 물려받은 콜트 우즈맨이 들어 있었다. 나는 비극적인 역사를 품고 있는 그 권총을 보면서 지금 거기에 비극을 보태지 않기를 바랐다. 탄창을 장전한 뒤 현관문으로 돌아갔다.

다른 감독 의자를 끌어다가 자고 있는 남자의 맞은편에 놓았다. 조용히 그 의자에 앉아서 권총을 무릎에 내려놓은 뒤에야 한 발로 남자의 무릎을 툭툭 쳤다.

남자가 소스라치게 놀라며 깨더니 눈이 휘둥그레져서 사방을 둘러보다가 마침내 내게 눈길이 머물렀고 그 눈길이 내 몸을 훑어내려 권총에서 멈췄다.

"우와, 잠깐만요, 잠깐만요!"

"아니, 당신이 잠깐 기다려. 당신 누구야? 원하는 게 뭐야?"

나는 총을 겨누지 않았다. 평상시처럼 태연하게 행동했다. 그가 항복의 표시로 두 손을 펴서 들었다.

"할러 변호사님 맞죠? 제프예요, 제프 트래멀. 일전에 통화했는데, 기억나세요?"

나는 잠깐 그를 노려보면서 그의 사진을 본 적이 없어서 그를 알아보지 못했다는 사실을 깨달았다. 리사 트래멀의 집에 여러 번 갔었지만 그의 사진을 본 적이 없었다. 리사는 남편이 가정을 버리고 줄행랑을 치자 남편의 흔적을 완전히 지워버렸다.

리사의 남편이 여기 있었다. 겁에 질린 눈빛에 처량한 표정을 하고. 그가 원하는 게 뭔지 알 것 같았다.

"내가 여기 사는지 어떻게 알았죠? 여기로 가라고 누가 그러던가요?"

"누구한테 들은 거 아니에요. 내가 그냥 왔어요. 캘리포니아 변호사협회 웹사이트에서 변호사를 찾아봤더니 사무실 주소는 안 나와 있고 여기가 연락 주소로 적혀 있더라고요. 와서 보니까 일반주택이라 변호사님 집이구나 생각했죠. 별 뜻 없었어요. 한번 만나보고 싶었습니다."

"전화할 수도 있었을 텐데."

"충전액을 다 써서요. 새로 한 대 사야 돼요."

나는 제프 트래멀을 시험해보기로 했다.

"지난번에 나한테 전화했을 때 어디 있었어요?"

그는 이젠 그 정보를 누설하는 것이 큰 문제가 아니라는 듯이 어깨를 으쓱거렸다.

"멕시코 로사리토요. 계속 거기서 지냈습니다."

거짓말이었다. 시스코가 발신지를 추적했었다. 전화번호와 발신기지국을 알아냈는데, 전화는 멕시코의 로사리토 해변에서 320킬로미터 정도 떨어진 미국의 베니스 해변에서 걸려왔었다.

"왜 나를 만나고 싶었어요, 제프?"

"내가 변호사님을 도울 수 있거든요."

"나를 돕는다고? 어떻게요?"

"리사와 통화했는데요. 검찰이 망치를 찾았다고 하던데. 그거 리사 것, 아니, 우리 것이 아니거든요. 우리 망치가 어디 있는지 알려드릴 수 있습니다. 지금 당장에라도 찾을 수 있게 도와드릴 수 있죠."

"좋아요. 그래서 그게 어디 있죠?"

그는 고갯짓으로 오른쪽을, 저 밑으로 내려다보이는 도시를 가리켰다. 한순간도 끊이지 않는 차 소리가 여기까지 들렸다.

"근데요, 할러 변호사님. 내가 돈이 좀 필요한데. 멕시코로 돌아가고 싶거든요. 큰돈은 아니더라도 새 출발을 하려면 돈이 좀 필요해서. 무슨 말인지 아시죠?"

"그래서 얼마를 들여서 새 출발을 하고 싶은데요?"

그는 이제야 말이 통한다고 생각했는지 고개를 돌려 나를 똑바로 쳐다보았다.

"딱 1만 달러요. 영화 판권 판 돈이 들어오니까 1만 달러는 뭐 아무것도 아니잖아요. 1만 달러를 주시면 망치를 넘겨드릴게요."

"그뿐이에요?"

"네, 변호사님. 그러면 다시는 귀찮게 하지 않겠습니다."

"리사를 위해서 법정에 나와 증언해주는 건 어때요? 전에도 이 이야기 했었는데, 기억하죠?"

그는 고개를 가로저었다.

"아뇨, 그건 싫습니다. 증언 같은 거 간 떨려서 못 해요. 하지만 이렇게 밖에서 도와드릴 수는 있어요. 망치가 있는 곳을 알려드린다든지 하는 건 할 수 있죠. 허브 말로는 망치가 검찰이 가진 결정적인 증거라던데. 말도 안 되는 소리죠, 진짜 망치가 어디 있는지 내가 잘 아는데."

"그러니까 허브 달하고도 얘기를 나눴구먼."

그가 얼굴을 찡그리는 것으로 보아 실수로 말한 것임을 알 수 있었다. 허브 달 이야기는 하지 않기로 했던 모양이었다.

"어, 아뇨, 아뇨, 리사가 그러더라고요, 그 사람이 그랬다고. 난 그를 알지도 못하는걸요."

"하나만 물어봅시다, 제프. 이게 당신이 리사와 허브와 합작해서 만든 가짜 망치가 아니라 진짜 망치라는 건 어떻게 알죠?"

"내가 알려드릴 거니까요. 내가 알고 있거든요. 그걸 그 자리에 둔 사람이 나니까요!"

"하지만 증언은 하지 않겠다고 하니, 결국 내게 남는 건 망치뿐이군요, 거기에 얽힌 사연을 들려줄 사람은 없고. 대체 가능하다는 게 무슨 뜻인지 알아요, 제프?"

"어…… 아뇨."

"서로 바꿀 수 있다는 뜻이에요. 물건을 똑같은 물건으로 바꿀 수 있다면 법적으로 대체 가능한 물건이 되는 거죠. 지금 우리에게 있는 게 그거예요, 제프, 대체 가능한 물건. 당신의 망치는 사연이 따라오지 않으면 아무짝에도 쓸모가 없어요. 사연이 있다면 당신이 그걸 진술해야 하고요.

증언하지 않겠다면, 아무 소용이 없는 거죠."

"허……."

그는 풀이 죽은 것 같았다.

"망치는 어디 있어요, 제프?"

"알려줄 수 없어요. 내가 가진 거라고는 그것밖에 없는데."

"당신한테 한 푼도 주지 않을 거예요, 제프. 망치가, 진짜 망치가 있다고 믿는다고 해도 한 푼도 못 줘요. 그렇게 하면 안 되니까. 그러니까 다시 잘 생각해보고 연락 줘요, 알겠죠?"

"네, 알겠습니다."

"자, 그럼 내 집에서 나가줘요."

나는 권총을 옆으로 떨어뜨려 들고 집 안으로 들어가 현관문을 잠갔다. 피자 상자 위에서 열쇠를 집어 들고 부리나케 집 안을 걸어가 뒷문으로 갔다. 뒷문을 나가 집 옆을 돌아 거리로 나 있는 나무 대문으로 갔다. 문을 조금 열고 제프 트래멀을 찾아보았다.

그의 모습은 보이지 않았지만 자동차에 시동 거는 소리가 시끄럽게 들렸다. 잠깐 기다리자 자동차 한 대가 지나갔다. 문을 나가 번호판을 보려고 했지만 너무 늦었다. 자동차가 유유히 언덕을 내려갔다. 파란색 세단이었는데 번호판에 집중하느라고 제조업체와 모델명을 확인하지 못했다. 그 차가 첫 번째 커브를 돌자마자 나는 내 차를 향해 바삐 걸어갔다.

그를 미행하려면 로럴캐니언 대로에서 그가 좌회전을 하는지 우회전을 하는지 볼 수 있도록 빨리 언덕을 내려가야 했다. 그렇지 않으면 그를 찾을 가능성과 놓칠 가능성이 반반이었다.

그러나 내가 너무 늦었다. 링컨 차가 가파른 커브 길을 돌고 돌아 로럴캐니언의 교차로가 보이는 곳에 이르렀을 땐 파란색 세단이 사라지고 없었다. 나는 정지 신호에 차를 세웠고 망설이지 않았다. 곧바로 우회전을 해서 북쪽으로 밸리 지역을 향해 달렸다. 시스코가 지난번에 제프 트래멀의 전화 발신지를 추적했을 땐 베니스에서 전화를 건 것으로 나왔지만 그것 빼고 사건과 관련된 다른 모든 것은 밸리 지역에 있었다. 나는 그곳으로 향했다.

북쪽으로 향하는 오르막길은 1차선으로, 할리우드힐스를 가로질러 뻗어 있었다. 그 도로를 한참 달리니 도로가 2차선으로 넓어지면서 밸리로 가는 내리막길이 나타났다. 결국 나는 제프 트래멀을 찾지 못했고 길을 잘못 택했음을 금방 깨달았다. 베니스. 남쪽으로 갔어야 했다.

식어 빠진 피자나 전자레인지에 데운 피자를 먹긴 싫어서 저녁을 먹고 들어가려고 로럴과 벤투라 사거리에 있는 데일리 그릴에 들렀다. 지하주차장에 주차하고 에스컬레이터를 향해 걸어가다가 바지 뒷주머니에 우즈맨을 꽂고 있는 것을 문득 깨달았다. 권총을 꽂고 식당에 들어가는 것은 내키지 않았다. 나는 차로 돌아가 권총을 좌석 밑에 놓은 다음 차 문이 잠겼는지 확인했다.

이른 시각이었는데도 식당에는 손님이 많았다. 나는 테이블을 기다리지 않고 곧바로 바에 가서 앉았고 아이스티와 치킨 팟파이를 주문했다. 그러고 나서 휴대전화를 펼쳐 의뢰인에게 전화를 걸었다. 전화벨이 한 번 울리기가 무섭게 리사가 전화를 받았다.

"리사, 당신 변호사요. 당신이 남편을 내게 보냈어요? 나와 얘기해보라고?"

"네, 변호사님을 만나보라고 했어요."

"그게 당신 생각이었어요? 아니면 허브 달?"

"내 생각이었어요. 허브가 여기 있긴 했지만 내 아이디어였어요. 제프를 만났어요?"

"만났죠."

"망치가 어디 있는지 말해주던가요?"

"아뇨. 알고 싶으면 1만 달러를 달라고 하던데."

잠깐 침묵이 흘렀지만 기다렸다.

"미키, 검찰의 증거를 박살 낼 것을 준다는데 그 정도는 줘도 되지 않을까요?"

"증거물을 돈 주고 사면 안 돼요, 리사. 그렇게 하면 지는 거예요. 요즘 남편은 어디 머물고 있죠?"

"말 안 하던데요."

"직접 만나보긴 만나봤어요?"

"네, 여기 왔더라고요. 고양이한테 쫓겨다니는 생쥐 꼴을 하고서."

"소환하려면 거처를 찾아야겠어요. 혹시……."

"증언 안 할 거예요. 안 한댔어요. 무슨 일이 있어도. 돈을 바라고 내가 고통받는 걸 보고 싶어 해요. 심지어 자기 아들한테도 신경 안 쓰는걸요. 여기 왔을 때 아들 좀 보자는 말도 안 했어요."

내 앞에 치킨 팟파이가 놓였고 바텐더가 아이스티를 다 만들어서 건넸다. 나는 포크로 파이 위쪽 껍질을 얇게 저며 걷어서 김을 뺐다. 먹기 적당하게 식으려면 족히 10분은 기다려야 할 것 같았다.

"리사, 잘 들어요, 이건 중요한 일이에요. 남편이 어디 사는지 혹은 어디 머물고 있는지 알아요?"

"아뇨. 멕시코에서 왔다고 했어요."

"거짓말이에요. 줄곧 여기 있어놓고 뭘."

리사가 깜짝 놀라는 것 같았다.

"그걸 어떻게 알아요?"

"발신지 추적했으니까. 근데 그런 건 중요하지 않아요. 제프가 전화를 하거나 들르면, 어디 묵고 있는지 알아내요. 돈이 곧 들어올 거라고 해요.

아니 무슨 말이라도 해서 살살 꾀어내어 어디 묵고 있는지 알아내서 알려줘요. 그를 법정으로 부를 수만 있다면 망치에 대해서 이야기할 수밖에 없을 거예요."

"노력해볼게요."

"노력해보는 게 아니라, 리사, 반드시 알아내야 돼요. 지금 누구의 삶이 위태로운 거죠? 바로 당신의 삶이라고요."

"알았어요, 알았어요."

"제프가 당신하고 얘기할 때 망치에 대해서 어떤 힌트라도 주던가요?"

"아뇨. 그냥 '내가 차 회수 업무를 볼 때 망치를 차에 늘 갖고 다녔던 거 기억해?'라고만 말했어요. 자동차 대리점에서 일할 때 가끔씩 자동차를 회수하는 일을 했어요. 교대로 그런 일을 했죠. 그때 신변안전을 위해, 혹은 자동차 창문을 부수고 들어가야 할 때를 대비해서 망치를 차에 넣고 다녔나 봐요."

"그러니까 당신 차고에 있는 공구 세트에서 빠진 망치가 제프의 자동차 안에 보관되어 있다는 뜻인가요?"

"그런 것 같아요. BMW요. 근데 제프가 그 차를 버리고 사라지고 나서 대리점이 그 차를 회수해갔어요."

나는 고개를 끄덕였다. 시스코에게 제프 트래멀이 버리고 간 BMW 트렁크에서 망치가 발견됐는지 알아보라고, 그래서 그 이야기가 사실인지 확인해달라고 부탁할 생각이었다.

"좋아요, 리사, 제프 친구들은 어떤 사람들이죠? 여기 이 도시에 사는 친구들 말이에요."

"몰라요. 대리점 동료들과 친하긴 했는데 집에 데리고 오지는 않았어요. 사실 우리 둘 다 친구가 별로 없었어요."

"혹시 대리점 직원들 중에 이름이 생각나는 사람 있어요?"

"아뇨."

"전혀 도움이 못 되는군요, 리사."

"미안해요. 생각이 안 나요. 제프의 친구들을 좋아하지 않았어요. 그래서 제프에게 가능한 한 가까이하지 말라고 했어요."

나는 고개를 가로젓다가 갑자기 나 자신은 어떤가 하는 생각이 들었다. 직장 동료들 말고 다른 친구들이 있나? 매기는 나에 대해 똑같은 질문을 받으면 대답할 수 있을까?

"알았어요, 리사. 오늘은 이 정도로 해둡시다. 내일 일에 대해 계속 생각하고 있어요. 우리가 나눈 이야기들을 곱씹어보고. 배심원단 앞에서 어떻게 행동하고 반응해야 하는지. 많은 것이 내일 당신이 보여줄 태도에 달렸어요."

"알았어요. 이미 준비됐어요."

나도 준비가 되어야 할 텐데, 나는 생각했다.

21 모두진술

페리 판사는 지난 금요일 하루의 법정 시간을 잃은 것을 만회하고 싶었는지 월요일 아침 양측의 모두진술 시간을 30분씩으로 제한했다. 표면상으로는 검사와 변호인 모두 주말 내내 고군분투하며 한 시간 분량으로 모두진술을 준비해왔는데도 판사가 독단적으로 이같이 결정했다. 사실 나는 아무래도 좋았다. 내가 준비한 모두진술이 10분이나 될지 의문이었다. 변호인이 말을 많이 하면 검사의 최후 논고에서 많이 두들겨 맞는다. 변호를 할 땐 말이 적을수록 좋은 거다. 그러나 판사의 변덕스러운 결정은 생각할 거리를 제공했다. 그 결정이 보내는 메시지는 분명했다. 판사는 우리 같은 미천한 법정 대리인들에게 법정에 군림하며 재판을 관할하는 사람은 바로 자기라는 것을 잊지 말라고 말하고 있었다. 우리는 방문객에 불과하다고.

프리먼이 먼저 모두진술을 했고, 나는 늘 그랬듯이 검사가 말하는 동안 배심원들에게서 눈을 떼지 않았다. 금방이라도 이의를 제기할 준비를 하고서 검사의 진술을 귀 기울여 들었지만 단 한 번도 그녀를 쳐다보지는 않았다. 배심원들이 어떤 눈으로 프리먼을 보고 있는지 내 눈으로 확인하고 싶었다. 그들에 대한 내 예상이 맞는지 확인하고 싶었다.

프리먼은 분명하고도 능숙하게 말했다. 과장되지도 않고 말이 너무 빠르지도 않았다. 정해진 목표만 보고 당당하게 걸어가는 스타일이었다.

"오늘 우리는 한 가지 이유로 여기 모였습니다." 프리먼이 배심원석 바로 앞에 있는 빈 공간 한가운데에 당당하게 서서 말했다. "바로 한 사람의 분노 때문이지요. 자신의 실패와 배신당한 경험으로 인한 좌절감을 폭력으로 풀려는 한 사람의 욕구 때문에 여기 모인 겁니다."

물론 그녀는 이른바 피고인 측의 연막과 거울 작전을 조심하라고 배심원들에게 경고하는 데 대부분의 시간을 할애했다. 자신의 논거에 자신감을 갖고 나의 주장을 박살 내려고 노력했다.

"피고인 측은 엄청난 음모와 극적인 사연을 주장하면서 여러분을 속이려고 애쓸 겁니다. 이 살인 사건은 엄청난 사건이긴 하지만 사연은 단순합니다. 변호인의 주장에 현혹되지 마십시오. 자세히 보시고 귀 기울여 들으십시오. 오늘 여기서 나온 말이 공판이 진행되는 동안 증거로 뒷받침되는지를 확인하십시오. 진짜 증거로 말입니다."

프리먼이 잠시 말을 멈추고 숨을 고른 뒤 다시 말을 이었다.

"이것은 치밀하게 계획된 범죄였습니다. 범인은 피해자 미첼 본듀란트의 일상을 잘 알고 있었습니다. 범인은 미첼 본듀란트를 따라다녔죠. 범인은 숨어서 미첼 본듀란트를 기다리고 있다가 그가 나타나자 신속하게 그리고 지극한 적의를 가지고 공격했습니다. 그 살인범이 바로 피고인 리사 트래멀입니다. 이 공판이 진행되는 동안 피고인은 정의의 심판을 받게 될 것입니다."

프리먼이 내 의뢰인을 향해 손가락질을 했다. 리사는 내가 지시한 대로 눈 하나 깜짝하지 않고 프리먼을 노려보았다.

나는 배심원석의 맨 앞줄 가운데에 앉아 있는 3번 배심원을 집중해서 바라보았다. 리엔더 리 펄롱 주니어. 내 비장의 카드였다. 내 길을 결정할 때 기준으로 삼는 배심원이었다. 비록 그로 인해 의견이 엇갈려 배심원단이 평결을 내지 못한다고 해도.

배심원단 선정 작업이 시작되기 30분쯤 전, 법원 서기가 80명의 1차 배심원 후보자 명단을 내게 주었다. 나는 그 명단을 내 수사관에게 주었고 그는 복도로 나가 노트북 컴퓨터를 켜고 작업에 들어갔다.

인터넷은 배심원 후보자들의 배경을 조사할 다양한 방법을 제공한다. 특히 재판이 담보권 행사와 같은 금융거래와 관계된 것일 땐 더욱 그러하다. 배심원 후보자들은 모두 기본 질문들이 담긴 설문지를 작성했다. 당신이나 가족이 주택을 압류당한 적이 있습니까? 자동차를 회수당해본 적이 있습니까? 파산 신청을 한 적이 있습니까? 이런 것들은 걸러내기 위한 질문이었다. 이런 질문에 '그렇다'고 대답한 사람은 모두 판사나 검사가 돌려보낸다. '그렇다'고 대답한 사람은 선입견이 있어서 증거를 공정하게 판단할 수 없는 것으로 간주되기 때문이다.

그러나 걸러내기 위한 질문들은 대단히 일반적이었고 회색지대와 행간의 뜻도 분명히 있었다. 시스코가 공략한 곳이 바로 그런 곳이었다. 판사가 12명의 1차 배심원 후보자를 앉히고 설문지를 다 훑어보았을 즈음, 시스코는 80명 중 17명의 배경을 메모한 쪽지를 가지고 내게 돌아왔다. 나는 은행이나 정부 기관에 안 좋은 경험이 있는 사람들, 더 나아가 원한을 품은 사람들을 찾고 있었다. 시스코가 뽑아온 17명은 파산이나 주택 압류에 관한 설문에서 노골적으로 거짓말을 한 사람들부터 은행과의 민사소송 원고들에 이르기까지 그리고 리엔더 리 펄롱까지 그 배경이 매우 다양했다.

리엔더 리 펄롱 주니어는 채스워스에 있는 랠프스 슈퍼마켓의 부점장이었다. 그는 설문에서 주택 압류 경험을 묻는 질문에 없다고 대답했다.

시스코는 인터넷으로 배경 조사를 하면서 좀 더 나아가 전국 데이터베이스를 검색했다. 거기서 1974년에 테네시 주 내슈빌에서 있었던 압류 부동산 경매 자료를 발견했는데, 그 부동산의 보유자가 리엔더 리 펄롱으로 등록되어 있었다. 경매신청자는 퍼스트 내셔널 뱅크 오브 테네시였다.

이름이 매우 독특하기 때문에 서로 관계가 없는 사람들일 수가 없었다. 내 배심원 후보는 압류 당시 열세 살이었을 것이다. 그렇다면 은행에 그 부동산을 잃은 사람은 그의 아버지일 가능성이 컸다. 그리고 리엔더 리 펄롱 주니어는 설문지에서 그 사실을 언급하지 않았다.

배심원단 선정이 이틀에 걸쳐서 진행되는 동안, 나는 펄롱이 무작위로 뽑혀서 판사와 대리인들의 심사를 위해 배심원석에 나와 앉게 되기를 초조하게 기다렸다. 그러는 동안 나는 그의 자리를 마련하기 위해 절대적 기피권을 사용해서 너덧 명의 유망한 배심원 후보들을 흘려보냈다.

나흘째 되는 날 아침 마침내 펄롱의 번호가 불려졌고 심사를 받게 되었다. 그가 남부 억양으로 말하는 것을 듣고 난 비장의 카드를 얻게 되었음을 직감했다. 그는 자기 부모의 자산을 뺏어간 은행에 대해 원한을 품고 있을 게 틀림없었다. 그리고 배심원이 되기 위해 그 원한을 숨기고 있었다.

펄롱은 판사와 검사의 질문에 올바른 대답을 하고 자신은 신을 두려워하고 보수적인 가치와 개방적인 사고방식을 지닌 성실한 사람이라고 소개하면서 좋은 인상을 남겼다. 내 차례가 되었을 때 나는 잠깐 우물쭈물하다가 일반적인 질문을 몇 가지 던진 후 갑자기 재미있는 질문을 던졌다. 그가 내게도 받아들일 만한 배심원으로 보일 필요가 있었다. 나는 그에게 주택을 압류당하는 사람들은 모두 경멸받아 마땅하다고 생각하는지, 아니면 때로는 담보대출금을 갚지 못할 합당한 이유가 있을 수 있다고 생각하는지 물었다. 펄롱은 비음 섞인 남부 억양으로 그건 경우마다 다르고 압류당한 사람들 모두를 일반화해서 말하는 건 잘못된 것 같다고

246

말했다.

프리먼 검사는 두세 가지를 더 물어본 뒤 그의 심사표에 구멍을 뚫었고 나도 동의했다. 펄롱은 배심원으로 선정되었다. 이젠 검사가 그의 가족사를 발견하지 않기를 바랄 뿐이었다. 검사가 알게 되면 그는 그 즉시 배심원단에서 쫓겨날 것이다.

펄롱의 비밀을 재판부에 알리지 않았으니 내가 비윤리적으로 행동한 건가? 아니면 규칙을 어긴 것일까? 그건 직계가족에서 '직계'를 어떻게 정의하느냐에 따라 달라진다. 직계가족을 구성하는 사람은 세월의 흐름에 따라 달라진다. 펄롱의 배심원 후보 신상 정보란에는 그가 결혼을 했고 어린 아들이 하나 있다고 적혀 있었다. 지금은 아내와 아들이 그의 직계가족이었다. 그의 아버지는 아마 돌아가셨을 것이다. 재판부가 물어본 질문은 "당신이나 당신의 직계가족 중 누군가가 자산을 압류당한 적이 있습니까?"였다. '살면서'라는 말이 빠져 있었다.

이것이 회색지대였고 나는 질문에서 빠진 부분을 지적함으로써 검사를 도와야 한다는 의무감은 느끼지 못했다. 프리먼도 나와 똑같은 명단을 갖고 있었고 검찰청과 LA 경찰국 직원들을 마음대로 부릴 권력을 갖고 있었다. 그 두 기관 안에 내 수사관만큼 똑똑한 사람이 분명히 있을 것이다. 그들이 스스로 찾아보겠지. 그러지 못한다면, 그건 그들 문제다.

프리먼이 범행 도구와 목격자, 피고인의 신발에 묻은 혈흔, 피고인이 은행을 비난하며 벌인 시위 등 검찰 측 주장의 주요 구성요소들을 열거하는 동안 나는 펄롱을 유심히 지켜보았다. 그는 의자 양쪽 팔걸이에 팔꿈치를 대고 팔을 들어 손바닥을 텐트처럼 마주 세워서 입을 가리고 있었다. 마치 얼굴을 가리고 손 너머로 검사를 훔쳐보고 있는 것 같았다. 그 자세를 보니 내가 사람을 제대로 골랐다는 생각이 들었다. 그는 내 비장의 카드가 맞았다.

프리먼이 그 증거들이 모두 모여 어떻게 합리적인 의혹을 넘어서는 유죄 조건을 구성하는가에 대해 허둥지둥 설명하면서 김이 빠지기 시작하는 것 같았다. 그녀는 판사가 독단적으로 정한 제한시간을 존중하기 위해 이것저것 빼고 모두진술을 서둘러 마무리하려고 했다. 논고 때 모두 다시 묶어 설명할 수 있다고 생각하고 지금은 많은 것을 뛰어넘고 결론에 이르렀다.

"신사 숙녀 여러분, 피가 진실을 말해줄 것입니다." 프리먼이 말했다. "혈흔 증거가 틀림없이 여러분을 피고인에게로 데려가 줄 것입니다. 피고인 리사 트래멀이 미첼 본듀란트의 목숨을 빼앗았습니다. 그가 가진 모든 것을 빼앗았습니다. 그러므로 이젠 그녀가 법의 심판을 받을 차례입니다."

프리먼이 배심원들에게 감사를 표한 후 자기 자리로 돌아갔다. 이젠 내 차례였다. 나는 한 손을 테이블 밑으로 내려 지퍼가 열려 있지는 않은지 확인했다. 지퍼를 내린 채로 배심원단 앞에 서는 것은 한 번이면 족했다. 다시는 그런 일이 일어나지 않게 해야 했다.

나는 일어서서 프리먼이 섰던 바로 그 자리로 가서 섰다. 그러고는 아직 부상에서 완전히 회복되지 않은 것을 내색하지 않으려고 애를 쓰면서 모두진술을 시작했다.

"신사 숙녀 여러분, 먼저 제 소개를 하면서 모두진술을 시작해볼까 합니다. 저는 피고인 측 변호인인 마이클 할러 변호사입니다. 이 대단히 심각한 혐의를 받고 있는 피고인 리사 트래멀을 변호하는 것이 제 일이죠. 우리나라의 헌법은 범죄 혐의를 받는 사람 누구나 완전하고 적극적인 변호를 받을 권리가 있다고 명시하고 있습니다. 이 공판이 진행되는 동안 제가 제공하려는 것이 바로 그것입니다. 이렇게 완전하고 적극적인 변호를 위해 노력하면서 혹시 여러분을 불쾌하게 만든다면, 미리 사과드리겠습니다. 그러나 그것은 어디까지나 제 과실이지 제 의뢰인인 리사 트래멀의 과실은 아니라는 것을 꼭 기억해주시기 바랍니다."

나는 피고인석을 향해 돌아서서 한 손을 들고 리사 트래멀을 소개하는 동작을 취했다.

"리사, 잠깐만 일어서 주시겠습니까?"

리사가 일어서서 배심원단을 향해 천천히 돌아서더니 열두 명의 얼굴을 천천히 훑어보았다. 침착하고 단호한 표정이었다. 내가 주문한 대로였다.

"이 여성이 리사 트래멀, 이 범죄를 저질렀다고 프리먼 검사가 주장하는 피고인입니다. 키는 160센티미터, 몸무게는 50킬로그램이고, 직업은 교사입니다. 고마워요, 리사. 이제 앉으셔도 됩니다."

리사가 자리에 앉자 나는 다시 배심원단을 향해 돌아서서 한 명 한 명의 얼굴을 바라보면서 말을 이었다.

"저는 이 사건이 대단히 잔혹하고 폭력적인 범죄라는 데에는 프리먼 검사와 의견을 같이 합니다. 어느 누구도 미첼 본듀란트의 목숨을 빼앗아가서는 안 됐었고, 범인이 누구든 재판을 받고 응당한 대가를 치러야 한다고 생각합니다. 그러나 서둘러서 판결을 내리려 해서는 안 된다고 생각합니다. 그런데 바로 그런 일이 일어났다는 사실을 증거들이 보여줄 것입니다. 이 사건 담당 수사관들은 작은 그림만을 보고 쉽게 잘 들어맞는다고 판단하고 수사를 종결했습니다. 그들은 큰 그림을 보지 못했습니다. 그래서 진범을 놓쳤습니다."

내 뒤에서 프리먼의 목소리가 들렸다.

"재판장님, 잠깐 모여서 협의를 할 수 있겠습니까?"

페리 판사는 얼굴을 찌푸렸지만 우리에게 다가오라고 손짓했다. 나는 프리먼을 따라 판사석 옆쪽으로 가면서 그녀가 이의를 제기할 것에 대해서 대답을 미리 생각했다. 나는 그녀가 무엇을 걸고넘어질지 이미 알고 있었다. 판사는 배심원들이 들으면 안 되는 말을 듣지 못하도록 음향 왜곡장치를 켰고 우리는 판사석 옆에 모여 섰다.

"재판장님, 모두진술을 방해하고 싶진 않지만 이건 모두진술이 아닌 것 같은데요. 변호인은 변론과 증거로 증명해 보일 수 있는 사실들을 이야기하려는 겁니까, 아니면 모두가 놓쳐버린 의문의 살인범에 대해서 일반론적인 이야기를 하려는 겁니까?"

판사가 나를 쳐다보며 대답을 기다렸다. 나는 손목시계를 보았다.

"재판장님, 저는 검사의 이의 제기에 이의를 제기합니다. 모두진술에 할당된 30분 중 아직 5분도 채 지나지 않았는데 아무것도 내놓은 게 없다고 벌써부터 이의를 제기하다니요. 검사는 배심원단 앞에서 저를 당황하게 만들려고 하고 있습니다. 그러므로 검사로부터 지속적인 이의 제기를 받은 것으로 간주하시고 검사가 다시는 끼어들지 못하게 해주시기 바랍니다."

"변호인의 말이 옳은 것 같군요, 프리먼 검사." 판사가 말했다. "이의 제기가 너무 빨랐다고 생각합니다. 지속적인 이의 제기로 간주하고 필요하면 내가 끼어들 테니 검사는 자리로 돌아가 얌전히 앉아서 들으세요."

페리 판사는 음향 왜곡장치를 끄고 의자를 굴려 판사석 가운데로 돌아갔다. 프리먼과 나도 각자의 자리로 돌아갔다.

"방해를 받기 전에 말씀드린 것처럼, 이 사건에는 큰 그림이 있는데 피고인 측이 여러분에게 그 큰 그림을 보여드리겠습니다. 검찰은 여러분이 이 사건을 단순한 복수혈전으로 보기를 바랄 겁니다. 그러나 살인 사건은 결코 단순하지 않습니다. 수사나 기소에서 지름길을 찾는다면 많은 것들을 놓치게 될 것입니다. 범인까지도요. 피고인은 피해자를 알지도 못했습니다. 만난 적도 없었고요. 그를 죽일 동기도 없었습니다. 검찰이 주장하는 동기는 거짓입니다. 검찰은 피해자가 피고인의 집을 압류했기 때문에 그녀가 그를 죽였다고 말할 것입니다. 그러나 사실 그는 그 집을 빼앗으려 하지 않았고 우리가 그 증거를 보여드릴 겁니다. 동기는 배의 키와 같습니다. 키를 빼버리면 배는 바람이 부는 대로 움직이죠. 지금 검찰의 경우가 딱 그렇군요. 바람이 부는 대로 흘러가고 있네요."

나는 두 손을 주머니에 찔러 넣고 고개를 숙이고 발을 내려다보았다. 머릿속으로 셋까지 센 다음 고개를 들고 펄롱을 똑바로 쳐다보았다.

"이 사건의 핵심은 돈, 그리고 전국을 휩쓸고 있는 주택 압류 열풍입니다. 복수심에서 저지른 단순 보복살인이 아니었습니다. 은행의 부패를, 그리고 압류를 대신 집행해주는 추심업체들의 부패를 폭로하겠다고 위협했던 한 남자를 계획적으로 잔인하게 살해한 것입니다. 이 사건은 돈과, 그 돈을 이미 가지고 있으면서 어떤 대가를 치르고라도, 심지어 살인을 해서라도, 그 돈을 절대로 포기하지 않으려고 했던 사람들이 저지른 것입니다."

나는 다시 말을 멈추고 자세를 바꾸면서 배심원단을 둘러보았다. 그러다가 에스더 막스라는 배심원에 이르러 눈길이 멈췄다. 의류 지구에서 사무직원으로 일하는 싱글맘이었다. 같은 직종에 있는 남자들보다 연봉이 낮을 것이 틀림없었다. 나는 그녀가 내 의뢰인에게 동정적인 배심원이 될 거라고 추측했다.

"피고인 리사 트래멀은 자기가 저지르지 않은 살인 사건의 범인으로 체포되었습니다. 모함이죠. 누명을 쓴 겁니다. 그녀는 어수룩한 사람이었습니다. 그래서 희생양이 된 겁니다. 그녀는 은행의 가혹하고 기만적인 주택 압류 관행에 저항했습니다. 그런 관행을 없애기 위해 투쟁했다는 이유로 접근금지 명령을 받고 은행 근처에는 얼씬도 못 하게 되었습니다. 게으른 수사관들이 바로 그런 것들을 보고 그녀를 피의자로 만들었지만, 사실 그녀는 완벽한 희생양이 된 것입니다. 따라서 우리는 그 사실을 여러분 앞에 증명해 보여드릴 것입니다."

모두의 이목이 내게 쏠렸다. 내가 그들의 온전한 관심을 이끌어낸 것이다.

"검찰 측의 증거는 오래 견디지 못할 겁니다." 내가 말했다. "우리가 하나하나 다 무너뜨릴 테니까요. 여러분이 평결을 내릴 때 의존하게 될 척도는 합리적인 의혹을 넘어서는 유죄냐의 여부입니다. 저는 여러분이 최대한 관심을 기울이고 또 스스로 생각해보시기를 강력히 권고합니다. 그렇게 하면 여러분은 합리적 의혹을 버거울 정도로 많이 느끼게 되실 겁니다. 그럴 때 여러분에게는 한 가지 질문만 남을 것입니다. 왜? 이 여자는 왜 이런 범죄 혐의를 받게 됐을까? 이 여자는 왜 이런 일을 겪게 됐을까?"

마지막으로 잠시 숨을 고른 뒤 나는 잘 들어줘서 고맙다는 표시로 목례를 했다. 그러고는 재빨리 내 자리로 돌아와 앉았다. 리사가 팔을 뻗어 내 팔에 손을 얹었다. 마치 자기를 위해 나서줘서 고맙다고 하는 것 같았다. 그것도 미리 짜놓은 동작이었다. 연기인 걸 알면서도 기분이 좋았다.

판사는 15분간 휴정한 후 증인신문을 시작하겠다고 선언했다. 사람들이 법정을 빠져나가는 동안에도 나는 변호인석에 그대로 앉아 있었다. 모두진술의 흥분이 가시지 않고 있었다. 앞으로 며칠간은 검찰이 법정을 지배하겠지만 프리먼은 이제 내가 자기를 바싹 뒤쫓고 있다는 사실을 알아차렸을 것이다.

"고마워요, 미키." 리사 트래멀이 자기를 데리러 들어온 허브 달을 따라 복도로 나가려고 일어서면서 내게 말했다.

나는 허브 달을 쳐다보다가 리사에게로 눈길을 돌렸다.

"고마워하기에는 아직 일러요." 내가 말했다.

22 증인신문

휴정 시간이 끝난 후, 안드레아 프리먼 검사는 이른바 '검찰 측 바람잡이 증인들'과 함께 법정으로 들어왔다. 그들의 증언은 극적일 때가 많았지만 피고인의 유무죄를 좌우하는 결정적인 증언은 아니었다. 그 증언은 검찰 측 주장의 토대가 되는 역할, 나중에 나올 결정적 증거의 무대를 마련해주는 역할을 할 뿐이었다.

공판 최초의 증인은 리키 산체스라는 이름의 은행 안내직원이었다. 주차장에서 피해자의 시신을 발견한 목격자였다. 그녀는 사망시각 추정을 돕고 배심원석에 앉은 일반인들에게 살인 사건의 충격과 공포를 전달하는 역할을 했다.

산체스는 샌타클라리타밸리에서 출퇴근을 했기 때문에 아침마다 판에 박힌 일정대로 움직였다. 보통 8시 45분에 은행 주차장으로 들어오고, 그후 10분 안에 주차를 하고 직원 출입구로 들어가 8시 55분쯤이면 자기 책상에 앉아 9시에 영업을 시작하기 위해 준비를 한다고 진술했다.

그녀는 사건 당일에도 일정대로 움직였고 미첼 본듀란트의 지정된 주차 공간에서 10칸 정도 떨어진 곳에 있는 일반 주차공간이 비어 있는 것을 발견했다고 말했다. 그녀는 거기에 차를 세우고 내려서 차 문을 잠근 뒤 주차장 건물과 은행 건물을 연결시켜주는 다리를 향해 걸어갔다. 시신을 발견한 것은 바로 그때였다. 처음에는 쏟아진 커피가, 그다음에는 바닥에 놓인 열린 서류가방이, 그다음에야 마침내 얼굴을 땅에 대고 피범벅이 되어 쓰러져 있는 미첼 본듀란트가 보였다.

산체스는 시신 옆에 무릎을 꿇고 숨이 붙어 있는지 확인한 후 지갑에서 휴대전화기를 꺼내 911에 신고했다.

바람잡이 증인에게서 피고인에게 이로운 진술이 나오는 경우는 거의 없다. 그들의 증언은 보통 매우 치밀하게 계획된 것이고 유무죄를 결정하는 데 기여하지는 않는다. 그래도 또 모른다. 반대신문 차례가 되자 내가 일어서서 무슨 말이 나오나 보려고 산체스에게 몇 가지 질문을 던졌다.

"산체스 양, 본인이 아침 일정에 맞춰 아주 정확하게 움직인다고 했는데 사실 은행 주차장으로 들어오는 순간부터는 그런 판에 박힌 일상이라는 게 없는 거죠? 안 그렇습니까?"

"무슨 말씀이신지 잘 모르겠는데요."

"증인에겐 지정된 주차공간이 없기 때문에 주차공간과 관련해서는 정해진 일상이라는 게 없지 않냐, 그 뜻입니다. 주차장으로 들어가서는 빈 공간을 찾아 헤매고 다녀야 하는 거 아닌가요?"

"네, 뭐, 그렇다고 할 수 있겠네요. 하지만 은행 영업 시작 전이라 빈 주차공간은 항상 많이 있어요. 저는 보통 2층으로 올라가서 그날 아침에 차를 댔던 곳에 주차를 합니다."

"그렇군요. 그럼 본듀란트 씨를 주차장에서 만나 은행으로 함께 걸어들어간 적이 있습니까?"

"아뇨, 부행장님은 보통 저보다 일찍 출근하셨어요."

"그럼 증인이 본듀란트 씨의 시신을 발견한 날, 피고인 리사 트래멀을 주차장 안 어디에서 보았죠?"

산체스는 함정이 있는 질문이라고 생각했는지 잠시 말을 멈췄다. 사실 함정이 있는 질문 맞았다.

"못 봤는데요."

"감사합니다, 산체스 양."

다음 증인은 그날 아침 8시 52분 산체스로부터 신고 전화를 받은 911 상담원이었다. 그녀의 이름은 르숀다 게인즈였고 주로 산체스로부터 걸려온 신고 전화의 녹음된 통화내용을 소개하는 역할을 했다. 통화내용 녹음테이프를 트는 것은 지나치게 극적이고 불필요한 일이었지만 공판 전에 내가 이의 제기를 했음에도 불구하고 판사는 통화내용 공개를 허락했다. 프리먼 검사는 판사와 변호인뿐만 아니라 배심원들에게까지 녹취록을 나눠주고 나서 40초 분량의 녹음테이프를 틀었다.

게인즈 : 911입니다. 무엇을 도와드릴까요?

산체스 : 여기 어떤 남자가 쓰러져 있어요. 죽은 거 같아요! 온통 피투성이고 움직이질 않아요.

게인즈 : 전화하신 분 성함은요?

산체스 : 리키 산체스. 셔먼오크스에 있는 웨스트랜드 내셔널 건물 주차장에 있어요.

(침묵)

게인즈 : 벤투라 대로에 있는 건물이요?

산체스 : 네, 누구 보냈어요?

게인즈 : 경찰과 응급구조대를 급파했습니다.

산체스 : 이미 죽은 것 같아요. 피를 엄청 흘렸어요.

게인즈 : 아는 사람인가요?

산체스 : 본듀란트 부행장인 것 같은데 확실하진 않아요. 몸을 뒤집어볼까요?

게인즈 : 아뇨, 그대로 경찰을 기다리세요. 당신도 위험한 상황인가요, 산체스 양?

(침묵)

산체스 : 어, 그런 것 같진 않아요. 주변에 아무도 안 보여요.

게인즈 : 좋아요. 경찰을 기다리시고 이 전화기 전원 끄지 마세요.

나는 굳이 반대신문을 하겠다고 나서지 않았다. 그래 봤자 얻을 게 아무것도 없었다.

게인즈가 내려가고 나서 프리먼은 첫 커브 공을 던졌다. 나는 그녀가 사건 현장에 처음 출동한 경찰관을 다음 증인으로 부를 거라고 예상했었다. 현장에 도착해 사건 현장을 확보한 경위를 설명하게 하고, 현장을 찍은 사진들을 배심원들에게 보여줄 거라고 예상했었다. 그러나 프리먼은 경찰관 대신 사건 현장 근처에서 리사 트래멀을 보았다고 주장한 목격자 마고 섀퍼를 증인으로 불렀다. 나는 프리먼의 전략을 금방 알아차렸다. 배심원들이 사건 현장의 모습을 떠올리며 점심 먹으러 가게 하는 대신, '아하, 그랬구나'라고 생각하며 가게 하려는 것이었다. 리사 트래멀을 그 범죄와 연결시키는 최초의 증언을 배심원들이 듣게 하려는 것이었다.

좋은 계획이었지만 그 증인에 대해서 내가 알고 있는 것을 프리먼은 모르고 있었다. 나는 점심시간이 되기 전에 마고 섀퍼에게 반대신문을 할 수 있기를 바랐다.

증인석에 앉은 섀퍼는 체구가 자그마했고 창백하고 불안한 표정이었다. 마이크를 게인즈가 놓아둔 위치에서 끌어내리려야 했다.

직접신문에서 프리먼은 섀퍼로부터 자신은 육아 휴직을 마치고 4년 전 직장에 복귀한 은행 창구 직원이라는 사실을 끌어냈다. 섀퍼는 은행에서 출세하고자 하는 야망이 없었다. 자기 일에 따르는 책임과 시민들과의 교류를 즐기고 있었다.

프리먼은 섀퍼와 배심원단 사이에 친밀감을 형성하기 위해 개인적인 질문을 몇 가지 더 던진 후 신문의 핵심으로 들어가 증인에게 살인 사건이 일어나던 날 아침에 대해서 물었다.

"그날 저는 늦어서 동동거리고 있었어요." 섀퍼가 말했다. "9시에는 창구에 앉아 있어야 하거든요. 그전에 먼저 금고에 들어가서 내 돈 통을 가지고 나오고 서명을 해놔야 하고요. 그래서 보통은 15분 전에는 은행에 도착하죠. 근데 그날은 사고 때문에 벤투라 대로에서 차가 엄청 막혀서 많이 늦었어요."

"정확히 얼마나 늦었는지 기억하세요?" 프리먼이 물었다.

"네, 정확히 10분이요. 계기판에 붙은 시계를 계속 보고 있었거든요. 평상시 일정보다 정확히 10분 늦은 상태였어요."

"그랬군요. 증인이 은행에 가까워졌을 때 뭔가 평소하고 다르다거나 걱정할 만한 것을 봤습니까?"

"네, 봤어요."

"그게 뭐였죠?"

"리사 트래멀이 은행에서 멀어지는 방향으로 인도를 걷고 있는 것을 봤습니다."

나는 벌떡 일어서서 어디에서 멀어지는 방향이라고 증인이 단정 지을 수는 없지 않느냐고 이의를 제기했다. 판사가 내 말에 동의하고 이의 제기를 받아들였다.

"피고인 리사 트래멀이 어느 방향으로 걷고 있었죠?" 프리먼이 물었다.

"동쪽으로요."

"그럼 은행을 기준으로 할 땐 피고인이 어디에 있었습니까?"

"은행에서 동쪽으로 반 블록 떨어진 곳에서 동쪽으로 걷고 있었어요."

"그럼 피고인이 은행에서 멀어지는 방향으로 걷고 있었던 것 맞네요,

아닌가요?"

"네, 맞습니다."

"그럼 증인이 피고인을 보았을 때 둘은 얼마만큼 떨어진 거리에 있었죠?"

"저는 벤투라 대로에서 서쪽으로 가고 있었고 왼쪽 차선에 있었어요. 좌회전 차선으로 들어가 좌회전해서 은행 주차장으로 들어가려고요. 그러니까 트래멀은 저한테서 세 차선 떨어진 곳에 있었던 거죠."

"하지만 도로 전방을 주시하고 있었죠?"

"아뇨. 신호등에 걸려 멈춰 섰을 때 트래멀을 처음 봤어요."

"그때 피고인은 증인의 눈에 바로 보이는 곳에 있었단 말이죠?"

"네, 바로 도로 건너편에 있었어요."

"그 여자가 피고인 리사 트래멀이라는 건 어떻게 알았습니까?"

"사진이 직원 휴게실과 금고에 붙어 있으니까요. 그리고 3개월 전엔 은행에서 전 직원에게 그 여자 사진을 보여줬어요."

"왜 그랬죠?"

"리사 트래멀이 은행 땅 30미터 이내로 들어오지 못하게 하는 접근금지 명령을 은행이 받아냈기 때문이죠. 은행은 직원들에게 그 여자의 사진을 보여주면서 은행 사유지 안에서 그녀를 보면 상관에게 즉시 보고하라고 했습니다."

"피고인이 동쪽 방향으로 인도를 걷고 있는 걸 보았을 때가 몇 시였는지 아세요?"

"네, 그때 제가 지각해서 안달하고 있었기 때문에 몇 시였는지 정확히 알아요. 8시 55분이었어요."

"그러니까 8시 55분에 피고인 리사 트래멀이 동쪽, 즉 은행에서 멀어지는 방향으로 걷고 있었군요, 맞습니까?"

"네, 맞습니다."

프리먼은 911에 살인 사건 신고 전화가 접수되고 2~3분도 채 지나지 않은 시각에 리사 트래멀이 은행에서 겨우 반 블록 떨어진 곳에 있었다는 사실을 배심원들의 머릿속에 또렷이 각인시키기 위해 계획된 질문을 몇 가지 더 던졌다. 11시 30분 마침내 그녀가 증인신문을 끝내자 판사는 내게 좀 일찍 점심시간을 갖고 그 후에 반대신문을 하겠느냐고 물었다.

"재판장님, 반대신문은 30분 정도밖에 안 걸릴 겁니다. 지금 바로 하는 게 낫겠는데요. 준비됐습니다."

"그렇다면 좋아요, 할러 변호사. 진행하세요."

나는 일어서서 검사석과 배심원석 사이에 있는 독서대를 향해 걸어갔다. 리걸패드와 게시판 두 개를 들고 있었다. 게시판에 붙은 것이 안 보이도록 안쪽을 서로 마주 보게 해서 들고 있었다. 게시판을 독서대 옆면에 기대어 세워놓았다.

"안녕하십니까, 섀퍼 부인."

"안녕하세요."

"증인은 교통사고 때문에 회사에 지각했다고 말했는데, 맞습니까?"

"네."

"출근하면서 혹시 사고현장을 봤습니까?"

"네, 밴나이스 대로 서쪽이었어요. 거길 지나니까 체증이 좀 풀리기 시작하더라고요."

"벤투라의 어느 쪽에서 사고가 났나요?"

"동쪽이요. 사고가 난 쪽이 동쪽으로 가는 차선이어서 저처럼 반대쪽에 있던 운전자들이 다들 서행을 하면서 구경했어요."

나는 리걸패드에 메모를 한 뒤 화제를 바꿨다.

"검사가 질문하는 걸 잊은 것 같은데요, 증인이 피고인 리사 트래멀을 보았을 때 피고인이 망치를 갖고 있었느냐고 말이죠. 섀퍼 부인, 혹시 그런 망치 같은 건 못 봤나요?"

"네, 못 봤어요. 근데 커다란 쇼핑백을 들고 있었어요. 망치가 들어가고도 남을 만큼 큰 쇼핑백이요."

쇼핑백 얘기는 처음 듣는 거였다. 개시된 증거물 목록에도 없었다. 검찰을 돕고자 하는 의욕이 넘치는 증인이 새로운 증거물을 제시하고 있었다. 적어도 내 생각에는 그랬다.

"쇼핑백이요? 이 사건과 관련하여 경찰이나 검찰에서 조사를 받을 때 이 쇼핑백 얘기를 했습니까?"

섀퍼는 잠깐 생각을 더듬는 눈치였다.

"기억이 잘 안 나네요. 안 했을 수도 있어요."

"그렇다면 증인이 기억하는 한, 경찰은 피고인이 뭘 들고 있지는 않았는지 물어보지 않았다는 말이군요."

"그런 것 같네요."

나는 그것이 무엇을 뜻하는지, 아니 무슨 의미가 있기나 한 것인지 알지 못했다. 그러나 당분간은 쇼핑백을 제쳐두고 다시 한 번 새로운 방향으로 나가보기로 결심했다. 내가 가는 방향을 증인이 알게 하고 싶지는 않았다.

"섀퍼 부인, 조금 전 피고인이 걷고 있던 인도에서 세 개의 차선이 떨어진 곳에서 피고인을 보았다고 말씀하셨는데, 계산을 잘못하신 거죠?"

두 번째로 갑자기 화제가 바뀌었고 예상치 못한 질문을 받자 섀퍼는 당황했는지 잠깐 말을 잇지 못했다.

"어…… 아뇨, 계산 잘못하지 않았는데요."

"증인이 피고인을 보았을 때 증인은 어느 교차로에 있었죠?"

"세드로스 거리요."

"거기 벤투라에는 동쪽으로 향하는 차들 차선이 두 개입니다. 그렇죠?"

"네."

"세드로스로 가는 좌회전 차선이 있고요, 그렇죠?"

"네, 맞아요. 그래서 세 개라고요."

"갓길 주차 차선은요?"

새퍼가 '아 뭐야 진짜'라고 말하는 듯한 표정을 지었다.

"그건 실제 차선이 아니잖아요."

"증인과 증인이 리사 트래멀이라고 주장하는 여자 사이에 있었던 공간이잖아요, 아닙니까?"

"뭐 엄밀히 따지자면요. 너무 까탈스러운 해석이긴 하지만."

"그렇습니까? 저는 정확하게 말하려는 건데, 그렇게 생각 안 하세요?"

"대다수의 사람들은 저와 그 여자 사이에 차선 세 개가 있었다고 말할 것 같은데요."

"하지만 갓길 주차공간은 적어도 차 한 대가 들어가는 넓이이고 실제로는 그보다 더 넓은 걸로 알고 있는데, 아닌가요?"

"네, 뭐, 그렇게 사소한 것에 목숨 거신다면, 4차선이라고 해두죠. 제 실수예요."

마지못해 인정하긴 했지만 특별히 악감정이 느껴지진 않았다. 진짜로 사소한 것에 목숨 거는 사람이 누군지는 배심원단이 차츰 알게 될 거라고 나는 확신했다.

"그러면 증인이 피고인 리사 트래멀이라고 주장하는 여성을 보았을 때 그녀에게서 4차선 떨어진 곳에 있었다는 말씀이죠? 그전에 얘기했던 것처럼 3차선이 아니라? 맞습니까?"

"맞아요. 말했잖아요, 제 실수라고."

나는 리걸패드에 뭔가를 끄적거렸다. 사실 아무 의미 없는 거였지만 배심원들 눈에는 내가 득점 상황을 기록하는 것처럼 보이기를 바랐다. 그러고 나서 나는 허리를 굽혀 게시판 한 개를 집어 들었다.

"존경하는 재판장님, 지금 우리가 얘기하는 곳을 찍은 사진을 증인에게 보여줘도 되겠습니까?"

"검찰은 봤습니까?"

"판사님, 이것은 증거개시 절차 때 우리에게 인계된 증거물 CD에 들어 있었던 겁니다. 구체적으로 게시판을 프리먼 검사에게 보여주지는 않았고 검사도 보자고 요구하지 않았습니다."

프리먼은 이의 제기를 하지 않았고, 판사는 그 첫 번째 게시판을 '피고인 측 증거물 1A'로 지정한 후 보여주라고 지시했다. 나는 배심원석과 증인석 사이의 빈 공간에 접이식 이젤을 세워놓았다. 검찰은 증거물을 제시할 때 벽에 붙은 스크린을 사용하기로 했고, 나도 나중에는 그렇게 할 테지만, 지금은 예전 방식으로 하고 싶었다. 나는 게시판을 이젤에 올려놓고 독서대로 돌아갔다.

"증인, 제가 이젤에 올려놓은 사진을 알아보겠습니까?"

문제가 되고 있는 벤투라 대로 두 블록을 찍은 75cm×150cm 항공사진이었다. 불락스가 구글 지도에서 인쇄해 확대해서 게시판에 붙여놓은 거였다.

"네. 벤투라 대로를 찍은 항공사진 같네요. 은행도 보이고 한 블록 떨어진 곳에 세드로스 거리와의 교차로도 보이고요."

"맞습니다, 항공사진이죠. 잠깐만 내려와서 이젤 턱에 놓인 마커로 증인이 리사 트래멀이라고 주장하는 여자가 있었던 곳에 동그라미를 그려주시겠습니까?"

섀퍼는 허락을 구하듯 판사를 쳐다보았다. 판사는 고개를 끄덕여 허락을 표시했고 섀퍼는 증인석에서 내려왔다. 이젤 턱에 놓인 검은색 마커를 들고 은행 출입구에서 반 블록 떨어진 인도에 동그라미를 그렸다.

"고맙습니다, 섀퍼 부인. 이젠 증인이 창밖을 내다보다가 리사 트래멀로 보이는 여자를 보았을 때 증인의 차는 어디에 있었는지 표시해주시겠습니까?"

섀퍼는 횡단보도에서 적어도 차 세 대 길이는 떨어진 곳의 중앙 차선에 표시를 했다.

"고맙습니다, 증인. 이제 증인석으로 돌아가셔도 됩니다."

섀퍼는 마커를 이젤 턱에 내려놓고 자기 자리로 돌아갔다.

"신호등에 걸려 서 있던 차가 증인 차 앞에 몇 대나 있었나요?"

"적어도 두 대는 있었어요. 어쩌면 세 대요."

"증인의 바로 왼쪽에 있는 좌회전 차선에는요? 좌회전 신호를 기다리는 차들이 있었습니까?"

그녀는 내 속셈을 알아차리고 내 질문에 속아 넘어가지 않았다.

"아뇨, 그래서 인도가 잘 보였어요."

"그러니까 교통체증이 심각한 시간대이긴 했지만 좌회전 차선에는 출근하기 위해 기다리는 차가 한 대도 없었다, 그 말이군요."

"제 옆에는 없었지만 제 앞에는 차가 두세 대 있었잖아요. 그러니까 제 앞 차들 옆에는 좌회전을 기다리는 차가 있었을 수도 있지만 제 옆에는 없었다는 뜻이에요."

나는 판사에게 두 번째 게시판 증거물 1B를 이젤에 세워도 되는지 물었고 판사는 허락했다. 이것도 확대 사진이었는데 지상에서 찍은 거였다. 사건 발생 한 달 뒤의 월요일 오전 8시 55분 벤투라 대로와 세드로스 거리가 만나는 교차로 앞 서쪽 방향 중앙 차선에서 시스코가 교통신호에 걸려 멈춰서 있으면서 차창 밖으로 찍은 거였다. 사진 오른쪽 하단에 시간이 찍혀 있었다.

독서대로 돌아간 나는 섀퍼에게 사진에서 뭐가 보이는지 말해달라고 했다.

"같은 블록을 지상에서 찍은 사진이네요. 대니스 델리가 보이네요. 가끔 점심 먹으러 가는 곳인데."

"네, 혹시 대니스가 아침에도 영업을 하나요?"

"네, 해요."

"아침 먹으러 거기 가보신 적 있습니까?"

프리먼이 일어서서 이의를 제기했다.

"재판장님, 이런 이야기가 증인의 진술이나 이 재판의 여러 구성요소들과 무슨 관련이 있는지 잘 모르겠는데요."

페리가 나를 쳐다보았다.

"존경하는 재판장님, 잠시만 시간을 주시면 관련성이 매우 분명해질 겁니다."

"계속하세요, 하지만 빨리 끝내시고."

나는 다시 섀퍼를 바라보았다.

"증인, 대니스에서 아침 식사를 하신 적이 있습니까?"

"아뇨, 아침은 안 먹어봤어요."

"하지만 아침 식사 장소로 인기 있는 곳이라는 건 아시죠?"

"그건 잘 모르겠는데요."

내가 바라던 대답은 아니었지만 나쁘지는 않았다. 섀퍼가 처음으로 애매모호한 태도를 취했고 확답을 의도적으로 피하고 있었다. 이를 감지한 배심원들은 그녀를 공정한 증인이 아니라 검찰 측 주장에서 벗어나기를 거부하는 증인으로 보기 시작할 것이다.

"그럼 다른 질문을 드리겠습니다. 이 블록에서 아침 9시 이전에 문을 여는 사업체는 어떤 것들이 있죠?"

"대개의 상점들이 그 시각에는 문을 열지 않아요. 사진 속 간판들을 보면 아실 거 아니에요."

"그럼 이 사진 속 모든 유료 주차공간에 차들이 세워져 있는 것은 어떻게 해석해야 할까요? 대니스에 온 손님들이라고 생각해도 괜찮을까요?"

프리먼은 증인이 이 질문에 대답할 자격조건을 갖추지 않았다는 이유를 들며 다시 한 번 이의를 제기했다. 판사는 검사의 의견에 동의하여 이의 제기를 받아들였고 내게 다음 질문으로 넘어가라고 지시했다.

"월요일 아침 8시 55분, 증인이 4차선 떨어진 곳에서 피고인 리사 트래멀을 보았다고 주장한 바로 그 시각에 대니스 식당 앞과 갓길에 차가 몇 대나 서 있었는지 혹시 기억나십니까?"

"아뇨, 기억 안 납니다."

"조금 전에 진술하셨는데요. 원한다면 읽어드릴 수도 있습니다. 리사 트래멀이 잘 보였다고요. 그럼 주차선에 차가 한 대도 없었다는 뜻 아닌가요?"

"차가 몇 대 있었을 수도 있지만 그 여자를 분명히 봤어요."

"차선들은 어땠죠? 차선은 뚫려 있었나요?"

"네. 그 여자를 볼 수 있었으니까요."

"증인은 교통사고 때문에 서쪽으로 향하는 차들이 서행하고 있어서 늦게 출근을 하고 있었다고 하셨는데요, 맞습니까?"

"네."

"동쪽으로 향하는 차선에서 사고가 났고요, 그렇죠?"

"네."

"그렇다면 동쪽으로 향하는 차선에서는 차들이 얼마나 길게 밀려 있었죠? 서쪽으로 향하는 차선들은 증인이 10분이나 지각할 정도로 길게 밀려 있었는데요."

"잘 기억이 안 납니다."

완벽한 대답이었다. 나에게 완벽한 대답. 뭔가 숨기는 게 있는 증인은 언제나 피고인 측에 이로웠다.

"섀퍼 부인, 사실 증인이 인도를 걷고 있는 피고인을 보기 위해서는 차가 길게 늘어서 있는 두 개의 차선과 차들이 주차되어 있는 갓길 주차선을 넘어서 보아야 했습니다. 그렇지 않습니까?"

"저는 분명히 그 여자를 봤습니다. 그 여자가 거기 있었어요."

"그리고 그녀가 심지어 커다란 쇼핑백을 들고 있었고요, 그렇죠?"

"맞아요."

"어떤 종류의 쇼핑백이었죠?"

"손잡이가 있는 종이백이요. 백화점 쇼핑백 같은 거."

"색깔은요?"

"빨간색이었어요."

"그 안에 뭐가 가득 들어 있었나요? 아니면 비어 있었습니까?"

"모르겠어요."

"그녀가 그 쇼핑백을 옆으로 내려서 들고 있었습니까? 아니면 앞으로 들고 있었나요?"

"옆으로요. 한 손으로."

"이 쇼핑백에 대해서는 자세히 기억하고 있군요. 증인은 쇼핑백을 보고 있었나요, 아니면 쇼핑백을 든 여자의 얼굴을 보고 있었나요?"

"둘 다 볼 시간이 있었어요."

나는 메모를 내려다보면서 고개를 가로저었다.

"증인, 피고인의 키가 몇인지 아십니까?"

나는 내 의뢰인을 향해 돌아서서 일어서라고 손짓을 했다. 판사의 허락을 먼저 구해야 했지만 탄력받아 달리고 있던 터라 과속방지턱에 부딪히고 싶지 않았다. 페리는 아무 말도 하지 않았다.

"모르겠는데요." 섀퍼가 말했다.

"160센티미터밖에 안 된다고 하면 놀라시겠습니까?"

내가 리사에게 고개를 끄덕여 보이자 그녀는 다시 자리에 앉았다.

"아뇨, 뭘 그런 걸 가지고 놀라요."

"피고인의 키가 160센티미터밖에 안 되는데 증인은 차들이 꽉꽉 들어차 있는 네 개의 차선 너머에 있는 피고인을 알아보셨잖습니까."

내 예상대로 프리먼이 이의를 제기했다. 페리 판사가 이의 제기를 받아들였지만 나는 알겠다고 대답할 필요조차 느끼지 못했다. 손목시계를 보니 11시 58분이었다. 나는 마지막 어뢰를 쏘았다.

"섀퍼 부인, 사진에서 인도를 걸어가고 있는 피고인을 찾아주시겠습니까?"

모두의 시선이 확대 사진에 쏠렸다. 사진에서는 주차선에 차들이 늘어서 있어서 인도를 걸어가는 행인들의 모습을 알아보는 게 거의 불가능했다. 프리먼이 벌떡 일어서서, 변호인이 증인과 재판부를 공격하려 한다고 주장하면서 이의를 제기했다. 페리 판사는 프리먼과 나에게 가까이 오라고 지시했다. 우리가 다가가니까 판사가 내게 엄격한 어조로 경고했다.

"할러 변호사, 네, 아니오로 대답하세요. 피고인이 저 사진 속에 있습니까?"

"아니요, 재판장님."

"그렇다면 증인을 속이려고 하는 거군요. 나는 그런 짓 허용 못 합니다. 사진 당장 내리세요."

"판사님, 누구를 속이려는 게 아닙니다. 증인은 피고인이 사진 속에 없다고 말하면 됩니다. 누구라도 차들이 늘어선 여러 개의 차선 너머에 있는 행인들을 쉽게 알아볼 수는 없을 것이고 저는 바로 그 점을……."

"길게 설명할 필요 없고, 사진 내리세요. 혹시 또 이와 같은 행동을 하면 오늘 공판이 끝난 후 법정모독죄 심리를 받게 될 겁니다. 알겠어요?"

"네, 재판장님."

"재판장님, 피고인이 사진 속에 없다는 사실을 배심원들에게 알려야 한다고 생각합니다." 프리먼이 말했다.

"동의합니다. 각자의 자리로 돌아가세요."

나는 독서대로 돌아가다가 이젤에서 게시판 두 개를 집어 들었다.

"배심원 여러분, 변호인이 전시한 사진 속에 피고인은 없었다는 사실을 알려드리는 바입니다." 판사가 말했다.

배심원단에 대한 지도에 대해서 나는 아무런 불만이 없었다. 어차피 내가 하고 싶은 말은 다 했다. 리사가 사진 속에 없다는 사실을 배심원들에게 알려줘야 했다는 사실은 인도를 걷고 있는 사람을 알아보기가 얼마나 어려웠을까를 강조해 보여주었다.

판사가 내게 반대신문을 계속하라고 했을 때 나는 마이크를 향해 몸을 숙이고 말했다.

"더 이상 질문 없습니다, 재판장님."

나는 변호인석에 앉아서 사진이 붙은 게시판들을 테이블 아래 바닥에 내려놓았다. 게시판은 맡은 역할을 잘 수행해주었다. 판사한테 질책은 들었지만 그럴 만한 가치가 있었다. 내 주장을 관철시킬 수만 있다면 그런 질책은 얼마든지 들을 수 있었다.

23 탄약은 많을수록 좋다

리사 트래멀은 내가 마고 섀퍼를 반대신문 하는 것을 보고 흥분했다. 심지어 허브 달도 점심식사를 위해 휴정했을 때 내게 축하 인사를 아끼지 않았다. 나는 그들에게 너무 흥분하지 말라고 충고했다. 아직은 재판 초기였고 일반적으로 섀퍼 같은 목격자들은 다루기가 가장 쉬운 부류였다. 반격하기가 가장 쉬운 부류였다. 까다로운 증인들과 더 힘든 날들이 남아 있었다. 그건 분명했다.

"상관없어요." 리사가 말했다. "변호사님 진짜 멋졌어요. 저렇게 거짓말하는 나쁜 년은 그렇게 당해도 싸요."

증오심이 뚝뚝 떨어지는 욕설이어서 나는 잠깐 멈칫했다가 말했다.

"점심 먹고 와서 재직접신문 때 검사가 그 증인의 명예회복을 꾀할 기회가 있을 거예요."

"그럼 변호사님이 재반대신문에서 다시 묵사발을 만들면 되잖아요."

"나는 누굴 묵사발 만드는 법은 모릅니다. 그렇게 해서도 안……."

"같이 점심 먹으러 갈래요, 변호사님?"

리사가 허브 달의 팔짱을 끼면서 말했다. 그 모습을 보니까 두 사람이 일로만 만나는 사이가 아니라는 내 추측이 맞았다는 생각이 들었다.

"이 근처에는 먹을 만한 데가 없네요." 그녀가 말을 이었다. "그래서 벤투라 대로로 내려가 보려고요. 어쩌면 대니스 델리에 갈 수도 있고요."

"고맙지만 사양할게요. 사무실로 들어가서 팀원들을 만나봐야 해서. 방청이 안 된다고 해서 못 온 거거든요. 다들 일하고 있으니까 어떻게 되어 가나 확인도 해야겠고."

리사는 내 말을 믿지 못하겠다는 표정으로 나를 쳐다보았다. 믿든 안 믿든 상관없었다. 내가 그녀의 법정 대리인이라고 해서 의뢰인과 그 의뢰인에게서 돈을 뜯어내려고 음모를 꾸미고 있는 남자와 꼭 같이 식사해야 하는 건 아니었다. 그 둘이 사랑을 하는지 뭘 하는지는 모르겠지만. 나는 혼자 먼저 나가서 빅토리 건물에 있는 내 사무실로 돌아갔다.

로나가 벌써 스튜디오시티에 있는 인기 많고 맛도 훨씬 좋은 제리스 델리에 가서 칠면조 고기와 양배추 샐러드가 들어간 샌드위치를 사다 놓았다. 나는 책상 앞에 앉아 샌드위치를 먹으면서 그날 오전에 법정에서 있었던 일을 시스코와 불락스에게 얘기해주었다. 내 의뢰인에 대해서는 기분이 썩 좋진 않았지만 섀퍼에 대한 반대신문은 대단히 만족스러웠다. 나는 불락스에게 사진을 붙인 게시판을 만들어줘서 고맙다고 인사했다. 그 게시판이 배심원들에게 깊은 인상을 남겼다고 나는 믿었다. 누구를 목격했다고 주장하는 사람에 대해 의혹을 심는 데는 시각적인 자료만큼 도움이 되는 것이 없었다.

증인신문에 대한 이야기를 다 한 후 나는 동료들에게 조사 진행 상황을 물었다. 시스코는 경찰 조서를 계속 검토 중이라면서, 컬렌 형사를 반대신문 할 때 추궁할 수 있도록 형사들이 행한 실수나 잘못된 판단을 찾고 있다고 말했다.

"좋아. 탄약은 많을수록 좋으니까. 계속 좀 수고해줘." 내가 말했다. "불락스, 어때, 뭐 나온 거 있어?"

"저는 계속 압류사건 자료들을 살펴보고 있었어요. 완벽하게 준비된 상태로 증언하고 싶거든요."

"그래, 잘하고 있어. 근데 시간 여유는 좀 있어. 우리 측 증인은 다음 주나 되어야 부르기 시작할 것 같아. 프리먼이 리듬을 타고 몰아붙일 생각인지 신청한 증인이 상당히 많아. 연막작전을 쓰는 것 같지도 않고."

검사와 변호인이 증인을 부풀려서 신청하는 경우가 자주 있다. 누가 실제로 불려 나오고, 누구의 증언이 중요한지 상대편을 혼란스럽게 만들기 위해서다. 그러나 프리먼은 그런 속임수를 쓰지 않은 것 같았다. 그녀가 신청한 증인 명단은 군살이 없었고 거기 적힌 사람들 모두 재판에 내놓을 것이 분명히 있는 것 같았다.

나는 종이 포장지에 떨어뜨려 놓은 사우전드 아일랜드 드레싱에 샌드위치를 살짝 찍었다. 애런슨이 내가 법원에서 갖고 돌아온 게시판 하나를 가리켰다. 마고 새퍼를 당혹스럽게 만들었던 지상 사진이었다.

"위험하지 않았어요? 프리먼이 이의를 제기하지 않았다면 어떡할 뻔했어요?"

"이의를 제기할 거라는 걸 알고 있었지. 검사가 안 했으면 판사가 했을 걸. 그런 식으로 증인을 속이는 걸 누가 좋아하겠어."

"그렇죠, 근데 그럼 변호사님이 거짓말하고 있다는 걸 배심원들이 알게 되잖아요."

"누가 거짓말했다고 그래. 증인에게 질문을 던졌을 뿐인데 뭘. 사진에서 리사가 어디 있는지 가리켜줄 수 있겠느냐고 했지. 리사가 사진 속에 있다고는 안 했잖아. 증인이 대답할 기회를 얻었다면, 못 한다고 했겠지. 그게 끝인데 뭐."

애런슨이 얼굴을 찌푸렸다.

"내가 한 말 기억해, 불락스? 양심을 키우지 말라고 했잖아. 우린 지금 물불을 안 가리고 싸우고 있는 거야. 내가 프리먼을 한 대 치면 프리먼도 나를 한 대 치려고 애쓰고 있지. 어쩌면 벌써 어떤 식으로든 나를 한 대 쳤는데 내가 그 사실을 모르고 있는 건지도 몰라. 어쨌든 난 위험을 무릅쓰고 속임수를 한 번 썼고 판사한테 욕 좀 먹었어. 하지만 봐봐, 그래서 우리가 판사석 옆으로 가서 협의하는 동안 배심원들은 전부 다 그 사진을 보고 있었어. 보면서 다들 생각했겠지, 마고 새퍼가 자기가 봤다고 주장하는 사람을 보기가 얼마나 어려웠을지. 그런 식으로 하는 거야. 냉정하게 계산적으로. 그렇게 해서 점수를 올릴 때도 종종 있지만 대개의 경우에는 그러지도 못해."

"알아요." 애런슨이 경멸조로 말했다. "그렇다고 제가 꼭 그런 방식을 좋아해야 하는 건 아니잖아요."

"그거야 그렇지."

24 검찰 측 증인

점심시간이 끝난 후 프리먼 검사는 내 반대신문에서 입은 피해를 복구하기 위해 마고 섀퍼를 다시 증인석에 앉히지 않음으로써 나를 놀라게 했다. 섀퍼의 증언을 살려낼 무언가를 나중에 내놓기로 계획한 것 같았다. 대신 프리먼은 LA 경찰국의 데이비드 커빙턴 경사를 증인으로 불러냈다. 커빙턴은 리키 산체스의 911 신고 전화를 받고 나서 웨스트랜드 내셔널에 가장 먼저 출동한 경찰관이었다.

커빙턴은 노련한 경찰관이었고 확실한 검찰 측 증인이었다. 그는 다 기억할 수 없을 정도로 많은 시신을 보아왔고 그 시신들에 대해 증언을 해온 사람답게 지루하지만 정확한 증언을 통해 현장에 도착해 시신을 보는 순간 살해됐음을 직감했다고 말했다. 그는 곧바로 주차장 전체의 진입로를 막고, 리키 산체스와 범행을 목격했을 가능성이 있는 사람들을 격리했으며, 시신이 발견된 주차장 2층을 봉쇄했다.

커빙턴을 통해서 범죄현장 사진이 소개되었고, 두 대의 프로젝터 스크린에 핏자국이 선연한 현장이 공개되었다. 커빙턴의 어떤 증언보다도 이 사진들이 이 사건이 살인 사건이라는 확신을 갖게 해주었다. 이런 확신이

야말로 유죄 평결을 이끌어내기 위해서 꼭 필요한 요소였다.

나는 범죄현장 사진과 관련한 재판 전 협의에서 부분적인 성공을 거두었다. 검사가 배심원석 앞에 이젤을 놓고 대형 확대 사진을 전시하겠다고 한 것에 이의를 제기했다. 그런 사진들은 내 의뢰인에 대해 편견을 심어줄 수 있다고 주장했다. 살인 사건 피해자를 찍은 사진은 항상 충격적이고 강한 감정을 불러일으킨다. 살인범을 엄벌에 처하고 싶어지는 것이 인지상정이다. 사진은 아주 쉽게, 피고인이 범죄를 저질렀다는 증거의 유무와는 상관없이, 배심원단이 피고인으로부터 돌아서게 만들 수 있다. 페리 판사는 아기를 반으로 잘라서 나누려고 했다. 그는 검사가 전시할 사진을 네 장으로 제한했고 프로젝터 스크린을 사용하게 해서 사진의 크기를 제한했다. 내가 몇 점을 득점하기는 했지만 판사의 지시가 배심원들의 본능적인 반응을 막지는 못할 것이었다. 결국 검사의 승리였다.

프리먼은 가장 선혈이 낭자한 사진을, 본듀란트가 주차장 콘크리트 바닥에 얼굴부터 닿게 넘어져 죽어 있는 모습이 애처롭게 보이게 만드는 각도에서 찍은 사진을 네 장 골랐다.

커빙턴에 대한 반대신문에서 나는 사진 한 장에 집중해서 배심원단이 망자를 위한 복수가 아닌 다른 것을 생각하게 만들려고 노력했다. 그렇게 하는 가장 좋은 방법은 의문을 제기하는 것이다. 배심원들에게 의문을 제기하고 대답은 내놓지 않는다면 내 할 일은 다 한 것이다.

나는 판사의 허락을 구한 뒤 프로젝터 리모컨으로 스크린에 있는 사진 세 장을 제거하고 한 장만 남겼다.

"커빙턴 경사, 스크린에 남겨진 사진을 주목해서 봐주시기 바랍니다. '검찰 측 증거물 3'이라고 표시되어 있는데요. 사진의 전경에 있는 것이 무엇인지 말씀해주시겠습니까?"

"네, 열려 있는 서류가방입니다."

"그렇군요. 저 서류가방은 증인이 현장에 도착했을 때 저런 상태로 있었나요?"

"네, 그렇습니다."

"저렇게 열린 채로 있었다고요?"

"그렇습니다."

"그렇군요. 목격자나 다른 누구에게라도 피해자가 발견된 이후에 가방을 열어본 사람이 있느냐고 물어보셨습니까?"

"911에 신고한 여성에게 서류가방을 열었느냐고 물어봤습니다. 그 가방과 관련해서 제가 한 조사는 그게 전부입니다. 그러고는 형사들에게 넘겼죠."

"그렇군요. 조금 전 경사는 22년 경찰 생활 동안 줄곧 순찰 업무를 맡았다고 하셨는데, 맞습니까?"

"네, 맞습니다."

"911 신고 전화를 받고 출동하신 적도 많겠네요?"

"그럼요."

"열린 서류가방을 보니까 어떤 생각이 드셨어요?"

"별생각 없었습니다. 범죄현장의 일부일 뿐이었죠."

"경험상 이건 강도 살인 사건일 것 같다, 뭐 그런 생각은 안 드셨습니까?"

"네, 안 들었습니다. 나는 형사가 아닙니다."

"강도 살인 사건이 아니라면, 범인은 왜 굳이 시간을 들여서 서류가방을 열었을까요?"

커빙턴이 대답하기 전에 검사가 먼저 이의를 제기했다. 내 질문이 증인의 전문가적 지식과 경험 밖의 질문이라고 주장했다.

"커빙턴 경사는 경찰 생활 내내 순찰 업무만을 담당했습니다. 형사가 아닙니다. 강도 사건을 수사해본 경험도 없고요."

판사가 고개를 끄덕여 동의를 표시했다.

"나도 프리먼 검사의 의견에 동의합니다, 할러 변호사."

"존경하는 재판장님, 커빙턴 경사가 형사는 아닐지 몰라도 그동안 강도 사건 신고 전화를 받고 출동해서 초동수사를 한 적이 많이 있을 겁니다. 따라서 범죄현장에 대한 첫인상을 묻는 질문에 분명히 답할 수 있을 거라고 믿습니다."

"그래도 이의 제기를 받아들이겠습니다. 다음 질문 하세요."

나는 패배를 인정하고, 커빙턴을 신문하기 위해 메모해둔 것들을 내려다보았다. 그래도 배심원들의 마음에 강도 사건 가능성과 강도 사건이 살인 사건의 동기였을 가능성을 분명히 심어놓았다고 자신했지만, 그 정도로 하고 넘어가고 싶지는 않았다. 나는 허세를 부려보기로 결심했다.

"증인, 911 신고 전화를 받고 출동해서 범죄현장을 살펴본 후에 수사관, 법의관, 범죄현장 전문가 들을 불렀습니까?"

"네, 상황실에 연락해서 살인 사건 발생 소식을 알리고 평소대로 밴나이스 경찰서 수사관들의 출동을 요구했습니다."

"그 수사관들이 도착할 때까지 현장을 통제하고 있었고요?"

"네, 그렇게 해야 하니까요. 수사관들이 도착하고 나서 현장을 인계했습니다. 정확히 말하자면 컬렌 형사한테요."

"그렇군요. 그러는 동안 이 살인 사건이 강도미수에서 비롯되었을 가능성에 대해서 컬렌 형사나 다른 어느 경찰관하고라도 논의해봤습니까?"

"아뇨, 그러지 않았습니다."

"확실합니까, 경사?"

"네, 확실합니다."

나는 리걸패드에 메모를 했다. 사실은 배심원들 보라고 하는 제스처였

276

지 다른 의미는 없었다.

"더 이상 질문 없습니다."

커빙턴은 증인석에서 내려갔고, 그다음에는 911 신고 전화를 받고 출동한 응급구조대원들 중 한 명이 증인으로 나와서 피해자는 현장에서 이미 사망한 상태였다고 증언했다. 프리먼은 사망 사실 확인에만 관심이 있었고 나는 반대신문을 통해 얻을 게 없다고 판단했기 때문에, 그는 증인석에 앉은 지 5분 만에 내려왔다.

다음 증인은 피해자의 형인 네이선 본듀란트였다. 그는 유죄 평결을 위한 또 하나의 필수조건인 피해자의 신원 확인을 위해 불려 나왔다. 프리먼은 범죄현장 사진을 이용해 배심원들의 감정을 자극했던 것처럼 피해자의 형을 이용해 배심원들의 감성에 호소했다. 그는 형사들을 따라 법의관실에 가서 동생의 시신을 확인한 일을 눈물을 흘리면서 이야기했다. 살아 있는 동생을 마지막으로 본 게 언제였느냐고 프리먼이 물었을 때 그는 살해되기 불과 일주일 전에 동생과 레이커스 농구 경기를 보러 갔었다고 말하면서 눈물을 주룩주룩 흘렸다.

우는 사람은 건드리지 않는 것이 상책이다. 피해자의 가족을 반대신문해서 얻어낼 것은 아무것도 없다. 그러나 프리먼이 문을 열었기 때문에 나는 들어가 보기로 결심했다. 유가족을 신문하면서 심하게 몰아붙이면 배심원들이 나를 잔인한 사람으로 볼 수 있다는 위험을 무릅써야 했다.

"본듀란트 씨, 사랑하는 동생을 잃은 것에 심심한 조의를 표합니다. 몇 가지만 물어보겠습니다. 이 끔찍한 사건이 발생하기 1주 전에 동생과 함께 레이커스 경기를 보러 갔다고 했는데, 그때 무슨 이야기를 나누었습니까?"

"여러 가지 이야기를 했습니다. 지금 당장 다 기억해내는 건 어려울 것 같은데요."

"스포츠와 레이커스팀 이야기만 나눴나요?"

"아뇨, 물론 아닙니다. 우린 형제니까요. 많은 이야기를 했습니다. 동생이 내 자식들 안부를 물었고요. 나는 요즘 만나는 사람 있느냐고 물었습니다. 뭐 그런 일상적인 이야기를 했죠."

"만나는 사람이 있었나요?"

"아뇨, 요즘엔 없다고 하더라고요. 일 때문에 너무 바쁘다면서."

"일과 관련해서 또 무슨 말을 하던가요?"

"그냥 바쁘다고만 했습니다. 주택담보대출 분야를 총괄하고 있는데 요즘 경기가 안 좋다고요. 대출금 상환이 잘 안 이루어져 주택을 압류하는 경우가 많아진다고 하더라고요. 그런 일을 하는 걸 별로 좋아하지 않았습니다."

"동생이 자기 자산에 대해서도 이야기하던가요? 어떤 일이 벌어지고 있는지?"

프리먼 검사는 변호인이 본 사건과 관련 없는 이야기를 하고 있다며 이의를 제기했다. 나는 3자 협의를 요청했고 받아들여졌다. 판사석 옆에서 나는 지금 검찰의 주장이 틀리다는 것을 입증할 뿐만 아니라 진짜 범인은 따로 있다는 것을 보여주는 대체이론을 펼치고 있는 거라고 주장했다. 변론을 통해 그 대체이론의 증거를 제시하겠다고 이미 배심원들에게 약속한 바 있다고 주장했다.

"이것이 그 대체이론입니다, 재판장님. 미첼 본듀라트가 경제적으로 어려움을 겪고 있었고 그 어려움에서 빠져나오려고 노력한 것이 그를 죽음으로 몰고 갔다는 것이죠. 검찰이 배심원단 앞에 세우는 증인들에게 이와 관련한 신문을 할 수 있도록 허락해주시기 바랍니다."

"재판장님, 무언가가 이 사건과 관련 있다고 변호인이 주장한다고 해서 진짜로 관련 있는 것은 아닙니다." 프리먼이 반박했다. "피해자의 형은 미첼 본듀란트의 경제적 문제나 투자 상황에 대해서 직접적으로 알고 있는 것이 아무것도 없습니다."

"그게 사실이라면 네이선 본듀란트가 그렇게 말할 것이고, 그러면 저는 다음 질문으로 넘어가겠습니다."

"좋아요, 이의 제기를 기각합니다. 하고 싶은 질문 하세요, 할러 변호사."

나는 독서대로 돌아와서 증인에게 같은 질문을 다시 한 번 던졌다.

"아주 짧게 언급은 했지만 자세한 이야기는 하지 않더군요." 증인이 대답했다.

"정확히 뭐라고 하던가요?"

"투자자산의 가치가 폭락했다고 했습니다. 하지만 그런 자산이 얼마나 있는지, 가치가 어느 정도로 떨어졌다는 건지 그런 얘기는 안 하더라고요. 그게 전부입니다."

"투자자산의 가치가 폭락했다고 했을 때 증인은 어떤 뜻으로 받아들였습니까?"

"자산가치보다 담보대출금이 더 많다는 뜻으로요."

"자산을 팔려고 애쓰고 있다는 말도 하던가요?"

"손해를 보지 않고는 팔 수가 없다고 하더라고요."

"감사합니다, 증인. 이상입니다."

프리먼은 글래디스 피켓이라는 여자의 증언을 마지막으로 마이너 선수들에 대한 증인신문을 마무리했다. 증인석에 앉은 피켓은 셔먼오크스에 있는 웨스트랜드 내셔널 본점의 창구 직원 책임자라고 자기소개를 했다. 프리먼은 그녀에게 은행에서 맡은 직무가 무엇인지 물은 다음, 곧바로 본론으로 들어갔다.

"창구 직원 책임자라고 하셨는데요. 증인 밑에 있는 부하직원이 몇 명이나 됩니까?"

"다 합하면 40명쯤 될 겁니다."

"마고 섀퍼라는 창구 직원도 그중 한 명인가요?"

"네, 그렇습니다."

"미첼 본듀란트가 살해된 날 아침 이야기를 하죠. 마고 섀퍼가 특별한 걱정거리를 가지고 증인을 찾아왔죠?"

"네, 그렇습니다."

"섀퍼가 무슨 걱정을 하고 있었는지 배심원들에게 말씀해주시겠습니까?"

"마고가 제게 와서, 은행에서 반 블록 떨어진 곳에서 리사 트래멀을 봤는데 은행에서 멀어지는 방향으로 인도를 걷고 있었다고 보고했습니다."

"그게 왜 걱정거리가 되죠?"

"직원 휴게실과 금고 안에 리사 트래멀의 사진이 붙어 있고 리사 트래멀을 보면 언제든 상관에게 보고하라는 지시를 받았거든요."

"그러한 지시가 내려진 이유를 아십니까?"

"네, 그 여자가 은행 건물에 접근하지 못하도록 접근금지 명령을 받아놨거든요."

"마고 섀퍼가 은행 근처에서 리사 트래멀을 봤다고 증인에게 보고한 시각이 언제였죠?"

"그날 출근하자마자 바로 말하더라고요."

"창구 직원들 출근 시각을 기록해두십니까?"

"네, 금고에 들어가면 출근 시각이 자동으로 찍히게 되어 있습니다."

"직원들이 금고에 들어가서 자기 창구에서 쓸 돈 통을 갖고 나올 때 찍힌다는 거로군요?"

"네, 맞습니다."

"문제의 사건 당일, 마고 섀퍼의 이름이 언제 찍혔는지 아십니까?"

"9시 5분이었어요. 제일 늦게 찍혔더군요. 지각을 했더라고요."

"그럼 섀퍼가 리사 트래멀을 봤다고 보고한 건 그때 이후였겠네요?"

"네, 맞습니다."

"그럼 그때 증인은 미첼 본듀란트가 은행 주차장에서 살해됐다는 사실을 알고 있었나요?"

"아뇨, 그때까진 아무도 몰랐어요. 리키 산체스는 경찰이 출동할 때까지 주차장에 머물고 있었고 출동한 후엔 조사를 받았거든요. 그래서 무슨 일이 벌어지고 있는지 우린 전혀 몰랐습니다."

"그러면 본듀란트 씨가 살해됐다는 소식을 듣고 마고 섀퍼가 리사 트래멀을 봤다고 이야기를 지어냈을 가능성은 거의 없는 거네요?"

"그렇죠. 본듀란트 씨 살해 소식이 은행에 알려지기 전에 섀퍼가 먼저 리사 트래멀을 봤다고 보고했거든요."

"그럼 본듀란트 씨가 주차장에서 살해된 사실을 알고 나서 마고 섀퍼에게서 들은 정보를 증인이 경찰에 알린 것은 언제였습니까?"

"30분쯤 후요. 그때 사건 소식을 들었고 리사 트래멀이 은행 근처에서 목격됐다는 사실을 경찰이 알 필요가 있겠다고 생각했습니다."

"감사합니다, 증인. 이상입니다."

피켓의 증언은 지금까지 프리먼이 거둔 최고의 성공이었다. 피켓은 내가 증인으로 나온 마고 섀퍼를 공략하여 쌓아놓았던 성을 한순간에 무너뜨렸다. 이젠 그걸 그대로 놔둘지 더한 위험을 감수할지 결정해야 했다.

손실을 줄이고 그냥 넘어가기로 결심했다. 대답을 이미 알고 있지 않은 질문은 절대로 하는 게 아니라는 말이 있다. 지금도 그 원칙이 적용된다. 피켓은 내 수사관의 조사를 거부했었다. 프리먼이 계략을 짜고 있을 수도 있었다. 내가 반대신문을 하면서 경솔한 질문을 던지면 정보를 하나 더 제공해서 내 꾀에 내가 빠지게 하려고 피켓을 증인으로 불렀을 수도 있었다.

"이 증인에 대해서는 질문 없습니다." 내가 변호인석에서 말했다.

페리 판사는 피켓을 내보낸 후 15분간의 오후 휴정을 선언했다. 방청객들이 법정을 나가려고 일어서는 동안, 의뢰인이 내게로 몸을 기울였다.

"그 여자는 왜 그냥 보내줬어요?" 리사가 속삭였다.

"누구요? 피켓? 괜히 질문 하나 잘못 던졌다가 큰코다칠까 봐서요."

"지금 장난해요? 섀퍼를 박살 냈듯이 그 여자도 박살을 내쳤어야죠."

"섀퍼 때는 내가 내밀 게 있었지만, 피켓 때는 그런 게 없었어요. 아무것도 없이 무작정 쫓아가는 건 재앙으로 가는 지름길이에요. 그래서 그냥넘어간 겁니다."

리사의 눈에 분노가 어리는 것이 보였다.

"그 여자에 대해서 뭔가 약점을 잡고 있었어야죠."

리사의 꽉 다문 이 사이로 분노에 찬 비난이 터져 나왔다.

"이봐요, 리사, 난 당신의 대리인이고 모든 결정은 내가……."

"됐어요. 가볼게요."

리사 트래멀이 일어서서 법정 출입문을 향해 서둘러 걸어갔다. 대리인과 의뢰인 간의 불화를 검사가 눈치챘는지 알아보려고 프리먼을 돌아보니, 그녀가 다 이해한다는 듯 미소를 지었다. 눈치챘다는 뜻이었다.

나는 의뢰인이 왜 그렇게 서둘러 법정을 나갔는지 알아보기 위해 복도로 나가보기로 했다. 복도로 나가니 법정 문 사이에 길게 늘어놓은 벤치들 중 하나 앞에 카메라를 든 기자들이 모여서 있는 것이 보였다. 카메라는 벤치에 앉아 아들 타일러를 안고 있는 리사를 찍고 있었다. 소년은 카메라 불빛이 굉장히 불편한 것 같았다.

"빌어먹을." 나는 낮은 소리로 투덜거렸다.

나는 리사의 언니가 모여 있는 사람들 주변에 서 있는 것을 보고 그녀에게로 걸어갔다.

"지금 뭐 하는 거예요, 조디? 아이를 법정에 데려올 수 없다고 판사가 결정했다는 거 다 알면서."

"알아요. 법정에는 안 들어갈 거예요. 학교 조퇴하고 왔어요. 리사가 데려오라고 하더라고요. 자기가 타일러와 함께 있는 모습이 매스컴을 타면 도움이 될 거래요."

"나, 참, 그런 게 무슨 도움이 된다고. 다시는 데려오지 말아요. 리사가 뭐라든 상관없어요. 다시는 데려오지 말아요."

나는 주위를 둘러보며 허브 달을 찾아보았다. 이게 다 그의 머리에서 나온 게 틀림없었고, 따라서 그에게도 같은 메시지를 전달해놓고 싶었다. 그러나 전직 할리우드 제작자의 모습은 보이지 않았다. 그래도 머리는 있어서 내 눈에 안 띄게 숨어 있나 보았다.

나는 법정으로 돌아갔다. 휴식시간이 아직 10분 정도 남아서, 내가 좋아하지 않고 이젠 경멸감마저 들기 시작하는 의뢰인을 위해 일을 계속할 것인가 말 것인가 고민해보기로 했다.

25 낮은 가지의 열매부터

휴식시간이 끝난 후 프리먼 검사는 이른바 '검찰 측 증인신문의 사냥과 채집 단계'로 넘어갔다. 그녀는 범죄현장 전문가들을 증인으로 불렀다. 그들의 증언을 토대로 나중에는 수사책임자인 하워드 컬렌 형사를 부를 것이 틀림없었다.

첫 번째 사냥과 채집 전문가는 윌리엄 애벗이라는 법의관실 조사관이었는데, 범죄현장에 출동해서 시신을 검안하고 기록한 후 부검이 실시될 법의관실로 이송한 사람이었다.

그는 범죄현장을 관찰한 내용과 피해자의 머리에 난 상처에 대해 설명했고 시신에서 지갑과 시계, 동전, 현금 183달러가 든 지폐 클립 등의 소지품이 나왔다고 진술했다. 그리고 조스조 카페의 영수증이 있어서 사망 시각 추정에 도움이 되었다고 했다.

애벗은 앞서 증언한 커빙턴 경사와 마찬가지로 매우 사무적인 어조로 증언했다. 폭력범죄의 현장에 있는 것이 그에게는 일상이었다. 반대신문을 할 차례가 되었을 때, 나는 그 점에 주목했다.

"증인, 법의관실 조사관 일을 하신 지 얼마나 됐습니까?"

"올해로 29년째입니다."

"계속 LA 카운티에서만 근무하셨어요?"

"네, 그렇습니다."

"그동안 조사한 살인 사건 범죄현장이 몇 군데나 된다고 추산하십니까?"

"어우, 한 2천 군데는 족히 넘을걸요. 엄청 많지요."

"그렇군요. 그리고 그중 상당수의 현장은 잔혹한 폭력의 현장이었을 테고요."

"그럼요, 야수가 지나간 자리죠."

"이 현장은 어땠습니까? 피해자의 상처를 살펴보고 사진도 찍으셨을 텐데요, 그렇죠?"

"네, 맞습니다, 내가 했죠. 시신을 이송하기 전에 규정에 따라 그렇게 해야 하거든요."

"지금 증인 앞에는 증인이 작성했고 재판 전 합의를 통해 증거물로 채택된 범죄현장 조사 보고서가 놓여 있는데요. 요약문의 두 번째 문단을 배심원들에게 읽어주시겠습니까?"

애벗은 보고서의 페이지를 넘겨 그 문단을 찾았다.

"'정수리에 폭력의 강도와 피해를 잘 보여주는 치명적인 상처가 세 개 있다. 시신의 자세로 보아 피살자는 가격당한 후 몸이 땅에 닿기 전에 즉시 의식을 잃었음을 알 수 있다.' 그렇게 해놓고는 괄호치고 '확인살해'라고 적어놓았군요."

"네, 저도 그게 궁금했는데요. 요약문에 '확인살해'라는 단어를 적어놓은 이유가 뭡니까?"

"내 눈에는 이 세 번의 가격 중 어느 한 번만으로도 소기의 목적을 충분히 달성했을 것으로 보였습니다. 피해자는 땅에 넘어지기도 전에 의식을 잃었고 심지어 사망했을 가능성도 높거든요. 첫 번째 가격이 그렇게 했단 말이죠. 이 말은 나머지 두 번의 가격은 피해자가 얼굴을 땅에 부딪치며 쓰러진 이후에 있었다는 뜻이 되죠. 그게 확인살해입니다. 그래서 원한에 의한 보복살인이 아닌가 싶었습니다."

애벗은 자기가 매우 똑똑해서 변호인이 원하지 않는 대답을 하고 있다고 생각했을 것이다. 프리먼도 마찬가지였을 것이고. 그러나 그건 그들의 생각이 틀렸다.

"그래서 증인은 요약문에 이 살인 사건에 감정이 개입되어 있음을 느꼈다고 쓰신 거로군요, 맞습니까?"

"네, 그렇게 생각했습니다."

"증인은 살인 사건 수사와 관련해서 어떤 훈련을 받으셨죠?"

"30년 전 일을 시작하기 전에 6개월간 연수를 받았습니다. 그리고 1년에 두 차례 직무연수를 받고 있고요. 최신 수사기법들을 배우죠."

"이번 사건은 살인 사건 수사라는 측면에서 볼 때 특수한 경우인가요?"

"아뇨, 뭐 꼭 그런 건 아니지만, 그런 측면도 없지 않죠."

"원한범죄는 면식범의 소행일 가능성이 높은 것 아닌가요? 피해자와 범인이 사적인 관계가 있었을 가능성이요."

"어……."

프리먼이 이제야 내 의도를 눈치챘나 보았다. 벌떡 일어서더니 애벗은 살인 사건 담당 수사관이 아닌데 그 질문은 그가 갖고 있지 않은 전문지식을 요구한다며 이의를 제기했다. 내가 굳이 반박할 필요가 없었다. 판사가 한 손을 들어 내 말을 막더니 프리먼에게 검사 측에서 아무런 이의제기가 없어 변호인이 증인에게 물어볼 걸 거의 다 물어보지 않았느냐고 반문했다. 프리먼이 제지하지 않아 증인이 살인 사건 분야에서의 자신의 경험과 연수에 대해 이미 증언하지 않았느냐는 말이었다.

"도박을 한 거잖아요, 프리먼 검사. 증인의 진술이 당신을 지름길로 인도해줄 거라고 생각하고. 그래놓고 이제 와서 뒤로 물러서면 안 되죠. 증인은 변호인의 질문에 답변하세요."

"대답하시지요, 증인." 내가 말했다.

애벗은 법원 속기사에게 질문을 다시 한 번 읽어달라고 요청하면서 시간을 끌었다. 그러다가 판사로부터 재촉을 받았다.

"그렇게 간주할 수 있습니다." 마침내 애벗이 말했다.

"그렇게 간주할 수 있다고요?" 내가 물었다. "그게 무슨 뜻이죠?"

"대단히 폭력적인 범죄가 발생했을 때 그 피해자는 공격한 범인을, 다시 말해 살인범을 개인적으로 알고 있었다고 간주되어야 한다는 겁니다."

"지금 말씀하신 대단히 폭력적인 범죄는 확인살해를 말씀하시는 겁니까?"

"그것도 포함되겠죠, 네."

"감사합니다, 애벗 씨. 그럼 범죄현장과 관련해서 관찰하신 또 다른 점들은 어떻습니까? 피해자의 정수리에 있는 것처럼 잔혹한 가격에 의한 함몰 상처가 세 개나 생기려면 얼마만큼의 힘이 가해졌을까요? 거기에 대해서는 무슨 의견 없으십니까?"

프리먼은 애벗이 법의관이 아니므로 이 질문에 대답할 만한 전문가적 지식을 갖고 있지 않다고 주장하면서 다시 한 번 이의를 제기했다. 이번에는 페리 판사가 이의 제기를 받아들임으로써 검사의 손을 들어주었다.

나는 지금까지 얻은 것에 만족하고 물러서기로 했다.

"더 이상 질문 없습니다." 내가 말했다.

다음 증인은 범죄현장을 조사한 LA 경찰국 범죄현장 조사반의 선임 범죄학자 폴 로버츠였다. 프리먼이 그를 철저히 관리했기 때문에 그의 증언은 애벗의 증언만큼 다채롭고 흥미롭진 못했다. 그는 범죄현장 조사 절차와, 수거해서 과학수사대 실험실로 넘긴 증거물에 대해서만 이야기했다. 반대신문에서 나는 물리적 증거물이 적다는 사실을 내 의뢰인에게 이롭게 이용할 수 있었다.

"범죄현장에서 채취했고 나중에 피고인의 것으로 밝혀진 지문들이 어디에 찍혀 있었는지 말씀해주시겠습니까?"

"피고인의 지문은 발견하지 못했습니다."

"현장에서 채취한 혈흔 샘플 중 어떤 것이 피고인의 것이었죠?"

"피고인의 혈흔은 발견하지 못했습니다."

"그럼 머리카락과 섬유 증거물은요? 범죄현장에서 피고인의 머리카락과 섬유 증거물은 발견하셨겠죠, 그렇죠?"

"발견하지 못했습니다."

나는 좌절감을 떨쳐버리려는 듯 독서대에서 떨어져 몇 걸음 서성거리다가 돌아왔다.

"할러 변호사, 연극은 하지 않는 걸로." 판사가 말했다.

"감사합니다, 재판장님." 프리먼이 말했다.

"검사한테 말한 거 아닙니다, 프리먼 검사."

나는 오랫동안 배심원단을 바라보다가 마지막 질문을 던졌다.

"요컨대 증인의 범죄현장 조사팀은 그 주차장에서 리사 트래멀과 범죄현장을 연결시키는 증거물을 작은 부스러기 한 개라도 찾아냈습니까?"

"주차장에서요? 아뇨, 찾아내지 못했습니다."

"감사합니다. 이상입니다, 재판장님."

나는 프리먼이 재직접신문 때 본듀란트의 혈흔이 묻어 있는 망치와 내 의뢰인의 차고에서 찾았고 똑같은 혈흔이 묻어 있는 신발에 대해 질문함으로써 대대적인 반격을 감행할 것을 알고 있었다. 로버츠는 범죄현장과 피의자의 집을 모두 조사한 현장조사반원들 중 한 명이었다. 그러나 나는 프리먼이 반격을 가하지 않을 거라고 생각했다. 프리먼은 검찰 측 증거물을 마지막 하나에 이르기까지 언제 제시할 것인지 이미 다 결정해두었다.

그런데 지금 와서 그 순서를 바꿔버리면 리듬이 깨질 수 있고 추진력과 궁극적인 파괴력이 위협을 받을 수 있었다. 그녀는 너무나 노련하기 때문에 그런 위험을 무릅쓰지는 않을 것이다. 나중에 KO 펀치를 날릴 것을 다짐하면서 지금은 손해를 조금 감수할 것 같았다.

"프리먼 검사, 재직접신문 해야죠?" 내가 변호인석으로 돌아가자마자 판사가 물었다.

"아뇨, 재판장님, 재직접신문은 하지 않겠습니다."

"증인은 이제 가보셔도 됩니다."

내 앞 테이블 위에 놓인 소송사건 파일 표지 안쪽에 스테이플러로 찍어 놓은 프리먼 검사의 증인 명단이 있었다. 나는 그 명단에서 애벗과 로버츠라는 이름에 줄을 그었고 남아 있는 이름들을 훑어보았다. 공판 첫째 날이 아직 끝나지 않았는데도 벌써 꽤 많은 증인을 불렀다. 남은 이름들을 훑어보던 나는 컬렌 형사가 다음 증인이 될 가능성이 제일 크다고 생각했다. 그런데 그를 부르면 검찰 측에 문제가 좀 있었다. 나는 손목시계를 확인했다. 오후 4시 25분이었는데, 재판은 5시에 끝나기로 되어 있었다. 프리먼이 컬렌을 증인석에 세우면, 신문을 시작하자마자 판사가 휴정을 선포하게 될 것 같았다. 프리먼이 증언을 통해 놀라운 사실을 폭로하고 배심원들이 밤새도록 그 증언을 떠올리게 만들 수도 있었다. 그러나 그렇게 하자면 질문과 증언의 순서 등을 조정해야 할 것이다. 프리먼은 그렇게까지 할 가치가 있다고 생각하지 않을 것 같았다.

명단을 다시 보면서 검사가 언제라도 걸어내 버릴 수 있는 이른바 '부유물' 증인이 있는지 살펴보았지만 한 명도 발견하지 못했다. 나는 검사가 어떤 조치를 취할지 궁금해하면서 복도 건너편에 앉은 검사를 바라보았다.

"프리먼 검사, 다음 증인 부르세요." 판사가 재촉했다.

프리먼이 자리에서 일어나 페리 판사에게 말했다.

"존경하는 재판장님, 제가 다음에 부를 증인에 대해서는 직접신문과 반대신문이 길어질 것으로 예상됩니다. 따라서 증언이 중단됐다 재개되어 배심원단이 혼란을 느끼지 않도록 내일 아침 첫 증인으로 부르려고 하니 부디 너그럽게 허락해주시기 바랍니다."

판사는 프리먼의 머리 너머로 법정 뒷벽에 걸린 벽시계를 바라보았다. 그러고는 천천히 고개를 가로저었다.

"아뇨, 그건 허락 못 합니다." 판사가 말했다. "법정 시간이 30분 이상 남아 있으니 그걸 사용해야지요. 다음 증인을 부르세요, 프리먼 검사."

"네, 알겠습니다, 재판장님." 프리먼이 말했다. "검찰은 길버트 머데스토 씨를 증인으로 부르겠습니다."

부유물 증인에 관한 내 생각은 틀렸다. 머데스토는 웨스트랜드 내셔널의 경비실장이었고, 프리먼은 그의 증언을 재판 중 어느 때라도 끼워 넣을 수 있고 여세나 흐름에 지장을 주지 않을 것으로 믿었던 것이 틀림없었다.

머데스토는 증인 선서를 하고 증인석에 앉은 후, 경찰로 일했던 경험과 현재 웨스트랜드 내셔널에서 하고 있는 일을 간략히 설명했다. 그런 다음 프리먼은 미첼 본듀란트가 살해된 날 아침 머데스토가 한 행동들에 관해 신문을 시작했다.

"부행장님이라는 얘길 듣고, 저는 제일 먼저 협박 자료를 꺼내 경찰에 넘겼습니다." 머데스토가 말했다.

"협박 자료란 게 뭐죠?" 프리먼이 물었다.

"은행이나 은행 직원을 협박하는 내용의 우편물이나 이메일을 모두 모아놓은 것을 말합니다. 그 속에는 전화나 제삼자나 경찰을 통해 들어오는 협박에 관해 적어놓은 메모도 들어 있고요. 그 협박의 심각성을 판단하는 규정이 있고 그 규정에 따라 블랙리스트도 만들어놓았습니다."

"증인은 그 협박 자료에 대해 잘 알고 있습니까?"

"네, 아주 잘 알고 있죠. 매일 연구하거든요. 그게 제 일이라."

"미첼 본듀란트가 살해된 날 아침에는 그 자료에 몇 명의 이름이 있었나요?"

"세어보지는 않았지만 20~30명쯤은 될 것 같습니다."

"그리고 이 사람들 모두가 은행과 직원들에게 진지하게 협박했다는 말씀이지요?"

"아뇨, 협박을 받으면 일단 자료에 넣는 것이 원칙입니다. 얼마나 진지한지 합당한 것인지 상관없어요. 일단 자료에 다 들어가는 거죠. 그래서 화를 낸다거나 실망감을 표출한다거나 하는 정도지 심각하지 않은 경우가 대부분이죠."

"그날 아침 자료에서는, 심각성의 정도로 순위를 매길 때 명단에 제일 먼저 올라가 있었던 사람은 누구였습니까?"

"피고인, 리사 트래멀이었습니다."

프리먼은 극적인 효과를 위해 잠깐 말을 멈췄다. 나는 배심원들의 얼굴을 살폈다. 거의 전부가 내 의뢰인을 보고 있었다.

"그건 어째서죠, 머데스토 씨? 리사 트래멀이 은행이나 어느 은행직원에게 구체적인 위협을 가했습니까?"

"아뇨, 그런 건 아닙니다. 주택 압류를 놓고 은행과 분쟁을 벌였고 은행 밖에서 시위를 벌인 경력이 있어요. 결국 은행 변호사들이 그녀에 대해 일시적인 접근금지 명령을 받아냈죠. 그녀의 그런 행동들이 위협으로 간주되었던 건데 결국 우리의 판단이 옳았던 것으로 보입니다."

나는 벌떡 일어서서 이의를 제기했다. 머데스토의 진술 중 맨 마지막 말은 선동적이고 배심원단에게 선입견을 줄 수 있는 발언이므로 기록에서 삭제해줄 것을 요청했다. 판사도 동의했고 머데스토에게 그런 의견은 혼자만 갖고 있으라고 꾸짖었다.

"머데스토 씨, 피고인이 피해자 미첼 본듀란트를 포함해서 은행의 어느 직원에게라도 직접적인 위협을 가한 적이 있는지 혹시 아십니까?" 프리먼이 물었다.

모든 약점을 장점으로 바꿔라, 법정대리인들의 황금률이었다. 프리먼은 지금 내가 할 질문을 자기가 함으로써 질문에 내 분노와 빈정거림을 담아낼 기회를 빼앗아버렸다.

"아뇨, 직접적으로 위협을 가한 적은 없었습니다. 하지만 그녀를 계속 요주의 인물로 간주하고 지켜보아야 한다는 게 우리의 판단이었습니다."

"감사합니다, 증인. 이 자료를 LA 경찰국 내의 누구에게 전달하셨어요?"

"수사책임자인 컬렌 형사한테요. 제가 직접 가서 전달했습니다."

"그리고 그날 컬렌 형사와 다시 이야기를 나눌 기회가 있었나요?"

"네, 수사가 진행되는 동안 서너 번 이야기를 나눴습니다. 주차장에 있는 감시 카메라와 다른 것들에 대해서 컬렌 형사가 많이 물어봤습니다."

"증인이 형사에게 또 연락했습니까?"

"네, 우리 창구 직원 한 명이 그날 아침에 은행 근처에선지 은행 사유지 안에서인지 리사 트래멀을 봤다고 상관에게 보고했다는 얘길 듣고 연락했습니다. 경찰이 알아야 할 정보라고 판단되어 컬렌 형사에게 전화했고 형사가 직원을 조사할 수 있도록 자리를 마련해주었습니다."

"그 창구 직원이 마고 섀퍼였나요?"

"네, 그렇습니다."

프리먼은 직접신문을 거기서 끝내고 증인을 내게 넘겼다. 나는 치고 빠지는 것이, 들어가서 씨앗 몇 알을 심고 나왔다가 나중에 추수하러 돌아가는 것이 좋겠다고 판단했다.

"머데스토 씨, 웨스트랜드의 경비실장으로서 증인은 은행이 리사 트래 멀에 대해 취하고 있던 주택 압류 조치 자료에 접근 권한이 있었습니까?"

머데스토가 힘차게 고개를 가로저었다.

"아뇨, 그건 법무팀이 맡은 일이었으니까 당연히 저는 접근 권한이 없 었죠."

"그럼 증인이 컬렌 형사에게 리사 트래멀의 이름이 명단 맨 위에 나와 있는 그 자료를 건네주었을 때, 그녀가 자택을 곧 잃어버릴 상황이었는지 어떤지 전혀 몰랐겠군요, 그렇죠?"

"네, 그렇습니다."

"은행으로부터 담보권 행사 집행을 위임받은 추심업체가 사기 혐의를 받고 있어서 은행이 그녀의 주택 압류 조치를 취소하려고 하던 중이었는 지 어떤지도 증인은 몰랐겠군요, 안 그렇……."

"이의 있습니다!" 프리먼이 소리쳤다. "변호인은 증거가 없는 사실들을 추정하여 말하고 있습니다."

"인정합니다." 페리 판사가 말했다. "할러 변호사, 조심하세요."

"네, 알겠습니다, 재판장님. 증인은 컬렌 형사에게 협박 자료를 건넬 때, 리사 트래멀을 구체적으로 언급했습니까, 아니면 그냥 자료만 건네주고 형사가 직접 살펴보게 했습니까?"

"리사 트래멀이 블랙리스트 맨 위에 있다고 말했습니다."

"형사가 이유를 묻던가요?"

"그건 기억이 잘 안 납니다. 형사에게 그녀에 대해 말해준 것은 기억나 는데 제가 자발적으로 얘기했는지 아니면 형사가 구체적으로 물어봤기 때문에 얘기한 건지는 확실히 기억나질 않네요."

"그럼 컬렌 형사에게 리사 트래멀이 위험인물이라고 알려줬을 당시, 증인은 그녀의 주택 압류 건이 어떻게 진행되고 있었는지 전혀 몰랐습니까?"

"네, 그렇습니다."

"그렇다면 컬렌 형사도 몰랐겠군요, 맞습니까?"

"글쎄, 그건 제가 컬렌 형사가 아니라서. 직접 물어보시죠."

"그럼요, 물어봐야죠. 이상입니다, 재판장님."

나는 내 자리로 돌아가면서 뒷벽에 있는 시계를 보았다. 4시 55분, 오늘 공판은 끝났다는 생각이 들었다. 첫 단추를 잘 끼우기 위해 준비를 많이 하기 때문에 공판 첫날이 끝나면 피로가 몰려들기 마련이었다. 나는 피로가 한꺼번에 몰려드는 것을 느꼈다.

판사는 배심원들에게 오늘 하루 법정에서 보고 들은 것에 대해 열린 마음을 가지라고 충고했다. 그리고 재판에 관한 언론보도를 피하고 사건에 대해 배심원들끼리 혹은 다른 사람들과 논의하지 말라고 주문했다. 그러고 나서 그들을 집으로 돌려보냈다.

의뢰인은 어느새 법정으로 돌아와 있는 허브 달과 함께 법정을 나갔고, 나는 법정을 나가는 프리먼을 뒤따라갔다.

"출발이 좋은데요." 내가 검사에게 말했다.

"변호사님도 나쁘지 않던데요."

"재판 초기에는 낮은 나뭇가지에 달린 열매를 따 먹어야 한다는 거 우리 둘 다 잘 알잖아요. 그 열매들이 다 사라지면 그때부턴 힘들어진다는 것도."

"맞아요, 힘들어지겠죠. 행운을 빌어요, 할러 변호사님."

복도로 나온 뒤 우리는 각자의 길을 갔다. 프리먼은 계단을 내려가 검찰청으로 향했고, 나는 엘리베이터를 타고 내려가 내 사무실로 돌아갔다. 내가 얼마나 피곤한지는 중요하지 않았다. 아직 할 일이 있었다. 내일 하루 종일 컬렌이 증인석에 앉아 있을 것이므로 준비를 해야 했다.

26 컬렌의 동영상

"검찰은 하워드 컬렌 형사를 증인 신청합니다."

검사석 뒤에 서 있던 안드레아 프리먼이 복도를 걸어오는 컬렌 형사를 바라보며 미소 지었다. 형사는 상당히 두꺼운 파란색 바인더 두 개를 겨드랑이에 끼고 있었다. 흔히들 '살인 책'이라고 부르는 살인 사건 자료 파일이 틀림없었다. 그는 법정 출입문으로 들어와 증인석을 향해 걸어왔다. 편안해 보였다. 이런 일은 그에겐 일상인 것이다. 그는 살인 사건 자료 파일들을 증인석 앞 선반에 내려놓고 한 손을 들고 증인선서를 했다. 그러면서 곁눈질로 나를 쳐다보았다. 컬렌은 겉으로는 태연하고 차분하고 침착해 보였지만, 우린 전에도 이런 자리에서 만난 적이 있기 때문에, 내가 이번에는 또 뭘 물어볼까 싶어 긴장하고 있을 것이 틀림없었다.

컬렌은 감색 정장을 맵시 있게 차려입고 밝은 주황색 넥타이를 매고 있었다. 형사들은 증인 출석을 할 때 항상 가장 좋은 옷으로 차려입고 나온다. 또 눈에 띄는 것이 있었다. 컬렌의 머리에서 흰머리가 사라졌다. 예순이 가까운 나이였는데도 흰머리가 하나도 없었다. TV 카메라를 위해 염색을 하고 나온 것이 틀림없었다.

허영심. 반대신문을 할 때 이걸 내게 이롭게 이용할 수 있겠다는 생각이 들었다.

증인선서를 한 후 컬렌은 증인석에 앉아서 편안한 자세를 취했다. 아마도 하루 종일, 아니, 그보다 더 오래 그 자리에 앉아 있게 될 터였다. 그는 법원 서기가 갖다 놓은 물 주전자에서 물을 한 잔 따라 한 모금 마신 후 프리먼을 바라보았다. 준비가 되었다는 신호였다.

"안녕하십니까, 컬렌 형사님. 우선 배심원 여러분께 간단히 자기소개부터 해주시죠."

"그러죠." 컬렌이 온화하게 웃으면서 말했다. "쉰여섯 살이고 24년 전에 LA 경찰국에 입사했습니다. 그전에는 10년간 해군에서 복무했죠. 지난 9년간은 밴나이스 경찰서에서 살인 사건 담당 형사로 일했고요. 그전에 3년간은 풋힐 경찰서 살인 사건 전담반에서 일했습니다."

"그동안 수사하신 살인 사건이 몇 건이나 되죠?"

"이번이 예순한 번째입니다. 6년간은 강도, 절도, 자동차 절도 같은 다른 범죄를 수사하다가 살인 사건 전담반으로 옮겨왔죠."

프리먼은 독서대 뒤에 서 있었다. 리걸패드의 페이지를 넘기며 다음 질문으로 넘어갈 준비를 하고 있었다.

"미첼 본듀란트가 살해된 날 아침 이야기부터 시작하죠. 사건 발생 당시의 상황부터 우리에게 설명해주시겠습니까?"

'우리'라는 말을 사용해서 배심원들과 검사가 한 팀임을 암시한 것은 영리한 처사였다. 나는 프리먼의 능력에 대해서는 아무런 의심도 없었고 수사책임자를 증인석에 앉혀놓고 가장 예민하고 날카롭게 신문을 이끌어갈 것임을 잘 알고 있었다. 내가 컬렌의 증언에 흠집을 내기 시작하면, 전부가 무너져 내릴 수 있다는 것을 검사는 잘 알고 있었다.

"오전 9시 15분쯤 책상 앞에 앉아 있는데 파트너인 신시아 롱스트레치 경위가 와서 벤투라 대로에 있는 웨스트랜드 내셔널 본사 주차장에서 살인 사건이 발생했다고 하더군요. 우린 즉시 출동했습니다."

"현장으로 가셨습니까?"

"네, 즉시 달려갔죠. 9시 30분에 도착해서 현장을 인계받았습니다."

"인계받아서 무슨 일을 하셨어요?"

"제일 먼저 할 일은 범죄현장에 있는 증거물을 보존하고 채집하는 일입니다. 순경들이 이미 폴리스라인을 쳐놓고 시민들의 접근을 막고 있었습니다. 초기 대응이 잘 이루어진 것을 확인한 후 우리는 업무를 분담했습니다. 파트너에게는 범죄현장 조사 감독을 맡겼고 나는 순경들이 조사를 위해 모아놓은 참고인을 상대로 1차 조사를 진행하기로 했습니다."

"롱스트레치 형사는 증인보다 경험이 조금 부족한 형사죠, 맞습니까?"

"네, 나와 함께 살인 사건 전담반에서 일한 지 3년 됐죠."

"왜 그렇게 경험이 적은 형사에게 범죄현장 조사 감독이라는 막중한 임무를 맡기셨나요?"

"현장에 있는 과학수사대 요원들과 법의관실 수사관이 다들 베테랑들이었거든요. 경험 많은 전문가들과 있으니까 걱정 없다고 생각했죠."

프리먼은 본듀란트의 시신을 발견하고 911에 신고한 리키 산체스를 비롯하여 여러 목격자들을 조사한 일에 관해 컬렌에게 일련의 질문을 던졌다. 컬렌은 증인석에 편안히 앉아서 솔직하게 대답했고, 증언하는 모습이 소탈해 보이기까지 했다. 그가 매력적이라는 생각이 들었다.

검찰 측 증인이 매력적인 것이 마음에 안 들었지만 때를 기다려야 했다. 반대신문을 하기 전에 오늘 공판이 끝날지도 몰랐다. 그때까지 배심원들이 그에게 푹 빠지지 않기만을 바라야 할 것 같았다.

프리먼은 명민해서 매력만으로 배심원단의 관심을 유지할 수는 없다는 것을 알고 있었다. 드디어 그녀가 배경 설명을 끝내고 리사 트래멀을 범인으로 모는 주장을 펼치기 시작했다.

"컬렌 형사님, 수사를 하는 동안 피고인 이름을 들은 적이 있습니까?"

"네, 있습니다. 은행 경비실장이 주차장으로 찾아와서 담당 형사를 만나게 해달라고 했답니다. 내가 잠깐 그와 이야기를 나눈 뒤 그의 사무실로 함께 가서 주차장 출입구와 엘리베이터에 설치된 감시 카메라 녹화 테이프를 살펴봤습니다."

"그래서 그 녹화 테이프를 보고 어떤 단서라도 잡으셨어요?"

"처음에는 아무것도 없었습니다. 살해 추정 시각 전후로 무기를 들고 다니거나 수상하게 행동하는 사람은 아무도 없었습니다. 주차장에서 달려나가는 사람도 없었고요. 들어오고 나가는 차량 중에 수상한 차도 없었습니다. 물론 우린 나중에 거기 있던 모든 차량의 번호판을 조회해봤습니다. 하지만 CCTV 녹화 테이프를 처음 봤을 땐 우리에게 도움이 될 만한 것이 아무것도 없었고, 또 물론 범행 장면이 카메라에 잡히지도 않았습니다. 범인은 CCTV 사각지대의 위치까지 잘 알고 있었던 것으로 보였지요."

내가 일어서서 컬렌의 마지막 말에 대해 이의를 제기하자, 판사는 그 말을 기록에서 지우라고 지시했고 배심원단에게는 그 말을 무시하라고 주문했다.

"형사님, 리사 트래멀이라는 이름이 수사에 처음 등장했을 때의 상황을 말씀해주시던 중이었는데요." 프리먼이 재촉했다.

"네, 그랬죠. 은행 경비실장인 머데스토 씨가 내게 파일을 하나 주었습니다. 협박 평가 자료라고 하더군요. 그 파일 속엔 피고인의 이름을 비롯해서 여러 명의 이름이 적혀 있었습니다. 그걸 건네받고 얼마 지나지 않아, 머데스토 씨가 전화해서 자료 속 블랙리스트에 들어 있는 리사 트래멀이 그날 아침 은행 근처에서 목격되었다는 사실을 전해주었습니다."

"피고인 말이군요. 그렇게 해서 피고인의 이름이 수사에 등장하게 되었군요, 그렇죠?"

"네, 그렇습니다."

"그 이야기를 듣고 어떻게 하셨습니까, 증인?"

"먼저 범죄현장으로 돌아갔습니다. 파트너에게 은행 근처에서 리사 트래멀을 봤다고 말한 목격자를 만나보라고 지시했죠. 목격 사실을 확인하고 자세한 진술을 듣는 게 중요하니까요. 그러고 나서 나는 협박 평가 자료를 찬찬히 살펴보면서 거기에 오른 모든 이름과 인지된 협박에 관한 자세한 설명을 읽었습니다."

"그러고는 바로 결론을 내리셨어요?"

"은행과 분쟁 중이라고 자료에 적혀 있다고 해서 즉시 용의자로 간주하지는 않았습니다. 모두 면밀히 살펴보기는 해야겠지만요. 하지만 리사 트래멀은 곧바로 용의 선상에 올랐습니다. 살인 사건이 발생한 시각에 은행 근처에서 목격됐다고 머데스토 씨에게서 들었기 때문에요."

"그러니까 그 시점에는 리사 트래멀이 시간적, 공간적으로 살인 사건과 가까이 있었다는 사실이 증인이 내린 판단의 핵심 근거였군요?"

"네, 그렇죠. 가까이 있다는 건 접근했다는 의미일 수 있으니까요. 범죄현장을 살펴보니 누군가 피해자가 나타나기를 기다렸던 것 같았습니다. 피해자는 벽에 그의 이름이 적힌 지정된 주차공간을 갖고 있었죠. 그 공간 옆에는 커다란 기둥이 있었고요. 범인이 기둥 뒤에 숨어서 본듀란트 씨가 주차장으로 들어와 주차하기를 기다렸을 거라는 게 우리의 첫 시나리오였죠. 그는 차에서 내리자마자 뒤에서 가격을 당한 것 같았습니다."

"감사합니다, 형사님."

프리먼은 컬렌 형사에게 범죄현장에서 취한 조치들에 대해 몇 가지 더 물어본 뒤 다시 리사 트래멀에게로 관심을 돌렸다.

"증인의 파트너가 어느 시점엔가 범죄현장으로 돌아와서 은행 근처에서 리사 트래멀을 봤다고 주장하는 은행 직원을 만나본 결과를 보고했습니까?"

"네, 보고하더군요. 파트너와 나는 그 목격자의 진술이 매우 신빙성이 있다고 판단했습니다. 그래서 논의 끝에 리사 트래멀을 빨리 만나볼 필요가 있겠다고 결론 내렸습니다."

"하지만 증인, 증인은 범죄현장을 조사하고 있었고 은행과 은행 직원들을 상대로 협박한 사람들 이름이 가득 적힌 자료를 갖고 있었습니다. 근데 리사 트래멀을 다급하게 만나볼 이유가 뭐죠?"

컬렌은 증인석에 등을 기대고 앉아 지혜롭고 교활한 베테랑 형사의 자세를 취했다.

"우리가 리사 트래멀을 다급하게 만나본 데엔 두 가지 이유가 있었습니다. 첫째, 트래멀은 자기 집의 압류를 놓고 은행과 분쟁을 벌이고 있었습니다. 그 분쟁은 좀 더 구체적으로는 주택담보대출부서 소관이었고, 피해자인 본듀란트 씨는 주택담보대출부서를 총괄하는 부행장이었고요. 그래서 관련이 있겠다고 판단한 겁니다. 두 번째로 더 중요한 이유는……."

"잠깐만요, 형사님. 관련성을 말씀하셨는데, 그럼 증인은 피해자와 리사 트래멀이 서로를 알고 있었는지 어떤지 알고 있었나요?"

"아뇨, 그 당시엔 몰랐죠. 우리가 알고 있었던 건 자기 집이 압류로 넘어갈 위기에 처하자 리사 트래멀이 은행 앞에서 시위를 했고 그 압류 건은 피해자인 본듀란트 씨가 결정해서 시작된 거라는 사실이었습니다. 하지만 이 두 사람이 서로 아는 사이였는지, 혹은 이전에 만난 적이 있었는지는 그 당시엔 몰랐죠."

검사는 아주 자연스럽게 자기주장의 결함을 끄집어내 배심원들에게 보여주었다. 내가 할 일을 자기가 해버리니 맞서기가 더 어려워졌다.

"알겠습니다, 증인." 프리먼이 말했다. "리사 트래멀을 다급하게 만나본 두 번째 이유를 말씀하시려던 중이었는데 제가 말을 끊었네요."

"내가 말하고 싶은 것은 살인 사건은 유연하게 대처해야 하는 상황이라는 겁니다. 대단히 조심스럽게, 신중하게 움직여야 하지만 또 그와 동시에 사건이 이끄는 데로 용감하게 따라가야 하죠. 그러지 않으면 증거가 사라질 위험이 있거든요. 피해자가 추가로 발생할 가능성도 있고요. 우리는 수사 초기 단계에서 리사 트래멀을 만나볼 필요가 있다고 생각했습니다. 기다릴 수가 없다고 판단했죠. 증거를 훼손하거나 다른 사람들을 해칠 시간을 줄 수는 없었으니까요. 움직여야 했습니다."

나는 배심원들을 살펴보았다. 컬렌은 이제까지 본인이 한 증언 중 최고의 증언을 하고 있었다. 모든 배심원의 시선이 그에게 고정되어 있었다. 클레그 맥레이놀즈가 영화를 만든다면, 컬렌이 본인 역으로 출연해야 할 것 같았다.

"그래서 어떻게 하셨어요, 컬렌 형사님?"

"리사 트래멀의 운전면허를 조회해서 우드랜드힐스의 주소를 알아내 그곳으로 출동했습니다."

"범죄현장에는 누가 남고요?"

"여러 명이 남아 있었죠. 우리 쪽 코디네이터와 과학수사대 요원들 전원과 법의관실 직원들이요. 아직 할 일이 많이 있었고 우린 그들을 보좌하고 있었습니다. 리사 트래멀의 집으로 출동한 것이 범죄현장을 훼손하거나 수사에 지장을 초래하지는 않았습니다."

"코디네이터요? 누굴 말씀하시는 건지?"

"잭 뉴섬이라고 살인 사건 전담 반장이죠. 형사 3급이고요. 그때 사건현장을 지휘하고 있었습니다."

"그렇군요. 그래서 리사 트래멀의 집에 가보니까 어떻든가요? 피고인이 집에 있었습니까?"

"네, 있었습니다. 문을 두드리니까 열어주더군요."

"그다음엔 어떻게 됐는지 자세히 설명해주시겠습니까?"

"우린 신원을 밝히고 어떤 범죄에 대해 수사를 하는 중이라고 말했습니다. 무슨 사건인지는 밝히지 않고 심각한 사건이라고만 했고요. 집 안으로 들어가 몇 가지 물어봐도 되겠느냐고 했더니 트래멀이 그러라고 해서 집 안으로 들어갔습니다."

나는 주머니에서 진동을 느꼈고 휴대전화에 문자메시지가 왔다는 것을 알아차렸다. 슬그머니 전화기를 꺼내 판사가 보지 못하도록 책상 밑으로 내려서 문자메시지를 확인했다. 시스코에게서 온 거였다.

할 얘기 있음. 보여줄 것도 있고.

내가 답장을 보내면서 우리는 짧은 디지털 대화를 나누었다.

편지 확인했어?

아니, 다른 거야. 편지는 아직 확인 중.

그럼 재판 끝나고 보자. 편지 갖다 줘.

나는 전화기를 집어넣고 다시 프리먼의 직접신문에 집중했다. 문제의 편지는 그 전날 오후에 우편으로 내 우체국 사서함에 배달되었다. 익명으로 왔지만 그 내용이 사실임을 시스코가 확인해준다면 나는 새로운 무기를 갖게 되는 것이다. 그것도 강력한 무기를.

"처음 봤을 때 피고인의 태도는 어땠나요?" 프리먼이 물었다.

"굉장히 침착해 보였습니다." 컬렌이 말했다. "형사들이 왜 자기를 만나고 싶어 하는지, 무슨 범죄가 있었다는 건지 별로 궁금하지도 않은 것 같았고요. 무덤덤해 보였다고 할까요."

"어디서 피고인과 이야기를 나누셨죠?"

"트래멀이 우릴 부엌으로 안내하더니 식탁에 앉으라고 하더군요. 물이나 커피를 마시겠느냐고 물었는데 둘 다 싫다고 했습니다."

"그럼 그때부터 조사를 시작했습니까?"

"네, 우선 오전 내내 집에 있었느냐고 물었습니다. 8시에 셔먼오크스에 있는 학교로 아들을 등교시켜줄 때 빼고는 집에 있었다고 하더군요. 집으로 오는 길에 어디 들른 적이 있느냐고 물었더니 없다고 했고요."

"그 대답을 듣고 무슨 생각을 하셨습니까?"

"누군가가 거짓말을 하고 있다고 생각했죠. 9시 가까운 시각에 은행 근처에서 트래멀을 봤다는 목격자가 있었잖습니까. 그러니까 누가 잘못 봤거나 거짓말을 하고 있는 거였죠."

"그래서 어떡하셨어요?"

"조사할 것도 있고 보여줄 사진도 있으니 경찰서로 같이 가겠느냐고 물었죠. 그러겠다고 해서 밴나이스로 데리고 갔습니다."

"변호인이 입회하지 않은 자리에서는 형사의 조사에 응하지 않을 수 있다는 헌법상의 권리를 먼저 피고인에게 고지하셨습니까?"

"그땐 안 했죠. 그땐 용의자가 아니었거든요. 이름이 수면 위로 떠오른 관심 인물이었을 뿐이니까요. 피의자로 전환할 때까지는 미란다 원칙을 고지할 필요가 없다고 생각했습니다. 피의자로 전환할 수준에 가까이 가지도 않았고요. 트래멀의 진술과 목격자의 진술이 꽤 차이가 있더군요. 한 사람을 피의자로 만들기 전에 우선 그 간극부터 줄일 필요가 있었습니다."

프리먼이 이번에도 한발 앞섰다. 내가 그 틈을 더 넓히기 전에 메우고 붙이려고 애쓰고 있었다. 맥이 빠졌지만 어쩔 도리가 없었다. 나는 나중에 컬렌에게 물어볼 질문들을, 프리먼이 예상하지 못할 질문들을 열심히 써내려갔다.

프리먼은 아주 능숙하게 컬렌을 밴나이스 경찰서로, 그가 내 의뢰인과 마주 앉아 신문을 한 조사실로 데려왔다. 그의 입을 통해 그 조사 내용을 녹화한 비디오를 소개했다. 그 비디오는 배심원단을 위해 두 대의 프로젝터 스크린으로 재생되었다. 조사 동영상을 공개하는 것에 대해 이미 애런슨이 강력히 반대한 바 있으나 받아들여지지 않았다. 페리 판사는 동영상 공개를 허용했다. 나중에 유죄 평결이 내려진 후 항소할 수 있지만 그땐 성공을 더욱더 보장하지 못했다. 반전을 꾀하려면 지금 해야 했다. 배심원단이 그 조사를 불공정한 과정으로, 결백한 내 의뢰인의 발목을 잡은 덫으로 보게 만들 방법을 찾아야 했다.

조사 동영상은 머리 위 높이의 스크린에서 방영되었다. 스크린 속의 하워드 컬렌은 덩치가 큰 남자이고 리사 트래멀은 왜소한 여자였기 때문에 피고인 측은 작은 점수를 땄다. 테이블을 가운데 두고 리사의 맞은편에 앉은 컬렌이 그녀를 압도하고, 궁지로 몰고, 심지어 괴롭히는 것처럼 보였다. 이건 우리에게 이로웠다. 반대신문을 통해 배심원들의 마음속에 심으려고 했던 이미지가 바로 이런 거였다.

소리도 맑고 또렷하게 잘 들렸다. 내가 이의 제기를 했음에도 불구하고, 판사와 변호인 측뿐만 아니라 배심원들에게도 따라 읽을 수 있는 녹취록이 배분되었다. 나는 배심원들이 녹취록을 읽는 것을 원하지 않았다. 그들이 덩치 큰 남자가 작은 여자를 괴롭히는 모습을 보기를 바랐다. 그 모습은 동정과 연민을 불러일으킬 수 있었지만 활자화된 말은 그럴 수 없었다.

컬렌 형사는 방 안에 있는 사람들의 이름을 말하고 리사 트래멀에게 자발적으로 그곳에 있는 거냐고 물으면서 자연스럽게 조사를 시작했다. 트래멀은 그렇다고 대답했지만 동영상으로 보이는 모습과 카메라의 각도를 보면 자발적으로 와서 앉아 있는 것 같지 않았다. 마치 감옥에 갇혀 있는 것 같았다.

"우선 오늘 행적을 설명해주면서 시작할까요?" 컬렌이 말했다.

"언제부터요?" 트래멀이 물었다.

"아침에 눈을 뜬 순간부터?"

트래멀은 아침에 일어나서 아들의 등교 준비를 도운 후 아들을 학교까지 데려다주는 일상을 간략히 설명했다. 아들은 사립학교에 다녔고 등교 시간은 도로 상황에 따라 다르지만 대략 20분에서 40분 정도 걸렸다. 그녀는 아들을 학교에 내려준 후 카페에 들러 커피를 사서 집으로 돌아왔다.

"아까 집에서는 아무 데도 안 들렀다고 해놓고. 이젠 커피를 사려고 카페에 들렀다고요?"

"깜박했었나 봐요."

"어느 카페에 들렀죠?"

"벤투라에 있는 조스조라는 곳이요."

베테랑 수사관인 컬렌은 새로운 질문을 던짐으로써 수사 대상의 허를 찔렀다.

"오늘 아침에 웨스트랜드 내셔널 은행 옆을 지나갔어요?"

"아뇨. 그 은행 때문에 이러시는 거예요?"

"그럼 누가 당신을 거기서 봤다고 한다면, 그 사람이 거짓말을 하는 거네요?"

"그렇죠. 누가 그런 말을 해요? 난 그 명령을 위반하지 않았어요. 형사님은……."

"미첼 본듀란트를 압니까?"

"그를 아냐고요? 아뇨. 그에 대해서는 알아요. 그가 누군지는 알죠. 하지만 직접적으로 그를 아는 것은 아니에요."

"오늘 아침에 그를 봤습니까?"

트래멀이 여기서 말을 멈췄고, 그건 자신에게 엄청나게 불리한 행동이었다. 동영상에서, 운명의 수레바퀴가 굴러가고 있는 것을 볼 수 있었다.

리사 트래멀은 진실을 말할까 말까 망설이고 있었다. 나는 배심원단을 흘끗 쳐다보았다. 고개를 들고 스크린을 보고 있지 않은 배심원은 단 한 명도 없었다.

"네, 봤어요."

"하지만 웨스트랜드 은행 근처에도 가지 않았다고 방금 당신 입으로 말했잖아요."

"거긴 안 갔다니까요. 누가 은행에서 나를 봤다고 했는지 모르겠지만, 혹시 본듀란트 그 사람이 그랬다면, 그건 거짓말이에요. 은행 근처에도 안 갔어요. 하지만 그를 보긴 봤어요. 커피숍에서요. 은행이 아니……."

"아까 당신 집에서는 왜 그 얘기를 안 했죠?"

"그 얘길 왜 해요? 안 물어봤잖아요."

"오늘 아침 이후로 옷을 갈아입었습니까?"

"네?"

"오늘 아침 집에 돌아온 후에 옷을 갈아입었냐고요."

"형사님, 도대체 왜 이러시는 거예요? 잠깐 서로 가서 얘기하자더니 이게 다 계략이었군요. 난 접근금지 명령을 어기지 않았어요. 난……."

"미첼 본듀란트를 공격했습니까?"

"뭐라고요?"

컬렌은 대답하지 않았다. 그는 트래멀의 입이 완벽한 O자로 벌어지는 것을 물끄러미 바라보았다. 나는 배심원들을 살펴보았다. 아직도 모두의 눈이 스크린을 향하고 있었다. 나는 그들도 내가 본 것을 보았기를 바랐다. 내 의뢰인의 얼굴에 떠오른 순전한 충격을 보았기를 바랐다.

"미, 미첼 본듀란트가 공격을 당했어요? 괜찮아요?"

"아뇨, 실은, 죽었습니다. 그리고 이젠 당신에게 헌법상의 권리를 알려줘야 할 것 같군요."

컬렌은 트래멀에게 미란다의 원칙을 고지했고 트래멀은 마법의 말을, 이제까지 그녀의 입에서 나온 말 중 가장 현명한 두 마디를 말했다.

"변호사를 불러주세요."

그것으로 조사는 끝났고 컬렌이 트래멀을 살인 혐의로 체포하는 것으로 동영상도 끝났다. 그리고 프리먼이 이것으로 컬렌에 대한 증인신문을 마쳤다. 그녀가 갑자기 증인신문을 마친다며 자리에 앉아서 나는 깜짝 놀랐다. 내 의뢰인의 집을 압수수색한 이야기는 꺼내지도 않았다. 망치 이야기도. 하지만 컬렌의 입을 통해 그 이야기를 하지는 않을 것 같았다.

시각이 11시 45분이었고, 판사는 점심시간을 좀 일찍 갖겠다며 휴정을 선언했다. 덕분에 내겐 컬렌에 대한 반대신문을 준비할 시간이 1시간 15분이나 생겼다. 우린 다시 한 번 배심원단과의 춤을 추려고 하고 있었다.

27 모순된 진술

나는 두 개의 두꺼운 파일과 믿고 의지하는 리걸패드를 들고 독서대로 걸어갔다. 반대신문에 그 파일들이 꼭 필요한 건 아니었지만 남들 눈에 인상적인 소도구로 비치기를 바랐다. 나는 독서대 위에 놓인 것들을 천천히 정리했다. 컬렌이 불편해하기를 바랐다. 그가 내 의뢰인을 다뤘던 방식으로 나도 그를 다룰 계획이었다. 머리를 까닥거리고 이리저리 돌면서 기회를 엿보다가 그가 라이트훅을 예상할 때 레프트훅을 날리고 치고 빠지는 식으로 해볼 생각이었다.

프리먼은 형사팀의 증언을 따로 떼어놓는 영리한 전술을 구사했다. 지금 내가 컬렌 형사만 신문해서는 사건에 대해 응집력 있는 공격을 감행할 수 없을 것이다. 컬렌은 지금, 그의 파트너 롱스트레치 형사는 훨씬 나중에 신문하게 생겼다. 소송전략전술이 프리먼의 강점들 중 하나였는데 지금 그 경쟁력을 십분 발휘하고 있었다.

"시작하세요, 변호인." 판사가 재촉했다.

"네, 재판장님. 메모 정리 좀 하느라고요. 안녕하십니까, 컬렌 형사님. 우선 범죄현장부터 다시 살펴볼까 하는데요. 증인은……."

"원하시는 대로."

"네, 고맙습니다. 증인과 증인의 파트너가 피고인 리사 트래멀을 잡으러 출발하기 전에 범죄현장에는 얼마나 있었죠?"

"잡으러 간다는 표현은 좀 거슬리는군요. 우린……."

"그녀가 용의자가 아니었기 때문에요?"

"그것도 있고."

"증인의 표현을 빌자면 관심 인물일 뿐이었으니까요?"

"그렇습니다."

"그럼 증인은 용의자가 아니라 단지 관심 인물에 지나지 않는 이 여자를 찾으러 출발하기 전에 범죄현장에 얼마나 있었습니까?"

컬렌은 자기가 메모해놓은 것을 참조했다.

"파트너와 나는 9시 27분에 범죄현장에 도착해서 10시 39분에 함께 현장을 떠날 때까지 줄곧 현장에 있었습니다."

"그러니까…… 1시간 12분이군요. 범죄현장에 고작 72분간 머물렀다가 용의자도 아닌 여자의 신병을 확보하기 위해 현장을 떠날 필요를 느꼈다 그 말씀이군요. 제 말이 맞습니까?"

"그렇게 볼 수도 있겠고요."

"그럼 증인은 어떻게 보셨는데요?"

"우선, 범죄현장은 살인 사건 전담반 코디네이터가 통제하고 지휘하고 있었기 때문에 거길 떠나는 것은 큰 문제가 안 됐습니다. 과학수사대 요원들도 몇 명 현장에 있었고요. 우리의 임무는 범죄현장 관리가 아닙니다. 우리의 임무는 단서가 이끄는 대로 가서 사건을 해결하는 것이고, 그 당시엔 단서들이 리사 트래멀을 가리키고 있었죠. 그녀는 우리가 찾아갔을 때엔 용의자가 아니었지만 조사 중에 모순되는 진술을 하기 시작하면서 용의자가 되었고요."

"밴나이스 경찰서 조사실에서 있었던 조사를 말씀하시는 거죠, 맞습니까?"

"네, 맞습니다."

"알겠습니다. 그건 그렇고 방금 말씀하신 모순적인 진술이라는 건 뭐죠?"

"집에서는 아이를 내려준 후에 어디에도 들르지 않고 곧장 집으로 왔다고 말했습니다. 그런데 서에 와서는 커피숍에 갔다가 거기서 피해자를 본 것을 갑자기 기억해내더군요. 그리고 은행 근처에도 가지 않았다고 했는데 은행에서 반 블록 떨어진 곳에서 그녀를 봤다는 목격자가 있고요. 굉장히 큰 모순이었죠."

나는 별 황당한 이야기를 다 들어본다는 표정으로 웃으면서 고개를 가로저었다.

"형사님, 지금 농담하시는 거죠?"

컬렌이 처음으로 짜증스러운 표정을 지으며 나를 쳐다보았다. 내가 바라던 게 그거였다. 그에게 창피를 줄 때 그가 오만한 모습을 보인다면 훨씬 더 좋을 텐데.

"아뇨, 농담이라니요." 컬렌이 말했다. "나는 내 일에 대해 대단히 진지하게 생각하고 임하는 사람이에요."

나는 판사에게 트래멀의 조사 동영상 중 일부를 다시 볼 수 있게 해달라고 요청했다. 허락이 떨어졌고, 나는 화면 하단에 찍힌 시각 표시를 주목하면서 테이프를 되감기했다. 그러다가 트래멀이 웨스트랜드 내셔널 근처에도 가지 않았다며 주고받는 대화 부분에서 되감기를 멈추고 재생 버튼을 눌렀다.

"오늘 아침에 웨스트랜드 내셔널 은행 옆을 지나갔어요?"

"아뇨. 그 은행 때문에 이러시는 거예요?"

"그럼 누가 당신을 거기서 봤다고 한다면, 그 사람이 거짓말을 하는 거네요?"

"그렇죠. 누가 그런 말을 해요? 난 그 명령을 위반하지 않았어요. 형사님은……."

"미첼 본듀란트를 압니까?"

"그를 아냐고요? 아뇨. 그에 대해서는 알아요. 그가 누군지는 알죠. 하지만 직접적으로 그를 아는 것은 아니에요."

"오늘 아침에 그를 봤습니까?"

"네, 봤어요."

"하지만 웨스트랜드 은행 근처에도 가지 않았다고 방금 당신 입으로 말했잖아요."

"거긴 안 갔다니까요. 누가 은행에서 나를 봤다고 했는지 모르겠지만, 혹시 본듀란트 그 사람이 그랬다면, 그건 거짓말이에요. 은행 근처에도 안 갔어요. 하지만 그를 보긴 봤어요. 커피숍에서요. 은행이 아니……."

"아까 당신 집에서는 왜 그 얘기를 안 했죠?"

"그 얘길 왜 해요? 안 물어봤잖아요."

나는 거기서 비디오를 멈추고 컬렌을 바라보았다.

"증인, 리사 트래멀의 진술 중에서 모순되는 부분이 어디죠?"

"자긴 은행 근처에도 안 갔다고 하는데 근처에서 봤다는 목격자가 있다는 부분이요."

"그러니까 다른 사람들의 진술과 다르다는 거지, 리사 트래멀이 한 진술 중에 모순이 있었던 것은 아니군요, 맞습니까?"

"굉장히 까다로우시군요, 변호사님."

"질문에 대답해주시겠습니까, 증인?"

"네, 맞습니다, 다른 사람의 진술과 달랐습니다."

컬렌은 그 차이를 중요하게 생각하지 않았지만 나는 배심원들이 중요하게 생각해주기를 바랐다.

"리사 트래멀은 사건 발생 당일 은행 근처에도 가지 않았다는 자기 진술과 모순되는 말을 한 적이 전혀 없습니다, 그렇지 않습니까, 증인?"

"그걸 내가 어떻게 알아요. 그 후로 그 여자가 어떤 말을 했는지 내가 알 게 뭡니까?"

이제 컬렌이 심술궂게 나오고 있었다. 내게는 좋은 소식이었다.

"알겠습니다. 그럼 증인이 알고 있는 한, 그녀가 은행 근처에도 가지 않았다고 한 자신의 진술과 모순되는 말을 한 적이 있습니까?"

"아뇨."

"감사합니다, 증인."

나는 판사에게 동영상을 한 부분 더 틀게 해달라고 요청했고 허락을 받았다. 동영상을 조사 초기 시간대로 되감기해서 멈춰놓았다. 그러고 나서 판사에게 두 대의 스크린 중 한 대에는 동영상을 그대로 틀고, 다른 한 대에는 검찰 측 범죄현장 사진을 붙여도 되겠는지 물었다. 판사가 허락했다.

내가 붙여놓은 범죄현장 사진은 범죄현장 전체를 망라한 광각사진이었다. 본듀란트의 시신은 물론이고 그의 자동차와 열린 서류가방, 땅에 쏟아진 커피 컵 등이 잘 보였다.

"증인, '검찰 측 증거물 3'이라고 명명된 범죄현장 사진을 주목해서 봐주시기 바랍니다. 전경에 보이는 것을 묘사해주시겠습니까?"

"서류가방이요, 아니면 시신이요?"

"다른 건 또 뭐가 있죠?"

"쏟아진 커피와 왼쪽에 증거물 표시가 있네요. 세포 조각인데 피해자의 두피에서 떨어져 나온 것으로 추후 밝혀졌죠. 육안으로 볼 수는 없습니다."

나는 세포 조각에 관한 부분은 기록에서 삭제해줄 것을 판사에게 요청했다. 컬렌에게 사진에서 보이는 것을 묘사해달라고 했지 보이지 않는 것을 묘사해달라고는 하지 않았다고 주장했다. 판사는 내 말에 동의하지 않고 대답 전체를 인정했다. 나는 빨리 포기하고 다음으로 넘어갔다.

"증인, 커피 컵 옆면에 적힌 것을 읽어주시겠습니까?"

"조스조라고 적혀 있군요. 은행에서 네 블록 정도 떨어진 곳에 있는 고급 커피숍이죠."

"아주 좋습니다, 증인. 시력이 저보다 낫군요."

"내 눈은 진실을 찾기 때문에 그렇겠죠."

나는 한가운데에 정확하게 꽂힌 강속구가 볼이라고 판정 나는 것을 본 야구 감독처럼 두 손을 펼쳐 들고 판사를 쳐다보았다. 내가 말로 대응하기 전에 판사가 컬렌을 죽일 듯이 노려보았다.

"증인!" 페리가 으르렁거렸다. "그런 식으로 말하면 안 됩니다."

"죄송합니다, 재판장님." 컬렌이 계속 나를 쳐다보면서 뉘우치듯 말했다. "어찌 된 일인지 할러 변호사는 항상 저에게서 최악의 모습만을 끌어내는 것 같습니다."

"그건 변명이 못 되죠. 다시 한 번 그런 식으로 무례하게 말하면 증인에게 심각한 문제가 생길 겁니다."

"다시는 그런 일이 없도록 하겠습니다, 판사님. 약속합니다."

"배심원 여러분은 증인의 마지막 진술을 무시하세요. 변호인, 빨리 진행해서 우리를 여기에서 빼내주세요."

"감사합니다, 재판장님. 최선을 다하겠습니다. 증인, 증인이 리사 트래멀을 조사하러 떠나기 전 72분간 범죄현장에 있었을 때, 저것이 누구의 커피 컵인지 알아보셨습니까?"

"나중에 알아낸 바에 따르면……."

"아뇨, 아뇨, 아뇨. 나중에 뭘 알아냈느냐고 물은 게 아닙니다. 증인이 범죄현장에 있었던 그 72분에 대해서 묻는 겁니다. 그 시간 동안, 우드랜드힐스에 있는 리사 트래멀의 집으로 가기 전에, 그 커피가 누구 것이었는지 알아냈습니까?"

"아뇨, 그땐 아직 알아내지 못했죠."

"그렇군요, 그러니까 범죄현장에 누가 그 커피를 떨어뜨렸는지 몰랐다, 그 말씀이죠?"

"이의 있습니다. 변호인은 지금 자기가 질문하고 자기가 대답을 했습니다." 프리먼이 말했다.

아무 쓸모 없는 이의 제기였지만 내 리듬을 깨기 위해 뭐라도 해야 한다고 생각한 것 같았다.

"기각합니다." 내가 대답하기 전에 판사가 말했다. "질문에 대답하세요, 증인. 누가 범죄현장에 커피 컵을 떨어뜨렸는지 알았습니까?"

"그 당시에는 몰랐습니다."

나는 비디오가 있는 곳으로 돌아가 미리 맞춰놓은 부분을 틀었다. 조사 초기의 영상이었는데, 리사 트래멀이 살인 사건이 일어난 아침에 자기가 한 일을 열거하고 있었다.

"아들을 내려주고 나서 벤투라 대로로 차를 몰고 오다가 커피를 사려고 잠깐 멈췄어요. 그런 다음에는 바로 집으로 왔죠."

"어디에서 커피를 사려고 멈췄어요?"

"조스조라는 카페요. 밴나이스 대로에 있어요. 벤투라와의 교차로 바로 옆이요."

"큰 컵으로 샀어요, 작은 컵으로 샀어요?"

"큰 컵이요. 커피를 많이 마시거든요."

나는 비디오를 멈췄다.

"말씀해주시죠, 증인. 리사 트래멀이 조스조에서 어떤 컵으로 커피를 샀는지 왜 물어보셨어요?"

"아주 큰 그물을 던지는군요. 그렇게 자질구레한 것까지 다 모아보겠다, 그거죠?"

"사건 현장에서 발견된 커피 컵이 리사 트래멀의 것일지도 모른다고 생각했기 때문이 아닌가요?"

"네, 그땐 그런 가능성도 염두에 뒀었죠."

"증인은 리사 트래멀의 그 대답을 범행을 인정한 말로 받아들였습니까?"

"그땐 그 말이 상당히 중요한 의미가 있다고 생각했죠. 하지만 범행을 시인한 것으로 받아들이지는 않았습니다."

"근데 그러고 나서 리사 트래멀이 커피숍에서 피해자를 봤다고 말했죠, 맞습니까?"

"맞습니다."

"그래서 현장에 떨어져 있던 커피 컵에 대한 증인의 생각이 바뀌었군요?"

"고려해야 할 추가 정보 정도로만 생각했습니다. 초동수사 단계였거든요. 피해자가 그 커피숍에 있었다는 독자적인 정보는 갖고 있지 않았습니다. 리사 트래멀, 그 한 사람의 진술만 있었는데 그마저도 우리가 이미 만나본 목격자의 진술과는 상반되는 것이었죠. 그래서 리사 트래멀이 커피숍에서 미첼 본듀란트를 봤다고 진술했지만 그 말을 믿지 않았습니다. 확인할 필요가 있다고 생각했죠. 나중에 확인을 했고요."

"그러나 조사 초기 단계에서 증인이 모순이라고 생각했던 것이 나중에는 사실과 완전히 일치하는 것으로 밝혀졌다는 걸 이젠 아시겠습니까?"

"이 하나의 경우에서는요."

컬렌은 결코 물러서려 하지 않았다. 그는 내가 자기를 절벽 끝으로 몰아가려 한다는 것을 알고 있었다. 그런 상황에서는 죽을힘을 다해 버티는 게 그가 할 일이었다.

"증인, 모든 걸 다 고려해보면 리사 트래멀 조사에서 유일하게 모순되는 점은, 트래멀은 은행 근처에 가지 않았다고 하는데 그녀를 은행 근처에서 봤다는 목격자가 있다는 것, 그것밖에 없지 않나요?"

"나중에 가서 완벽한 시력으로 돌아보는 것은 누가 못 하겠어요. 하지만 그 하나의 모순이 그때도 중요했고 지금도 중요한 의미를 갖고 있습니다. 믿을 만한 목격자가 살인 사건 발생 시각에 범죄현장 근처에서 리사 트래멀을 봤다고 증언했습니다. 그건 사건 발생 당일부터 지금까지 조금도 바뀌지 않은 사실이죠."

"믿을 만한 목격자라. 잠깐 조사한 것을 토대로 마고 새퍼를 믿을 만한 목격자라고 판단하신 겁니까?"

나는 목소리에 분노와 혼란스러움을 적절히 섞어서 말했다. 프리먼은 이의를 제기하면서 변호인이 원하는 대답을 못 얻어서 증인을 계속 몰아붙이고 있다고 주장했다. 판사는 이의 제기를 기각했지만 검사는 내가 원하는 걸 얻지 못하고 있다는 메시지를 배심원들에게 전하는 데 성공했다. 사실 검사의 말이 맞았다.

"마고 새퍼에 대한 1차 참고인 조사는 짧게 진행됐습니다." 컬렌이 말했다. "그러나 그 후에도 여러 번, 여러 명의 수사관이 그녀를 재조사했죠. 그런데도 그날 본 것에 대한 새퍼의 진술은 조금도 바뀌지 않았습니다. 그러므로 그녀가 봤다고 주장하는 것을 진짜로 본 게 틀림없다고 나는 믿습니다."

"그렇군요. 알겠습니다." 내가 말했다. "커피 컵으로 돌아가 보죠. 사건 현장에 쏟아져 있던 커피는 누구의 것이었는지에 대해 결론이 났습니까?"

"네. 피해자의 주머니에서 조스조 영수증이 나왔는데 그날 아침 8시 21분에 커피 큰 컵 한 잔을 샀더군요. 그 영수증을 발견하고는 범죄현장에 있던 커피 컵이 피해자의 것이라고 결론을 내렸습니다. 나중에 지문 분석을 통해 확인도 했고요. 피해자는 커피 컵을 가지고 차에서 내린 후 뒤에서 공격을 받고 쓰러지면서 컵을 떨어뜨린 겁니다."

마침내 내가 원하는 대답을 듣고 있다는 걸 배심원들이 알아차리기를 바라면서 나는 고개를 끄덕였다.

"영수증이 피해자의 주머니에서 발견된 시각이 몇 시였죠?"

컬렌이 메모를 살펴보았지만 답을 찾지 못했다.

"피해자의 주머니를 확인하고 소지품을 수거하는 일을 맡았던 법의관실 조사관이 영수증을 발견했기 때문에 난 잘 모릅니다. 시신이 법의관실로 이송되기 전에 이런 절차가 행해졌을 테니 그때 발견했을 겁니다."

"어쨌든 증인과 파트너가 리사 트래멀을 잡으러 간 후였죠?"

"잡으러 간 게 아니라니까요. 하지만 우리가 트래멀을 만나러 떠난 후에 영수증이 발견된 것은 맞습니다."

"법의관실 조사관이 증인에게 전화를 걸어 영수증 발견 사실을 알려줬습니까?"

"아뇨."

"리사 트래멀을 살인죄로 체포하기 전에 영수증에 대해 알게 됐습니까, 체포한 후에 알게 됐습니까?"

"체포한 후에요. 하지만 그것 말고도 다른 증거들이……."

"감사합니다, 증인. 근데 부디 제가 묻는 질문에만 대답해주십시오."

"나는 진실을 말하는 걸 꺼려하지 않습니다."

"그러셔야죠. 우리가 여기 모인 것도 다 그것 때문인데. 그건 그렇고, 증인은 모순되는 진술을 토대로 리사 트래멀을 체포했는데 나중에 알고 보니 그 모순된 진술이라는 것이 사건의 증거물과 여러 사실들과 전혀 모순되지 않고 잘 들어맞는다는 걸 알게 됐습니다, 그렇죠?"

컬렌이 기계적으로 대답했다.

"우리에게는 범죄 발생 시각에 범죄현장 근처에서 리사 트래멀을 봤다는 목격자가 있었습니다."

"근데 그게 전부잖아요, 안 그래요?"

"리사 트래멀을 살인 사건과 연결시켜주는 다른 증거물도 있었습니다. 망치와……."

"리사 트래멀을 체포했을 당시의 이야기를 하는 겁니다!" 내가 소리쳤다. "제가 묻는 말에나 대답하세요, 증인!"

"이봐요!" 판사가 소리쳤다. "내 법정 안에서 목소리를 높일 수 있는 사람은 딱 한 명뿐인데, 할러 변호사, 당신은 아닙니다."

"죄송합니다, 재판장님. 증인에게 묻는 질문에나 대답하지 묻지도 않은 말은 하지 말라고 지시해주시겠습니까?"

"증인이 그렇게 하도록 충고를 받았다고 생각하세요. 진행하세요, 변호인."

나는 잠깐 숨을 고르고 마음을 가다듬으면서 배심원들을 쭉 둘러보았다. 동정적인 반응을 기대했는데 전혀 보이지 않았다. 펄롱에게서도 찾을 수 없었다. 펄롱은 나와 눈을 마주치지 않았다. 나는 다시 컬렌 형사를 바라보았다.

"조금 전에 망치 이야기를 하셨는데요. 피고인의 망치요. 그것은 피고인을 체포할 당시에는 증인이 갖고 있지 않았던 증거였습니다, 맞죠?"

"맞습니다."

"리사 트래멀을 체포했는데 증인이 의존했던 모순된 진술이 사실은 모순된 것이 아니었다는 사실이 밝혀졌죠. 그러니까 다급해진 증인이 본인의 가설에 맞는 증거를 찾아보기 시작한 거잖아요, 아닙니까?"

"전혀 사실이 아닙니다. 우린 목격자를 확보하고 나서도 눈을 크게 뜨고 수사를 했어요. 눈가리개를 하고 있지 않았다고요. 만일 그래야만 했다면 피고인에 대한 혐의를 기꺼이 풀었을 겁니다. 하지만 수사는 진행되었고 쌓여가는 증거들이 리사 트래멀을 가리키고 있었습니다."

"증거뿐만 아니라 범행 동기도 확보하셨죠?"

"피해자가 피고인의 집에 대해 담보권을 행사하는 중이었습니다. 동기는 그 정도로 충분하지 않을까 싶은데요."

"하지만 자세한 내용은 모르고 있지 않았나요? 압류가 추진되고 있다는 사실만 빼고요. 맞습니까?"

"네. 그리고 피고인이 은행시설에 대해 한시적 접근금지 명령을 받았다는 사실도 있었고요."

"접근금지 명령만으로도 미첼 본듀란트를 살해할 동기가 된다고 말씀하시는 겁니까?"

"아뇨, 그런 말이 아니고 그런 뜻도 아닙니다. 그것이 큰 그림의 일부가 된다고 말하는 거죠."

"그렇게 모아서 만든 큰 그림이 증인을 성급한 판단으로 이끌고 간 거로군요, 그렇죠?"

프리먼이 벌떡 일어나서 이의를 제기했고 판사가 이의 제기를 받아들였다. 그래도 괜찮았다. 나는 컬렌의 대답을 듣고 싶은 게 아니었다. 그 질문을 모든 배심원들의 마음에 심는 것에 관심이 있을 뿐이었다.

법정 뒷벽에 걸린 시계를 보니 오후 3시 30분을 가리키고 있었다. 나는 판사에게 지금부터는 새로운 방향의 질문을 할 예정이므로 먼저 잠깐 휴식시간을 갖는 게 좋을 것 같다고 말했다. 판사가 동의했고 15분간의 휴정을 선언했다.

나는 변호인석에서 의자에 등을 기대고 앉았다. 의뢰인이 팔을 뻗어 내 팔뚝을 꽉 잡았다.

"너무 잘하고 있어요!" 리사가 속삭였다.

"두고 봐야죠. 아직은 갈 길이 멀어요."

그녀는 의자를 뒤로 밀고 일어섰다.

"커피 마시러 가실래요?" 그녀가 물었다.

"아뇨, 전화할 데가 있어서. 갔다 와요. 그리고 기억해요, 기자들하고 말하지 않는다. 아무하고도 말하지 않는다."

"알아요, 미키. 입이 가벼우면 화를 입는다."

"좋아요."

리사가 피고인석을 떠났고 나는 그녀의 머리가 법정 밖으로 사라지는 것을 바라보았다. 웬일인지 늘 같이 붙어 다니던 허브 달이 보이지 않았다.

나는 휴대전화기를 꺼내 시스코의 휴대전화번호로 전화를 걸었다. 시스코가 즉시 전화를 받았다.

"시간이 없어, 시스코. 그 편지가 필요해."

"준비됐어."

"무슨 말이야, 확인했어?"

"응, 진짜 맞대."

"전화로 얘기해서 다행이군."

"왜, 대표님?"

"옆에 있었으면 뽀뽀를 해줬을 것 같거든."

"어, 그럴 필요까진 없고."

28 연방 수사 대상 통지서

휴식시간의 마지막 몇 분간 나는 컬렌에 대한 반대신문의 후반부를 준비했다. 시스코가 가져온 소식이 재판 전체에 큰 영향을 미칠 것이다. 그 새로운 정보를 가지고 컬렌을 어떻게 요리하느냐가 앞으로의 재판에 영향을 미칠 것이다. 곧 모두가 법정으로 돌아왔고 나는 독서대로 가서 신문을 시작할 준비를 했다. 편지 이야기를 꺼내기 전에 하나 더 짚고 넘어가야 할 것이 있었다.

"증인, 스크린에 붙여진 범죄현장 사진을 다시 한 번 봐주십시오. 피해자의 시신 옆에서 열린 채로 발견된 서류가방이 누구의 것인지 알아냈습니까?"

"네, 가방 안에 피해자의 소지품이 들어 있었고 가방의 황동으로 된 번호잠금장치에 그의 이름의 첫 글자가 새겨져 있더군요. 피해자의 것이었습니다."

"증인은 사건 현장에 출동해 시신 옆에서 열린 서류가방을 보았을 때 어떤 생각이 제일 먼저 들었습니까?"

"아무 생각도 안 들었는데요. 나는 모든 것에 대해 열린 마음을 가지려고 노력하고 있습니다. 특히 사건을 맡아 처음 출동할 때는 더더욱."

"서류가방이 열려 있는 걸 보니 강도가 살인의 동기일 수 있겠다는 생각은 해보셨나요?"

"네, 여러 가지 가능성 중에 하나라고 생각했죠."

"어라, 은행가가 죽어 있고 그 옆에 서류가방이 열려 있네, 범인이 뭘 원했던 걸까, 그런 생각은 해보셨습니까?"

"가능한 시나리오로 봐야 했죠. 하지만 전에도 말했듯이……."

"감사합니다, 증인."

프리먼 검사는 변호인이 증인에게 질문에 대답을 다 할 시간을 주지 않는다고 주장하면서 이의를 제기했다. 판사가 동의했고 컬렌에게 말을 마저 하게 했다.

"강도 사건일 가능성도 하나의 시나리오에 불과하다고 생각합니다. 서류가방을 열어두는 건 강도 사건이 아닌데도 강도 사건인 것처럼 위장하는 쉬운 방법일 수 있으니까, 아닐 수도 있는 거죠."

나는 리듬을 잃지 않고 끼어들었다.

"서류가방에서 무엇이 사라졌는지 확인은 하셨고요?"

"그때도 알고 있었고 지금도 아는 사실이지만, 서류가방에서 사라진 것은 아무것도 없었습니다. 하지만 서류가방에 원래 무엇이 들어 있었는지 보여주는 재고품 목록 같은 것도 없었죠. 그래서 본듀란트 씨의 비서에게 가방 속에 있던 파일과 다른 업무자료들을 보여주면서 혹시 사라진 것이 있는지 살펴보게 했습니다. 사라진 건 아무것도 없다고 대답하더군요."

"그럼 왜 서류가방이 열린 채로 있었을까, 혹시 그 이유를 설명하실 수 있겠습니까?"

"아까도 말했지만, 관심을 딴 데로 돌리기 위해서 그랬을 겁니다. 하지만 피해자가 공격을 받는 것과 동시에 가방을 콘크리트 바닥에 떨어뜨리면서 열렸을 가능성도 크다고 믿습니다."

나는 못 믿겠다는 듯한 표정을 지었다.

"왜 그렇게 생각하시게 되었죠, 증인?"

"그 서류가방의 잠금장치에 문제가 있더군요. 가방이 조금만 흔들리거나 충돌해도 열릴 수가 있습니다. 그 가방을 갖고 실험을 해봤는데, 1미터 이상의 높이에서 딱딱한 지면으로 떨어뜨렸을 때 세 번 중 한 번은 활짝 열리더라고요."

나는 고개를 끄덕였다. 증거개시 절차를 통해 받아본 경찰 조서에서 이미 읽은 내용이었지만 마치 처음 듣는 것처럼 행동했다.

"그러니까 본듀란트 씨가 그 가방을 떨어뜨렸을 때 가방이 스스로 열렸을 가능성이 3분의 1은 된다고 말씀하시는 거죠?"

"그렇습니다."

"증인은 그걸 꽤 높은 가능성이라고 생각하시는 거고요?"

"그렇죠."

"그리고 물론 가방이 그런 식으로 열리지 않았을 가능성이 더 높고요, 맞습니까?"

"그렇게 볼 수 있겠습니다."

"누군가가 가방을 열었을 가능성이 더 높은 거죠, 그렇죠?"

"다시 말하지만, 그렇게 볼 수 있겠습니다. 하지만 가방에서 사라진 게 아무것도 없었고, 따라서 관심을 딴 데로 돌리기 위해서가 아니라면 누가 일부로 가방을 열었을 리는 없다, 그렇게 결론지었죠. 현재 우리가 생각하는 이론은 가방이 떨어지면서 스스로 열렸다는 겁니다."

"증인, 범죄현장 사진을 보면 가방 안의 내용물 중에서 밖으로 튀어나와 아스팔트 위에 떨어져 있는 게 하나도 없는 거 보이십니까?"

"그렇군요."

"증인이 갖고 있는 자료 중에 서류가방 안 내용물 목록이 있으면 우리에게 읽어주시겠습니까?"

컬렌은 천천히 목록을 찾아서 배심원단에게 읽어주었다. 서류가방 안에는 파일 여섯 개, 펜 다섯 자루, 아이패드 한 대, 계산기 한 개, 주소록한 개와 새 공책 두 권이 들어 있었다.

"서류가방을 땅에 떨어뜨렸을 때 스스로 열리는 가능성을 알아보기 위해 실험을 할 때 그 가방 안에 똑같은 내용물을 넣어서 했나요?"

"네, 비슷하게 넣었습니다."

"가방이 열렸는데 모든 내용물이 가방 안에 그대로 있었던 경우는 몇 번이나 됐죠?"

"매번은 아니지만 대개의 경우 그대로 있었습니다. 충분히 일어날 수 있는 일이었습니다."

"그것이 증인의 과학적 실험으로 얻은 과학적 결론입니까?"

"실험실에서 한 겁니다. 내가 실험한 거 아니에요."

나는 펜을 들고 과장된 손놀림으로 리걸패드에 몇 가지 체크를 했다. 그러고 나서 컬렌에 대한 반대신문에서 가장 중요한 길로 걸어 들어갔다.

"증인은 아까 우리에게 웨스트랜드 내셔널로부터 협박 평가 자료를 건네받았고 그 안에 피고인에 대한 정보가 있었다고 했는데요, 그 자료에 있는 다른 이름들도 조사해보셨나요?"

"그 자료를 몇 번이나 검토했고 제한된 조사를 실시했습니다. 그러나 피고인에 대한 증거가 들어왔기 때문에 다른 이름들을 조사할 필요성이 점점 더 줄어들었죠."

"이미 용의자를 확보했는데 굳이 무지개를 좇아갈 필요가 없었겠죠, 그렇지 않습니까?"

"그런 식의 표현은 마음에 안 드는군요. 우리가 얼마나 빈틈없이 철저

324

하게 수사를 했는데요."

"그 빈틈없고 철저한 수사에 리사 트래멀이라는 용의자와 관련 없는 다른 단서들에 대한 수사가 포함되어 있었습니까?"

"물론이죠. 그게 우리가 할 일인데."

"본듀란트 씨의 업무 관련 자료를 받아보고 거기서 리사 트래멀과 관련 없는 다른 단서들도 찾았나요?"

"네, 그럼요."

"이 사건의 피해자에게 가해진 협박들에 대해 조사했다고 증언하셨는데요. 피해자가 다른 사람들에게 가했을지 모르는 협박에 대해서도 조사하셨나요?"

"피해자가 다른 사람을 협박한 경우요? 그런 건은 조사한 기억이 없는데요."

나는 '변호인 측 증거물 2호'를 가지고 증인에게 가까이 갈 수 있게 해달라고 판사의 허락을 구했다. 그러고는 모든 당사자에게 사본을 나눠주었다. 프리먼은 이의를 제기했지만 시늉만 하는 거였다. 루이스 오파리지오에게 보낸 본듀란트의 경고 편지에 관한 문제는 재판전 협의에서 이미 결정되었다. 페리 판사는 검찰의 망치와 DNA 증거 도입을 허용한 것과 형평성을 맞추기 위해서인지는 몰라도 편지를 증거물로 채택해주었다. 판사는 프리먼의 이의 제기를 기각했고 내게 계속 진행하라고 말했다.

"컬렌 형사, 증인은 피해자인 미첼 본듀란트가 웨스트랜드 내셔널의 위탁 추심업체인 ALOFT의 루이스 오파리지오 대표에게 등기우편으로 보낸 편지를 들고 계십니다. 그 편지를 배심원들에게 읽어주시겠습니까?"

컬렌은 내가 건네준 편지를 한참 뚫어지게 쳐다보다가 읽었다.

"'친애하는 루이스, 귀하의 회사가 웨스트랜드를 대신하여 집행하고 있는 주택 압류 건들 중 한 건의 주택 보유자의 법률대리인인 마이클 할러 변호사에게서 온 편지를 여기에 첨부합니다. 그 주택 보유자의 이름은 리사 트래멀이고 담보대출 승인번호는 0409719입니다. 담보물은 제프리 트래멀과 리사 트래멀의 공동 소유로 되어 있습니다. 편지에서 할러 변호사는 의뢰인의 주택 압류에 관한 서류를 모아서 조사해보니 사기 행각이 넘쳐난다고 주장하고 있습니다. 구체적인 예를 많이 들고 있는데, 읽어보니 전부 ALOFT에서 집행한 것들이군요. 귀하가 알고 있고 우리가 이미 논의한 바와 같이, 그 외에 다른 민원도 많이 접수되었습니다. ALOFT에 대한 할러 변호사의 이 새로운 주장이 만일 사실이라면 웨스트랜드는 매우 곤란한 상황에 처하게 됩니다. 특히 정부가 담보대출 분야에 비상한 관심을 보이고 있는 요즘과 같은 상황에서는 더욱 그렇습니다. 이 문제에 관해 우리가 합의와 이해에 도달하지 못한다면, 나는 웨스트랜드가 정당한 사유로 귀사와의 계약을 해지하고 진행 중인 모든 거래를 중단해야 한다고 이사회에 건의할 것입니다. 그렇게 되면 은행은 관계 기관에 SAR을 제출할 수밖에 없게 될 거고요. 이런 문제들에 관해 좀 더 의논할 수 있도록 빠른 시일 내로 연락주시기 바랍니다.'"

컬렌은 더 볼 필요도 없다는 듯이 편지를 내게 내밀었다. 그러나 나는 그 몸짓을 못 본 척했다.

"감사합니다, 증인. 그 편지에서 본듀란트는 SAR을 언급하고 있는데요, 증인은 그게 무엇인지 아십니까?"

"의심스러운 활동 보고서요. 모든 은행은 그런 활동을 인지하면 연방공정거래위원회에 SAR을 제출하게 되어 있습니다."

"지금 들고 계신 편지를 전에도 본 적이 있습니까, 증인?"

"네, 있습니다."

"언제요?"

"피해자의 업무자료를 검토하다가 발견했습니다."

"정확한 날짜를 말씀해주시겠습니까?"

"정확한 날짜는 모르고요. 수사가 시작된 지 2주쯤 지난 후에 이 편지에 대해 알게 됐습니다."

"그럼 리사 트래멀이 살인 혐의로 체포되고 나서 2주가 흘렀을 때군요. 이 편지에 대해 알게 되고 나서 좀 더 수사를 해보셨습니까? 루이스 오파리지오를 만나보셨나요?"

"어느 시점엔가 문의를 했고 오파리지오 씨는 살인 사건이 발생한 시각에 확실한 알리바이가 있다는 걸 알게 됐습니다. 그래서 그걸로 끝냈죠."

"오파리지오의 직원들은요? 그 사람들도 모두 알리바이가 확실했나요?"

"그건 모르겠습니다."

"모른다고요?"

"그렇습니다. 편지 내용이 살해 동기가 아니라 사업상의 분쟁처럼 보였기 때문에 더 조사하지 않았습니다. 이걸 협박 편지로 보지도 않았고요."

"즉각적인 의사소통의 시대에 피해자가 이메일이나 문자메시지나 팩스를 사용하지 않고 굳이 등기우편으로 편지를 보냈는데도 이상하다는 생각이 안 드셨어요?"

"네, 별로요. 등기우편으로 보낸 다른 편지 사본도 여러 장 있었거든요. 기업들끼리는 그런 식으로 의사소통을 하고 기록을 남기는 게 일반적인 관행인 것으로 알고 있습니다만."

나는 고개를 끄덕였다. 그럴듯한 대답이었다.

"본듀란트 씨가 루이스 오파리지오나 그의 회사에 관하여 의심스러운 활동 보고서를 실제로 제출했는지 어떤지 아십니까?"

"연방 공정거래위원회에 문의해봤는데 제출하지 않았더군요."

"루이스 오파리지오나 그의 회사가 수사 대상인지 어떤지 알아보기 위해서 다른 정부관청에는 문의해보셨나요?"

"할 만큼 해봤는데, 아무것도 없었습니다."

"할 만큼 해봤다…… 그럼 이 모든 것이 증인에게는 막다른 골목이었겠군요, 그렇죠?"

"네, 그렇습니다."

"공정거래위원회에 문의하고 알리바이를 확인하고 나서 던져버린 거로군요. 이미 피의자를 확보했고, 그녀를 범인으로 몰아가기가 훨씬 쉽고 여러 가지로 딱딱 맞아떨어졌으니까요, 그렇죠?"

"살인 사건 수사는 결코 쉽지 않습니다. 아주 철저해야 하죠. 어느 것 하나 확인 안 하고 남겨두는 게 없어야 합니다."

"비밀경호국은요? 거기도 확인해보셨어요?"

"비밀경호국이요? 거기는 왜요?"

"수사를 진행하는 동안 비밀경호국과 연락하신 적이 있습니까?"

"아뇨, 전혀."

"로스앤젤레스에 있는 미 연방 지방검찰청하고는요?"

"나는 연락한 적 없습니다. 함께 수사했던 파트너나 다른 동료들은 있었는지 어떤지 모르겠네요."

좋은 대답이긴 했지만 만족할 정도는 아니었다. 프리먼이 의자 끄트머리에 엉덩이를 걸치고 앉아 이의 제기를 위해 일어설 때를 엿보는 것이 눈가로 보였다.

"증인, 연방 수사 대상 통지서가 뭔지 아십니까?"

컬렌이 대답하기 전에 프리먼이 벌떡 일어섰다. 그녀는 이의를 제기했고 재판부 협의를 요청했다.

"또 한 번 내 방에 들어갔다 나와야 할 것 같군요." 판사가 말했다. "배심원단과 법정 직원 여러분은 내가 대리인들과 협의하는 동안 그대로 자리를 지켜주시기 바랍니다. 변호인, 검사, 갑시다."

나는 문서와 첨부된 봉투를 파일에서 꺼내 들고 판사실로 이어지는 문
을 향해 프리먼을 따라갔다. 변호인 측에 유리하게 판세를 뒤집거나 아니
면 법정모독죄로 유치장에 가거나 둘 중의 하나라고 생각하며 걸어갔다.

29 합동수사반

페리 판사는 화가 단단히 났다. 굳이 책상 뒤로 돌아가 앉으려고도 하지 않았다. 우리가 판사실로 들어가자 판사는 가슴에 팔짱을 끼고 즉시 나를 공격했다. 나를 무섭게 노려보면서 법정 서기가 앉아서 속기 기계를 설치하기가 무섭게 입을 열었다.

"할러 변호사, 프리먼 검사는 아마도 비밀경호국과 미 연방 지방검찰청과 연방 수사 대상 통지서에 대해서 지금 처음 들었고 이 모든 것들이 이 사건과 어떤 관련이 있는지에 대해서는 들은 바가 없기 때문에 이의를 제기하고 있는 것 같군요. 그리고 나도 연방정부에 대한 언급은 이번이 처음인 걸로 알고 있어서 이의를 제기합니다. 변호인이 배심원들 앞에서 연방정부로 낚시질을 떠나는 거 허락 못 합니다. 이제 뭘 내놓고 싶으면 증거채택 신청서를 제출하세요. 그리고 프리먼 검사가 이 모든 걸 모르고 있었던 이유를 설명해봐요."

"감사합니다, 판사님." 프리먼이 두 손을 엉덩이에 대고 서서 씩씩거리면서 말했다.

나는 긴장감을 완화시키기 위해 가까이 모여서 있는 곳에서 자연스럽게 몇 걸음 물러서서 샌타모니카 산맥의 한쪽 면이 보이는 창가로 걸어갔다. 산마루 끝에 서 있는 외팔보 집들이 보였다. 다음 번 지진 때 톡 떨어질 준비를 하고 있는 성냥갑 같았다. 나는 저렇게 벼랑 끝에 매달려 사는 것이 어떤 기분인지 잘 알았다.

"판사님, 저의 사무실로 익명의 편지가 한 통 배달되어 왔는데, 열어보니 루이스 오파리지오와 ALOFT에 보낸 연방 수사 대상 통지서의 사본이 들어 있었습니다. ALOFT가 의뢰인인 은행들을 대신해 담보권을 행사하는 과정에서 사기 행각을 벌인 혐의가 제기되어 수사 대상이 되었음을 알리는 내용이었습니다."

나는 그 문서와 봉투를 들어 보였다.

"이게 바로 그 편지인데요. 본듀란트가 살해되기 2주 전에, 그가 오파리지오에게 경고 편지를 보내고 8일 후에 작성된 것이더라고요."

"익명이라고 말씀하시는 그 편지 언제 받으셨어요?" 프리먼이 의심이 뚝뚝 떨어지는 목소리로 물었다.

"어제 내 우체국 사서함에 들어 있었는데 밤늦게야 열어봤어요. 내 말을 믿지 못하겠다면 사무장을 오게 할 테니까 물어봐요. 사서함을 확인한 사람이 사무장이니까요."

"편지 좀 봅시다." 판사가 요구했다.

나는 페리에게 편지와 봉투를 건네주었다. 프리먼이 판사 곁으로 다가가 함께 읽었다. 짧은 편지여서 판사는 금방 읽은 후 검사에게 다 읽었느냐고 물어보지도 않고 내게 돌려주었다.

"오늘 아침에라도 이 얘기를 꺼냈어야죠." 판사가 말했다. "적어도 사본을 검사에게 주고 이 얘길 할 거라고 알려줬어야 하는 것 아닙니까?"

"판사님, 당연히 그렇게 했어야 하지만 복사본이고 우편으로 배달된 거였습니다. 전에도 이런 일로 두들겨 맞은 적이 있거든요. 두 분 다 그런 경험이 한 번씩은 있을 겁니다. 누구한테 얘기하기 전에 우선 그 편지 내용이 사실인지, 연방정부에서 보낸 게 맞는지 확인부터 해볼 필요가 있었습니다. 그러고는 불과 한 시간 전 점심시간에 모든 게 사실이라는 확인을 받았습니다."

"어디서 확인을 받았다는 거예요?" 프리먼이 판사보다 먼저 나서서 물었다.

"자세한 건 몰라요. 내 수사관이 그러더라고요, 연방정부 공무원들이 진짜 맞다고 확인해줬다고. 더 자세히 알고 싶다고 하면, 수사관도 불러들일게요."

"프리먼 검사가 직접 알아볼 테니까 그럴 필요는 없을 것 같군요. 하지만 그 편지를 반대신문에서 소개한 것은 대단히 옳지 못한 처사였습니다, 할러 변호사. 오늘 아침에는 재판부에 알렸어야죠. 우편으로 뭔가를 받았는데 지금 확인 중에 있고 진짜로 확인이 되면 법정에서 소개할 계획이라고 말이죠. 변호인이 판사와 검찰을 기습 공격한 겁니다."

"죄송합니다, 재판장님. 적절하게 처리하려던 것이 그만. 근데 이것도 학습된 행동인 것 같습니다. 검찰이 두 번씩이나 갑작스럽게 증거물을 제시하고 증거물 제출 타이밍과 관리의 영속성에 대한 의문을 불러일으킴으로써 저를 기습 공격한 사실을 고려해보면 말이지요."

페리가 나를 무섭게 노려보았지만 내 말뜻을 알아차렸다는 것을 알 수 있었다. 나는 그가 공정한 판사니까 공정하게 행동할 거라고 믿었다. 그는 편지가 진짜이고 변호인의 재판 전략에 중요한 역할을 한다는 걸 알고 있었다. 공정하게 하려면 내게도 그런 증거를 사용할 수 있는 기회를 주어야 했다. 프리먼도 나와 같은 판단을 했는지 판사의 결정을 막으려고 애썼다.

"재판장님, 지금 시각이 4시 15분입니다. 검찰이 이 새로운 증거를 살펴보고 적절히 준비를 마친 다음 내일 아침부터 재판에 임할 수 있도록 지금 휴정을 해주실 것을 요청합니다." 프리먼이 말했다.

판사는 고개를 가로저었다.

"나는 법정 시간을 잃는 것을 좋아하지 않아요, 검사." 그가 말했다.

"그건 저도 마찬가집니다, 판사님." 프리먼이 대꾸했다. "그렇지만 아까 판사님도 말씀하셨듯이, 저는 지금 기습 공격을 당했습니다. 변호인이 오늘 아침에라도 이 정보를 알려줬어야 했는데 그렇게 하지 않았잖아요. 검찰이 그 편지의 진위를 확인하고 그 내용을 살펴보고 준비를 하지 않은 상태에서 변호인이 그 편지를 가지고 신문을 진행하도록 허락하시면 안 된다고 생각합니다. 딱 45분만 시간을 주십사 요청하는 겁니다. 검찰이 그 정도는 요구할 자격이 있다고 생각하는데요."

판사는 내가 반격을 할 것인지 알아보려고 나를 쳐다보았다. 나는 두 손을 넓게 펼쳐 들었다.

"저는 아무래도 상관없습니다, 판사님. 검사가 아무리 시간을 갖고 살펴보아도 오파리지오가 웨스트랜드와의 거래로 인해 연방정부 당국의 수사를 받았고 지금도 받고 있다는 사실은 변하지 않으니까요. 피해자가 살아 있었다면 오파리지오에 맞서는 증인이 되었을 겁니다. 우리가 제시한 편지를 보면 분명히 알 수 있죠. 근데도 검경은 이러한 측면을 완전히 무시했고, 이제 와서 프리먼 검사는 자기네의 얄팍한 수사는 부끄러워하지 않고……."

"그만 됐어요, 할러 변호사. 지금 우리가 배심원단 앞에 있는 게 아니니까." 페리가 내 말을 끊었다. "변호인의 생각을 충분히 이해합니다. 오늘은 일찍 휴정하겠지만 내일은 9시 정각에 공판을 시작할 겁니다. 양측 모두 철저히 준비하시고 더 이상의 지연 사태가 빚어지지 않도록 조심해줄 것을 당부합니다."

"감사합니다, 재판장님." 프리먼이 말했다.

"법정으로 돌아갑시다." 페리가 말했다.

우리는 법정으로 돌아갔다.

법정을 나가는 데 의뢰인이 내 바로 뒤에서 쫓아오고 있었다. 그녀는 오파리지오에 대한 연방정부의 수사에 대해 자세한 사실을 알고 싶어 했다. 허브 달이 연 꼬리처럼 우리 뒤를 졸졸 따라오고 있었다. 나는 그 둘이 함께 있는 자리에서 말하기가 불편했다.

"그게 무슨 뜻인지 나도 몰라요, 리사. 판사가 오늘 일찍 휴정한 것도 그런 이유 때문이죠. 변호인과 검사가 잘 좀 조사하라고. 그러니까 당신은 잠깐 물러서 있고 나와 내 직원들이 이 문제를 해결하게 내버려둬요."

"하지만 이게 그것일 수도 있어요, 맞죠, 미키?"

"'그것'이 뭔데요?"

"내가 범인이 아니라는 것을 보여주는 증거요. 그것을 입증하는 증거!"

나는 걸음을 멈추고 리사 트래멀을 향해 돌아섰다. 그녀의 눈이 긍정의 대답을 찾아 내 표정을 살피고 있었다. 그 눈에 어린 절박함을 보니 그녀가 진짜로 본듀란트 살인범이라는 누명을 쓴 것인지도 모른다는 생각이 처음으로 들었다.

그러나 결백을 믿는다는 건 나답지 않았다.

"리사, 그 편지가 배심원들에게 진범이 따로 있을 수 있다는 가능성을, 동기와 기회까지 완벽하게 갖춘 다른 가능성을 확실하게 보여줄 수 있기를 나도 바라고 있어요. 하지만 당신은 침착해야 돼요. 그 편지가 증거로 채택되지 않을 수도 있어요. 내 생각엔 검사가 내일 아침에 그 편지를 증거로 채택하지 말아야 한다고 주장할 것 같거든요. 그런 주장이 나올 때 맞설 준비를 하면서, 동시에 그 증거 없이 재판을 진행할 준비도 해놔야 해요. 그러니까 난……."

"검찰이 그렇게 하면 안 되죠! 이건 엄연한 증거물이잖아요!"

"리사, 대리인들은 뭐든 원하는 대로 주장할 수 있어요. 그럼 판사가 판단해주는 거죠. 다행인 건 판사가 우리에게 한 번 빚진 게 있다는 거예요. 사실 두 번이죠. 망치와 DNA가 하늘에서 툭 떨어지게 했으니. 그러니까 판사가 올바른 결정을 하고 편지를 증거로 채택해주기를 바라야죠. 나를 이만 놔줘야 하는 것도 그 때문이에요. 사무실로 가서 준비를 해야 하니까."

리사 트래멀이 팔을 뻗어 내 넥타이를 톡톡 치더니 정장 외투의 깃을 매만졌다.

"알았어요. 할 일 하시고 오늘 밤에 전화 주세요, 아시겠죠? 하루를 마감할 땐 상황이 어떻게 되어가는지 알고 싶어요."

"시간이 있으면 전화할게요, 리사. 너무 피곤하지 않으면."

나는 리사 트래멀의 어깨너머로 허브 달을 바라보았다. 그는 리사에게서 50~60센티미터쯤 뒤에 서 있었다. 사실 지금 이 순간엔 이 친구가 필요했다.

"허브, 리사를 부탁해요. 집으로 데리고 가요, 난 가서 일 좀 하게."

"알았어요." 그가 말했다. "걱정할 것 없어요."

맞다, 걱정할 것 없었다. 공판 준비만으로도 걱정이 태산인데 의뢰인이 방금 내가 딸려 보낸 남자와 연애하는 것까지 걱정할 건 아니었다. 허브 달은 진심일까, 아니면 투자대상을 보호하고 있는 것일까? 나는 그들이 광장을 가로질러 주차장을 향해 걸어가는 것을 지켜보았다. 그러고는 사무실로 가기 위해 도서관을 지나 북쪽으로 걸어갔다. 조금 전 내 앞에 떨어진 가능성에 사실 리사보다 내가 더 흥분해 있었다. 다만 표현을 안 할 뿐이었다. 상대방이 최종적으로 판돈을 걸 때까지 절대로 내 패를 보여주어서는 안 되었다.

사무실에 도착했을 때에도 나는 솟구친 아드레날린 위를 붕붕 떠다니고 있었다. 갑자기 상황이 우리에게 이롭게 바뀐 데 따른 순전한 고옥탄가의 에너지가 나를 휘감고 있었다. 사무실로 들어가 보니 시스코와 불락스가 기다리고 있었다. 나를 보자마자 둘이 동시에 입을 열어서 나는 두 손을 펼쳐 들고 두 사람의 말을 막았다.

"잠깐만, 잠깐만." 내가 말했다. "한 사람씩 차례차례. 나부터 할게. 판사가 일찍 휴정했어. 검사가 연방 수사 대상 통지서를 살펴보고 준비하라고. 내일 아침에 검사가 내밀 가장 강력한 무기에 맞설 준비를 해야 돼. 이 편지를 배심원들에게 꼭 보여주고 싶으니까. 시스코, 이제 자네 차례야. 어떻게 됐어? 편지에 대해서 설명 좀 해봐."

법정에서부터 나를 끌고 온 흥분감과 자신감이 우리를 내 사무실로 이끌었다. 나는 책상 뒤로 가서 앉았다. 자리가 따뜻한 걸 보니 누가 오후 내내 여기 앉아서 일하고 있었던 것 같았다.

"그 편지가 연방 지방검찰청이 보낸 게 맞다는 걸 확인했어. 검찰청은 면담을 거절했지만 편지에 나와 있는 찰스 바스케즈라는 비밀경호국 요원이 남부 캘리포니아 지역의 담보대출 사기 사건들을 다각도에서 수사하고 있는 비밀경호국과 FBI의 합동수사반에 합류하게 됐다는 걸 알아냈어. 작년에 모든 대형 은행들이 주택 압류를 일시적으로 중단하고, 하원에서 조사에 나서겠다고 발표했던 거 기억나?"

"그래, 그때 정말 쫄딱 망하는구나 생각했는데. 다행히도 은행들이 압류를 재개해서 망정이지."

"그러게. 그때 시작된 수사들 중 하나가 바로 이거였어. 래티모어가 이 합동수사반을 조직했지."

레기 래티모어는 남부 캘리포니아 지역 담당 미 연방 지방검사였다. 여러 해 전 그가 국선변호인이었을 때 그와 알고 지낸 적이 있었다. 나중에 그는 편을 바꿔서 연방 검사가 되었고 우린 서로 다른 궤도를 움직였다. 나는 가능하면 연방법원 근처에는 가지 않으려고 애썼다. 가끔 시내로 점심을 먹으러 나갔을 때 식당에서 마주친 적은 몇 번 있었다.

"래티모어는 우리 안 만나줄 거야. 바스케즈는 어때?"

"연락해봤어. 통화가 됐는데, 내가 무슨 일로 전화했는지 듣더니 자기는 할 말 없다고 하더라고. 다시 전화했더니 바로 끊어버렸어. 물어볼 게 있으면 서면으로 해야 할 것 같아."

나는 연방 요원에게 소환장을 송달하는 것은 갈고리 없는 낚싯줄로 낚시하는 것과 같다는 것을 경험으로 알고 있었다. 그들은 소환장을 송달받고 싶지 않으면 충분히 피할 수 있을 것이다.

"그럴 필요 없을 것 같아." 내가 말했다. "판사가 일찍 휴정한 건 검사가 편지를 확인해볼 시간을 주기 위해서였거든. 내 생각엔 검사가 래티모어나 바스케즈를 불러들여서 증인석에 앉힐 것 같아. 그러고 나서 자기한테 유리한 대로 이야기를 풀어나가려고 하겠지."

"맞아요. 검사는 변호인이 증인을 불러 신문하면서 이 사실이 자기 앞에서 터져 나오기를 원하지 않을 거예요." 애런슨이 베테랑 변호사라도 되는 것처럼 말했다. "그리고 그걸 미연에 방지하는 방법은 자신이 먼저 바스케즈를 증인으로 불러 선수를 치는 것이고요."

"이 합동수사반에 대해서 우린 뭘 알고 있지?" 내가 물었다.

"내부에 아는 사람은 없어." 시스코가 말했다. "하지만 내부 사정을 잘 아는 사람은 있어. 이 합동수사반은 정치적 색채가 짙은 조직이야. 그 사람들 생각은 이런 거야. 사기 사건이 사방에 널렸으니까 아무거나 하나 잡아 수사하면 신문에 대서특필되고 자기들이 전체적인 혼란 상황을 개선하기 위해 애쓰고 있는 것처럼 보일 거라는 말이지. 그런 건 말 그대로

식은 죽 먹기일 거고. 그들에게 오파리지오는 완벽한 표적이야. 부유하고 오만하고 게다가 공화당원이잖아. 오파리지오에 대해 그들이 뭘 수사하고 있든, 이제 초기 단계고 많이 진행되지 않은 게 분명해."

"아무래도 상관없어." 내가 말했다. "연방 수사 대상 통지서만 있으면 돼. 그것만 있으면 본듀란트가 오파리지오에게 보낸 편지가 합당한 협박으로 보이잖아."

"정말로 이런 일이 일어났다고 생각하세요? 아니면 이런 우연의 일치를 이용해서 배심원단의 관심을 분산시키려는 거예요?" 애런슨이 물었다.

시스코와 나는 앉아 있었지만 애런슨은 아직도 서 있었다. 거기에는 뭔가 상징적인 뜻이 있는 것 같았다. 음모를 꾸미는 우리와 함께 앉지 않음으로써 자기는 우리의 생각에 동의하지 않는다는 뜻을, 혹은 영혼을 팔지 않겠다는 뜻을 분명히 하고 있는 것이었다.

"그게 뭐가 중요해, 불락스." 내가 말했다. "여기 우리의 목표는 딱 하나야. 점수판에 '무죄'를 적어놓는 것. 거기에 어떻게 도달하는가는……."

말을 끝낼 필요가 없었다. 애런슨을 보니까 교실 밖에서 이루어지는 수업이 아직도 이해하기 어려운 것 같은 표정이었다. 나는 시스코를 돌아보았다.

"그래, 누가 우리한테 그 편지를 흘린 거야?"

"그걸 모르겠어." 시스코가 말했다. "아마도 바스케즈가 아닐까 싶어. 통화를 하는데 너무 깜짝 놀라고 불안해하는 목소리였거든. 바스케즈가 아니라면 미 연방 지방검찰청에 있는 누구겠지."

그 의견에 나도 동의했다.

"어쩌면 래티모어 자신일지도 몰라. 다행히 우리가 운이 좋아서 오파리지오를 증인석에 앉힐 수 있다면, 연방 검찰청이 그를 선서증언(증인이 법원 밖에서 재판에서 사용할 목적으로 한 진술을 기록한 문서—옮긴이)으로 몰아가기가 더 쉬워질 테니까 말이지."

시스코가 고개를 끄덕였다. 그럴 가능성도 충분히 있다고 생각하는 거였다. 나는 다음으로 넘어갔다.

"시스코, 아까 내가 법원에 있을 때 문자 보낸 거 뭐야? 이거와 관련 없는 일인데 할 얘기가 있다고 했잖아." 내가 말했다.

"보여줄 게 있어. 여기 이야기 끝나면 차를 타고 가야 돼."

"어디로?"

"그냥 가서 봐."

시스코의 얼굴이 굳어지는 것으로 보아 불락스 앞에서 할 이야기가 아닌 것 같았다. 믿을 수 있는 팀원이긴 하지만 아직은 함께 하고 싶지 않은 이야기도 있는 것 같았다. 나는 그의 뜻을 이해하고 불락스를 돌아보았다.

"불락스, 아까 내가 들어왔을 때 하고 싶은 말이 있었던 것 같은데?"

"어, 아니에요, 제 증언에 대해서 얘기하고 싶었는데, 아직 며칠 남았으니까요. 그때그때 집중해야 할 것 같아요."

"정말? 지금 얘기해도 되는데."

"아니에요, 수사관님이랑 가세요. 내일 시간이 되면 얘기하죠."

불락스는 우리가 나눈 대화에서 뭔가 마음에 걸리는 것이 있는 것 같았다. 나는 그냥 넘어가기로 하고 자리에서 일어섰다. 그녀에게 연민을 느꼈지만 아주 많이는 아니었다. 누구나 이상주의에 대한 미련을 버리기가 힘든 법이었다.

30 잃어버린 것을 찾아서

시스코가 오토바이를 타고 출근했기 때문에 내가 그를 태우고 링컨 차를 몰았다. 시스코는 밴나이스 대로에서 북쪽으로 달리라고 지시했다.

"리사 남편 일이야?" 내가 물었다. "찾았어?"

"어, 아니, 그게 아니고. 주차장에서 만난 깡패 새끼들 일이야, 대표님."

"날 폭행했던 놈들? 오파리지오와 관련이 있었어?"

"앞의 건 응, 뒤의 것은 아니. 폭행했던 놈들은 맞는데 오파리지오하고는 관련 없어."

"그럼 도대체 누가 보낸 거야?"

"허브 달."

"뭐? 지금 농담하는 거지?"

"그럼 좋게."

나는 수사관을 바라보았다. 그를 전적으로 신뢰했지만 달이 깡패들을 내게 보냈다는 말은 도저히 믿을 수가 없었다. 영화 판권과 돈 문제로 싸우긴 했지만, 그렇다고 내 갈비뼈를 부러뜨리고 고환을 비트는 것이 그에게 무슨 도움이 되겠는가? 폭행을 당하기 직전 나는 달이 맥레이놀즈와

340

계약을 맺은 사실을 알게 됐었다. 하지만 달에게 항의를 해보기도 전에 폭행을 당했었다.

"자네가 나 대신 손 좀 봐주지그래, 시스코."

"아직은 그럴 수가 없어. 그래서 이렇게 차를 타고 가는 거고."

"그럼 말해봐, 도대체 어떻게 된 거야? 지금 한창 재판 중인데."

"알았어. 전에 나한테 그랬잖아, 달을 못 믿겠으니까 뒷조사를 해보라고. 그래서 해봤어. 동생들 둘을 시켜서 미행을 시작했지."

"동생들이라니, 로드 세인츠?"

"응."

예전에, 로나와 결혼하기 훨씬 전에, 시스코는 헬즈 에인절스와 시리너스 클라운스 사이의 어딘가에 위치한 오토바이 동호회인 로드 세인츠들과 어울려 다녔다. 그러다가 전과 하나 없이 동호회에서 탈퇴했고, 그 이후로도 로드 세인츠들과 친분을 유지했다. 나도 오랫동안 로드 세인츠 전속 변호사로 있으면서 교통법 위반 사례나 소란죄, 마약 소지죄 사건들을 처리해주었다. 그러면서 시스코를 처음 만났다. 그때 시스코는 로드 세인츠를 위해서 보안 관련 문제의 수사를 해주고 있었는데, 나는 종종 발생하는 형사사건 수사에 그를 이용하기 시작했다.

그동안 시스코가 나를 위해 로드 세인츠에게 도움을 요청한 적이 몇 번 있었다. 심지어 내가 루이스 룰레 사건을 맡았을 땐 세인츠들이 내 가족을 잠재적 위험에서 구해주었다. 그러므로 시스코가 세인츠에게 또 도움을 요청한 것이 놀라운 게 아니라, 내게 허락을 구하지도 않고 그렇게 했다는 사실이 놀라웠다.

"왜 나한테 말 안 했어?"

"신경 쓰게 하고 싶지 않았어. 사건에만 전념하게 하고 싶었지. 그래서 당신을 그렇게 엉망으로 만든 깡패 새끼들을 나 혼자 찾아봤던 거야."

시스코가 말한 나를 엉망으로 만들었다는 말은 신체적으로만 그렇게 만들었다는 게 아니었다. 그는 때로는 정신적인 폭력이 물리적인 폭력보다 더 심각하다는 것을 알고 있었기 때문에 나를 끌어들이지 않고 혼자 찾아봤던 것이다. 그는 내가 정신이 산만해지거나 자꾸만 뒤를 돌아보게 되는 것을 바라지 않았다.

"그래, 그랬구나." 내가 말했다.

시스코가 검은 가죽조끼 속으로 손을 집어넣더니 접은 사진을 한 장 꺼냈다. 그가 사진을 내게 건네주었고, 나는 로스코에서 신호등에 걸려 설 때까지 사진을 펴지 않고 기다렸다. 펴보니 허브 달이 차를 타는 사진이었는데, 그 자동차 안에는 빅토리 빌딩 주차장 바닥에 나를 가뿐하게 패대기쳐버린 검은 장갑을 낀 폭력배 두 명이 타고 있었다.

"애들 맞아?" 시스코가 물었다.

"응, 맞아, 애들이야." 내가 대답했다. 분노가 목구멍 위로 꾸역꾸역 밀고 올라오고 있었다. "허브 달 이 개새끼, 확 밟아버릴까 보다."

"그러든가. 여기서 좌회전. 구내로 들어갈 거야."

나는 어깨너머로 뒤를 살피면서 좌회전 차선으로 끼어들었고 곧 좌회전 신호등이 켜졌다. 우리는 석양이 너무 눈부셔서 차광판을 내리고 서쪽으로 달려갔다. 시스코가 말하는 구내란 로드 세인츠의 클럽하우스를 가리켰다. 클럽하우스는 405번 고속도로의 맞은편에 있는 양조장 근처에 있었다. 여기 와본 지도 꽤 오래되었다.

"이건 언제 찍은 거야?" 내가 물었다.

"당신이 병원에 누워 있을 때. 내 동생들은……."

"그때부터 지금까지 잠자코 있었던 거야?"

"진정해. 동생들을 매일 관리하는 게 아니라서 그래, 이해 좀 해줘. 걔들은 당신이 얻어맞은 줄도 몰랐어. 그래서 허브 달이 이 자식들을 만나는 걸 보고 사진을 두세 장 찍어놓고도 나한테 보여주지를 않았더라고. 한 달 이상 인화를 안 했대. 걔들이 일을 개판으로 한 건 알지만, 프로가 아니잖아. 게다가 게으르고. 다 내 잘못이야. 그러니까 욕하고 싶으면 나를 욕해. 나도 그 사진을 어젯밤에야 처음 봤어. 그리고 또 동생들이 사진은 못 찍었는데 달이 이 자식들한테 현금을 한 다발씩 주는 걸 봤대. 그래서 아, 이건 확실하다 싶었지. 허브 달이 이 자식들을 고용해서 당신을 친 거야, 믹."

"개새끼."

나는 그 폭력배 한 놈이 내 두 팔을 꽉 붙잡아 꼼짝 못 하게 하고 있고 다른 놈이 장갑 낀 주먹으로 나를 두들겨 팰 때 느꼈던 것과 똑같은 무기력감에 사로잡혔다. 두피에 땀이 맺히는 걸 느꼈다. 그리고 그때처럼 갈비뼈와 고환에서 타는 듯한 통증을 느꼈다.

"아, 정말 기회만 있다면……."

나는 말을 멈추고 옆자리에 앉은 시스코를 돌아보았다. 그가 싱긋 웃어 보였다.

"뭐야, 이 새끼들을 클럽하우스에 데려다 놓은 거야?"

시스코는 대답하지 않고 웃기만 했다.

"시스코, 나는 지금 한창 재판 중이라고. 근데 내 의뢰인의 파이에 관심 있는 어떤 새끼가 폭력배를 고용해서 나를 그렇게 죽을 만큼 두들겨 팼다는 거잖아. 이럴 시간 없어, 친구. 너무……."

"그 자식들이 말하고 싶어 해."

그 말에 나오던 항의의 말이 쑥 들어갔다.

"만나봤어?"

"아니, 당신을 기다렸어. 당신이 먼저 만나보는 게 좋겠다 싶어서."

나는 그 후로는 아무 말 없이 차를 몰면서 앞으로 일어날 일들에 대해 생각했다. 곧 우리는 양조장 동쪽에 있는 큰 철문 앞에 차를 세웠다. 시스코가 철문을 열기 위해 차에서 내리자 양조장의 시큼한 냄새가 차 안으로 밀려들어 왔다.

구내는 철책으로 둘러싸여 있었고 철책 위에는 날카로운 칼날 같은 것을 끼운 철선이 둘려져 있었다. 황량한 땅 한가운데 서 있는, 콘크리트 블록으로 만든 클럽하우스는 그 앞에 주차된 반짝이는 오토바이들에 비하면 초라하기 그지없었다. 오토바이는 죄다 할리 데이비드슨과 트라이엄프였다. 일제는 한 대도 보이지 않았다.

우리는 클럽하우스로 들어갔고 눈이 어둠에 적응될 때까지 잠깐 서 있었다. 잠시 후 시스코가 셀프 바로 걸어갔다. 바에는 가죽조끼를 입은 남자 둘이 걸상에 앉아 있었다.

"준비됐어?" 시스코가 물었다.

두 남자가 걸상에서 내려섰다. 둘 다 키는 190센티미터를 훌쩍 넘었고 몸무게는 140킬로그램은 족히 나갈 것 같았다. 클럽하우스 기도들이었다. 시스코가 그들을 타미 건스와 뱀뱀이라고 내게 소개했다.

"그 새끼들 이 뒤에 있어요." 타미 건스가 말했다.

두 남자는 바 뒤에 있는 복도로 우리를 데리고 나갔다. 복도 양쪽으로 문이 늘어서 있었다. 그들은 오른쪽 중간쯤 있는 문을 열었고 우리는 사방 벽과 천장이 검은색 페인트로 칠해졌고 알전구 하나가 달려 있는 창문 없는 방으로 걸어 들어갔다. 희미한 불빛 속에서 벽에 그려진 스케치 그림이 눈에 들어왔다. 턱수염을 기르고 머리가 긴 남자들 모습이었다. 나는 이곳이 사망한 세인츠를 추모하는 어둠의 예배당 같은 곳임을 깨달았다. 주위를 둘러보며 제일 먼저 떠오른 것은 영화 〈펄프 픽션〉이었다. 두 번째로 든 생각은 이곳에 있고 싶지 않다는 거였다. 남자 둘이 바닥에 배를 대고 엎드려 있었는데 양팔과 양다리가 뒤로 돌려져 묶여 있었다. 머리에는 검은 비닐봉지를 뒤집어쓰고 있었다.

뱀뱀이 허리를 굽히고 검은 봉지를 벗기기 시작했다. 그러자 두 남자에게서 신음소리와 두려움에 찬 소리가 새어 나왔다.

"잠깐만." 내가 말했다. "시스코, 나 여기 있으면 안 돼. 나를 왜 이런……."

"그 자식들 맞아?" 내 말이 끝나기를 기다리지도 않고 시스코가 말했다. "자세히 봐봐. 당신이 실수하면 안 되니까."

"나? 이건 내 잘못이 아니야! 내가 언제 자네한테 이러라고 했어!"

"진정해. 여기까지 왔으니까 한번 보기나 해. 그 자식들 맞아?"

"아, 이런, 빌어먹을!"

두 남자의 머리는 강력접착테이프로 완전히 칭칭 감겨져 있었다. 눈이 붓고 눈 주위에 벌써 멍이 들기 시작해서 얼굴이 더욱 일그러져 보였다. 두들겨 맞은 것이다. 그들의 모습은 내가 기억하는 빅토리 빌딩 주차장에서 본 모습이나, 조금 전 시스코가 보여준 사진 속의 모습과는 달라도 너무 달랐다. 나는 허리를 굽히고 자세히 들여다보았다. 두 남자가 극심한 두려움에 사로잡힌 눈으로 나를 올려다보았다.

"잘 모르겠어." 내가 말했다.

"예, 아니오로 대답해, 믹."

"예. 하지만 얘들이 나를 두들겨 팰 때 저렇게 겁먹은 표정이 아니었고 입에 테이프가 감겨 있지도 않았어."

"테이프를 뜯어봐." 시스코가 지시했다.

뱀뱀이 잭나이프를 펴서 한 남자의 머리에서 테이프를 거칠게 잘랐다. 그러고 나서 테이프를 떼어내자 목의 솜털이 다량으로 같이 떨어져 나갔다. 남자가 고통에 찬 비명을 질렀다.

"입 닥쳐!" 타미 건스가 소리쳤다.

두 번째 남자는 친구를 보고 교훈을 얻었다. 그는 테이프를 떼어내는 고통을 찍소리도 내지 않고 참아냈다. 뱀뱀은 떼어낸 테이프를 옆으로 던지고는 남자들 뒤로 돌아갔다. 그는 그들의 두 팔과 두 다리를 묶고 있는 밧줄의 매듭을 잡고 한 명씩 옆으로 돌려 눕혀 얼굴이 잘 보이게 했다.

"제발 죽이지 마." 한 남자가 절박한 목소리로 말했다. "개인적인 원한 같은 건 없었어. 돈 받고 한 일이야. 당신을 죽일 수도 있었지만 안 죽였잖아."

그가 주차장에서 계속 말을 했던 남자라는 생각이 퍼뜩 들었다.

"그 자식들 맞아." 내가 남자들을 가리키며 말했다. "얘는 말을 담당했고 얘는 때리는 담당이었어. 얘네들 누구야?"

시스코가 고개를 끄덕였다. 확인은 형식적인 절차에 지나지 않는 것 같았다.

"얘네 형제야. 말한 놈이 조이 맥. 때린 놈은 에인절 맥."

"저기, 우린 무슨 일 때문에 그런 건지도 몰라." 말 잘하는 놈이 소리쳤다. "제발! 우리가 잘못했어. 우린……."

"잘못한 건 아는구나, 새끼들아!" 시스코가 고함쳤다. 그의 고함소리는 분노하는 신의 목소리처럼 그들을 다그쳤다. "그럼 이제 대가를 치러야지. 누가 먼저 갈래?"

때린 놈이 훌쩍거리기 시작했다. 시스코는 공구와 무기와 강력접착테이프가 놓여 있는 카드 테이블로 걸어가서 파이프렌치와 펜치를 골라 들고 돌아섰다. 나는 그게 다 연기라고 생각했고 연기이기를 바랐다. 하지만 연기라면, 시스코는 오스카상을 받을 만한 연기력을 보여주고 있었다. 나는 팔을 뻗어 그의 어깨를 잡고 그가 깡패들에게 다가가는 것을 막았다. 아무 말 하지 않았지만 메시지는 분명했다. 내가 혼내줄게.

나는 파이프렌치를 시스코에게서 받아 들고 포로들 앞에 야구 포수처럼 쪼그리고 앉았다. 그 무거운 공구를 한 손으로 들고 몇 초간 무게를 가늠한 뒤 입을 열었다.

"나를 혼내주라고 누가 너희들을 고용했어?"

말 잘하는 놈이 즉시 대답했다. 그는 자기 형제를 제외한 어느 누구도 보호해야 한다는 생각 자체가 없는 것 같았다.

"달이라는 작자가. 두들겨 패기만 하고 죽이지는 말랬어. 이러지 마, 제발."

"이러든 말든 그건 내 마음이야. 달은 어떻게 알아?"

"모르는 사람이야. 중간에 누가 다리를 놓아줬어."

"누가?"

대답이 없었다. 오래 기다릴 필요 없이 뱀뱀이 허리를 굽히고 그들의 턱을 향해 총을 쏘듯 강한 펀치를 날려서 이름값을 했다. 말 잘하는 놈이 피를 뱉더니 중간 연락책 이름을 댔다.

"제리 캐스틸."

"제리 캐스틸이 누군데?"

"내가 말했다고 아무한테도 말하면 안 돼."

"네가 지금 나한테 이래라저래라 할 입장은 아닌 것 같은데. 제리 캐스틸이 누구야?"

"서부 지역 대표."

기다렸지만 그게 끝이었다.

"이러다가 날 새겠다. 무엇의 서부 지역 대표?"

피범벅이 된 깡패가 결국 이렇게 될 줄 알았다는 듯이 고개를 끄덕였다.

"동부 지역에 있는 어떤 조직의 서부 지역 대표겠지, 물론. 모르겠어?"

나는 시스코를 쳐다보았다. 허브 달이 동부에 있는 범죄조직과 관련이 있다고? 그건 좀 터무니없는 생각 같았다.

"네가 뭘 모르나 본데." 내가 말했다. "나 변호사야. 똑바로 대답해라. 어느 조직이야? 딱 5초 줄⋯⋯."

"브루클린의 조이 지오다노 밑에서 일한대, 됐어? 이제 됐냐고, 빌어먹을."

그가 고개를 뒤로 젖히더니 내게 피를 뱉었다. 나는 외투와 넥타이를 사무실에 두고 왔다. 흰 셔츠를 내려다보니 넥타이가 있으면 덮였을 부분 바로 바깥에 피가 튀어 있었다.

"이 새끼가. 이거 내 이름 이니셜 새긴 셔츤데."

타미 건스가 갑자기 우리 사이로 끼어들었고 주먹이 얼굴을 강타하는 잔인한 소리가 들렸지만 타미의 덩치가 워낙 커서 폭행하는 모습은 보이지 않았다. 타미 건스가 뒤로 물러섰고 이젠 말 잘하는 놈이 부러진 이를 뱉고 있었다.

"이니셜 새긴 셔츠라잖아, 새끼야." 타미 건스가 폭행의 이유를 설명하듯 말했다.

내가 일어섰다.

"됐어. 풀어줘." 내가 말했다.

시스코와 세인츠 두 명이 나를 돌아보았다.

"풀어주라고." 내가 다시 말했다.

"정말?" 시스코가 말했다. "이 자식들이 캐스틸이란 놈한테 달려가서 우리가 알고 있다고 말할 텐데."

나는 바닥에 쓰러져 누운 두 깡패를 내려다보다가 고개를 가로저었다.

"아냐, 말 못 할 거야. 지들이 불었다고 말하면 지들이 죽을 텐데. 그러니까 풀어줘. 그럼 아무 일 없었던 것처럼 될 거야. 애들은 멍이 사라질 때까지 어디 짱박혀서 숨어 지낼걸. 그걸로 일은 끝나는 거고."

나는 허리를 굽히고 두 명의 포로 가까이 얼굴을 들이댔다.

"내 말이 맞지?"

"응." 말 잘하는 놈이 말했다. 윗입술이 부르터서 구슬 크기 정도가 불룩 튀어나와 있었다.

나는 그의 형제를 바라보았다.

"내 말이 맞지? 둘 다한테서 대답을 듣고 싶은데."

"그래, 맞아, 맞다고." 때린 놈이 말했다.

나는 시스코를 바라보았다. 여기 일은 다 끝난 거였다. 시스코가 지시했다.

"좋아, 건스, 잘 들어. 어두워질 때까지 기다려. 얘들을 여기 놔두고 어두워질 때까지 기다리는 거야. 그런 다음에 얘들을 자루에 담아서 가고 싶다는 데로 데리고 가서 던져놓고 그냥 오는 거야. 알겠어?"

"네, 알겠습니다."

불쌍한 타미 건스. 실망한 기색이 역력했다.

나는 쓰러져 있는 피투성이의 깡패들을 마지막으로 한 번 바라보았다. 그러자 그들이 나를 올려다보았다. 그들의 생명줄을 내가 쥐고 있다고 생각하자 온몸에 전율이 흘렀다. 시스코가 내 등을 톡톡 쳤다. 나는 그를 따라 방을 나가면서 방문을 닫았다. 복도를 걸어가다가 내가 수사관의 팔을 잡아 걸음을 멈추게 했다.

"이렇게 하지 말았어야 했어. 날 여기로 데리고 오지 말았어야 했다고."

"미쳤어? 당연히 데리고 왔어야지."

"무슨 말이야? 왜?"

"놈들이 당신한테 한 게 있잖아. 당신은 뭔가를 잃어버렸어, 믹. 그걸 되찾지 못하면 자신한테나 다른 사람들한테 자신 있게 나서지 못할 거야." 나는 오랫동안 그를 노려보다가 고개를 끄덕였다.

"되찾았어."

"다행이네. 이제 이 얘긴 그만하자. 오토바이를 찾아야 되는데 사무실로 데려다줄 거야?"

"그래, 그럴게."

31 그녀와의 춤

시스코를 주차장에 내려주고 혼자 차를 몰고 가면서 나는 나라 법과 거리의 법에 대해, 그리고 그 둘의 차이점에 대해 생각했다. 나는 법정에선 국법이 공정하고 합당하게 적용되어야 한다고 주장했다. 그러나 아까 내가 당사자로 참여했던 밀실 합의는 결코 공정하고 합당하게 이루어지지 않았다.

그렇지만 개의치 않았다. 시스코가 나를 정확하게 보았다. 나는 법정이나 다른 어느 곳에서보다 먼저 내 영혼에서부터 자신감을 되찾을 필요가 있었다. 운전을 하고 가는데 새로 태어난 느낌이 들었다. 링컨 차 창문을 모두 내리고 차 안으로 들어오는 시원한 저녁 바람을 맞으면서 집을 향해 로럴 캐니언을 내려갔다.

이번에는 매기가 열쇠를 사용했다. 내가 도착했을 때 그녀는 집 안에 있었다. 예상 못 했지만 반가운 깜짝 방문이었다. 냉장고 문이 열려 있었고 그녀가 허리를 숙이고 그 안을 들여다보고 있었다.

"재판 전에는 항상 먹을 걸 잔뜩 사서 쟁여놓더니. 냉장고가 슈퍼마켓 냉장식품 코너를 그대로 옮겨놓은 것 같았잖아. 근데 이게 뭔 일이래? 아무엇도 없는데?"

나는 열쇠를 식탁 위에 던져놓았다. 매기는 퇴근 후에 집에 들러 옷을 갈아입고 왔다. 빛바랜 데님 청바지에 페전트셔츠를 입고 있었고 코르크로 된 굽이 높은 샌들을 신고 있었다. 전처는 내가 그런 옷차림을 좋아한다는 것을 알고 있었다.

"이번에는 그럴 여유가 없었어."

"미리 알았으면 좋았을걸. 이번 주엔 베이비시터가 오늘 밤에 딱 한 번 오는데, 어디 딴 데 갈 걸 그랬어."

매기가 장난스럽게 웃었다. 나는 왜 우리가 아직도 함께 살고 있지 않은지 이해할 수가 없었다.

"댄스 갈까?"

"댄 타나스? 거긴 재판에 이겼을 때만 가는 데잖아. 벌써 승리를 자신하는 거야, 할러?"

나는 웃으면서 고개를 가로저었다.

"아냐, 무슨. 근데 내가 이길 때만 거기 가면 그 식당엔 갈 기회가 별로 없지 않나?"

매기가 한 손가락으로 나를 가리키며 미소를 지었다. 이것은 일종의 춤이었고 우린 그 춤에 능숙했다. 그녀가 냉장고 문을 닫더니 부엌문을 지나 걸어오면서 내게 입맞춤도 없이 내 옆을 지나갔다.

"댄 타나스는 늦게까지 영업해." 그녀가 말했다.

나는 그녀가 침실을 향해 복도를 걸어가는 것을 지켜보았다. 그녀는 페전트블라우스를 머리 위로 끌어올려 벗으면서 방 안으로 들어갔다.

우리는 사랑을 나눈 게 아니었다. 내가 로드 세인츠 구내의 밀실에서 보고 느낀 것이 아직도 내 안에 남아 있었다. 잔여 공격성이든 무력한 분노의 표출이든 뭐라고 불러도 좋았다. 그것이 내 모든 행동에 영향을 미쳤다. 너무 세게 밀고 끌어당겼다. 그녀의 두 팔을 머리 위로 들게 해서 두 손목을 꽉 붙잡았고 그녀의 입술을 깨물었다. 그녀를 거칠게 다루었고 내 행동이 잘못된 것임을 알면서도 그렇게 했다. 처음에는 매기가 잘 따라왔다. 새로워서 흥미로웠을 것이다. 그러나 호기심은 점차 걱정으로 바뀌었고, 고개를 돌려 나를 외면하고 두 손을 빼내려고 몸부림치기 시작했다. 그러나 나는 더욱 힘주어서 잡고 있었다. 마침내 그녀의 눈에 눈물이 그렁그렁해졌다.

"왜?" 내가 그녀의 귀에 대고 속삭였다. 내 코가 그녀의 머리카락 속에 꽉 눌려 있었다.

"빨리 끝내." 그녀가 말했다.

그 말을 듣자 내 몸속에 있던 모든 공격성과 에너지와 욕망이 개수구로 물 내려가듯이 빠져나가 버렸다. 그녀의 눈물을 보고 빨리 끝내라는 말을 들으니 갑자기 무력해졌다. 나는 그녀의 몸에서 떨어져 나와 그녀 옆에 누웠다. 한 팔을 들어 내 눈 위에 얹어 가렸지만 그녀가 나를 보고 있다는 걸 느낄 수 있었다.

"왜?"

"당신 왜 그래, 오늘? 안드레아 때문이야? 재판 때문에 나한테 이러는 거야?"

그녀가 침대에서 일어나는 것이 느껴졌다.

"매기, 그런 거 아니야! 재판하고는 아무 상관 없어."

"그럼 뭐야?"

그러나 내가 대답하기도 전에 욕실 문이 닫히고 샤워기 트는 소리가 들리면서 우리의 대화는 완전히 중단되었다.

"저녁 먹으면서 말해줄게." 나는 그녀가 들을 수 없다는 걸 알면서도 이렇게 말했다.

댄 타나스는 손님들로 북적였지만 크리스티안이 다가와 왼쪽 구석에 있는 칸막이 자리로 냉큼 우리를 안내했다. 웨스트 할리우드로 차를 타고 들어오는 15분 동안 매기와 나는 아무 대화도 하지 않았다. 딸 이야기를 꺼내봤지만 매기가 아무런 반응을 보이지 않아서 나도 포기했다. 식당에 가서 다시 시도해봐야겠다고 생각했다.

우린 파스타를 곁들인 스테이크 헬렌을 주문했다. 매기는 알프레도 파스타와 이탈리아산 레드와인 한 잔을, 나는 볼로네제 파스타를 주문했다. 웨이터가 떠나고 나서 나는 테이블 위로 팔을 뻗어 그녀의 손목을 부드럽게 잡았다.

"미안해, 매기. 우리 다시 시작하자."

매기가 내게서 손을 뺐다.

"내게 설명해줄 의무가 있어, 할러. 그건 사랑 나누기가 아니었어. 당신에게 무슨 일이 있는지는 모르겠지만 누구도 그런 식으로 대하면 안 된다고 생각해. 특히 나는 더더욱."

"매기, 당신이 좀 과장해서 해석하는 거 같아. 한동안은 당신도 좋아했잖아."

"그런 다음부터 당신이 내게 상처를 주기 시작했어."

"미안해. 상처를 주고 싶진 않았는데, 정말로."

"그리고 지나가는 일처럼 어물쩍 넘어가려고 하지 마. 앞으로도 나를 계속 만나고 싶으면, 무슨 일이 있는 건지 얘기해줘야 할 거야."

나는 고개를 가로저었고 북적이는 식당 안을 둘러보았다. 식당 공간을 나누는 바의 벽걸이 TV에서는 레이커스 농구 경기가 중계되고 있었다. 걸상에 앉은 운 좋은 손님들 뒤에 다른 손님들이 세 줄로 겹겹이 에워싸고 TV를 보고 있었다. 웨이터가 음료를 가져온 덕분에 약간의 시간을 벌었다. 그러나 웨이터가 자리를 뜨자마자 매기가 다시 공격을 시작했다.

"말해줘, 마이클. 안 그러면 음식을 싸 들고 집에 갈 거야. 택시 타고."

나는 물을 길게 한 모금 마시고 나서 매기를 바라보았다.

"재판이나 안드레아 프리먼이나 당신이 아는 다른 어느 누구나 다른 어떤 일하고도 상관없는 일이야, 됐어?"

"아니, 안 됐어. 말해봐."

나는 물 컵을 내려놓고 나서 테이블 위에 두 팔을 올려놓고 가슴에 팔짱을 꼈다.

"시스코가 나를 폭행했던 놈들 둘을 찾아냈어."

"어디서? 누군데?"

"그런 건 안 중요하고. 시스코는 경찰에 신고하지 않았어. 고발하지 않았더라고."

"그냥 풀어줬단 말이야?"

나는 허허 웃으면서 고개를 가로저었다.

"아니, 붙잡아뒀더라고. 시스코와 세인츠 소속 동생들 둘이. 나를 위해서. 자기들 아지트에. 뭐든 내가 하고 싶은 대로 하라고. 분풀이를 하라는 거였어. 시스코가 그러더라고, 그럴 필요가 있다고."

매기가 체크무늬 식탁보 위로 손을 뻗어 내 팔뚝을 잡았다.

"할러, 그래서 어떻게 했어?"

나는 한동안 그녀의 눈을 바라보았다.

"아무 짓도 안 했어. 몇 가지 물어보고 시스코에게 풀어주라고 했어. 그놈들을 누가 고용했는지 알게 됐거든."

"누군데?"

"그 얘긴 안 할 거야. 중요하지도 않고. 하지만 이거 알아, 매기? 병원에 누워서 뒤틀린 고환을 고칠 수 있을지 없을지 몰라 불안해하는 동안, 내 머릿속에는 온통 그 새끼들을 찾아서 복수해야겠다는 생각밖에 없었어.

히에로니무스 보슈처럼 혼쭐을 내주는 상상. 중세식으로 잔인하게. 아주 고통스럽게 만들어주고 싶었어. 그러다가 기회가 생겼는데 그냥 풀어줬어……. 그러고는 당신과 함께 있게 됐는데……."

매기가 칸막이 좌석에 등을 기댔다. 그러고는 슬픔과 체념이 어우러진 표정으로 허공을 멍하니 바라보았다.

"충격이야?"

"그 이야기 나한테 안 했으면 좋았을 텐데."

"검사로서 하는 말이야?"

"그런 것도 있고."

"당신이 계속 물었잖아. 안드레아 프리먼한테 화가 났다고 이야기를 지어냈어야 했나 그럼? 그랬다면 괜찮았겠어? 남녀관계 얘기면 이해할 수 있었을 텐데."

매기가 나를 노려보았다.

"나를 깔보듯이 그러지 마."

"미안해."

우리는 조용히 앉아서 바 안에 있는 사람들을 구경했다. 손님들이 술을 마시고 있었고 행복해 보였다. 적어도 겉으로는. 턱시도를 차려입은 웨이터들이 비좁은 테이블 사이를 바삐 오가고 있었다.

음식이 나왔고 이 도시에서 가장 맛있는 스테이크가 내 앞에 있는데도 어쩐지 배가 고프지 않았다.

"그 일에 대해 마지막으로 하나만 더 물어봐도 돼?" 매기가 물었다.

나는 어깨를 으쓱거렸다. 그 일에 대해서 더 이야기할 필요가 있을까 싶었지만 아무 말 하지 않았다.

"물어봐."

"시스코와 그 동생들이 깡패들을 놔줬을 거라고 어떻게 확신해?"

스테이크를 썰자 피가 스며 나왔다. 덜 익힌 것이다. 나는 매기를 올려다보았다.

"확신은 못 하지."

나는 다시 스테이크를 내려다보았고 시야 가장자리로 매기가 웨이터를 향해 손을 흔드는 모습이 보였다.

"이거 갖고 가게 좀 싸줘요. 난 나가서 택시 잡고 있을 테니까 싸서 갖고 나와 줄래요?"

"물론이죠. 금방 준비해드리겠습니다."

웨이터가 접시를 들고 급히 자리를 떴다.

"매기." 내가 말했다.

"이 모든 일에 대해 생각할 시간이 필요해."

그녀가 칸막이 자리에서 일어서서 나갔다.

"태워다 줄게."

"아냐, 괜찮아."

그녀가 테이블 옆에 서서 지갑을 열었다.

"그러지 마. 내가 낼게."

"진짜?"

"밖에 택시가 없으면, 거리 저 아래쪽에 있는 더 팝 스테이크 하우스를 봐봐. 거긴 있을 거야."

"알았어, 고마워."

매기는 밖에서 받기로 한 음식을 기다리러 자리를 떴다. 나는 접시를 옆으로 약간 밀어놓고 그녀가 남기고 간 반 정도 남은 와인을 바라보며 갈등했다. 5분 뒤에도 그렇게 갈등하고 있는데 갑자기 매기가 테이크아웃 봉지를 들고 나타났다.

"콜택시 불렀어." 그녀가 말했다. "곧 올 거래."

그녀가 와인 잔을 집어 들고 한 모금 마셨다.

"재판 끝나고 나서 얘기하자." 그녀가 말했다.

"그래."

그녀가 와인 잔을 내려놓고 허리를 굽히더니 내 뺨에 입을 맞췄다. 그러고는 갔다. 나는 한동안 그대로 앉아서 생각에 잠겼다. 그 마지막 입맞춤이 내 목숨을 살렸다는 생각이 들었다.

32 지금 알고 있는 것을 그때 알았더라면

 이번에는 판사실에 들어갔을 때 페리 판사가 자리에 앉았다. 수요일 오전 9시 5분, 나는 안드레아 프리먼 검사와 법원 서기와 함께 거기에 있었다. 공판을 시작하기 전 판사는 프리먼 검사의 비공개협의 요청을 받아들였다. 페리 판사는 우리가 자리에 앉기를 기다렸고 서기의 손가락이 속기기계의 자판 위에 있는지 확인했다.

 "좋아요. 캘리포니아 대 트래멀 사건 비공개협의를 시작하겠습니다." 판사가 말했다. "프리먼 검사, 비공개협의를 신청했는데, 연방 수사 대상 통지서 문제를 살펴보기 위해 시간이 더 필요하다는 얘기를 하려는 게 아니기를 바랍니다."

 프리먼이 엉덩이를 움직여 좌석 끄트머리에 걸터앉았다.

 "그런 것 전혀 아닙니다, 재판장님. 그 문제는 더 살펴볼 가치가 없더라고요. 이미 철저히 조사해봤지만, 관련 연방정부 기관에서 무슨 일이 일어나고 있는지 잘 알게 됐다고 해서 제게 위로가 되진 않더군요. 현재 제가 알고 있는 것을 종합해보면, 할러 변호사가 배심원단 앞에 놓인 문제와는 전혀 상관없는 문제들을 이용하여 재판의 초점을 흐리고 있다는 생각이 듭니다."

내가 목소리를 가다듬었지만 판사가 먼저 끼어들었다.

"제삼자 범인설에 대해서는 재판 전 협의에서 이미 얘기하지 않았나요, 프리먼 검사? 나는 피고인 측이 어느 정도까지는 그 주장을 펼 수 있도록 재량권을 줄 겁니다. 검사는 증거를 대세요. 할러 변호사가 그 조사 대상 통지서를 다루는 걸 원하지 않는다고 해서, 아무 상관 없는 일로 만들지는 마시고."

"알겠습니다, 판사님. 하지만……."

"저기, 제가 한 말씀 드려도 될까요?" 내가 말했다. "제가 초점을 흐리고 있다는 검사의 주장에 저도 할 말이 있는……."

"프리먼 검사 얘기부터 듣고 충분히 시간을 줄게요, 할러 변호사. 약속합니다. 프리먼 검사?"

"감사합니다, 재판장님. 저는 연방 수사 대상 통지서가 본질적으로 거의 아무런 의미가 없다는 말씀을 드리고 싶습니다. 그것은 수사가 임박했다는 사실을 알리는 통지서일 뿐입니다. 혐의가 아니고요. 주장도 아닙니다. 연방 수사관들이 무언가를 찾았다거나 앞으로 찾을 거라는 뜻도 아니고요. 연방 수사관들이 '이봐, 우리가 무슨 얘길 전해 들었는데. 그래서 수사 좀 해보려고 해'라고 말하기 위해 사용하는 도구에 지나지 않습니다. 하지만 할러 변호사는 배심원단 앞에서 이것을 불행의 조짐으로 바꾸어 이 재판에 회부되지도 않은 사람에게 갖다 붙일 겁니다. 이 재판에 회부된 피고인은 리사 트래멀이고, 이 연방 수사 대상 통지서는 이 사건과는 전혀 관계가 없는 것인데도요. 그러므로 재판장님, 할러 변호사가 이 문제에 관해 컬렌 형사를 더 이상 신문하지 못하게 해주시기를 바랍니다."

판사는 두 손을 펴서 손가락을 서로 맞댄 채 가슴 앞에 대고 의자에 등을 기대고 앉아 있었다. 그가 내 쪽으로 회전의자를 돌렸다. 마침내 내 차례가 된 것이다.

"판사님, 제가 판사님이라면, 현재 남부 캘리포니아에서 주택 압류 관련 사기 사건을 살펴보고 있는 연방 대배심이 있는지 검사에게 물어보겠습니다. 이 편지와 출처에 대해서 철저히 조사했다고 하니까 말이죠. 그러고 나서 어떻게 연방 수사 대상 통지서가 '거의 아무런 의미가 없다'고 판단했는지도 물어보겠습니다. 왜냐하면 그 편지의 의미와 그 편지가 이 사건에 미치는 영향에 대해서 재판부가 매우 정확하게 평가를 하고 있다고는 생각하지 않기 때문입니다."

판사가 프리먼을 향해 돌아앉아 손가락 하나를 들어 그녀를 가리켰다.

"어떻습니까, 프리먼 검사? 대배심이 있습니까?"

"판사님이 저를 참 난감하게 만드시는데요. 대배심은 비밀리에 활동하고……."

"우리 모두 동종업계 종사자들 아닙니까, 프리먼 검사." 판사가 엄격하게 말했다. "대배심이 있습니까?"

프리먼이 잠깐 망설이다가 고개를 끄덕였다.

"네, 있습니다, 재판장님. 그러나 그 대배심은 루이스 오파리지오와 관련하여 어떤 증언도 듣지 않았습니다. 말씀드렸다시피 연방 수사 대상 통지서는 수사가 임박했다는 사실을 알리는 통지서에 지나지 않습니다. 그것은 전해들은 말일 뿐, 이 재판에서 증거능력을 인정받을 수 있는 예외적인 증거에 해당되지 않습니다. 이 지역 연방 지방검사가 이 편지에 서명을 했지만, 작성자는 수사를 담당했던 비밀경호국 요원이었죠. 지금 제 사무실에 그 요원이 와서 대기하고 있습니다. 판사님이 원하신다면 10분 안에 이 판사실로 불러서 제가 한 일을 말씀드리게 할 수 있습니다. 이 편지는 사건의 본질을 호도하려는 할러 변호사의 속임수에 불과합니다. 본 듀란트 씨가 살해된 당시, 활발한 수사가 이루어진 것도 아니고 두 사건 사이에 관련성도 전혀 없었습니다. 그냥 편지에 불과했죠."

검사가 실수했다. 연방 수사 대상 통지서를 작성한 비밀경호국의 바스케즈 요원이 법원 건물 안에 있다고 밝힘으로써 판사를 난감한 입장으로 몰아넣었다. 요원이 가까이에 있고 쉽게 만날 수 있다는 사실은 판사가 이 문제를 제쳐놓기 더 어렵게 만들었다. 판사가 대꾸하기 전에 내가 먼저 나섰다.

"페리 판사님? 연방 수사 대상 통지서를 쓴 연방 요원이 바로 이 법원 안에 있다고 하니, 검사가 그를 증인으로 부르게 하는 것이 어떨까요? 제가 컬렌 형사에 대한 반대신문에서 끌어낼 수 있는 사실에 반박하게 말입니다. 그 요원이 자기가 작성한 수사 대상 통지서가 거의 아무런 의미가 없다고 말할 거라고 프리먼 검사가 그렇게 확신한다면, 증인으로 불러서 배심원들 앞에서 그렇게 말하라고 하세요. 저를 완전히 박살 내라고 하세요. 알고 계시겠지만 우린 이미 이 물에 발을 담갔습니다. 어제 제가 컬렌 형사에게 연방 수사 대상 통지서에 대해 물어보지 않았습니까. 근데 법정으로 돌아가서 아무 말도 안 하거나, 배심원들에게 어제 한 말을 잊어버리라고 한다면…… 이 문제를 다 드러내는 것보다 우리의 집단 대의에 더 큰 피해를 줄 것입니다."

페리가 주저하지 않고 대답했다.

"이 일에 대해서는 당신의 생각이 옳은 것 같군요, 할러 변호사. 배심원들에게 이 의문의 수사 대상 통지서라는 생각할 거리를 주어서 집으로 돌려보냈다가 다음 날 아침에는 아무것도 아니라고 뺏어버리는 건 좀 아닌 것 같군요."

"재판장님, 한 말씀만 더 드려도 되겠습니까?" 프리먼이 재빨리 말했다.

"아니, 그럴 필요 없을 것 같군요. 여기서 이러고 시간 낭비하지 말고 바로 공판을 시작합시다."

"하지만 재판장님, 법정이 고려조차 하지 않은 다른 다급한 문제가 있습니다."

판사가 불만스러운 표정을 지었다.

"그래서 그게 뭡니까, 검사? 인내심이 줄어들고 있어요."

"피고인 측 주요 증인을 겨냥한 수사 대상 통지서에 대해 증언을 허용하는 것은 그 증인이 이 사건과 관련하여 증언하는 동안 묵비권을 행사하지 않기로 한 이전의 결정을 번복하게 만들 가능성이 있습니다. 루이스 오파리지오와 그의 대리인은 이 수사 대상 통지서가 소개되고 공개적으로 논의되면 그 결정을 재고해볼 겁니다. 그러므로 할러 변호사는 자기 주요 증인이자 희생양인 오파리지오가 증언을 거부하게 만들 그런 변호 전략을 구사하고 있는 건지도 모릅니다. 그러므로 저는 할러 변호사가 이 경기를 할 거라면 그 결과에도 승복한다는 약속을 받아두어야 한다고 생각합니다. 오파리지오가 다음 주에 증언하지 않는 것이 좋겠다고 결정하고 소환장에 대한 새로운 심리를 요청한다면, 변호인이 징징거리면서 한 번만 다시 하게 해달라고 요청하는 일은 보고 싶지 않습니다. 다시 하기는 없게 해주십시오, 판사님."

판사가 고개를 끄덕이며 검사의 말에 동의를 표시했다.

"그건 부모를 살해한 남자가 자기는 고아니까 재판부가 선처해달라고 요청하는 것과 마찬가지인 것 같군요. 검사의 의견에 동의합니다, 할러 변호사. 알아두세요, 변호인이 이런 식으로 경기를 하고 싶으면 그 결과도 받아들일 준비를 하고 하세요."

"알겠습니다, 판사님." 내가 말했다. "제 의뢰인에게도 그렇게 전하겠습니다. 딱 하나 짚고 넘어갈 것은, 검사가 루이스 오파리지오를 희생양이라고 부른 것입니다. 오파리지오는 희생양이 아닙니다. 그 사실을 우리가 입증해 보이겠습니다."

"그래요, 그럴 기회가 있을 겁니다." 판사가 말했다. "이야기가 길어졌군요. 법정으로 돌아갑시다."

나는 법복을 입는 판사를 남겨두고 프리먼을 따라 나갔다. 그녀가 폭언을 퍼부어댈 것을 예상했는데 정반대의 태도를 보였다.

"나이스 플레이, 변호사님." 프리먼이 말했다.

"고마워요."

"누가 그 통지서를 보낸 것 같아요?"

"나도 궁금해요."

"연방 기관에서 연락 안 왔어요? 민감한 기밀서류를 유출한 자가 누군지 알고 싶어 할 것 같은데."

"아직 아무도 말이 없던데. 서류를 유출한 사람이 연방정부 요원이었는지도 모르죠. 내가 오파리지오를 증인석에 앉힌다면 증언을 할 수밖에 없게 될 겁니다. 그러고 보니 내가 연방정부의 도구 같네, 안 그래요?"

그 말을 듣고 검사가 발걸음을 멈췄다. 나는 그녀 곁을 지나가면서 미소를 지었다.

법정으로 들어가면서 보니까 변호인석 뒤쪽에 있는 방청석 맨 앞줄에 허브 달이 앉아 있었다. 나는 그의 멱살을 잡고 난간 위로 끌어내 얼굴을 향해 주먹을 날리고 싶은 것을 가까스로 참았다. 프리먼과 각자의 자리로 돌아가 앉았다. 나는 의뢰인에게 판사실에서 있었던 일을 속삭이는 목소리로 간략히 보고했다. 판사가 들어오더니 배심원단을 불러들였다.

컬렌 형사가 증인석으로 돌아오자 그림의 마지막 조각이 맞춰졌다. 나는 파일과 리걸패드를 들고 독서대로 돌아갔다. 반대신문을 하다가 중단된 것이 아직 하루도 안 지났는데 일주일은 더 지난 것 같은 느낌이었다. 그러나 나는 1분도 지나지 않은 것처럼 행동했다.

"컬렌 형사, 어제 내가 증인에게 연방 수사 대상 통지서가 뭔지 아느냐고 물은 후에 신문이 중단됐는데요. 그 질문에 지금 대답해주시겠습니까?"

"연방정부 기관이 어느 개인이나 기업으로부터 정보를 얻어내고 싶을 때, 얘기 좀 나누자고 그 개인이나 기업에 보내는 편지인 걸로 알고 있습니다. 쉽게 말해서 '야, 들어와서 이거에 대해서 얘기 좀 하자. 서로 오해가 없게'라고 말하는 편지죠."

"그게 끝입니까?"

"내가 연방 요원이 아니라서."

"수사 대상임을 알리는 편지를 연방정부로부터 받는 것이 심각한 문제라고 생각하십니까?"

"네, 그럴 수 있죠. 그들이 수사하는 범죄가 뭐냐에 따라 달라진다고 생각합니다만."

나는 서류를 갖고 증인에게 가까이 갈 수 있게 해달라고 판사에게 허락을 구했다. 프리먼은 관련성을 언급하면서 이의를 제기했다. 판사는 아무 설명 없이 기각시켰고 서류를 증인에게 갖다 주라고 내게 말했다.

나는 컬렌에게 서류를 건네주고 나서 독서대로 돌아와 판사에게 그 서류를 '변호인 측 증거물 3호'로 지정해줄 것을 요청했다. 그러고 나서 컬렌에게 편지를 읽어달라고 요청했다.

"'오파리지오 씨께. 이 편지는…….'"

"잠깐만요." 내가 말을 끊었다. "먼저 편지지 맨 윗부분에 있는 것을 읽고 설명해주시겠습니까? 레터헤드(편지지의 윗부분에 인쇄된 개인·회사·단체의 이름과 주소 - 옮긴이)요."

"'로스앤젤레스 연방 검찰청'이라고 적혀 있고 한쪽에는 독수리 그림이, 다른 쪽에는 성조기가 그려져 있네요. 이제 읽을까요?"

"네, 부탁합니다."

"오파리지오 씨께. A. 루이스 오파리지오 파이낸셜 테크놀로지스, 일명 ALOFT와 루이스 오파리지오 씨는 남부 캘리포니아 지역에서 발생하고 있는 각종 담보대출 사기 사건을 수사하는 부처 간 합동수사반의 수사 대상이 되었음을 알려드립니다. 귀하는 이 편지를 수령하는 것과 동시에 귀하의 사업과 관련된 어떤 문서나 업무자료라도 폐기하거나 파기해서는 안 된다는 사실을 통지받은 것입니다. 이 수사에 관해 논의하고 합동수사 반원들에게 협조하고 싶으시면, 망설이지 마시고 저나 비밀경호국에서 ALOFT 수사를 담당하는 찰스 바스케즈 요원에게 연락 주시거나 대리인이 연락하게 해주시기 바랍니다. 우리는 귀하를 만나 이 문제에 대해 논의하도록 최선의 노력을 기울일 것입니다. 협조를 거부하더라도 합동수사반 요원들이 곧 연락을 할 것입니다. 다시 한 번 말씀드리지만 귀하의 사무실이나 다른 제휴업체의 사무실에서 어떤 서류나 업무자료라도 폐기하거나 파기하시면 안 됩니다. 이 통지서를 받은 후에 그렇게 하는 것은 미합중국의 공익에 반하는 중대한 범죄 행위가 될 것입니다. 로스앤젤레스 연방 검찰청 레지날드 래티모어 드림.' 이게 끝이네요. 그리고 맨 밑에 담당자들 전화번호가 적혀 있고요."

법정 여기저기에서 낮게 웅성거리는 소리가 들렸다. 대다수의 일반 시민들은 연방 수사 대상 통지서 같은 것들을 모르고 살았을 것이다. 그것은 새 시대의 법 집행 방법이었다. 나는 소위 합동수사반이라는 것이 서너 기관에서 요원을 차출해서 예산도 없이 형식적으로 활동하는 조직일 것이라고 확신했다. 고비용의 수사를 하는 대신 사람들에게 겁을 주어 제발로 찾아와 자비를 구하게 만들려고 한번 찔러보는 거였다. 낮은 가지에 열린 열매를 따고, 몇 번 헤드라인을 장식한 후, 수사를 종결하는 식일 것이다. 오파리지오 같은 사람들은 등기우편으로 받은 이 통지서 원본을 화장실 휴지로 써버렸을 것이다. 하지만 그런 것은 내게 중요하지 않았다.

366

그 편지를 이용하여 내 의뢰인이 계속 감옥 밖에 머물게만 하면 되었다.

"감사합니다. 이제 편지에 날짜가 적혀 있는지 봐주시겠습니까?"

컬렌이 사본을 확인한 후 대답했다.

"올해 1월 18일로 적혀 있군요."

"그렇군요. 증인은 그 편지를 어제 이전에 보신 적이 있습니까?"

"아뇨, 내가 왜 그걸 봐야 합니까? 그게 무슨 상관……."

"증인이 방금 한 말은 기록에서 삭제해주시기를 요청합니다." 내가 재빨리 말했다. "재판장님, 저는 단지 증인이 이전에도 그 편지를 본 적이 있는지 물었을 뿐입니다."

판사는 컬렌에게 물어본 말에만 대답하라고 지시했다.

"어제 이전에는 이 편지를 본 적이 없습니다."

"감사합니다. 자, 이젠 제가 어제 증인에게 읽어달라고 부탁했던 다른 편지로 돌아가 보죠. 피해자인 미첼 본듀란트가 연방 수사 대상 통지서를 받은 루이스 오파리지오에게 보낸 편지, 아직도 그 서류철 속에 갖고 있습니까?"

"잠깐 확인을 해봐야겠는데요."

"하십시오."

컬렌이 서류철 속에서 편지를 찾아서 꺼내 들어 보였다.

"좋습니다. 그 편지는 언제 작성된 걸로 나와 있죠?"

"올해 1월 10일이군요."

"그리고 그 편지도 등기우편으로 오파리지오 씨에게 배달되었죠, 맞습니까?"

"네, 등기우편 맞네요. 근데 오파리지오 씨가 이 편지를 받았는지, 아니, 보기나 했는지 모르겠군요. 수령인란에 다른 사람 이름이 적혀 있는데."

"하지만 수령인이 누구이건 간에, 배달은 1월 10일에 된 것, 맞죠?"

"네, 그런 것 같군요."

"그리고 지금까지 얘기해온 두 번째 편지, 즉 비밀경호국 요원이 써 보낸 수사 대상 통지서, 그것도 등기우편으로 보낸 거고요?"

"네, 맞습니다."

"그렇다면 그 편지를 보낸 날짜가 1월 18일인 것은 증명이 된 거네요?"

"그렇죠."

"그럼 한번 정리를 해볼까요. 본듀란트 씨가 루이스 오파리지오 씨에게 그의 기업이 자행하고 있는 사기 행각을 폭로하겠다고 위협하는 등기우편 편지를 보냅니다. 그러고 나서 8일 후 연방 합동수사반이 오파리지오 씨에게 또 다른 등기우편을 보내죠. 이 편지는 오파리지오가 주택 압류 관련 사기 사건에 관한 수사 대상임을 알려주고 있습니다. 시간적 순서를 제가 맞게 이해했습니까, 증인?"

"네, 내가 아는 한은."

"그러고 나서 2주도 지나지 않아 본듀란트 씨는 웨스트랜드 주차장에서 잔혹하게 살해됩니다, 그렇죠?"

"네, 그렇습니다."

나는 말을 멈추고 턱을 문지르면서 깊이 생각하는 시늉을 했다. 배심원들 보라고 하는 행동이었다. 배심원들의 표정을 살피고 싶었으나 그러면 연기하고 있다는 사실을 들킬 것 같았다. 그래서 깊이 생각하는 자세로 계속 가기로 했다.

"증인, 증인은 살인 사건 전담반 형사로서 경험이 풍부하다고 하셨는데, 맞습니까?"

"네, 경험이 많죠, 맞습니다."

"어디까지나 가정입니다만, 증인은 지금 알고 있는 것을 그때 알았더라면 좋았을 거라고 생각하십니까?"

컬렌은 내가 무엇을 하고 있고 어디로 가는지 정확히 알면서도 혼란스러운 것처럼 눈을 가늘게 뜨고 나를 쳐다보았다.

"무슨 말인지 모르겠군요." 그가 말했다.

"이렇게 표현해보죠. 그 두 통의 편지를 살인 사건 수사 첫날 확보했더라면 좋았을 텐데, 그런 생각 해보셨죠?"

"그럼요, 왜 아니겠습니까. 수사 첫날 모든 증거와 정보를 얻게 되는 건데요. 하지만 그런 일은 결코 일어나지 않지요."

"이것도 어디까지나 가정입니다만, 피해자인 미첼 본듀란트가 다른 남자에게 그의 범죄 행동을 폭로하겠다고 협박하는 편지를 보냈고, 그로부터 8일 후에 그 편지를 받은 남자는 자신이 범죄 수사의 대상이 된 것을 알게 됐다는 사실을 증인이 그때 알았다면, 그쪽으로도 열심히 수사해보지 않았을까요?"

"그건 말하기 어렵군요."

나는 배심원단을 바라보았다. 컬렌이 애매모호한 태도를 취하면서 상식적으로 인정해야 마땅한 것을 인정하지 않고 있었다. 내가 형사가 아니라도 그런 사실을 쉽게 알 수 있었다.

"말하기 어렵다고요? 살인 사건 발생 당일에 이런 정보와 이 편지들을 입수했다고 하더라도 그것들을 중요한 단서로 간주하고 수사를 했을지 어떨지 말하기가 어렵다고 말씀하시는 겁니까?"

"아뇨, 자세한 사항을 다 파악하지 못했기 때문에 그것이 얼마나 중요한지 중요하지 않은지를 말하기가 어렵다는 겁니다. 그러나 일반적으로 말해서 모든 단서는 다 살펴봐야지요, 당연히."

"당연히. 근데도 이런 각도로는 전혀 수사하지 않으셨는데요, 그렇지 않습니까?"

"이 편지가 없지 않았습니까? 그런데 어떻게 수사를 했겠습니까?"

"피해자가 쓴 편지는 갖고 있었는데도 아무것도 안 하셨잖아요, 아닙니까?"

"전혀 사실이 아닙니다. 그 편지를 확인해봤고 살인 사건과는 무관하다고 결론지었던 겁니다."

"하지만 그땐 이미 살인 용의자를 확보했고, 따라서 무엇 때문에라도 마음을 바꾸거나 수사 방향을 다른 곳으로 틀지는 않을 생각이었잖아요?"

"아뇨, 그렇지 않습니다. 전혀 사실이 아닙니다."

나는 그를 역겨워하는 마음이 내 표정에 담겨 있기를 바라면서 컬렌을 오랫동안 노려보았다.

"이상으로 반대신문을 마칩니다." 마침내 내가 말했다.

33 결백의 가설

프리먼은 컬렌을 15분 더 증인석에 앉혀놓고 재직접신문을 하면서 그가 수사하면서 취한 모든 조치를 범죄에 맞서 싸운 용감한 노력으로 치장하느라 바빴다. 그녀가 신문을 마친 후 나는 재반대신문을 하지 않고 그냥 넘어갔다. 컬렌 건에 있어서는 내가 검사보다 우위에 있다는 확신이 있었기 때문이었다. 나는 컬렌의 수사가 좁은 시야에 갇혀 한 곳만 보고 나아간 것으로 보이게 하려고 노력했고, 성공했다고 믿었다.

프리먼은 연방 수사 대상 통지서 문제를 다뤄야 할 급박한 필요를 느낀 것이 분명했다. 그녀가 부른 다음 증인은 비밀경호국의 찰스 바스케즈 요원이었다. 불과 24시간 전만 해도 전혀 몰랐던 인물이었지만 이젠 그녀가 신중하게 계획한 증인 및 증거물 명단에 당당히 그 이름이 올라 있었다. 나는 바스케즈에 대한 신문이나 반대신문을 준비할 기회가 없었다는 이유를 들어 그를 증인으로 부르는 것에 반대할 수도 있었지만, 그래 봤자 페리 판사가 들어주지도 않을 거라고 생각했다. 그래서 나는 검사의 직접신문 때 바스케즈가 무슨 말을 하는지 일단 들어보기로 했다.

바스케즈는 마흔 살 정도 되어 보이는 남자로 안색이 어두웠고 머리색도 마찬가지로 어두운 색이었다. 처음에 자기소개를 할 때 그는 마약 단속국에서 일하다가 비밀경호국으로 자리를 옮겼다고 말했다. 마약밀매범 단속에서 화폐위조범 단속으로 옮겨갔고 나중에는 주택 압류 사기 사건 합동수사반에 합류하게 되었다고 말했다. 합동수사반에는 수사반장 밑에 비밀경호국과 FBI, 우편국, 국세청에서 온 요원 10명이 있었다. 수사반장인 미 연방 검사보가 그들의 업무를 관리했고 2인 1조가 된 요원들은 대체로 독자적으로 활동하고 자신이 선택한 대상에 대해 수사할 자유를 갖고 있었다.

"바스케즈 요원, 올해 1월 18일 증인이 루이스 오파리지오라는 남자에게 보내는 이른바 수사 대상 통지서라는 것을 작성했고 레지널드 래티모어 미 연방 검사가 서명을 했던데요. 기억하십니까?"

"네, 기억합니다."

"그 구체적인 편지에 대해서 이야기하기 전에, 조사 대상 통지서가 무엇인지 배심원들에게 설명해주시겠어요?"

"동굴에 숨은 용의자들과 범죄자들을 불러내기 위해 동굴 앞에 피우는 연기와 같은 도구입니다."

"어떤 식으로요?"

"기본적으로 수사 대상자들에게 우리가 그들의 행동과 사업 관행과 조치들을 수사할 거라고 알려줍니다. 그러면서 통지서를 받으면 들어와서 우리 수사반원들과 상황에 대해 논의하자고 초대를 하죠. 우리의 초대에 응하는 사람들이 꽤 많습니다. 때로는 그 통지서가 소송으로 가기도 하고, 때로는 다른 수사로 옮아가기도 하죠. 수사는 비용이 많이 들기 때문에 이 통지서가 유용한 도구가 되었습니다. 우리에겐 예산이 없거든요. 편지 한 통이 고소 고발이나 증인의 협조나 확실한 단서를 가져올 수 있다면 굉장히 남는 장사 아닌가요?"

"그럼 루이스 오파리지오에게 보낸 편지에 관해 질문하겠습니다. 오파리지오에게 수사 대상 통지서를 보내게 된 동기가 뭐죠?"

"파트너와 저는 우리가 수사하는 다른 사건에서 오파리지오라는 이름을 자주 봤기 때문에 그 이름이 아주 익숙했습니다. 꼭 나쁜 의미로만 익숙했던 건 아니고요. 오파리지오의 회사는 소위 말하는 압류 공장이거든요. 남부 캘리포니아에서 영업하는 많은 시중은행의 위임을 받아 주택 압류를 위한 서류작업과 발송, 집행 등 전 과정을 대신해주고 있죠. 그렇게 위임받아 집행한 주택 압류가 수천 건에 달하더라고요. 그래서 그 ALOFT 라는 기업을 지켜보고 있었습니다. 또 가끔씩 그 기업의 집행방식에 대해 민원이 들어오기도 했죠. 그래서 파트너와 저는 수사해보기로 결정했습니다. 어떤 반응이 나오나 보려고 수사 대상 통지서를 보내봤죠."

"그러니까 반응을 노리고 미끼를 던졌다는 말인가요?"

"단순히 미끼를 던진 것 이상의 의미가 있었습니다. 말씀드렸다시피, 이곳에서 수상한 연기가 상당히 많이 났거든요. 그래서 불길을 찾고 있었던 거죠. 그리고 수사 대상 통지서를 받아본 사람들이 보이는 반응을 보고 그다음 조치를 결정하는 경우도 자주 있고요."

"증인이 그 수사 대상 통지서를 작성하고 발송할 당시, 루이스 오파리지오나 그의 기업이 범죄행위를 저질렀다는 증거를 이미 확보해놨었나요?"

"아뇨, 그 당시에는 아닙니다."

"편지를 발송하고 나서 어떤 일이 있었습니까?"

"지금까진 이렇다 할 일이 없었습니다."

"루이스 오파리지오가 그 편지에 대해 반응을 보였나요?"

"대리인으로부터 답장이 왔었는데요, 오파리지오 씨는 자신이 기업을 깨끗하게 경영하고 있다는 것을 보여주는 기회라고 생각하고 수사를 환영한다고 적혀 있더군요."

"그 환영의 답변을 이용해서 오파리지오 씨나 그의 기업에 대해 좀 더 조사해봤습니까?"

"아뇨, 그럴 시간이 없어서. 게다가 더 많은 결실을 약속하는 다른 수사 몇 건이 동시에 진행되고 있었거든요."

프리먼은 신문을 끝내기 전에 메모한 것들을 점검했다.

"마지막 질문입니다. 루이스 오파리지오나 ALOFT가 현재 증인이 소속된 합동수사반의 조사를 받고 있습니까?"

"엄밀히 따지자면 아닙니다. 하지만 곧 그 편지에 대해서 살펴볼 계획입니다."

"그럼 대답은 '아니다'인가요?"

"네, 그렇습니다."

"고맙습니다, 바스케즈 요원."

프리먼이 자리에 앉았다. 바스케즈로부터 이끌어낸 증언에 만족했는지 매우 밝은 표정이었다. 내가 일어서서 리걸패드를 가지고 독서대로 갔다. 직접신문을 들으면서 몇 가지 질문을 메모해두었다.

"증인, 증인은 수사 대상 통지서를 받고도 즉시 찾아와서 조사에 응하지 않은 개인이 어떤 범죄행위에 대해서도 무죄인 것이 틀림없다고 배심원들에게 말씀하시는 겁니까?"

"아뇨, 그런 건 아닙니다."

"루이스 오파리지오가 조사에 응하지 않았기 때문에 혐의가 없다고 생각하시나요?"

"아뇨, 그렇게 생각하지 않습니다."

"증인이 속한 합동수사반은 범죄행위와는 아무런 관련이 없어 보이는 개인에게 관행처럼 수사 대상 통지서를 보냅니까?"

"아뇨, 그렇지 않습니다."

"그럼 기준이 뭐죠? 어떤 행동을 해야 수사 대상 통지서를 받게 되는 거죠?"

"기본적으로 어떤 의심스러운 행동이 제 레이더에 잡히면 1차 조사를 한 후 편지를 발송합니다. 마구잡이로 보내는 건 아니고요. 우린 우리가 무엇을 하는지 잘 알거든요."

"증인이나 증인의 파트너나 합동수사반의 누군가가 ALOFT의 관행과 관련해서 미첼 본듀란트를 만나봤습니까?"

"아뇨. 만난 적 없습니다."

"기회가 있었다면 증인이 본듀란트를 만나봤을 것 같습니까?"

질문이 모호하다면서 프리먼이 이의를 제기했다. 판사가 이의 제기를 받아들였다. 나는 그 질문이 대답을 듣지 못한 채 배심원들의 머릿속에 남겨지는 것도 좋겠다고 생각했다.

"감사합니다, 바스케즈 요원."

바스케즈 다음에는 프리먼이 예정된 순서대로 증인을 불러서, 살인 사건 현장에서 한 블록 반 떨어진 곳에 있는 주택의 생울타리 속에서 망치를 발견한 정원사가 그다음 증인으로 불려나왔다. 그의 증언은 특별한 일 없이 빠르게 진행되었고, 나중에 검찰 측 법과학 전문가들의 증언과 합쳐질 때까지는 그 자체로는 별로 중요하지도 않았다. 나는 정원사가 망치를 발견하기 전에도 그 생울타리 주변에서 적어도 열두 번은 더 작업을 했었다는 사실을 인정하게 함으로써 작은 승리를 거두었다. 그것은 배심원단을 위해 심은 작은 씨앗이었다. 살인 사건이 일어나고 오랜 시간이 흐른 뒤에 누군가가 거기에 망치를 갖다 놨을 수도 있다는 생각의 씨앗이었다.

프리먼 검사가 정원사 다음에는 그 집주인과 망치를 과학수사대 실험실로 가져다줘서 관리의 연속성을 유지한 경찰들을 증인으로 불러 잠깐

씩 증언을 들었다. 나는 군이 반대신문을 하려고 하지 않았다. 관리의 연속성이나 망치가 범행도구라는 사실에 이의를 제기할 생각이 없었다. 그 망치가 미첼 본듀란트를 죽게 한 무기였다는 사실뿐만 아니라 그것이 리사 트래멀의 것이었다는 사실까지 인정할 계획이었다.

예상치 못한 조치가 될 터이지만 모함이라는 변호인 측 주장과 잘 어울리는 유일한 조치였다. 멕시코로 떠날 때 두고 간 BMW의 트렁크에 망치가 있을 거라는 제프 트래멀의 주장은 전혀 도움이 되지 못했다. 시스코가 그 차를 찾아내긴 했다. 제프 트래멀이 일했던 자동차 대리점에서 아직도 그 차를 사용하고 있었지만 트렁크에 망치는 없었고 차량 관리 담당 직원은 망치를 한 번도 못 봤다고 말했다. 나는 제프 트래멀의 주장을 별거한 아내의 재판에 도움이 될 정보를 제공하고 돈을 좀 챙겨보려는 그의 얄팍한 계산에서 나온 것으로 생각하고 잊어버리기로 했다.

범행도구에 관한 증언이 끝나자 점심때가 다 되었고, 판사는 15분 일찍 점심 식사를 위한 휴정을 선언했다. 이제 15분 일찍 끝내는 것이 습관이 되어가는 게 아닌가 하는 생각이 들었다. 나는 의뢰인을 돌아보며 함께 점심을 먹자고 제안했다.

"허브는 어떡하죠?" 리사가 말했다. "같이 먹기로 했는데."

"허브도 같이 가죠."

"정말요?"

"그럼요. 안 될 게 뭐 있어요?"

"왜냐하면 변호사님이 허브를……. 아, 아니에요, 허브한테 말할게요."

"좋아요. 내 차로 갑시다."

로하스가 모는 링컨 차에 우리 셋이 타고 밴나이스를 달려 내려가 벤투라 근처에 있는 더 햄릿으로 갔다. 그곳은 수십 년째 영업을 하고 있고 햄버거 햄릿이라고 불리던 시절 이후로 꾸준히 새 단장을 하고 품격을 높여

왔지만, 음식 맛은 거의 똑같았다. 판사가 우리를 15분 일찍 내보내줬기 때문에 점심 손님들이 줄을 길게 늘어서기 전에 도착해서 즉시 칸막이 테이블로 안내되었다.

"나 여기 되게 좋아하는데." 달이 말했다. "근데 온 지는 한참 됐죠."

나는 달과 의뢰인의 맞은편에 앉아 있었다. 나는 식당에 대한 달의 열 띤 호감 표시에 반응을 보이지 않았다. 이야기를 어떻게 풀어갈 것인지 생각하느라고 경황이 없었다.

점심시간이 일찍 시작됐지만 그래도 시간이 별로 없었기 때문에 빨리 주문을 했다. 그러고는 주로 재판에 관해서 그리고 리사가 지금까지의 상황을 어떻게 인식하고 있는지에 관해서 대화를 나눴다. 리사는 지금까지는 만족해하고 있었다.

"변호사님은 모든 증인에게서 내게 도움이 되는 증언을 이끌어내더라고요." 리사가 말했다. "정말 대단하세요."

"하지만 그런 증언을 충분히 끌어내느냐가 문제죠." 내가 대꾸했다. "그리고 기억해요, 증인이 나올 때마다 산은 더욱더 험해질 겁니다. '셰에라자드' 알아요? 클래식 음악인데. 라벨이 작곡한 거죠, 아마. 해마다 할리우드 볼에서 연주를 하죠."

두 사람이 나를 멍하니 바라보았다.

"됐어요. 중요한 거 아니에요. 내 말은 뭐냐 하면, 그게 긴 곡이라는 거예요, 한 15분 정도 될까. 처음에는 두세 개의 악기를 가지고 조용히 느리게 시작하죠. 그러다가 점차 가속도가 붙고 고조되고 또 고조되다가 오케스트라의 모든 악기가 한데 어울려 절정에 달한 후에 대단원의 막을 내리는 겁니다. 그와 동시에 모든 관객들의 감정도 하나로 어우러져 절정으로 치닫게 되죠. 클래식 음악 애호가이든 아니든 상관없이 그 음악을 보고 듣고 있으면 너무나 경이로운 마음이 되죠. 지금 검사가 여기서 그런 음악을 연주하고 있는 거예요. 소리와 속도를 높여가고 있죠. 제일 강력한 증거는 아직 내놓지 않았어요. 드럼과 현악기와 관악기가 모두 한데 어우러져 멋지게 피날레를 장식하기 위해 남겨두고 있는 거죠. 알겠어요, 리사?"

리사 트래멀이 마지못해 고개를 끄덕였다.

"당신 기분을 망치려는 게 아니에요, 리사. 흥분해 있고 희망과 정의감에 가득 차 있는 것도 알고요. 계속 그런 상태로 있기를 바라요. 배심원들이 그런 기분을 잘 알아차리거든요. 그럼 그게 내가 법정에서 노력하는 것만큼이나 도움이 되니까요. 하지만 산은 갈수록 험해지고 있다는 걸 잊지 말아요. 검사가 아직 과학을 끌어들이지 않았는데, 배심원들은 과학을 사랑해요. 과학이 그들에게 탈출구를, 군말 없이 남의 의견에 따르는 길을 보여주거든요. 사람들은 배심원이 되고 싶어 하죠. 직장도 빠지고 흥미로운 사건을 재판하는 법정의 맨 앞줄에 앉아서 바로 눈앞에서 펼쳐지는 실제 삶의 드라마를 구경하는 거잖아요. 집에서 TV로 보는 게 아니라. 하지만 조만간 배심원실로 돌아가서 서로를 쳐다보며 평결을 내려야 하는 때가 오죠. 한 인간의 삶을 결정해야 하는 거예요. 그런 일을 하고 싶어 하는 사람은 별로 많지 않아요. 근데 과학이 있으면 결정이 쉬워지는 거예요. '아, DNA가 일치하면 틀릴 수가 없잖아. 혐의대로 유죄.' 알겠어요? 이게 우리가 직면한 현실이에요, 리사. 그리고 난 그 미래에 대해 당신이 오해나 착각을 하고 있지 않기를 바라요."

허브 달이 용감하게 손을 뻗어 리사가 테이블 위에 올려놓은 팔을 잡았다. 그러고는 부드럽게 꼭 쥐었다.

"그럼 검사의 DNA 증거에 대해 우린 어떻게 대응할 거예요?" 리사가 물었다.

"아무것도 못 해요." 내가 말했다. "내가 할 수 있는 일이 아무것도 없어

378

요. 재판 전에 말했잖아요, 우리도 자체적으로 검사해봤는데 똑같은 결과가 나왔다고. 확실한 거예요."

리사는 낙담해서 눈을 내리깔았고 눈물이 맺히는 게 보였다. 내가 바랐던 바였다. 여종업원이 점심식사가 담긴 접시를 갖고 나타났다. 나는 우리만 남을 때까지 기다렸다가 말을 이었다.

"너무 낙담하지 말아요, 리사. DNA는 쇼윈도 장식에 불과한데요 뭘."

리사가 어리둥절한 표정으로 나를 올려다보았다.

"확실한 거라면서요."

"확실한 거 맞아요. 하지만 그렇다고 설명이 불가능한 건 아니죠. DNA 문제는 내가 처리할게요. 아까 여기 앉으면서 당신이 말했듯이, 여기서 내가 할 일은 그들의 퍼즐 조각 하나하나에 의심의 씨앗을 떨어뜨리는 거예요. 그런 다음 그 모든 퍼즐 조각이 제자리를 찾고 그들이 완성된 그림을 배심원들에게 보여주기 위해 들어 올렸을 때, 우리가 뿌린 그 작은 의심의 씨앗들이 자라나 전체 그림을 바꾸는 힘이 되기를 바라야죠. 그렇게만 된다면, 우린 선탠하러 가는 거예요."

"그게 무슨 말이에요?"

"집에 간다고요. 해변으로 선탠하러 간다고요."

내가 리사를 향해 웃어 보이자 그녀도 미소로 화답했다. 그녀의 눈물이 그날 아침 세심하게 화장하고 나온 얼굴에 얼룩을 만들어놓았다.

그 이후로는 점심을 다 먹을 때까지 이런저런 잡담을 나누기도 했고 내 의뢰인과 그 연인이 형사사법 제도에 대해 무지하거나 어리석은 견해를 피력하기도 했다. 나는 의뢰인들에게서 이런 태도를 흔히 볼 수 있었다. 그들은 법을 모르지만 법의 문제점을 재빨리 간파하고 내게 말한다. 나는 리사가 마지막 샐러드 한 조각을 포크로 찍어 입에 넣을 때까지 기다렸다.

"리사, 아까 얘기하면서 울어서 마스카라가 약간 번졌어요. 당신의 강한 정신과 강한 모습을 보여주는 게 매우 중요하니까 화장실에 가서 화장 고치고 와요. 다시 강한 모습을 보여줍시다. 어때요?"

"법원에 가서 하면 안 돼요?"

"아뇨, 거기선 배심원들과 기자들과 섞여서 함께 들어갈 수 있으니까요. 누가 볼지 모르잖아요. 난 누구라도 당신이 점심시간 내내 울었다고 생각하는 거 원하지 않아요. 지금 가서 고치고 와요. 난 차 갖고 오라고 로하스한테 전화하고 있을 테니까."

"몇 분 걸릴 거예요."

내가 손목시계를 확인했다.

"괜찮아요, 천천히 해요. 로하스한텐 좀 더 있다가 전화할게요."

허브 달이 일어서서 리사가 칸막이 자리를 빠져나갈 수 있게 했다. 그러고 나서 우리 둘만 남았다. 나는 접시를 옆으로 밀어놓고 두 팔 팔꿈치를 테이블 위에 올려놓았다. 그러고는 카드를 들어 올려 표정을 숨기는 포커 도박꾼들처럼 입 앞에서 두 손을 깍지 껴서 움켜잡았다. 사실 능력 있는 변호사는 협상가였다. 그리고 지금은 허브 달의 퇴장을 협상할 때였다.

"자, 허브…… 이젠 당신이 빠져줘야겠어."

달은 이해가 안 간다는 표정으로 어색하게 웃었다.

"무슨 말이야? 다 같이 왔잖아."

"아니, 내 말은 재판에서 빠져달라고. 리사한테서. 당신이 퇴장할 시간이거든."

달은 계속 이해가 안 간다는 표정을 짓고 있었다.

"난 어디에도 안 가. 리사와 난…… 우린 가까운 사이야. 그리고 여기 돈도 많이 걸어놨고."

"돈은 다 물 건너갔어. 그리고 리사와의 사이는, 이제 가식은 벗어버려야지."

나는 외투 주머니에 손을 넣어 전날 밤 시스코에게서 받은, 허브가 맥 형제와 함께 찍힌 사진을 꺼냈다. 그 사진을 맞은편에 앉은 달 앞에 놓았다. 그가 사진을 재빨리 훑어보더니 어색하게 소리 내어 웃었다.

"그래, 무슨 말인지 알겠어. 근데 이 친구들은 누구야?"

"맥 형제. 나를 두들겨 패라고 당신이 고용한 깡패들."

달이 고개를 가로젓더니 뒤돌아보며 화장실로 이어지는 뒤 복도를 살폈다. 그러고는 다시 고개를 돌려 나를 바라보았다.

"미안한데, 미키, 도대체 무슨 말을 하는 건지 모르겠군. 당신과 내가 영화 판권을 놓고 거래한 걸 잊었나 봐. 그 거래에는 캘리포니아 변호사협회가 들으면 조사해보고 싶어 할 만한 상황도 포함된 거 같은데……."

"지금 협박하는 거야, 달? 혹시 그런 거면 실수하는 거라서."

"아냐, 협박이라니. 난 그냥 당신이 어디 갔다 와서 이러나 궁금해서 알아보는 건데."

"어두운 방에서 맥 형제랑 흥미로운 대화를 하고 왔지."

달이 사진을 다시 접어서 내게 돌려주었다.

"얘네들? 얘네들이 길을 물어서 가르쳐주고 있었어, 그뿐이야." 달이 말했다.

"길을 물었다고? 돈을 요구한 게 아니고? 그 사진도 갖고 있는데."

"몇 달러 줬던 것도 같아. 도와달라는데 착해 보였거든."

기가 막혀서 웃음이 나왔다.

"연기 잘하네, 달. 근데 얘네들한테 다 들었어. 그러니까 말 같지도 않은 소리 집어치우고 본론으로 들어가자."

달이 어깨를 으쓱거렸다.

"좋아, 이 쇼의 주인공은 당신이니까. 그래, 본론이 뭔데?"

"아까 얘기했잖아. 당신이 빠져주는 것. 리사한테 작별의 키스를 해. 영화 판권에도 작별의 키스를 하고. 당신 돈에도 작별의 키스를 하고."

"무슨 키스를 그렇게 많이 해. 그러는 대가로 난 뭘 얻는데?"

"감옥에 안 가는 것. 그걸 얻는 거지."

허브 달은 고개를 가로젓더니 또 어깨너머로 뒤를 돌아보았다.

"일이 그런 식으로 돌아가지 않아, 믹. 그 돈은 내 돈이 아니었어. 나한테서 나온 게 아니라고."

"그럼 누구한테서 나왔는데, 제리 캐스틸?"

허브 달의 눈동자가 빠르게 움직이다가 멈춰 섰다. 그 이름이 그에게 보이지 않는 주먹을 날린 것 같았다. 이제 그는 맥 형제가 항복하고 모든 것을 자백했다는 사실을 알게 되었다.

"그래, 제리 얘기도 들었고 뉴욕에 사는 조이 얘기도 들었어. 깡패 새끼들끼리 의리가 어디 있어, 허브. 맥 형제는 소니 앤 셰어(1960~1970년대의 인기 혼성그룹 – 옮긴이)처럼 노래 부를 준비가 되어 있던데. 곡명은 〈아이브 갓츄, 베이브(I've Got You, Babe)〉. 당신이 오늘 당장 리사의 삶에서 그리고 내 삶에서 조용히 빠져주지 않으면 당신이 한 일을 꼼꼼히 다 써서 검찰에 고발할 거야. 거기 마침 전처가 검사로 있거든. 내가 그렇게 폭행당했을 때 엄청 가슴 아파했지."

나는 잠깐 숨을 고른 뒤 말을 이었다.

"전처가 이 사건을 순식간에 대배심 앞에 갖다 놓을 거야. 그럼 당신은 나에게 중상을 입힌 가중폭행죄로 유죄 평결을 받게 되겠지. 중상을 입혔으니 가중처벌이 될 거고. 형을 3년은 더 받을걸. 그리고 피해자인 나도 가중처벌을 요구할 거야. 내 고환을 비틀어놓은 데 대한 대가로. 그럼 적어도 4년은 감옥에서 썩어야 할걸. 그리고 하나 알아둬야 할 게 있어. 솔

382

레다드 교도소에서는 평화를 상징하는 수신호 같은 거 하면 혼난다."

달이 두 팔꿈치를 테이블 위에 올려놓고 몸을 앞으로 기울였다. 그의 눈에서 필사적인 눈빛을 나는 그때 처음 보았다.

"당신이 지금 무슨 짓을 하고 있는지 모르는군. 누구를 상대하고 있는지도 모르고."

"잘 들어, 멍청아. 멍청이라고 불러도 되지? 누구를 상대하든 관심 없어. 지금 내가 상대하는 건 멍청이 너고, 네가 그만 빠져주기를 바랄 뿐이야, 내 삶에서, 이 사건에서, 그리고……."

"아니, 아니, 이해를 못 했나 본데. 내가 당신을 도울 수 있어. 당신은 일이 어떻게 되어가고 있는지 다 알고 있다고 생각하지? 착각하지 마. 쥐뿔도 모르고 있어. 하지만 내가 알려줄 수 있어, 할러. 당신이 해변으로 가는 걸 도울 수 있다고. 그럼 우리 모두 거기 가서 선탠을 할 수 있게 되는 거지."

나는 그에게서 멀어지게 몸을 뒤로 젖혔고, 한 팔을 뒤로 돌려 칸막이 자리의 푹신한 등받이에 갖다 댔다. 혼란스러웠다. 나는 심심해 죽겠다는 표정으로 손목을 획획 돌렸다.

"그럼 알려줘 봐."

"리사가 시위하는 곳에 내가 느닷없이 나타나서 영화 같이 만들자고 제안했다고 생각하지? 미쳤냐, 내가! 누가 날 그곳으로 보낸 거야. 본듀란트가 살해되기도 전에 나는 리사에게 접근했어. 그게 우연이라고 생각해?"

"누가 보냈는데?"

"누굴 것 같아?"

나는 허브 달을 노려보면서 강물의 여러 지류가 하나로 합쳐지듯, 이 사건의 모든 측면들이 모여서 하나로 합쳐지는 것 같다고 느꼈다. 결백의 가설은 가설이 아니었다. 리사 트래멀이 누명을 쓴 것이 사실이었던 거다.

"오파리지오."

달은 고개를 살짝 끄덕여서 확인을 해주었다. 그리고 그 순간 리사가 우리를 향해 뒤쪽 복도를 걸어오는 것이 보였다. 법정 출석을 위해 눈이 다시 밝고 화사해져 있었다. 나는 달을 돌아보았다. 질문할 것이 많았지만 시간이 없었다.

"오늘 밤 7시. 내 사무실. 혼자 와. 그때 와서 오파리지오에 대해 얘기해 줘. 죄다 털어놔야 할 거야……. 안 그러면 검사 찾아갈 거니까."

"하나 말해둬야 할 것은, 난 어떤 것에 대해서도 증언은 하지 않아. 절대로."

"7시야."

"리사와 저녁 약속 있어."

"약속을 바꿔. 핑곗거릴 생각해봐. 어쨌든 내 사무실로 와. 지금은 가고."

리사가 다가왔을 때 나는 칸막이 자리에서 빠져나가면서 전화기를 꺼내 로하스에게 전화를 걸었다.

"갈 준비 됐어. 식당 앞으로 와."

34 압수수색

　공판이 재개되자 검찰은 신시아 롱스트레치 형사를 증인으로 불렀다. 컬렌의 파트너를 다음 증인으로 부름으로써 프리먼은 점점 커져가는 내 의심이 맞았다는 것을, 그녀의 '셰에라자드'는 과학으로 절정에 달할 거라는 것을 확인해주었다. 영리한 계획이었다. 의문을 제기하거나 부인할 수 없는 확실한 것을 내미는 거다. 컬렌과 롱스트레치를 통해 수사의 전반적인 경과를 설명하고, 법과학 전문가를 증인으로 내세워 그 모든 것을 하나로 종합한다. 그러고는 법의관을 불러 DNA 증거를 내놓으면서 증인 신문을 마무리할 것이다. 치밀하고 깔끔한 계획이었다.

　롱스트레치 형사는 사건 당일 밴나이스 경찰서에서 보았을 때처럼 차갑고 까칠해 보이지는 않았다. 무엇보다도 원피스를 입고 있어서 형사가 아니라 교사처럼 보였다. 나는 이런 식의 변화를 많이 봤는데 볼 때마다 거슬렸다. 검사의 지시가 있었는지 형사 자신의 계산에 따른 것인지는 몰라도, 평소보다 더 부드럽고 보기 좋은 모습으로 변신해서 배심원단 앞에 서는 여자 경찰관이 많았다. 하지만 이런 사실을 판사나 다른 누구에게 지적하면, 여성 혐오주의자라는 낙인이 찍힐 위험이 있었다.

그래서 대개의 경우 그냥 웃고 넘어가곤 했다.

프리먼은 롱스트레치의 입을 통해 수사의 후반부를 설명하려 하고 있었다. 롱스트레치의 증언은 주로 리사 트래멀의 자택에 대한 압수수색과 거기서 찾아낸 증거물에 관한 것일 터였다. 나는 여기서 놀라운 증언이 나올 거라고는 생각하지 않았다. 프리먼은 롱스트레치에게 증인 선서를 시킨 뒤 바로 본론으로 들어갔다.

"증인이 판사로부터 리사 트래멀의 자택에 대한 압수수색 영장을 발부 받으셨어요?" 프리먼이 물었다.

"네, 그렇습니다."

"그 절차가 어떻게 되죠? 그런 영장을 발부 받으려면 어떻게 해야 합니까?"

"우선 압수수색 영장 신청서를 작성해야 합니다. 대상 건물을 수색할 필요가 있다고 판단하게 만든 여러 사실과 증거를 열거해서 영장 신청의 상당한 이유를 진술해야 하죠. 저는 은행 근처에서 용의자를 보았다고 한 목격자의 진술과 앞뒤가 맞지 않았던 용의자의 진술을 인용해서 수색 영장 신청 사유를 작성했습니다. 컴퍼니오니 판사가 영장에 서명하고 발부해주었고 우린 그 영장을 들고 우드랜드힐스에 있는 용의자의 집으로 달려갔습니다."

"여기서 '우리'란 누구를 말하는 거죠?"

"제 파트너 컬렌 형사와 저요. 우리는 수색 중에 찾아낼 증거물을 잘 확보하고 처리하기 위해서 비디오 촬영기사와 범죄현장 감식반을 불러들이기로 했습니다."

"그래서 수색의 전 과정이 비디오로 촬영되었나요?"

"전 과정이라고는 할 수 없겠고요. 수색을 보다 신속히 진행하기 위해서 업무를 분담했거든요. 하지만 비디오 기사는 한 명밖에 없었기 때문에 한 번에 두 군데에 다 있을 수는 없었죠. 증거가 될 만하거나, 좀 더 조사해볼 필요가 있겠다 싶은 것을 발견하면 카메라를 부르는 식으로 일을 했습니다."

"그렇군요. 오늘 그 비디오를 가지고 오셨습니까?"

"네. 비디오 재생기에 넣어놓았고 언제라도 틀면 재생이 될 겁니다."

"완벽하군요."

90분짜리 비디오가 배심원단 앞에서 재생되었고 간간히 롱스트레치의 설명이 곁들여졌다. 카메라는 형사들을 따라 리사 트래멀의 집에 도착해서 집 주위를 완전히 한 바퀴 돈 다음 집 안으로 들어갔다. 뒷마당의 모습이 나오고 있을 때 롱스트레치는 침목이 징검다리처럼 깔려 있고 흙을 새로 갈아엎은 허브 정원을 배심원들에게 가리켜 보였다. 이것은 위대한 영화제작자들이 복선이라고 부르는 거였다. 그 복선의 의미는 나중에, 카메라가 집 안으로 들어가면 분명해질 것이다.

나는 증언에 집중하기가 힘들었다. 달이 오파리지오와의 관계를 밝히면서 폭탄을 터뜨렸기 때문이었다. 가능한 시나리오가 무엇일지, 그것이 이 재판에 어떤 의미가 될 수 있을지, 생각은 자꾸만 그쪽으로 흘러갔다. 빨리 오늘 공판이 끝나고 7시가 되면 좋겠다 싶었다.

비디오에서는, 형사들이 리사 트래멀을 체포한 후 압수한 그녀의 소지품에서 찾아내 갖고 온 열쇠로 현관문을 열고 기물을 부수지 않고 집 안으로 들어갔다. 그들은 집 안에 있는 모든 것에 대하여 경험에서 우러난 것으로 보이는 규칙에 따라 체계적인 수색을 실시했다. 혈흔 증거를 찾기 위해 샤워기와 욕조 개수구를 살펴보았다. 세탁기와 건조기도 마찬가지였다. 수색에서 가장 긴 시간을 할애한 곳은 벽장이었다. 벽장 속의 모든 신발과 옷을 면밀히 살펴보았고 혈흔 증거를 찾기 위해 설계된 화학약품을 묻혀도 보고 조명에 비춰보기도 했다.

롱스트레치가 옆문을 열고 나가 지붕이 있는 작은 현관을 따라 걸어가 다른 문을 향해 가자, 카메라가 따라갔다. 다른 문은 잠겨 있지 않았다. 그녀가 그 문을 열고 들어가며 카메라를 차고 안으로 불러들였다. 프리먼이 여기서 비디오를 멈췄다. 검사는 뛰어난 할리우드 기술자처럼 관객들의 기대감을 고조시키다가 이제 크게 애태우는 단계에 도달한 것이다.

"차고에서 발견된 것이 수사에 매우 중요한 의미를 지니게 되었죠? 맞습니까, 증인?"

"네, 맞습니다."

"무엇을 발견했죠?"

"사실 그건 우리가 발견하지 못한 것이었습니다."

"그게 무슨 말인지 설명해주시겠어요?"

"네. 차고의 뒷벽을 따라서 작업대가 있었습니다. 모든 공구가 다 갖춰져 있는 것 같았죠. 대부분은 작업대 위에 혹은 벽을 따라 설치된 나무못 꽂는 판에 붙은 고리에 걸려 있었습니다. 도구가 걸린 자리마다 그 도구의 이름이 적혀 있었고요. 모든 것이 제자리에 있었습니다."

"그렇군요. 어떤 건지 보여주시겠어요?"

비디오가 다시 재생되었고 곧 작업대를 정면에서 찍은 모습이 화면에 나타났다. 이 순간 프리먼이 다시 비디오를 멈췄다.

"그러니까 이게 작업대군요, 그렇죠?"

"네."

"나무못 꽂는 판에 도구들이 걸려 있는 것이 보이네요. 빠진 게 있습니까?"

"네, 망치가 빠져 있습니다."

프리먼은 롱스트레치가 증인석에서 내려와 스크린에 보이는 나무못 꽂는 판에서 망치가 있어야 할 자리가 어디인지 레이저 포인터로 가리키

게 해달라고 판사에게 요청했다. 판사가 허락했다.

롱스트레치는 두 개의 스크린에서 망치가 있어야 할 자리를 가리켜 보인 뒤 증인석으로 돌아갔다.

"그 자리에 망치라고 구체적으로 이름이 적혀 있었나요?"

"네, 그렇습니다."

"그러니까 망치가 사라졌군요."

"차고나 집 안 어디에서도 발견되지 않았습니다."

"나무못 꽂는 판에 꽂혀 있었던 도구들의 브랜드와 모델명을 확인했습니까?"

"네, 거기 있는 공구들을 가지고 확인한 결과, 트래멀 부부는 크래프츠맨의 공구 세트를 갖고 있었습니다. 목수용 공구 세트라고 불리는 239개짜리 세트였죠."

"그럼 이 세트에 들어 있는 망치는 세트가 아니라도 구할 수 있나요?"

"아뇨, 그렇지 않습니다. 이 특별 공구 세트에 들어 있는 망치는 낱개로는 구매할 수 없는 특별한 망치였습니다."

"그런데 그 망치가 리사 트래멀의 차고에 있는 공구 세트에서 사라졌군요."

"그렇습니다."

"그런데 수사 중에 미첼 본듀란트가 살해된 현장 인근에서 망치가 발견되어 경찰에 넘겨진 적이 있었죠?"

"네, 살인 사건이 발생한 주차장에서 한 블록 반 정도 떨어진 곳에 있는 관목 속에서 정원사가 망치를 발견했습니다."

"그 망치를 검사해보셨어요?"

"저는 간단히 살펴본 뒤 과학수사계에 넘겨 분석을 의뢰했습니다."

"어떤 종류의 망치였죠?"

"장도리였습니다."

"그럼 그 망치의 제조업체를 아시나요?"

"시어스 크래프츠맨이 제조한 것이더군요."

법정 안의 모든 사람들이 그 대답을 예상하고 있었는데도 프리먼은 방금 밝혀진 정보에 배심원들이 깜짝 놀라 단체로 숨을 헐떡일 것을 예상하고 시간을 주려는 것처럼 잠깐 말을 멈췄다. 그러고는 잠시 후 검사석으로 돌아가서 갈색 증거물 봉투를 열었다. 거기에서 투명 비닐봉지에 든 망치를 꺼냈다. 그녀는 그 망치를 높이 들고 독서대로 돌아갔다.

"재판장님, 증거물을 가지고 증인에게 다가가도 되겠습니까?"

"그렇게 하세요."

프리먼은 망치를 가지고 롱스트레치에게로 걸어가 망치를 그녀에게 건네주었다.

"롱스트레치 형사, 지금 증인이 들고 있는 망치가 어떤 것인지 말씀해 주실 수 있겠습니까?"

"관목 속에서 발견되어 저에게 인계된 망치네요. 증거물 봉투 겉면에 제 이름 머리글자와 배지 번호가 적혀 있습니다."

프리먼은 롱스트레치에게서 망치를 돌려받은 후 검찰 측 증거물로 제출한다고 말했다. 페리 판사는 승인했다. 프리먼은 검사석에 망치를 도로 갖다 놓은 뒤 독서대로 돌아가 신문을 계속했다.

"증인은 법 과학적 분석을 위해 망치를 과학수사계에 넘겼다고 증언하셨는데요, 맞습니까?"

"네, 맞습니다."

"그럼 그다음에 그 공구에 대한 검사 결과 보고서를 받으셨겠네요?"

"네, 여기 갖고 왔습니다."

"결과가 어떻게 나왔죠?"

"주목할 만한 사실이 두 가지가 있는데요. 하나는 그 망치가 크래프츠맨 목수용 공구 세트 전용으로 특별히 제작되었다는 사실입니다."

"피고인의 차고에서 발견된 그 세트요?"

"네."

"하지만 망치는 빠져 있었던?"

"맞습니다."

"그럼 과학수사계가 알아낸 주목할 만한 또 하나의 사실은요?"

"망치 손잡이에서 혈흔을 발견했습니다."

"몇 주 동안이나 관목 속에 있다가 발견됐는데도요?"

내가 벌떡 일어서서 망치가 관목 속에 있었던 기간에 대해서는 어떤 증언이나 증거도 나오지 않았다고 주장하면서 이의를 제기했다.

"재판장님, 망치는 살인 사건이 발생하고 몇 주가 지나서야 발견됐습니다. 그 기간 동안 망치가 관목 속에 있었다고 추정하는 것이 합당하다고 생각합니다." 프리먼이 대응했다.

판사가 판결하기 전에 내가 재빨리 응수했다.

"다시 한 번 말씀드리지만, 재판장님, 검찰은 망치가 그토록 오랜 기간 동안 그 관목 속에 있었다는 것을 확실히 입증하는 어떤 증거나 증언을 제출하지 못했습니다. 사실 망치를 발견한 정원사가 살인 사건이 일어나고 나서 그 관목 속에서나 주위에서 작업한 게 적어도 10여 차례는 되는데 그걸 발견한 날 아침까지는 전혀 보지 못했다고 진술했습니다. 그렇다면 망치는 그 전날 밤에 누가 심어놓은 것일 수도……."

"이의 있습니다, 재판장님!" 프리먼이 소리쳤다. "변호인은 이의 제기를 이용해서 변호인 측 주장을 제기하고 있습니다. 왜냐하면……."

"둘 다 그만 하세요!" 판사가 고함을 질렀다. "변호인의 이의 제기를 받아들입니다. 프리먼 검사, 질문할 때 증거로 제출되지 않은 사실을 추정하지 않도록 잘 생각해서 하세요."

프리먼은 메모를 내려다보면서 마음을 진정시키고 있었다.

"증인, 망치가 증인에게 넘겨졌을 때 망치에서 혈흔을 보았습니까?"

"아뇨, 보지 못했습니다."

"그럼 망치에 혈흔이 얼마나 묻어 있었단 말이죠?"

"검사 결과 보고서에는 말 그대로 혈흔이라고 적혀 있습니다. 나무 손잡이와 그걸 둘러싸고 있는 고무 손잡이의 윗부분 접촉면에 극소량이 묻어 있었다고 했습니다."

"그렇군요. 그래서 그 결과 보고서를 받은 후에 어떻게 하셨어요?"

"샌타모니카의 민간 유전자 분석검사 실험실에 혈흔 분석을 의뢰했습니다."

"왜 칼스테이트(캘리포니아 주립대학교의 줄임말 - 옮긴이)에 있는 지역 범죄과학 실험실에 의뢰하지 않았죠? 그게 통상적인 절차 아닌가요?"

"그게 통상적인 절차이지만 일을 서두르고 싶었습니다. 마침 예산도 있고 해서 빨리 알아보는 것이 좋겠다고 판단했죠. 나중에 그 결과를 우리 실험실에서 검토하도록 했고요."

프리먼이 여기서 말을 멈추고 망치에 관한 DNA 분석결과 보고서를 검찰 측 증거물로 채택해줄 것을 판사에게 요청했다. 나는 반대하지 않았고 판사는 승인했다. 그러고 나서 프리먼은 방향을 바꿨고, DNA 분석결과에 대한 폭로는 검찰 측 마지막 증인으로 나설 DNA 전문가를 위해 남겨두었다.

"다시 차고로 돌아갑시다, 증인. 다른 중요한 증거물들이 거기 있었습니까?"

나는 다시, 이번에는 질문의 표현에 대해 이의를 제기했다. 사실 이제 까진 차고에서 다른 어떤 증거물이 나왔다는 증언이 전혀 없었는데 그렇게 말하면 중요한 증거물이 확실히 거기 있었던 것 같은 느낌을 준다고 주장했다. 치사한 행동이었지만 이의 제기를 놓고 아까 충돌을 벌인 끝에 프리먼의 기세가 좀 꺾인 것 같아서 한번 시도해보았을 뿐이었다. 나는 계속 이런 식으로 가고 싶었다. 판사는 검사에게 질문의 표현을 고치라고 지시했고 그녀는 지시에 따랐다.

"롱스트레치 형사, 지금까지 증인은 차고에서 발견하지 못한 것에 관하여 증언을 하셨는데요. 망치 말입니다. 이젠 차고에서 발견한 것은 무엇인지 말씀해주시겠습니까?"

프리먼은 그 질문을 던진 후 마치 내 허락을 구하는 것처럼 나를 돌아봤다. 나는 그녀에게 고개를 끄덕여 보인 후 미소를 지었다. 그녀가 내 허락까지 구하려 한다는 사실은 내가 마지막 두 번의 이의 제기로 그녀를 충분히 괴롭혔다는 것을 보여주는 신호였다.

"원예용 신발 한 켤레를 발견해서 루미놀 시험을 실시한 결과, 혈흔 양성반응이 나왔습니다."

"루미놀은 자외선을 쐬었을 때 혈액에 반응하는 물질 아닌가요?"

"맞습니다. 그래서 혈액을 씻어냈거나 닦아서 지운 곳을 찾아내기 위한 용도로 사용되죠."

"신발 어디에서 혈흔이 발견됐나요?"

"왼쪽 신발 끈에서요."

"이 특정 신발을 갖고 루미놀 시험을 한 이유는요?"

"먼저, 혈액 증거물을 찾을 땐 모든 신발과 의류에 대해 루미놀 시험을 실시하는 것이 일반적입니다. 범죄현장에 피가 있었기 때문에 범인에게도 피가 묻었을 거라는 추정을 할 수 있었죠. 두 번째로, 뒷마당이 최근에 손질되어 있었습니다. 흙을 갈아엎었더군요. 그런데 이 신발은 대단히 깨끗했습니다."

"누구라도 집 안으로 들어가기 전에는 정원에서 신던 신발을 씻지 않을까요?"

"그렇겠죠, 근데 그 신발은 집 안이 아니라 차고에 있었습니다. 판지 상자에 들어 있었는데 상자에는 흙이 많이 묻어 있었어요. 아마도 정원에서 나온 흙인 듯했습니다. 그런데 신발은 아주 깨끗하더라고요. 그 점이 우리의 관심을 끌었습니다."

프리먼은 신발이 보이는 장면까지 비디오를 빨리감기 했다. 신발은 옆면에 코카콜라라고 적힌 판지 상자 안에 나란히 놓여 있었다. 상자는 작업대 밑 선반에 놓여 있었다. 숨겨놓은 건 절대 아닌 것 같았다. 늘 두던 곳에 둔 것 같았다.

"이게 그 신발인가요?"

"네, 과학수사계 요원이 신발을 수거하는 모습이 곧 보일 겁니다."

"그러니까 신발은 아주 깨끗한데 더러운 상자에 담겨 있었다는 사실이 의심을 샀다고 말씀하시는 거죠?"

나는 검사가 증인을 이끌고 있다고 주장하며 이의를 제기했다. 이의 제기는 받아들여졌지만 검사가 전하고자 한 메시지는 배심원단에 전달되었다. 프리먼이 말을 이었다.

"그 신발이 리사 트래멀의 것이라고 생각하게 된 이유는 무엇입니까?"

"신발이 작았기 때문입니다. 여성용 신발이 틀림없었죠. 그리고 리사가 정원에서 일하는 모습을 찍은 액자 사진을 집 안에서 발견했는데, 그 신발을 신고 있었습니다."

"감사합니다, 증인. 그 신발과 혈흔이 검출된 신발 끈은 어떻게 되었나요?"

"신발 끈은 유전자 분석을 위해 칼스테이트의 지역 범죄과학 실험실로 보냈습니다."

"이건 왜 민간 실험실을 이용하지 않았죠?"

"혈흔 샘플이 너무 작아서요. 민간 실험실에 의뢰했다가 샘플을 잃어버릴까 봐 위험을 무릅쓰지 않기로 결심한 겁니다. 파트너와 저는 심지어 칼스테이트 실험실에도 그 샘플을 직접 갖고 가서 넘겼습니다. 비교를 위해 다른 표본들도 함께 보냈죠."

"비교를 위한 다른 표본들이라…… 그게 무슨 뜻이죠?"

"피해자의 혈액을 따로 범죄과학 실험실로 보냈습니다. 신발에서 발견된 혈흔과 비교해볼 수 있도록 말이죠."

"왜 따로 보냈죠?"

"교차오염의 가능성을 없애기 위해서요."

"감사합니다, 롱스트레치 형사님. 이상으로 직접신문을 마치겠습니다."

판사는 반대신문을 시작하기 전에 오후 휴식시간을 주었다. 내가 점심식사에 초대한 진짜 목적을 알지 못하는 내 의뢰인은 달과 함께 커피를 마시러 가자고 제안했다. 나는 반대신문에서 할 질문을 미리 써놔야 한다고 말하면서 제안을 거절했다. 사실 질문은 이미 준비되어 있었다. 공판 전에는 프리먼 검사가 컬렌 형사를 증인으로 내세워 망치와 신발과 리사 트래멀의 집에 대한 압수수색 결과를 소개할 거라고 예상했었다. 그 예상은 빗나갔지만 직접신문이 정확히 내가 예상했던 대로 진행되었기 때문에 준비가 되어 있었다.

대신 나는 휴식시간을 이용해서 시스코와 통화를 하며 7시에 있을 허브 달과의 만남을 준비했다. 불락스에게도 이 사실을 알리라고 했고, 안전을 위해 타미 건스와 뱀뱀을 빅토리 빌딩 밖에 대기시켜놓으라고 지시했다. 달이 신사적으로 나올지 어떨지 알 수 없었지만, 어떤 경우에 대해서라도 만반의 준비를 해놓을 작정이었다.

35 게임의 규칙

휴식시간이 끝난 후, 롱스트레치 형사가 다시 증인석에 앉았고, 판사는 내게 반대신문을 하라고 했다. 나는 형식적인 질문을 전혀 하지 않고 배심원단 앞에서 내가 꼭 말하고 싶었던 요점으로 바로 들어갔다. 주로 사건 당일 경찰이 웨스트랜드 주변 지역을 수색했다는 것을, 여기에는 나중에 망치가 발견된 그 집과 관목도 포함되어 있었다는 것을 배심원들에게 알리는 내용이었다.

"증인, 이 망치가 사건이 발생하고 그렇게 오랜 시간이 지난 후에, 그러나 사건 현장과 그렇게 가까운 곳에서, 그동안 수차례에 걸쳐 샅샅이 수색한 지역 내의 한 지점에서 발견되었다는 사실에 당황하지 않았습니까?" 내가 물었다.

"아뇨, 당황하지 않았는데요. 망치가 발견된 후에 그곳에 가서 집 앞에 있는 관목을 살펴봤는데, 굉장히 크고 아주 빽빽하더라고요. 망치가 그토록 오랫동안 그곳에 있었을 거라는 사실이 전혀 놀랍거나 당혹스럽게 느껴지지 않았습니다. 오히려 늦게라도 발견되어서 굉장히 운이 좋았다고 생각했죠."

좋은 대답이었다. 프리먼이 왜 증언 순서를 정할 때 컬렌과 롱스트레치 사이를 떨어뜨려 놨는지 이해되기 시작했다. 롱스트레치는 증언을 매우 잘했고 어쩌면 자신의 베테랑 파트너보다도 더 잘하는 것 같았다. 나는 다음 질문으로 넘어갔다. 실수를 빨리 잊는다는 것이 게임의 규칙 중 하나였다. 실수를 곱씹으면서 일을 더 복잡하게 만들면 안 됐다.

"좋습니다. 그럼 우드랜드힐스에 있는 피고인의 집으로 가봅시다. 증인, 그 집에 대한 압수수색은 실패였다는 데 동의하시죠?"

"실패라고요? 그걸 실패라고 할 것 같지는 않은데요. 저는……."

"피고인의 피 묻은 옷가지를 발견했습니까?"

"아뇨."

"샤워기나 욕조 개수구에서 피해자의 핏자국을 발견했나요?"

"아뇨."

"세탁기에서는요?"

"아뇨."

"이 재판에서 검찰이 제출한 증거 중에 피고인의 집 안에서 수거한 것이 어떤 게 있습니까? 차고 얘기를 하는 게 아닙니다. 집 안에서요."

롱스트레치가 오랫동안 아무 말 없이 마음속으로 증거물을 떠올려보는 것 같았다. 마침내 그녀가 고개를 가로저었다.

"지금은 아무것도 기억이 안 나네요. 하지만 그렇더라도 수색이 실패였다는 뜻은 아닙니다. 증거물을 발견하지 못한 것이 발견한 것만큼이나 유용할 때가 종종 있거든요."

나는 잠자코 있었다. 롱스트레치가 내게 미끼를 던지고 있었다. 내가 설명해달라고 부탁하기를 바라고 있었다. 그러나 그렇게 하면 그녀가 어디로 튈지 알 수 없었다. 나는 미끼를 물지 않고 후퇴해서 다른 방향으로 나아가기로 결심했다.

"그렇군요. 하지만 진짜 보물은, 증인이 발견한 증거물은 차고에서 발견되었고요, 그렇죠? 이미 법정에 소개되었거나 앞으로 소개될 증거물은요."

"네, 그렇다고 생각합니다."

"우린 혈흔이 묻은 신발과, 망치가 사라지고 없는 공구 세트 얘기를 하는 겁니다, 그렇죠?"

"네, 그렇습니다."

"내가 뭐 빠뜨린 게 있습니까?"

"없는 것 같은데요."

"좋습니다. 그러면 프로젝터 스크린에 뭐 좀 보여드리겠습니다."

나는 프리먼이 편리하게도 독서대에 놔둔 리모컨을 쥐었다. 수색 영장 집행 과정을 담은 비디오를 되감기하면서 휙휙 지나가는 영상을 지켜보았다. 내가 원하는 영상이 지나가자마자 멈춤 버튼을 누르고 빨리감기를 해서 원하는 그 장면에 이르자 다시 멈췄다.

"자, 비디오에서 바로 이 순간에 무슨 일이 벌어지고 있는 것인지 배심원들에게 설명해주시겠습니까, 증인?"

내가 재생 버튼을 누르자 스크린의 영상이 움직이기 시작했다. 영상 속에서 롱스트레치와 감식반원 한 명이 집을 나가 지붕 현관을 건너 차고 문을 향해 가고 있었다.

"저건 우리가 차고로 들어가고 있을 때입니다." 롱스트레치가 말했다.

그때 그녀의 목소리가 비디오 재생기에서 흘러나왔다.

"컬렌 형사님한테서 열쇠를 받아와야 할지도 모르겠는데요." 롱스트레치가 말했다.

그러나 영상에서는 그녀가 라텍스 장갑을 낀 손을 뻗어 문손잡이를 잡고 돌렸다.

"안 그래도 되겠네요. 열려 있어요."

나는 비디오가 재생되는 것을 그대로 놔두었다가 롱스트레치와 감식 반원이 차고로 들어가 불을 켜는 장면이 나왔을 때 다시 멈췄다.

"이때가 맨 처음 차고로 들어갔을 때였습니까, 증인?"

"네."

"증인이 불을 켜는 게 보이네요. 혹시 수색팀의 다른 요원이 증인보다 먼저 차고에 들어가지는 않았을까요?"

"아뇨, 제가 처음이었습니다."

나는 천천히 비디오를 되감기해서 롱스트레치가 문을 여는 장면으로 돌아갔다. 그러고는 다시 재생을 시켰고 영상이 나오는 동안 질문을 던졌다.

"증인이 열쇠를 사용하지 않고 차고로 들어가는군요. 이유가 뭐죠?"

"보시다시피 문을 열어봤더니 잠겨 있지 않아서 열리더라고요."

"이유를 아십니까?"

"아뇨, 그냥 잠겨 있지 않았던데요."

"수색팀이 도착했을 때 집에 누가 있었나요?"

"아뇨, 비어 있었습니다."

"집 현관문도 잠겨 있었고요?"

"네, 리사 트래멀이 밴나이스 경찰서까지 임의동행에 합의했을 때 잠그고 나왔거든요."

"본인이 잠그고 싶어 하던가요, 아니면 증인이 잠그라고 했습니까?"

"본인이 잠그고 싶어 했습니다."

"그럼 리사 트래멀이 현관문은 잠그고 나왔으면서 바깥에서 차고로 들어가는 문은 잠그지 않은 채로 두었군요, 맞습니까?"

"그런 것 같습니다."

"그럼 증인과 다른 수색팀원들이 수색 영장을 가지고 그 집에 도착했을 때 차고 문은 잠겨 있지 않았다고 말해도 문제없겠네요, 그렇죠?"

"그렇습니다."

"그 말은 집주인인 리사 트래멀이 경찰에 구금되어 있는 동안 누군가가 차고에 들어갔을 수도 있다는 뜻이고요, 맞습니까?"

"네, 그럴 수도 있겠죠."

"그건 그렇고, 그날 아침 증인과 컬렌 형사가 리사 트래멀과 함께 집을 나갈 때, 집을 지키도록 집 앞에 순경을 세워놓았습니까? 누가 집에 들어가 뒤진다든가 뭔가를 가져가는 일이 없도록 말이죠?"

"아뇨, 그러지 않았습니다."

"살인 사건과 관련된 증거물이 그 집에 있을지도 모르니까 그렇게 하는 것이 신중한 처사가 아니었을까요?"

"그 당시에 리사 트래멀은 용의자가 아니었습니다. 조사가 필요한 참고인에 불과했죠."

나는 웃으려다 말고 애매한 표정을 지었고 롱스트레치도 마찬가지로 그런 표정을 지었다. 그녀는 내가 놓아둔 덫을 살짝 비켜 지나갔다. 역시 훌륭했다.

"아, 맞다, 용의자가 아니었죠." 내가 말했다. "그래서 그 차고 문이 잠기지 않은 채로 있었고 누구나 차고를 드나들 수 있었던 기간은 얼마나 될까요?"

"그건 제가 말씀드릴 수 없는 문제인 것 같은데요. 언제부터 문이 잠기지 않은 상태였는지 모르겠거든요. 어쩌면 차고 문을 늘 잠그지 않았을 수도 있고요."

나는 고개를 끄덕였고 잠깐 침묵하며 그녀의 대답을 곱씹어보았다.

"증인이나 컬렌 형사가 차고 문에 지문이 있는지 찾아보라고 감식반원들에게 지시했습니까?"

"아뇨, 하지 않았습니다."

"왜 안 하셨죠?"

"필요한 것 같지 않아서요. 우린 집 안을 수색 중이었지 범죄현장을 보존하는 것이 아니었거든요."

"가정하는 질문 하나 하겠습니다, 증인. 증인은 살인을 치밀하게 계획하고 실행에 옮긴 사람이 혈흔이 묻은 신발을 잠그지 않은 차고에 놔둘 거라고 생각하십니까? 특히 시간을 들여서 살인 무기는 갖다버리고 나서요?"

프리먼이 일어서더니 질문이 복잡하고, 증거로 제시되지 않은 사실들을 추정하고 있다면서 이의를 제기했다. 나는 개의치 않았다. 질문은 롱스트레치에게 던진 것이 아니었다. 배심원단을 향해 던진 것이었다.

"재판장님, 질문을 철회합니다." 내가 선언했다. "그리고 이 증인에 대한 반대신문을 이것으로 마치겠습니다."

나는 독서대에서 물러나 변호인석으로 돌아가서 자리에 앉았다. 그러고는 배심원들을 한 줄씩 쓱 훑어보았다. 마침내 세 번째 자리에 앉은 펄롱에게서 눈길이 멈췄다. 그는 고개를 돌리지 않고 나를 마주 쳐다보았다. 아주 좋은 징조라는 생각이 들었다.

36 거래

허브 달은 혼자 왔다. 시스코가 사무실 현관 앞에서 그를 맞아들여 내 방으로 데리고 들어왔고, 나는 내 방에서 기다리고 있었다. 불락스가 내 왼쪽에 앉았고 달을 위해 책상 바로 앞에 빈 의자를 하나 갖다 놓았다. 시스코는 미리 짠 대로 계속 서 있었다. 나는 시스코에게 가끔 서성거리기도 하고 생각에 잠기는 모습도 보여주라고 주문했다. 나는 달이 불편해하기를 바랐다. 말 한 마디 잘못하면 꽉 끼는 검은색 티셔츠를 입은 거구의 남자가 폭발할 수 있다고 느끼기를 바랐다.

나는 달에게 커피나 탄산수나 물을 마시겠느냐고 물어보지 않았다. 진부한 인사말도 하지 않았고 우리의 껄끄러운 관계를 개선하려고 노력하지도 않았다. 그냥 바로 본론으로 들어갔다.

"여기서 우리는 당신이 무슨 짓을 했는지, 루이스 오파리지오와는 어떤 관계인지, 그리고 그와 관련해서 우리가 어떻게 대처해야 하는지를 알아내야 해. 내가 알기로 내일 아침 9시까진 어디에서도 나를 찾지 않을 거니까 필요하다면 밤새워 얘기할 수도 있어."

"시작하기 전에 먼저 알아야겠어. 내가 협조하면 우리가 거래할 수 있는 건지." 달이 말했다.

"아까 점심때 말했잖아. 거래 조건은 당신을 감옥에 안 가게 해주는 거라고. 그 대신 당신은 알고 있는 걸 다 나한테 말해야 돼. 그걸 넘어서는 거래는 없어."

"어떤 경우에도 난 증언은 안 해. 정보를 주는 차원에서 그치는 거야. 게다가 내가 증인석에 앉는 것보다 훨씬 더 좋은 걸 당신에게 줄 수 있어."

"그건 두고 봐야 할 일이고. 지금 당장은 처음부터 시작하는 게 어때? 당신이 아까 그랬지, 리사 트래멀의 1인 시위 현장에 가보라는 지시를 받았다고. 거기서부터 시작해."

달은 고개를 끄덕이더니 곧 반대를 표시했다.

"그전의 일부터 얘기해야 할 것 같아. 그러자면 작년 초로 거슬러 올라가야겠군."

나는 두 손을 펼쳐 들어 보였다.

"마음대로 해. 시간 많으니까."

달은 1년 전에 제작한 〈블러드 레이서〉라는 영화에 대해 장황하게 이야기를 늘어놓았다. 따뜻한 가족영화로 체스터라는 이름의 말을 갖게 된 소녀의 이야기였다. 소녀는 말의 아랫입술 안쪽에서 숫자 문신을 발견하는데, 그것은 말이 5년 전 마구간에서 죽임을 당한 것으로 여겨졌던 순종 경주마라는 표시다.

"그래서 소녀와 아빠는 진실을 밝히기 위해 조사를 하고……."

"이봐." 내가 달의 말을 막았다. "재밌는 이야기 같긴 한데 루이스 오파리지오 이야기를 하면 안 될까? 밤새도록 이야기를 해도 되지만 그래도 우리 주제를 벗어나진 말자고."

"이게 주제야. 이 영화. 저예산 영화였는데 내가 말을 굉장히 좋아하거든. 아주 어렸을 때부터 줄곧 좋아했어. 그리고 이 영화로 선반에서 탈출할 수 있을 거라고 생각했고."

"선반?"

"DVD용 영화 말이야. 난 이 이야기가 흙 속의 진주라고 생각했고 잘만 하면 극장 배급도 가능하다고 봤어. 근데 그러기 위해서는 제작비가 있어야 하고 돈이 필요한 거지."

이야기의 결말은 언제나 돈이다.

"돈을 빌렸어?"

"빌려서 영화에 쏟아부었어. 알아, 어리석었다는 거. 그 돈만 있었던 게 아니야. 영화 제작 들어갈 때 투자자들 돈도 모아서 썼지. 근데 감독이 스페인에서 온 완벽주의자 새끼였어. 영어를 거의 못 했지만 우리가 고용했지. 근데 이 자식이 세트에서 테이크(영화에서 카메라를 중단시키지 않고 한 번에 찍는 장면이나 부분 – 옮긴이)를 찍고 또 찍는 거야. 스낵바 장면은 무려 30번이나 찍더라고! 그러니 어떻게 됐겠어. 제작비가 바닥났지. 영화를 완성하려면 25만 달러가 더 필요하겠더라고. LA에서는 이미 다 돌아다니면서 사정해봤고. 난 이 영화를 사랑했어. 나한테는 인생 영화 같은 거였지."

"거리에서 돈을 구했구먼." 시스코가 달이 앉은 의자 뒤에 서서 말했다.

달이 몸을 틀어 시스코를 올려다보더니 고개를 끄덕였다.

"맞아. 아는 약쟁이 친구한테서."

"이름이 뭔데?" 내가 물었다.

"이름은 알 필요 없잖아." 달이 말했다.

"알아야 돼. 이름이 뭔데?"

"대니 그린."

"아까……."

"그래, 맞아. 그자들과 한패지. 근데 이름이 그린(green은 속어로 '마리화나'를 가리킴 - 옮긴이)이야. 웃기지. 끝에 e자가 붙은 그린."

내가 시스코를 쳐다보았다. 확인해볼 필요가 있을 것 같았다.

"대니 그린으로부터 25만 달러를 빌렸고, 그래서 어떻게 됐어?"

달이 두 손을 펴서 손바닥이 위로 가게 해서 들어 올리며 좌절감을 표시했다.

"그게 끝이야, 아무 일도 일어나지 않았어. 영화는 완성했는데 팔리질 않았어. 영화를 들고 북미 지역에서 열리는 축제란 축제는 다 다녀봤지만 사겠다는 사람이 한 명도 없더라고. 샌타모니카 로우스 호텔에 비싼 방까지 얻어놓고 아메리카 필름 마켓에도 참가했지만 스페인에만 팔렸어. 관심을 보인 유일한 나라가 바로 그 감독 새끼 모국이었지."

"그럼 대니 그린이 열 받았겠네?"

"당연히 열 받았지. 6개월 할부로 빌린 거였는데 조금씩 갚아나가고 있었거든. 근데 열 받으니까 다 갚으라고 하더라고. 물론 난 그럴 수가 없었고. 우선 영화를 스페인에 판매한 계약금을 갖다 주긴 했는데 잔금은 나중에 들어오기로 되어 있었거든. 녹음도 새로 입히고 이런저런 준비를 해야 해서 판매 수익은 영화가 스페인 영화관에 걸리는 올 연말이나 되어야 들어오기로 되어 있었거든. 그래서 정말 난리가 난 거지."

"그래서 어떻게 됐어?"

"어느 날 대니가 날 찾아왔더라고. 갑자기 나타났기에 내 다리몽둥이를 부러뜨리러 왔나 보다고 생각했어. 근데 그게 아니라 일 좀 해달라는 거야. 일종의 장기 직업 같은 건데 내가 한다고 하면 빚 갚을 일정을 조정해주고 심지어 남은 원금의 상당 부분을 탕감해주겠대. 그 얘기를 들으니까 다른 방법도 없는데 하겠다고 말하자는 생각이 들더라고. 안 그러면 어떡하겠어? 대니 그린한테 싫다고 말해? 어우, 그러다가 큰일 나려고."

"그래서 하겠다고 했구나."

"그랬지. 그러마고 했어."

"근데 그 일이 뭐였는데?"

"주택 압류를 공개적으로 비난하고 반대 시위를 벌이는 사람들에게 접근하는 것. FLAG라는 조직에. 할 수만 있다면 조직 내부로 침투하라고 하더라고. 그래서 그렇게 했고, 리사를 만나게 된 거야. 리사가 최고의 선동가였거든."

정말 터무니없는 이야기 같았지만 나는 믿는 척했다.

"대니가 그런 일을 하라는 이유를 말해줬어?"

"아니. 피해망상증이 있어서 리사가 무슨 일을 하는지 일일이 다 알고 싶어 하는 남자가 있다고 했어. 무슨 큰 거래를 진행 중인데 이 사람들이 몰려다니면서 일을 망칠까 봐 걱정한다고 하고. 그래서 리사가 시위를 계획하면, 나보고 보고하라는 거야. 자기한테. 시위 장소가 어딘지, 시위의 표적이 누군지 등등."

이야기에서 진실성이 느껴지기 시작했다. 나는 르무어 협상을 떠올렸다. 오파리지오는 ALOFT를 그 상장기업에 매각하려고 협상을 진행하고 있었다. 그런 상황이라 잠재적인 위험요소들을 예의주시하는 것이 신중한 처사였다. 그 위험요소들에는 리사 트래멀도 들어갈 수 있었다. 나쁜 평판이 매각 협상을 방해할 수 있으니까. 주주들은 항상 깔끔하고 투명한 기업 인수를 원한다.

"좋아. 그리고 또?"

"다른 건 별로 없어. 정보 수집 정도. 리사에게 접근했는데 한 달쯤 지나니까 살인 혐의로 체포되더라고. 그때 대니가 다시 찾아왔어. 리사가 감옥에 갔으니 거래는 끝났다고 말할 줄 알았는데 아니었어. 나더러 가서 보석 보증금을 내고 리사를 빼내오라는 거야. 그러면서 20만 달러가 든 돈 가방을 주더라고. 그래서 리사를 빼내오니까 전과 똑같은 일을 하라고 했어. 이번에는 당신들을 대상으로. 변호인 진영에 들어가서 일이 어떻게 되어가는지 살피고 보고하라고."

나는 시스코를 바라보았다. 생각에 잠긴 듯한 모습은 이젠 연기가 아닌 것 같았다. 우리 둘 다 허브 달이 검찰 측 주장을 근본부터 파괴해서 무너뜨릴 수 있는 거대한 빙산의 일각일 수 있다고 생각하고 있었다. 또한 리사 트래멀이 대단히 비호감이기는 하지만 결백한 의뢰인일 수 있겠다는 생각도 하고 있었다.

리사가 결백하다면……

"오파리지오는 언제 등장하는 거야?" 내가 물었다.

"오파리지오는 등장 안 해…… 적어도 직접적으로는. 하지만 내가 보고하러 대니에게 전화를 걸면 대니가 항상 물어보더라고, 당신들이 오파리지오에 대해서는 뭘 알아냈느냐고. 이렇게 말하더라고. '그 친구들이 오파리지오에 대해서는 뭘 갖고 있어?' 항상 그렇게 물어봤어. 그래서 아, 내가 이 오파리지오라는 사람을 위해서 일하고 있는 거구나 하는 생각이 들었지."

나는 당장은 아무런 대꾸도 하지 않았다. 회전의자를 빙글빙글 돌리면서 방금 들은 이야기를 곱씹어보았다.

"내가 이해할 수 없는 게, 당신 이야기에 없는 게 뭔지 알아, 달?" 시스코가 물었다.

"뭔데?"

"믹을 폭행하라고 그 깡패 새끼들을 고용한 부분. 그 부분을 빠뜨렸잖아, 이 자식아."

"그래, 그건 어떻게 된 거야?" 내가 덧붙여 물었다.

달은 자신의 결백함을 보여주려는 것처럼 머리를 힘차게 가로저었다.

"그들이 그렇게 하라고 지시했어. 그 두 놈들을 내게 보냈더라고."

"날 패죽이려고 한 이유가 뭐야? 그래서 뭐 좋을 게 있다고?"

"당신이 달려나가는 속도를 늦출 수 있었잖아, 안 그래? 그들은 리사가 이 일로 파멸하기를 바라는데 당신 능력이 너무 출중하다는 생각이 들기 시작한 거지. 그래서 당신 발목을 잡고 싶었던 거야."

달은 말하는 동안 허벅지에서 실 보풀을 털어내는 시늉을 하면서 나와 눈이 마주치는 것을 피했다. 그 모습을 보니 나를 공격한 이유에 대해서 거짓말하고 있는지도 모른다는 생각이 들었다. 달이 자백을 시작한 후 처음으로 감지된 이상 신호였다. 내 추측으로는 달이 자발적으로 나를 공격한 게 아닌가 싶었다. 내가 다치기를 바란 사람은 바로 허브 달인지도 몰랐다.

나는 불락스를 바라보다가 고개를 돌려 시스코를 바라보았다. 달의 마지막 대답을 놓고 내가 헷갈려한 것을 빼고는, 이건 우리에게 기회였다. 나는 달이 이제 무슨 제안을 할지 알고 있었다. 이중간첩 노릇을 하겠다고 제안할 것이다. 그가 오파리지오에게 거짓 정보를 물어다 주는 동안 우리는 해변에 도착하게 되는 것이다.

이 일에 대해서는 좀 더 고민해봐야 했다. 달에게 거짓 정보를 주어 대니 그린에게 갖고 가게 할 수도 있었다. 그러나 그것은 윤리적인 측면을 고려하지 않더라도 위험한 작전일 것 같았다.

나는 일어서서 시스코에게 문을 가리켰다.

"다들 잠깐만 그대로 앉아 있어. 잠깐 밖에 나가서 수사관과 의논 좀 하고 올게."

대기실로 걸어 나온 후 나는 내 사무실 문을 닫았다. 그러고는 로나의 책상으로 걸어갔다.

"이게 무슨 의미인지 알아?" 내가 물었다.

"이 빌어먹을 재판에서 우리가 이길 거라는 뜻이지."

나는 로나의 책상에서 가운데 서랍을 열고 시내 식당과 패스트푸드점의 배달 메뉴 전단지 뭉치를 꺼냈다.

"아냐. 클럽하우스에 잡아놓았던 그 깡패 새끼들 있잖아. 걔들이 본듀란트를 죽인 범인일 수도 있는데 우리가 그 밀실에서 장난 좀 쳐놔 가지고 일을 개판 쳤단 뜻이야."

"그건 잘 모르겠는데, 대표님."

"자네의 그 두 동생들이 그 새끼들을 어떻게 했어?"

"내가 시킨 대로 내려줬대. 두 놈 다 시내에 있는 어느 회원제 술집 앞에 내려달라고 해서 거기다 내려줬대. 그게 끝이야. 진짜야, 믹."

"그래도 우리 망했어."

나는 메뉴 전단지들을 들고 내 사무실 문을 향해 걸어갔다. 시스코가 내 등에 대고 말했다.

"달을 믿어, 믹?"

나는 문을 열기 전에 그를 돌아보았다.

"어느 정도까지는."

나는 사무실로 들어가 메뉴를 책상 가운데에 놓았다. 그러고는 다시 자리에 앉아서 달을 바라보았다. 달은 호시탐탐 먹잇감을 노리는 족제비였다. 나는 그와 함께 사냥을 떠나볼 생각이었다.

"그렇게 하면 안 돼요." 불락스가 말했다.

내가 그녀를 쳐다보았다.

"뭘?"

"이 사람을 통해서 잘못된 정보가 오파리지오에게 들어가게 하는 거요. 이 사람을 증인석에 앉혀서 배심원단 앞에서 진실을 밝히게 해야 돼요."

달이 즉시 반기를 들었다.

"난 증언 안 해! 이 여잔 뭐야, 뭔데 이래……."

나는 두 손을 들고 진정하라는 손짓을 했다.

"증언 안 할 거야." 내가 말했다. "증인으로 부르고 싶어도 그럴 수가 없어. 오파리지오와 이 사건을 직접적으로 연결시키는 증거를 아무것도 갖고 있지 않잖아. 오파리지오를 만난 적은 있어?"

"아니."

"본 적은 있어?"

"응, 법정에서."

"그전에."

"아니, 없어. 그리고 대니가 그 사람에 대해서 물어보기 전까지는 이름도 들어본 적이 없어."

나는 불락스를 쳐다보며 고개를 가로저었다.

"재판부가 얼마나 똑똑한데 그래. 직접적인 연관 관계가 없는데 증인석에 앉힌다고? 근처에도 못 가게 할 거야."

"그럼 대니 그린은요? 대니 그린을 증언대에 세우죠."

"뭘 갖고 증언을 강요할 수 있겠어? 우리가 이름을 부르기도 전에 묵비권을 행사하겠다고 할걸. 여기서 할 수 있는 일은 딱 하나밖에 없어."

나는 반발이 더 나올 것을 기다렸지만 불락스는 뚱한 표정으로 침묵을 지켰다. 나는 다시 달을 바라보았다. 나는 그를 지극히 혐오했고 머리 털 끝만큼도 믿지 않았지만, 그렇다고 다음 조처를 취하지 않을 수는 없었다.

"달, 대니 그린하고는 어떻게 연락해?"

"보통 내가 10시쯤 전화를 걸어."

"매일 밤?"

"응, 재판이 시작되고 나서부터는 밤마다. 항상 소식을 듣고 싶어 하더라고. 대개는 전화를 받는데, 혹시 안 받으면 금방 다시 전화가 와."

"좋아, 저녁은 나가서 뭐 좀 사와서 먹자. 오늘 밤엔 여기서 전화를 거는 거야."

"뭐라고 말해?"

"지금부터 10시까지 생각해보자. 하지만 기본적으로는 대니 그런에게 이렇게 말하는 거야. 루이스 오파리지오가 증인석에 앉더라도 걱정할 필요 없다고. 변호인 측이 아무것도 갖고 있지 않으면서 허세만 부리는 거였다고. 그러니까 걱정할 것 없다고."

37 치명적인 충격

목요일은 검찰의 모든 관현악적 요소들이 하나로 합쳐져 절정에 달하기로 되어 있는 날이었다. 지난 월요일 오전부터 안드레아 프리먼은 조심스럽게 증인신문을 시작해서 내가 감행한 무차별 공격과 연방 수사 대상 통지서와 같은 다양한 변수들과 미지의 요인들을 손쉽게 처리하며 점차 여세를 몰아 이 날에 이르렀다. 목요일은 과학의 날이었다. 모든 증거와 증언이 과학적 사실이라는 끊을 수 없는 끈으로 단단히 묶이는 날이 될 것이었다.

좋은 전략이었지만, 나는 이제부터 검사의 계획을 완전히 망쳐놓을 작정이었다. 법정에서 대리인이 항상 염두에 두어야 할 일이 세 가지 있다. 알려진 것들, 알려진 미지의 것들, 알려지지 않은 미지의 것들. 검찰 측이든 피고인 측이든 앞의 두 개를 완전히 파악해서 세 번째 것을 대비하는 것이 대리인이 할 일이다. 목요일, 나는 알려지지 않은 미지의 것들 중 하나가 될 작정이었다. 나는 안드레아 프리먼의 전략을 몇 킬로미터 떨어진 곳에서부터 보았다. 그러나 그녀는 늪에 빠지듯 내 전략 속으로 빠져들어가 자신의 세에라자드가 멈출 때까지는 내 전략을 보지 못할 것이었다.

목요일 아침 프리먼이 부른 첫 번째 증인은 미첼 본듀란트의 시신을 부검한 법의관보 요아킴 구티에레스 박사였다. 그 의사는 끔찍한 슬라이드 영상을 배심원들에게 보여주면서 모든 타박상, 찰과상, 부러진 이 등을 분류해서 설명했다. 나는 할까 말까 망설이다가 슬라이드 영상 사용에 이의를 제기했지만 기각되었다. 물론 구티에레스 박사는 대부분의 시간을 살인 무기가 세 번 가격해서 생긴 상처를 스크린에 보여주면서 설명하는 데 할애했다. 그는 첫 번째 가격으로 생긴 상처를 가리키며 그 가격이 치명적인 이유를 설명했다. 그 가격으로 인해 피해자가 얼굴을 땅에 대고 쓰러진 후에 가해진 두 번의 가격을 그는 일종의 확인사살이라고 불렀고, 이제까지의 경험으로 볼 때 그와 같은 확인사살은 감정이 섞인 행동이라고 주장했다. 그 세 번의 잔혹한 가격은 범인이 피해자에게 개인적인 원한을 갖고 있었다는 사실을 보여준다고 했다. 나는 그 질문과 대답에 이의를 제기할 수도 있었지만 나중에 내가 물을 질문과도 관련이 있을 것 같아서 가만히 있었다.

"박사님, 정수리에 잔혹한 가격의 상처가 세 개 있고 모두 직경 10센티미터 안에 들어 있는데요. 어느 것이 제일 처음에 생긴 상처이고 어느 것이 치명적인 가격에 의한 상처인지를 어떻게 구분할 수 있습니까?" 프리먼이 물었다.

"그것을 밝히는 과정은 수고스럽기는 하지만 매우 단순합니다. 두개골 가격이 두 개의 골절 패턴을 만들었거든요. 즉각적이고 가장 큰 충격은 이 접촉면에 발생했는데요, 무기가 가격할 때마다 두개골 골절로 인한 함몰이 생기죠. 쉽게 말해서 흉기에 맞아서 두개골이 움푹 들어갔다는 겁니다."

"움푹 들어갔다고요?"

"아시다시피, 모든 뼈는 어느 정도의 탄력성을 갖고 있는데요. 이와 같이 강하고 충격적인 가격을 당하게 되면 두개골이 가격한 도구의 모양으로 함몰되고 두 가지 일이 일어납니다. 표면에는 소위 계단 골절이라고 하는 평행한 골절 선들이 생기고, 안에서는 깊은 두개골 함몰이 발생합니다. 움푹 꺼지는 거죠. 두개골 안쪽에서는 이러한 함몰로 이른바 피라미드 지저깨비라고 하는 골절을 유발하죠. 이 지저깨비가 경내막을 뚫고 곧장 뇌로 달려갑니다. 이 경우에도 그렇지만 이 지저깨비가 쭉쭉 뻗어 나가 마치 총알처럼 뇌 조직 깊숙이 들어갑니다. 이것이 두뇌 기능을 즉각적으로 중단시키고 사망에 이르게 하는 겁니다."

"총알처럼이라고 하셨는데요. 그러니까 피해자의 머리에 가해진 이 세 번의 충격이 대단히 강력해서 머리에 총알을 세 번 맞은 것과 마찬가지다, 뭐 그런 말씀인가요?"

"네, 맞습니다. 그러나 피해자를 사망에 이르게 하는 데는 지저깨비 하나로 충분했습니다. 처음 것이요."

"그 말씀을 들으니 처음 질문으로 돌아가지 않을 수 없군요. 어느 충격이 최초의 것이었는지 어떻게 구분할 수 있죠?"

"그림을 봐가며 설명해도 되겠습니까?"

판사는 구티에레스가 프로젝터 화면에 두개골 해부도를 붙이는 것을 허락했다. 머리를 위에서 내려다보고 그린 그림이었는데 망치가 가격한 곳에 세 개의 타격점이 있었다. 그 타격점들은 파란색으로 그려져 있었고 다른 골절상은 빨간색으로 그려져 있었다.

"다중 충격 상황에서 충격의 순서를 결정하기 위해서는 부차적인 골절들을 먼저 살펴볼 필요가 있습니다. 여기 빨간색으로 칠해진 골절들이요. 저는 이것을 유사골절이라고 부르지만 계단 골절로도 알려져 있죠. 아까 말씀드렸다시피, 충격 지점에서 계단처럼 퍼져가기 때문입니다. 이런 골절, 혹은 깨진 선은 골 전체로 퍼져나갈 수 있고, 여기 이 피해자의 경우에는 골절선이 두정측두 부분까지 뻗어 나가 있는 것을 볼 수 있습니다. 그러나 그런 골절은 이미 존재하는 골절에 이르면 끝이 납니다. 항상 그렇습니다. 기존의 골절이 에너지를 모두 흡수하는 것이죠. 그러므로 피해자의 두개골을 살펴보고 계단 골절을 따라가 봄으로써 이 골절들 중 어느 것이 제일 먼저 생겼는가를 알아내는 것이 가능합니다. 그러고 나서 물론 이 골절들을 타격점까지 따라가 보면 가격의 순서를 쉽게 알 수 있죠.”

스크린에 붙은 그림에 미첼 본듀란트의 머리에 가해진 타격의 순서를 나타내는 번호가 1, 2, 3이라고 적혀 있었다. 치명적인 손상을 입힌 첫 번째 타격은 머리 정수리에 위치해 있었다.

프리먼은 오전 내내 한 증인에게서 비슷한 증언을 짜고 또 짜냈다. 결국에는 많은 분야에서 반복적이거나 관계가 없는 질문을 너무 많이 던지면서 분명한 사실을 너무 장황하게 논하는 지경에 이르렀다. 판사는 두 번이나 검사에게 다른 주제로 넘어가라고 권고했다. 나는 그녀가 지금 이러지도 저러지도 못하는 난감한 상황에 빠졌다는 생각이 들기 시작했다. 다음에 부를 증인이 아직 나타나지 않았거나 갑자기 출석을 거부했거나 하여, 지금 증인을 데리고 오전을 견뎌야 할 상황인 것 같았다.

그러나 프리먼이 속으로는 무슨 문제로 불안해하고 있었는지는 몰라도 겉으로는 전혀 내색하지 않았다. 구티에레스에게 집중하며 꿋꿋하게 그의 증언을 이끌어냈고 마지막에는 관목 속에서 발견된 크래프츠맨 망치를 피해자의 머리에 난 상처와 연결시키는 대단히 중요한 진술을 이끌어냈다.

그러기 위해 프리먼은 소도구를 사용했다. 구티에레스는 본듀란트를 부검하고 나서 피해자의 두개골 모형을 만들었다. 또한 두피 사진을 여러 장 찍고 각각의 상처를 실물 크기로 보여주는 사진을 인화했다.

증거물로 채택된 망치를 건네받은 구티에레스는 비닐 증거물 봉투에

서 망치를 꺼내 망치의 평평하고 둥근 타격 면이 어떻게 피해자의 머리에
난 상처와 함몰된 모양과 완벽하게 들어맞는지를 시연하면서 설명했다.
망치는 타격 면 맨 위쪽 가장자리에 못을 지탱하는 용도의 V자형 홈이 파
여 있었다. 이 홈이 두개골에 남겨진 함몰 상처에서도 뚜렷이 보였다. 이
모든 것이 검사의 완벽한 퍼즐에 딱 들어맞았다. 프리먼은 환하게 웃으면
서 주요 증거가 배심원단 앞에서 설득력을 발휘하는 것을 지켜보았다.

"증인은 이 도구가 피해자에게 치명적인 손상을 가했을 거라고 배심원
들에게 말씀하시는데 조금이라도 주저하는 마음이 있습니까?"

"전혀 없습니다."

"이 도구가 독특한 유일무이한 것이 아니라는 것은 알고 계시죠?"

"물론입니다. 이 특정한 도구가 이 손상을 가져왔다고 단정하는 것이
아닙니다. 이 망치이거나 같은 제조사 같은 모델의 망치라고 말하는 겁니
다. 그것보다 더 특정할 수는 없을 것 같고요."

"감사합니다, 박사님. 지금부터는 망치의 타격 면에 있는 홈에 대해서
이야기해보도록 하죠. 피해자의 상처에 있는 홈의 위치와 관련해서는 무
엇을 알 수 있을까요?"

구티에레스가 망치를 들어 홈을 가리켰다.

"홈이 맨 위쪽 가장자리에 나 있습니다. 여기는 자기성을 띠고 있는 곳
이죠. 못을 여기 이 안에 넣으면 망치가 못을 고정하고 있습니다. 그때 못
을 박는 자재의 표면에 못을 박아 넣는 거죠. 못이 맨 위쪽 끝에 있는 홈
에 고정된다는 것을 알기 때문에 우리는 상처를 보고 어느 쪽에서 가격이
가해졌는지를 알 수 있습니다."

"어느 쪽이죠?"

"뒤에서요. 피해자는 뒤에서 가격당했습니다."

"그렇다면 범인이 다가오는 것조차 못 봤을 수도 있겠네요."

"그렇습니다."

"감사합니다, 구티에레스 박사님. 이상으로 직접신문을 마치겠습니다."

판사가 증인을 내게 넘겨주었다. 내가 독서대로 향하며 프리먼 곁을 지나가자 그녀가 무표정한 얼굴로 나를 쳐다보았는데 마치 '어디 할 테면 해봐, 개자식아'라고 말하는 것 같았다.

그럴 작정이었다. 나는 리걸패드를 독서대에 내려놓고 넥타이를 졸라매고 와이셔츠 소매를 잡아당긴 다음 증인을 바라보았다. 변호인석으로 돌아가 다시 자리에 앉기 전에 그를 화끈하게 눌러주고 싶었다.

"증인은 법의관실 직원들 사이에서 내장 박사라고 불린다면서요, 맞습니까, 증인?"

괜찮은 첫 질문이었다. 이 질문을 들은 증인은 내가 또 어떤 내부 정보를 갖고 있는지, 언제 꺼내 들지 불안해할 것이다.

"네, 가끔 그렇게들 부르더군요. 비공식적으로요."

"왜죠, 증인?"

프리먼이 연관성을 근거로 이의를 제기했고 판사도 관심을 보였다.

"이것이 우리가 오늘 여기 모여 있는 이유와 어떤 관계가 있죠, 할러 변호사?" 판사가 물었다.

"재판장님, 증인이 대답하도록 허락해주신다면, 증인은 자신이 도구의 모양과 두개골 상처가 아닌 병리학의 전문가임을 고백하는 대답을 할 것입니다."

페리 판사는 잠깐 고심하더니 고개를 끄덕였다.

"증인, 대답하세요."

나는 다시 구티에레스에게로 관심을 돌렸다.

"증인, 질문에 대답해주시죠. 내장 박사라고 불리는 이유가 무엇입니까?"

"그것은 변호사님이 말씀하셨듯이 내가 위장관의 전문가, 다시 말해 내장의 질병을 파악하는 데 전문가이기 때문입니다. 그리고 제 이름을 잘못 발음하면 비슷하게 들리기 때문이기도 하고요.(내장을 뜻하는 guts와 구티에 레스의 앞부분 발음이 비슷하다는 뜻 – 옮긴이)"

"감사합니다, 증인. 그럼 이번처럼 망치와 피해자의 두개골에 난 상처 유형을 비교해본 사례는 몇 번이나 되는지 말씀해주시겠습니까?"

"이번이 처음입니다."

나는 그 말을 강조하기 위해 고개를 끄덕였다.

"그렇다면 망치 살인 사건에 관해서는 신참이신 거네요?"

"그렇습니다. 하지만 신중하게 철저히 비교를 했습니다. 그래서 내린 결론도 물론 틀리지 않고요."

우월감 콤플렉스를 자극하라. '나는 의사다, 나는 틀리지 않는다'라는 자부심을 자극하라.

"예전에 법정에서 증언하셨을 때 잘못된 판단에 근거하여 잘못된 진술을 하신 적이 있죠?"

"누구나 실수를 하지 않습니까. 저도 그랬고요."

"스톤리지 사건은 어떻습니까?"

내가 예상했던 대로 프리먼이 재빨리 이의를 제기했다. 그녀가 재판부 협의를 요청하자 판사가 손짓으로 우리를 불렀다. 나는 더 이상 나아가지 못할 것을 알았지만 배심원들 앞에서 그 이야기를 꺼낸 것만으로도 큰 의미가 있다고 생각했다. 배심원들은 그 문제에 대해서 별말 없이 다음으로 넘어가는 것을 보고, 과거에 구티에레스가 거짓 증언을 한 적이 있다는 사실을 눈치챌 것이다. 내가 원한 건 그것뿐이었다.

"판사님, 변호인이 어디로 가고 있는지 우리 둘 다 잘 알고 있지 않습니까. 스톤리지 사건은 본 사건과는 아무런 관련이 없을 뿐만 아니라 아직도 수사 중에 있고 공식적인 결론이 나오지 않았습니다. 그런데 어……."

"질문을 취소하겠습니다."

프리먼이 적개심에 불타는 눈초리로 나를 노려보았다.

"괜찮아요. 다른 질문이 있으니까." 내가 말했다.

"아하, 배심원들이 질문을 들었으니까 대답이야 나오든 말든 신경 안 쓴다 이거로군요. 재판장님, 이런 행동에 대해 주의를 주셔야 합니다. 변호인이 하는 행동은 옳지 못하니까요."

"내가 알아서 할게요. 돌아가세요. 그리고 할러 변호사, 조심하세요."

"감사합니다, 재판장님."

판사는 배심원들에게 내가 한 질문을 무시하라고 지시했고, 나중에 평결을 논의할 때 증거와 진술이 아닌 다른 것을 고려해서는 안 된다는 사실을 다시 주지시켰다. 그리고 나서 나에게 신문을 계속하라고 했다. 나는 새로운 방향으로 나아갔다.

"증인, 치명적인 상처에 대해서 좀 더 자세히 알아봅시다. 증인은 이 상처를 함몰 골절이라고 불렀는데요, 맞죠?"

"정확히는 함몰 두개골 골절이라고 불렀습니다."

나는 검찰 측 증인이 내 말을 고쳐주는 것을 아주 좋아했다.

"그렇습니까? 그러니까 이 충격적인 가격으로 인해 생긴 함몰 상처 혹은 움푹 들어간 곳을 증인이 측정하셨습니까?"

"어떤 식으로 말인가요?"

"깊이는요? 깊이를 측정해보셨나요?"

"네, 했습니다. 메모를 봐도 될까요?"

"그럼요, 증인."

구티에레스는 부검결과 보고서 사본을 확인했다.

"우린 그 치명적인 가격에 의한 상처를 1-A라고 불렀습니다. 그리고 그 상처의 치수를 내가 측정했습니다. 정확한 수치도 말씀드릴까요?"

"그게 다음 질문입니다. 네, 증인 말씀해주시죠. 그 수치가 어떻게 나왔습니까?"

구티에레스는 보고서를 보면서 말했다.

"원형의 타격 면에서 네 점을 정해 치수를 쟀습니다. 시계 모양을 따와서 3시, 6시, 9시, 12시 지점에서 측정했죠. 12시는 망치 표면의 홈이 위치한 자리에 맞춰서요."

"그래서 측정 결과는 어땠습니까?"

"이 숫자들엔 별다른 게 없었어요. 네 군데 측정지점 사이의 거리가 2.5밀리미터도 채 되지 않았고요, 깊이는 평균 7센티미터 정도였습니다."

구티에레스가 메모에서 눈을 들었다. 나는 이미 부검 보고서 사본을 갖고 있어서 필요 없었지만 그가 부른 수치를 받아 적고 있었다. 배심원석을 흘끗 쳐다보니 서너 명이 수첩에 메모하고 있었다. 좋은 징조였다.

"증인, 이 부분은 프리먼 검사의 직접신문 때 언급되지 않은 것 같은데요. 이러한 수치들이 무기의 가격 각도라는 측면에서는 어떤 의미를 갖고 있습니까?"

구티에레스는 어깨를 으쓱거렸다. 그러고는 프리먼을 슬쩍 쳐다보았는데 조심하라는 경고를 받은 모양이었다.

"이 숫자를 가지고 결론 내릴 것은 아무것도 없습니다."

"정말요? 망치로 가격해서 생긴 움푹 들어간 자국이, 박사님 표현대로 하자면 함몰 상처가 모든 측정 지점에서 거의 비슷한 수치로 측정된다는 사실은 망치가 피해자의 정수리를 고르게 가격했다는 사실을 보여주는 것 아닐까요?"

구티에레스는 고개를 숙이고 메모를 쳐다보았다. 그는 과학자였다. 내가 그에게 과학적인 질문을 던졌으니 그것에 어떻게 대답해야 하는지를 알고 있었다. 그러나 그는 웬일인지 지뢰밭에 발을 들여놓은 것 같은 기분이 드는 모양이었다. 그에게서 5미터 떨어진 곳에 앉아 있는 검사가 불안한 표정으로 그를 바라보았다.

"증인? 질문을 다시 한 번 말씀드릴까요?"

"아뇨, 그럴 필요 없습니다. 과학에서는 1밀리미터가 상당히 큰 차이를 의미할 수 있다는 것을 아셔야 합니다."

"그렇다면 망치가 피해자를 고르게 가격하지 않았다는 말씀인가요?"

"아뇨!" 구티에레스가 짜증 섞인 목소리로 말했다. "사람들이 생각하는 것만큼 자로 잰 듯 확실한 것은 아니라는 말씀입니다. 네, 망치가 피해자를 같은 높이에서 고른 힘을 실어 가격한 것으로 보입니다, 됐습니까?"

"감사합니다, 증인. 그리고 두 번째, 세 번째 가격 면의 깊이를 측정한 것을 보면 첫 번째 것만큼 고르지는 않군요. 그렇지 않습니까?"

"네, 그렇습니다. 이 상처들의 깊이를 보면 같은 상처에서도 깊이의 편차가 최대 3센티미터에 이르니까요."

구티에레스는 이제 완전히 걸려들었다. 나는 독서대에서 물러서서 왼쪽으로, 독서대와 배심원석 사이의 빈 공간으로 천천히 걸어가기 시작했다. 그러면서 주머니에 두 손을 찔러 넣고 자신감이 넘치는 태도를 취했다.

"그러니까 치명적인 상처는 정수리에, 같은 높이에서 고른 힘을 실어 가한 가격으로 생겼군요. 다른 두 상처는 그렇지 않고요. 이러한 차이가 생기는 이유는 뭘까요?"

"두개골의 방향 때문이겠죠. 첫 번째 가격으로 1초 이내에 뇌가 작동을 멈췄습니다. 찰과상, 부러진 이와 같은 다른 신체의 부상들을 보면 피해자는 서 있다가 곧바로 쓰러져 사망한 것으로 보입니다. 두 번째와 세 번째의 가격은 피해자가 쓰러진 다음에 가해진 것으로 보이고요."

"증인은 방금 전 다른 부상들을 보면 '피해자는 서 있다가 곧바로 쓰러져 사망한 것으로' 보인다고 말씀하셨는데요. 피해자가 뒤에서 공격을 받았을 때 서 있는 상태였다고 어떻게 그렇게 자신하시죠?"

"양쪽 무릎에 찰과상이 있으니까요."

"그러니까 피해자는 공격을 받았을 때 무릎을 꿇고 있었을 리 없다, 그 말씀입니까?"

"그렇죠. 무릎에 난 찰과상을 보면 서 있다가 쓰러진 것이 확실합니다."

"야구 포수처럼 쭈그리고 앉아 있었을 가능성은요?"

"다시 말씀드리지만, 무릎에 난 상처들을 보면 그랬을 것 같지 않습니다. 양쪽 무릎에 깊은 찰과상이 있었고 왼쪽 슬개골에 골절이 있었거든요. 일반적으로 무릎뼈라고 알려진 곳에요."

"그러니까 피해자는 치명적인 가격을 당할 당시 서 있었다는 데 의심의 여지가 없다는 말씀이신가요?"

"네, 그렇습니다."

그것은 이제까지의 재판 과정에서 나온 질문에 대한 대답 중 가장 중요한 것이 틀림없었지만, 나는 통상적인 질문에 지나지 않은 것처럼 태연하게 넘어갔다.

"감사합니다, 증인. 이제 두개골에 대해서 잠깐 살펴볼까요? 두개골에서 치명적인 가격이 가해졌던 부분은 그 강도가 얼마나 됩니까?"

"관찰대상의 나이에 따라 다르죠. 나이가 들어감에 따라 두개골은 점점 더 두꺼워집니다."

"여기서 관찰대상은 미첼 본듀란트입니다. 그의 두개골은 얼마나 두꺼웠나요? 측정하셨습니까?"

"네, 했죠. 충격을 입은 부분은 두께가 8밀리미터였습니다."

"그럼 망치가 이 부분에 치명적인 함몰 골절을 일으키기 위해서는 어느 정도의 힘이 필요했을지 알아보기 위해 연구나 실험을 해보셨습니까?"

"아뇨, 하지 않았습니다."

"이 질문에 대한 일반적인 연구조사 결과를 알고 계십니까?"

"그 분야에 대해서는 여러 건의 연구조사가 이루어졌습니다. 결론은 매우 다양하고요. 그래서 모두 특이한 경우가 아닌가 생각하게 됐습니다. 일반적인 연구결과로 예단할 수 없다, 그런 말이죠."

"일반적으로는 함몰 골절을 일으키기 위해 필요한 임계압력이 1평방인치당 1천 파운드라고 알려져 있지 않나요?"

프리먼이 일어서서 이의를 제기했다. 내가 증인의 전문 영역을 벗어나는 질문을 하고 있다고 말했다.

"할러 변호사 자신이 반대신문 초기에 증인의 전문분야는 위장관의 질병이지 뼈의 탄성과 함몰이 아니라고 지적한 바 있습니다."

프리먼에게 승산이 없는 상황이었지만 그녀는 두 개의 악 중 그나마 나은 쪽을 선택했다. 자신의 증인이 대답을 알지 못하는 질문을 내가 계속 던지도록 놔두는 것이 아니라 증인에게 창피를 주는 쪽을 선택한 것이다.

"인정합니다." 판사가 말했다. "넘어갑시다, 할러 변호사. 다음 질문 하세요."

"네, 재판장님."

나는 리걸패드를 두세 페이지 넘겨서 메모 읽는 시늉을 했다. 잠깐 시간을 벌며 다음 조치를 생각하기 위해서였다. 그리고 나서 고개를 돌려 법정 뒷벽에 걸린 벽시계를 보았다. 점심시간까지 15분이 남아 있었다. 배심원들에게 생각할 거리를 줘서 점심을 먹으러 보내려면, 지금 바로 행동해야 했다.

"증인, 피해자의 신장을 기록했습니까?"

구티에레스가 메모를 확인했다.

"본듀란트 씨는 사망할 당시 신장이 185센티미터였습니다."

"그렇다면 정수리의 이 지점은 높이가 185센티미터라고 말해도 되겠습니까?"

"그렇습니다."

"그런데 신발을 신고 있었으니까 키는 더 컸겠네요, 그렇죠?"

"네, 굽의 높이를 감안하면 2~3센티미터는 더 컸겠지요."

"좋습니다. 이제 우린 피해자의 키도 알고 있고 치명적인 가격이 정수리와 같은 높이에서 가해졌다는 사실도 알고 있습니다. 그렇다면 공격의 각도에 대해서는 어떻게 생각해볼 수 있을까요?"

"공격의 각도라는 게 무슨 뜻인지 잘 모르겠습니다만."

"정말 모르십니까, 증인? 충격지점과 관련해서 망치가 있었던 위치, 각도를 말하는 겁니다."

"그렇지만 피해자의 자세 혹은 가격을 피하기 위해 몸을 수그리고 있었는지의 여부 혹은 가격당할 당시의 정확한 상황을 알 길이 없기 때문에 정확한 망치의 각도는 알 수 없을 것 같은데요."

구티에레스는 어려운 질문에 자신이 대처하는 방법이 자랑스러운 것처럼 고개를 끄덕이며 답변을 끝냈다.

"하지만 증인, 프리먼 검사의 직접신문 때 본듀란트 씨는 뒤쪽에서 급습을 당해 쓰러진 것으로 보인다고 증언하지 않았습니까?"

"그랬습니다."

"그 증언과 방금 전 말씀하신 가격을 피해 몸을 수그리는 것은 모순이 되지 않을까요? 어느 쪽입니까, 증인?"

궁지에 몰린 구티에레스는 궁지에 몰린 사람들이 흔히들 그렇듯이 오만하게 대응했다.

"우린 그 주차장에서 어떤 일이 있었는지, 피해자가 어떤 자세로 있었는지, 혹은 그가 치명적인 가격을 당할 당시 두개골이 어느 방향으로 있었는지 정확히 알지 못한다, 이것이 제 증언의 핵심입니다. 이 시점에서 상세하게 추측하고 예측하고 해봐야 무슨 소용이 있겠습니까. 다 헛수고일 뿐인 걸요."

"주차장에서 일어난 일을 이해하려고 노력하는 것이 어리석다, 그렇게 말씀하시는 겁니까?"

"아뇨! 그런 말이 아닙니다. 내 말을 자꾸 이상하게 해석하시네."

프리먼이 나서야 했다. 그녀가 일어서서 이의를 제기하면서 변호인이 까다로운 질문으로 증인을 괴롭히고 있다고 말했다. 그것은 사실이 아니었고, 판사도 내 편을 들어주었다. 그러나 그 잠깐 동안의 휴식이 구티에레스에게는 흥분을 가라앉히고 침착함과 자신감을 되찾게 하는 데 충분한 시간이었다. 나는 이쯤에서 반대신문을 마치기로 결심했다. 나는 내장박사를 나중에 변호인 측 증인신문 때 나와서 증언해줄 나의 전문가를 맞아들이기 위한 발판으로 이용했다. 이제 그 증인을 부를 때가 다가왔다는 생각이 들었다.

"증인, 최초의 치명적인 가격이 있었을 당시 피해자의 자세와 두개골의 방향을 알 수 있다면, 범인이 살인 무기를 들고 있었던 각도를 알 수 있을 거라는 의견에 동의하십니까?"

구티에레스는 내가 그 질문을 하는 데 걸린 시간보다 더 오래 질문을 곱씹더니 마지못해 고개를 끄덕였다.

"네, 어느 정도는 알 수 있겠죠. 하지만……."

"감사합니다, 증인. 다음 질문은 이겁니다. 우리가 피해자의 자세, 두개골의 방향, 무기의 각도 같은 이 모든 것들을 알고 있다면, 범인의 신장에 대해서 추측해볼 수 있지 않을까요?"

"말이 안 되죠. 그 모든 것들을 알 수가 없잖아요."

구티에레스가 두 손을 들어 불만을 표시하며 판사를 돌아보고 도움을 청했지만, 판사는 아무 도움도 주지 않았다.

"증인, 대답을 안 하시는군요. 다시 한 번 묻겠습니다. 이 모든 요소들을 알고 있다면, 범인의 신장에 대해 추정해볼 수 있지 않겠습니까?"

구티에레스는 '그래, 내가 졌다'고 말하듯 두 손을 떨어뜨렸다.

"아, 그럼요, 물론이죠. 하지만 우리는 이 요소들을 다 모른다니까요."

"'우리'라고 하셨습니까? 증인이 그 요소들을 찾아보지 않았기 때문에 모르는 것 아닌가요?"

"아뇨, 저는……."

"키가 160센티미터밖에 안 되는 피고인이 자기보다 25센티미터나 큰 남자를 상대로 이 범죄를 저지르기란 물리적으로 불가능하다는 것을 이 요소들이 보여줄 것이기 때문에 알고 싶지……."

"이의 있습니다!"

"……알고 싶지 않았던 것은 아니고요?"

다행히도 캘리포니아 법정에서는 더 이상 판사 봉을 사용하지 않았다. 사용했다면 페리 판사가 박살을 내버렸을 것이다.

"인정합니다! 인정합니다! 인정합니다!"

나는 리걸패드를 집어 들고 접어놓은 페이지들을 넘기면서 좌절감과 신문이 다 끝났음을 표시했다.

"이것으로 반대신문을 마……."

"할러 변호사." 판사가 으르렁거렸다. "배심원단 앞에서 연기하는 것에 대해 누누이 경고했었죠. 이번이 마지막 경고라고 생각하세요. 다음번엔 응분의 대가를 치를 겁니다."

"알겠습니다, 재판장님. 감사합니다."

"배심원 여러분은 변호인과 증인 사이에 오고간 마지막 대화를 무시하세요. 기록에서도 삭제할 겁니다."

나는 배심원석 쪽으로는 감히 눈도 돌리지 못한 채 자리에 앉았다. 그러나 느낌이 좋았다. 모두가 나를 보고 있는 것이 느껴졌다. 나와 의견을 같이 하고 있었다.

전부는 아니더라도, 충분히 많은 배심원들이.

38 피해자의 혈흔

　점심시간 동안 나는 오후 공판에서 일어날 수 있는 일에 대해 리사 트래멀에게 설명해주었다. 허브 달은 함께 있지 않았다. 의뢰인과 둘이서만 이야기하기 위해 가짜로 심부름을 보냈다. 나는 검찰 측 증인신문이 마무리되고 변호인 측 증인신문이 시작되면서 우리가 무릅써야 할 위험에 대해서 최선을 다해 설명했다. 리사는 잔뜩 겁을 먹었지만, 나를 믿는다고 했다. 의뢰인에게서 요구할 수 있는 것은 그것으로 족했다. 진실? 그건 아니고. 믿음? 그거다.

　오후 공판이 시작되자 프리먼 검사는 헨리에타 스탠리 박사를 증인으로 불렀다. 스탠리 박사는 칼스테이트의 생물학 교수이자 로스앤젤레스 지역 범죄과학 연구실 총책임자라고 자기소개를 했다. 나는 그녀가 검찰 측 마지막 증인이고 굉장히 중요한 의미가 있는 두 가지 사실을 진술할 거라고 추측했다. 회수된 망치에서 발견된 혈흔에 대한 유전자 분석조사 결과 미첼 본듀란트의 유전자와 완벽히 일치하는 것으로 밝혀졌고, 리사 트래멀의 원예용 신발에서 발견된 혈흔도 조사 결과 피해자의 혈흔과 일치하는 것으로 밝혀졌다는 사실을 그녀가 확인해줄 것 같았다.

과학적 진술은 혈흔을 정점으로 하여 검찰 측 주장을 극적으로 완성시킬 것이다. 검찰에게서 그런 극적인 순간을 뺏는 것이 내 유일한 작전이었다.

"스탠리 박사님." 프리먼이 직접신문을 시작했다. "미첼 본듀란트 살인 사건 수사팀에서 의뢰한 모든 유전자 분석조사를 증인이 직접 하셨거나 감독하셨죠, 맞습니까?"

"외부 연구소에서 실시한 한 건의 분석조사를 제가 감독하고 재확인했고요, 다른 한 건은 제가 직접 조사했습니다. 하지만 실험실에는 저를 돕는 조교가 두 명 있고 제 감독하에서 그 조교들이 상당 부분의 작업을 하고 있다는 것을 말씀드려야겠군요."

"경찰의 수사가 진행되는 도중에 박사님은 망치에서 발견된 극소량의 혈흔이 피해자의 혈흔과 일치하는지 DNA 분석검사를 해달라는 요청을 받으셨죠, 그렇지 않습니까?"

"그 분석검사는 외부의 연구소에 의뢰했어요. 시간이 촉박했기 때문에요. 제가 그 과정을 감독했고 나중에 결과를 확인해주었습니다."

"재판장님?"

내가 변호인석에서 일어서고 있었다. 판사는 내가 프리먼의 직접신문을 방해해서 언짢은 것 같았다.

"뭡니까, 할러 변호사?"

"재판 시간을 절약하고 배심원단이 DNA 비교 분석에 관한 길고 지루한 설명에 시달리지 않도록 하기 위해서 변호인 측은 명기(明記, 분명히 밝히어 적음—옮긴이)하겠습니다."

"무엇을 명기한단 말입니까, 할러 변호사?"

"망치에서 발견된 혈흔이 미첼 본듀란트의 것이라는 점 말입니다."

판사는 조금도 주저하지 않았다. 재판 시간을 한두 시간 정도 줄일 수 있는 기회라면 언제든 환영이었다. 물론 신중하게 판단한 다음에 결정하겠지만.

"아주 좋습니다, 할러 변호사. 하지만 변호인 측 증인신문 때 이 주장에 반박할 기회를 얻지 못하는데, 알고 있습니까?"

"알고 있습니다, 판사님. 이의를 제기할 필요도 없을 겁니다."

"그리고 의뢰인도 이 전술에 반대하지 않고요?"

나는 리사 트래멀 쪽으로 몸을 약간 돌려 손짓으로 그녀를 가리켰다.

"제 의뢰인은 이 전술을 완벽히 알고 또 동의하고 있습니다. 또한 판사님이 의뢰인에게 직접 물어보고 싶으시다면, 기꺼이 공식적으로 표명할 겁니다."

"그럴 필요는 없을 것 같군요. 검사는 이에 대해 어떻게 생각합니까?"

프리먼은 의심스러운 표정이었다. 덫을 찾고 있는 것 같았다.

"판사님, 망치에서 발견된 혈흔이 미첼 본듀란트의 혈흔이라는 것을 변호인이 인정한다는 점을 분명히 하기를 바랍니다. 또한 피고인이 나중에 무능한 변호를 받았다며 이의 신청을 하는 일이 없도록 무능한 변호에 관한 포기각서를 받아놓고 싶습니다."

"포기각서까지는 필요 없을 것 같고." 페리 판사가 말했다. "피고인으로부터 직접 명기는 받아놓을게요."

그리고 나서 판사는 리사에게 명기에 동의하는지 확인하는 질문을 던졌다.

프리먼 검사가 만족한다고 말하자마자 페리 판사는 의자를 돌려 판사석 끝으로 의자를 굴려가 배심원단을 바라보았다.

"배심원 여러분, 증인은 유전자 감식과 분석이라는 과학수사 방법에 대해 설명하고, 증거물로 제출된 망치에서 발견된 혈흔이 피해자 미첼 본듀란트의 것임을 밝혀낸 실험결과에 대해서 증언을 할 예정이었습니다. 그

430

러나 변호인 측이 명기 의사를 밝혔습니다. 그 말은 변호인 측이 그 조사 결과에 동의하며 이의를 제기하지 않겠다는 뜻입니다. 그러므로 여러분이 알아야 할 것은 은행 근처 관목에서 발견된 망치의 손잡이에서 검출된 혈흔이 피해자 미첼 본듀란트의 것이라는 사실입니다. 이 사실은 이제 입증된 사실로 명기될 것이고, 여러분이 숙의를 시작할 때 그 내용을 문서화하여 여러분께 드리도록 하겠습니다."

판사는 고개를 한 번 끄덕인 후 의자를 제자리로 굴려와서 프리먼에게 신문을 계속하라고 말했다. 예기치 못했던 내 조치에 리듬이 꼬여버린 프리먼은 판사에게 상황을 정리하고 신문을 어디에서 재개하면 좋을지 결정할 수 있도록 잠깐만 시간을 달라고 요청했다. 마침내 그녀가 고개를 들고 증인을 바라보았다.

"스탠리 박사님, 망치에서 발견된 혈흔은 이 사건과 관련하여 증인이 분석 요청을 받은 유일한 혈액 샘플이 아니었습니다, 그렇죠?"

"그렇습니다. 피고인의 집에서 발견된 신발에서 검출된 별도의 혈흔 샘플도 받았습니다. 차고에서 발견됐다죠, 아마. 우리는……."

"재판장님." 내가 다시 자리에서 일어서면서 말했다. "이번에도 변호인 측은 명기를 원합니다."

이번에는 내 발언이 끝나기가 무섭게 법정 안이 쥐 죽은 듯 고요해졌다. 방청석에서 소곤거리는 사람 한 명 없었고, 집행관은 손으로 입을 막고 통화하다가 깜짝 놀라 말을 잃었으며, 법원 서기의 손가락은 속기 기계 자판 위에서 멈춰 있었다. 완전한 침묵.

판사는 두 손을 깍지 껴서 턱을 괴고 앉아 있었다. 그렇게 한참을 앉아 있다가 두 손으로 우리에게 가까이 오라고 손짓했다.

"이리로 오세요, 검사와 변호사."

프리먼과 내가 판사석 앞에 나란히 섰다. 판사가 속삭였다.

"할러 변호사, 당신이 이 사건을 맡아 내 법정에 오기 전부터 당신에 대해서는 익히 들어서 알고 있었어요. 대단히 능력 있고 지칠 줄 모르는 변호사라는 얘기를 한두 군데서 들은 게 아니에요. 그런데 지금은 자신이 무슨 짓을 하고 있는지 아느냐고 물어봐야 할 것 같군요. 피해자의 혈흔이 당신 의뢰인의 신발에서 발견됐다는 검사의 주장을 명기하고 싶다고요? 확실합니까, 할러 변호사?"

나는 판사가 내 재판 전략에 관해 의문을 제기한 것이 좋은 지적이었다고 인정하는 것처럼 고개를 끄덕였다.

"판사님, 우리가 자체적으로 실시한 분석검사에서도 일치하는 것으로 나왔습니다. 과학은 거짓말을 하지 않죠. 그리고 변호인 측은 재판부나 배심원단을 오도하고 싶은 생각이 조금도 없습니다. 재판이 진실을 찾아가는 과정이라면, 당연히 진실이 드러나게 해야지요. 변호인 측은 명기하겠습니다. 우리는 나중에 누군가가 고의로 그 신발에 피해자의 혈흔을 묻혀놨다는 것을 입증해 보일 겁니다. 진실은 거기 있거든요, 그것이 피해자의 혈흔이냐 아니냐에 있는 것이 아니라요. 우리는 그 혈흔이 피해자의 것임을 인정하고 앞으로 나아갈 준비가 되어 있습니다."

"재판장님, 제가 한 말씀 드려도 될까요?" 프리먼이 말했다.

"말씀하세요, 프리먼 검사."

"검찰은 변호인 측의 명기에 반대합니다."

그녀가 마침내 내 의도를 알아차렸다. 판사는 크게 놀란 표정이었다.

"이해가 안 가는군요, 프리먼 검사. 원하던 것을 얻었는데. 피고인의 신발에 피해자의 피가 묻어 있다고 인정한다잖아요."

"재판장님, 스탠리 박사는 저의 마지막 증인입니다. 변호인은 증거를 제가 원하는 방식으로 제시할 기회를 빼앗음으로써 검찰 측 주장을 약화시키려고 하고 있습니다. 이 증인의 증언은 피고인 측에 대단히 파괴적인 영향을 미칠 겁니다. 변호인은 그 증언이 배심원단에 미치는 영향을 최소화시키기 위해서 명기를 원하는 겁니다. 그러나 명기는 양측 모두 동의해야 가능합니다. 아까 망치 건에서는 명기를 허용하는 실수를 저질렀지만 이번에는 안 됩니다. 신발에 관해서는 안 됩니다. 검찰은 이에 이의를 제기하는 바입니다."

판사는 굴하지 않았다. 재판 시간을 적어도 반나절은 절감할 수 있다는데 쉽게 포기할 순 없을 것이었다.

"프리먼 검사, 재판부는 합리적인 재판 진행을 위해 검사의 이의 제기를 기각할 수 있다는 사실을 이해해주세요. 그러고 싶지는 않지만."

판사는 프리먼에게 이 일로 자기에게 맞서지 말라고 말하고 있었다. 명기를 받아들이겠다는 뜻이었다.

"죄송합니다만 재판장님, 그래도 검찰은 이의를 제기하겠습니다."

"기각합니다. 자리로 돌아가세요."

망치 때 그랬던 것처럼 판사는 명기 내용을 배심원단에게 전했고 숙의가 시작될 때까지 양측이 동의한 증거와 사실 들을 문서로 정리해서 배심원들에게 주겠다고 약속했다. 나는 검찰 측 주장을 클라이맥스 없이 침묵시키는 데 성공했다. 검찰은 '저 여자가 범인이야! 저 여자가 범인이야! 저 여자가 범인이야!'라고 외치는 상징과 드럼과 증거를 가지고 한바탕 신나게 놀아보고 돌아가는 대신, 입을 삐죽거리며 돌아갔다. 프리먼은 속이 부글부글 끓고 있었다. 그녀는 점차적인 발전에 클라이맥스가 얼마나 중요한지 잘 알고 있었다. '셰에라자드'를 앞의 10분은 듣고 뒤의 2분은 듣지 않고 꺼버리는 게 말이 되는가.

내가 검사의 증인신문을 싹둑 잘라먹은 것이 검찰에 큰 타격을 입혔을 뿐만 아니라 검찰의 가장 중요한 마지막 증인을 변호인 측의 첫 증인으로 효과적으로 바꿔놓았다. 명기를 함으로써 유전자분석 결과가 변호인 측 주장의 기본 전제인 것처럼 보이게 만들었다. 그래도 프리먼은 어떻게 해볼 도리가 없었다. 검찰의 패를 모두 다 내보였고 남은 게 없었다. 그녀는 스탠리를 증인석에서 내려보낸 후 검사석에 앉아 메모를 뒤적이고 있었다. 아마도 컬렌이나 롱스트레치를 증인으로 다시 불러 형사가 모든 증거를 종합해서 요약 설명하는 것으로 검찰 측 증인신문을 마칠까 어쩔까 고민하고 있을 것 같았다. 그러나 거기에도 위험이 따랐다. 지금까진 증언을 하기 전에 예행연습을 했는데 이번에는 그러지 못할 테니까.

"프리먼 검사? 증인이 더 있습니까?" 마침내 판사가 물었다.

프리먼이 배심원석을 건너다보았다. 검찰에 유리한 평결을 이미 따냈다고 믿고 싶었다. 그런데 증거가 그녀가 계획한 대로 제시되지 않으면 어떻게 될까? 그래도 증거는 아직 거기 있었고 기록되어 있었다. 망치와 피고인의 신발에 묻어 있는 피해자의 혈흔. 그 정도면 유죄를 입증할 증거는 차고 넘쳤다. 이미 유죄 평결을 따놓은 것이나 다름없었다.

프리먼이 여전히 배심원들을 보면서 천천히 일어섰다. 그러고는 돌아서서 판사를 보며 말했다.

"재판장님, 검찰 측 증인신문을 이것으로 마치겠습니다."

엄숙한 순간이었다. 법정은 다시 한 번 쥐 죽은 듯 고요해졌고, 이번에는 이 고요가 1분 가까이 지속되었다.

"아주 좋습니다." 마침내 판사가 말했다. "이 순간이 이렇게 빨리 오리라고 생각한 사람은 아무도 없을 것 같군요. 할러 변호사, 변호인 측 증인신문을 시작할 준비 됐습니까?"

내가 일어섰다.

"그렇습니다, 재판장님. 준비됐습니다."

판사가 고개를 끄덕였다. 그는 피고인의 신발에 묻은 피해자의 혈흔을 증거로 인정하고 받아들이기로 한 변호인 측의 결정에 아직도 놀라움이 가시지 않은 것 같았다.

"그럼 오후 휴식시간을 조금 일찍 갖기로 하죠." 판사가 말했다. "그리고 돌아와서 변호인 측 증인신문을 시작하겠습니다."

4부

다섯 번째 증인

39 뜻밖의 암초

검찰 측 증인신문 막바지에 변호인이 구사한 전술이 놀라운 것이었다면, 변호인 측 증인신문이 시작되자마자 변호인이 취한 조치는 관찰자들이 변호인의 능력에 관해 품고 있는 의문을 해소시키는 데 아무런 도움이 되지 못했다. 오후 휴식시간이 끝나고 모두 제자리로 돌아왔을 때, 나는 독서대로 가서 재판정에 황당한 폭탄을 또 한 개 터뜨렸다.

"변호인 측은 피고인 리사 트래멀을 증인으로 부르겠습니다!"

의뢰인이 일어서서 증인석으로 향하는 동안 판사는 법정에 정숙을 요구했다. 피고인이 증인으로 불려 나왔다는 사실만으로도 놀라워서 법정 안 곳곳에서 속삭임과 웅성거리는 소리가 들렸다. 게다가 첫 번째 증인으로 불려 나왔다는 사실은 실로 충격적이었다. 일반적으로 변호인들은 의뢰인을 증인석에 세우는 걸 좋아하지 않는다. 이 전술은 위험 대비 보상률이 상당히 낮기 때문이다. 이제까지 의뢰인이 한 말을 완전히 신뢰할 수 없기 때문에 의뢰인이 무슨 말을 할지 확실히 알 수가 없다. 그리고 증인선서를 하고 나서, 자신의 유무죄를 결정지을 열두 명의 배심원들 앞에서 하나라도 거짓말을 하다가 들키면 그 결과는 참혹할 것이다.

그러나 이번에는, 이 사건은 달랐다. 리사 트래멀은 조금도 흔들림 없이 일관되게 무죄를 주장해왔다. 자신에게 불리한 증거 앞에서도 얼버무리거나 애매모호한 태도를 취하지 않았다. 그리고 거래나 협상에는 조금도 관심을 보이지 않았다. 이 사실을 고려해보고, 루이스 오파리지오와 허브 달의 관계 같은 속속 밝혀지는 정황들을 고려해보면서, 나는 리사 트래멀을 재판 초기와는 다르게 보고 있었다. 리사는 항상 자기가 무죄라고 배심원들에게 직접 이야기하겠다고 주장해왔고, 그래서 전날 밤 증인 신문을 준비하던 나는 그렇게 주장할 수 있는 기회가 생기자마자 주어야겠다고 생각했다. 리사 트래멀을 최초의 증인으로 내세우기로 결심했다.

피고인은 엷게 미소 띤 얼굴로 증인선서를 했다. 일부 사람들에게는 그것이 부적절해 보일 수도 있었다. 리사가 자리에 앉고 이름이 기록된 후, 나는 그것부터 물고 늘어졌다.

"증인, 증인은 진실을 말하겠다고 증인선서를 하면서 약간 미소를 짓고 있었는데요. 왜 웃었습니까?"

"아, 저기, 긴장돼서요. 그리고 안도감도 들었고요."

"안도감이요?"

"네, 안도감이요. 마침내 내 이야기를 할 기회를 얻었구나 하는. 진실을 이야기할 기회를요."

시작이 좋았다. 그때부터 나는 그녀의 이름, 직업, 혼인 여부, 주택 소유 관계 등 신상에 관한 기본적인 질의응답을 빠르게 진행했다.

"증인은 이 끔찍한 범죄의 피해자인 미첼 본듀란트와 아는 사이였습니까?"

"아는 사이였냐고요? 아뇨. 하지만 그에 대해 알고는 있었어요."

"그게 무슨 뜻이죠?"

"작년에 담보대출금 상환에 문제가 생기기 시작했을 때 그를 봤어요.

사정 좀 봐달라고 말하려고 은행으로 찾아간 적이 두 번 있었거든요. 근데 만나주지 않더라고요. 하지만 사무실에 있는 그를 봤어요. 사무실 벽이 모두 유리로 되어 있었거든요. 정말 기가 막히더라고요. 볼 수는 있는데 말할 수는 없었어요."

나는 배심원들의 반응을 살펴보았다. 고개를 끄덕이는 사람은 없었지만 의뢰인의 대답이 만들어낸 이미지가 완벽했다는 생각이 들었다. 은행가는 유리 벽 뒤에 숨어 있고, 무시당하는 사회적 약자는 가까이 가지도 못한 채 그를 바라보고만 있는 모습.

"다른 곳에서 그를 본 적도 있습니까?"

"살인 사건이 일어난 날 아침에요. 잠깐 들른 커피숍에서 봤어요. 커피를 사려고 줄을 섰는데 내 뒤로 두 명 뒤에 서 있더라고요. 형사들과 이야기할 때 헷갈린 것도 그 때문이었어요. 형사들이 본듀란트 씨에 대해서 물어봤는데, 제가 그날 아침에 그를 봤거든요. 그가 죽었다는 건 몰랐어요. 저는 일어났는지도 몰랐던 살인 사건의 용의자로 형사들이 저를 지목하고 조사하고 있는 건지도 몰랐습니다."

지금까지는 아주 좋았다. 동정심은 아니더라도 완벽하게 존중하는 마음을 담아서 피해자를 언급한 것에 이르기까지, 우리가 상의하고 연습했던 대로 잘해주고 있었다.

"그날 아침에 본듀란트 씨와 이야기를 나눴습니까?"

"아뇨. 제가 자기를 따라다닌다고 생각하고 소송을 할까 봐 겁이 났어요. 게다가 은행 직원들하고 마주치거나 언쟁이 붙는 것을 피하라는 변호사님의 경고도 있었고요. 그래서 재빨리 커피를 사가지고 나왔습니다."

"증인, 증인이 본듀란트 씨를 죽였습니까?"

"아뇨! 절대로 아니에요!"

"증인의 집 차고에서 가져온 망치를 들고 본듀란트 씨를 몰래 뒤따라가 머리를 세게 쳐서 쓰러지기도 전에 죽게 했습니까?"

"아뇨, 죽이지 않았습니다!"

"땅에 쓰러지고 난 후에도 그를 두 번이나 더 가격했습니까?"

"아뇨!"

나는 잠깐 말을 멈추고 메모를 살펴보는 시늉을 했다. 나는 그녀가 한 부인의 말이 법정 안에 그리고 모든 배심원의 마음속에 울려 퍼지기를 바랐다.

"증인, 증인은 주택 압류에 맞서 싸우면서 꽤 유명해졌던데요, 안 그렇습니까?"

"유명해지려고 그랬던 거 아니에요. 아들과 함께 살기 위해서 집을 지키고 싶었을 뿐입니다. 그래서 옳다고 생각하는 일을 했고요. 그러다 보니 많은 관심을 받게 되었죠."

"은행 측에는 달갑지 않은 관심이었겠군요, 그렇죠?"

프리먼이 이의를 제기하면서 변호인은 트래멀이 대답할 지식을 갖고 있지 않은 일에 대해서 물어보고 있다고 주장했다. 판사가 동의했고 내게 다른 것을 물어보라고 지시했다.

"은행이 증인의 시위와 다른 활동들을 막기 위해 적극적으로 나섰던 때가 있었습니다, 그렇죠?"

"네, 저를 상대로 소송을 걸어서 접근금지 명령을 받아내더라고요. 그 결과, 은행 앞에서는 더 이상 시위를 할 수 없게 되었죠. 그래서 법원 앞에 가서 했어요."

"증인과 뜻을 같이하는 사람들도 있었나요?"

"네, 제가 웹사이트를 개설했는데, 수백 명이 가입했습니다. 그중에는 저처럼 집을 잃을 처지에 있는 사람들이 많았어요."

"증인은 이 단체의 대표로서 상당히 주목받는 인사가 되었습니다, 그렇죠?"

"그런 것 같아요. 하지만 저 자신이 주목받으려고 한 일은 결코 아닙니다. 그들이 하는 일에 대해, 서민들의 주택과 아파트 같은 자산을 빼앗아 가면서 저지르는 사기 행각에 대해 주의를 환기시키기 위한 목적으로 활동한 겁니다."

"텔레비전 뉴스나 신문에 몇 번이나 나왔습니까?"

"세어보지는 않았지만 전국 방송에 나간 적도 서너 번 있어요. CNN과 폭스 TV에도 나왔었죠."

"전국 방송에 나왔다니 말인데요, 증인, 살인 사건이 발생한 날 아침에 셔먼오크스에 있는 웨스트랜드 내셔널 앞을 지나갔습니까('전국 방송에 나왔다[go national]'는 말에서 'national'를 들으니 웨스트랜드 내셔널이 갑자기 떠오르는 것처럼 이야기를 이어가고 있음-옮긴이)?"

"아뇨, 안 지나갔는데요."

"그 은행 건물에서 반 블록 정도 떨어진 곳의 인도를 걸어가지 않았나요?"

"아뇨, 그런 적 없습니다."

"그럼 증인을 봤다고 증언한 여성은 증인선서를 하고 거짓말을 한 거겠네요?"

"다른 사람을 거짓말쟁이라고 부르고 싶진 않지만 저는 아니었습니다. 그 여자분이 잘못 본 것일 수도 있겠죠."

"감사합니다, 증인."

나는 메모를 내려다보며 방향을 전환했다. 겉으로는 화제와 질문을 바꿈으로써 의뢰인이 경계심을 풀고 방심하게 하려는 것처럼 보이겠지만, 사실 나는 배심원들이 경계심을 풀기를 바랐다. 나는 그들이 나보다 앞서서 생각하는 것을 원하지 않았다. 나는 배심원들의 완전한 관심을 원했고, 그들에게 이야기를 한 조각 한 조각, 내가 선택한 순서대로 들려주고 싶었다.

"보통 차고 문을 잠급니까?" 내가 물었다.

"네, 항상."

"왜요?"

"차고가 집에 붙어 있지 않으니까요. 차고에 가려면 집 밖으로 나가서 가야 하거든요. 그래서 항상 차고 문을 잠그죠. 주로 잡동사니를 갖다 놨지만 값나가는 물건도 꽤 있으니까요. 남편이 소중하게 다루는 공구들도 거기 있고 제가 풍선을 불 때나 파티 때 쓰는 헬륨가스통도 거기 있어서 동네 큰 애들이 차고에 들어갈까 봐 항상 잠갔어요. 그리고 어디서 읽었는데 저처럼 차고가 분리되어 있는 집에 살면서 차고 문을 한 번도 안 잠근 여자가 있었대요. 그런데 어느 날 그 여자가 차고에 들어갔더니 한 남자가 물건을 훔치고 있었다네요. 그 남자가 그녀를 성폭행했대요. 그래서 저는 항상 차고 문을 잠급니다."

"그럼 사건 발생 당일, 경찰이 증인의 집을 수색할 때 차고 문이 잠겨 있지 않았던 이유는 무엇인지 아십니까?"

"아뇨, 저는 항상 잠갔는데요."

"이 재판이 시작되기 전, 망치가 차고 안 작업대의 제자리에 있는 것을 마지막으로 본 게 언제였죠?"

"본 기억도 없는데요. 차고 안의 공구를 정리하고 쓰는 사람은 남편이었어요. 저는 공구를 잘 모릅니다."

"원예 도구는요?"

"아, 그런 도구들을 말씀하시는 거라면 아까 제가 한 말 취소할게요. 정원 일은 그 도구들을 가지고 제가 하거든요."

"증인이 정원 일을 할 때 신는 신발 한 짝에 본듀란트 씨의 혈액이 극소량 묻어 있었던 것에 대해서는 어떻게 생각하세요?"

리사는 불안해하는 표정으로 앞을 쳐다보았다. 말을 하는데 턱이 살짝 떨리고 있었다.

"모르겠어요. 설명할 길이 없네요. 오랫동안 그 신발을 신지 않았습니다. 그리고 본듀란트 씨를 죽이지 않았습니다."

그녀의 마지막 말은 거의 애원처럼 들렸다. 절박한 마음과 진실을 담고 있는 것처럼 느껴졌다. 나는 잠깐 말을 멈추고 그 말을 음미했고 배심원들도 그 말 속에 담긴 마음을 느낄 수 있기를 바랐다.

나는 그 후로도 30분 더 리사 트래멀을 신문했다. 주로 같은 주제로 이것저것 물어보았고 그녀는 일관되게 부인하는 대답을 했다. 그녀가 커피숍에서 본듀란트와 마주친 일과 압류 절차 집행과정, 재판에서 이기기를 바라는 마음 등에 관해서 좀 더 자세히 물었다.

변호인 측 첫 증인으로 피고인 리사 트래멀을 부른 목적은 세 가지였다. 첫째, 그녀의 부인하는 말과 설명이 기록되기를 바랐다. 둘째, 증인석에 앉은 그녀의 모습이 배심원들에게 연민을 불러일으키고 살인 사건에 인간의 얼굴을 입히기를 바랐다. 그리고 마지막으로, 이 작고 연약해 보이는 여성이 몰래 숨어서 기다렸다가 남자의 머리를 망치로 강력하게 그것도 세 번이나 가격할 수 있을까 하는 의심이 배심원들의 마음속에 싹트기를 바랐다.

직접신문이 막바지에 이를 때쯤, 이 세 가지 목적을 다 이루었다는 느낌이 들었다. 나는 작은 클라이맥스에 도달한 후 신문을 마치려고 했다.

"증인은 미첼 본듀란트를 증오했습니까?" 내가 물었다.

"본듀란트 씨와 그의 은행이 저와, 또 저와 비슷한 처지의 사람들에게 하고 있었던 일을 증오했습니다. 하지만 그를 개인적으로 증오하지는 않았어요. 그를 알지도 못했는걸요."

"하지만 증인은 가정이 파탄 났고 직장을 잃었고 집까지 잃을 위험에 처해 있었습니다. 증인을 이렇게 만든 세력에게 대들고 싶지 않았을까요?"

"이미 대들고 있었는데요. 제가 받은 부당한 대접에 항의하는 시위를 벌이고 있었으니까요. 변호사를 고용했고 압류조치에 맞서 싸우고 있었죠. 네, 화가 난 건 맞습니다. 하지만 폭력을 휘두르지는 않았어요. 저는 폭력적인 사람이 아닙니다. 직업이 교사인걸요. 저는 제가 아는 유일한 방식으로, 변호사님의 표현을 빌자면, 대들고 있었습니다. 옳지 않은 일에 대해서 평화롭게 시위를 하고 있었죠. 분명히 대단히 옳지 않은 일에 대해서요."

나는 배심원석을 흘끗 쳐다보다가 뒷줄에 앉은 여자가 눈물을 닦는 것을 보았다고 생각했다. 정말로 눈물을 닦고 있었던 것이기를 간절히 바랐다. 나는 다시 의뢰인에게로 고개를 돌리고 대단원의 막을 내리기 위해 달려갔다.

"다시 한 번 묻겠습니다, 증인. 미첼 본듀란트를 살해했습니까?"

"아뇨, 죽이지 않았습니다."

"망치를 갖고 가서 은행 주차장에서 망치로 그를 가격했습니까?"

"아뇨, 전 거기에 가지 않았습니다. 제가 아니에요."

"그럼 어떻게 증인의 차고에서 사라진 망치가 본듀란트 씨를 살해하는 데 사용되었을까요?"

"모르겠어요."

"본듀란트 씨의 혈흔이 어떻게 증인의 신발에서 발견됐을까요?"

"모르겠어요! 제가 죽이지 않았습니다. 누가 저한테 누명을 씌운 거예요!"

나는 잠깐 숨을 고르고 목소리를 차분히 한 후 마지막 질문을 던졌다.

"마지막 질문입니다, 증인. 증인은 키가 몇입니까?"

리사는 어리둥절한 표정이었고, 이리저리 끌려다닌 헝겊 인형 같았다.

"그게 무슨 뜻이에요?"

"무슨 뜻이긴요. 키가 몇이냐니까요."

"160센티미터요."

"감사합니다, 증인. 더 이상 질문 없습니다."

프리먼은 반대신문에서 고전을 면치 못했다. 리사 트래멀은 견고한 증인이어서 검사는 그녀를 무너뜨릴 수 없었다. 프리먼은 두세 분야에서 모순되는 반응을 이끌어내려고 노력했지만 리사가 잘 버텨주었다. 프리먼이 이쑤시개 하나로 문을 부수려고 애쓰는 것을 30분간 보고 나니까 의뢰인이 순조로이 반대신문을 끝내겠구나 하는 생각이 들기 시작했다. 그러나 의뢰인이 증인석을 떠나 옆에 와서 앉을 때까지는 절대로 안전하다고 생각해선 안 된다. 프리먼은 적어도 하나의 카드를 몰래 숨겨놓았다가 결국에는 꺼내서 사용했다.

"아까 할러 변호사가 증인에게 이 범죄를 저질렀느냐고 물었을 때, 증인은 폭력적인 사람이 아니라고 대답했습니다. 직업이 교사이고 폭력적인 사람이 아니라고요. 기억나세요?"

"네, 사실입니다."

"하지만 4년 전 학생을 3면으로 이루어진 자로 때려서 강제로 전근을 가게 되었고, 분노조절 장애 치료를 받아야 했던 걸로 알고 있는데, 아닌가요?"

나는 재빨리 일어서서 이의를 제기했고 재판부 협의를 요청했다. 판사가 우리에게 가까이 오라고 했다.

"재판장님." 페리 판사가 묻기도 전에 내가 작은 소리로 말했다. "개시된 증거에는 3면으로 이루어진 자는 없었는데요. 갑자기 어디서 툭 튀어나온 겁니까?"

"재판장님." 페리 판사가 묻기도 전에 프리먼이 작은 소리로 말했다.

"지난 주말에 새로 들어온 정보입니다. 사실인지 확인을 해야 했고요."

"어우, 왜 이래요." 내가 말했다. "피고인의 이력에 관한 기록을 처음부터 안 갖고 있었다는 겁니까? 그걸 믿으라고요?"

"믿든지 말든지 마음대로 하세요." 프리먼이 대꾸했다. "그걸 증거개시 때 포함시키지 않은 것은 사용할 생각이 전혀 없었기 때문이에요. 당신의 의뢰인이 비폭력적인 역사에 대해서 증언하기 시작할 때까지는 말이죠. 이 정보가 피고인의 말이 거짓임을 보여주는 것이라서 정보를 밝히는 것이 공정한 게임이라고 생각했습니다."

나는 페리 판사에게로 관심을 돌렸다.

"재판장님, 검사의 변명은 중요하지 않습니다. 검사는 증거개시절차의 규칙을 준수하지 않았습니다. 질문이 삭제되어야 하고 여기에 관한 검사의 추가 질문은 허용되지 않아야 한다고 생각합니다."

"판사님, 이건……."

"변호인의 말이 맞아요, 프리먼 검사. 그건 나중에 증인들을 데려올 수 있으면 반박 절차 때 하도록 아껴놓으세요. 여기서는 꺼내면 안 됩니다. 그러려면 증거개시를 했어야죠."

우리는 각자의 자리로 돌아갔다. 프리먼이 분명히 이 문제를 다시 꺼낼 것이기 때문에 시스코에게 조사를 시켜야 할 것 같았다. 이 사건을 맡고 나서 시스코에게 제일 먼저 맡긴 임무들 중 하나가 의뢰인에 대한 철저한 뒷조사였는데, 이런 일이 생기니까 짜증이 났다. 시스코가 이 일은 놓친 것이 분명했다.

판사는 배심원들에게 검사의 질문을 무시하라고 지시했고 프리먼에게는 다른 질문을 하라고 말했다. 그러나 나는 배심원들이 이미 다 알아버린 것이 마음에 걸렸다. 그 질문을 기록에서는 삭제할 수 있을지 몰라도 배심원들의 기억 속에서는 삭제할 수 없을 것이었다.

프리먼은 반대신문을 계속하면서 여기저기 무차별 공격을 감행했지만 트래멀이 직접신문에서 한 진술의 갑옷을 꿰뚫지는 못했다. 의뢰인은 살인 사건 당일 아침에 웨스트랜드 내셔널 근처를 걷고 있지 않았다는 주장을 고수했다. 우리가 긍정적이고 승산 있는 방어를 하고 있다는 사실을 배심원들이 즉시 느낄 수 있게 해주었기 때문에 3면으로 이루어진 자 이야기를 제외하면 꽤 좋은 출발이었다. 한번 싸워보지도 못하고 쓰러지는 일은 없을 것이었다.

검사는 반대신문을 5시까지 끌고 가서, 밤사이 뭔가를 마련해서 다음 날 아침 리사 트래멀을 재공략할 수 있는 가능성을 열어두었다. 판사는 그날 재판의 휴회를 선언했고 모두 집으로 돌아갔다. 나만 빼고. 나는 사무실로 가고 있었다. 아직 할 일이 더 있었다.

법정을 나서기 전 나는 변호인석에서 의뢰인에게 화를 냈다.

"3면으로 이루어진 자는 또 뭡니까. 내가 모르는 게 또 뭐가 있죠?"

"아무것도 없어요. 어리석은 짓이었어요."

"뭐가 어리석단 말이에요? 자로 아이를 때린 것, 아니면 나한테 말을 안 한 것?"

"4년 전 일이고, 그 아이는 맞을 만했어요. 해줄 말은 그것뿐이에요."

"당신이 원하는 대로 할 수 있는 일이 아니에요. 프리먼이 반박절차 때 또 얘기할 게 분명해요. 그러니까 무슨 말을 할지 생각해두는 게 좋을 거예요."

근심 걱정으로 리사의 얼굴에 주름이 생겼다.

"어떻게 그럴 수가 있어요? 판사가 배심원들한테 그랬잖아요, 그런 얘기가 나왔다는 것 자체를 잊으라고."

"반대신문에서는 꺼낼 수 없지만 나중에 그 이야기를 다시 꺼낼 방법을 찾을 거예요. 반박절차 때는 규칙이 달라요. 그러니까 그 일에 관해 전부

다 나한테 털어놓는 게 좋을 거예요. 내가 알고 있어야 하는데 당신이 깜박 잊고 얘기 안 한 게 있으면 그것도 전부 다."

리사가 내 어깨너머를 바라보았고 나는 그녀가 허브 달을 찾고 있다는 걸 알았다. 달이 내게 폭로한 사실이나 그가 이중간첩으로 일하고 있다는 사실에 대해서 알 리가 없었다.

"달은 여기 없어요." 내가 말했다. "나한테 말해요, 리사. 내가 또 뭘 더 알아야 하는지."

사무실로 돌아가 보니 접수실에서 시스코가 두 손을 주머니에 찔러 넣고 책상 뒤에 앉아 있는 로나와 잡담을 나누고 있었다.

"어떻게 된 거야?" 내가 물었다. "샤미를 데리러 공항으로 가고 있을 거라고 생각했는데."

"불락스 보냈어." 시스코가 말했다. "만나서 모시고 오는 중이래."

"여기 남아서 증언 준비해야지 어딜 가. 내일 할 것 같은데. 수사관은 자네니까 자네가 공항에 갔어야지. 그 둘이 힘을 합쳐도 마네킹 못 들고 올 텐데."

"진정해요, 대표님, 알아서 실었대. 둘이 합이 잘 맞나 봐. 불락스가 차 몰고 오면서 전화했더라고. 그러니까 열 받지 말라고. 우리가 다 알아서 할 테니까."

나는 시스코를 사납게 노려보았다. 그가 나보다 15센티미터나 더 크고 35킬로그램이나 더 나갔지만 그런 건 상관없었다. 이제 정말 더는 못 참겠다 싶었다.

"진정하라고? 열 받지 말라고? 엿 먹어라, 시스코. 오늘 변호인 측 증인 신문 시작했는데 문제가 뭔 줄 알아? 우리에겐 방어능력이 없다는 거야. 나한테 있는 거라고는 많은 이야기와 마네킹 하나뿐이잖아. 문제는, 자네가 그 빌어먹을 주머니에서 손 빼고 뭐라도 물어다 주지 않으면, 마네킹처럼 보일 사람은 나라는 거야. 그러니까 열 받지 말라는 개소리는 집어치워, 알겠어? 날마다 배심원들 앞에 서는 사람은 바로 나야."

처음에는 로나가 와락 웃음을 터뜨리더니 곧이어 시스코도 따라서 웃었다.

"이게 웃긴 것 같아?" 나는 화가 머리끝까지 나서 소리쳤다. "뭐가 그렇게 재미있다고 그래, 하나도 안 재밌구먼. 도대체 왜, 뭐가 재미있다는 거야?"

시스코가 두 손을 펴들고 진정하라는 손짓을 해보이면서 가까스로 웃음을 진정시켰다.

"미안해, 대표님. 당신이 화내는 모습이 너무 웃겨서 그만⋯⋯. 마네킹 이야기도 재미있고."

이 말에 로나가 다시 깔깔깔 웃어대기 시작했다. 나는 이 재판만 끝나면 그녀를 해고하기로 마음먹었다. 아니, 둘 다 해고할 작정이었다. 그때도 그렇게 재미있나 두고 보라지.

"이봐." 내가 웃을 기분이 아니라는 것을 감지한 시스코가 말했다. "사무실로 들어가서 넥타이 풀고 큰 의자에 앉아 있어. 자료 갖고 들어가서 업무 보고할 테니까. 하루 종일 새크라멘토에 매달려 있어서 일의 속도가 느리긴 하지만 가까이 다가가고 있어."

"새크라멘토? 주립 범죄과학 연구실?"

"아니, 기업 기록. 관료들 말이야, 미키. 그러니까 세월아 네월아 하고 있는 거야. 그래도 걱정할 필요는 없어. 당신은 당신 할 일 하고 난 내가 할 일 하면 되니까."

"자네가 할 일을 하도록 시중 드느라 바빠서 내 일을 못 하니까 문제지."

나는 내 사무실을 향해 걸어갔다. 로나의 곁을 지나가면서 그녀를 노려보았다. 그러자 그녀가 다시 웃음을 터뜨렸다.

"그래, 아주 재미있군." 내가 말했다. "구해놓으라고 했던 신발은 구해 놨어?"

"응. 갖다 놨어."

나는 아무 대꾸 없이 사무실로 들어간 후 문을 쾅 닫았다..

40 단조로운 일상

나는 초대도 받지 않았고 약속도 되어 있지 않았다. 그러나 딸을 본 지 일주일이 넘었고—재판 때문에 수요일 밤의 팬케이크 회동도 취소해야 했었다—매기와 마지막으로 만났을 때 껄끄럽게 헤어져서, 셔먼오크스에 있는 전처의 집에 잠깐 들러야 할 것 같은 의무감을 느꼈다. 매기가 찌푸린 얼굴로 문을 열었다. 문에 난 작은 구멍을 통해 나를 본 것이 틀림없었다.

"깜짝 방문을 하기에는 안 좋은 밤이야, 할러." 매기가 말했다.

"괜찮다면 헤일리만 잠깐 보고 갈게."

"걔가 지금 기분이 안 좋아."

그녀가 뒤로 물러나 옆으로 비켜서서 나를 맞아들였다.

"그래?" 내가 말했다. "왜?"

"숙제가 산더미라고 아무도 건들지 말래, 나도."

현관에서 거실 쪽을 들여다봤지만 딸이 보이지 않았다.

"문 닫고 제 방에 있어. 행운을 빌어. 난 부엌 청소한다."

매기는 거기에 나를 놔두고 부엌으로 갔고 나는 계단을 올려다보았다.

헤일리의 방은 2층에 있었는데 갑자기 거기로 올라갈 엄두가 나지 않았다. 내 딸은 10대 청소년이었고 사춘기 소녀답게 기분이 시시때때로 변했다. 올라갔다가 무슨 봉변을 당할지 알 수 없었다.

어쨌든 나는 2층으로 올라갔고 딸의 방문을 정중하게 두드리자 "왜?"라는 답변이 돌아왔다.

"아빠야. 들어가도 되니?"

"아빠, 나 숙제가 산더미야!"

"그럼 들어가지 마?"

"마음대로 해."

나는 방문을 열고 안으로 들어갔다. 헤일리는 침대에 이불을 덮고 엎드려 있었고, 바인더와 책들과 노트북에 둘러싸여 있었다.

"뽀뽀하면 안 돼. 여드름 크림 발랐어."

나는 침대 가로 가서 허리를 굽혔다. 그러고는 팔이 올라와 나를 밀쳐내기 전에 딸의 머리에 입을 맞추는 데 성공했다.

"숙제가 얼마나 되는데?"

"말했잖아, 산더미라고."

수학책이 펼쳐져 있었고 페이지가 넘어가 어딘지 모르게 되는 일이 생기지 않도록 엎어져 있었다. 나는 그 책을 집어 들어 무엇을 배우는지 살펴보았다.

"딴 데로 넘기지 마!"

목소리에서 극심한 공포와 말세의 불안이 느껴졌다.

"걱정하지 마. 지금까지 40년 동안 책만 들여다본 사람이야, 네 아빠가."

펼쳐진 부분을 보니 X와 Y의 값을 구하는 방정식을 공부하고 있었고, 무슨 말인지 도통 알 수가 없었다. 내 능력 밖의 것들을 배우고 있었다.

나중에 하나도 써먹을 일이 없을 거라는 점이 유감이지만.

"어유, 아빠가 도와주고 싶어도 못 도와주겠다."

"알아, 엄마도 마찬가지야. 이 험난한 세상에 나 혼자 있는 거야."

"다들 그렇지 않나?"

내가 방에 들어온 이후로 헤일리는 한 번도 고개를 들어 나를 보지 않았다. 씁쓸한 일이었다.

"잘 있나 보러 왔어. 아빠 간다."

"응. 잘 가. 사랑해."

아직도 눈을 맞추지 않았다.

"잘 자."

나는 문을 닫고 1층으로 내려가 부엌으로 들어갔다. 변덕으로 나를 들었다 놨다 할 수 있는 또 한 명의 여자가 아일랜드 식탁 앞 걸상에 앉아 있었다. 식탁 위에 파일이 펼쳐져 있었고 샤도네이 와인이 놓여 있었다.

그녀는 적어도 고개를 들어 나를 쳐다봤다. 웃지는 않았지만 눈은 맞춰주었고, 나는 그것을 이 집에서 내가 거둔 성과로 받아들였다. 그녀의 눈길이 곧 파일로 돌아갔다.

"뭘 보고 있는 거야?"

"아, 그냥 기억을 되살리고 있는 거야. 내일 폭력배에 대한 예심이 있는데 파일을 만들어놓고 한 번도 들여다보지 않았거든."

법조인의 단조로운 일상. 그녀는 내가 술을 마시지 않는다는 것을 알았기 때문에 내게 와인을 권하지 않았다. 나는 아일랜드 식탁 맞은편에 있는 조리대에 기대섰다.

"나 지방검찰청장에 입후보할까 생각 중이야." 내가 말했다.

그녀가 고개를 번쩍 들고 나를 쳐다보았다.

"뭐?"

"뻥이야. 누구 관심 좀 끌어보려고."

"미안, 근데 나 지금 바빠. 꼭 읽어봐야 하거든."

"그렇군, 알았어, 나 간다. 당신 친구 앤디도 열심히 일하고 있겠구먼."

"그럴걸. 퇴근 후에 만나서 한잔하기로 했었는데 앤디가 취소했어. 무슨 짓을 한 거야, 할러?"

"검찰 측 증인신문 막바지에 검사의 날개를 조금씩 잘라내고는 변호인 측 증인신문을 화려하게 시작했거든. 아마 어떻게 대응할 건지 머리 싸매고 고민 좀 할 거다."

"그렇겠네."

그녀는 다시 파일을 내려다보았다. 나는 말없이 내쳐지고 있었다. 처음에는 딸에게, 그다음에는 내가 아직도 사랑하는 전처에게. 그러나 조용히 무대 뒤로 사라져주고 싶지는 않았다.

"그래서 우린 어떻게 되는 거야?" 내가 물었다.

"뭐가 어떻게 돼?"

"당신과 나. 요전 날 밤 댄 타나스에서 안 좋게 끝났잖아."

매기가 파일을 덮어 옆으로 밀쳐놓고 나를 올려다보았다. 마침내.

"그럴 때도 있지 뭐. 그렇다고 뭐가 바뀌지는 않지."

나는 조리대에서 몸을 떼고 아일랜드 식탁으로 걸어왔다. 허리를 굽히고 두 팔꿈치를 식탁 위에 올려놓았다. 이제 우리는 바로 앞에서 서로를 마주 보고 있었다.

"아무것도 바뀌지 않았다면, 그럼 우린 어떻게 되는 거야? 우리 지금 뭐 하는 거야?"

그녀가 어깨를 으쓱거렸다.

"다시 시작하고 싶어. 아직도 당신을 사랑해, 매기. 당신도 알잖아."

"전에 잘 안 된 것도 알잖아. 우린 일을 집으로 가져오는 사람들이야.

안 좋았잖아."

"내 의뢰인이 무죄이고 누명을 썼다는 생각이 들기 시작하고 있어. 그런데도 무죄를 받게 해줄 수 없을지도 모른다는 생각도 들고. 이런 일을 집에 가져와서 얘기하면 어떨 것 같아?"

"그게 그렇게 신경 쓰이면 지방검찰청장에 입후보해. 공석이잖아, 알다시피."

"응, 어쩌면 진짜 할지도 몰라."

"시민의 대변자 할러."

"그러게."

그 후로도 몇 분 더 머물렀지만 매기와는 아무런 진전이 없다는 것을 느낄 수 있었다. 그녀는 사람을 내치고 그 사람이 내쳐졌다는 것을 느끼게 하는 데 특별한 재주가 있었다.

나는 그녀에게 간다고 말했고 헤일리에게 잘 자라고 전해달라고도 했다. 가지 말라고 그녀가 문을 막아서는 일은 없었다. 그러나 매기가 내 등에 대고 해준 한 마디가 내 마음을 녹여주었다.

"시간을 갖고 기다려줘, 마이클."

내가 그녀를 향해 돌아섰다.

"뭐를?"

"뭐가 아니라 사람을. 헤일리…… 그리고 나."

나는 고개를 끄덕였고 그러겠다고 말했다.

차를 몰고 집으로 향하면서 법정에서의 성과를 떠올리자니 기분이 한층 좋아졌다. 나는 리사 다음으로 증언대에 세울 증인에 대해 생각하기 시작했다. 앞으로의 과제도 만만치 않았지만 미리 생각하며 걱정해봐야 도움이 되지 못했다. 하루하루 열심히 살고 그 여세를 몰아 앞으로 나아가야 했다.

나는 베벌리글렌을 지나 언덕으로 올라갔고 거기서 멀홀랜드를 지나 동쪽으로 로럴캐니언을 향해 달려갔다. 그러면서 남쪽과 북쪽으로 보이는 도시의 불빛들을 흘긋 바라보았다. 로스앤젤레스가 반짝이는 바다처럼 펼쳐져 있었다. 나는 음악을 끄고 창문을 내렸다. 차가운 바람과 외로움이 뼈에 사무치게 밀려들었다.

41 증거가 스스로 말하게 하라

금요일 아침, 안드레아 프리먼 검사가 전날에 이어 리사 트래멀을 반대 신문한 지 20분 만에 전날 내가 세운 공든 탑이 와르르 무너졌다. 재판 중에 검사로부터 맹공격을 당하는 것이 결코 유쾌한 일은 아니지만, 여러 면에서 볼 때 게임의 일부로 받아들여질 수 있다. 그것은 알려지지 않은 미지의 것들 중 하나이다. 그러나 자신의 의뢰인에게서 맹공격을 당하는 것은 정말 최악의 일이다. 알려지지 않은 미지의 것들 중 하나가 자신이 변호하는 의뢰인이어서는 안 되는 것이다.

리사 트래멀이 증인석에 앉자 프리먼이 두꺼운 서류뭉치를 들고 독서대로 갔다. 빳빳한 페이지들 사이에 분홍색 포스트잇이 비어져 나와 있었다. 나는 그것이 나를 교란시키기 위한 소도구일 거라고 생각하고 신경 쓰지 않았다. 검사는 내가 '함정 질문'이라고 부르는 것들부터 물어보기 시작했다. 이런 질문들은 증인의 대답을 기록으로 남겨두고 나중에 그 대답이 거짓이었음을 입증하기 위해 마련된 것들이었다. 나는 그물이 펼쳐지고 있는 것을 느낄 수 있었지만 그물이 정확히 어디에 던져질지는 알 수 없었다.

"증인은 어제 미첼 본듀란트를 알지 못한다고 진술하셨는데요, 맞습니까?"

"네, 맞아요."

"한 번도 만난 적이 없나요?"

"네, 한 번도."

"이야기를 나눈 적도 없고요?"

"네, 없습니다."

"하지만 만나서 이야기를 나눠보려고 시도는 하셨죠?"

"네, 만나서 집 문제를 상의해보려고 두 번이나 은행에 찾아갔는데 만나주지 않았습니다."

"언제 찾아갔는지 기억하세요?"

"작년에요. 하지만 정확한 날짜는 기억 안 납니다."

그러자 프리먼은 방향을 바꾸는 것처럼 보였는데, 나는 그것이 신중한 계획의 일부임을 알고 있었다.

프리먼은 트래멀의 FLAG라는 단체와 그 단체의 활동 목표에 대해 겉으로 볼 땐 아무 해가 없어 보이는 질문을 연달아 던졌다. 그중 상당 부분은 내가 직접신문을 하면서 건드린 것들이었다. 아직도 난 프리먼의 꿍꿍이를 알 수가 없었다. 나는 밝은 분홍색 포스트잇이 붙어 있는 서류를 흘끗 바라보았고 그것이 소도구가 아니라는 생각이 들기 시작했다. 어제 매기가 프리먼이 야간근무를 하고 있다고 말했었다. 이제야 이유를 알 것 같았다. 프리먼이 뭔가를 찾아낸 것이다. 나는 증인석을 향해 몸을 기울이고 리사를 쳐다보았다. 물리적으로 가까워지면 더 잘 이해할 수 있게 되기라도 하는 것처럼.

"그리고 FLAG의 활동을 홍보하고 지원하기 위해 웹사이트를 운영하고 있죠?" 프리먼이 물었다.

"네." 트래멀이 대답했다. "캘리포니아 포클로저 파이터스 닷컴이요."

"페이스북도 하고 있고요, 그렇죠?"

"네."

나는 의뢰인이 소심하고 조심스럽게 한 마디로 대답하는 것을 보고 그물이 던져진 곳이 여기라는 것을 알 수 있었다. 리사가 페이스북을 한다는 건 처음 듣는 이야기였다.

"혹시 잘 모르는 배심원들이 있을지 모르니까, 페이스북이 정확히 뭔지 설명해주시겠습니까, 증인?"

나는 의자에 등을 기대고 남모르게 전화기를 꺼냈다. 그러고는 재빨리 불럭스에게 문자를 보냈다. 지금 하고 있는 일을 중단하고 리사의 페이스북에 들어가서 살펴보라고 말했다. 거기 뭐가 있는지 봐봐, 내가 말했다.

"인터넷에 있는 사회관계망이고요, FLAG 회원들과 연락할 수 있게 해줍니다. 무슨 일이 벌어지고 있는지 글을 올리는 거예요. 만나서 시위할 장소, 시간 등등을 거기에 글을 올려서 알려주는 거죠. 사람들이 휴대전화나 컴퓨터에 자동알림 기능을 설정하면 제가 업데이트를 할 때마다 바로바로 알 수 있어요. 우리 단체를 운영하는 데 페이스북이 굉장히 유용한 역할을 했습니다."

"증인의 휴대전화로도 페이스북 페이지에 글을 올릴 수 있죠?"

"네, 그럴 수 있어요."

"그리고 증인이 이런 글을 올리는 디지털 공간은 증인의 '담벼락'이라고 불리고요, 맞죠?"

"네."

"그리고 증인은 증인의 담벼락에다가 시위에 대한 공지 글만 올린 것이 아니라 다른 일도 했습니다. 그렇지 않나요?"

"가끔은요."

"증인의 자택 압류 과정에 대해서도 정기적으로 업데이트를 했죠?"

"네, 압류에 관한 개인 일기를 쓴다고 생각하고 썼어요."

"또한 증인은 페이스북을 이용해 언론에 증인의 활동을 알렸고요, 그렇지 않나요?"

"네, 그러기도 했죠."

"그러면 이 정보를 받아보기 위해서는 친구로 등록해야 하는 건가요?"

"네, 맞아요. 저와 친구가 되고 싶은 사람들이 친구 요청을 하면 제가 보고 수락하는 겁니다. 그러면 그 사람들이 제 담벼락에 올라온 글을 볼 수 있게 되는 거죠."

"친구가 몇 명이나 됩니까?"

나는 이 신문이 어디로 향하는지는 알 수 없었지만 좋은 방향이 아니라는 것은 알 수 있었다. 그래서 일어서서 이의를 제기하면서 지금 검사는 뚜렷한 목표나 관련성이 없는 질문으로 증인을 떠보는 것 같다고 주장했다. 프리먼은 관련성이 이제 곧 명확하게 드러날 거라고 장담했다. 그러자 페리 판사는 신문을 계속하라고 말했다.

"증인, 검사의 질문에 답변하세요." 판사가 트래멀에게 말했다.

"음, 제 생각에는…… 제가 마지막으로 확인했을 땐 천 명이 넘었어요."

"페이스북에는 언제 가입했어요?"

"작년에요. FLAG 설립 신고서를 제출하고 웹사이트를 개설하던 때였으니까 7월이나 8월이었을 거예요. 한꺼번에 다 했거든요."

"분명히 짚고 넘어가지요. 웹사이트의 경우에는 인터넷이 되는 컴퓨터가 있는 사람은 누구나 접근할 수 있습니다, 맞죠?"

"네, 맞습니다."

"하지만 페이스북 페이지는 좀 더 사적인 공간이라서, 페이스북 페이지에 접근하기 위해서는 친구 수락을 먼저 받아야 합니다. 그렇죠?"

"네, 하지만 저는 친구 요청을 해오는 사람은 모두 친구로 받아줘요. 너무 많아서 누군지 모르는 사람이 대다수이지만요. 우리의 좋은 활동에 대해 듣고 관심이 있는 사람들이겠거니 생각하고 다 받아주죠. 거절한 경우는 없습니다. 그렇게 해서 1년도 안 되는 기간에 친구가 천 명에 달하게 된 거예요."

"그렇군요. 그리고 증인은 페이스북에 가입한 이후 담벼락에 정기적으로 글을 올려왔고요, 그렇죠?"

"네, 꽤 정기적으로 올린 편이죠."

"사실 이 재판에 관해서도 업데이트를 했고요, 그렇죠?"

"네, 벌어지고 있는 일들에 대해 제 견해를 올렸습니다."

나는 혈압이 확 오르는 것을 느낄 수 있었다. 입고 있는 정장이 비닐로 만들어진 땀복처럼, 체온을 그대로 가둬놓고 있는 것처럼 느껴지기 시작했다. 넥타이를 느슨하게 풀고 싶었지만 혹시 배심원이 그 동작을 본다면 변호인이 너무 초조해한다는 인상을 줄 것 같았다.

"그럼 누구라도 페이스북에 접속해서 증인의 이름으로 글을 올릴 수 있습니까?"

"아뇨, 저만 가능해요. 사람들은 자기 페이스북 페이지에서 자기 글을 올릴 수 있지, 제 이름으로는 할 수 없습니다."

"증인은 지난여름부터 증인의 담벼락에 몇 개의 글을 올렸다고 생각하세요?"

"잘 모르겠습니다. 많이요."

프리먼이 포스트잇이 튀어나와 있는 두꺼운 문서를 들어 보였다.

"증인이 담벼락에 1천2백 건이 넘는 글을 올렸다고 하면 믿겠어요?"

"글쎄요, 잘 모르겠네요."

"1천2백 건이 넘습니다. 증인이 올린 글을 전부 인쇄해 왔습니다. 재판장님, 이 문서를 가지고 증인에게 가까이 가도 되겠습니까?"

판사가 대답하기 전에 내가 재판부 협의를 요청했다. 페리 판사가 우리에게 가까이 오라고 손짓했다. 프리먼은 들고 있던 두꺼운 문서를 가져왔다.

"재판장님, 이건 또 무슨 일입니까?" 내가 말했다. "검사의 의도적인 증거개시 절차 회피에 이의를 제기합니다. 어제도 그러더니 오늘도 또 그러네요. 이제까지 아무 말도 없다가 이제 와서 1천2백 건의 페이스북 글을 제출한다고요? 판사님, 이건 정말 황당하기 짝이 없는 일입니다."

"증거개시 절차 때 아무 말 안 했던 것은 어젯밤에야 이 페이스북 계정에 대해서 알게 됐기 때문입니다."

"재판장님, 그 말을 믿으시면 제 말도 믿어주셔야 합니다. 말리부 서쪽에 멋진 집이 한 채 있는데 판사님한테 팔고 싶습니다만."

"재판장님, 저는 어제 오후에 피고인이 자신의 페이스북 페이지에 올린 모든 글의 인쇄본을 소유하게 되었습니다. 그 인쇄본을 검토하면서 지난 9월 이후의 글 몇 개는 이 사건, 그리고 피고인 자신의 증언과 관계가 있다는 것을 확신하게 되었고요. 신문을 허락해주신다면, 판사님도 동의하실 겁니다, 심지어 변호인조차도요."

"소유하게 되었다고요?" 내가 말했다. "그게 무슨 말입니까? 판사님, 제 의뢰인의 담벼락을 보려면 페이스북 친구여야 합니다. 정부가 속임수를 쓴다면……."

"피고인과 페이스북 친구인 기자에게서 받은 겁니다." 프리먼이 끼어들었다. "속임수는 없었습니다. 하지만 여기서 그 출처가 문제 되어서는 안 된다고 생각합니다. 레스 입사 로퀴토르(Res ipsa loquitor, 과실 추정칙, '증거가 스스로 말하게 하라'라는 뜻의 라틴어 – 옮긴이). 문서가 스스로 말해줄 것입니다. 피고인이 배심원들 앞에서 자신이 페이스북에 올린 글이 맞는지 어떤지 확인해줄 겁니다. 변호인은 지금 피고인의 유죄를 입증하는 증거라고 본인도 생각하고 있는 것을 배심원들이 보지 못하게 하려고 애쓰고……."

"판사님, 검사가 도대체 무슨 말을 하는 건지 모르겠군요. 저는 아까 검사가 반대신문할 때 페이스북 이야기를 처음 들었습니다. 그런데……."

"기각합니다." 페리 판사가 내 말을 가로막고 말했다. "프리먼 검사, 피고인에게 문서를 주세요. 하지만 빨리 핵심에 이르기를 바랍니다."

"감사합니다, 재판장님."

내가 변호인석으로 돌아와 앉는데 주머니 속의 휴대전화가 진동하는 것이 느껴졌다. 나는 전화기를 꺼내 판사가 보지 못하게 테이블 밑에서 문자 메시지를 읽었다. 불락스에게서 온 거였는데 리사의 페이스북 담벼락에 접근했고 내가 지시한 대로 게시된 글들을 살펴보고 있다고 적혀 있었다. 나는 9월 이후의 게시글들을 살펴보라고 한 손으로 문자를 보낸 뒤 전화기를 다시 주머니에 넣었다.

프리먼은 트래멀에게 인쇄물을 준 뒤 가장 최근의 게시글이 자신의 페이스북 담벼락에서 나온 글이 맞는지 확인하게 했다.

"감사합니다, 증인. 이제 제가 포스트잇으로 표시해둔 페이지로 가주시겠어요?"

리사는 마지못해 검사가 시키는 대로 했다.

"지난 9월 7일에 증인이 게시한 글 세 개를 표시해둔 것이 보일 겁니다. 첫 번째 글을 배심원 여러분께 읽어주시겠습니까, 등록 시각까지 포함해서요?"

"음, 1시 46분. '웨스트랜드에 가서 본듀란트를 만날 거다. 이번에는 안 된다는 대답은 사절.'"

"지금 증인은 그 이름을 본듀란트라고 발음하셨는데 게시글에는 철자가 다르게 적혀 있죠?"

"네, 그렇습니다."

"증인의 게시글에는 철자가 어떻게 적혀 있습니까?"

"본-듀-런-트."

"본듀런트. 보니까 그가 언급된 모든 게시글에 철자가 그렇게 적혀 있더군요. 의도적이었습니까, 아니면 실수였습니까?"

"그가 내 집을 빼앗으려고 했어요."

"제 질문에 대답해주시겠어요?"

"네, 의도적이었어요. 좋은 사람이 아니었기 때문에 본듀런트(끝의 '런트 runt'는 '왜소하고 보잘것없는 사람'이란 뜻 – 옮긴이)라고 불렀습니다."

나는 머리카락 사이로 진땀이 흐르는 것을 느낄 수 있었다. 숨겨져 있던 리사의 본모습이 나오려 하고 있었다.

"그다음에 표시해둔 글을 읽어주시겠어요? 등록 시각도 함께요."

"2시 18분. '다시는 만나게 해줄 수 없단다. 너무나 불공평하다.'"

"이제 그다음 글과 시각을 읽어주시겠습니까?"

"2시 21분. '그의 주차 자리를 찾았다. 주차장에서 그를 기다릴 거다.'"

법정 안의 침묵이 기차가 달려오는 소리만큼 요란했다.

"증인, 증인은 작년 9월 7일 웨스트랜드 내셔널의 주차장에서 미첼 본듀란트를 기다렸습니까?"

"네, 하지만 그리 오래 있지는 않았어요. 어리석은 짓이고, 퇴근 시간까지는 나오지 않을 거라는 걸 깨달았거든요. 그래서 그냥 왔습니다."

"살인 사건이 발생한 날 아침, 증인은 그 주차장에 다시 가서 미첼 본듀란트를 기다렸습니까?"

"아뇨, 안 갔어요! 저는 거기에 가지 않았습니다."

"증인은 커피숍에서 미첼 본듀란트를 보고 분노했고 그가 어디로 갈지 알고 있었습니다, 그렇지 않습니까? 그래서 증인은 주차장으로 가서 그를 기다렸고……."

"이의 있습니다!" 내가 소리쳤다.

"……망치로 때려서 그를 살해했습니다, 그렇죠?"

"아닙니다! 아니에요! 아니라고요!" 리사 트래멀이 외쳤다. "안 그랬다고요!"

그녀는 궁지에 몰린 동물처럼 큰 소리로 헉헉거리다가 울음을 터뜨렸다.

"재판장님, 이의 있습니다! 검사는 피고인을 몰아세우고……."

페리 판사는 갑자기 몽상에서 깨어난 것 같은 표정으로 트래멀을 바라보았다.

"인정합니다!"

프리먼이 신문을 중단했다. 법정 안에서는 내 의뢰인이 흐느끼는 소리를 제외하고는 아무 소리도 들리지 않았다. 법정 경위가 티슈 상자를 갖다 주었고 마침내 리사의 울음이 잦아들었다.

"감사합니다, 재판장님." 마침내 프리먼이 말했다. "더 이상 질문 없습니다."

나는 재직접신문을 바로 이어서 할 것인가 결정하고 의뢰인이 진정할 수 있도록 조금 이른 오전 휴식을 요청했다. 판사가 내 요구를 들어주었는데, 나를 불쌍히 여겼기 때문인 것이 틀림없었다.

리사의 눈물이 프리먼이 훌륭하게 덫을 놓았다는 사실을 부정하게 만들지는 못했다. 그러나 전부 다 잃은 것은 아니었다. 함정에 대한 변호에 있어 가장 좋은 점은 불리한 증거와 진술 거의 모두가—그것이 자신의 의뢰인에게서 나왔을 때조차도— 함정의 일부가 될 수 있다는 사실이다.

배심원들이 법정을 나간 후 나는 의뢰인을 위로하기 위해 증인석으로 걸어갔다. 티슈 상자에서 티슈 두 장을 빼서 리사 트래멀에게 건넸다. 그녀는 티슈를 받아서 눈을 톡톡 두드리기 시작했다. 나는 우리의 대화가 법정 안에 방송되지 않도록 마이크를 손으로 덮었다. 그리고 말투에 감정을 싣지 않으려고 애썼다.

"리사, 도대체 왜 나는 페이스북에 대해서 지금 알게 된 거죠? 이것이 재판에 어떤 영향을 줄 수 있는지 알기나 해요?"

"변호사님도 알고 있다고 생각했어요! 제니퍼와 친구가 됐으니까."

"내 동료 제니퍼요?"

"네!"

부하 직원인 변호사와 의뢰인이 나보다 더 많은 것을 알고 있는 것보다 기분 더러운 것은 없다.

"9월에 쓴 게시글들은 어떻게 된 거예요? 그게 얼마나 파괴적인 건지 몰라요?"

"미안해요! 까맣게 잊고 있었어요. 너무 오래전에 쓴 거라."

리사가 또 한 차례 눈물바람을 할 것 같았다. 나는 그것을 막으려고 급히 달렸다.

"그래도 다행이에요. 우리에게 이롭게 써먹을 수도 있을 것 같으니까."

리사가 티슈로 눈물 닦던 것을 멈추고 나를 쳐다보았다.

"정말요?"

"아마도. 하지만 먼저 밖에 나가서 불락스와 통화해봐야 해요."

"불락스가 누구예요?"

"미안해요, 제니퍼 별명이에요. 당신은 여기 가만히 앉아서 마음을 가다듬고 있어요."

"여기 더 앉아 있어야 돼요?"

"그래요. 재직접신문을 해야 하니까."

"그럼 나가서 화장 좀 고치고 와도 돼요?"

"좋은 생각입니다. 하지만 빨리 와야 돼요."

마침내 나는 복도로 나가서 사무실에 있는 불락스에게 전화를 걸었다.

"9월 7일에 올라온 게시글들 봤어?" 나는 인사말 대신 이렇게 물었다.

"방금이요. 혹시 프리먼이……."

"봤대."

"빌어먹을!"

"그러게 말이야. 나쁜 소식이긴 하지만 빠져나갈 방법이 있을지도 몰라. 리사 말로는 둘이 페이스북 친구라며?"

"네. 죄송합니다. 페이스북 페이지가 있다는 건 알고 있었어요. 근데 그녀의 담벼락에 올라온 과거 게시글들을 읽어봐야 한다는 건 생각도 못 했어요."

"그 얘긴 나중에 하고. 지금은 리사의 친구 명단으로 들어가 봐."

"지금 보고 있어요."

"좋아. 우선 친구 명단을 전부 뽑아서 로나에게 주고 로하스한테 태워 달라고 해서 이리로 갖고 오라고 전해줘. 지금 당장. 그러고 나서는 시스코와 함께 그 친구 명단에 나온 이름들을 조사해줘. 그 사람들이 누군지 알아봐."

"천 명이 넘는데요? 다 찾아보라고요?"

"필요하다면. 오파리지오와 관련 있는 사람이 있는지 찾아봐."

"오파리지오요? 왜……."

"리사 트래멀은 은행에 위협적인 존재였던 것만큼이나 오파리지오에게도 위협적인 존재였어. 압류 집행과정에서의 사기 행각에 반발해서 시위를 벌이고 있었으니까. 그 사기 행각은 오파리지오의 회사가 벌인 거고. 허브 달에게서 들었잖아, 그녀가 오파리지오의 레이더망에 걸려 있었다고. ALOFT의 누군가가 페이스북을 통해 리사를 감시하고 있었다고 생각해볼 수 있지 않을까. 리사가 조금 전에 증언했어. 친구 요청을 한 사람은 다 받아줬다고. 어쩌면 운이 좋아서 우리가 아는 이름을 찾을 수도 있어."

잠깐 침묵이 흘렀고, 그동안 불락스는 갑자기 내 생각이 이해되기 시작했나 보았다.

"페이스북으로 리사 트래멀을 추적함으로써, 그녀가 무슨 짓을 하고 돌아다니는지 알게 되었겠군요."

"그리고 언젠가 한번은 주차장에서 본듀란트를 기다렸다는 사실도 알았을 수 있지."

"그럼 그 기록을 이용해서 살해계획을 세웠을 수도 있겠네요."

"불락스, 이런 말 하기 싫지만 이제 제법 형사사건 변호사 티가 나는데."

"바로 착수할게요."

그녀의 목소리에서 다급함이 느껴졌다.

"그래, 근데 먼저 친구 명단부터 인쇄해서 보내줘. 15분쯤 후면 재직접 신문을 시작할 거야. 로나에게 가지고 법정으로 들어와서 전해달라고 해줘. 그리고 시스코와 자네가 뭘 찾으면 즉시 문자 보내주고."

"알겠습니다."

42 페이스북 페이지

법정으로 돌아가 보니 프리먼은 오전에 거둔 성공으로 기분이 아직도 하늘을 날고 있었다. 가슴에 팔짱을 끼고 여유롭게 걸어오더니 변호인석에 한쪽 엉덩이를 기댔다.

"할러 변호사님, 페이스북 페이지에 대해서 몰랐다는 거 연기였다고 말해줘요."

"미안해요, 그렇게 말 못 해서."

프리먼의 눈이 휘둥그레졌다.

"어머나, 누구는 사실을 숨기지 않는 의뢰인이 필요한 것 같네요……. 아니면 그 사실을 찾아낼 수 있는 수사관이 필요하거나."

나는 비아냥거림을 못 들은 척했고, 그녀가 그 정도로 해두고 자기 자리로 돌아가기를 바랐다. 나는 뭔가를 찾는 척 리걸패드의 페이지를 넘기기 시작했다.

"어젯밤에 그 인쇄물을 받고 그 게시글들을 읽었을 때 마치 하늘에서 만나가 내린 것 같은 기분이었어요."

"펄쩍 뛸 듯이 기뻤겠죠. 어떤 기자 자식이 그런 걸 건네준 거예요?"

"모르시는 게 좋아요."

"알게 될 텐데, 뭘. 다음에 검찰청에서 나온 단독 특종을 터뜨리는 자식이 도와줬겠죠. 내가 이제부터 그 자식 앞에서 입도 뻥끗하나 봐라."

프리먼이 빙그레 웃었다. 내가 위협을 해도 그녀는 눈도 깜짝하지 않았다. 게시글들을 이미 배심원들에게 보여줬는데 문제 될 게 뭐란 말인가. 마침내 나는 그녀를 올려다보며 눈을 가늘게 떴다.

"아직 잘 파악이 안 되죠, 그렇죠?" 내가 말했다.

"뭐가 파악이 안 돼요? 당신 의뢰인이 이전에 범죄현장에 갔었다는 사실을 배심원단이 알게 된 거? 아니면 어디 가면 피해자를 찾을 수 있는지 피고인이 알고 있었다는 사실? 아뇨, 다 파악이 되는데요."

나는 고개를 가로저으며 그녀를 외면했다.

"곧 알게 될 겁니다. 그럼 이만 실례."

나는 일어서서 증인석을 향해 걸어갔다. 조금 전에 리사 트래멀이 화장실에서 돌아왔다. 눈 화장을 고치고 온 모양이었다. 그녀가 입을 열자 내가 다시 마이크를 덮었다.

"저런 나쁜 년하고 뭐하러 말을 섞어요? 아주 못된 년인데요." 트래멀이 말했다.

나는 의뢰인이 분노를 거침없이 표출한 것에 약간 놀라면서 프리먼을 돌아보았다. 그녀는 이제 검사석에 앉아 있었다.

"나쁜 년도 못된 년도 아니에요, 알았어요? 그냥……."

"나쁜 년, 못된 년 맞아요. 변호사님이 모르는 거지."

나는 트래멀에게로 몸을 숙이고 속삭였다.

"그럼, 당신은, 당신은 알아요? 이봐요, 리사, 조울증 환자처럼 그러지 좀 말아요. 아직 30분 정도 증언을 더 해야 하니까 배심원들에게 새로운 걸 던져주지 말고 무사히 잘 끝냅시다, 알겠죠?"

"무슨 말을 하시는 건지 모르겠지만, 굉장히 상처가 되네요."

"미안해요. 나는 당신을 변호하려고 애쓰고 있는데, 페이스북 같은 이야기를 검사의 반대신문에서 처음 듣게 되는 그런 일은 전혀 도움이 안돼요."

"말했잖아요, 미안하다고. 하지만 동료 변호사는 알고 있었어요."

"그래요, 나만 몰랐구먼."

"근데요, 아까 이 일을 우리에게 이롭게 이용할 수도 있겠다고 했잖아요, 어떻게요?"

"간단해요. 누군가가 당신에게 덫을 놓으려고 했다면, 이 페이스북 페이지가 정말 큰 도움이 되었을 거란 얘깁니다."

내가 사용하려는 전술이 이해되기 시작하자, 리사는 하늘에서 떨어지는 만나를 보듯 하늘을 우러렀고 순전한 안도감에 표정이 밝아졌다. 1분 전에 표정을 어둡게 했던 그 분노는 온데간데없이 사라졌다. 바로 그때 판사가 법정으로 들어왔다. 나는 의뢰인에게 고개를 끄덕여 보인 뒤 변호인석으로 돌아갔고, 판사는 법정 경위에게 배심원단을 데리고 들어오라고 지시했다.

모두 자리에 앉자 판사는 내게 의뢰인을 재직접신문 하고 싶은지 물었다. 나는 지난 10년간 이 순간만을 기다려온 것처럼 벌떡 일어섰다. 대가가 따랐다. 날카로운 통증이 번개처럼 윗몸을 훑고 지나갔다. 갈비뼈가 다 붙었는지는 몰라도 잘못 움직이면 아직도 너무 아팠다.

독서대로 걸어가는데 법정 뒷문이 열리더니 로나가 들어왔다. 완벽한 타이밍. 그녀는 파일과 오토바이 헬멧을 들고 방청석과 재판부를 나누고 있는 출입구를 향해 중앙 복도를 빠르게 걸어왔다.

"재판장님, 제 동료와 잠깐 이야기를 나눠도 되겠습니까?"

"빨리 끝내세요."

나는 출입구 앞에서 로나를 만났고, 그녀에게서 파일을 건네받았다.

"그게 저 여자 페이스북 친구들 전체의 명단이야. 하지만 내가 사무실을 나올 때까지 데니스와 제니퍼는 문제의 그 인간과 관련된 사람을 찾지 못하고 있었어."

시스코와 불락스가 실명으로 불리는 걸 들으니까 낯설고 어색했다. 나는 로나가 들고 있는 헬멧을 내려다보았다. 내가 속삭였다.

"시스코의 오토바이를 타고 온 거야?"

"빨리 갔다 달라며. 법원 코앞에 오토바이를 댈 수도 있고 좋잖아."

"로하스는 어디 있어?"

"몰라. 전화도 안 받던데."

"경사 났군. 로나, 오토바이는 그대로 두고 걸어서 돌아가. 그 자살 기계 타고 다니는 건 원하지 않아."

"이젠 당신 마누라 아니거든요. 시스코 마누라지."

로나가 이렇게 속삭이는 동안 나는 그녀의 어깨너머로 방청석에 앉아 있는 매기 맥퍼슨을 발견했다. 그녀가 나를 보러 와 있는 건지 프리먼을 보러 와 있는 건지 궁금했다.

"이봐, 로나." 내가 말했다. "이건 당신이 누구 마누라인지와는 아무런 상관이 없……."

"할러 변호사?" 판사가 뒤에서 점잖게 말했다. "다들 기다리고 있습니다."

"네, 재판장님." 나는 돌아보지 않은 채 큰 소리로 말했다. 그러고는 로나에게 속삭였다. "걸어서 가."

나는 독서대로 돌아가서 서류철을 펼쳤다. 거기에는 미가공 데이터가, 천여 개의 이름이 페이지마다 세로단 두 단으로 열거되어 있을 뿐이었지만, 나는 성배를 받아든 것 같은 표정으로 그것을 바라보았다.

"증인, 이제부터 증인의 페이스북 페이지에 대해 이야기해봅시다. 증인은 아까 페이스북 친구가 천 명이 넘는다고 진술했는데요. 이 사람들 모두가 개인적으로 아는 사람들입니까?"

"아뇨, 전혀 아니에요. FLAG를 통해서 저에 대해 알게 된 사람들이 굉장히 많기 때문에 누가 친구 신청을 해오면 FLAG 활동을 지지하는 사람이라고 생각하고 다 친구로 받아줍니다"

"그렇다면 증인의 담벼락에 있는 그 게시글들은 페이스북에서는 친구이지만 현실에서는 전혀 모르는 수많은 사람들에게 공개되어 있다는 뜻이군요. 맞습니까?"

"네, 맞습니다."

나는 주머니 속에서 전화기가 진동하는 것을 느꼈다.

"그럼 이 낯선 친구들 중에서 증인의 과거와 현재의 활동에 관심 있는 사람이 있다면 누구나 증인의 페이스북 페이지에 가서 담벼락에 있는 게시글들을 볼 수 있겠네요, 맞습니까?"

"네, 맞습니다."

"예를 들어서 지금 당장 증인의 페이스북 페이지로 가서 업데이트된 글들을 쭉쭉 내려가다 보면 작년 9월에 증인이 웨스트랜드 주차장을 배회하며 미첼 본듀란트를 기다렸다는 그 글을 볼 수 있겠네요, 맞습니까?"

"네, 그럴 거예요."

나는 주머니에서 휴대전화기를 꺼낸 후, 독서대를 가림막 삼아 전화기를 들어 올려 받침대 위에 놓았다. 그러고는 한 손으로는 명단 종이를 넘기면서 다른 손으로는 방금 받은 메시지를 열었다. 불락스에게서 온 문자 메시지였다.

3페이지, 오른쪽 세로단, 밑에서 다섯 번째—돈 드리스콜. 도널드 드리스콜. 전 LOFT IT팀 직원. 지금 조사 중임.

빙고. 드디어 장외홈런을 치게 생겼다.

"재판장님, 이 문서를 증인에게 보여줘도 되겠습니까? 증인의 페이스북 친구들 명단을 인쇄한 것입니다."

프리먼은 오전의 승리가 위태롭게 된 것을 감지하고 이의를 제기했지만, 판사는 내가 더 말하지 않았는데도 프리먼이 자초한 일이라고 말하면서 이의 제기를 기각했다. 나는 의뢰인에게 명단을 주고 나서 독서대로 돌아왔다.

"인쇄물 3페이지로 가서 오른쪽 세로단, 밑에서 다섯 번째에 나와 있는 이름을 읽어주시겠습니까, 증인?"

프리먼이 명단이 진짜인지 확인이 안 됐다고 주장하면서 이의를 제기했다. 판사는 변호인이 가짜 증거물을 소개하고 있다고 생각한다면 재반대신문에서 확인해보라고 충고했다. 나는 리사에게 그 이름을 읽어달라고 다시 말했다.

"돈 드리스콜."

"고맙습니다. 친숙한 이름인가요?"

"아뇨, 모르는 이름입니다."

"증인의 페이스북 친구인데요."

"알아요. 하지만 말씀드렸다시피 저와 친구 맺기를 한 사람을 전부 다 알지는 못합니다. 너무 많아서요."

"혹시 돈 드리스콜이 증인에게 직접 연락해서 ALOFT라는 회사 직원이라고 자기소개를 한 적이 있는지 기억하십니까?"

프리먼이 이의를 제기하면서 재판부 협의를 요청했다. 우리는 판사석 앞으로 불려 나갔다.

"판사님, 이건 또 무슨 일입니까? 변호인이 저렇게 이름을 함부로 던져대서는 안 된다고 생각합니다. 변호인이 명단을 향해 다트를 던져대다가 아무 이름이나 하나 골라낸 것이 아니라는 것을 입증해주는 증거 채택 신청서 제출을 요구합니다."

페리 판사는 고심하는 표정으로 고개를 끄덕였다.

"나도 검사의 의견에 동의합니다, 할러 변호사."

내 전화기는 아직도 독서대 위에 있었다. 불락스에게서 최신 소식을 받았다고 하더라도 지금은 그 소식이 나를 돕지 못할 것이었다.

"재판장님, 원하신다면 판사실로 가서 제 수사관과 통화하게 해드리겠습니다. 하지만 아량을 베풀어주시기를 부탁드리고 싶습니다. 검찰은 바로 오늘 아침에 이 페이스북 문제를 처음 제기했고, 저는 지금 거기에 대응하려고 애쓰는 중이잖습니까. 둘 중의 하나를 택해야 할 것 같습니다. 증거 채택 신청서를 제출할 때까지 재판을 연기할 수도 있고요, 아니면 변호인 측이 돈 드리스콜을 불러 증언대에 세우고 프리먼 검사가 그를 신문하면서 제가 그의 인물됨을 잘못 묘사한 건지 어떤지 알아낼 때까지 기다릴 수도 있을 거고요."

"드리스콜을 부를 건가요?"

"제 의뢰인이 예전에 페이스북에 게시한 글들을 검찰이 문제 삼기로 결정한 이상 저로서는 선택의 여지가 없을 것 같습니다."

"아주 좋습니다. 그럼 드리스콜 씨가 증언할 때까지 기다리는 걸로 하지요. 당일 날 법정에 와서 마음이 바뀌었다고 할 생각일랑 말아요, 할러 변호사. 그런 일이 있으면 내가 굉장히 실망할 겁니다."

"네, 알겠습니다, 재판장님."

우린 각자의 자리로 돌아갔고 나는 리사에게 그 질문을 다시 던졌다.

"돈 드리스콜이 페이스북에서나 다른 어디에서 증인에게 연락해 자기가 ALOFT에서 일한다고 말한 적이 있습니까?"

"아뇨, 그런 적 없습니다."

"증인은 ALOFT를 잘 아십니까?"

"네. 웨스트랜드 같은 은행들이 담보물 압류에 관한 모든 서류작업을 위임하는 압류 공장이죠."

"이 회사가 증인의 자택 압류도 맡았나요?"

"그럼요, 다 맡아서 했죠."

"ALOFT는 약칭입니까? 무엇의 약자인지 아세요?"

"루이스 오파리지오 파이낸셜 테크놀로지스요. 그게 그 회사의 정식 명칭이에요."

"증인의 페이스북 친구인 도널드 드리스콜이라는 사람이 ALOFT 직원이었다고 한다면 무슨 생각이 드실 것 같습니까?"

"ALOFT에서 제 게시글들을 보면서 정보를 수집하고 있었다는 생각이요."

"그럼 이 드리스콜이라는 사람은 증인이 어디 갔다 왔는지 어디 갈 건지 다 알았을 거란 말이죠, 맞습니까?"

"네, 그렇습니다."

"증인이 은행 건물에서 본듀란트 씨의 주차 자리를 찾았고 그를 기다릴 거라고 썼던 지난 9월의 게시글에 드리스콜이 접근할 수 있었을 겁니다, 그렇죠?"

"네, 맞습니다."

"감사합니다, 증인. 더 이상 질문 없습니다."

내 자리로 돌아가는데 자연스럽게 프리먼에게로 눈길이 갔다. 이젠 환한 표정이 아니었다. 굳은 얼굴로 앞을 노려보고 있었다. 나는 고개를 돌려 방청석에서 매기를 찾아보았지만, 그녀는 보이지 않았다.

43 마네킹 이야기

그날 오후 나는 뉴욕에서 온 법과학 전문가 샤미람 아슬래니안을 증인으로 불러 신문했다. 전에도 몇 번 샤미를 증인으로 불러 큰 재미를 보았던 터라 이번에도 불러들인 것이다. 그녀는 하버드와 MIT, 존제이 칼리지에서 학위를 받았고, 현재 존제이의 연구원이었다. 외모가 출중하고 상냥한 여성이었다. 게다가 증인석에서는 한 마디 한 마디 성실하게 진실만을 말해서 스스로 빛이 났다. 형사소송 변호사들에겐 그야말로 꿈의 증인이었다. 물론 돈을 받고 증언해주었지만, 과학적이고 진실된 증언을 할 수 있겠다는 판단이 섰을 때에만 의뢰를 받아주었다. 이 재판에서 그녀를 불러서 덤으로 얻게 된 것도 있었다. 그녀는 내 의뢰인과 키가 똑같았다.

점심시간에 아슬래니안은 배심원석 앞에 마네킹을 세웠다. 남자 마네킹으로 키는 구두를 신은 미첼 본듀란트의 키와 똑같이 187센티미터 정도였다. 마네킹은 사건 당일 아침에 본듀란트가 입고 있었던 것과 비슷한 정장을 입고 있었고 똑같은 신발을 신고 있었다. 마네킹은 인간과 똑같이 구부렸다 폈다 돌렸다 할 수 있는 관절을 갖고 있었다.

공판이 재개되고 아슬래니안이 증인석에 앉은 뒤 나는 꽤 많은 시간을 할애해서 그녀의 진실성을 보여주는 많은 경력을 소개했다. 나는 배심원들이 그녀의 능력과 성과를 이해하고 대답할 때의 무뚝뚝한 태도를 좋아해주기를 바랐다. 또한 그녀의 기술과 지식은 검찰이 불렀던 법과학 전문가들과는 수준이 다르다는 것을, 더 높은 수준이라는 것을 알아주기를 바랐다.

그렇게 좋은 인상을 심어준 후 나는 마네킹 이야기로 넘어갔다.

"증인, 제가 증인한테 미첼 본듀란트 살인 사건의 여러 측면들을 검토해달라고 부탁했었죠. 맞습니까?"

"네, 맞습니다."

"특히 범죄의 물리학적 측면을 자세히 검토해달라고 부탁했었는데요, 그렇죠?"

"네, 근본적으로 의뢰인이 경찰 주장대로 범죄를 저지를 수 있었을지 밝혀달라고 하셨잖아요."

"그래서 제 의뢰인이 범죄를 저지를 수 있었을 거라고 결론지으셨습니까?"

"대답은 '그렇다'이기도 하고 '아니다'이기도 합니다. 네, 범죄를 저지를 수 있었을 겁니다. 하지만 여기 형사들이 말하는 방식으로 저지를 수는 없었을 겁니다."

"그 결론에 대해서 좀 더 자세히 설명해주시겠습니까?"

"제가 변호사님의 의뢰인이라고 가정하고 시연을 통해서 보여드리겠습니다."

"키가 어떻게 되십니까, 증인?"

"스타킹 신은 발로 재서 160센티미터입니다. 리사 트래멀과 동일한 키죠."

"그리고 경찰이 발견한 후 살인 무기라고 선언한 그 망치와 똑같은 제품을 제가 증인한테 보냈죠?"

"네, 그랬죠. 여기 가져왔습니다."

아슬래니안은 배심원석 앞에 있는 선반에서 똑같은 망치를 집어 들어 보였다.

"그리고 잠겨 있지 않았던 피고인의 차고에서 압수됐고 나중에 피해자의 혈흔이 묻어 있었던 것으로 밝혀진 원예용 신발을 찍은 사진을 보냈는데 받으셨어요?"

"네, 받았습니다. 그리고 변호사님 사무장의 도움으로 똑같은 원예용 신발을 구할 수 있었고요. 제가 지금 신고 있습니다."

그녀가 한 다리를 증인석 밖으로 쓱 내밀어서 신고 있는 방수 신발을 보여주었다. 법정 곳곳에서 예의 바른 웃음소리가 들려왔다. 나는 내 증인이 검토한 결과를 시연을 통해 보여줄 수 있게 해달라고 판사에게 허락을 구했고 검사의 이의 제기가 있었지만 판사는 허락해주었다.

아슬래니안은 망치를 갖고 증인석을 떠나 배심원들 앞에 서서 시연을 시작했다.

"제가 가졌던 의문은 피고인의 키를 가진 여성이, 저와 마찬가지로 160 센티미터인 여성이 구두를 신고 키가 185센티미터가 넘는 남성의 정수리를 가격해서 죽음에 이르게 할 수 있을까 하는 것이었습니다. 여기 이 망치를 최대로 높이 쳐들면 25센티미터쯤 되니까 도움이 되겠죠. 그러나 그 정도로 충분할까? 그게 의문이었습니다."

"증인, 끼어들어서 죄송합니다만, 마네킹과 마케팅 준비 과정에 대해서 먼저 설명 좀 해주시겠습니까?"

"물론이죠. 여러분, 이 친구는 매니('남자 보모'라는 뜻-옮긴이)라고 하고요, 제가 법정에서 증언할 때 그리고 존제이의 연구실에서 실험할 때 항상 사용하는 마네킹입니다. 실제 인간처럼 관절을 다 갖고 있고요, 필요하면 분리도 됩니다. 제일 좋은 건 말대답을 안 하고 청바지 입으면 뚱뚱해 보인다고 놀리지도 않는다는 거죠."

이번에도 여기저기에서 예의 바른 웃음소리가 들렸다.

"감사합니다, 증인." 판사가 농담 말고 진지하게 증언하라고 말하기 전에 내가 재빨리 말했다. "자, 이제 시연 얘기를 계속해주시죠."

"네, 물론이죠. 우선 부검보고서와 사진과 그림을 이용해서 마네킹의 두개골에서 치명적인 가격이 가해진 부분을 찾아냈습니다. 이제 우리는 가격 면에 있었던 홈 때문에 본듀란트 씨가 뒤에서 가격당했다는 사실을 알고 있습니다. 또한 두개골 함몰 깊이가 고른 것으로 보아 정수리에 힘이 고르게 가해졌다는 사실도 알고 있고요. 그래서 망치를 평면 각도로 갖다 붙임으로써……."

아슬래니안은 매니 옆에 있는 짧은 발판 사다리를 올라가 망치의 가격 면을 정수리에 대고 얼굴 없는 마네킹의 턱밑에 달려 있는 두 개의 밴드를 위로 올려 망치를 싸매 붙여서 고정시켰다. 그러고는 사다리를 내려와서 마네킹과는 직각으로 바닥과 평행하게 뻗어 있는 망치와 손잡이를 가리켰다.

"보시다시피, 이건 아닌 것 같죠. 제가 이 신발을 신으면 키가 162센티미터이고, 그렇다면 피고인도 이 신발을 신으면 162센티미터인데요, 망치 손잡이는 이렇게 높이 있습니다."

그녀가 망치를 향해 팔을 뻗었지만 잡을 수가 없었다.

"여기서 우리가 알 수 있는 것은 피해자가 이런 자세로 머리를 들고 똑바로 서 있었으면 피고인이 치명적인 가격을 가할 수 없었을 것이라는 점입니다. 그렇다면 우리가 알고 있는 사실에 맞는 다른 자세가 있을까요? 공격이 뒤에서 가해졌다는 건 알고 있으니까, 피해자가 열쇠를 떨어뜨려서 주우려고 했다든가 해서 이렇게 앞으로 몸을 숙이고 있었다면, 그래도 안 된다는 것을 알 수 있습니다. 피해자의 등 위로 망치를 뻗칠 수가 없을 테니까요."

말을 하면서 그녀는 마네킹을 조작해서 허리를 숙이게 한 후 뒤에서 망치를 들고 마네킹의 정수리를 향해 팔을 뻗어 보였다.

"아, 안 되네요. 피해자의 자세에 대해서 이틀을 고민했습니다. 공강 시간에도 고민했고요. 유일하게 말이 되는 방법은 피해자가 무슨 이유에서든 두 무릎을 꿇고 앉았거나 쭈그려 앉았을 때, 혹은 고개를 들고 천장을 쳐다보았을 때였습니다."

아슬래니안은 마네킹을 다시 조작해서 똑바로 일으켜 세웠다. 그런 다음 고개를 목 뒤로 젖히자 망치 손잡이가 아래로 내려왔다. 그녀가 그 손잡이를 잡자 자세가 아주 자연스럽고 편안해 보였지만, 마네킹은 머리가 뒤로 거의 직각으로 꺾여서 바로 위 천장을 보고 있었다.

"그런데 부검결과 보고서에 따르면, 양쪽 무릎에 상당한 찰과상이 있었고 심지어 한쪽은 슬개골에 금이 가 있었습니다. 본듀란트 씨가 가격당하고 나서 땅에 쓰러질 때 생긴 충격 부상이라고 적혀 있더군요. 먼저 두 무릎부터 풀썩 주저앉은 뒤 앞으로 쓰러지면서 얼굴이 땅에 닿은 거죠. 한마디로 죽어 넘어진 겁니다. 그런 부상이 무릎에 나 있으니까 무릎을 꿇고 있었다거나 쭈그리고 앉아 있었을 가능성은 배제하게 됩니다. 그렇다면 이 자세만 남게 되죠."

아슬래니안은 고개를 완전히 뒤로 젖혀 얼굴이 천장을 향해 있는 마네킹의 머리를 가리켰다. 나는 배심원들을 살펴보았다. 모두가 열중해서 그녀를 보고 있었다. 초등학교 1학년 학생들이 물건을 갖고 와서 발표하는 시간 같았다.

"그렇군요, 증인, 머리의 각도가 정상으로 돌아오거나 고개를 약간 든 상태일 경우, 진범의 키는 어느 정도일지 생각해보셨습니까?"

프리먼이 벌떡 일어나 격분한 어조로 이의를 제기했다.

"재판장님, 이건 진짜 과학이 아닙니다. 쓰레기 과학입니다. 사실을 왜곡하는 교묘한 속임수고요. 이제 변호인은 증인에게 범행을 저질렀을 수도 있는 사람의 키를 말해달라고까지 하고 있습니다. 이 끔찍한 살인 사건의 피해자가 정확히 어떤 자세였는지, 목의 각도가 어땠는지는……."

"재판장님, 최종논고는 다음 주나 되어야 하는 것 아닙니까." 내가 끼어들었다. "검사가 이의 제기를 하고 싶다면 재판부에 해야지 배심원단에게 말해서 설득……."

"좋습니다." 판사가 말했다. "두 사람 다 그만 하세요. 할러 변호사, 이 증인에 관해서 나는 변호인 측에 많은 편의를 봐주었습니다. 하지만 프리먼 검사의 의견에 점점 더 동의하게 되더군요, 방금 전 검사가 강하게 주장하기 전까지는 말이죠. 이의 제기를 받아들입니다."

"감사합니다, 재판장님." 프리먼이 사막에 버려질 뻔한 위기에서 구조된 사람처럼 안도하며 말했다.

나는 마음을 가라앉히고, 샤미람 아슬래니안과 마네킹을 바라보았다. 그러고는 내가 메모한 것을 확인하고 나서 고개를 끄덕였다. 얻을 수 있는 것은 다 얻어낸 것 같았다.

"더 이상 질문 없습니다." 내가 말했다.

프리먼은 질문할 게 많은 모양이었다. 그러나 샤미 아슬래니안의 직접진술과 결론을 흔들어보려고 베테랑 검사가 애썼지만, 베테랑 증인이 한 걸음도 뒤로 물러서게 하지 못했다. 40분 가까이 반대신문을 했는데도 검찰 측에 이로운 진술이라고 얻어낸 것은 본듀란트가 살해됐을 때 주차장에서 무슨 일이 있었는지 확실히 알 수 있는 방법은 없다는 것을 아슬래니안이 인정하게 한 것뿐이었다. 주초에 판사는 금요일 오후 늦게 지역판사들 모임이 있어서 금요일 공판은 조금 일찍 끝내겠다고 공지했었다.

그래서 오후 휴식시간 없이 공판이 진행되었고 4시가 가까워지자 페리 판사는 주말 동안의 휴회를 선언했다 이틀 동안의 휴가에 들어가는 내 마음은 우리가 우세하다는 생각에 들떠 있었다. 우리는 검찰이 제시하는 증거의 상당 부분에 대해 무차별 사격을 가함으로써 검찰의 주장을 약화시켰고, 리사 트래멀이 범행을 부인하고 자신은 누명을 썼다고 주장함과 동시에 법과학 전문가가 증인으로 나서서 피고인이 그 범죄를 저지르기가 신체적으로 불가능하다고 추정하면서 한 주를 마감했다. 피해자가 고개를 번쩍 들고 주차장 천장을 올려다보고 있을 때 치명적인 가격을 가하지 않은 이상 불가능하다는 것이었다.

나는 강력한 의심의 씨앗들이 뿌려졌다고 믿었다. 나는 파일 속에 실제로 있지도 않은 무언가를 찾는 척 파일을 뒤적이면서 변호인석에 남아 있었다. 프리먼이 다가와 내 의뢰인에게 유죄인정 합의라도 팔아보려고 굽실거릴 것을 예상하고 있었다.

그러나 그런 일은 일어나지 않았다. 바쁜 척하다가 고개를 들어 보니 검사는 법정을 나가고 없었다.

나는 엘리베이터를 타고 2층으로 내려갔다. 판사들은 점점 사라지고 있는 법정 예절을 부활시키는 방법에 관한 회의를 위해 모두 일찍 법원을 떠날지 모르지만 검찰청은 5시까지 일할 것 같았다. 접수처에서 매기 맥퍼슨을 찾아왔다고 하자 검사실로 안내되었다. 매기는 다른 검사와 사무실을 함께 쓰고 있었는데 다행히도 마침 그가 휴가 중이었다. 우리 둘만 있었다. 나는 휴가 중인 검사의 책상에서 의자를 끌어와 매기 앞에 앉았다.

"오늘 두 번 법정에 들렀어." 매기가 말했다. "당신이 존제이 연구원 직접신문하는 거 일부 봤어. 좋은 증인이던데."

"응, 잘해주더라고. 나도 당신 봤어. 누굴 보러 왔는진 몰랐지만. 날 보러 왔는지 프리먼을 보러 왔는지."

매기가 미소를 지었다.

"아마 나 자신을 위해서 갔던 것 같아. 난 아직도 당신한테 배우는 게 많아, 할러."

이젠 내가 미소를 지었다.

"매기 맥피어스가 나한테서 배운다고? 정말?"

"그러니까……."

"아냐, 대답 안 해도 돼."

둘이 유쾌하게 웃었다.

"어찌 됐든, 당신이 와줘서 기뻤어." 내가 말했다. "이번 주말엔 어떻게 지낼 거야, 당신과 헤이?"

"모르겠어. 어디 안 갈 것 같은데. 당신은 일해야 할 거고."

나는 고개를 끄덕였다.

"누굴 찾아봐야 할 것 같아. 월요일과 화요일은 이 재판에서 가장 중요한 날이 될 거야. 그래도 뭐 영화 한 편 보는 것 정도는 할 수 있는데."

"좋아."

우리는 한동안 말없이 앉아 있었다. 나는 법정에서 최고의 날을 보내고 나왔는데도 점점 더 커져가는 상실감과 슬픔에 가슴이 찌릿찌릿 아파왔다. 전처를 바라보았다.

"우린 다시는 예전처럼 살 수 없겠지, 매기?"

"뭐?"

"갑자기 그런 생각이 들어서. 당신은 지금처럼 살기를 원하잖아. 둘 중 누구라도 정말 사랑이 고플 때 만나긴 하지만, 결코 예전 같진 않잖아. 당신은 앞으로도 계속 그럴 것 같고."

"왜 지금 그런 이야기를 해, 마이클? 재판 중에. 당신은……."

"내 인생을 살아가는 중이기도 하니까, 매기. 당신과 헤일리가 나를 자랑스러워하게 만들 방법이 있었으면 좋겠어."

매기가 몸을 기울이며 팔을 뻗어서 잠깐 동안 내 뺨을 만지다가 다시 손을 거둬들였다.

"헤일리가 당신 자랑스러워해."

"그래? 당신은?"

그녀가 미소 지었지만 슬픔이 어린 미소였다.

"집에 가서 오늘 밤엔 우리 문제든 재판이든 다른 어떤 것이든 다 잊어버리고 쉬어. 생각하지 마. 마음에서 잡다한 일들을 다 몰아내고 푹 쉬어."

나는 고개를 가로저었다.

"그럴 수가 없어. 5시에 밀정을 만나야 하거든."

"트래멀 사건과 관련해서? 무슨 밀정?"

"아냐, 아무것도 아니야, 신경 쓰지 마. 그리고 화제를 바꾸려고 하네, 당신. 완전히 용서하고 잊지를 못하겠는 거지, 안 그래? 그런 게 없으니까 그렇게 훌륭한 검사가 된 건지도 모르겠군."

"아이고, 그럼, 내가 얼마나 훌륭한데. 그렇게 훌륭하니까 여기 밴나이스에 처박혀서 무장 강도 사건이나 기소하고 앉아 있잖아."

"여기도 다 정치판이잖아. 능력이나 헌신과는 아무 관계도 없고."

"아무래도 상관없어. 그리고 나 지금 이런 대화 하면 안 돼. 아직 업무 시간이거든. 그리고 당신은 밀정 만나러 가야 하고. 헤일리 데리고 영화 보러 가고 싶으면 내일 전화해. 난 내일 일이 좀 있을 것 같으니까 당신이 와서 데리고 가야 할 것 같아." 나는 자리에서 일어섰다. 나는 들어오고 나갈 때를 알았다.

"알았어, 갈게. 내일 전화할게. 그리고 영화 보러 당신도 같이 가면 좋겠는데."

"내일 봐서."

"알았어."

나는 건물을 빨리 빠져나가려고 계단으로 내려갔다. 빅토리로 가기 위해 광장을 가로질러 실마 북쪽으로 향했다. 차도 끝에 서 있는 오토바이한 대가 보였다. 시스코의 오토바이였다. 탱크와 펜더가 블랙펄로 도색된 63년형 할리 데이비드슨 팬헤드. 시스코의 애마였다. 나는 싱긋 웃었다. 내 두 번째 전처 로나가 내가 하라는 대로 한 것이다. 처음이었다.

로나는 오토바이를 잠그지 않은 채 두었다. 법원 앞이라 그리고 옆에 경찰서도 있으니까 안전할 거라고 생각한 것이 틀림없었다. 나는 오토바이를 끌고 실마를 걷기 시작했다. 갖고 있는 옷 중에서 제일 좋은 코르넬리아니 정장을 차려입은 남자가 서류가방을 핸들 위에 올려놓고 할리 데이비드슨을 끌고 가는 모습이 볼만했을 것이다.

사무실에 도착했을 땐 아직 4시 30분밖에 안 됐고, 허브 달이 브리핑을 위해 오기로 한 시각까지 30분이 남아 있었다. 나는 매기와 나눈 대화를 머릿속에서 지우기 위해 직원회의를 소집했고 다시 재판에 집중하려고 애썼다. 시스코에게 오토바이를 어디다 주차했는지 알려주었고, 우리 의뢰인의 페이스북 친구들 명단에 대해서 새로 알게 된 사실이 있는지 물었다.

"무엇보다도, 도대체 왜 난 리사에게 페이스북 계정이 있다는 걸 몰랐을까?" 내가 물었다.

"제 잘못이에요." 애런슨이 재빨리 말했다. "아까도 말씀드렸지만, 저는 그걸 알고 있었고 심지어 트래멀의 친구 신청을 수락하기까지 했어요. 근데 그게 중요하단 사실을 깨닫지 못했습니다."

"나도 잘못이 있어." 시스코가 말했다. "나한테도 친구 신청을 했기에 친구가 됐거든. 들어가 보긴 했는데 아무것도 눈여겨보진 않았어. 좀 더 자세히 봤어야 했는데."

"나도." 로나가 덧붙였다.

나는 황당한 표정으로 그들의 얼굴을 바라보았다. 연합전선이었다.

"멋지군." 내가 말했다. "우리 넷 다 그걸 놓쳤고 의뢰인은 말도 안 해줬고. 그러니까 우리 모두 해고당해야 할 것 같은데."

나는 효과를 위해 잠깐 말을 멈췄다.

"자, 그럼, 당신들이 찾아낸 그 이름은 어떻게 된 거야? 돈 드리스콜. 그 이름이 어디서 나왔어? 그리고 뭘 더 알고 있지? 프리먼이 오늘 아침에 재판의 승패를 판가름할 열쇠를 자기도 모르게 우리 무릎에 떨어뜨린 것일 수도 있어. 뭘 알아냈어, 친구들?"

불락스가 시스코를 쳐다보며 책임을 떠넘겼다.

"알다시피 ALOFT는 지난 2월에 르무어 그룹에 매각됐어. 운영은 계속 오파리지오가 맡는다는 조건으로. 르무어는 상장기업이기 때문에, 그 매각 협상의 모든 것이 연방 공정거래위원회의 감독을 받았고 주주들에게 공개되었지. 매각 후에도 ALOFT에 남아 있게 된 직원들 명단도 당연히 공개가 됐고. 그 명단을 입수했어, 12월 15일 자 명단."

"그래서 그 ALOFT 직원 명단과 리사의 페이스북 친구 명단을 대조하기 시작했어요." 불락스가 말했다. "다행히도 도널드 드리스콜이 알파벳 앞쪽이라 빨리 찾아냈죠."

나는 흡족해서 고개를 끄덕였다.

"그래서 드리스콜이 누군데?"

"공정거래위원회 문서에는 그의 이름이 정보통신기술팀 명단에 들어가 있었어." 시스코가 말했다. "그래서 ALOFT의 IT팀에 전화를 걸어 그를 바꿔달라고 했지. 그랬더니 도널드 드리스콜이 거기서 일한 것은 맞는데 고용계약이 2월 1일부로 만료되었고 연장이 안 됐대. 그래서 나갔다는 거야."

"행방 추적 시작했어?" 내가 물었다.

"응. 근데 흔한 이름이라 시간이 걸리네. 뭐라도 알아내는 대로 바로 보고할게."

민간인이 이름으로 사람 찾기는 항상 시간이 걸리고 여간 어려운 일이 아니었다. 경찰이라면 수많은 경찰 데이터베이스 중 하나에 이름을 입력하기만 하면 신상 정보가 주르륵 뜨는데 민간인은 그게 아니었다.

"느슨해지지 말고 계속 수고 좀 해줘." 내가 말했다. "이게 이 재판의 핵심일 수 있어."

"걱정하지 마, 대표님." 시스코가 말했다. "열심히 할 테니까."

44 합법적인 소환장

ALOFT에서 일했던 도널드 드리스콜은 서른한 살이었고 롱비치의 벨몬트쇼어 지역에 살고 있었다. 일요일 오전, 나는 시스코와 함께 그에게 소환장을 송달하러 갔다. 무방비 상태로 증인석에 앉히기 전에 먼저 내게 이야기를 털어놔 주기를 바라는 마음도 있었다.

로하스는 근무 태만을 반성하는 뜻으로 쉬는 날인데도 근무하기로 했다. 우리는 로하스가 모는 링컨 차 뒷좌석에 탔고, 시스코가 본듀란트 살인 사건에 관해 최근에 수사한 내용과 그 결론을 내게 보고했다. 변호인 측이 제시하는 그림 조각들이 하나로 합쳐지고 있다는 데는 의심의 여지가 없었고, 드리스콜이 그림을 완성할 마지막 퍼즐 조각일 가능성이 있었다.

"드리스콜이 협조해서 내가 예상하는 그 말을 해주면 우린 이기는 거야." 내가 말했다.

"그건 어디까지나 가정이지." 시스코가 대꾸했다. "그리고 봐, 우린 이 친구에 관해서는 모든 경우에 대비하고 있어야 돼. 의외로 이 친구가 범인일 수도 있어. 키가 몇인지 알아? 192센티미터야. 운전면허증에 그렇게 나와 있어."

내가 시스코를 건너다보았다.

"원래 보면 안 되는 건데 우연히 보게 됐어." 그가 말했다.

"범죄 사실은 말하지 마, 시스코."

"면허증에 있는 정보를 봤단 얘기야, 딴 게 아니라."

"그래, 좋아. 그 정도로 해둬. 그건 그렇고 거기 도착하면 어떡할까? 문을 두드릴까 생각 중인데."

"그래야지. 하지만 조심해야 돼."

"자네 뒤에 서 있을 거야."

"그래, 당신은 정말 진정한 친구야."

"그럼, 그럼. 그리고 내일 자넬 증인으로 부를 수 있으니까 소매와 칼라가 있는 셔츠를 마련해야 할 거야. 법정에 설 수 있는 옷차림을 하라고, 친구. 로나는 이런 양아치 같은 스타일을 어떻게 참고 사나 모르겠단 말이야."

"당신 스타일을 참고 산 기간보다 내 스타일을 참고 산 기간이 더 긴데 어떡하지?"

"그렇네, 정말."

나는 고개를 돌려 창밖을 바라보았다. 내게는 전처가 둘 있었는데 둘 다 나의 절친한 친구이기도 했다. 그러나 거기까지였다. 한때 그들을 가졌지만 계속 갖고 있을 수는 없었다. 그 말은 도대체 내가 어떤 사람이라는 뜻일까? 나는 언젠가 매기와 내 딸과 다시 한집에서 한가족으로 함께 사는 꿈을 꾸며 살았다. 그러나 현실에서는 그런 일이 절대로 일어나지 않을 것 같았다.

"괜찮아, 대표님?"

나는 다시 시스코를 돌아보았다.

"응, 왜?"

"그냥. 왠지 좀 불안해 보여서. 내가 가서 문을 두드려보고 협조하겠다고 하면 전화할게, 그때 들어와."

"아냐, 같이 하자."

"그래, 당신이 대표님이니까."

"응, 내가 대표님이니까."

말은 그렇게 했는데 정작 기분은 패배자가 된 것 같은 느낌이 들었다. 그 순간 나는 모든 것을 바꾸고 나 자신을 구원할 방법을 찾기로 결심했다. 재판이 끝나고 나서 바로.

벨몬트쇼어는 롱비치의 일부이면서도 한적한 해안마을 같은 분위기였다. 드리스콜의 주소를 찾아가니 부두 근처에 연한 파란색과 흰색으로 페인트칠이 되어 있는 50년대식 2층 아파트 건물이 서 있었다.

드리스콜의 집은 2층에 있었고 건물 앞면 외부로 복도가 나 있었다. 24호는 건물 한중간에 있었다. 시스코가 문을 두드리더니 문 옆으로 비켜서서 벽에 몸을 기댔고 나만 문 앞에 남겨두었다.

"지금 장난하는 거야?" 내가 물었다.

시스코가 아무 말 없이 나를 쳐다보았다. 장난이 아니었다.

나는 옆으로 한 걸음 비켜섰다. 기다렸지만 일요일 오전 10시 전인데도 대답이 없었다. 시스코가 나를 쳐다보며 눈을 치켜떴는데 마치 '이제 어쩌지?'라고 묻는 것 같았다.

나는 대답하지 않았다. 난간을 향해 돌아서서 앞쪽 주차장을 내려다보았다. 빈자리가 몇 개 보였는데 숫자가 적혀 있었다. 나는 주차장을 가리켰다.

"24번을 찾아서 차가 있는지 보자."

"당신이 가봐." 시스코가 말했다. "난 여기 위쪽을 살펴볼게."

"뭘?"

내 눈에는 살펴볼 것이 아무것도 보이지 않았다. 우리는 아파트 2층 앞쪽을 연결하는 1.5미터 너비의 복도에 서 있었다. 가구도 없었고 자전거도 없었고 콘크리트만 있을 뿐이었다.

"빨리 주차장이나 확인하러 가."

나는 1층으로 내려갔다. 차 세 대의 앞쪽에서 허리를 굽히고 보도 연석에 페인트로 적힌 숫자를 확인해보니, 주차공간의 번호는 아파트 호수와 일치하지 않는 것을 알 수 있었다. 아파트는 모두 12가구가 모여 살았는데, 1층은 1호부터 6호까지, 2층은 21호부터 26호까지 있었다. 그러나 주차공간은 1번부터 16번까지 번호가 매겨져 있었다. 나는 가구마다 한 자리씩 받았다면 드리스콜은 10번 자리를 받았을 거라고 추측했다. 모두 열여섯 자리였는데 그중 두 자리는 방문객 주차라고 적혀 있고 다른 두 자리는 장애인 주차 표시가 되어 있었기 때문이다.

내가 머릿속에서 이 숫자들을 돌려가며 10번 자리에 서 있는 출시된 지 10년 된 BMW를 보고 있을 때 시스코가 2층 복도에서 내 이름을 불렀다. 내가 쳐다보니까 그가 내게 올라오라고 손짓했다.

위로 올라갔을 때 시스코는 24호의 열린 문 안에 서 있었다. 그가 내게 들어오라고 손짓했다.

"자고 있다가 늦게 나왔더라고."

안으로 들어갔더니 헝클어진 머리의 남자가 가구가 거의 없는 거실의 소파에 앉아 있었다. 머리 오른쪽은 곱슬머리가 떡이 지고 삐죽삐죽 솟아 있기도 했다. 그는 어깨에 담요를 두르고 옹송그리고 있었다. 몰골이 흉하긴 했지만 시스코가 도널드 드리스콜 자신의 페이스북 계정에서 뽑아 온 사진 속의 얼굴과 일치했다.

"거짓말이에요." 드리스콜이 말했다. "내가 안으로 들인 게 아니라고요. 저 사람이 침입한 거지."

"아냐, 자네가 초대했잖아." 시스코가 말했다. "증인도 있어."

시스코가 나를 가리켰다. 눈이 게슴츠레한 남자가 그 손가락을 눈으로 좇아오다가 처음으로 나를 보았다. 그의 눈을 보니 나를 알아본 것이 틀림없었다. 그제야 나는 그가 드리스콜이 맞고 우리가 여기서 뭔가를 얻어낼 수 있을 거라고 직감했다.

"이봐요들, 도대체 왜……."

"자네가 도널드 드리스콜?" 내가 물었다.

"아무 말 안 할 거예요. 남의 집을 그렇게 침……."

"야!" 시스코가 벼락같이 고함을 쳤다.

드리스콜이 자리에서 펄쩍 뛸 정도로 놀랐다. 시스코의 새로운 신문 기술을 예상 못 했던 나도 깜짝 놀랐다.

"묻는 말에나 대답해." 시스코가 좀 더 차분해진 목소리로 말을 이었다. "자네가 도널드 드리스콜이야?"

"그러는 당신들은 누군데?"

"누군지 알잖아." 내가 말했다. "날 딱 보는 순간 누군지 알더구먼. 그리고 우리가 왜 찾아왔는지도 알지, 안 그래?"

나는 스포츠재킷에서 소환장을 꺼내며 거실을 가로질러 걸어갔다. 드리스콜은 키가 컸지만 몸집이 왜소했고 피부가 뱀파이어처럼 창백했다. 해안가에 사는 사람이 저렇게 피부가 희다니 이상할 정도였다. 나는 접은 서류를 그의 무릎에 떨어뜨렸다.

"이게 뭔데요?" 드리스콜이 서류를 펴보지도 않고 바닥으로 던져놓으면서 물었다.

"소환장이야. 바닥으로 던지고 안 읽는 건 자네 마음이야. 중요하지 않

아. 하지만 소환장을 송달받았다는 건 명심해, 도널드. 여기 증인도 있고 지금은 내가 법원 집행관이거든. 내일 아침 9시까지 증언하러 법정에 출두하지 않으면 점심시간 전에 법정모독죄로 유치장에 들어가 있을걸."

드리스콜이 팔을 아래로 뻗어 소환장을 집어 들었다.

"지금 장난하는 거예요? 증인 섰다가 맞아죽으라고."

나는 시스코를 흘끗 쳐다보았다. 분명히 뭔가 큰 걸 건질 것 같았다.

"지금 무슨 얘기를 하는 거야?"

"증언 못 한다는 얘기를 하는 거죠! 법원 근처를 얼씬거리기만 해도 날 죽일 텐데. 어쩌면 지금도 여길 감시하고 있을지 몰라요."

나는 다시 시스코를 쳐다보았다가 눈길을 돌려 소파에 앉은 남자를 쳐다보았다.

"누가 자넬 죽이는데, 도널드?"

"난 말 못 합니다. 누구일 것 같아요?"

드리스콜이 소환장을 내게 던졌고, 소환장은 내 가슴에서 튕겨 나가 펄럭이며 바닥으로 떨어졌다. 그가 소파에서 벌떡 일어서더니 열린 문을 향해 달려나가기 시작했다. 담요가 떨어져서 보니까 그는 트레이닝 반바지에 티셔츠를 입고 있었다. 크게 세 걸음을 내딛기도 전에 시스코가 아웃사이드 라인배커(미식축구에서 상대팀 선수들에게 태클을 걸며 방어하는 수비수─옮긴이)처럼 몸으로 그와 부딪쳤다. 드리스콜이 벽에 부딪히고 튀어나와 바닥에 쓰러졌다. 서프보드를 타는 아가씨 사진을 담은 포스터 액자가 벽에서 미끄러져 그의 옆에 떨어지면서 부서졌다.

시스코가 침착하게 허리를 굽히고 드리스콜의 멱살을 잡아 일으켜 세워 소파로 밀고 가서 앉혔다. 벽에 쾅 하고 부딪히는 소리가 나서 나와 보는 이웃이 있을까 봐 나는 현관으로 가서 문을 닫았다. 그러고는 거실로 돌아왔다.

"여기서 도망 못 가, 도널드." 내가 말했다. "자네가 뭘 알고 있는지 무슨 짓을 했는지 얘기해주면 우리가 도와줄게."

"내가 죽임을 당하도록 도와주는 거겠지, 이 개새끼들아. 아, 이 새끼들 때문에 어깨가 부러졌나 보네."

드리스콜은 투수가 9이닝을 던지기 위해 준비운동을 하듯 팔과 어깨를 돌려서 풀었다. 그가 얼굴을 찌푸렸다.

"어떤데?" 내가 물었다.

"말했잖아, 부러진 것 같다고. 뭔가 늘어지는 기분이야."

"부러지면 움직이지도 못하거든." 시스코가 말했다.

시스코가 정말로 어깨가 부러졌다면 다른 데도 더 다치게 해줄 것처럼 협박 조로 말했다. 나는 차분하고 부드러운 목소리로 말했다.

"뭘 알고 있어, 도널드? 왜 자네가 오파리지오에게 위협이 되고 있는 거야?"

"난 아무 말 안 했어, 그 이름도 내가 말 안 했어. 당신이 했지."

"이걸 알아야 돼, 도널드. 자넨 합법적인 소환장을 전달받았어. 법정에 출두해서 증언을 하거나 아니면 증언을 할 때까지 유치장에 갇혀 있거나 해야 돼. 생각해봐, 도널드. 자네가 ALOFT에 대해 알고 있는 사실과 자네가 한 일에 대해 증언하면, 자넨 보호받을 수 있어. 누구도 자네한테 해코지를 못 해. 해코지하면 누가 했는지 뻔하니까. 자네한텐 그것밖에 방법이 없어."

드리스콜은 고개를 가로저었다.

"그래, 지금 해코지를 하면 누가 했는지 뻔하겠지. 하지만 10년 후라면 어떨까? 당신의 그 웃기지도 않는 재판에 대해서는 사람들이 다 잊어버리고 그자들은 세상의 모든 돈 뒤로 숨을 수 있을 텐데, 그때 해코지를 하면?"

그 물음에는 해줄 대답이 없었다.

"이봐, 내가 변호하고 있는 의뢰인은 인생이 송두리째 뽑힐 위기에 처했어. 어린 아들까지 있는데, 저들이 그녀에게서 모든 것을 빼앗아가려고 해. 난 이대로……."

"개소리 집어치워. 그 여자가 죽였을 거야. 우린 서로 입장이 달라. 난 그 여자를 도와줄 수가 없어. 증거도 없고. 아무것도 없다고. 그러니까 제발 나 좀 그냥 내버려둬, 응? 내 인생은 어떡해? 나도 살고 싶다고."

나는 슬픈 표정으로 그를 쳐다보며 고개를 가로저었다.

"그렇게는 못 해줘. 내일 자넬 증언대에 세울 거야. 자넨 질문에 대답을 거부할 수 있어. 자네가 범죄를 저질렀다면 묵비권을 행사할 수도 있고. 하지만 법정에는 꼭 와야 돼. 그자들도 와 있겠지. 그자들은 자네가 계속 문제가 되고 있다는 걸 알게 될 거고. 자네가 살 길은 알고 있는 걸 다 말하는 거야, 도널드. 전부 다 까발리고 보호를 받으라고. 5년이든, 10년이든, 기록이 항상 남아 있을 것이기 때문에 그자들이 자네한테 함부로 못 할 거야."

드리스콜은 커피 탁자에 놓인, 동전이 수북이 쌓인 재떨이를 물끄러미 바라보면서 골똘히 생각하고 있었다.

"변호사를 구해야겠군." 그가 말했다.

나는 시스코를 흘끗 쳐다보았다. 내가 정말 듣고 싶지 않았던 말이었다. 변호사를 선임한 증인은 좋았던 적이 없었다.

"그래, 좋아, 변호사가 있으면 데려와. 하지만 변호사가 이 재판의 진행 과정을 막아 세우지는 못할걸. 그 소환장은 어떤 공격에도 끄떡없어, 도널드. 변호사는 소환장을 없애주겠다면서 1천 달러를 요구하겠지만, 그렇게는 못 할걸. 재판하기도 빠듯한데 시간 뺏었다고 판사를 열 받게만 할 뿐이지."

주머니 속에서 휴대전화가 진동하기 시작했다. 일요일 아침 이른 시각에 전화가 걸려오다니 흔치 않은 일이었다. 나는 전화기를 꺼내 화면을 보았다. 매기 맥퍼슨.

"내가 한 말 잘 생각해봐, 도널드. 잠깐 전화 좀 받고."

나는 부엌으로 들어가며 전화를 받았다.

"매기? 무슨 일 있어?"

"아니, 없어. 왜?"

"아니, 그냥. 일요일 아침 일찍 전화를 했기에. 헤일리는 아직 자?"

일요일은 항상 우리 딸이 부족한 잠을 보충하는 날이었다. 깨우지 않으면 12시가 넘어도 일어나지 않았다.

"그럼, 자고 있지. 어제 전화가 안 와서 오늘 예정대로 영화를 보는 건가 싶어서 전화해봤어."

"어······."

그제야 금요일 오후, 매기의 사무실에 들렀을 때 영화 보러 가자고 약속했던 일이 희미하게 기억났다.

"바쁘구나."

매기가 남을 판단하는, '넌 거짓말쟁이야'라고 말하는 듯한 어조로 말했다.

"지금은 좀 바빠. 롱비치에 내려와서 증인을 만나고 있거든."

"그래서 영화 못 본다는 거야? 헤일리한테 그렇게 말할까?"

거실에서 시스코와 드리스콜의 목소리가 들렸지만 정신이 너무 분산되어 있어서 무슨 말인지 알아들을 수가 없었다.

"아냐, 매기, 아직 말하지 마. 여기 일이 언제 끝날지는 잘 모르겠어. 끝나면 전화할게. 헤일리가 일어나기도 전에 전화할 거야. 괜찮지?"

"응. 기다릴게."

내가 대답하기 전에 매기가 먼저 전화를 끊었다. 나는 전화기를 집어 넣고 주위를 둘러보았다. 부엌은 이 집에서 거의 쓰지 않는 공간인 것 같았다.

거실로 돌아갔다. 드리스콜은 아직도 소파에 앉아 있었고, 시스코는 도주 시도를 막기 위해 아직도 가까이에 서 있었다.

"도널드가 증언이 너무나 하고 싶대." 시스코가 말했다.

"정말이야? 왜 갑자기 마음을 바꿨어, 도널드?"

나는 시스코 옆을 지나가 드리스콜 앞에 섰다. 드리스콜이 나를 올려다보며 어깨를 으쓱거리더니 고갯짓으로 시스코를 가리켰다.

"당신이 증인을 잃은 적이 한 번도 없다더라고. 그리고 혹시 문제가 생기면 그자들을 가뿐하게 처리해줄 수 있는 동생들이 있다고 하고. 그 얘길 들으니까 믿음이 가서."

나는 고개를 끄덕였고 세인츠 클럽하우스의 밀실이 잠깐 떠올랐지만 재빨리 기억을 떨쳐버렸다.

"그래, 이 친구 말이 맞아." 내가 말했다. "그래서 협조하고 싶다는 거지?"

"응, 내가 알고 있는 걸 모두 말해줄게."

"좋아. 그럼 지금 당장 시작할까?"

45 신출내기 변호사

재판 초기에 안드레아 프리먼 검사는 내 동료 제니퍼 애런슨이 변호인 측 증인 명단에도 이름이 올라가 있다는 이유를 들어 이의를 제기함으로써 차석변호인 지위를 박탈했었다. 월요일 아침, 애런슨이 증언할 때가 되자, 검사는 그 증언이 피고인의 혐의와는 아무런 관련이 없다고 주장하면서 증언을 막으려고 했다. 나는 검사의 첫 시도에는 맥없이 당했지만, 두 번째 시도에는 법의 여신이 내 편인 것을 느꼈다. 또한 판사는 재판 중에 중요한 두 번의 결정에 있어서 검사 편을 든 것에 대해 내게 채무의식을 갖고 있었다.

"존경하는 재판장님." 내가 말했다. "검사가 이런 일로 또 이의를 제기하다니 저로서는 도저히 이해할 수가 없습니다. 검찰은 배심원단 앞에서 피고인이 이 범죄를 저질렀다고 주장하며 그 동기를 제시했습니다. 피해자가 피고인의 집을 압류해 빼앗아가려고 하는 것에 피고인이 격분하여 피해자를 살해했다. 이것이 검찰 측 주장의 핵심입니다. 그래놓고 이제 와서 자기들이 이 범죄의 동기라고 주장하는 압류에 관한 상세한 사실이 혐의와 무관하다며 증인을 막아 세우는 것은 좋게 말하면 허울 좋은 핑계고 심하게 말하면 순전히 위선적인 행동이라고 할 수 있겠습니다."

판사는 지체 없이 곧바로 판결했다.

"증인에 대한 이의 제기를 기각합니다. 배심원단 입장시키세요."

배심원단이 법정에 들어와 착석하고 애런슨이 증인석에 앉자 나는 직접신문을 시작했다. 우선 애런슨이 리사 트래멀의 자택 압류에 관한 변호인 측 전문가가 된 경위부터 물었다.

"증인, 증인은 트래멀의 자산압류 건에 관해 법원에 등재된 대리인이 아니었습니다. 그렇죠?"

"네, 저는 지금 말씀하시는 변호사님에게 고용된 신참 변호사였습니다."

내가 고개를 끄덕였다.

"모든 변호인 문건에는 내 이름이 올라가 있었지만 실제 조사와 서류작성 업무는 전부 증인이 했습니다, 그렇죠?"

"네, 그렇습니다. 주택 압류 관련 문건은 거의 전부 다 제가 작성했습니다. 그 사건에 밀접하게 관련되어 있었죠."

"신출내기 변호사의 삶이란 게 다 그렇지 않을까요?"

"네, 그렇다고 생각합니다."

우리는 서로를 보면서 싱긋 웃었다. 거기서부터 나는 애런슨이 압류 절차에 대해 차근차근 단계적으로 설명하게 이끌었다. 그녀에게 너무 수준을 낮춰 쉽게 쉽게 설명할 필요는 없지만 누구나 알아들을 수 있도록 설명해야 한다고 미리 일러두었다. 배심원단에는 주식 중개인부터 사커맘(자녀를 스포츠, 음악 교습 등의 활동에 데리고 다니느라 여념이 없는 전형적인 중산층 엄마를 가리킴 – 옮긴이)에 이르기까지 열두 개의 다양한 마음이, 다양한 삶의 경험이 공존한다고 말했다. 그들 모두에게 똑같은 이야기를 해야 하는 거야. 게다가 기회는 단 한 번뿐이고. 그게 문제지. 열두 개의 마음을 단 한 번의 이야기로 사로잡아야 하니까. 한 명 한 명에게 설득력 있는 이야기여야 한다는 거지.

내 의뢰인이 직면하고 있었던 경제적, 법적 문제들을 다 소개하고 나서 나는 웨스트랜드와 그 추심업체인 ALOFT가 일을 어떤 식으로 처리했는 가 하는 문제로 옮겨갔다.

"증인이 이 문제에 관한 파일을 받고 나서 먼저 무엇을 했습니까?"

"변호사님이 항상 모든 날짜와 세부사항들부터 확인하는 습관을 들이 라고 하셔서 그렇게 했습니다. 모든 사건마다 청구인이 실제로 그런 청구 를 할 만한 지위에 있는지 확인하라고 하셨고요. 그건 또 자산압류를 주 장하는 기관이 실제로 그런 주장을 할 만한 지위에 있는지를 확인할 필요 가 있다는 뜻이기도 했지요."

"하지만 트래멀 부부는 경제적 어려움으로 상황이 달라지기 전까지 거 의 4년간 웨스트랜드에 담보대출 이자와 원금을 갚아왔으니까 그런 청구 를 할 만한 지위에 있는 건 분명하지 않았을까요?"

"반드시 그런 것은 아닙니다. 우리가 알아낸 바로는 담보대출 사업이 지난 10년 동안 폭발적인 성장세를 보였거든요. 너무나 많은 담보대출이 이루어지고 재조정되고 재판매되어서 양도증거가 완성되지 않은 경우도 많았습니다. 이 경우에는 트래멀 부부가 담보대출금을 누구에게 갚았는 가가 중요하지 않았습니다. 중요한 것은 어떤 기관이 합법적으로 그 담보 물을 갖고 있는가 하는 거였죠."

"좋습니다. 그래서 증인은 트래멀의 주택 압류 소송 관련 서류의 날짜 들과 세부 사실들을 확인하면서 무엇을 발견했습니까?"

프리먼은 관련성을 이유로 다시 한 번 이의를 제기했지만 이번에도 기 각당했다. 내가 애런슨에게 그 질문을 다시 할 필요도 없었다.

"날짜와 세부 사실 들을 확인했을 때 모순되는 부분들과 사기의 흔적들 을 다수 발견했습니다."

"그 사기의 흔적들이라는 것에 대해서 자세히 설명해주시겠어요?"

"네. 양도서류를 위조해서 웨스트랜드에 자산압류를 추진할 가짜 지위를 부여했다는 반박할 수 없는 증거가 있었습니다."

"그 서류들을 갖고 계십니까, 증인?"

"네, 갖고 있고요, 파워포인트로 보여드리면서 설명하겠습니다."

"네, 그렇게 해주세요."

애런슨이 증인석 앞 선반에 놓인 노트북을 펼쳐 파워포인트 프로그램을 시작했다. 문제의 문서가 프로젝터 스크린에 나타나자 나는 애런슨에게 추가 설명을 요구했다.

"지금 우리가 보고 있는 것이 무엇입니까, 증인?"

"6년 전 리사와 제프 트래멀 부부는 자기 집을 사면서 시티프로 주택담보대출이라는 중개업소를 통해 담보대출을 받았습니다. 그때 시티프로는 그들의 담보물을 비슷한 가치가 있는 담보물 59건과 합해 하나의 포트폴리오를 만들었죠. 이 60건의 담보대출 건을 웨스트랜드가 샀습니다. 그래서 각 자산에 대한 담보대출이 합법적인 서류작업을 거쳐 은행으로 적절히 넘어왔는지 확인할 의무가 웨스트랜드에 있었습니다. 그러나 그렇게 하지 않았더라고요. 트래멀의 자택에 관한 담보물 지정이 이루어지지 않은 거죠."

"그걸 어떻게 알죠? 여기 우리 앞에 있는 것이 양도증서 아닙니까?"

나는 독서대 뒤에서 걸어 나와 프로젝터 스크린을 손짓으로 가리켰다.

"이 서류는 담보물 지정에 관한 문서라고 주장하지만 마지막 페이지를 보시면……."

애런슨은 화살표 버튼을 눌러 문서를 맨 끝 페이지로 넘겼다. 서명이 있는 페이지였고, 은행 직원과 공증인의 서명과 공증인의 주 정부 면허 도장이 있었다.

"여기서 두 가지 사실에 주목할 필요가 있습니다." 애런슨이 말했다. "공증서류에 따르면 이 문서는 알려진 대로 2007년 3월 6일에 작성되고 서명되었음을 알 수 있습니다. 웨스트랜드가 시티프로에서 그 담보물 포트폴리오를 사고 얼마 되지 않아서죠. 여기에 서명한 은행 쪽 대표는 미첼 페나라는 사람입니다. 지금까지 미첼 페나라는 사람을 찾아 백방으로 수소문했지만 실패했습니다. 웨스트랜드 내셔널의 직원이었거나 현재 직원이면서 어떤 자격으로라도 어느 지점에서 근무하고 있지 않을까 싶어 찾아봤는데 못 찾았습니다. 두 번째 문제는 공증인 도장을 보면 유효기간이 2014년으로 명확히 지정되어 있다는 점입니다."

애런슨은 미리 연습했던 대로 거기서 말을 멈췄다. 마치 공증 도장과 관련된 사기가 모두에게 분명한 것처럼. 나는 그녀가 더 말하기를 기다리듯 오랫동안 잠자코 있었다.

"좋습니다. 근데 유효기간이 2014년인 게 뭐가 문제죠?"

"캘리포니아 주에서는 공증인 면허를 5년 단위로 갱신하게 되어 있습니다. 이 말은 이 공증인의 면허 도장은 2009년에 발행되었다는 뜻인데, 이 서류의 공증일은 2007년 3월 6일이거든요. 이 공증인 도장은 2007년에는 발행되지 않았는데 말이죠. 그렇다면 이 문서는 트래멀의 자산에 관한 담보대출계약서를 웨스트랜드 내셔널에 거짓으로 전달하기 위해서 위조되었다는 뜻일 겁니다."

나는 메모를 확인하고 애런슨의 증언이 배심원들의 귓가에 좀 더 오래 맴돌게 하기 위해 독서대로 돌아갔다. 가면서 배심원석을 슬쩍 훔쳐봤더니 몇 명이 아직도 스크린을 올려다보고 있었다. 좋은 징조였다.

"그래서 이 사기 행각을 발견했을 때 어떤 생각이 들었습니까?"

"트래멀의 자산에 관한 웨스트랜드의 압류 권한에 이의를 제기해볼 수 있겠다는 생각이 들었습니다. 웨스트랜드는 합법적인 담보 권리자가 아니었으니까요. 담보권은 여전히 시티프로가 갖고 있었으니까요."

"이 사실을 리사 트래멀에게 알렸습니까?"

"작년 12월 17일, 의뢰인과 변호사님과 제가 모여 회의를 했습니다. 그때 압류 절차상에서 사기 행각이 있었다는 명백하고 설득력 있는 증거를 확보했다고 의뢰인에게 알렸습니다. 그리고 그 증거를 지렛대로 이용하여 의뢰인의 상황에 맞는 긍정적인 결과를 이끌어내도록 협상할 수 있을 거라고도 말해주었고요."

"그랬더니 의뢰인의 반응은 어땠나요?"

프리먼은 이의를 제기하면서 내가 소문에 근거한 답을 요구하는 질문을 하고 있다고 주장했다. 나는 살인 사건이 발생한 당시 피고인의 마음 상태를 가늠해보는 질문이라고 대응했다. 판사는 내 말에 동의했고 애런슨은 대답할 수 있게 되었다.

"의뢰인은 대단히 기뻐했고 꿈에 부풀어 있었습니다. 자기가 금방 집을 잃지는 않을 거라는 걸 알게 된 것이 크리스마스 선물을 좀 일찍 받은 기분이라고 했습니다."

"감사합니다. 그건 그렇고 웨스트랜드 내셔널에 보내는 편지를 나 대신 작성한 적이 있죠? 나중에 서명만 내가 해서 보냈고요?"

"네, 사기 행각에 대해 알아낸 것들을 요약하는 편지를 써서 미첼 본듀란트에게 보냈습니다."

"그럼 그 편지의 목적은 뭐였죠?"

"그 편지는 우리가 리사 트래멀에게 말했던 협상의 일환으로 보낸 거였어요. 본듀란트 씨에게 ALOFT가 웨스트랜드 은행의 이름으로 무슨 짓을 하고 있는지 알리기 위해서였죠. 은행이 이런 사기 행각에 말려드는 것을 본듀란트 씨가 걱정한다면 우린 의뢰인에게 유익한 협상을 수월하게 이끌어낼 수 있을 거라고 생각했습니다."

"그 편지를 작성하고 내가 서명해서 보냈을 때, 증인은 본듀란트 씨가 그 편지를 ALOFT의 루이스 오파리지오에게 전달할 거라는 걸 알고 있었습니까? 혹은 그런 의도로 보낸 겁니까?"

"아뇨, 전혀 몰랐고 그런 의도도 없었습니다."

"감사합니다, 증인. 더 이상 질문 없습니다."

판사가 오전 휴식을 선언하자 리사와 허브 달은 복도에서 다리 좀 펴겠다고 나갔고 애런슨이 변호인석에 와서 앉았다.

"드디어 여기 앉게 되겠네요." 애런슨이 말했다.

"걱정하지 마. 오늘만 지나면 거기 앉을 거니까. 오늘 진짜 잘했어, 불락스. 근데 이제 어려운 부분이 남았어."

내가 프리먼 검사를 건너다보았다. 그녀는 휴식시간에도 검사석에 앉아 반대신문 계획을 마무리하고 있었다.

"잊지 마, 시간을 충분히 가질 권리가 있다는 거. 검사가 어려운 질문을 하면, 숨을 한 번 들이쉬고 마음을 가다듬은 뒤에 마치 대답을 알고 있는 것처럼 대답하면 돼."

애런슨이 그 말 진담이냐고 물어보는 것 같은 표정으로 나를 쳐다보았다. **진실을 말하라고요?**

나는 고개를 끄덕였다.

"자넨 잘할 거야."

휴식시간이 끝난 후, 프리먼이 독서대로 가서 메모와 미리 적어놓은 질문지가 든 서류철을 펼쳤다. 대체로 보여주기 위한 동작이었다. 자기가 할 수 있는 일을 하는 거였지만, 아무리 신참이라고 해도 변호사를 반대신문 하는 일은 언제나 힘겨운 일이었다. 프리먼은 거의 한 시간 가까이 애런슨이 직접 진술한 내용을 갖고 애런슨을 흔들어보려고 애썼지만 헛수고였다.

결국에는 프리먼이 다른 방향으로 가면서 기회 있을 때마다 빈정거렸다. 그녀가 좌절감을 느끼고 있다는 분명한 신호였다.

"그래서 크리스마스 전에 의뢰인과 가졌던 그 행복하고 유익한 만남 이후로, 의뢰인을 다시 본 것이 언제였죠?"

애런슨은 한참 동안 기억을 더듬다가 대답했다.

"의뢰인이 체포된 이후였을 겁니다."

"전화 통화는요? 의뢰인과의 회의 이후로, 통화는 언제 했습니까?"

"의뢰인이 할러 변호사님과는 분명히 여러 번 통화했겠지만, 체포된 이후까지도 저하고는 통화한 적이 없습니다."

"그렇다면 회의가 끝나고 살인 사건이 발생할 때까지의 기간 동안, 의뢰인이 어떤 마음 상태였는지는 모르시겠네요?"

내 젊은 동료는 내가 사전에 지시했던 대로 한참 뜸을 들였다가 대답했다.

"압류 관련 소송의 진행 상황에 대해 의뢰인의 견해에 변화가 있었다면 그녀에게 직접, 혹은 할러 변호사를 통해서 들었을 거라고 생각합니다. 그런데 그런 얘긴 못 들었습니다."

"죄송하지만 증인의 생각을 물은 것이 아닌데요. 증인이 직접 알고 있는 것이 무엇인지 물었죠. 증인은 배심원단 앞에서 작년 12월에 있었던 의뢰인과의 만남을 근거로, 한 달이 지난 후 의뢰인의 심리상태가 어땠는지를 알고 있다고 말씀하시는 겁니까?"

"아뇨, 그렇지 않습니다."

"그러니까 거기 그렇게 앉아서 살인 사건이 발생한 날 아침 리사 트래멀의 심리상태가 어떠했다고 말할 수는 없는 것이죠, 아닙니까?"

"우리 회의에서 알게 된 내용만을 말씀드릴 수 있습니다."

"그럼 그날 아침 미첼 본듀란트를, 자기 집을 빼앗으려고 애쓰는 남자를 커피숍에서 봤을 때 피고인에게 어떤 생각이 들었는지 말씀해주실 수 있습니까, 증인?"

"아뇨, 못 하죠."

프리먼은 메모를 내려다보며 망설이는 것처럼 보였다. 나는 이유를 알 것 같았다. 힘든 결정을 내려야 할 상황이었다. 그녀는 지금까지 배심원들에게 확실히 점수를 땄다는 것을 알고 있었다. 이젠 질문을 계속해서 점수를 좀 더 긁어모을 것인지 아니면 딱 좋을 때 끝낼 것인지 결정해야 했다.

결국 그녀는 이 정도로 끝내기로 하고 서류철을 덮었다.

"더 이상 질문 없습니다, 재판장님."

시스코가 다음 증인으로 나설 예정이었으나 판사가 이른 점심을 위해 휴정했다. 나는 내 팀을 이끌고 스튜디오시티에 있는 제리스 델리로 갔다. 로나가 식당 뒤 볼링장으로 이어지는 문 옆에 있는 칸막이 테이블에 자리를 잡고 기다리고 있었다. 나는 제니퍼 옆에 앉았고 우리 맞은편에 로나와 시스코가 앉았다.

"그래, 오전 공판은 어땠어?" 로나가 물었다.

"좋았어, 내 생각엔." 내가 대답했다. "반대신문 때 프리먼이 몇 점 따긴 했지만 전반적으로 우리가 앞선 것 같아. 제니퍼가 진짜 잘해줬어."

다른 사람들이 눈치챘는지는 모르겠지만 나는 이제 제니퍼를 불락스라고 부르지 않기로 결심했다. 내가 볼 때 그녀는 증인석에서 보여준 능력으로 그 별명에서 벗어날 수 있었다. 이제 그녀는 백화점 학교 출신의 애송이 변호사가 아니었다. 법정 안팎에서 보여준 업무 능력 덕분에 존중받는 동료로 급부상한 것이다.

"그리고 이젠 큰 테이블에 앉게 될 거야!" 내가 덧붙였다.

로나가 환호성을 지르며 손뼉을 쳤다.

"이젠 시스코 선배님 차례예요." 애런슨이 말했다. 자신에게 집중된 이목이 불편한 모양이었다.

"아닐 수도 있어." 내가 말했다. "다음에는 드리스콜을 부를까 생각 중이야."

"왜요?" 애런슨이 물었다.

"왜냐하면 오늘 아침에 판사실에서 판사와 검사에게 그의 존재를 알렸고, 그를 변호인 측 증인 명단에 추가하겠다고 말했거든. 프리먼이 반대했지만 페이스북 이야기를 꺼낸 게 바로 검사였기 때문에 판사는 드리스콜을 부르는 게 공평하다고 했어. 그래서 생각해보니까 내가 드리스콜을 빨리 부를수록 프리먼이 준비할 시간이 줄어들 것 같아. 내가 계획대로 시스코를 증인석에 앉히면, 프리먼은 오후 내내 그를 물고 늘어지고, 한편으로는 수사관들이 열심히 드리스콜을 찾아다니겠지."

내 논리에 고개를 끄덕이는 사람은 로나밖에 없었다. 하지만 그것으로 만족했다.

"빌어먹을, 쫙 빼입고 왔는데." 시스코가 투덜거렸다.

사실이었다. 내 수사관은 칼라가 있는 긴소매 셔츠를 입고 있었는데 팔에 조금만 힘을 주어도 솔기가 터져나갈 것 같았다. 전에도 본 적이 있는 옷이었다. 증인으로 법원에 출두할 때만 입는 셔츠였다.

나는 그의 불평을 못 들은 척했다.

"드리스콜 얘기가 나와서 말인데, 지금 뭐 해, 그 친구?"

"동생들이 오늘 아침에 놈을 태우고 클럽에 데려다 놨어. 마지막으로 들은 바로는 클럽에서 당구를 치고 있었어."

나는 수사관을 노려보았다.

"술을 주고 있는 건 아니겠지?"

"물론 아니지."

510

"나한테 꼭 필요한 게 그거야, 증인석에 앉은 술 취한 증인."

"걱정하지 마. 다 말해놨어. 술은 안 된다고."

"동생들한테 전화해. 드리스콜을 1시까지 법정으로 데려다 달라고 해. 다음 증인이니까."

전화 통화를 하기에는 식당 안이 너무 시끄러웠다. 시스코는 칸막이 자리에서 나가 휴대전화를 꺼내면서 문을 향해 걸어갔다. 우리는 그가 가는 것을 지켜보았다.

"저기, 선배님 저렇게 진짜 셔츠를 입으니까 멋져 보이는데요." 애런슨이 말했다.

"진짜?" 로나가 대꾸했다. "난 소매 있는 거 싫은데."

46 함정

    나는 머리를 빗고 정장을 입은 도널드 드리스콜을 못 알아볼 뻔했다. 시스코가 그를 법정 복도 끝에 있는 증인 대기실에 데려다 놓았다. 내가 대기실로 들어서자 드리스콜이 테이블에서 고개를 들고 잔뜩 겁먹은 눈으로 나를 올려다보았다.

    "세인츠 클럽은 어땠어?" 내가 물었다.

    "거기 말고 딴 데 있었으면 더 좋았을 뻔했어." 그가 말했다.

    나는 동정하는 척 고개를 끄덕였다.

    "준비됐어?"

    "아니, 근데 오긴 왔잖아."

    "좋아. 몇 분 후에 시스코가 들어와서 자넬 법정으로 데려다줄 거야."

    "그러든가 말든가."

    "이봐, 지금은 잘 모르겠지만, 지금 자넨 옳은 일을 하고 있는 거야."

    "지금은 잘 모르겠다는 부분만 인정."

    나는 더 할 말이 떠오르지 않았다.

    "좋아. 이따가 법정에서 보자고."

나는 방을 나가 드리스콜을 길들였던 두 동생과 함께 복도에 서 있는 시스코에게 손짓했다. 복도 끝에 있는 법정을 가리켜 보이자 시스코가 고개를 끄덕였다. 복도를 걸어가 법정으로 들어가 보니 제니퍼 애런슨과 리사 트래멀이 변호인석에 자리 잡고 앉아 있었다. 나도 그 옆에 앉았고 내가 입을 열기도 전에 판사가 법정으로 들어와 착석했다. 판사가 배심원을 불러들였고 곧 공판이 시작되었다. 나는 도널드 드리스콜을 증인으로 불렀다. 드리스콜이 증인선서를 마친 뒤 바로 본론으로 들어갔다.

"증인, 직업이 무엇입니까?"

"IT 쪽에 있어요."

"IT가 뭐죠?"

"정보기술이요. 컴퓨터를 가지고 인터넷으로 일한단 뜻이죠. 새로운 기술을 이용해 의뢰인이나 고용주나 나를 돈 주고 쓰는 사람을 위해서 정보를 수집하는 최선의 방법을 찾아주는 것이 제 일입니다."

"예전에는 ALOFT에서 일했고요, 그렇죠?"

"네. 올해 초까지 10개월간 거기서 일했죠."

"IT 쪽에서요?"

"네."

"ALOFT의 IT 쪽에서 정확히 무슨 일을 했어요?"

"몇 가지 임무를 맡았습니다. 주로 컴퓨터에 의존하는 일이었죠. 직원들이 많아서 인터넷을 통해 정보에 접근하고자 하는 수요가 컸거든요."

"그럼 증인이 직원들의 정보 접근을 도와주었단 말이군요."

"네."

"그럼 증인은 피고인 리사 트래멀을 아십니까?"

"만난 적은 없지만 이야기는 들어서 알고 있어요."

"이 사건 때문에 알게 되신 건가요?"

"네, 하지만 그전에도 알고 있었고요."

"아, 그전에도. 어떻게요?"

"ALOFT에서 제가 맡은 임무 중 하나가 리사 트래멀을 감시하는 거였거든요."

"왜죠?"

"이유야 저도 모르죠. 그렇게 하라는 지시를 받아서 그렇게 했을 뿐입니다."

"누가 그러던가요, 리사 트래멀을 감시하라고?"

"제 상관이었던 보든 씨요."

"그가 다른 사람도 감시하라고 지시했습니까?"

"네, 여러 명 있었어요."

"여러 명이라면 몇 명 정도를 말하는 거죠?"

"대략 10명 정도."

"어떤 사람들이었나요?"

"트래멀처럼 담보대출과 관련해서 시위하는 사람들이요. 그리고 우리와 거래했던 몇 군데 은행의 직원들하고요."

"이를테면?"

"피살자요, 본듀란트 씨."

나는 한동안 메모를 확인하면서 그 말이 배심원들의 머릿속에 깊이 새겨질 시간을 주었다.

"그리고 감시했다는 것은 어떤 뜻이었죠?"

"이 사람들에 관해서 인터넷에서 찾을 수 있는 정보는 모두 찾아야 한다는 뜻이요."

"보든 씨가 증인에게 왜 이런 일을 맡겼는지 이유를 말해주던가요?"

"한 번 물어봤는데 오파리지오 씨가 그 정보를 원하기 때문이라고 했습니다."

"ALOFT의 창립자이자 대표인 루이스 오파리지오 씨요?"

"네."

"그럼 리사 트래멀에 관해 보든 씨로부터 구체적인 지시가 있었습니까?"

"아뇨, '찾을 수 있는 거 있으면 찾아서 갖고 와봐, 좀 보게' 하는 식이었습니다."

"언제 이 임무를 맡았죠?"

"작년이요. 4월에 ALOFT에 입사했고 3~4개월 후부터 맡았으니까요."

"7월이나 8월쯤부터겠네요?"

"네, 그쯤 됐을 겁니다."

"증인이 입수한 정보를 보든 씨에게 보고했습니까?"

"네, 보고했죠, 물론."

"증인은 리사 트래멀이 페이스북을 한다는 사실을 알게 되었죠?"

"네, 그건 정말 쉽게 찾을 수 있는 정보여서요."

"증인은 페이스북에서 리사 트래멀과 친구가 되었습니까?"

"네."

"그럼 증인은 리사 트래멀이 FLAG라는 단체에 대해서 그리고 자기 집의 압류 상황에 대해서 올린 게시글들을 열람할 수 있었겠네요, 그렇죠?"

"네, 그렇습니다."

"이 사실을 상관에게 알렸습니까?"

"네, 그녀가 페이스북 계정을 갖고 있고 매우 적극적으로 활동한다고, 그녀의 FLAG 활동과 계획을 감시하기에 좋을 것 같다고 보고했습니다."

"그랬더니 상관이 뭐라던가요?"

"페이스북을 감시하고 그 결과를 요약해서 일주일에 한 번씩 이메일로 보내라고 하더라고요. 그래서 그렇게 했고요."

"그리고 리사 트래멀에게 친구 신청을 보낼 때 증인은 자신의 본명을 사용했습니까?"

"네, 난 이미 페이스북 계정을 갖고 있었거든요, 내 이름으로. 그래서 숨기지 않았어요. 그리고 리사 트래멀은 내가 누군지 모를 거라고 생각했고요."

"보든 씨에게 어떤 사실을 보고했습니까?"

"리사 트래멀의 단체가 어딘가에서 시위를 계획하면 그분들에게 그 날짜와 시간, 장소를 보고하곤 했어요."

"방금 '그분들'이라고 했는데, 이런 보고를 보든 씨 말고 다른 사람에게도 했나요?"

"아뇨, 하지만 보든 씨가 내가 보고한 것들을 오파리지오 대표님한테 전달하고 있다는 건 알고 있었습니다. 가끔 오파리지오 대표님이 내가 보든 씨에게 보낸 보고서 내용과 관련하여 내게 이메일을 보내곤 했거든요. 그래서 대표님도 보고서를 본다는 걸 알았죠."

"그럼 증인, 증인은 보든과 오파리지오를 위해 염탐활동을 하면서 불법적인 일을 했습니까?"

"아뇨."

"그럼 증인이 매주 리사 트래멀의 활동에 관해 요약한 보고서 중에 그녀가 웨스트랜드 내셔널 주차장에 가서 미첼 본듀란트를 기다리고 있다고 올린 게시글 내용을 포함한 보고서도 있었나요?"

"네, 있었습니다. 웨스트랜드는 ALOFT의 최대 고객이기 때문에 이 여자가 자기를 거기서 기다렸다는 사실을 본듀란트 씨가 그 당시엔 몰랐더라도 알고 있어야 한다고 생각했거든요."

"그래서 증인은 리사 트래멀이 본듀란트의 주차장을 어떻게 찾아냈고 어떻게 기다렸는지를 보든 씨에게 자세히 보고했군요?"

"네."

"고맙다고 하든가요?"

"네."

"그 내용이 모두 이메일에 들어 있습니까?"

"네."

"증인은 보든 씨에게 보낸 이메일 사본을 보관하고 있었습니까?"

"네, 그랬습니다."

"왜 따로 보관했죠?"

"사본을 보관하는 습관이 있어서요. 특히 중요한 사람들과 거래할 땐 더 신경 써서 보관하죠."

"혹시 오늘 그 이메일 사본을 가지고 오셨습니까?"

"네."

프리먼 검사가 이의를 제기하면서 재판부 협의를 요청했다. 판사석 앞에서 프리먼은 예전 이메일의 사본이라고 주장하는 것을 정당한 증거물로 받아들일 수 없다고 주장했고 판사는 그 주장에 동의했다. 판사는 그 사본을 제시하는 것을 금지했고 내게는 드리스콜의 회상에만 의존하라고 말했다.

독서대로 돌아간 나는 트래멀이 이전에 웨스트랜드 내셔널의 주차장에 갔었다는 사실을 보든이 알고 있었고, 그가 오파리지오에게 이 정보를 전달했다는 사실을 배심원들에게 분명히 각인시켰다고 결론 내렸다. 함정의 요소들이 곳곳에서 보였다. 검찰은 배심원들에게 리사가 처음 주차장에 간 것은 나중에 살인을 저지르기 위한 총연습이었다고 주장할 것이다. 나는 트래멀을 함정에 빠뜨린 사람이 누구든 페이스북 덕분에 알 필요가 있던 정보를 모두 알고 있었다는 사실을 배심원들이 믿게 할 작정이었다.

나는 질문을 계속했다.

"증인, 증인은 미첼 본듀란트에 대해 정보를 수집하라는 요청을 받았다고 했습니다. 그렇죠?"

"네."

"그에 대해서 어떤 정보를 수집했죠?"

"주로 그가 보유하고 있는 개인 부동산에 대해서요. 어떤 자산을 소유하고 있고 언제 매입했으며 매매가는 얼마였고 담보권은 누가 갖고 있나 하는 것들이요."

"그러니까 보든 씨에게 개인 자산에 관한 정보를 제공했군요."

"그렇습니다."

"조사하다가 혹시 본듀란트 씨의 자산에 대한 유치권(다른 사람의 물건이나 유가 증권을 담보로 하여 빌려준 돈을 받을 때까지 그 물건이나 유가 증권을 맡아둘 수 있는 권리 – 옮긴이) 같은 것들도 발견했나요?"

"네, 여러 개 있던데요. 사방에서 돈을 끌어다 썼더라고요."

"그리고 그 모든 정보가 보든 씨에게 보고되었고요?"

"네, 그렇습니다."

나는 본듀란트에 관한 질문은 그 정도로 해두기로 했다. 배심원들이 드리스콜의 증언의 요점에서 너무 많이 벗어나기를 원치 않았다. ALOFT가 리사를 감시하고 있었고 그녀에게 살인누명을 씌우기에 필요한 모든 정보를 확보하고 있었다는 사실을 배심원들이 꼭 기억해주기를 바랐다. 드리스콜이 증언을 잘 해주었는데 마지막으로 한 방 탕 터뜨리고 신문을 마무리하고 싶었다.

"증인, 증인은 ALOFT에서 언제 퇴사했죠?"

"2월 1일에요."

"본인이 원해서였나요, 아니면 해고됐습니까?"

"그만두겠다고 했더니 해고하더라고요."

"왜 그만두고 싶으셨죠?"

"본듀란트 씨가 주차장에서 살해됐는데 체포된 리사 트래멀이 그랬는지 아니면 다른 어떤 일이 벌어지고 있는 건지 알 수가 없어서요. 사건 발생 다음 날, 이미 사건이 뉴스에 나오고 회사 사람들 모두가 알게 된 후였는데요, 엘리베이터에서 오파리지오 씨를 만났습니다. 올라가고 있었는데 내가 내려야 할 층에 이르러서 다들 내리는데도 오파리지오 씨가 내 팔을 잡고 못 내리게 하더라고요. 우리 둘이 그의 사무실이 있는 층으로 올라갔죠. 오파리지오 씨는 아무 말 안 하고 있다가 문이 열리니까 딱 한 마디 하더라고요. '그 입 닥치고 있어.' 그러고는 엘리베이터에서 내렸습니다. 곧 문이 닫혔고요."

"진짜 그렇게 말했어요? '그 입 닥치고 있어'?"

"네."

"다른 말도 했습니까?"

"아뇨."

"그러니까 그 말을 듣고 일을 그만두게 된 거로군요."

"네, 한 시간쯤 지난 뒤 2주 후에 나가겠다고 통보를 했습니다. 근데 통보하고 10분쯤 지나니까 보든 씨가 내 책상으로 오더니 나가라고 하더라고요. 해고됐다고. 개인물품을 담아갈 상자를 갖다 주고 경비를 보내 제가 짐 싸는 것을 지켜보게 했습니다. 그런 다음 경비들에게 등 떠밀려 밖으로 나왔고요."

"퇴직금은 주던가요?"

"짐 싸서 나오는데 보든 씨가 봉투를 하나 주더라고요. 수표가 한 장 들어 있었는데 1년치 연봉이었습니다."

"증인이 거기서 일한 지 1년도 안 됐고 본인이 나가겠다고 했다는 걸

고려하면 1년치 연봉은 상당히 후한 건데요, 안 그렇습니까?"

프리먼이 관련성을 이유로 이의를 제기했고 받아들여졌다.

"이상으로 직접신문을 마치겠습니다."

이제 프리먼 검사가 믿어마지 않는 서류철을 들고 독서대로 와서 자리를 잡고 서류철을 펼쳤다. 내가 드리스콜을 증인 명단에 올린 것은 오늘 아침이었지만, 금요일 진술 중에도 그의 이름이 언급되었었다. 그걸 듣고 프리먼이 조사를 해온 것이 틀림없었다. 얼마나 준비를 잘해왔는지 곧 밝혀지게 될 것이었다.

"증인, 증인은 대학 학위가 없네요, 그렇죠?"

"네, 없습니다."

"하지만 UCLA에 다녔고요, 그렇죠?"

"네, 그렇습니다."

"졸업은 왜 안 하셨어요?"

내가 일어서서 검사의 질문은 드리스콜의 직접진술 범위를 훨씬 넘어서는 무관한 질문이라고 주장하면서 이의를 제기했다. 그러나 판사는 내가 그의 자격과 IT 분야에서의 경험을 물으면서 먼저 시작했다고 말하며 이의 제기를 기각했다. 판사는 드리스콜에게 질문에 답하라고 지시했다.

"퇴학당했기 때문에요."

"무슨 이유로요?"

"커닝이요. 시험 전날 교수님 컴퓨터를 해킹해서 시험지를 다운받았거든요."

드리스콜이 따분하다는 어조로 말했다. 이 일이 알려질 것을 알고 있었다는 것처럼. 나도 그의 퇴학 사실을 알고 있었다. 그래서 이 이야기가 나오면 절대적으로 정직하게 대답하는 것밖에 다른 도리가 없다고 그에게 미리 일러두었다. 그렇지 않으면 재앙을 불러들이게 될 거라고.

"그러니까 증인은 사기꾼이자 절도범이군요, 그렇죠?"

"과거에는, 10년 전에는 그랬죠. 이젠 사기 치지 않습니다. 사기 칠 거리도 없고요."

"그렇습니까? 물건을 훔치는 거는요?"

"그것도 마찬가지고요. 이젠 훔치지 않습니다."

"ALOFT에서 갑자기 해고된 것은 증인이 회사 자산을 체계적으로 훔치다가 발각됐기 때문이 아닌가요?"

"그건 거짓말입니다. 그만두겠다고 말했더니 해고했다니까요."

"여기서 거짓말하고 있는 사람은 증인이 아닌가요?"

"아뇨, 나는 진실을 말하고 있어요. 내가 이 모든 것을 지어낼 수 있다고 생각하세요?"

드리스콜이 고개를 돌려 절박한 표정으로 나를 흘끗 쳐다보았다. 그러지 말았어야 했는데. 우리가 공모하고 있다는 느낌을 줄 수 있었다. 드리스콜은 증인석에서 혼자 힘으로 살아남아야 했다. 내가 도와줄 수가 없었다.

"솔직히 말해서 저는 그럴 수 있다고 생각합니다, 증인." 프리먼이 말했다. "증인이 ALOFT에서 도망치고 싶어서 안달 났던 것 아닌가요?"

"아닌데요."

드리스콜은 고개를 힘차게 저으면서 자기 말이 사실임을 강조했다. 나는 그가 거짓말하고 있다는 것을 간파했고 내가 큰 곤란에 빠졌음을 깨달았다. 퇴직금. 갑자기 퇴직금이 떠올랐다. 1년치 연봉. 물건을 훔쳐서 해고했다면 1년치 연봉을 주진 않는다. 퇴직금 이야기를 해, 드리스콜!

"회사 명의로 고가의 소프트웨어를 주문하고, 보안번호를 해킹해 들어간 후, 소프트웨어를 불법 복제해 해적판으로 인터넷에 팔지 않았습니까?"

"사실이 아닙니다. 내 이럴 줄 알았다니까. 내가 알고 있는 걸 누구한테 얘기하면 내 이럴 줄 알았어."

이번에는 나를 쳐다보기만 한 것이 아니었다. 손가락질을 해서 나를 가리켰다.

"이런 일이 생길 거라고 했죠. 이 사람들은……."

"증인!" 판사가 큰 소리로 야단쳤다. "검사의 질문에 답변하세요. 변호인이나 다른 누구에게 말을 해서는 안 됩니다."

프리먼이 여세를 몰아 급히 먹잇감을 덮쳤다.

"재판장님, 문건을 가지고 증인에게 다가가도 되겠습니까?"

"그렇게 하세요. 증거물로 지정할 겁니까?"

"검찰 측 증거물 9호입니다, 재판장님."

검사는 모두를 위해 사본을 준비해왔다. 나는 애런슨에게 어깨를 기울이고 문건을 함께 읽었다. ALOFT의 내부감사 보고서 사본이었다.

"이거 미리 알고 계셨어요?" 애런슨이 속삭였다.

"물론 몰랐지." 내가 속삭이는 목소리로 대답했다.

나는 몸을 숙이고 문건에 집중했다. 이런 커다란 실수를 저질렀다고 신참 변호사로부터 쯧쯧거리는 소리를 듣고 싶진 않았다.

"그 문서는 무엇입니까, 증인?" 프리먼이 물었다.

"나야 모르죠." 증인이 대답했다. "한 번도 본 적이 없는데."

"ALOFT의 내부감사 보고서 요약본입니다, 맞습니까?"

"그렇다고 하니 그런가 보죠."

"작성날짜가 언제라고 나와 있죠?"

"2월 1일이요."

"증인이 ALOFT에서 근무한 마지막 날이었습니다, 그렇죠?"

"네, 맞아요. 그날 아침 상관에게 2주 후에 그만두겠다고 통보했더니 내 로그인 번호를 삭제하고 나를 해고했어요."

"그럴 만한 이유가 있었겠죠."

"그럴 만한 이유가 없었습니다. 그 사람들이 날 내보내면서 왜 그렇게 큰돈을 줬다고 생각하세요? 내가 많은 것을 알고 있으니까 입을 다물게 하려는 거였다고요."

프리먼이 판사를 올려다보았다.

"재판장님, 증인에게 제 질문에 자기 질문으로 응답하지 말라고 말씀해 주시겠습니까?"

페리 판사가 고개를 끄덕였다.

"증인은 질문에 대답하세요, 질문을 하지 말고."

상관없어, 나는 생각했다. 퇴직금 이야기를 해서 다행이었다.

"증인, 보고서에서 노란색으로 밑줄 그은 부분을 읽어주시겠습니까?"

나는 그 보고서가 애초에 증거물 목록에 포함되어 있지 않았다고 주장하면서 이의를 제기했다. 판사는 조금 전 증거물로 채택하지 않았느냐면서 이의를 기각했고 드리스콜에게 읽으라고 지시했다.

드리스콜이 그 문단을 눈으로 읽어보더니 고개를 가로저었다.

"큰 소리로 읽어주세요, 증인." 판사가 재촉했다.

"하지만 이건 완전히 거짓말이에요. 그 사람들이 하는 일이 바로 이런……."

"증인, 문단을 큰 소리로 읽으세요." 판사가 역정이 난 목소리로 주문했다.

드리스콜은 한 번 더 망설이다가 마침내 읽기 시작했다.

"해당 직원은 소프트웨어 패키지를 구매하면서 회사에 그 비용을 청구하였고 저작권의 보호를 받는 그 소프트웨어들을 불법 복제한 후 회사에 반납한 것을 인정하였다. 또한 그는 회사 컴퓨터를 이용하여 그 소프트웨어 불법 복제본을 인터넷상에서 판매하였고, 10만 달러 이상을 벌어들인 것을 인정하……'"

드리스콜이 갑자기 두 손으로 그 문서를 마구 구겨 공으로 만든 뒤 나를 향해 홱 던졌다.

"이게 다 당신 때문이야!" 그가 나를 손가락질하며 소리쳤다. "당신이 나타나기 전까진 아무 문제 없었다고!"

판사 봉이 있었다면 이번에도 페리 판사가 박살을 냈을 것 같았다. 판사는 정숙을 요구했고 배심원단에게 심의실로 돌아가라고 지시했다. 배심원들은 마치 드리스콜이 뒤에서 쫓아오는 것처럼 서둘러서 법정을 빠져나갔다. 문이 닫히자 판사는 추가 조치를 취했다. 법정 경위에게 앞으로 나오라고 손짓을 했다.

"지미, 대리인들과 내가 판사실에서 논의하는 동안 증인을 유치장으로 데려가."

내 증인이 받는 대접에 대해 내가 불평하기도 전에 판사가 벌떡 일어나 판사석에서 걸어 나와 판사실 문 안으로 재빨리 사라졌다.

프리먼이 그 뒤를 따라갔고 나는 증인석부터 들렀다.

"가 있어, 내가 해결할 테니까. 곧 나올 거야."

"뻥 까시네." 드리스콜이 말했다. 눈에서 분노가 이글거리고 있었다. "완전히 쉬운 일이고 안전하다며. 근데 이거 봐봐. 이제 온 세상이 나를 빌어먹을 소프트웨어 도둑이라고 생각할 거 아냐! 다시 취직이라도 할 수 있겠어?"

"네가 소프트웨어나 훔쳐다 파는 놈인 줄 알았으면 증인으로 부르질 않았겠지."

"할러, 이 개새끼. 증언은 이걸로 끝이기를 바라는 게 좋을걸. 내가 여기 다시 돌아오면 아주 똥물을 퍼부어줄 거니까."

법정 경위가 법정에 바로 붙어 있는 유치장으로 드리스콜을 데려갔다.

그가 끌려가는 동안 애런슨은 변호인석에서 서 있었다. 얼굴에 이야기가 다 담겨 있었다. 자기가 오전에 거둔 성과가 다 사라져버린 것을 깨달은 변호사의 표정.

"할러 변호사님?" 법정 서기가 울타리 안 서기석에서 말했다. "판사님이 기다리고 계시는데요."

"알았어요. 갑니다." 내가 말했다.

나는 판사실 문을 향해 걸어갔다.

47 드리스콜 대참사

월요일 밤의 포 그린 필즈는 항상 한적하기 그지없었다. 법조인들이 주로 다니는 술집이었는데, 변호사들이 알코올의 힘을 빌려 양심의 부담을 덜기 위해 나타나려면 한 주가 시작되고 며칠이 지나야 했다. 우리는 원하는 자리 어디에나 앉을 수 있었지만 바로 가서 앉았다. 애런슨이 나와 시스코 사이에 앉았다.

우리는 맥주와 코스모폴리탄 칵테일, 라임은 넣고 보드카는 뺀 보드카 토닉을 주문했다. 나는 도널드 드리스콜 대참사의 충격에서 벗어나지 못한 상태로, 다음 날의 공판을 논의하기 위해 퇴근 후 회의를 소집했다. 그리고 나는 안 마시더라도 두 동료는 술 한잔 하는 것이 도움이 되겠다는 생각도 들었다.

TV에서는 농구 경기를 하고 있었지만 나는 누가 경기하는지, 점수는 몇인지 확인하려고도 하지 않았다. 드리스콜 대참사 외에는 어느 것도 신경 쓰이지 않았고 눈에 보이지도 않았다. 드리스콜이 격분하여 내게 손가락질을 해대며 소리치면서 증인 신문이 끝났다. 판사실에서 판사는 드리스콜의 증언은 그것으로 끝내는 걸로 검찰과 변호인 측이 합의했다고 배심원들에게 알리는 방안을 마련했다. 드리스콜의 증언은 결국 하수구로 빠져나가는 구정물처럼 흘러가 버리고 말았다. 그에 대한 직접신문을 통해서 우리는 루이스 오파리지오가 미첼 본듀란트의 죽음을 가져왔다는 주장의 토대를 마련할 수 있었다. 그러나 검찰의 반대신문에서 그의 신뢰도가 훼손되었고, 변덕스러운 태도와 나에 대한 적의가 상황을 악화시켰다. 게다가 판사는 자신의 법정에서 일어난 소란의 책임이 변호인인 나에게 있다는 뜻을 분명히 했고, 그것도 변호인 측에 마이너스로 작용했다.

"그래서 이제 어쩌죠?" 애런슨이 코스모폴리탄 칵테일을 한 모금 음미하고 나서 말했다.

"계속 싸워야지 뭐. 증인 한 명이 사고를 쳤고 한 번의 재난을 겪었을 뿐이야. 어느 재판이나 그럴 때가 한 번씩은 다 있어."

내가 높이 걸려 있는 TV를 가리켰다.

"미식축구 좋아해, 제니퍼?"

나는 그녀가 학부는 UC 샌타바버라를 나왔고 그런 다음 사우스웨스턴 법대를 졸업했다는 걸 알고 있었다. 두 학교 모두 미식축구는 그다지 유명하지 않았다.

"지금 하는 거 미식축구 아닌데요. 농구인데요."

"알아. 근데 미식축구 좋아하느냐고."

"레이더스 좋아해요."

"내 그럴 줄 알았다니까!" 시스코가 기뻐하며 말했다. "나랑 똑같다."

"형사소송 변호사는 코너백 같은 존재야. 때로는 공에 맞기도 하고 지치기도 할 거야. 그게 다 게임의 일부지. 그런 일이 일어나면 스스로 힘을 내야 돼. 다 툭툭 털어버리고 잊어버리는 거야. 공은 또다시 날아올 거거든. 오늘 우린 저들에게 터치다운을 허용했어. 아니, 우리가 아니라 내가 허용했지. 하지만 그렇다고 경기가 끝난 게 아니야, 제니퍼. 절대 끝나지 않았어."

"네, 그래서 어떡하죠?"

"계획했던 대로 해야지. 오파리지오를 쫓는 거야. 결국 모든 증거가 그를 가리키고 있거든. 그를 벼랑 끝으로 몰아야 해. 그럴 수 있는 무기를 시스코가 준 것 같아. 딸에게 별거 아니라고 아주 쉬운 일이 될 거라고 말하라고 했으니까 그 말 들으면 오파리지오의 경계심이 줄어들겠지. 현실적으로 볼 때 지금 당장은 검찰과 우린 막상막하인 것 같아. 드리스콜이 난리를 쳐놨지만 동점이거나 아니면 검찰이 2~3점 앞서는 정도. 그걸 내일 역전시켜야지. 그렇게 하지 못하면 지는 거야."

잠깐 엄숙한 침묵이 흐른 후 애런슨이 다른 질문을 했다.

"드리스콜은 어떡하죠, 변호사님?"

"드리스콜이 왜? 드리스콜하고는 다 끝났는데."

"네, 근데 소프트웨어 건에 대해서는 그의 말을 믿으세요? 오파리지오의 직원들이 누명을 씌웠다고 생각하세요? 드리스콜이 소프트웨어를 불법 복제해 판매했다는 게 전부 거짓말이라고 생각하세요? 이제 그게 언론에 다 공개됐는데."

"모르겠어. 와, 근데 프리먼이 아주 똑똑하더라고. 소프트웨어 불법 복제 판매 의혹을 드리스콜이 절대 부인하지 못할 일하고 결부시켜서 들이밀었잖아. 커닝해서 퇴학당한 거. 두 사실이 합쳐지니까 드리스콜이 빼도 박도 못하고 당한 거지. 어찌 됐든 내가 믿는 것은 중요하지 않아. 중요한 건 배심원단이 어떻게 믿느냐는 거지."

"그건 변호사님 생각이 틀린 것 같은데요. 저는 변호사님이 무엇을 믿느냐가 제일 중요한 것 같아요."

나는 고개를 끄덕였다.

"그럴지도 모르지."

나는 무알코올 음료를 오랫동안 입에 머금고 있다가 삼켰다. 애런슨이 화제를 바꿨다.

"근데 변호사님, 왜 이젠 저를 불락스라고 안 부르세요?"

나는 애런슨을 바라보다가 다시 내 음료를 바라보았다. 그러고는 어깨를 으쓱거렸다.

"오늘 너무 잘해줘서. 이젠 다 큰 것 같아서 별명을 부르면 안 되겠다 싶더라고."

나는 그녀 너머로 시스코를 바라보며 그를 손가락으로 가리켰다.

"하지만 이 친구는? 뵈치에호프스키 같은 이름을 갖고 있으니, 평생 별명으로 불러야지 별수 있나. 그런 식이지 별 뜻 없어."

우리는 모두 웃음을 터뜨렸고 쌓여가던 압박감이 좀 줄어드는 것 같았다. 나는 술을 마시면 도움이 될 거라는 걸 알았지만, 술을 입에 안 댄 지 벌써 2년이 넘었는데 이제 와서 다시 마실 생각은 없었다.

"오늘 달에게 뭐라고 말하라고 시켰어?" 시스코가 물었다.

나는 다시 어깨를 으쓱거렸다.

"변호인 측은 지금 혼란에 빠져 있다, 프리먼이 드리스콜을 뭉개버려서 가장 믿고 있던 증인을 날린 셈이다. 그러고는 늘 하던 대로, 우린 오파리지오에 대해 아무 증거도 갖고 있지 않다. 그러니 증언은 조리대 위에 올려둔 버터를 자르는 것처럼 쉬울 거다. 그렇게 얘기하라고 했어. 오파리지오랑 얘기하고 나서 연락 주기로 했어."

시스코가 고개를 끄덕였다. 나는 다른 방향으로 말을 이었다.

"오파리지오를 증언대에 세우는 것이 모든 걸 끝내는 길이라는 생각이 들어. 그에게 던지는 질문과 그의 답변을 통해서 시스코가 얻어낸 것을 배심원들에게 전달할 수 있다면, 그걸로 상황 종료될 것 같아. 시스코, 자넨 증언을 안 해도 되고."

애런슨은 별로 좋은 생각이 아니라는 듯 얼굴을 찌푸렸다.

"그럼 좋지." 시스코가 말했다. "이놈의 정장을 안 차려입어도 되고."

그는 옷깃이 마치 사포라도 되는 듯이 잡아당겼다.

"아냐, 그래도 입어야 돼, 만일의 경우에 대비해서. 그런 셔츠 하나 더 있지?"

"아니. 오늘 밤에 빨아야지 뭐."

"진짜? 셔츠가 딱……."

시스코가 낮게 휘파람을 불면서 고갯짓으로 내 뒤쪽 문을 가리켰다. 내가 돌아보는 순간 매기 맥퍼슨이 내 옆의 걸상으로 올라앉았다.

"여기 있었네."

"매기 맥피어스."

그녀가 내 음료를 가리켰다.

"내가 생각하는 그건 아니겠지, 설마."

"걱정 마, 아니야."

"다행이군."

매기는 바텐더 랜디에게 진짜 보드카 토닉을 주문했다. 아마도 내 염장을 지르려고 그러는 것 같았다.

"그래서 술 아닌 술로 마음을 달래고 있었던 모양이네. 오늘은 좋은 사람들에게 기쁜 날이었다고 들었어."

좋은 사람들은 검찰을 가리킨다. 항상.

"아마도. 월요일 밤에 오는 베이비시터를 구한 거야?"

"아니, 늘 오는 베이비시터가 오늘 밤에 헤일리를 봐주겠다고 해서. 그래서 오겠다 그럴 땐 무조건 오라고 해. 베이비시터한테 남자친구가 생겼거든. 이젠 금요일, 토요일 밤에 나다니는 것도 못 하게 될 것 같아."

"그래서 베이비시터가 시간 괜찮다고 해서 불러다 놓고 혼자 술 마시러

나온 거야?"

"어쩌면 당신을 찾고 있었던 건지도 모르지. 그런 생각은 안 해봤어?"

나는 걸상을 돌려 애런슨을 등지고 앉아 매기를 마주 보았다.

"정말?"

"어쩌면. 친구가 필요하겠다 싶어서. 전화도 받지 않기에."

"잊고 있었어. 법정에서 끄고 다시 켜지 않았어."

나는 전화기를 꺼내 전원을 켰다. 허브 달에게서는 아직 아무런 연락도 없었다.

"당신 집으로 갈래?" 매기가 물었다.

나는 그녀를 물끄러미 바라보다가 대답했다.

"내일이 재판에서 가장 중요한 날이 될 거야. 그래서……."

"자정까지만 있다 갈게."

나는 숨을 깊이 들이쉬었지만 들어오는 공기보다 나가는 공기가 더 많았다. 나는 그녀에게로 몸을 기울이고 고개를 숙였다. 펜싱 경기를 하기 전에 사브르를 맞대듯이 우리의 머리가 서로 닿았다. 내가 그녀의 귀에 대고 속삭였다.

"계속 이런 식으로 할 수는 없어. 앞으로 나아가든가 아니면 끝내든가 해야 돼."

매기가 한 손을 내 가슴에 대고 나를 밀쳐냈다. 나는 그녀가 완전히 사라지면 내 삶이 어떻게 될지 생각하는 것조차 두려웠다. 선택을 강요받으면 그녀가 후자를 선택할 거라는 걸 알았기 때문에 방금 전에 최후통첩을 한 것을 후회했다.

"오늘 밤 일만 걱정하는 건 어때, 할러?"

"좋아." 내가 너무 빨리 대답해서 둘 다 웃음을 터뜨렸다.

내가 나 자신을 향해 발사한 탄환을 피했다. 당분간은.

"그래도 일도 좀 해야 돼."

"그래, 가서 보자고."

매기가 바로 손을 뻗어 자기 음료를 집는다는 게 실수로 그만 내 음료를 집어 들었다. 어쩌면 실수가 아닌지도 몰랐다. 한 모금 마시더니 역겹다는 듯이 얼굴을 찌푸렸다.

"보드카 안 넣으니까 너무 별론데. 이걸 무슨 맛으로 마셔?"

"그러게. 내 말이 진짠가 시험해본 거야?"

"아냐, 실수였어."

"그렇군."

이제 그녀는 자기 음료를 들고 마셨다. 나는 걸상을 약간 돌려 시스코와 애런슨을 돌아보았다. 그들은 서로에게로 몸을 약간 기울이고 나를 무시한 채 대화에 열중하고 있었다. 나는 매기를 돌아보았다.

"나와 다시 결혼해줘, 매기. 이 재판만 끝나면 모든 것을 바꿀게."

"그 말은 전에도 했잖아. 뒷부분."

"그래, 근데 이번엔 진짜야. 이미 바꾸기 시작했어."

"지금 당장 대답해야 돼? 지금 한 번만 기회가 있는 거야, 아니면 좀 생각해보고 대답해도 돼?"

"2~3분 줄게. 화장실 갔다 올 테니까 생각해봐."

우리는 다시 웃었고 내가 그녀에게로 몸을 기울여 키스한 후 그녀의 머리카락 속에 얼굴을 묻었다. 내가 다시 속삭였다.

"당신 아닌 다른 여자와 사는 건 생각조차 할 수 없어."

매기가 내게로 고개를 돌려 내 목에 입을 맞추고는 나를 밀어냈다.

"공공장소에서의 애정행각 진짜 싫어. 특히 술집에서 이러는 거. 너무 천박해 보여서."

"미안해."

"지금 가자."

매기가 걸상에서 내려섰다. 그러고는 선 채로 음료를 다 마셨다. 나는 지갑에서 모두의 술값과 바텐더 팁까지 될 정도로 충분히 돈을 꺼내 바위에 놓았다. 그러고는 시스코와 애런슨에게 먼저 가겠다고 말했다.

"오파리지오 이야기 아직 다 안 끝나지 않았나요?" 애런슨이 항변했다.

나는 시스코가 애런슨의 팔을 슬쩍 잡아끄는 것을 보았다. 그게 고마웠다.

"오늘은 굉장히 긴 하루였어." 내가 말했다. "때로는 어떤 일에 대해 아예 생각하지 않는 것이 그 일을 준비하는 가장 좋은 방법이기도 해. 내일 법원으로 가기 전에 일찍 사무실로 들어갈게. 혹시 오고 싶으면 와서 같이 가자. 아니면 9시에 법원에서 만나."

우리는 서로 작별인사를 했고 나는 전처와 함께 술집을 나왔다.

"차를 여기 놔둘래 어쩔래?" 내가 물었다.

"아니. 저녁 먹고 당신과 잠깐 누워 있다가 돌아올 텐데, 그럼 너무 위험해. 들어가서 마지막으로 한 잔 더 하고 싶어질 거 같거든. 그러면 한 잔으로 끝날 것 같지 않고. 헤일리를 봐줄 베이비시터도 있겠다 계속 마시고 싶어질 것 같아서."

"뭐야, 우리 만남을 겨우 그렇게 생각하는 거야? 그냥 같이 저녁 먹고 섹스하고 자정 전에 집으로 돌아가는 거?"

매기는 내가 남자들에 대해 불평하는 여자처럼 징징댄다고 말해서 내게 상처를 줄 수도 있었을 텐데, 그렇게 하지 않았다.

"아니. 한 주에서 가장 행복한 밤이라고 생각해." 그녀가 말했다.

나는 한 손을 들어 그녀의 뒷덜미를 꽉 잡고 차로 걸어갔다. 매기는 항상 그것을 좋아했다. 공공장소에서의 애정행각이었지만.

48 제삼자 범인설

　화요일 아침 루이스 오파리지오가 증인석을 향해 한 걸음 한 걸음 걸어
갈 때마다 긴장감이 고조되는 것을 피부로 느낄 수 있었다. 그는 옅은 황
갈색 정장에 파란색 와이셔츠를 입고 적갈색 넥타이를 매고 있었다. 돈과
권력을 과시하는 위풍당당한 모습이었다. 그리고 분명히 그는 경멸 어린
시선으로 나를 쳐다보았다. 그는 내가 부른 증인이었지만 우린 서로를 증
오하고 있는 게 분명했다. 재판 초기부터 나는 내 의뢰인이 아닌 다른 사
람이 범인이라고 주장하면서 오파리지오를 지목해왔는데, 이제 그가 내
앞에 앉았다. 이것은 주요한 사건이었고, 따라서 이제까지의 공판 중 가
장 많은 기자들과 방청객들이 몰려와 있었다.

　나는 우호적으로 신문을 시작했지만 계속 그렇게 갈 계획은 아니었다.
여기서 내 목표는 하나였고 내가 그 목표를 성취하느냐 마느냐에 따라 평
결이 달라질 것이었다. 증인석에 앉은 남자를 끝까지 밀어붙여야 했다.
그는 자신의 탐욕과 자만심에 의해 궁지로 몰려서 여기까지 와 있었다.
그는 법률대리인의 자문을 무시했고 묵비권 행사를 거부했으며 배심원단
과 꽉 들어찬 방청객들 앞에서 일대일로 붙어보자는 나의 도전을 받아들

였다. 그가 그런 결정을 내린 것을 후회하게 만들어야 했다.

"좋은 아침입니다, 오파리지오 씨. 안녕하십니까?"

"여기 말고 다른 곳에 있으면 안녕할 것 같군요. 변호인은 안녕하십니까?"

나는 미소를 지었다. 오파리지오는 처음부터 거침이 없었다.

"그건 두세 시간 지난 뒤에 말씀드리죠." 내가 대답했다. "오늘 이렇게 법정에 나와주셔서 감사합니다. 말씀하시는 것을 들으니 북동부 억양이 느껴지는데요. 고향이 로스앤젤레스가 아닙니까?"

"51년 전에 브루클린에서 태어났어요. 법대 진학을 위해 이곳으로 왔고 그 후로 이곳을 떠난 적이 없죠."

"이 재판이 진행되는 동안 증인과 증인의 회사가 여러 차례 언급되었습니다. 적어도 이 로스앤젤레스 카운티 안에서는 증인의 추심회사가 자산 압류 사업을 주도하고 있는 것으로 보이는데요. 제가……."

"재판장님?" 프리먼이 자리에 앉은 채로 끼어들었다. "변호인은 질문이 아닌 진술을 하고 있습니다."

페리 판사가 그녀를 잠깐 내려다보았다.

"지금 이의 제기를 하는 겁니까, 프리먼 검사?"

프리먼은 일어서지 않은 것을 깨달았다. 재판 전 협의에서 판사는 우리에게 반드시 일어서서 이의를 제기하라고 지시했었다. 프리먼이 재빨리 일어섰다.

"네, 그렇습니다, 재판장님."

"질문을 하세요, 할러 변호사."

"하려던 찰나였습니다, 재판장님. 증인, ALOFT가 무슨 일을 하는지 증인 입으로 설명해주시겠습니까?"

오파리지오가 목소리를 가다듬더니 배심원들을 향해 돌아앉아 대답했다. 세련되고 능숙한 증인이었다. 힘겨운 싸움이 되겠다는 생각이 들었다.

"얼마든지요. ALOFT는 근본적으로 위탁 추심업체입니다. 웨스트랜드 내셔널 같은 대형 대부업체들의 위탁을 받아 자산압류 과정을 처음부터 끝까지 맡아서 처리합니다. 압류 안내문 작성부터 안내문 송달, 필요할 경우 소송에 이르기까지 전부 우리가 맡아 합니다. 모든 것을 포괄하는 수수료를 받고 말이죠. 자기 집을 압류한다는 소식을 듣고 싶어 하는 사람은 아무도 없습니다. 누구나 대출금을 갚으려고, 자기 집을 지키려고 애씁니다. 그러나 일이 잘 되지 않으면 자택이 압류될 상황이 되죠. 그때 우리가 들어가서 그 절차를 대신해주는 겁니다."

"증인은 '그러나 일이 잘 되지 않으면'이라고 하셨는데요. 하지만 지난 몇 년간 증인의 회사는 일이 아주 잘 되어 왔습니다, 그렇지 않습니까?"

"지난 4년간 엄청난 성장세를 보여오다가 최근 들어 좀 주춤거리기 시작했죠."

"증인은 웨스트랜드 내셔널이 고객이라고 말씀하셨는데요. 웨스트랜드는 굉장히 중요한 고객이었죠, 그렇지 않습니까?"

"네, 과거에도 그랬고 지금도 그렇습니다."

"웨스트랜드를 대신해서 1년간 집행하는 압류 건이 대략 몇 건이나 됩니까?"

"자료를 봐야 정확히 알겠지만, 미국 서부 지역에 있는 모든 웨스트랜드 지점에서 넘겨받는 압류 건 자료를 모두 합하면 1년에 1만 건 가까이 된다고는 말씀드릴 수 있습니다."

"지난 4년간 증인의 회사가 웨스트랜드의 위탁을 받아 집행한 압류 건수가 1년에 평균 1만 6천 건이 넘는다고 하면 믿으시겠습니까? 웨스트랜드의 연간 보고서에 나와 있는 내용인데요."

나는 모두가 볼 수 있도록 그 보고서를 들어 보였다.

"네, 믿겠습니다. 연간 보고서는 거짓말하지 않으니까요."

"ALOFT는 압류 한 건당 수수료를 얼마나 받나요?"

"주택일 경우 건당 2천5백 달러를 받습니다. 모든 것을 포함하는 수수료죠, 소송으로 갈 경우까지 다 포함하는."

"그럼 계산해보면 ALOFT는 웨스트랜드 한 군데에서만 1년에 4천만 달러를 벌어들이는 거네요, 맞습니까?"

"사용하신 수치가 맞다면 그렇게 되겠죠."

"그렇다면 웨스트랜드라는 고객이 ALOFT에서 굉장히 중요한 위치를 차지했다고 말할 수 있겠군요."

"네, 그렇지만 우리에게는 모든 고객이 똑같이 중요합니다."

"그렇다면 증인은 이 사건의 피해자인 미첼 본듀란트 씨를 아주 잘 알고 있었겠군요, 맞습니까?"

"물론 잘 알았습니다. 그리고 그에게 일어난 일에 대해 대단히 애석하게 생각하고 있습니다. 본듀란트 씨는 일을 성실히 수행하려고 노력하던 좋은 사람이었습니다."

"그렇게 애석해해 주시니 훈훈하군요. 하지만 본듀란트 씨가 살해될 당시 증인은 그에게 매우 화가 나 있었습니다, 그렇죠?"

"무슨 뜻으로 하시는 말씀이신지 모르겠군요. 우리는 사업 파트너였습니다. 간혹 사소한 의견 차이와 논쟁은 있었지만, 그런 일은 사업을 하다 보면 늘 있는 일이구요."

"지금 사소한 논쟁이나 사업을 하다 보면 늘 있는 일에 대해 말씀드리는 게 아닙니다. 본듀란트 씨가 살해되기 직전에 증인에게 보낸 편지에 대해서 물어보는 겁니다. 증인의 회사 내에서 행해지는 사기 관행을 폭로하겠다고 위협한 편지 말입니다. 등기우편으로 온 편지를 증인의 개인 비서가 수령하고 서명했는데요. 그 편지를 읽으셨습니까?"

"대강 훑어봤지요. 보니까 내 밑에 있는 185명의 직원들 중 한 명이 지름길을 선택했더구먼. 사소한 분쟁이었고 변호사님이 말하는 위협적인 요소는 전혀 없었어요. 그 특정한 파일을 갖고 있는 사람에게 해결하라고 지시하고 말았죠. 그게 전부입니다, 할러 변호사."

그러나 내가 그 편지에 대해서 할 말은 그게 전부가 아니었다. 나는 오파리지오가 배심원들 앞에서 그 편지를 읽게 했고 그다음 30분간 그 편지에서 주장하는 내용에 대해서 점점 더 구체적이고 불편해지는 질문을 했다. 그런 다음 연방 수사 대상 통지서로 넘어가 증인이 그 편지도 읽게 했다. 그러나 이번에도 오파리지오는 연방 통지서가 어림짐작의 산물이라고 일축하면서 전혀 동요되지 않았다.

"나는 그들을 두 팔 벌려 환영했습니다." 오파리지오가 말했다. "그런데 아무도 찾아오지 않더군요. 이렇게 시간이 흘렀는데도 래티모어 씨나 바스케즈 요원이나 다른 어떤 연방 요원한테서도 아무런 연락이 없었습니다. 그들이 보낸 편지가 성과가 없었기 때문이죠. 나는 도망치지 않았고, 식은땀을 흘리지도 않았고, 부당하다고 외치지도 않았고, 변호사 뒤로 숨지도 않았습니다. 그게 당신들이 하는 일이라는 걸 이해한다, 들어와서 확인해봐라, 그랬죠. 문은 활짝 열려 있고 우린 숨길 게 아무것도 없다고 말이죠."

연습을 많이 한 모범 답안이었고, 오파리지오가 초반 승기를 잡고 있는 것이 분명히 느껴졌다. 그러나 나는 회심의 일격을 준비하고 있었기 때문에 크게 개의치 않았다. 오파리지오가 자신감을 갖고 자신이 상황을 통제하고 있다고 느끼기를 바랐다. 그는 허브 달을 통해서 걱정할 것 전혀 없다는 말을 꾸준히 들어왔다. 나에게는 필사적인 마음에서 나오는 음모설의 힌트 몇 가지밖에 없다는 말을 꾸준히 들어 믿게 되었다. 그 정도라면 지금 그가 하고 있듯이 나를 쉽게 떨쳐버릴 수 있을 거라고 생각하게 되었다. 그의 자신감이 점점 더 커지고 있었다. 그러나 그가 지나치게 자신감에 차 있고 느슨해졌을 때 내가 나타나 회심의 일격을 날릴 것이었다. 이 싸움은 15회전까지 가지 않을 것 같았다. 갈 수가 없을 것이다.

"이 편지들이 배달될 즈음, 증인은 비밀 협상을 진행 중이었습니다. 그렇죠?"

내가 증인신문을 시작한 이후 처음으로 오파리지오가 잠깐 머뭇거렸다.

"늘 그렇듯이 그 당시에도 비공개 사업 논의를 하고 있었습니다. '비밀'이라는 말이 함축한 느낌 때문에 그 말은 쓰지 않겠습니다. 사실 사업을 비공개로 하는 것이 당연한 일인데도, '비밀'이라는 말은 뭔가 비리가 있는 것 같은 느낌을 주니까요."

"좋습니다. 이 비공개 논의가 실은 증인의 회사 ALOFT를 어느 상장기업에 매각하기 위한 협상이었습니다, 맞습니까?"

"네, 그렇습니다."

"르무어라는 기업이죠?"

"네, 맞습니다."

"어마어마한 거액이 걸린 거래가 될 거고요, 그렇죠?"

프리먼이 일어서서 재판부 협의를 요청했다. 우리는 판사석으로 다가갔고 프리먼이 힘을 준 낮은 목소리로 이의를 제기했다.

"이게 이 사건과 무슨 관련이 있습니까? 지금 우리가 어디로 가고 있는 거죠? 변호인이 우리를 월스트리트로 끌고 가는 것 같은데요, 재판장님, 이 내용은 리사 트래멀과, 이 사건 증거와는 아무 관계가 없다고 생각합니다."

"재판장님." 나는 판사가 내 말을 자르기 전에 빠르게 말을 이어갔다. "관련성은 곧 분명해질 겁니다. 프리먼 검사는 이 신문이 어디로 향하고 있는지 정확히 알고 있지만 그리로 가고 싶지 않은 것입니다. 그러나 재판부는 저에게 제삼자의 범행이라는 주장을 할 수 있게 재량권을 주었습니다. 이게 그것입니다, 판사님. 이제 모든 것이 합쳐져서 미첼 본듀란트를 죽인 제삼자가 누구인지 드러날 겁니다. 그러므로 신문을 계속할 수 있도록 관용을 베풀어주시기 바랍니다."

페리 판사는 그리 오래 고민하지 않고 대답했다.

"할러 변호사, 계속 진행하세요. 하지만 빨리 비행기를 착륙시키기를 바랍니다."

"감사합니다, 판사님."

우리는 각자의 자리로 돌아갔고 나는 좀 더 속도를 내기로 결심했다.

"오파리지오 씨, 지난 1월, 증인이 르무어와 이 협상을 진행하고 있었을 때, 이 협상이 타결되면 거액을 벌 수 있을 거라는 사실을 증인은 알고 있었습니다. 그렇지 않습니까?"

"ALOFT를 키우기 위해 고군분투한 세월에 대해 후하게 보답을 받을 거라는 사실은 알고 있었습니다."

"하지만 최대 고객들 중 하나를 잃으면, 무려 4천만 달러에 달하는 연간 수익을 제공하는 고객을 잃으면, 그 협상이 위태로워졌을 겁니다, 그렇죠?"

"어느 고객으로부터도 거래를 끊겠다는 협박은 없었습니다."

"본듀란트 씨가 증인에게 보낸 편지를 다시 주목해주시기 바랍니다, 증인. 웨스트랜드가 ALOFT와 거래를 끊겠다는 분명한 협박이 거기 있지 않습니까? 증인 앞에 사본이 있으니까 다시 보고 싶으시면 보고 나서 대답하셔도 됩니다."

"볼 필요 없습니다. 거기에는 협박하는 내용이 전혀 없었습니다. 미치가 보낸 편지를 읽고 문제를 내가 다 처리했고요."

"도널드 드리스콜을 처리했듯이 말입니까?"

"이의 있습니다." 프리먼이 말했다. "변호인은 지금 증인에게 시비를 걸고 있습니다."

"질문을 철회하겠습니다. 오파리지오 씨, 증인은 르무어와 거래가 잘 진행되고 있는 중에 이 편지를 받았습니다, 그렇죠?"

"네, 협상 중에 받았습니다."

"그리고 증인은 본듀란트 씨로부터 이 편지를 받았을 당시, 본듀란트 씨가 자금난을 겪고 있다는 사실을 알고 있었습니다, 그렇죠?"

"본듀란트 씨의 개인 경제 사정에 대해서는 아무것도 몰랐습니다."

"증인 회사 직원을 시켜서 본듀란트 씨를 비롯해 증인이 거래하는 여러 은행가들의 경제 사정에 관해 조사하지 않았습니까?"

"아뇨, 그런 일 없습니다. 얼토당토않은 말이군요. 누가 그런 말을 했는지는 모르지만 거짓말을 한 겁니다."

이제 허브 달이 이중간첩으로서 제대로 활동했는지를 시험할 때가 되었다.

"본듀란트 씨가 증인에게 그 편지를 보냈을 당시, 본듀란트 씨는 증인이 르무어와 비밀 협상을 하고 있다는 사실을 알고 있었습니까?"

오파리지오의 대답은 '아는지 모르는지 내가 어떻게 아냐, 나는 모른다'였어야 했다. 그러나 나는 달에게 트래멀의 변호인팀은 변호인 전략의 이 중요한 부분에 대해서 아무런 증거도 갖고 있지 않다는 말을 중간 연락책을 통해서 오파리지오에게 전달하도록 지시했었다.

"그는 아무것도 몰랐을 겁니다." 오파리지오가 말했다. "협상이 진행되는 동안 우리의 고객들에게 이 정보가 새어 나가는 일이 없도록 입단속을 철저히 했었거든요."

"르무어의 최고 재무 책임자는 누굽니까?"

오파리지오는 뜬금없는 질문에 잠깐 당황한 기색을 보였다.

"시드 젱킨스일 겁니다. 시드니 젱킨스."

"증인과 협상할 때 나온 르무어의 인수팀 책임자이기도 했죠?"

프리먼이 도대체 이 신문이 어디로 가고 있는 거냐며 이의를 제기했다. 나는 판사에게 곧 알게 될 거라고 말했다. 판사는 내게 신문을 계속하라고 했고 오파리지오에게는 질문에 대답하라고 말했다.

"네, 그 인수 협상에서 시드 젱킨스와 협상을 했습니다."

나는 파일을 펼쳐 문서를 꺼내면서 판사에게 그 문서를 가지고 증인에게 가까이 갈 수 있게 해달라고 말했다. 예상했던 대로 프리먼이 이의를 제기했고, 우리는 그 문서의 증거능력을 놓고 열띤 재판부 협의를 벌였다. 그러나 프리먼이 드리스콜에게 ALOFT의 내부감사 보고서를 제시하는 것을 허용했던 페리 판사는 이번에는 내가 그 문서를 증거로 제시하는 것을 허용하는 균형감각을 발휘했다.

허락을 받은 나는 그 사본을 오파리지오에게 건넸다.

"오파리지오 씨, 그 문서가 무엇인지 배심원들에게 말씀해주시겠습니까?"

"뭔지 잘 모르겠는데요."

"디지털 영업일지 인쇄본 아닙니까?"

"그렇다고 하니 그렇겠죠."

"맨 위 장에 이름이 뭐라고 적혀 있죠?"

"미첼 본듀란트."

"그리고 그 페이지에 적힌 작성 날짜는요?"

"12월 13일이군요."

"10시 약속에 기재된 내용을 읽어주시겠습니까?"

프리먼이 재판부 협의를 요청해서 우리는 다시 판사 앞에 섰다.

"재판장님, 이 재판은 리사 트래멀 재판입니다. 루이스 오파리지오나 미첼 본듀란트의 재판이 아닙니다. 재판부의 선의와 아량을 누군가가 이용하기 시작할 때 이런 일이 생깁니다. 저는 이 방면으로 신문하는 것에 반대합니다. 변호인은 배심원단이 결정해야 하는 문제와는 너무나 동떨어진 곳으로 우리를 끌고 가고 있습니다."

"재판장님, 이것도 제삼자 범인설과 관계 있는 것입니다. 이것은 디지털 영업일지의 한 페이지인데 증거개시절차를 통해 변호인 측에 전달되었습니다. 이 질문에 대한 대답을 들으면 배심원들은 이 살인 사건의 피해자가 저 증인을 은근히 갈취하고 있었다는 사실을 분명히 알게 될 겁니다. 그리고 그것이 살인의 동기입니다."

"판사님, 이건······."

"그만 됐어요, 프리먼 검사. 증거로 허용하겠습니다."

우리는 각자의 자리로 돌아갔고 판사가 오파리지오에게 질문에 대답하라고 명령했다. 나는 배심원단을 위하여 질문을 한 번 더 반복했다.

"12월 13일 오전 10시 본듀란트 씨의 달력에는 뭐라고 적혀 있습니까?"

"'시드니 젱킨스, 르무어'라고 적혀 있군요."

"그러니까 그걸 보면 본듀란트 씨는 작년 12월에 ALOFT와 르무어의 협상에 대해 알고 있었다고 생각해야 하지 않을까요?"

"그 회의에서 무슨 말이 오갔는지, 아니 회의가 있었는지 없었는지조차 알 수 없을 것 같은데요."

"ALOFT 인수 책임자가 ALOFT의 가장 중요한 은행 고객을 만난다, 그 이유가 뭘까요?"

"젱킨스 씨한테 직접 물어보시죠."

"안 그래도 그러려고요."

오파리지오는 신문하는 나를 노려보고 있었다. 허브 달이 전달한 거짓 정보가 제대로 먹혀들어 갔던 것이다. 나는 신문을 계속했다.

"ALOFT 매각 협상이 언제 타결됐습니까?"

"지난 2월에요."

"얼마에 팔렸죠?"

"그건 말씀 못 드립니다."

"르무어는 상장기업입니다. 정보는 누구나 열람할 수 있죠. 시간과 노력을 절약하는 차원에서 증인이……."

"9천6백만 달러요."

"대부분은 단독 소유주인 증인에게 갔겠군요, 그렇죠?"

"네, 상당 부분을 받았습니다."

"그리고 증인은 르무어의 주주이기도 하고요, 그렇죠?"

"맞습니다."

"그리고 ALOFT 대표직은 계속 유지하고요, 그렇죠?"

"네, 아직도 제가 운영하고 있죠. 이젠 상전들이 많지만요."

오파리지오는 애써 미소를 지었지만 법정 안에 있는 일반인들은 그가 그 거래를 통해 챙긴 수천만 달러가 현실적으로 감이 잡히지 않아 어느 정도인지 상상하느라고 마지막 말 속에 들어 있는 유머를 알아차리지 못했다.

"그럼 증인은 아직도 ALOFT의 매일의 경영에 깊이 관여하고 계시군요?"

"네, 그렇습니다."

"오파리지오 씨, ALOFT 매각을 통해 증인 개인이 챙긴 돈이 〈월스트리트 저널〉에서 보도한 대로 6천1백만 달러였습니까?"

"그건 틀렸습니다."

"어째서요?"

"내 몫이 그만큼인 건 맞지만 한꺼번에 들어오진 않았거든요."

"몇 차례에 걸쳐 나눠서 받으셨나요?"

"그렇긴 합니다만 이게 미첼 본듀란트를 죽인 범인을 찾는 문제와 무슨 관련이 있는지 모르겠군요, 할러 변호사. 나를 부른 이유가 뭡니까? 나는 정말 아무……."

"재판장님?"

"잠깐만 기다리세요, 오파리지오 씨." 판사가 말했다.

판사는 몸을 앞으로 기울이고는 잠깐 침묵하며 생각을 정리했다.

"지금 바로 오전 중 휴식시간을 갖겠습니다. 검사와 변호사는 나를 따라 판사실로 오세요. 휴정합니다."

우리는 다시 한 번 판사를 따라 판사실로 들어갔다. 이번에도 내가 질타를 받고 곤란한 입장이 될 거였다. 그러나 나는 페리 판사에게 너무 화가 나서 공격적으로 나갔다. 판사와 프리먼 검사가 의자에 앉는데도 나는 앉지 않고 서 있었다.

"재판장님, 재판장님께 무슨 감정이 있어서 드리는 말씀은 아니고, 아까 법정에서 분명히 여세를 몰아서 잘 나가고 있었는데 그렇게 갑자기 오전 휴식시간을 주시면 어떡합니까, 기세가 꺾이지 않겠습니까."

"할러 변호사, 당신은 여세를 몰아서 잘 나갔는지 어떤지 모르겠지만 이 사건과는 관계없는 이야기로 자꾸만 흘러가는데 어떡해요, 그럼. 당신이 제삼자 개입설을 주장할 수 있도록 애써 허락했는데 속았구나 하는 생각이 들기 시작했습니다."

"판사님, 이제 네 개의 질문만 더 던지면 이 모든 사실들이 합쳐져서 이 사건으로 돌아오게 되어 있었는데 판사님이 그걸 막으신 겁니다."

"당신이 스스로를 막은 거요, 변호인. 내가 거기 가만히 앉아서 이걸 구경만 하고 있을 거라고 생각했다면 오산입니다. 프리먼 검사가 줄곧 이의를 제기했고 이젠 증인까지 이의를 제기하고 있어요. 이런 상황에 내가 가만있으면 얼마나 바보처럼 보이겠어요. 게다가 당신은 계속 떠보고만

있고. 나와 배심원들에게 당신의 의뢰인이 범인이 아니라는 사실을 증명
해 보일 뿐만 아니라 누가 진범인지도 보여주겠다고 약속해놓고, 지금까
지 변호인 측이 불러낸 증인이 다섯 명이나 되지만 아직도 낚시질이나 하
고 있잖습니까."

"재판장님이 그렇게 생각하신다니 도무지 믿어……, 재판장님, 낚시질
을 하고 있는 게 아닙니다. 입증을 하고 있는 겁니다. 본듀란트는 저 남자
에게서 6천1백만 달러를 빼앗겠다고 협박했습니다. 그건 너무나 자명한
일이고 상식이 있는 사람이라면 누구나 알 수 있는 일이죠. 그게 살인의
동기가 아니라면 도대체 무엇이……."

"동기는 증거가 아니잖아요." 프리먼이 말했다. "그건 증거가 아니고 변
호인은 아무런 증거도 갖고 있지 않은 게 분명합니다. 변호인의 주장은
오로지 말뿐입니다. 증거가 없죠. 다음엔 뭐죠? 본듀란트가 집을 압류한
모든 사람을 용의자로 지목할 건가요?"

나는 의자에 앉아 있는 검사를 향해 손가락질을 했다.

"그것도 나쁘지 않겠군요. 그리고 변호인의 주장은 오로지 말뿐인 것이
아닙니다. 신문을 계속하도록 판사님이 허락만 해주시면 금방 그 증거를
보여드릴 수 있을 겁니다."

"앉아요, 할러 변호사. 그리고 나에게 말할 땐 말투 조심하시고."

"네, 재판장님. 죄송합니다."

나는 의자에 앉아서 페리 판사가 상황을 놓고 고민하는 동안 잠자코 기
다렸다. 마침내 판사가 입을 열었다.

"프리먼 검사, 또 할 말 있습니까?"

"판사님은 할러 변호사에게 허용된 일에 대해 검찰이 어떻게 생각하는
지를 잘 알고 계시다고 생각합니다. 저는 변호인이 이 사건과는 아무 상
관도 없는 쇼를 할 거라고 일찍부터 여러 차례에 걸쳐 경고했습니다. 그

런데도 제 경고를 들어주지 않아서 일이 이 지경에 이르렀고요. 이 모든 일로 인해 재판부가 어리석고 조종당하는 것처럼 보이게 되었다는 판사님의 의견에 동의하지 않을 수 없습니다."

검사가 너무 나가버렸다. 나는 그녀가 재판부가 어리석다고 말할 때 판사의 눈빛이 날카로워지는 것을 보았다. 그녀가 판사를 손에 쥐었다가 놓친 것이다.

"대단히 감사합니다, 프리먼 검사. 이번에는 법정으로 돌아가서 이 모든 것을 붙잡아맬 최종적인 기회를 할러 변호사에게 주고 싶군요. '최종적인'이라는 말이 무슨 뜻인지는 알고 있겠죠, 할러 변호사?"

"네, 재판장님, 말씀대로 하겠습니다."

"잘해야 될 거요, 변호인. 재판부의 인내심이 바닥에 다다랐으니까. 자, 이제 돌아갑시다."

법정으로 돌아가 애런슨이 변호인석에서 혼자 기다리는 것을 본 나는 그녀가 나를 따라 판사실로 들어오지 않은 것을 깨달았다. 나는 피곤함을 느끼며 자리에 앉았다.

"리사는 어디 있어?"

"달과 함께 복도로 나갔어요. 어떻게 됐어요?"

"기회를 한 번 더 얻었어. 이것저것 다 모아서 크게 한 방 날려야 돼."

"할 수 있겠어요?"

"해봐야지. 개정하기 전에 화장실 좀 갔다 와야겠다. 왜 판사실에 안 따라왔어?"

"따라오라고 하는 사람이 없었잖아요. 따라 들어가야 하는 건지도 몰랐고요."

"다음부턴 따라 들어와."

법원은 여러 이해 당사자들을 갈라놓게 설계되어 있다. 배심원단은 따로 회의실이 있고, 반대자들과 지지자들이 사용하는 복도와 출입구도 다 따로따로 마련해놓았다. 그러나 화장실은 위대한 화합의 공간이다. 화장실로 들어서다가 누구를 만날지 모른다. 나는 남자 화장실 문을 열고 들어서다가 오파리지오와 마주쳤다. 그는 세면대에서 허리를 굽히고 손을 씻었다가 고개를 들고 거울로 나를 쳐다보았다.

"변호사, 판사한테 손바닥 좀 맞으셨나?"

"당신이 상관할 일 아닌 것 같은데. 다른 화장실로 가야겠군."

내가 돌아서자 오파리지오가 나를 잡았다.

"그럴 필요 없어. 내가 나갈 거니까."

그가 젖은 두 손을 탁탁 털면서 문을 향해 걸어오다가 바로 내 코앞까지 다가와 갑자기 멈춰 섰다.

"넌 아주 비열한 놈이야, 할러." 오파리지오가 말했다. "의뢰인이 살인범인데도 나한테 누명을 뒤집어씌우다니. 거울 속에 비친 네 모습이 어때 보여?"

그가 돌아서서 일렬로 늘어선 남자용 소변기를 가리켰다.

"네가 있을 곳은 바로 저기야." 오파리지오가 말했다. "저 변기 속."

49 재판부 협의

그 모든 일은 다음 30분 안에, 아니, 길어봤자 한 시간 안에 일어났다. 나는 변호인석에 앉아 생각을 정리하며 기다리고 있었다. 판사와 오파리지오를 제외하고는 모두가 자리에 앉아 있었다. 판사는 판사실에서 아직 돌아오지 않았고 오파리지오는 방청석 맨 앞줄 예약석에 앉아 있는 자신의 변호사 두 명과 함께 여유 있는 모습으로 이야기를 나누고 있었다. 내 의뢰인이 내게로 몸을 숙이고 애런슨도 들을 수 없을 정도로 작은 목소리로 속삭였다.

"더 있죠, 그쵸?"

"뭐라고요?"

"더 있죠, 미키? 저 인간을 족칠 거리가 더 있죠?"

내가 이미 내놓은 것만으로는 충분치 않다는 것을 심지어 그녀도 알고 있는 거였다. 나도 속삭이는 목소리로 대답했다.

"점심 먹기 전에 결판이 날 거예요. 점심땐 샴페인을 터뜨리거나 눈물 젖은 빵을 먹게 되겠죠."

판사실 문이 열리더니 페리 판사가 나타났다. 그는 판사석에 앉기도 전에 배심원단을 입장시키라고 지시했고, 증인은 증인석으로 돌아오라고 지시했다. 몇 분 뒤 나는 독서대로 돌아가서 오파리지오를 내려다보았다. 화장실에서 나를 대면한 뒤로 그는 자신감을 회복한 것 같았다. 자기가 이길 것을 자신한다는 것을 온 세상에 고하듯 아주 느긋한 모습이었다. 나는 기다릴 필요가 없겠다고 생각했다. 바로 흔들어대기 시작할 생각이었다.

"자, 아까 하던 이야기를 계속해보자면, 오파리지오 씨, 증인은 오늘 100퍼센트 진실만을 진술하지는 않으셨습니다, 그렇죠?"

"전적으로 정직하게 진실만을 말씀드렸는데 섭섭하게 그 무슨 말씀입니까."

"처음부터 거짓말하셨잖아요, 아닙니까? 법원 서기를 따라 선서를 할 때 가명을 쓰셨고요."

"나는 31년 전에 법적인 절차를 다 밟아서 개명을 했습니다. 그러니 거짓말한 것이 아니죠. 이 일과는 아무런 상관도 없고요."

"증인의 출생 증명서에 나와 있는 이름은 무엇입니까?"

오파리지오가 말문이 막힌 듯 잠자코 있었고, 내가 무슨 이야기를 하려는 건지 처음으로 눈치챈 것 같았다.

"출생 증명서에 나와 있는 이름은 안토니오 루이지 아파리지오였습니다. 성은 비슷한데 '오'가 아니라 '아'로 시작되었죠. 자라면서 사람들은 나를 루나 루이라고 불렀습니다. 동네에 널린 게 앤서니와 안토니오였거든요. 나는 루이스로 가기로 결심했죠. 그래서 법적인 절차를 거쳐서 이름을 앤서니 루이스 오파리지오로 바꿨습니다. 미국식으로 바꾼 거죠."

"근데 왜 성의 철자까지 바꾸셨죠?"

"그 당시 루이스 아파리치오라는 프로야구선수가 있었습니다. 이름이 너무 비슷하다는 생각이 들더군요. 루이스 아파리지오와 루이스 아파리치오. 유명인과 거의 똑같은 이름을 갖고 싶지는 않아서 철자를 바꾼 겁니다. 무슨 문제 있습니까, 할러 변호사?"

판사가 오파리지오에게 질문에 대답만 하지 질문하지 말라고 주의를 주었다.

"루이스 아파리치오가 언제 은퇴했는지 아세요?" 내가 물었다.

나는 질문을 던진 후 판사의 눈치를 살폈다. 그의 인내심이 계속 늘여져 왔다면, 이젠 법정모독죄 소환장이 인쇄된 종이만큼이나 얇아졌을 것이 틀림없었다.

"아뇨, 언제 은퇴했는지 내가 어떻게 압니까."

"증인이 개명하기 8년 전이었습니다. 놀랍지 않습니까?"

"아뇨, 전혀 놀랍지 않은데요."

"그럼 오래전에 은퇴한 전직 야구선수와 비슷한 이름을 갖고 싶지 않아서 개명을 했다는 말을 배심원단이 믿으라는 건가요?"

오파리지오가 어깨를 으쓱거렸다.

"진짜로 그랬으니까요."

"아파리지오에서 오파리지오로 개명한 것은 증인이 야망 있는 청년이었고 적어도 겉으로는 증인의 가족과 거리를 두고 싶었기 때문이 아니었습니까?"

"아뇨, 그렇지 않습니다. 좀 더 미국적인 이름을 갖고 싶었던 것은 사실이지만 누구와 거리를 두려는 의도는 전혀 없었어요."

나는 오파리지오가 자기 변호사들 쪽으로 급히 눈길을 돌리는 것을 보았다.

"증인의 이름은 원래 삼촌의 이름을 딴 것이었습니다, 그렇지 않습니까?" 내가 물었다.

"아뇨, 그렇지 않습니다." 오파리지오가 재빨리 대답했다. "어느 누구의 이름도 따지 않았습니다."

"증인에게는 안토니오 루이지 아파리지오라는 이름의 삼촌이 있었습니다. 증인의 출생 증명서에 나와 있는 이름과 똑같은 이름이죠. 그런데도 우연이었다고 말씀하시겠습니까?"

"부모님은 누구의 이름을 따서 내 이름을 지었는지, 심지어 누군가의 이름을 따서 지은 건지 그냥 생각해서 지은 건지도 말씀해주시지 않았습니다."

거짓말한 것은 실수였다는 것을 깨달은 오파리지오가 실수를 만회하려고 애썼지만 오히려 상황을 더 악화시켰을 뿐이었다.

"증인처럼 똑똑한 사람이 추측도 못 했다고요?"

"생각해본 적이 없었어요. 그러다가 스물한 살 땐 서부로 왔고 가족들과도 멀어지게 되었죠."

"지리적으로 말씀입니까?"

"어떤 면에서든지요. 나는 여기 정착해서 새로운 삶을 시작했습니다."

"증인의 아버지와 삼촌이 폭력조직에 관여했었죠, 그렇지 않습니까?"

프리먼이 재빨리 이의를 제기하면서 재판부 협의를 신청했다. 판사실에서 모였을 때 그녀는 눈을 까뒤집는 것만 빼고는 온갖 짓을 다 하면서 불만을 표시했다.

"재판장님, 이만하면 됐습니다. 변호인은 자기가 부른 증인들의 명예를 훼손하면서도 아무런 부끄러움을 느끼지 못할지 모르지만, 이런 일은 즉각 중단되어야 합니다. 지금 우리는 재판을 하는 겁니다, 판사님, 먼 바다로 고기잡이를 나간 게 아니라요."

"재판장님, 재판장님이 저에게 빨리 진행하라고 하셔서 그렇게 하고 있는 겁니다. 이것이 고기잡이가 아니라는 것을 분명히 보여주는 증거물을 제출하겠습니다."

"흠. 그게 뭡니까, 할러 변호사?"

나는 재판부 협의에 갖고 들어온 장정을 한 두꺼운 문서를 판사에게 건네주었다. 문서 여기저기에 다양한 색상의 포스트잇이 붙어 있었다.

"미 법무부 장관이 하원에 제출한 조직범죄에 관한 보고서입니다. 1986년에 작성된 것으로 그 당시의 법무부 장관은 에드윈 메세였죠. 노란색 포스트잇이 붙은 페이지를 펼치면 밑줄 친 문단이 있는데, 그것이 제가 제출하는 증거물입니다."

판사가 그 문단을 읽은 후 프리먼이 읽을 수 있도록 그녀에게 책을 건넸다. 그녀가 문단을 다 읽기도 전에 판사가 이의 제기에 관해 판결을 내렸다.

"신문 계속하세요, 할러 변호사. 하지만 이 사건과 연결하는 데 10분 정도 주겠습니다. 그 안에 연결고리를 찾아내 잇지 못하면 그만두게 할 겁니다."

"감사합니다, 판사님."

나는 독서대로 돌아가 같은 질문을 이번에는 다른 방식으로 던졌다.

"오파리지오 씨, 증인의 아버지와 삼촌이 감비노 패밀리라고 알려진 폭력조직의 일원이었다는 사실을 알고 있었습니까?"

오파리지오는 내가 장정한 보고서를 판사에게 건네는 것을 보았던 터라 질문을 뒷받침하는 근거를 갖고 있다는 것을 알고 있었다. 그래서 전면 부인하기보다는 모호한 대답으로 대응했다.

"말씀드렸다시피, 나는 진학을 위해 가족을 떠나왔습니다. 그 후로는 가족 소식을 전혀 몰랐죠. 그전에는 아무런 이야기도 못 들었고요."

잔인해질 때가, 오파리지오를 절벽 끝으로 밀어붙일 때가 왔다.

"증인의 삼촌은 잔혹하고 폭력적이라는 명성 때문에 앤서니 '고릴라' 아파리지오라고 불리지 않았나요?"

"나는 모릅니다."

"증인의 아버지는 금품갈취죄로 증인이 10대 청소년이었던 시기의 대부분을 감옥에서 보냈기 때문에 삼촌이 아버지 역할을 대신하지 않았나요?"

"삼촌이 재정적으로는 우리를 돌봐주었지만 아버지 역할을 하지는 않았습니다."

"증인이 스물한 살의 나이에 서부로 이주한 것은 가족과 거리를 두기 위해서였습니까, 아니면 가족의 사업 기회를 서해안까지 확장하기 위해서였습니까?"

"그건 사실이 아닙니다! 나는 법대 진학을 위해 이곳에 왔습니다. 아무것도 가진 게 없었고 가져온 것도 없었어요. 가족의 연줄을 포함해서요."

"증인은 조직범죄 수사에 자주 쓰이는 '슬리퍼(sleeper, 다른 나라로 이민 가서 다른 이름으로 평범하게 생활하면서 몇 년간 지내다가 정부나 기업의 영향력 있는 직책에 올라간 후 스파이로 일하기 시작하는 사람 - 옮긴이)'라는 표현을 아십니까?"

"도대체 무슨 말을 하는지 모르겠군요."

"1980년대부터 FBI는 폭력조직 조직원들이 차세대 조직원들을 진학시키고 다른 지역에 보내 뿌리를 내리고 사업을 시작하게 함으로써 합법적인 사업 영역으로 진입하려고 노력하고 있다고 믿었고, 이런 차세대 조직원들을 슬리퍼라고 부르게 되었다고 합니다. 처음 듣는 이야기입니까?"

"나는 법을 준수하는 기업가입니다. 누구도 나를 어딘가로 보내지 않았고 나 스스로 법대를 나와 절차 집행관으로 일했습니다."

나는 그 대답을 예상하고 있었던 것처럼 고개를 끄덕였다.

"집행관 이야기가 나왔으니 말인데, 증인은 몇 개의 기업을 소유하고 있습니다, 그렇죠?"

"무슨 말인지 모르겠군요."

"표현을 바꿔볼까요. 증인이 ALOFT를 르무어 펀드에 매각했을 때, ALOFT와 계약한 여러 개의 기업을 소유하고 있었습니다, 그렇죠?"

오파리지오는 대답을 고민하며 뜸을 들였다. 그러면서 자기 변호인단을 슬쩍 쳐다보았다. '나 좀 구해줘'라고 말하는 듯한 표정이었다. 그는 내가 어디로 가는지 알고 있었고, 내가 그리로 가게 해서는 안 된다는 사실도 알고 있었다. 그러나 그는 증인석에 앉아 있었고 출구는 딱 한 개뿐이었다.

"다양한 기업들을 소유하고 있거나 부분 소유하고 있습니다. 모두가 불법적인 일과는 거리가 먼 합법적인 기업들이고요."

좋은 대답이었지만 그것으로 충분하지는 않았다.

"어떤 기업들이죠? 어떤 서비스를 제공합니까?"

"아까 절차 집행에 대해 말씀하셨는데, 그것도 있습니다. 법무사 소개 알선 회사도 있고, 사무직원 파견 업체, 사무가구 공급 업체도 있죠. 그리고……."

"택배 회사도 갖고 계십니까?"

증인은 잠깐 고민하다가 대답했다. 그는 앞으로 나올 질문을 한두 개씩 미리 생각하려고 애쓰고 있었고, 나는 그가 감지할 수 있는 리듬에 머물지 않을 생각이었다.

"나는 투자가입니다. 단독 소유주가 아니에요."

"택배 회사 이야기를 좀 해보죠. 우선 회사명이 뭡니까?"

"윙 넛츠 택배입니다."

"로스앤젤레스에 본부를 둔 회사죠?"

"본사는 여기 있지만 7개 도시에 지사를 두고 있습니다. 캘리포니아와 네바다 주에서 영업을 하고 있죠."

"윙 넛츠 지분 중 정확히 어느 정도를 증인이 소유하고 있습니까?"

"부분 소유하고 있습니다. 한 40퍼센트 될 겁니다."

"그럼 다른 소유자들은 누구죠?"

"여럿이 있죠. 사람이 아니라 기업입니다."

"뉴욕 브루클린의 AA 베스트 컨설턴트 같은 회사요? 새크라멘토 관공서 기업기록 서비스에 윙즈의 부분 소유자로 등재되어 있던데."

오파리지오는 이번에도 대답을 즉시 하지 못했다. 어두운 표정으로 할 말을 잃고 가만히 있자, 판사가 대답을 재촉했다.

"네, 그 회사도 투자자들 중 하나라고 알고 있습니다."

"뉴욕 주가 보유하고 있는 기업 기록에 따르면, AA 베스트의 최대 주주가 도미닉 카펠리라는 사람이던데. 그를 잘 아십니까?"

"아뇨."

"윙 넛츠의 파트너들 중 한 명을 잘 모른다고 말씀하시는 건가요?"

"AA 베스트는 투자를 했고요. 나도 투자를 했을 뿐입니다. 관계자들을 전부 다 알 수는 없는 거죠."

프리먼이 일어섰다. 드디어 왔다. 나는 적어도 네 개의 질문을 하기 전부터 그녀가 이의를 제기해주기를 기다려왔다. 별 필요도 없는 질문을 던져대면서 기다리고 있었다.

"재판장님, 이런 이야기가 이 재판에 무슨 의미가 있습니까?" 검사가 물었다.

"나도 그게 궁금해지기 시작하던 참입니다." 페리 판사가 말했다. "어떤 의미인지 우리를 깨우쳐주겠습니까, 할러 변호사?"

"질문 세 개만 더 하면 됩니다, 재판장님. 그러면 관련성이 모두에게 뚜렷하게 보일 것입니다." 내가 말했다. "질문 딱 세 개만 더 할 수 있도록 아량을 베풀어주시길 부탁드립니다."

나는 그 말을 하는 동안 오파리지오를 계속 노려보고 있었다. 메시지를 보내고 있는 거였다. 당장 항복해, 안 그러면 당신 비밀이 온 세상에 알려질 거야. 르무어가 알게 될 거야. 당신 주주들이 알게 될 거고. 모두가 알게 될 거야.

"좋습니다, 할러 변호사. 계속하세요."

"감사합니다, 재판장님."

나는 메모를 내려다보았다. 지금이 기회였다. 오파리지오를 생포하려면 지금이 기회였다. 나는 다시 고개를 들고 그를 보았다.

"오파리지오 씨, 당신이 모른다고 주장하는 파트너인 도미닉 카펠리가 뉴욕……."

"재판장님?"

오파리지오였다. 그가 내 말을 끊었다.

"제 변호인의 충고와, 미합중국 헌법과 캘리포니아 주 법이 보장하는 진술을 거부할 권리에 따라, 이 질문과 앞으로 나올 추가 질문들에 대해서 대답하기를 정중히 거절하는 바입니다."

나왔다.

나는 깜짝 놀란 듯 멍하니 서 있었지만, 연기였다. 에너지가 비명처럼 온몸을 휩쓸었다. 법정 곳곳에서 웅성거리는 소리가 들렸다. 그때 내 뒤에서 단호한 목소리가 판사에게 말했다.

"재판장님, 제가 한 말씀 드려도 되겠습니까?"

돌아보니 오파리지오의 변호인 마틴 짐머였다.

그때 프리먼 검사가 날카롭고 높은 목소리로 이의를 제기했고, 재판부 협의를 요청했다.

그러나 나는 이번에는 재판부 협의가 필요 없을 거라고 생각했다. 페리 판사도 나와 같은 생각을 했나 보았다.

"짐머 씨, 앉으세요. 지금부터 점심시간을 갖겠습니다. 모든 당사자들은 오후 1시에 이 법정에 다시 모여주시기 바랍니다. 배심원 여러분께는 이 사건에 관해 서로 이야기를 나누거나 증인의 진술과 요청을 토대로 해서 어떤 결론도 미리 내리지 마실 것을 당부합니다."

그 후 법정 안이 소란스러워지며 다들 법정을 빠져나갔다. 기자들은 자기들끼리 의견을 나누느라 여념이 없었다. 마지막 배심원이 문을 나가자 나는 독서대에서 변호인석으로 걸어가 허리를 굽히고 애런슨의 귀에 대고 낮은 목소리로 말했다.

"이번에는 판사실로 따라 들어오고 싶을 거야."

애런슨이 무슨 말이냐고 물으려는데 페리 판사가 재판부 협의를 선언했다.

"대리인들은 나를 따라 판사실로 오세요. 지금 당장. 오파리지오 씨, 증인은 거기서 대기하시기 바랍니다. 변호인과 의논할 수는 있지만 법정을 떠날 수는 없습니다."

이 말을 남기고 판사가 일어서서 판사실로 향했다.

내가 그 뒤를 따라갔다.

50 묵비권 증인

　이젠 판사실 벽에 걸린 액자들과 가구들과 다른 모든 것들이 친숙하게 느껴지기 시작했다. 그러나 이번이 마지막 방문이 될 것이고 분명히 가장 어려운 협의가 될 거라는 생각이 들었다. 방 안으로 들어서면서 판사는 법복을 벗어 구석에 있는 모자걸이에 휙 던져 걸었다. 이전까진 옷걸이에 조심스럽게 걸어놓았는데. 그러고 나서 의자에 풀썩 주저앉더니 한숨을 푹 쉬었다. 몸을 더 뒤로 젖히고 천장을 올려다보았다. 불만스럽고 심술이 난 표정이었다. 마치 여기서 결정될 사안이 살인 피해자를 위한 심판에 영향을 미칠 것을 걱정하기보다는 법률가로서 자신의 명성에 영향을 미칠 것을 더 걱정하는 것 같았다.

　"할러 변호사." 판사가 커다란 짐을 내려놓는 것처럼 나를 불렀다.

　"네, 재판장님?"

　판사가 두 손으로 얼굴을 비볐다.

　"이게 다 당신의 계획은 아니었다고, 처음부터 오파리지오 씨가 배심원단 앞에서 묵비권을 행사하게 몰아가려고 계획하고 한 일은 아니었다고 말해줘요."

"판사님, 그가 묵비권을 행사하리라고는 저도 생각지 못했습니다." 내가 말했다. "묵비권을 행사하지 않겠다고 전에 말했었기 때문에 그 말을 번복할 거라고는 생각도 못 했죠. 네, 그를 몰아세운 건 맞지만, 제 질문에 대한 대답을 꼭 듣고 싶었습니다."

프리먼이 조롱 섞인 소리를 내더니 고개를 가로저었다.

"덧붙일 말 있습니까, 프리먼 검사?"

"재판장님, 저는 이 재판이 시작될 때부터 변호인이 이 법정과 사법부를 모독해왔다고 생각합니다. 방금 판사님이 하신 질문에 대답도 하지 않은 것만 봐도 알죠. 계획하고 한 일이 아니었다고 말하지 않았습니다. 몰랐다고만 말했죠. 그 둘은 완전히 다른 것이고, 변호인이 교활하다는 것을, 처음부터 재판을 방해하려고 애써왔다는 것을 잘 보여주고 있다고 생각합니다. 이제 그의 노력이 성공을 거두었습니다. 오파리지오는 묵비권 증인이었습니다. 배심원단 앞에 허수아비처럼 내세웠다가 묵비권을 행사하면 바로 꺼내서 던져버릴 수 있는 증인 말입니다. 그게 변호인의 계획이었습니다. 그게 변론주의를 전복시키려는 시도가 아니라면 무엇인지 묻고 싶습니다."

나는 애런슨의 표정을 살폈다. 그녀는 프리먼의 진술에 당황하고 심지어 동요된 표정이었다.

"판사님, 저는 프리먼 검사에게 이 한 마디만 하고 싶습니다. 입증하라고요." 내가 말했다. "이것이 저의 계획이었다고 그렇게 확신하면 입증해보란 말입니다. 사실, 여기 있는 제 젊고 이상주의적인 동료도 제 말을 뒷받침해주겠지만, 우리도 최근까지는 오파리지오와 폭력조직과의 관계를 인지하지 못했습니다. 제 수사관이 증권거래위원회에 등록된 오파리지오의 주식보유현황을 살펴보다가 우연히 발견하게 된 것이죠. 경찰과 검찰도 이 부분을 확인할 기회가 있었지만 무시했거나 충분히 찾아보지 않았을 겁니다. 저는 검사가 화가 난 것도 바로 그 때문이라고 생각합니다, 제가 법정에서 취한 전술 때문이 아니라요."

아직도 몸을 젖히고 천장을 바라보고 있는 판사가 한 손을 내저었다. 나는 그게 무슨 뜻인지 알 수 없었다.

"판사님?"

페리 판사가 의자를 휙 돌려 우리를 마주 보고 앉아 책상 위로 몸을 숙이고 우리 셋을 바라보며 말했다.

"그래서 이걸 어떡하면 좋겠어요?"

판사가 먼저 나를 쳐다보았다. 나는 애런슨을 흘끗 바라보며 뭐 제안할 것이 있나 살폈지만 그녀는 그대로 얼어붙어 버린 것 같았다. 나는 판사를 돌아보았다.

"할 수 있는 일이 아무것도 없는 것 같습니다. 증인이 묵비권을 들먹였으니 증언은 끝난 거라고 봐야죠. 그가 원할 때마다 선별적으로 묵비권을 적용하면서 신문을 계속할 수도 없을 것 같고요. 다음 증인을 불러야죠. 저한텐 한 명 더 있는데 그 증인이 마지막입니다. 내일 아침 최종변론을 할 수 있을 겁니다."

프리먼은 더 이상 앉아 있을 수가 없나 보았다. 벌떡 일어서더니 창가로 가서 몇 걸음 안 되는 거리를 서성이기 시작했다.

"이건 너무나 부당한 일입니다, 재판장님. 할러 변호사가 세운 계획이 틀림없고요. 직접신문을 통해 자기가 원하는 진술을 이끌어내고는 오파리지오를 몰아세워 묵비권을 행사하게 해서 검찰은 반대신문도 못 하고 어떤 식으로도 시정할 수가 없게 만들어버린 겁니다. 이게 과연 공평한 일이라고 생각하십니까, 재판장님?"

페리 판사는 대답하지 않았다. 대답할 필요도 없었다. 검찰에 불공평한 상황이 되었다는 것은 방 안에 있는 사람 모두가 알고 있었다. 프리먼은 오파리지오를 신문할 기회조차 갖지 못하게 되었으니까.

"오파리지오의 진술 전체를 삭제하겠습니다." 페리 판사가 선포했다. "배심원들에게 그 진술은 고려하지 말라고 할 거고요."

프리먼은 가슴에 팔짱을 끼고 불만이 가득한 표정으로 고개를 가로저었다.

"그렇다고 해서 오파리지오가 증인석에 앉기 전의 상태로 돌아가지는 못할 겁니다." 그녀가 말했다. "이건 검찰에게는 재난 상황입니다, 판사님. 너무나 불공평합니다."

프리먼의 말이 옳았기 때문에 나는 아무 말도 하지 않았다. 판사가 배심원들에게 오파리지오가 말한 것을 모두 고려하지 말라고 말할 수는 있었지만 너무 늦었다. 메시지는 이미 전달되었고 모두의 머릿속을 맴돌고 있을 것이다. 내가 의도했던 대로.

"슬프게도, 대안이 안 보이는군요." 페리 판사가 말했다. "점심을 먹으면서 좀 더 생각해보겠습니다. 여러분도 생각해보세요. 1시 전에 뭔가 떠오르면 말씀해주세요."

아무도 말이 없었다. 다들 일이 이렇게 됐다는 것이 믿어지지 않는 거였다. 재판의 끝이 보이고 있었다. 내가 계획한 대로 되어가고 있었다.

"그 말은 이제 모두 나가봐도 된다는 뜻입니다." 페리 판사가 덧붙였다. "오파리지오 씨의 증언은 끝났다고 법정 경위에게 말해놓을게요. 그가 나가면 복도에서 기자들이 떼로 몰려들 텐데. 그럼 그는 당신을 탓할 거요, 할러 변호사. 그가 법원 안에 있는 동안에는 눈에 띄지 않는 게 좋을 겁니다."

"네, 알겠습니다, 재판장님."

우리가 문을 향해 걸어가는 동안 페리 판사가 수화기를 집어 들고 법정 경위에게 전화를 걸었다. 나는 프리먼을 따라 복도로 나갔다. 예상했던 대로 그녀는 순수한 분노를 담은 날카로운 눈으로 나를 돌아보았다.

"이제 알겠어요, 할러."

"뭘 말이요?"

"당신과 매기가 절대로 다시 합칠 수 없는 이유."

그 말에 나는 걸음을 멈췄고, 바로 내 뒤를 따라오던 애런슨이 나와 부딪혔다. 프리먼은 돌아서서 가던 길을 계속 갔다.

"비열한 짓이었어요, 변호사님." 애런슨이 말했다.

나는 프리먼이 법정으로 들어가는 것을 지켜보았다.

"아니야, 비열한 짓." 내가 말했다.

51 윙 넛츠 택배

내 마지막 증인은 나의 믿음직한 수사관이었다. 데니스 '시스코' 뵈치에호프스키는 점심시간이 끝나고 판사가 배심원들에게 루이스 오파리지오의 증언은 모두 기록에서 삭제되었다고 밝힌 후 증인석에 앉았다. 시스코는 서기를 위해 성의 철자를 한 번 더 불러수어야 했는데 그건 예상했던 일이었다. 과연 그는 전날 입었던 그 셔츠를 또 입고 있었지만, 재킷과 넥타이는 없었다. 연한 파란색 셔츠의 꽉 죄는 소매 덕분에 이두박근을 둘러싸고 있는 검은색 사슬 문신이 법정의 형광등 불빛에 또렷하게 드러나 보였다.

"괜찮다면 증인을 데니스라고 부르겠습니다." 내가 말했다. "그렇게 하는 편이 서기를 위해서도 좋을 것 같아서요."

점잖은 웃음소리가 법정 안을 굴러다녔다.

"저는 아무래도 좋습니다." 증인이 말했다.

"좋습니다. 증인은 나를 위해 수사를 맡아서 해주고 있습니다, 맞습니까, 데니스?"

"네, 그게 내 직업이죠."

564

"미첼 본듀란트 살인 사건 피고인의 변호를 위해서 광범위하게 수사를 했고요, 그렇죠?"

"네, 그렇습니다. 주로 경찰이 수사하면서 빠뜨린 것은 없는지, 뭔가 잘못된 게 있는지 확인하는 일을 했으니까 경찰 수사에 편승했다고 말할 수도 있겠습니다."

"검찰이 변호인에게 넘긴 수사 자료를 검토해봤습니까?"

"네, 검토했습니다."

"그 자료에는 자동차 번호판 목록도 들어 있었죠?"

"네, 웨스트랜드 내셔널 주차장의 출입구에 카메라가 설치되어 있었습니다. 컬렌 형사와 롱스트레치 형사가 카메라 녹화분을 살펴보면서 주차장이 문을 연 시각인 오전 7시부터 본듀란트 씨가 이미 사망했다고 확인된 시각인 오전 9시까지 그 주차장에 들어온 모든 차량의 번호를 적어났더군요. 그러고는 경찰 컴퓨터로 차적 조회를 하면서 소유자들 중 전과가 있거나 다른 이유로 추가 조사가 필요한 소유자가 있는지 살펴봤더라고요."

"그리고 이 목록에 나온 번호에 대해 추가 조사가 이루어졌나요?"

"경찰 수사기록에 따르면 이루어지지 않았습니다."

"데니스, 경찰 수사에 편승했다고 말씀하셨는데, 이 목록을 갖고 직접 차적 조회를 해봤습니까?"

"네. 78개 전부 다요. 경찰 컴퓨터에 접근하지 못한 상태에서도 최선을 다해 살펴봤습니다."

"추가로 주목할 만한 번호가 있었습니까, 아니면 컬렌 형사와 롱스트레치 형사와 똑같은 결론에 도달했나요?"

"눈에 띄는 차가 한 대 있어서 추가로 조사를 해봤습니다."

나는 78개의 번호판 숫자 사본을 증인에게 전달하게 해달라고 판사에게 허락을 구했다. 판사가 허락했다.

"어떤 번호판을 추가로 조사해보고 싶었습니까?"

"W-N-U-T-Z-9."

"그게 왜 흥미로웠죠?"

"이 목록을 봤을 당시 우린 이미 다른 방향으로 수사를 많이 진행한 상태였습니다. 그래서 루이스 오파리지오가 윙 넛츠라는 사업체의 공동 소유주라는 것을 알고 있었죠. 어쩌면 그 번호판을 가진 차량과 연관이 있을 거라는 생각이 들더군요."

"그래서 뭘 알아냈습니까?"

"그 차가 루이스 오파리지오가 공동 소유주인 윙 넛츠 택배 명의로 등록되어 있다는 사실이요."

"다시 묻습니다만, 그게 왜 주목할 만한 가치가 있었죠?"

"말씀드렸다시피, 시간적으로 저에게 유리한 점이 있었습니다. 컬렌 형사와 롱스트레치 형사는 사건 당일에 이 목록을 만들었기 때문에 그땐 모든 주요 요소들과 관계자들에 대해서 파악을 못 했을 겁니다. 하지만 저는 그 후로 몇 주가 지나서 이 목록을 봤기 때문에 피해자 본듀란트가 오파리지오에게 자극적인 편지를 보냈다는 사실을 알고 있었고……."

프리먼은 이 편지를 묘사하는 형용사에 이의를 제기했고, 판사는 '자극적인'이라는 말을 기록에서 뺐다. 나는 시스코에게 진술을 계속하라고 말했다.

"우리가 볼 때, 그 편지는 오파리지오를 관심 인물로 보게 만들기에 충분해서, 그에 대해서 뒷조사를 많이 해봤습니다. 그는 윙 넛츠를 매개로 하여 도미닉 카펠리라는 파트너와 연결되어 있더군요. 카펠리는 뉴욕 경찰에게는 제리 지오다노라는 사람이 운영하는 폭력범죄조직의 일원으로 알려져 있었고요. 그 밖에도 많은 불법……."

프리먼이 다시 이의를 제기했고 판사가 이를 받아들였다. 나는 불만과 실망이 가득한 표정을 지어 보이며 판사와 검사가 배심원단이 진실을 알지 못하게 막고 있다는 듯이 행동했다.

"좋습니다, 다시 차량번호판 목록으로 돌아가 봅시다. 그 목록에 따르면 윙 넛츠 소유의 차량과 관련하여 주차장에서 어떤 일이 있었습니까?"

"그 목록에 따르면 그 차량이 8시 5분에 주차장으로 들어왔고요."

"그리고 몇 시에 나갔죠?"

"8시 50분에 떠나는 모습이 출구 카메라에 찍혔더군요."

"그러니까 이 차량이 살인 사건이 일어나기 이전에 주차장에 들어왔다가 살인 사건이 일어난 이후에 주차장을 나갔군요. 제가 맞게 이해했습니까?"

"네, 그렇습니다."

"그리고 그 차량은 폭력조직과 직접적인 관련이 있는 사람이 소유한 회사 명의로 되어 있었고요. 그것도 맞습니까?"

"네, 그렇습니다."

"그러면 윙 넛츠 소속의 차량이 그 주차장에 있어야 할 정당한 사업상의 이유가 있었는지 알아냈나요?"

"네, 물론, 택배 회사니까 이유는 충분하죠. ALOFT가 웨스트랜드 내셔널에 정기적으로 문서를 전달할 때 윙 넛츠 택배를 이용하고 있었습니다. 그러나 제가 주목한 것은 왜 그 차량이 8시 5분에 주차장에 들어와서 은행 영업 시작 시각인 9시도 되기 전에 떠났는가 하는 점이었습니다."

나는 시스코를 오랫동안 물끄러미 바라보았다. 필요한 것은 전부 얻어 냈다는 생각이 들었다. 아직 뼈에 살이 붙어 있어도 접시를 물려야 할 때가 있는 법이다. 때로는 배심원들에게 의문만 제기하고 끝내는 것이 최상의 방법이 되기도 한다.

"더 이상 질문 없습니다." 내가 말했다.

내 직접신문은 범위가 매우 정확해서 차량번호판에 관한 진술만을 포함했다. 덕분에 프리먼이 반대신문에서 다룰 거리가 거의 없었다. 그러나 그녀는 웨스트랜드 내셔널이 10층 건물에서 3개의 층만을 쓰고 있었다는 진술을 시스코에게서 받아냄으로써 1점을 획득했다. 윙 넛츠 택배가 은행이 아닌 다른 곳에 갔을 수 있고, 그렇다면 그 차량이 주차장에 일찍 도착한 이유가 설명되었다.

그 건물에서 은행이 아닌 다른 사무실에 택배가 배달된 기록이 있다면, 프리먼이 반박 증인들을 내세우기 전에 그 기록을 증거로 내밀 것이 틀림없었다. 아니면 오파리지오의 사람들이 그녀를 위해서 마법을 부리듯 내놓을 것이다.

30분 후, 프리먼이 패배를 인정하고 자리에 앉았다. 그러자 판사가 내게 더 부를 증인이 있느냐고 물었다.

"없습니다, 재판장님." 내가 말했다. "변호인 측은 이것으로 모든 증인신문을 마치겠습니다."

판사는 배심원단을 집으로 돌려보내면서 다음 날 아침 9시에 회의실로 다시 모이라고 지시했다. 배심원들이 나가자 판사는 재판을 마무리할 준비를 하기 시작했다. 양측에 반박 증인이 있느냐고 물었다. 나는 없다고 대답했다. 프리먼은 반박 증인을 부를 권리를 내일 아침까지 유보하고 싶다고 말했다.

"좋습니다. 반박 증인이 있을 경우 반박을 위한 오전 공판을 열겠습니다." 페리 판사가 말했다. "최종논고와 변론은 점심 휴식 후에 시작하겠고 시간은 양측 모두 한 시간으로 제한합니다. 운이 좋다면, 그리고 갑작스러운 상황이 발생하지 않는다면, 내일 이맘때쯤이면 배심원단이 숙의에 들어갈 수 있겠군요."

그러고 나서 페리 판사가 판사석을 떠났고 나는 애런슨과 트래멀과 함께 변호인석에 남았다. 리사가 손을 뻗어 내 팔을 잡았다.

"정말 멋졌어요." 리사가 말했다. "오전 내내 너무 멋있었어요. 배심원들이 마침내 모든 것을 이해한 것 같았어요. 내가 계속 보고 있었거든요. 이젠 진실을 아는 것 같더라고요."

나는 트래멀을 바라보다가 애런슨을 바라보았다. 둘의 표정이 완전 딴판이었다.

"고마워요, 리사. 그런지 어떤지는 이제 곧 밝혀지겠죠."

52 최종변론

다음 날 아침 안드레아 프리먼은 나를 놀라게 하지 않음으로써 나를 놀라게 했다. 그녀는 판사 앞에 서서 반박 증인이 없다고 말했다. 그러고는 검찰 측의 증인신문을 모두 끝내겠다고 말했다.

검사의 이러한 행동이 나를 당황하게 했다. 나는 검사와 적어도 한 번은 더 격돌할 것으로 예상하고 준비를 해왔었다. 은행 주차장에 윙 넛츠 차가 있었던 이유를 설명하는 진술이 나오거나, 드리스콜의 상관이 나와서 드리스콜을 걷어차는 진술을 하거나, 심지어 검찰 측 자산압류 전문가가 나와서 애런슨의 주장을 반박할 수도 있다고 예상하고 준비했었다. 그러나 아무것도 없었다. 프리먼이 텐트를 접었다.

프리먼은 혈흔으로 밀고 나가고 있었다. 내가 그녀의 세에라자드의 클라이맥스를 빼앗았든 빼앗지 않았든 상관없이 그녀는 이 재판에서 반박의 여지가 없는 딱 하나의 증거인 혈흔으로 승부를 보려는 거였다.

페리 판사는 양측 대리인들이 최종논고와 변론을 준비하고 자신은 판사실로 돌아가 숙의에 들어가는 배심원단에게 내리는 지시사항들을 작성할 수 있도록 오전 휴정을 선언했다.

나는 로하스에게 전화를 걸어 델라노로 나를 태우러 오라고 지시했다. 사무실로 돌아가고 싶지 않았다. 정신 산란한 일이 너무 많았다. 로하스에게 아무 데로나 가자고 말한 후 링컨 차 뒷좌석에 파일과 메모들을 펼쳐놓았다. 역시 머리가 제일 잘 돌아가는 곳은, 재판 준비가 제일 잘 되는 곳은 여기였다.

1시 정각에 공판이 다시 시작되었다. 형사소송재판의 다른 모든 일들이 그렇듯이, 최종논고와 변론도 검찰 쪽에 이롭게 진행되었다. 검찰이 최종논고를 두 부분으로 나누어 처음과 나중에 하고 변호인이 중간에 최종 변론을 했다.

프리먼 검사는 전형적인 검찰의 논고 방식을 따르려고 하는 것 같았다. 먼저 사실들로 집을 짓고 그다음에는 감성적으로 호소하려는 것 같았다.

그녀는 리사 트래멀이 범인임을 보여주는 증거들에 관해 간략하게 설명했다. 재판이 시작된 이후로 법정에 제시된 증거물은 하나도 빼놓지 않고 다 언급한 것 같았다. 논고는 무미건조했지만 축적되면서 설득력이 더 커졌다. 모든 수단과 방법을 동원했고 혈흔 증거로 클라이맥스에 이르렀다. 망치, 신발, 논란의 여지가 없는 DNA 검사 결과들.

"이 재판이 시작됐을 때 제가 여러분께 혈흔이 진실을 말해줄 거라고 말씀드렸습니다." 프리먼 검사가 말했다. "그리고 여기에 이르렀습니다. 여러분은 다른 것은 다 무시할 수 있지만 혈흔 증거는 그럴 수가 없을 것입니다. 혈흔 증거 하나만 가지고도 제가 주장한 바와 같이 유죄 평결을 내리시게 될 것입니다. 저는 여러분 모두가 양심에 따라 그렇게 해주시리라 믿습니다."

검사가 자리에 앉았고 이젠 내 차례였다. 나는 배심원석 앞의 빈 공간에 서서 열두 명의 배심원을 바라보며 대화하듯 말했다. 그러나 그곳에 나 혼자 있는 것은 아니었다. 사전에 판사에게 허락을 받고, 매니를 들고 와 내 옆에 세웠다. 샤미람 아슬래니안 박사의 마네킹이 정수리에 망치를 붙인 채 똑바로 서 있었다. 고개는 리사 트래멀이 치명적인 가격을 가하기 위해서 필요했을 비정상적인 각도로 꺾여서 뒤로 젖혀져 있었다.

"배심원 여러분, 여러분께 좋은 소식이 있습니다." 내가 말했다. "오늘을 끝으로 여러분은 이곳을 벗어나 일상으로 돌아갈 것입니다. 재판 동안 여러분이 보여주신 인내심과 관심에 감사드립니다. 증거물에 대한 숙고에 감사드립니다. 여러분을 가능한 한 빨리 집으로 돌려보내 드리고 싶기 때문에 많은 시간을 들이지 않겠습니다. 오늘은 쉽게 가겠습니다. 금방 끝날 겁니다. 이 재판은 제 표현을 쓰자면 '5분 평결'에 이르게 될 것입니다. 합리적인 의심이 매우 우세해서 1차 투표에서 만장일치의 평결이 나올 그런 사건이기 때문이지요."

그때부터 나는 우리가 내놓은 증거들과 검찰 측의 반박 내용과 검찰 측 주장의 결함을 간략히 설명했다. 그러고는 대답이 나오지 않은 질문들을 던졌다. 서류가방은 왜 열려 있었을까? 망치는 왜 그렇게 오랫동안 발견되지 않은 채로 있었을까? 리사 트래멀의 차고는 왜 잠겨 있지 않았을까? 자택의 압류를 막아낼 수 있었을 사람이 왜 본듀란트를 죽였을까?

그러고는 마침내 내 최종변론의 핵심인 마네킹 이야기로 넘어갔다.

"아슬래니안 박사의 증언만 가지고도 검찰의 주장이 거짓임을 알 수 있습니다. 변호인 측 주장의 다른 부분을 전혀 고려하지 않고 매니 하나만 보더라도 여러분은 합리적인 의심을 할 수밖에 없습니다. 우리는 피해자의 무릎에 난 상처로 보아 그가 치명적인 가격을 당했을 당시 서 있는 상태였다는 것을 알고 있습니다. 그리고 그가 서 있었다면, 리사 트래멀이 범인이 되기 위해서는 여기 보시는 이 자세로 있을 수밖에 없었을 것입니다. 고개를 이렇게 뒤로 젖혀 얼굴이 천장을 향한 채로 말이죠. 이게 가능할까? 여러분 스스로에게 물어보십시오. 저런 자세가 가능할까? 무엇이 미첼 본듀란트로 하여금 천장을 올려다보게 만들었을까? 무엇을 올려다보고 있었을까?"

나는 잠시 말을 멈추고 한 손을 주머니에 넣어 태연하고 자신 있는 모습을 취했다. 그러고는 배심원들의 눈을 살펴보았다. 열두 명 모두의 눈이 마네킹을 홀린 듯이 바라보고 있었다. 나는 팔을 들어 망치의 손잡이를 잡고 천천히 밀어 올렸다. 그러자 플라스틱 얼굴이 정상적인 각도로 돌아갔고 망치 손잡이는 90도 각도로 뻗어 있었다. 리사 트래멀이 팔을 뻗어 망치를 잡기에는 너무 높았다.

"그 질문들에 대한 대답은 이것입니다. 미첼 본듀란트는 천장을 올려다보고 있지 않았습니다. 리사 트래멀이 이런 일을 저지르지 않았으니까요. 다른 누군가가 미첼 본듀란트라는 위협을 제거하려는 계획을 실행에 옮기는 동안 리사 트래멀은 커피를 사들고 집으로 돌아가고 있었으니까요."

또 잠시 말을 멈추고 그 말이 배심원 모두의 마음에 새겨질 수 있도록 했다.

"미첼 본듀란트는 루이스 오파리지오에게 보낸 편지로 잠자는 사자의 코털을 건드렸습니다. 의도했건 하지 않았건, 그 편지는 사자의 힘과 광포함을 가능케 하는 두 가지, 즉 돈과 권력에 위협이 되었습니다. 루이스 오파리지오와 미첼 본듀란트 사이의 거래보다 훨씬 큰 거래를 위협했지요. 인수 협상을 위협했기 때문에 조치가 있어야 했습니다."

내가 잠시 말을 멈추고 숨을 돌린 뒤 다시 말을 이었다.

"그래서 찾은 거죠. 리사 트래멀이 희생양으로 선택된 겁니다. 진범들은 그녀를 알고 있었고 그녀의 행동을 감시해왔습니다. 그녀는 설득력 있는 범행 동기를 갖고 있었고요. 완벽한 봉이었죠. 그녀가 나는 죽이지 않았다고 아무리 외쳐도 아무도 믿어주지 않았을 겁니다. 다시 생각해보려고도 하지 않았을 겁니다. 계획이 마련되었고 뻔뻔하고도 효과적으로 실행이 되었습니다. 미첼 본듀란트는 주차장 콘크리트 바닥에 쓰러져 죽어 있었고, 그의 서류가방은 바로 옆에 열린 채로 좀도둑질을 당한 채로 놓여 있었죠. 그리고 곧 경찰이 나타나 그 현장만 보고 그들의 바람대로 움직여준 겁니다."

나는 이 사회의 역겨움에 넌더리가 난다는 듯 낭패한 표정으로 고개를 가로저었다.

"경찰은 눈가리개를 하고 있었습니다. 경주마를 트랙에 세울 때 채우는 눈가리개 같은 것을 하고 있었죠. 경찰은 리사 트래멀이라는 목표 역으로 향하는 선로에 섰고 다른 것은 아무것도 보지 않으려고 했습니다. 리사 트래멀, 리사 트래멀, 리사 트래멀…… 그럼 ALOFT는? 미첼 본듀란트가 위협했던 수천만 달러는? 몰라, 관심 없어. 리사 트래멀, 리사 트래멀, 리사 트래멀. 열차가 선로에 들어왔고 그들은 그 열차를 타고 집으로 갔습니다."

나는 말을 멈추고 배심원단 앞을 거닐었다. 처음으로 법정 안을 둘러보았다. 방청석은 만석이었고, 심지어 뒤에 서 있는 사람들도 있었다. 뒤에 서 있는 사람들 중에 매기 맥퍼슨이 보였고, 그 옆에는 내 딸이 있었다. 나는 걸음을 내딛다가 놀라서 멈춰 섰지만 곧 다시 걷기 시작했다. 전처와 딸이 와 있는 걸 보고 사기가 오른 나는 배심원단을 향해 돌아서서 최종 변론을 마무리했다.

"그러나 여러분은 그들이 보지 못한 것을, 혹은 보기를 거부한 것을 보고 계십니다. 그들이 잘못된 길을 달려왔다는 것을 알고 계십니다. 교묘하게 조종당했다는 것을 알고 계십니다. 여러분은 진실을 보신 겁니다."

나는 손짓으로 마네킹을 가리켰다.

"이 재판은 물리적 증거가 중요한 것이 아닙니다. 정황적 증거가 중요한 것이 아닙니다. 결국 이 재판의 결과를 결정하게 될 것은 합리적인 의심입니다. 상식이 여러분을 인도할 것입니다. 여러분의 직감이 여러분을 인도할 것입니다. 여러분께 피고인 리사 트래멀에게 무죄 평결을 내려주시라고 강력히 청합니다. 그녀를 풀어주십시오. 그것이 옳은 일입니다."

나는 감사하다고 말한 후 내 자리로 돌아가면서 매니의 어깨를 어루만졌다. 내가 자리에 앉자 사전에 합의했던 대로 리사 트래멀이 내 팔을 꽉 잡았다. 그러고는 배심원들이 다 볼 수 있게 입 모양으로 '고마워요'라고 말했다.

변호사석 테이블 밑에서 손목시계를 보니 최종변론을 하는 데 25분밖에 안 걸렸다. 검사의 최종논고 후반부를 들으려고 편안히 자세를 고쳐앉는데 프리먼 검사가 판사에게 마네킹을 치워달라고 요청했다. 판사가 내게 그렇게 하라고 지시해서 나는 다시 자리에서 일어섰다.

내가 마네킹을 들고 법정 문으로 가자 방청석에 앉아 있던 시스코가 나와서 나를 맞았다.

"나한테 줘, 대표님." 시스코가 속삭였다. "내가 밖으로 내갈게."

"고마워."

"최종변론 아주 잘했어."

"고마워."

프리먼은 최종논고 후반부를 하기 위해 배심원석 앞 공간으로 걸어갔다. 그러고는 지체 없이 변호인의 주장을 공격하기 시작했다.

"저는 여러분을 미혹시키기 위한 어떠한 소도구도 필요치 않습니다. 음모이론도, 미지의 살인범도 필요치 않습니다. 제게는 합리적인 의심을 넘어서 리사 트래멀이 미첼 본듀란트를 살해했다는 사실을 보여주는 구체적인 증거들이 있기 때문입니다."

그러고는 논고를 본격적으로 시작했다. 프리먼은 할당된 시간 전부를 써서 자신이 이미 보여준 증거를 강조하고 변호인의 주장을 공격했다. 조프라이데이(미국의 TV 드라마 〈드래그네트〉에 나오는 LA 경찰국 형사. "사실만을 말씀드리는 겁니다"라는 말을 달고 삶—옮긴이) 식의 상당히 판에 박힌 논거였다. 사실만을, 혹은 사실로 추정되는 것들만을, 일관된 리듬으로 전달했다. 나쁘진 않았지만 그렇다고 좋았던 것도 아니었다. 나는 몇몇 배심원들이 집중력을 잃고 산만해지는 것을 보았다. 그것은 두 가지 중 하나로 해석될 수 있었다. 하나는, 검사의 주장에 동의하지 않는다는 것. 또 하나는 이미 동의했기 때문에 더 들을 필요가 없다는 것.

프리먼은 여러 사실들을 끌어모아 보여주고 검찰의 권력과 힘을 과시하며 정의를 요구함으로써 대망의 피날레를 장식했다.

"이 사건의 사실들은 바뀌지 않습니다. 사실들은 거짓말하지 않죠. 증거는 피고인이 주차장 기둥 뒤에 숨어서 미첼 본듀란트를 기다렸다는 사실을 분명히 보여주고 있습니다. 그가 차에서 내리자 피고인이 공격했다는 사실을 분명히 보여주고 있습니다. 피고인의 망치에 묻은 것은 피해자의 혈흔이었고, 피고인의 신발에 묻은 것도 피해자의 혈흔이었습니다. 이것이 사실입니다, 신사 숙녀 여러분. 반박할 수 없는 사실이요. 증거의 구성요소들이죠. 리사 트래멀이 미첼 본듀란트를 살해했다는 것을 보여주는, 합리적인 의심을 넘어서는 결정적인 증거들입니다. 피고인이 피해자의 뒤에서 다가가 그를 망치로 잔혹하게 가격했다는 증거죠. 피해자가 쓰러져 사망한 후에도 피고인이 그를 가격하고 또 가격했다는 증거이고요. 우리는 피해자가 어떤 자세였는지, 피고인이 어떤 자세였는지는 정확히 알지 못합니다. 그것을 아는 사람은 피고인 한 사람밖에 없겠죠. 그러나 우리는 그녀가 범인이라는 사실을 확실히 압니다. 이 사건의 모든 증거는 한 사람만을 지목하고 있으니까요."

그러면서 프리먼은 손가락으로 내 의뢰인을 가리켰다.

"저 여자, 리사 트래멀이요. 저 여자가 미첼 본듀란트를 살해했고 변호인의 술수를 통하여 여러분에게서 무죄 평결을 이끌어내려고 애쓰고 있는 겁니다. 그렇게 해주지 마십시오. 미첼 본듀란트를 위해 공정한 판단을 내려주십시오. 그를 죽인 범인에게 유죄 평결을 내려주십시오. 감사합니다."

프리먼이 자리에 앉았다. 나는 그녀의 논고에 B 학점을 주었지만 자기중심주의자답게 이미 내 변론에는 A 학점을 주었다. 하지만 보통 C 학점 정도면 검찰이 승리할 수 있었다. 최종논고와 변론은 항상 검찰에 이로운 농간을 부린 카드 한 벌과 같고, 피고인 측 변호인이 아무리 애써봤자 검찰의 권력과 힘을 극복하기에는 역부족이다.

페리 판사는 곧바로 배심원들에게 내리는 최종 지시사항들을 읽어 내려가기 시작했다. 여기에는 숙의를 할 때의 일반적인 규칙들뿐만 아니라 이 사건 재판에 관한 구체적인 지시사항들도 포함되어 있었다. 그는 특히 루이스 오파리지오의 증인신문에 대해 주의를 주면서 숙의를 하는 동안 그의 진술에 대해서는 고려하지 말라고 다시 한 번 경고했다.

판사가 배심원들에게 주는 지시사항을 읽는 데 걸린 시간이 내가 최종변론을 하는 데 걸린 시간에 맞먹었지만, 마침내, 3시 직후에, 판사는 열두 명의 배심원이 임무를 시작하도록 숙의실로 돌려보냈다. 배심원들이 줄지어 문을 나가는 걸 보면서 나는 자신감까지는 아니더라도 편안함을 느꼈다. 이 재판을 하는 동안 나는 정말 최선을 다했다. 몇몇 규칙은 융통성 있게 확대해석하고 경계선으로 밀어붙이기도 했다. 심지어 나 자신을 위험에 빠뜨리기도 했다. 법뿐만 아니라 그보다 더 위험한 것으로부터 위협을 받기도 했다. 내 의뢰인의 무죄 가능성을 믿음으로써 나 자신을 위험에 빠뜨렸다.

숙의실 문이 닫히자 내가 리사를 돌아보았다. 그녀의 눈에서는 두려움이 전혀 보이지 않았다. 이번에도 나는 그녀가 정말로 무죄이지 않을까

하는 생각이 들었다. 그녀는 이미 평결을 확신하고 있었다. 표정에서는 의심을 전혀 찾아볼 수 없었다.

"어떻게 생각하세요?" 애런슨이 내게 속삭여 물었다.

"이번에는 50 대 50일 것 같아. 그렇더라도 우리의 평균 승률보다 높은 거야, 특히 살인 사건의 경우에는. 두고 보자고."

판사는 서기가 모든 당사자의 연락 전화번호를 갖고 있는지 확인하고 평결이 들어올 경우 신속히 돌아올 수 있도록 모두가 15분 이내의 거리에 머물 것을 강조한 후에 휴정을 선언했다. 내 사무실은 그 범위 안에 있어서 우린 사무실로 돌아가 기다리기로 결정했다. 나는 승리를 낙관하며 너그러운 마음이 되어 리사에게 원한다면 허브 달을 초대해도 된다고 말하기까지 했다. 나는 이제 그녀의 수호천사의 배신 사실을 그녀에게 알려야 한다는 의무감을 느꼈지만, 그 일은 일단 다음 날로 미루기로 했다.

피고인과 변호인들이 복도로 나오자 기자들이 몰려들어 리사나 내게 한 마디 해줄 것을 요구했다. 사람들 뒤에서 매기가 벽에 기대서 있고 내 딸이 벤치에 앉아 휴대전화로 문자를 보내고 있었다. 나는 애런슨에게 기자들을 맡으라고 말한 후 무리에서 떨어져 나가기 시작했다.

"제가요?" 애런슨이 말했다.

"무슨 말을 할지 알잖아. 리사는 말하지 못하게 해. 평결이 나올 때까지는 안 돼."

나는 손을 내저어 따라오는 기자 두 명을 쫓은 후 매기와 헤일리에게 다가갔다. 매기에게 가는 척하다가 재빨리 헤일리에게 가서 딸이 피하기 전에 딸의 뺨에 입을 맞췄다.

"아빠아아아아아!"

나는 허리를 펴고 서서 매기를 바라보았다. 그녀는 엷은 미소를 머금고 있었다.

"나를 위해서 헤일리 조퇴시킨 거야?"

"같이 와야 할 것 같아서."

큰 양보였다.

"고마워." 내가 말했다. "그래, 어떻게 생각해?"

"당신은 남극에서 얼음을 팔라고 해도 팔 수 있을 것 같아."

나는 싱긋 웃었다.

"하지만 그렇다고 당신이 이길 거라는 뜻은 아니야." 그녀가 덧붙였다.

나는 얼굴을 찌푸리며 두 손을 펼쳐 들었다.

"정말 고마워."

"나한테서 뭘 바라? 난 검사야. 피고인이 석방되는 거 안 좋아한다고."

"이번에는 그렇게 될 것 같은데, 어떡하지?"

"당신 생각하고 싶은 대로 생각해."

나는 다시 미소를 지었다. 딸을 돌아보니 헤일리는 늘 그렇듯 우리의 대화에는 관심도 없이 다시 문자에 열중하고 있었다.

"어제 프리먼하고 얘기해봤어?"

"증인의 묵비권을 이끌어낸 일? 응. 아주 비열한 작전이었어, 할러."

"그쪽도 비열하긴 마찬가지였어. 프리먼이 그다음엔 나한테 뭐라고 말했는지 얘기 안 해?"

"아니, 뭐라고 했는데?"

"아냐. 프리먼이 틀렸으니까."

매기가 눈살을 찌푸렸다. 궁금한 것이다.

"나중에 말해줄게." 내가 말했다. "우리 모두 사무실로 가서 기다릴 건데. 같이 갈래?"

"아냐. 헤일리를 집에 데려다줘야 할 것 같아. 숙제가 있대."

내 주머니 속에서 휴대전화가 울렸다. 나는 전화기를 꺼내 액정화면을 확인했다. LA 고등법원이라고 떠 있었다. 전화를 받았다. 페리 판사의 서기였다. 나는 서기의 말을 들은 후 전화를 끊었다. 그러고는 고개를 돌려 리사 트래멀이 아직 근처에 있다는 걸 확인했다.

"무슨 일이야?" 매기가 물었다.

나는 전처를 돌아보았다

"벌써 평결이 나왔대. 5분 만에."

5부

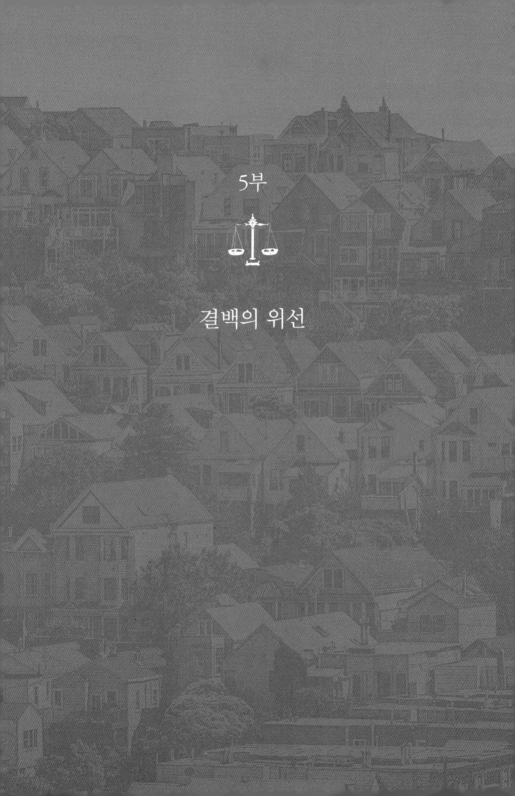

결백의 위선

53 뜻밖의 행운

그들은 남부 캘리포니아 전역에서 떼로 몰려왔다. 다들 리사 트래멀이 페이스북에 올린 유혹의 공지 글을 보고 달려온 것이다. 리사는 평결이 내려진 다음 날 오전에 파티를 공지했고, 지금 토요일 오후에 손님들이 캐시 바(결혼식이나 파티에서 손님에게 돈을 받고 술을 파는 곳-옮긴이)에 10줄로 서 있었다. 그들은 성조기를 흔들었고 빨간색과 흰색, 파란색 옷을 입고 있었다. 순교를 당할 뻔한 지도자와 함께 주택 압류에 항거하는 투쟁을 하는 것은 그 어느 때보다도 미국적이었다. 집의 모든 문 앞에, 그리고 앞뒤 마당에 일정한 간격을 두고 40리터짜리 양동이가 놓여 있었는데 트래멀의 경비를 충당하고 투쟁을 지속할 경비를 마련하기 위한 기부를 받기 위해서였다. FLAG 핀은 1달러에 팔았고 싸구려 티셔츠는 10달러에 팔았다. 리사와 함께 사진을 찍으려면 최소 20달러의 기부금을 내야 했다.

그러나 아무도 불평하지 않았다. 부당한 기소라는 가마솥에 던져져 고통받다가 멀쩡하게 살아나온 리사 트래멀은 이제 활동가에서 우상으로 도약하려는 것처럼 보였다. 그리고 그녀는 그것이 싫지 않은 모양이었다. 영화에서 리사의 역할을 줄리아 로버츠에게 맡기려고 협상이 진행 중이라는 소문이 있었다.

내 직원들과 나는 뒷마당의 파라솔을 단 피크닉 테이블에 앉아 있었다. 일찍 와서 좋은 자리를 잡은 것이다. 시스코와 로나는 캔맥주를 마시고 있었고 애런슨과 나는 생수를 마시고 있었다. 테이블에 약간의 긴장감이 감돌았고 빈정거리는 말이 오가는 것을 듣고 나는 그것이 지난 월요일 밤 내가 매기 맥피어스와 함께 포 그린 필즈를 떠난 후 시스코가 애런슨과 함께 그곳에 더 오래 머물러 있었다는 사실과 관계가 있다는 것을 감지했다.

"우와, 이 사람들 좀 봐." 로나가 말했다. "다들 무죄 평결이 곧 결백하다는 뜻은 아니라는 걸 모르나 봐?"

"예의 없이 왜 그래, 로나." 내가 말했다. "그런 말을 하면 안 되지, 특히 자기 의뢰인에 대해서 그렇게 말하면."

"알아."

로나가 얼굴을 찌푸리며 고개를 가로저었다.

"못 믿는구나, 그렇지?" 내가 말했다.

"당신은 믿는다고 말하지 마, 아닌 거 아니까."

선글라스를 끼고 있어서 다행이라는 생각이 들었다. 지금 내 표정을 보여주고 싶지 않았다. 나는 잘 모르겠다는 듯, 혹은 그런 게 뭐가 중요하냐는 듯 어깨를 으쓱거렸다.

그러나 중요했다. 누구나 자신과 함께 살아야 한다. 리사 트래멀이 정말로 무죄 평결을 받을 자격이 충분히 있었다는 걸 아는 것이 내가 거울을 들여다볼 때 나 자신을 훨씬 더 떳떳하게 볼 수 있게 만들었다.

"할 말 있어." 로나가 말했다. "평결이 내려진 이후로 전화벨이 끊임없이 울려대고 있어. 성수기가 다시 온 것 같아."

시스코가 만족스러운 듯이 고개를 끄덕였다. 사실이었다. 이젠 이 도시의 기소된 모든 범죄자들이 나를 고용하고 싶어 하는 것 같았다. 내가 계속 이런 식으로 일을 하고 싶었다면 굉장히 반가운 일이었을 것이다.

"어제 르무어의 나스닥 종가 확인해봤어?" 시스코가 물었다.

내가 그를 쳐다보았다.

"이젠 주식도 해?"

"누가 이 재판에 주목하고 있기나 한지 궁금해서 확인해봤는데 다들 관심 있게 지켜봤나 봐. 르무어 주가가 이틀 만에 30퍼센트 떨어졌어. 〈월스트리트 저널〉에서 실은 기사 때문에 타격이 컸던 것 같아. 오파리지오가 조이 지오다노와 관련 있다는 걸 밝히고 오파리지오가 챙긴 6천1백만 달러 중에 그 마피아의 수중으로 들어간 돈이 얼마나 되는지 모른다고 썼더라구."

"전부 다 그리로 갔겠지." 로나가 말했다.

"근데요, 변호사님, 변호사님은 어떻게 알았어요?" 애런슨이 물었다.

"뭘?"

"오파리지오가 묵비권을 행사할 거라는 거요."

나는 다시 어깨를 으쓱거렸다.

"몰랐어. 마피아와 관련 있다는 사실이 공개적으로 밝혀질 거라는 게 분명해지면, 그걸 막아보려고 애쓸 거라고 생각했어. 그럼 어떻게 하겠어? 묵비권밖에 없지."

애런슨은 내 대답이 썩 만족스럽지 않은 표정이었다. 나는 고개를 돌려 사람들로 북적이는 마당을 둘러보았다. 내 의뢰인의 아들이 근처 테이블에 이모와 함께 앉아 있었다. 두 사람 다 억지로 끌려와 있는 것처럼 지루한 표정이었다. 테라스식 허브 정원에는 많은 아이들이 모여 있었다. 그 아이들 속에서 한 여자가 봉지에서 사탕을 꺼내 나눠주고 있었다. 그녀는 엉클 샘처럼 빨간색과 흰색, 파란색으로 된 실크해트를 쓰고 있었다.

"여기 얼마나 더 있어야 돼, 대표님?" 시스코가 물었다.

"정해진 시간은 없어." 내가 말했다. "얼굴은 비쳐야 할 것 같아서 온 거니까."

"난 더 있고 싶은데." 로나가 말했다. 남편을 괴롭히고 싶은 모양이었다. "할리우드 배우들이 나타날지도 모르잖아."

몇 분 후 그날의 주인공이 뒷문으로 나왔고 기자 한 명과 카메라 기자 한 명이 그 뒤를 따라 나왔다. 그들은 사람이 많이 모여 있는 곳에 자리를 잡고 리사 트래멀을 인터뷰하기 시작했다. 나는 들으려고도 하지 않았다. 지난 이틀간 같은 내용의 인터뷰를 보고 또 보고 듣고 또 들었기 때문이었다.

짧은 인터뷰를 마친 리사는 기자들 곁을 떠나 몇몇 사람들과 악수를 하고 또 몇몇 사람들과 함께 사진을 찍었다. 그러면서 우리 테이블을 향해 다가왔고, 도중에 아들이 앉은 테이블 앞에서 걸음을 멈추고 사랑스러운 듯 아들의 머리를 헝클어뜨리고 나서 다시 걸어왔다.

"여기들 계셨군요. 승리자들! 내 변호인팀은 즐겁게 지내고 계신가요?"

나는 애써 미소를 지었다.

"즐기고 있어요, 리사. 당신도 좋아 보이는군요. 허브는 어디 있죠?"

리사는 손님들 속에서 달을 찾는 것처럼 주위를 두리번거렸다.

"모르겠네요. 와야 할 사람이 왜 안 보일까요."

"유감이군요." 시스코가 말했다. "많이 보고 싶을 것 같고요."

리사는 빈정거림을 감지하지 못한 것 같았다.

"나중에 저랑 얘기 좀 해요, 변호사님." 리사가 말했다. "어느 TV쇼에 출연할지 조언 좀 해주세요. 〈굿모닝 아메리카〉? 아니면 〈투데이 쇼〉? 두 곳 모두 다음 주에 출연해달라는데 두 곳 다 다른 데 나가고 나서 두 번째로 자기네 쇼에 출연하는 건 싫다니까 어느 한 곳만 선택해야 되거든요."

나는 그 대답이 별로 중요하지 않은 것처럼 손을 내저었다.

"난 모르죠. 허브 달한테 물어봐요. 방송 쪽은 그 사람이 전문이니까."

리사가 모여 있는 아이들을 뒤돌아보더니 빙그레 미소 지었다.

"아, 저 아이들한테 줄 게 있는데. 그만 실례할게요, 여러분."

그녀가 서둘러서 집 모퉁이를 돌아갔다.

"이런 걸 즐기고 있는 것 같아, 그렇지?" 시스코가 말했다.

"나라도 즐기겠다." 로나가 말했다.

나는 애런슨을 쳐다보았다.

"왜 그렇게 말이 없어?"

애런슨이 어깨를 으쓱거렸다.

"모르겠어요. 형사소송 변호가 제 적성에 잘 안 맞는 것 같아요. 계속 전화를 걸어오는 사람들 압류 건을 맡으실 거라면, 제가 그 압류 건들을 전담해서 처리할게요. 허락하신다면."

나는 고개를 끄덕였다.

"어떤 기분인지 알 것 같아. 원한다면 압류 건을 맡아서 해줘. 한동안 그쪽으로 의뢰가 많이 들어올 거야. 오파리지오 같은 사람들이 아직도 활동하고 있으니까. 하지만 지금 그런 느낌은 금방 사라져. 내 말 믿어, 불락스, 진짜 금방 사라져."

애런슨은 내가 자기 별명을 다시 부른 것에도, 내가 한 다른 어떤 말에도 반응을 보이지 않았다. 나는 고개를 돌려 마당을 바라보았다. 리사가 차고에서 헬륨 가스통을 굴려 나와 있었다. 그녀는 아이들에게 자기한테로 모이라고 한 후 풍선을 불어주기 시작했다. TV 카메라 기자가 그 모습을 담기 위해 다가갔다. 6시 뉴스에 잘 어울리는 그림이 나올 거라고 판단했을 것이다.

"저 여자, 아이들을 위해서 저러는 거야, 카메라를 위해서 저러는 거야?" 시스코가 물었다.

"그걸 꼭 물어봐야 알겠어?" 로나가 면박을 주었다.

리사가 탱크에서 파란색 풍선을 떼어내 끈으로 능숙하게 묶은 후 여섯 살쯤 되어 보이는 여자아이에게 건네주었다. 소녀가 끈을 잡고 풍선을 놓자 풍선이 소녀의 머리 위 2미터 높이로 떠올랐다. 그러자 소녀가 웃으면서 고개를 쳐들고 새 장난감을 올려다보았다. 그 순간 나는 리사가 미첼 본듀란트를 망치로 가격했을 때 그가 무엇을 올려다보고 있었는지 알아차렸다.

"저 여자가 범인이군." 내가 낮은 목소리로 중얼거렸다.

나는 백만 개의 화끈거리는 신경 시냅스가 내 목을 굴러 내려가 어깨로 퍼지는 것을 느꼈다.

"뭐라고 하셨어요?" 애런슨이 물었다.

나는 아무 말 없이 애런슨을 바라보다가 다시 의뢰인을 돌아보았다. 리사 트래멀이 다른 풍선에 헬륨 가스를 채우더니 매듭을 묶어서 소년에게 건네주었다. 이번에도 똑같은 일이 일어났다. 소년이 줄을 잡고 서서 환한 얼굴로 빨간 풍선을 올려다보았다. 풍선을 올려다보는 것, 본능적이고 자연스러운 반응이었다.

"오 하느님." 애런슨이 말했다.

그녀도 알아차린 것이다.

"저렇게 한 거군요."

이젠 시스코와 로나가 돌아보았다.

"목격자가 그랬잖아요. 리사가 커다란 쇼핑백을 들고 인도를 걷고 있었다고." 애런슨이 말했다. "망치가 들어갈 만큼, 그리고 풍선들이 들어갈 만큼 큰 쇼핑백을 들고 있었던 거였네요."

내가 그 말을 이어받았다.

"주차장으로 몰래 들어가서 본듀란트의 주차 공간 위 천장에 풍선들을 띄워놓은 거야. 어쩌면 줄 끝에다가 쪽지를 달아놨는지도 모르지, 본듀란트의 눈길을 끌려고."

"응." 시스코가 말했다. "'옛다, 대출금' 같은 말이라도 써서 말이지."

"그러고는 기둥 뒤에 숨어서 기다리는 거지." 내가 말했다.

"그러다가 본듀란트가 고개를 들고 풍선을 올려다볼 때, 쾅, 정수리를 가격하고." 시스코가 결론을 지었다.

나는 고개를 끄덕였다.

"그리고 누군가 평 하는 총소리를 두 번 들었다고 했는데 자동차 역화라고 일축해버렸던 건 둘 다 아니었던 거지." 내가 말했다. "나가는 길에 풍선을 터뜨린 거였어."

끔찍한 침묵이 테이블을 감쌌다. 한참 후 로나가 입을 열었다.

"잠깐만. 저 여자가 그렇게 다 계획했다는 말이야? 자기가 그의 정수리를 가격하면 배심원단이 자기가 아니라고 생각할 거라고 다 미리 생각하고 범행을 저질렀다고?"

나는 고개를 가로저었다.

"아냐, 그건 그냥 운이었어. 그를 멈춰 세우고 싶었던 거야. 그래서 풍선을 이용해서 그가 확실히 멈춰 서게 하고 뒤에서 다가갔던 거지. 나머지는 다 뜻밖의 행운이었던 거고……. 피고인 측 변호인이 그 뜻밖의 행운을 잘 이용해주었던 거고."

나는 차마 동료들의 얼굴을 볼 수가 없었다. 그래서 풍선을 불고 있는 리사를 노려보았다.

"그러니까…… 저 여자가 법망을 뚫고 무사히 빠져나가게 우리가 도와준 거네."

로나가 정리를 해주었다.

"일사부재리의 원칙." 애런슨이 말했다. "같은 혐의로 재판을 다시 받을 수는 없어요."

마침 때맞추어 리사가 흰색 풍선의 끝을 묶으면서 우리를 돌아보았다. 그러고는 풍선을 다른 아이에게 건네주었다.

그녀가 나를 향해 생긋 웃어 보였다.

"시스코, 맥주 얼마씩 받아?"

"캔 한 개에 5달러. 완전 날강도들이야."

"미키, 그러지 마." 로나가 말했다. "그럴 가치가 없어. 당신은 그동안 너무나 잘해줬어."

나는 내 의뢰인에게서 눈길을 거두어 로나를 바라보았다.

"잘해줬다고? 내가 착한 사람이라는 거야?"

내가 일어서서 그들 곁을 떠나 뒷마당 바로 가서 줄을 섰다. 나는 로나가 따라올 거라고 기대했으나 내 뒤를 따라온 사람은 애런슨이었다. 그녀가 아주 낮은 목소리로 말했다.

"뭐 하시는 거예요, 변호사님? 저한테는 양심을 키우지 말라고 하시더니, 변호사님은 양심이 거리낀 거예요?"

"모르겠어." 내가 속삭였다. "내가 아는 건 저 여자가 나를 꼭두각시처럼 갖고 놀았다는 거야. 그리고 이거 알아? 내가 안다는 걸 저 여자가 알고 있어. 그렇게 말하는 것처럼 웃었어. 눈을 보니 알겠더라고. 그리고 자랑스러워하고 있어. 그래서 헬륨 가스통을 마당으로 끌고 온 거야, 내가 보고 알아차리라고……."

나는 고개를 가로저었다.

"저 여자는 첫날부터 나를 완전히 속였어. 모든 것이 저 여자의 계획의 일부였어. 모든……."

나는 퍼뜩 무슨 생각이 떠올라 말을 멈췄다.

"왜요?" 애런슨이 물었다.

나는 잠자코 서서 상황을 종합해보았다.

"뭔데요, 변호사님?"

"심지어 저 여자 남편은 진짜 남편이 아니었어."

"무슨 말이에요?"

"내게 전화한 남자, 내 앞에 나타난 남자 말이야. 이렇게 좋은 봉급날에 지금 어디 있는 걸까? 여기 오지도 않았잖아. 남편이 아니니까. 그 남자도 계획의 일부였던 거야."

"그렇다면 남편은 어디 있는 걸까요?"

그게 문제였다. 그러나 나는 그 답을 알지 못했다. 이젠 어떤 답도 갖고 있지 않았다.

"나 간다."

나는 줄에서 나와 뒷문을 향해 걸어갔다.

"변호사님, 어디 가시는 데요?"

"집에."

나는 재빨리 집을 지나 대문을 나갔다. 아까 여기 올 때 아주 일찍 도착해서 두 집 아래쪽 갓길에 차를 세울 수 있었다. 거기 있는 링컨 차 앞에 거의 다다랐을 때 뒤에서 내 이름을 부르는 소리가 들렸다.

리사였다. 그녀가 거리로 나와 나를 향해 걸어오고 있었다.

"변호사님! 가시는 거예요?"

"네, 갑니다."

"왜요? 파티는 이제 시작됐는데."

그녀가 내게 가까이 다가와서 멈춰 섰다.

"내가 알기 때문에 가는 거예요, 리사, 알고 있다고요."

"뭘 안다고 생각하시는 거죠?"

"당신이 모든 사람을 이용하는 것처럼 나를 이용했다는 것. 심지어 허 브 달까지도 이용했다는 것."

"아우, 왜 이러세요, 소송 변호사님이. 이 사건 덕분에 그 어느 때보다도 사업이 번창하실 텐데."

그 말로 그녀는 모든 것을 인정했다.

"내가 그 사업을 원치 않는다면? 진실이란 게 있다는 걸 믿고 싶어 한 다면?"

리사가 말을 멈췄다. 무슨 말인지 이해를 못 하고 있었다.

"너무 잘난 체하지 말아요, 변호사님. 정신 차리세요."

나는 고개를 끄덕였다. 좋은 충고였다.

"그는 누구였어요, 리사?" 내가 물었다.

"누구요?"

"당신이 보낸 남자, 날 찾아와서 남편이라고 했던 사람."

이제 자부심이 입가에 미소로 피어올랐다.

"안녕히 가세요, 변호사님. 그동안 고마웠어요."

리사 트래멀이 돌아서서 자기 집을 향해 걷기 시작했다. 그리고 나는 링컨 차를 타고 그곳을 떠났다.

54 새로운 운명

전화벨이 울리기 시작했을 때 나는 링컨 차 뒷좌석에 앉아 3번가를 통과하고 있었다. 액정화면에 매기라고 떠 있었다. 나는 로하스에게 차 안에 흐르고 있던 에릭 클립톤의 최신곡을 끄라고 말한 후 전화를 받았다.

"당신이 그랬어?" 그녀가 다짜고짜 물었다.

창밖을 내다보니 우리는 터널을 통과해 밝은 햇빛 속으로 나아가고 있었다. 그 풍경이 내가 느끼는 감정과 잘 어울렸다. 평결이 내려진 이후로 3주가 흘렀고, 내가 그 사건에서 멀어질수록 기분은 더욱 좋아졌다. 나는 지금 새로운 무언가를 향해 가고 있는 중이었다.

"응, 내가 그랬어."

"우와! 축하해."

"가장 가능성이 없는 후보야. 후보는 난립하고 있는데 난 경쟁할 자금이 없어."

"그런 게 뭐가 중요해. 당신은 이제 유명인사야. 사람들이 당신한테서 진실성을 보고 감동하고 있고. 나도 감동했거든. 게다가 당신은 외부인사잖아. 항상 외부인사가 승리하거든. 그러니까 걱정하지 말고 열심히 해,

자금은 들어올 거야."

진실성과 내가 한 문장 안에서 언급된 것이 낯설게 느껴졌다. 그러나 지금 들은 말은 내가 매기 맥피어스에게서 들은 말들 중에서 가장 듣기 좋은 말이었다. 이런 말을 마지막으로 들은 게 언제인지 기억도 나지 않았다.

"글쎄, 그건 두고 봐야지." 내가 말했다. "당신 표만 얻으면 뭐 한 표도 더 안 나와도 괜찮아."

"듣기 좋네, 할러. 그다음엔 뭐야?"

"좋은 질문이야. 은행 계좌를 개설하고……."

전화에서 삐삐 소리가 나기 시작했다. 다른 전화가 들어오고 있는 거였다. 화면을 보니 발신자 표시 제한 번호라고 떠 있었다.

"매기, 잠깐만 기다려, 전화가 들어오는데 누군지 확인만 하고."

"그래."

나는 통화를 전환했다.

"마이클 할러입니다."

"당신이 이랬죠."

나는 화난 목소리가 누구의 것인지 알아차렸다. 리사 트래멀.

"뭘요?"

"경찰들이 왔어요! 그를 찾겠다고 마당을 파고 있다고요. 당신이 보낸 거죠!"

그녀가 말하는 '그'는 사라진 그녀의 남편, 멕시코로 가지 않은 것으로 추정되는 그녀의 남편인 것 같았다. 그녀의 목소리는 이성을 잃기 직전의 그 익숙한 높은 어조였다.

"리사, 나는……."

"이리로 와줘요! 변호사가 필요해요. 경찰이 나를 체포할 거예요!"

그 말은 경찰이 정원에서 무엇을 찾아낼지 그녀가 안다는 뜻이었다.

"리사, 이제 난 당신의 변호사가 아니에요. 원한다면 다른 변호사를 추천……."

"안 돼요! 날 버리면 안 돼요! 지금은 안 된다고요!"

"리사, 조금 전엔 내가 경찰을 보냈다고 비난하더니, 지금은 나보고 당신 변호를 맡으라고요?"

"당신이 필요해요, 미키. 제발요."

그녀가 흐느껴 울기 시작했고, 그동안 너무도 자주 들었던 그 길게 늘어지는 흐느낌 소리가 들렸다.

"다른 사람 구해요, 리사. 난 변호 안 하니까. 운이 좋다면 당신을 기소하게 될 수도 있을 거요."

"무슨 말을 하는 거예요, 지금?"

"방금 신청서를 제출했어요. LA 지방검찰청장 직에 입후보했다고요."

"이해가 안 가는군요."

"내 삶을 확 바꿔보려고요. 당신 같은 사람들하고 어울려 다니는 게 신물이 나서."

처음에는 아무런 반응이 없었지만 숨소리는 들렸다. 그녀가 다시 입을 열었을 땐 단조롭고 감정이 섞이지 않은 어조로 바뀌어 있었다.

"허브한테 말할 걸 잘못했네. 깡패들 시켜서 아예 불구로 만들어버리라고. 그래도 싼데, 당신은."

이젠 내가 말을 잃었다. 나는 그녀가 무슨 말을 하는지 알았다. 맥 형제들. 오파리지오가 폭행을 사주했다던 허브 달의 말은 거짓이었던 거다. 오파리지오 사주설은 이야기의 다른 부분과 맞지 않아서 석연찮았는데 이 이야기는 다 잘 들어맞았다. 나를 폭행하게 시킨 사람은 리사였다. 폭행이 자신에게로 향하는 의혹의 눈길을 다른 데로 돌리고 자신의 변호에 도움을 줄 수 있다면 자신의 변호사가 폭행당하게 하는 것쯤은 아무것도 아닌 것이다. 그렇게 해서 내가 다른 가능성을 믿게 할 수만 있다면.

나는 겨우 내 목소리를 찾아내 마지막 인사를 했다.

"안녕, 리사. 행운을 빌어요."

나는 마음을 가다듬고 다시 전처에게로 통화를 전환했다.

"미안해⋯⋯. 의뢰인한테서 전화가 와서. 예전 의뢰인."

"무슨 일 있어?"

나는 창문에 몸을 기댔다. 로하스가 알바라도에서 방향을 바꿔 101번 도로로 향하고 있었다.

"아냐, 아무 일도 없어. 오늘 밤에 어디 가서 선거 운동 얘기라도 좀 할까?"

"아까 당신이 다른 전화 받는 동안 생각해봤는데, 당신이 내 집에 오는 건 어때? 헤일리와 같이 식사하고 나서 헤일리가 숙제하는 동안 우린 이야기를 하면 되잖아."

자기 집에 초대하는 건 굉장히 드문 일이었다.

"그러니까 검찰청장에 입후보 정도는 해줘야 당신 집에 초대되어 갈 수 있는 거구나?"

"입방정 떨지 마. 그러다가 내가 다시 취소하면 어쩌려고 그래, 할러."

"알았어, 안 그렇게. 몇 시에?"

"6시."

"좋아, 그때 만나."

나는 전화를 끊고 나서 한동안 창밖을 내다보았다.

"할러 변호사님? 검찰청장에 입후보하십니까?" 로하스가 물었다.

"응. 왜, 마음에 안 들어, 로하스?"

"아뇨, 대표님. 근데 운전사는 계속 필요하신 거죠?"

"그럼, 로하스. 자네 직장은 안전하니까 걱정하지 마."

사무실에 전화를 걸었더니 로나가 전화를 받았다.

"다들 어디 있어?"

"여기 있어. 제니퍼는 당신 방에서 새 의뢰인과 상담하고 있어. 압류 건. 그리고 데니스는 컴퓨터로 뭘 하고 있고. 당신은 어디 있었어?"

"시내에. 지금 들어가는 중이야. 내가 갈 때까지 다들 퇴근하지 마. 직원 회의를 하고 싶어."

"알았어, 그렇게 말할게."

"좋아. 한 30분 후면 도착할 거야."

나는 전화기를 덮었다. 우리는 101번 고속도로의 경사진 진입로를 올라가고 있었다. 여섯 개의 차선이 모두 꽉 막혀 있었고 차들이 느리지만 꾸준한 속도로 움직이고 있었다. 그 속도에 맞춰 가는 것밖에 달리 방도가 없었다. 여기는 나의 도시였고 이런 식으로 돌아가고 있었다. 로하스가 운전대를 잡은 검은색 링컨 차는 본 차선으로 끼어들기를 했고 이리저리 차선을 바꿔가며 새로운 운명을 향해 나를 데려가고 있었다.

〈끝〉

감사의 말

이 소설을 집필하는 데 도움을 주신 아샤 무치니크, 빌 매시, 테릴 리랭크포드, 제인 데이비스, 헤더 리조, 대니얼 달리, 로저 밀스, 제에 스테인, 릭 잭슨, 팀 마샤, 마이크 로슈, 그레그 스타우트, 존 휴턴, 데니스 뵈치에호프스키, 찰스 하운첼, 그리고 린다 고넬리에게 깊은 감사의 마음을 전한다.

이 작품은 소설이다. 사실, 지리적 설명, 법률과 절차에 관해 오류가 있다면 그것은 전적으로 작가의 잘못임을 밝혀둔다.

옮긴이 **한정아**

서강대학교 영문학과와 한국외국어대학교 통역번역대학원 한영과를 졸업했다. 한양대학교 국제어학원에서 재직했으며 현재 전문 번역가로 일하고 있다. 옮긴 책으로 마이클 코넬리의 『블랙박스』, 『드롭: 위기의 남자』, 『다섯 번째 증인』, 『나인 드래곤』, 『혼돈의 도시』, 『클로저』, 『유골의 도시』, 『엔젤스 플라이트』, 『보이드 문』 등이 있으며, 그 밖에 『다음 사람을 죽여라』, 『헛된 기다림』, 『소피의 선택』, 『속죄』 등이 있다.

다섯 번째 증인_미키 할러 시리즈 Vol.4

1판 1쇄 발행 2017년 6월 30일
1판 5쇄 발행 2022년 6월 2일

지은이 마이클 코넬리
옮긴이 한정아

발행인 양원석
영업마케팅 조아라, 신예은, 이지원
독자교정 박상익, 함형준, 송창일

펴낸 곳 ㈜알에이치코리아
주소 서울시 금천구 가산디지털2로 53, 20층 (가산동, 한라시그마밸리)
편집문의 02-6443-8902   **구입문의** 02-6443-8800
홈페이지 http://rhk.co.kr
등록 2004년 1월 15일 제2-3726호

ISBN 978-89-255-6198-1 (04840)
     978-89-255-5591-1 (set)